HEYNE BÜCHER

SCIENCE FICTION

Herausgegeben
von Wolfgang Jeschke

Von **SHADOWRUN™** erschienen in der Reihe
HEYNE SCIENCE FICTION & FANTASY:

1. Jordan K. Weisman (Hrsg.): *Der Weg in die Schatten* · 06/4844

TRILOGIE GEHEIMNISSE DER MACHT

2. Robert N. Charrette: *Laß ab von Drachen* · 06/4845
3. Robert N. Charrette: *Wähl deine Feinde mit Bedacht* · 06/4846
4. Robert N. Charrette: *Such deine eigene Wahrheit* · 06/4847

5. Nigel Findley: *2 X S* · 06/4983
6. Chris Kubasik: *Der Wechselbalg* · 06/4984
7. Robert N. Charrette: *Trau keinem Elf* · 06/4985
8. Nigel Findley: *Schattenspiele* · 06/5068
9. Carl Sargent: *Blutige Straßen* · 06/5087

TRILOGIE DEUTSCHLAND IN DEN SCHATTEN

10. Hans Joachim Alpers: *Das zerrissene Land* · 06/5104
11. Hans Joachim Alpers: *Die Augen des Riggers* · 06/5105
12. Hans Joachim Alpers: *Die graue Eminenz* · 06/5106

13. Tom Dowd: *Spielball der Nacht* · 06/5186
14. Nyx Smith: *Die Attentäterin* · 06/5294
15. Nigel Findley: *Der Einzelgänger* · 06/5305
16. Nyx Smith: *In die Dunkelheit* · 06/5324
17. Carl Sargent/Marc Gascoigne: *Nosferatu 2055* · 06/5343
18. Tom Dowd: *Nuke City* · 06/5354
19. Nyx Smith: *Jäger und Gejagte* · 06/5384
20. Nigel Findley: *Haus der Sonne* · 06/5411
21. Caroline Spector: *Die endlosen Welten* · 06/5482
22. Robert N. Charrette: *Gerade noch ein Patt* · 06/5483
23. Carl Sargent/Marc Gascoigne: *Schwarze Madonna* · 06/5539
24. Mel Odom: *Auf Beutezug* · 06/5659

MEL ODOM

# AUF BEUTEZUG

Vierundzwanzigster Band
des
**SHADOWRUN™-ZYKLUS**

**Deutsche Erstausgabe**

WILHELM HEYNE VERLAG
MÜNCHEN

HEYNE SCIENCE FICTION & FANTASY
Band 0605659

Titel der Originalausgabe
PREYING FOR KEEPS
Übersetzung aus dem Amerikanischen von
CHRISTIAN JENTZSCH

*Umwelthinweis:*
Dieses Buch wurde auf chlor- und säurefreiem Papier hergestellt.

Redaktion: Ulrich Petzold

Erstausgabe bei ROC, an imprint of Dutton Signet,
a division of Penguin Books US Inc.

Printed in Germany 1996
Umschlagbild: FASA Corporation
Umschlaggestaltung: Atelier Ingrid Schütz, München
Technische Betreuung: M. Spinola
Satz: Schaber Satz- und Datentechnik, Wels
Druck und Bindung: Elsnerdruck, Berlin

ISBN 3-453-11900-2

Dieses Buch ist Darrel Madden gewidmet.

Seit Jahren bist du mir ein Freund und stehst mir bei, wenn die Zeiten schlecht sind, oder stutzt mein Ego zurecht, wenn alles zu gut läuft. Du warst da, um mir zu helfen, Träume zu verwirklichen, und hast mir die Hand gereicht, um mich aus den Scherben derjenigen zu ziehen, die zerplatzt sind.

Du hast meinen Kindern die Windeln gewechselt, mußtest alberne Witze ertragen, wie sie nur Zweitkläßler so furchtbar erzählen können, und hast Kindern, die es wirklich verdient hatten, Zuwendung gegeben. Und du bist ein As bei Super-Mario Kart.

Seit ich dich kenne, muß ich mich nicht mehr fragen, ob ich einen Freund auf der Welt habe und mich auf jemanden verlassen kann, wenn es eng wird. Ich weiß, du bist da.

Manchmal ist Familie nicht nur eine Frage desselben Fleisches und Blutes, und ich bin froh, daß du und ich zu einer Familie gehören.

Mein Dank geht an meinen Agenten Ethan Ellenberg, der mich in diese Richtung gelenkt hat.

An Donna Ippolito und Jodie bei FASA, die mir die Erlaubnis gaben, in ihrer Welt zu spielen, und anschließend eine Karte, um mich darin zurechtzufinden. Ich hätte es nicht geschafft, wenn ihr mich nicht immer wieder ins rechte Gleis gelenkt hättet. Ich weiß eure Energie, Begeisterung und Geduld wirklich zu schätzen. Wir sehen uns nächstes Jahr auf dem GenCon!

An die Leute vom DarkCon hier in Oklahoma, die mit mir über das Spiel geredet haben.

Und an meine Frau Sherry, die es beim Schreiben dieses Buchs ebenso mit Trollen, Orks und magischen Monstern zu tun bekam wie unsere vier Kinder, Matthew Lane, Matthew Dain, Montana und Shiloh. (Sie sehen ihre Namen gerne in Büchern, und dann haben sie etwas in der Schule zum Vorzeigen.) Außerdem haben sie mich inspiriert, meistens dadurch, daß sie die Quellenbücher, die ich überall verstreut hatte, durchgesehen haben und dann etwas in der Art sagten wie: »Cool! Hey, Dad, hast du schon das grelle Monster hier gesehen? Das sollte in deinem Buch vorkommen!«

Und an euch Leser: Ich wünsche euch Glück, Geschick und gute Nerven in den Schatten, Chummers. Viel Spaß!

# 1

Jack Skater hockte im offenen Laderaum der Fiat-Fokker Cloud Nine und ließ sich von der kühlen Nachtluft peitschen, die den feuchten Geruch der sich nähernden Gewitterfront mit sich trug. Er richtete sein Nachtsichtglas auf ihre Beute. »Wie sieht's aus, Wheeler? Hast du ihn im Visier?«

»Zweiundneunzig Prozent Wahrscheinlichkeit für einen Treffer«, rief der Zwergen-Rigger aus dem Cockpit, wo er in die Steuerung des Wasserflugzeugs eingestöpselt war. »Der Zielcomputer sagt, besser wird's nicht.«

Ein Blick durch das Fernglas zeigte Skater den Namen *Sapphire Seahawk*, der in Englisch und Sperethiel auf dem Heck des Frachters prangte, und daß er unter der Flagge des Elfenstaates Tir Tairngire fuhr. Beides wäre in der Dunkelheit der Gewitterfront fast unsichtbar gewesen, aber das Schiff hatte ein paar Positionslichter gesetzt.

Skater verstaute das Nachtsichtglas, hielt sich an der Frachtluke fest und schwang sich wieder in das Flugzeug hinein. Dann löste er den Sicherheitsgurt und ließ ihn fallen. Er war fünfundzwanzig, dunkel, schlank und knapp zwei Meter groß. Die hohen Wangenknochen, die dunkle Hautfarbe und das dichte, kurzgeschnittene schwarze Haar verrieten den Einschlag von Salish-Blut. Er lebte jetzt seit 2049 in Seattle, aber er war im Salish-Shidhe Council aufgewachsen, das den Seattler Sprawl, jenen Außenposten der Vereinigten Kanadischen und Amerikanischen Staaten, umgab.

In seinem schwarzen Kampfanzug und mit dem Ares Predator II im Schulterhalfter, einem Monofilamentschwert in einer Rückenscheide und der Vielzahl anderer Waffen sah Skater so aus, als sei er eher in den

Schatten der Straßen beheimatet als im Nachthimmel über dem Pazifik.

»Wie lang noch?« fragte er.

»Noch etwa eine Minute, dann sind wir in Reichweite.«

Skater wandte sich an Elvis. »Bist du fertig?«

Der Troll-Samurai war damit beschäftigt gewesen, die Conner-Enterkanone durch die Einstiegsluke mit dem Firmpoint unter dem Bauch des Wasserflugzeugs zu verbinden. Er trug ebenfalls Schwarz und war ein Berg von fast zweieinhalb Metern harter Muskeln und massiger Gemeinheit. In seinen Zügen spiegelte sich eine grausame Geschichte, die ihren Niederschlag in einem silberüberkronten Hauer und einem krummen linken Horn gefunden hatte. »Worauf du einen lassen kannst«, grollte er mit seiner tiefen Baßstimme.

Skater strich noch einmal über seine Ausrüstung und sah zu Wheeler. »Zehn Sekunden, dann schieß nach Gutdünken.«

»Exakt.«

Dann wandte sich Skater an Quint Duran. »Möglichst wenig Blutvergießen«, sagte er, ohne die Stimme zu senken, obwohl ihm der Ork gut zehn Jahre voraus hatte. »Diese verdammten Elfen sind nachtragender als Gott.«

Duran verzog sein Gesicht, das ein Abbild vergangener Gewalttätigkeiten war. Sein buschiges dunkles Haar war von silbernen Strähnen durchzogen, und von seinen langgezogenen Ohren baumelten riesige goldene Ohrringe. Sein mit Kunstleder verkleideter Körperpanzer war ebenso vernarbt und gezeichnet wie sein Gesicht, und er hielt eine Franchi SPAS-22 Schrotflinte in einer knorrigen Faust. »Verstanden.«

Skater nickte und ging zurück in den Laderaum, um nach Wheeler zu sehen. Der Rigger, dessen Verstand kybernetisch mit der Steuerung verbunden war, hatte das Wasserflugzeug in eine leichte Kurve gelegt und schoß wie ein Falke auf seine Beute hinab. Wheeler Stahlnerv war kantig und breit und hatte eine riesige Nase und leicht spitz zulaufende Ohren. Er trug das Haar zu einem Zopf geflochten, dessen schmutzig haselnußbraune Farbe kaum heller war als die seines vollen buschigen Bartes.

Die Wellen des Ozeans griffen nach der Fiat-Fokker, die nur noch ein paar Meter über dem Wasser lag und jetzt genauso wie die *Sapphire Seahawk* einen nordöstlichen Kurs in Richtung Seattle eingeschlagen hatte. Sie hatten das Unternehmen gut geplant und beschlossen, den Frachter dort anzugreifen, wo er am verwundbarsten war – hier, an dieser Stelle, auf halber Strecke zwischen Seattle und seiner Heimat in Tir. Gewisse Aspekte des Runs waren heikel, aber wenn sie einmal an Bord des Frachters waren, brauchten sie nur noch ein paar Dateien aus seinem Bordcomputer herabzuladen. Und sie verfügten über die Magie, die Muskeln und den Decker, um das zu tun.

»Wie sieht's bei dir aus, Trey?« fragte Skater.

Der Magier stand neben dem Schott auf der anderen Seite des Laderaums. Ganz in Schwarz gekleidet wie der Rest, trug er einen Körperpanzer und einen schweren Kevlar-Umhang mit hohem Kragen, der an seiner schlanken, gespannten Gestalt fast ein wenig spitzbübisch wirkte. Treys hübsches Gesicht war von dünnen Schweißperlen bedeckt, die im durch die Fenster des Wasserflugzeugs einfallenden Mondlicht glänzten. »Diesen Vogel für organische und technologische Möglichkeiten der Entdeckung unsichtbar zu machen ist nicht meine Vorstellung von einem netten Ausflug, Chummer.«

Skater löste den D-Ring von seinem Kampfanzug, während er das andere Ende gesichert ließ, und lehnte sich aus dem Laderaum. Er duckte sich in den Wind hinein, klammerte sich ans Flugzeug, schaltete die

Lichtverstärker-Funktion seiner Cyberaugen ein und sah zu, wie sich die Enterkanone in ihrem Turm drehte und das Ziel anvisierte. Der Enterhaken wurde mit Preßluft auf die *Sapphire Seahawk* abgeschossen und zog das Verbindungskabel hinter sich her, das sich mit einem schrillen Surren abwickelte.

Dann straffte sich das Kabel unterstützt von einem in die Kanone eingebauten, computergesteuerten Spannungsregler.

»Kontakt«, krähte Wheeler triumphierend.

Skater hakte den D-Ring ein und ließ einfach los. Der Spannungsregler ließ das Kabel gerade so tief durchhängen, daß er auf die dreihundert Meter entfernte *Sapphire Seahawk* zuglitt. Die Cloud Nine hatte ihr Tempo zwar so weit wie möglich gedrosselt, schloß aber dennoch rasch zu dem Schiff auf. Skater aktivierte seinen Commlink IV und schaltete den Crypto Circuit HD zu, um alle Meldungen zu verschlüsseln, die über die zwei Funk- und die zwei Telefonkanäle liefen. Die entsprechenden Gegenstücke befanden sich in der Headware der Teammitglieder – aller Teammitglieder außer Trey, der eine externe Anlage benutzte. Cybertech war in der Erwachten Welt des Jahres 2057 alltäglich, aber seit der Rückkehr der Magie gab es neue Regeln. Eine der verläßlichsten war die, daß Magier und Cyberware nicht zusammenpaßten.

»Der nächste«, rief Skater. Er schoß über das Wasser und verlor dabei an Höhe, während er sich dem Frachter rasch näherte. Das Kabel konnte nur drei Personen pro hundert Meter tragen, ohne zu reißen, also gingen die fünf Teammitglieder in entsprechenden Abständen auf die Reise. Als Skater schließlich die *Sapphire Seahawk* erreichte, glühte der D-Ring infolge der Reibungshitze dunkelrot und qualmte leicht.

»Du sitzt im Drek«, kam Durans schroffe Warnung.

Kaum vierzig Meter weiter auf der Steuerbordseite des Frachters sah Skater, wie sich die Gestalten aus den Schatten des Decks lösten und gegen ihn vorrückten. Hätte es eine Möglichkeit gegeben, zum Wasserflugzeug zurückzukehren, hätte er sie genutzt.

Die Matrosen trugen die gelbroten Farben des Schiffs, und diese Elfen hatten offenbar keine Bedenken, zuerst zu schießen und dann Fragen zu stellen. Kugeln pfiffen rings um ihn durch die Luft, einige davon Leuchtspurgeschosse, die als violette Schemen vorbeihuschten.

Zwei der Elfen rannten zum Enterhaken, der sich in die Holzverkleidung des Oberdecks gebohrt hatte, während andere Anstalten machten, Skater und Begleitung in Empfang zu nehmen.

»Skater«, rief Wheeler, »dir geht das Kabel aus!«

Als er über die Bordwand des Frachters segelte, wurden Skaters Reflexbooster aktiv, und er löste den D-Ring. Sein Schwung trug ihn über die Köpfe der Elfen hinweg, während er auf das Deck fiel. »Ich bin gelandet.«

Er kam hoch, während Hände nach ihm griffen. Computerunterstützte Reflexe, die zusätzlich durch den lebenslangen Überlebenskampf geschärft waren, übernahmen das Kommando. Er packte eine ausgestreckte Hand und verdrehte sie mit einem Ruck. Der dazugehörige Ellbogen brach mit einem deutlich hörbaren Knacken, auf das unmittelbar ein schmerzerfülltes Stöhnen folgte. Kein Blutvergießen bedeutete nicht, keine Knochenbrüche.

Skater tauchte unter zwei unbeholfenen, auf sein Gesicht gezielten Schlägen hinweg, da ihn die Elfen jetzt umringt hatten, und trat einem anderen Matrosen so heftig in den Unterleib, daß der Mann wie ein Taschenmesser zusammenklappte. Kugeln bohrten sich mit donnerndem Knallen in die Holzwand hinter ihm.

»Ich bin gelandet«, röhrte Elvis.

Skater sah, wie sich einige der Elfen von ihm lösten, um sich um den Troll zu kümmern. In dem Wissen, daß sich andere Matrosen dem Enterhaken näherten, der sich über ihm ins Holz gegraben hatte, machte er zwei schnelle Schritte vorwärts und benutzte den Elf, den er gerade gefällt hatte, als Trittleiter, um hochzuspringen und die Verkleidung über seinem Kopf zu packen. Sein Körper bog sich durch, dann beschrieb er einen Salto und landete geduckt auf den Füßen, während einer der Matrosen gerade mit einem Schwert auf das Enterkabel losgehen wollte.

Skater schnellte vorwärts, wobei er hinter sich griff und sein Monofilamentschwert aus der Scheide auf seinem Rücken zog. Der zweite Elf schrie eine Warnung auf Sperethiel und warf sich dann auf Skater.

Ihm blieb nicht viel Raum zum Manövrieren, aber Skater gelang es, mit der freien Hand das Haar des angreifenden Mannes zu packen und ihm gleichzeitig das Knie ins Gesicht zu rammen. Knochen brachen. Er ließ seinen ohnmächtigen Gegner los und sprang über ihn hinweg.

Der erste Elf hieb mit seinem Schwert nach dem Kabel, um es zu durchtrennen, doch bevor es dazu kam, sauste Skaters Klinge nahe dem Heft durch das Metall, so daß der Elf plötzlich nur noch den verzierten Knauf in der Hand hielt. Die abgetrennte Klinge fiel klirrend auf das Deck.

»Du drekfressender Wichser«, fauchte der Elf. Er griff nach der Pistole an seiner Hüfte.

Skaters Klinge zuckte einmal, dann trat er vor und rammte dem Elf den Schwertknauf ins Gesicht. Vor Wut und Schmerz kreischend, flog der Elf über den Aufbau und krachte unten in die Menge, die Elvis aufzuhalten versuchte. Der Troll war ein wahres Schlachtschiff von Arnie-Awesome-Cyberware, das aus allen Geschützen Breitseite auf Breitseite abfeuerte.

»Ich bin gelandet.« Quint Duran landete in aufrechter Haltung nur ein paar Schritte von den Matrosen entfernt. Ohne zu zögern, warf er sich mitten ins

Getümmel, wobei er die SPAS-22 wie eine Keule schwang. Seine Jahre als Söldner hatten ihn zu einem eiskalten Kämpfer gemacht. Elfen flogen in alle Richtungen auseinander.

Als nächstes fiel Trey vom Enterkabel auf das Deck des Frachters, und eine schimmernde Welle breitete sich von seinen Händen aus. Wo sie traf, brachen elfische Matrosen einfach zusammen und rührten sich nicht mehr.

Nicht alle von ihnen gingen zu Boden, doch Duran und Elvis machten kurzen Prozeß mit denen, die sich noch auf den Beinen hielten.

»Ich bin gelandet.« Shiva, rothaarig und ebenfalls in hautenges Schwarz gekleidet, prallte gerade auf das Deck. Sie war über zwei Meter groß, und mit ihren Talentsofts, ihren Cybermuskeln und ihrem zusammenklappbaren Kampfstab war die ehemalige Kopfgeldjägerin ebenso verheerend wie Duran, wenn der Drek zu dampfen anfing.

In der Zwischenzeit hatte Trey seinen Gehstock aus poliertem Holz gezogen. Abgesehen von anderen unangenehmen Überraschungen ließ sich der Stock auch als Betäubungsstab verwenden. Er parierte einen Schwerthieb, dann stieß er seinem Gegner den Stock in den Schritt und drückte auf den Knopf, der die elektrische Ladung freigab. Weißblaue Blitze knisterten sichtbar durch die Luft. Der Elf ging zu Boden, wie von einer Streitaxt gefällt. Trey raffte seinen Umhang mit einer Hand zusammen und eilte weiter. Er war nicht im Straßenkampf aufgewachsen, besaß aber ein natürliches Talent.

»Drek, Ende der Fahnenstange mit dem Kabel«, warnte Wheeler über Funk.

Skater hörte das vibrierende *Twing*, als das Kabel riß und an seinem Ohr vorbeisurrte.

»Jack.«

Er fuhr herum, als er Erzengels Stimme erkannte.

Die elfische Deckerin war immer noch drei Meter weit entfernt, und das Kabel war gerissen. Skater ließ sein Schwert fallen und stellte sich blitzschnell auf das Schlingern und Stampfen des Frachters ein. Dann packten seine teilweise durch fingerlose Handschuhe geschützten Hände zu und schlossen sich um das Kabel. Er packte zu und riß daran mit allem, was er hatte. »Ich hab' dich.«

Erzengel schoß über das Deck und landete neben ihm auf dem Aufbau, wobei sie wunderbarerweise mit seiner Hilfe das Gleichgewicht hielt. Sie war genauso groß wie Skater, aber schlanker und schmalbrüstig wie ein Kind. Ihr platinblondes Haar, das sie normalerweise lang trug, steckte unter einer engen schwarzen Kapuze, unter der die Umrisse ihrer sehr spitzen Elfenohren zu sehen waren. In ihren mandelförmigen bronzefarbenen Augen funkelten goldene Sprenkel, die seltsam hypnotisch wirkten. Das Glitzern der Datenbuchse in ihrer linken Schläfe wurde durch dieselbe Tarnschminke gedämpft, die auch ihr wunderschönes Gesicht bedeckte. Ihr Deck hing an einem Schulterriemen in einem wasserdichten Koffer. Sein Gewicht wurde durch eine Ares Light Fire 70 in einem Halfter an ihrer linken Hüfte ausgeglichen.

Sie stieß sich aus seinen Armen. Nichts Persönliches, das wußte Skater, aber die Deckerin brauchte ihren Freiraum und mochte es ganz und gar nicht, berührt zu werden. Erzengel war nicht ihr richtiger Name, aber er hatte nie einen anderen zu hören bekommen.

Skater übernahm die Führung. Das Gewitter hatte den Frachter eingeholt, und es hatte zu regnen begonnen, so daß das Deck schlüpfrig wurde. Er rannte zum Heck, Erzengel nur ein paar Schritte hinter sich.

Ein Trio Elfenmatrosen versperrte ihnen an der Kajütstreppe den Weg, die zu den Kabinen der *Sapphire Seahawk* führte.

Skater warf sich zurück und preßte sich gegen die

Wand, während Kugeln lange Holzsplitter aus der Verkleidung rissen. »Verdammt!« fluchte er. Er ließ sein Schwert in die Scheide zurückgleiten und zog stattdessen den Predator II und eine Blendgranate.

»Elvis«, rief Skater über Funk. »Laß dich in Richtung Heck zurückfallen.«

»Verstanden, Chummer.«

Skater zog die Blendgranate ab. Er zählte herunter, dann warf er sie in Richtung Kajütstreppe, schloß die Augen und befahl Erzengel, dasselbe zu tun.

Kaum war die Explosion verhallt und der Blitz erloschen, als Skater auch schon zur Treppe rannte. Ein Seitenblick zeigte ihm zwei Elfen, die sich gegenseitig Funken von ihrer Kleidung schlugen und sich dabei die Lunge aus dem Leib husteten. Er änderte die Richtung und stürzte sich auf sie. Ein Schlag mit dem Predator traf den einen an der Schläfe und ließ ihn zu Boden gehen. Dem anderen Elf legte er den Arm um den Hals und drückte zu, bis der Matrose erschlaffte.

»Elvis«, rief Skater, als er an der Tür am Fuß der Kajütstreppe rüttelte und sie verschlossen fand. »Die Tür.«

»Tritt zur Seite, Bohnenstange.« Für den Troll mit seinem Körperpanzer und dem Waffenarsenal war die Treppe fast zu schmal.

Elvis holte mit einem gewaltigen bestiefelten Fuß aus und trat dann zu. Die Tür bestand aus einer Stahl-Keramik-Verbindung und hielt, aber sie hing in einem Holzrahmen, der kreischend nachgab.

Skater tauchte mit dem Predator in der Hand durch die Tür. Der Raum dahinter war eine Privatkabine mit Koje, Schreibtisch, einem dazugehörigen Stuhl und einem kurzen Sofa.

Einer der vier Elfen darin ging auf ihn los und schoß aus nächster Nähe. Die Kugeln prallten wie Hammerschläge gegen Skaters Körperpanzer und raubten ihm den Atem. Er packte einen der Elfen und stieß ihn zurück, wobei er so rasch wie möglich über die Schulter des Mannes schoß.

Er jagte drei Kugeln in das Knie eines anderen Wächters und trat ihm die Beine unter dem Körper weg. Dann wollte er sich einem zweiten Mann zuwenden, doch da riß der Matrose, den er festhielt, seine Pistole hoch. Skater rammte ihm den Kolben des Predator ins Gesicht und brach ihm die Nase, dann riß er dem Elf die Ceska vz/120 aus der Hand und warf sie zu Boden. Er wirbelte herum und landete einen Fußtritt, der den Elf zu Boden gehen ließ.

Eine Elfe im Kunstlederlook der Straße, die ebenso schlank und ungefährlich wie Erzengel aussah, fuhr plötzlich zwei Sätze Unterarmklingen aus. Kühl und leidenschaftslos trat sie Elvis entgegen.

Der Troll, der in der Enge unter Deck Probleme mit seiner Körperfülle hatte, begegnete ihrem Angriff mit einer Reihe von Paraden und Abwehrschlägen, die so rasch aufeinanderfolgten, daß Skater sie nicht auseinanderhalten konnte. Fleisch klatschte gegen Fleisch, und plötzlich erschienen wie durch Zauberhand drei blutige Linien über Elvis' linkem Auge.

Ein weiterer Elf war zu dem massiven Computerterminal an der Wand geeilt und machte Anstalten, sich einzustöpseln. Skater schoß ohne Warnung und jagte dem Elf eine Kugel in den Oberschenkel, während Elvis und seine Gegnerin weiterkämpften. Die Waffe weiterhin auf den Elf gerichtet, sah Skater mit einem Seitenblick, daß der Troll aus einem weiteren Schnitt in der Wange und zweien am linken Arm blutete. Doch um seine Lippen spielte ein grausames Lächeln. Ohne Vorwarnung gab Elvis seine defensive Haltung auf und versetzte der Elfe einen Schlag mit einer Hand von der Größe einer Zweiliterflasche.

Die Messerklaue flog rückwärts und prallte gegen die Wand. Sie mühte sich kurz, wieder auf die Beine zu kommen, gab dann jedoch auf. Elvis ging zu ihr, um ihr spezielle Handschellen anzulegen, die ihre Cyberware auch dann desaktiviert halten würden, wenn sie aufwachte, bevor das Team hier fertig war.

»Auf den Boden«, sagte Skater zu dem Elf, auf den er geschossen hatte. Der Matrose bewegte sich langsam, da er auf eine Blöße bei Skater wartete, doch der gab sich keine. Als er und Elvis den anderen Elfen ebenfalls Handschellen angelegt hatten, war Erzengel längst eingestöpselt.

»Fertig«, sagte Elvis schwer atmend. »Die Müsli-Schnalle war echt gut.« Er berührte seine blutige Stirn und starrte auf das feuchte Rot.

Nickend ging Skater zu Erzengel. »Können wir uns nicht einfach die Platte krallen und abschwirren?«

Sie schüttelte den Kopf. »Wenn das jemand versucht, greift der Selbstvernichtungsmechanismus. Ich bin schon über die Sensoren gestolpert, aber wer die versteckt hat, wußte, was er tat.«

»Tu, was du kannst.« Dann wies Skater Elvis an, ihre Gefangenen zu durchsuchen, während er Schubladen und Reisetaschen aufriß. In weniger als zwei Minuten wußte er, daß sie nichts weiter finden würden.

»Skater.«

Als er aufsah, sah Skater Quint Duran oben auf der Kajütstreppe stehen. Der Körperpanzer des Orks wies ein paar frische Kratzer auf.

»Wir können jeden Augenblick überrannt werden«, sagte Duran. »Die Elfen sammeln sich und bereiten sich auf einen neuen Angriff vor. Treys Schlafzauber hat nicht so viele ausgeschaltet, wie wir gehofft hatten.«

»Bleib bei ihr«, wies Skater Elvis an, während er die andere Tür in der Kabine verriegelte. Er raste schwer atmend die Treppe hinauf. Seine Rippen schmerzten vom Anprall der Kugeln, was Blutergüsse versprach – wenn er so lange lebte, bis sie sich gebildet hatten.

Shiva hockte mit einem Narcoject-Gewehr neben der

Kabine und nutzte die Deckung, die sie ihr gab. Trey war auf der anderen Seite. Seine Hände leuchteten und blitzten dann trübe auf.

»Der Schlafzauber hat prima funktioniert«, knurrte Trey. »Diese Burschen kamen von tiefergelegenen Decks, wo ich sie nicht sehen konnte.«

»Zwei Minuten«, sagte Skater. »Dann verschwinden wir. Erzengel ist in ihrem System.«

»Ihr habt keine zwei Minuten mehr«, sagte Wheeler über Funk. »Ich habe Echos auf dem Schirm, die von Osten hereinkommen.«

Skater wirbelte herum und suchte den düsteren Himmel ab. Dann sah er sie, drei Hubschrauber, die genau auf den Frachter zuhielten. Sekunden später waren sie über der *Sapphire Seahawk*, und ein Kugelhagel aus schweren MGs ging auf die Decks nieder.

# 2

Runter!« befahl Skater. »Bewegt euch!«

Niemand hatte Einwände. Ihnen blieb gar nichts anderes übrig, als wieder die Stufen der Kajütstreppe hinunterzusteigen. Cullen Trey ging zuerst mit flatterndem Cape, gefolgt von Shiva.

»Geh, Junge«, knurrte Quint Duran. Er hob die SPAS-22, als die ersten Truppen aus den Helikoptern auf dem Deck landeten und in Deckung gingen.

Ein rubinroter Laserzielpunkt flammte auf Skaters Gesicht auf, und sofort preßte er sich noch flacher gegen die Treppe. Eine Kugel zischte genau dort durch die Luft, wo sich gerade noch sein Gesicht befunden hatte.

Die Teams aus den Hubschraubern bewegten sich mit der Präzision eines Uhrwerks. Sie teilten sich in kleine Gruppen auf, die sich beeilten, die Schlüsselpositionen an Bord des Frachters zu besetzen. Durans Schrotflinte dröhnte zweimal mit dem Erfolg, daß ein Schütze zu Boden ging und Funken von den Rotorblättern des nächsten Hubschraubers sprühten. Der Pilot wich ein paar Meter zurück, dann schwenkte er herum und ließ mit seiner Zwillingskanone Höllenfeuer auf die Treppe regnen.

»Yakuza«, sagte Duran, der Skater dicht auf den Fersen war, als dieser die Stufen herunterraste.

»Bist du sicher?« wollte Skater wissen, während er sich in dem Raum nach einer Fluchtmöglichkeit umsah.

»Willst du noch mal rauf und dich selbst überzeugen?«

Skater warf ihm einen Blick zu, als er sich bückte, um die Tür hochzuheben, die aus dem Rahmen gerissen worden war. »Elvis, hilf mir mal.«

Der Troll packte die Tür und half Skater, sie wieder in den Rahmen zu zwängen. Als sie einigermaßen saß, zeigte Skater auf die Koje.

Schnell zerfetzte der Troll die Koje und brachte die beiden metallenen Stützstreben zur Tür, wo er sie zwischen Boden und Türkante klemmte. »Wird nicht viel aushalten, wenn sie's mit Gewalt angehen«, sagte Elvis.

»Bist du ganz sicher, daß du nicht weißt, was in dem System ist?« fragte Shiva, indem sie das Magazin ihrer Ares-Crusader-Maschinenpistole überprüfte.

Skater sah sie scharf an. »Ich bin ganz sicher«, sagte er kühl.

Shiva musterte ihn ebenso scharf, doch ihre Miene war undurchdringlich.

»Ich glaube, dafür haben wir im Moment echt keine Zeit«, sagte Cullen Trey trocken.

Die ersten Kugeln schlugen gegen die verkeilte Tür und ließen sie erzittern. Shiva richtete ihre Aufmerksamkeit darauf.

Skater schaltete den Commlink IV ein. »Wheeler, sag was.«

»Yaks«, sagte der Zwerg. »Wie Ameisen bei einem verdammten Picknick.«

»Kannst du uns orten?« Skater ließ sich auf die Knie sinken und sah sich den Fußboden an. Er war aus Holz, dick und knorrig, und wies Schleifspuren jahrelanger Benutzung auf.

»Ich hab' euch jetzt auf dem Schirm, Chummer.«

»Dann bleib bei uns«, sagte Skater, »weil wir jetzt machen, daß wir hier rauskommen.«

»Wie?« wollte Shiva wissen. »Hast du in den letzten Minuten rausgefunden, wie man durch Wände geht und Kugeln einfach durch sich durchsausen läßt?«

»Wir gehen nach unten.« Mit einer geschmeidigen Bewegung zog Skater das Monofilamentschwert und hackte damit ein großes Dreieck in die Mitte des Fußbodens. Er brauchte zwei Anläufe, um diesen Teil des Bodens loszutreten.

In diesem Augenblick erbebte die verkeilte Tür unter einem gewaltigen Aufprall, der sie ein Stück in den Raum drückte, so daß sie ein paar Zentimeter weiter klaffte als zuvor. Dünne Rauchfahnen schoben sich durch den Spalt und tasteten sich in die Kabine.

Duran schob auf seiner Seite der Tür den Lauf der SPAS-22 durch den Spalt und drückte ab. Das rauhe *Kawumm* der Schrotflinte war in der Enge der Kabine ohrenbetäubend, aber nicht laut genug, um Erzengels jähe Schmerzensschreie zu übertönen.

Skater wirbelte herum, als sie aus dem Stuhl und zu Boden glitt. Während er zu ihr eilte, verdrehte sie die Augen, bis nur noch das Weiße zu sehen war, und ihre Lider flatterten und zuckten wie die koreanischen Leuchtreklamen an den Gebäuden der Seattler Innenstadt. Sie atmete nicht mehr.

»Auswurfschock«, sagte Trey, der sich zu Skater gesellte. »Was für eine Begegnung sie auch hatte, das Ice muß ziemlich eklig gewesen sein.« Die Konzerne waren sich nicht zu schade, ihre Systeme mit immer tödlicheren Intrusion Countermeasures zu sichern, und so gut ein Decker auch war, jeder Matrix-Run konnte sein letzter sein.

Skater stimmte Trey im stillen zu. Er legte ihren Kopf in den Nacken, um zu gewährleisten, daß ihre Atemwege frei waren, dann preßte er seine Lippen auf ihre und begann mit der künstlichen Beatmung. Noch ein paar Atemzüge, dann atmete sie wieder von allein, obwohl sie nach wie vor bewußtlos war.

»Bleib bei ihr«, sagte Skater zu Trey.

»Verstanden.« Trey beugte sich nieder und wiegte Kopf und Schultern der Deckerin sanft in seinen Armen.

In Skater kam Bewegung. Jedesmal, wenn ein Dekker durch die Matrix ritt, bestand die Möglichkeit, daß er sich einen dauerhaften Hirnschaden zuzog. Er hatte ausgebrannte Cowboy-Decker gesehen, die schlimmer als Paraplegiker waren.

Er hockte sich neben das Loch, das er in den Boden geschnitten hatte, zückte eine Taschenlampe und richtete den grellen gelben Lichtstrahl nach unten in die Eingeweide des Frachters. Unter ihm zeichnete sich ein Gewirr von Stützstreben ab.

»Elvis«, sagte Skater. »Du nimmst Erzengel.«

»Klar.« Elvis schob fast zärtlich einen Arm unter die bewußtlose Elfe. »Wird 'ne ziemliche Kletterei, was?«

»Und die ist noch der leichtere Teil«, gab Skater zu. Zwei weitere Hiebe mit dem Monofilamentschwert, und das Loch war groß genug für den Troll und die Elfe zusammen. »Cullen, du gehst mit deiner Taschenlampe voran. Geh bis ganz nach unten und dann vorwärts. Bis es nicht mehr weitergeht.«

Trey ließ sich ohne ein weiteres Wort durch das Loch und in das Gewirr der Streben hinab. Elvis folgte ihm mit Erzengel über einer seiner gewaltigen Schultern.

Skater zog seinen Predator, vergewisserte sich, daß das Magazin voll war, und rannte zur Tür, die den Weg zur Kajütstreppe versperrte. Duran gab zwei Schüsse ab, dann zog er die Schrotflinte zurück, um Patronen nachzuladen.

»Geh«, sagte Skater zu Shiva.

»Damit wir unser Glück beim Ertrinken versuchen?« wollte sie wissen. Blut sickerte aus ein paar Kratzern auf ihrer rechten Wange.

»Es liegt an dir, ob du lange genug leben willst, um hier rauszukommen.«

»Du glaubst wirklich, daß du damit durchkommst?« Die Schroffheit war aus ihrer Stimme gewichen.

Skater hatte sich nie ganz an Shivas blitzartige Stimmungswechsel gewöhnen können. »Ich habe einen Plan.«

Sie lud ihre Waffe neu, dann tätschelte sie seine Wange. »Ich liebe es einfach, wenn du das sagst.«

»Beweg dich.«

Einen Augenblick später war Shiva durch das Loch verschwunden.

Duran gab einen weiteren Schuß ab, dann wich er wieder zurück. Eine neuerliche Salve traf die Tür und ließ sie zittern und beben. »Du glaubst wirklich, daß du den Kopf aus dieser Schlinge ziehen kannst?« fragte Duran.

»Das wissen wir erst, wenn wir es versuchen«, sagte Skater. Er brachte eine Sprengladung in der Nähe der Tür an, die bei ihrer Explosion einen Hagel von Splittern auslösen würde. Er sprach über den Commlink IV. »Trey, leg einen Phosphorkreis an die Außenhülle, der so groß ist, daß wir durchkommen.«

»Der Wasserdruck wird uns nicht durchlassen, wenn wir einen Abschnitt der Bordwand rausbrennen«, sagte Trey. »Auf die Art kommen wir nie raus.«

»Vertrau mir einfach.«

»Schlechte Nachrichten«, sagte Duran, indem er sich von der Tür zurückzog. »Sieht so aus, als hätten die Yaks einen Schamanen in einem der Kopter, und ich glaube nicht, daß er sich mit Tai-Chi-Übungen begnügt.«

Skater lugte durch den Türspalt und sah den japanischen Magier im offenen Laderaum eines Kopters, der außerhalb der Reichweite von Durans Schrotflinte und seinem Predator über dem Deck des Frachters schwebte. Die geschmeidigen Bewegungen der Arme und Hände des Schamanen waren bedächtig und gemessen.

Plötzlich flimmerte die Luft vor ihm, die von etwas Grimmigerem als dem Gewitter aufgewühlt wurde.

»Irgendein verdammter Geist«, knurrte Duran.

Der Geist wirbelte und drehte sich wie ein Papierdrachen im Wind, dann hielt er auf die Kajütstreppe zu.

»Verschwinde!« rief Skater, indem er den Ork packte und unsanft zu dem Loch im Boden schob.

Duran kletterte zwischen die Streben und dann tiefer in das Schiff.

Skater folgte ihm, wobei er Mühe hatte, mit seinen Stiefeln auf den schmalen Stahlträgern Halt zu finden. Bevor er ganz in dem Loch im Boden verschwand, sah er es durch den Türspalt draußen aufblitzen. Dann erbebte die Tür, als sei sie soeben von einem vollbeladenen Ford-Kanada Bison gerammt worden. Als rauchender Metallhaufen war die Tür für die schwarze Gewitterwolke, in der es beständig blitzte, kein ernsthaftes Hindernis mehr. Schließlich verschwand die Wolke, als die ersten Soldaten der Yakuza die Öffnung erreichten, die sie geschaffen hatte.

Skater kletterte die Streben hinab und ging nach achtern, während Duran sich zu den anderen am entgegengesetzten Ende des Frachters gesellte. Er ließ den Strahl seiner Taschenlampe über die Schottend streichen und versuchte die Schweißnähte und Schwachstellen auszumachen.

Am Ende blieb keine Zeit für Raffinesse. Er schob die Ladungen mit Plastiksprengstoff einfach in die Mitte des Schotts, stellte die Zünder so ein, daß die Explosionen im Abstand von ein, zwei Sekunden erfolgen würden, und lief dann durch das knöcheltiefe Wasser, das sich hier unten im Schiff gesammelt hatte zum Bug. Die anderen waren fast dreißig Meter entfernt in Verteidigungsstellung gegangen.

»Trey«, sendete Skater. »Bist du mit dem Phosphorkreis soweit?«

»Ja, aber …«

»Zünde ihn, wenn ich es sage.« Skater irrte durch das Labyrinth von Streben und stieß sich an einer, die der Strahl seiner Taschenlampe nicht rechtzeitig erfaßte, schmerzhaft das Schienbein. Er zündete die erste Ladung via Commlink.

Die Explosionen, die wie die Schläge einer gewaltigen Baßtrommel durch das Schiff hallten, rissen das Heck der *Sapphire Seahawk* auseinander. Eine brodelnde Wasserflut ergoß sich in das Schiffsinnere, raste durch das Schiff und zog es herunter. Das Heck sank dramatisch ab, was ihre Yakuza-Verfolger aus dem Gleichgewicht brachte.

Keiner von ihnen hatte damit gerechnet, daß dieser Run so enden würde. »Warte noch, Trey«, sagte Skater. Das Wasser um seine Stiefel wurde tiefer und dann zu einem reißenden Strom.

Die Flutwelle fegte die Männer der Yakuza aus dem Gitterwerk der Streben.

»Wheeler«, rief Skater. »Was ist mit diesen Koptern?«

»Sie fliegen zur Rettung herein, aber sie spielen den Elfen übel mit, jetzt, wo sich die meisten von dem Schlafzauber erholt haben.«

»Das kann uns nur recht sein. Wir zünden eine Rauchgranate, sobald wir vom Schiff runter sind. Wir brauchen dich – schnell.«

»Wird nicht leicht sein«, sagte der Rigger. »Eine der Deckkanonen hat gerade einen Kopter erwischt. Die Yaks haben mehr Probleme, als ihnen lieb sein kann, aber wir könnten auch unter Beschuß geraten.«

Skater wand sich durch einen weiteren Engpaß im Labyrinth der Streben. Das Wasser reichte ihm jetzt bis zu den Hüften, und er stellte fest, daß sein Weg jetzt immer steiler aufwärts führte. Er konnte Trey voraus sehen, dem das Wasser bis zu den Knien reichte. Außerdem spürte Trey, wie der Luftdruck zunahm, was auch der Grund dafür war, daß sich der Wasserstrom verlangsamte. Die gewaltige Luftblase, die sich im Bug gebildet hatte, bremste das Wasser ab.

»Okay, Trey«, sendete Skater. »Zünde den Phosphor.« Er war immer noch acht Meter von den anderen entfernt, und die Anstrengung hatte ihn trotz des Wassers gewaltig ins Schwitzen gebracht.

Er sah, wie Trey eine Reihe verschnörkelter Gesten beschrieb, dann löste sich ein platinfarbener Feuerstrahl von seinen Fingerspitzen. Der Phosphor entflammte sofort. Das Metall der Außenwand glühte zuerst orange und dann rot auf, während ein Loch in sie geschmolzen wurde.

Elvis drehte sich um und schirmte Erzengel ab, indem er sie in beide Arme nahm und gegen seine Brust drückte. Duran und Shiva wappneten sich, um dem fallenden Oval aus Metall zu begegnen, während Trey einen weiteren Zauber vorbereitete.

Statt dessen wurde das herausgeschnittene Stück nach außen gedrückt. Skater grinste, als er sich zu einem schnelleren Tempo zwang. Der Luftdruck hatte so sehr zugenommen, daß er mittlerweile eine entscheidende Rolle spielte, obwohl durch das Loch, das er in den Kabinenboden gehackt hatte, ein teilweiser Druckausgleich stattgefunden haben mußte.

Die Kehrseite der Medaille war jedoch, daß das durch das Loch im Heck eindringende Wasser jetzt die Proportionen einer Flutwelle angenommen hatte und dem Luftsog zum Bug folgte. Das Wasser reichte Skater bis zur Brust und stieg so schnell, daß er das Gleichgewicht verlor.

»Geht!« rief er.

Shiva zögerte nur so lange, wie sie brauchte, die Mini-Atemmaske aus Erzengels Tasche zu ziehen und sie der Deckerin aufzusetzen. Dann stülpte sie sich ihre eigene Maske über und schwamm durch das Loch im Bug des Frachters. Elvis folgte ihr, indem er in eine der großen Luftblasen trat, die aus dem Schiffsinnern entwichen.

Dann wurde Skater völlig vom Wasser überspült, das ihm die Sicht raubte. Er klappte seine eigene Mini-Atemmaske vor das Gesicht und befestigte sie. Die

Mini-Atemmasken waren nur gut für ungefähr zehn Minuten Luft bei normaler Benutzung. Bei seinem Adrenalinspiegel und dem gesteigerten Sauerstoffbedarf seiner Lungen war Skater jedoch klar, daß er schon Glück hatte, wenn die Luft fünf Minuten reichte.

Dann fand seine Hand die halbwegs glatte Schnittfläche im Rumpf. Er zog sich hindurch, wobei seine Schulter die Kante streifte und er sich das T-Shirt aufriß und die Haut darunter aufscheuerte.

Trotz der Atemmaske schrien Skaters Lungen nach Luft, als sein Kopf die Wasseroberfläche durchstieß. Duran war nicht weit entfernt und trat Wasser, während er die SPAS-22 festhielt.

»Du hast eine Rauchgranate«, sagte Skater. »Laß sie hochgehen, und dann nichts wie weg hier.«

»Gemacht.« Duran zog die Granate ab und warf sie hinter sich. Die Granate landete auf der Wasseroberfläche und schwamm einen Augenblick. Dann ging sie hoch und ließ in Sekundenschnelle eine dichte Rauchwolke über dem Wasser entstehen. Außerdem waren heiße Partikel sichtbar, die Infrarotsicht und damit eine Möglichkeit erschwerten, wie Wheeler sie aufspüren konnte.

Skater drehte sich zur *Sapphire Seahawk* um. Der Frachter sank ganz eindeutig, legte sich jetzt auf die Backbordseite. Die brennenden Überreste eines Yakuza-Kopters schwammen verstreut in der Nähe.

»Ich sehe euch«, funkte Wheeler. »Bin schon unterwegs.«

Das Wasserflugzeug stieß auf die Wasseroberfläche herab wie eine Möwe, die Beute erspäht hatte, und wurde scharf hochgezogen, kurz bevor seine Schwimmkörper ins Wasser tauchten. Die Reibung des Wassers und die Wirkung der voll geöffneten Klappen bremsten das Flugzeug in kürzester Zeit ab.

Plötzlich strich ein gelber Scheinwerferstrahl vor Skater über die Wasseroberfläche.

»Wir sind entdeckt worden«, rief Shiva.

»Schwimm zum Flugzeug«, sagte Skater. Sie hatten keine andere Wahl. Er sah kurz über die Schulter: ein Kopter löste sich plötzlich von dem sinkenden Schiff.

Trey erreichte das Wasserflugzeug zuerst. Er zog sich auf einen Schwimmkörper und dann durch die Tür. Er half Elvis, Erzengel ins Flugzeug zu hieven, dann zeigte er plötzlich in eine Richtung und schrie etwas.

Zehn Meter von dem Wasserflugzeug entfernt konnte Skater weder hören noch sehen, was Trey so aufbrachte. Doch bevor er Zeit hatte, darüber nachzudenken, schoß ein langer weißer, dunkelblau gefleckter Tentakel aus dem Wasser und schloß sich um Shiva, die gerade Anstalten machte, in das Flugzeug zu klettern. Der Tentakel zog sie unter die Wasseroberfläche, bevor sie auch nur aufschreien konnte.

Skater schwamm und wollte gerade Duran etwas zurufen, als sich eine Schlinge aus gummiartigen harten Muskeln um seine Brust schloß und ihn hinunterzog.

# 3

Durch das Wasser sah Skater verschwommen die Scheinwerferlichter des Yakuza-Kopters, der über ihm über das Wasser glitt. Seine Brust fühlte sich an, als werde sie zerquetscht, und vor seinen Augen flackerten schwarze Kreise.

»Ein Krake!« hörte er Duran über Funk rufen.

»Jack«, rief Elvis. »Trey sagt, das verdammte Vieh wird von dem Schamanen beherrscht. Er arbeitet daran.«

Skater versuchte zu antworten, aber er hatte nicht mehr genug Luft. Er glaubte, den knollenförmigen Kopf des Kraken irgendwo tiefer in der Dunkelheit vor sich sehen zu können, war aber nicht sicher.

Seine trägen Finger fanden das Heft des Schwerts und zogen es aus der Scheide, dann drehte und wandte er sich irgendwie so weit, daß er die Monofilamentschneide durch den Tentakel ziehen konnte. Eine Blutwolke quoll aus dem Stumpf und trübte das Wasser, und der amputierte Muskelstrang schlug gegen seine Brust.

Skater schoß keuchend und mit brennenden Lungen aus dem Wasser. Er schüttelte sich das Wasser aus den Augen und orientierte sich.

Elvis zog Trey in das Wasserflugzeug. Skater wußte nicht, ob der Magier getroffen worden war oder einfach nur unter magischer Überbeanspruchung litt.

Der Krake war jetzt dicht unter der Oberfläche, und alle seine Tentakel waren zu sehen, wie sie hin und her peitschten und das Wasser aufwühlten. Über Jack umkreiste der Yakuza-Kopter die auf dem Wasser schaukelnde Fiat-Fokker, während jemand mit einem Megaphon verlangte, daß alle Insassen das Flugzeug verließen.

Skater wich einem der mit Saugnäpfen übersäten Tentakeln aus und schwamm zum Wasserflugzeug. Vor ihm auf dem Wasser leuchteten plötzlich Laserzielpunkte auf, und die rubinroten Kreise warnten ihn früh genug, so daß er tauchen konnte, bevor die Kugeln in das Wasser schlugen.

Er tauchte wieder auf, fast in Reichweite der Fiat-Fokker. Duran zog jetzt Shiva aus dem Wasser. Sie war blutüberströmt. Skater klammerte sich an einen Schwimmkörper und schaffte es, sich in das Wasserflugzeug zu ziehen. Elvis hatte sich eine Vindicator-Minikanone geschnappt, deren Läufe die fünfzig Schuß Munition eines Gurtes in wenigen Sekunden ausgespien hatten.

Widerwillig wich der Kopter zurück.

»Haltet euch fest«, rief Wheeler aus dem Cockpit. »Dieser verdammte Riesenkrake greift uns an.« Die Fiat-Fokker erbebte und glitt langsam über das Wasser, als der Zwerg Gas gab.

Skater zog seinen Predator II, zielte auf den Kopf des Ungeheuers und schoß ein ganzes Magazin leer.

Abrupt brach der Krake den Angriff ab und richtete seine Aufmerksamkeit auf den Yakuza-Kopter. Drei seiner Tentakel wickelten sich um die Landekufen des Kopters und zogen ihn zur Wasseroberfläche hinunter.

Mit heulenden Rotoren kämpfte der Kopter gegen den Zug der Tentakel an. Einen Augenblick, nachdem das erste Blatt das Wasser berührt hatte und förmlich zersplittert war, explodierte der Kopter in einer orange-schwarzen Wolke aus Feuer und Rauch. Überrascht und verwundet ließ der Krake seine Beute los und versank in den Tiefen des Ozeans.

Skater spürte, wie sich die Schwimmkörper des Wasserflugzeugs aus dem Wasser lösten, da sich die Tragflächen hoben und für Auftrieb sorgten. Er nahm seine Taschenlampe und ließ den gelblichen Strahl über Shiva wandern.

Ihre toten Augen glänzten feucht. Blutige Kreise von den Saugnäpfen der Tentakel des Kraken verunstalteten ihre Züge.

Skater schaltete die Lampe aus. Er hatte genug gesehen.

»Ziemlich harter Abgang«, bemerkte Duran.

Nicht zum erstenmal fragte sich Skater, ob das Los eines Shadowrunners damit erschöpfend beschrieben wurde. Anscheinend wurde man nicht mal von seinen Chummers vermißt, wenn man den Löffel abgab. »Was ist mit Erzengel und Trey?«

»Weilen wieder unter den Lebenden, Chummer«, sagte der Magier, indem er sich aufrichtete. »Aber ich habe einen deftigen Tritt in meinen astralen Hintern bekommen. Dieser Yakuza-Schamane war echt gut.« Sein großspuriges Grinsen verging ihm, als er Shiva sah.

»Ich glaube, mit Erzengel ist alles okay«, grollte Elvis. Er hatte einen Schlafsack aus einem der Staufächer geholt und es ihr so bequem wie möglich gemacht.

Skater warf einen Blick durch die offene Ladeluke. Die *Sapphire Seahawk* brannte immer noch fröhlich vor sich hin und jagte einen ständigen Funkenstrom in die graue Rauchwolke, die sich in den Himmel kräuselte.

»Sie sollte auch besser durchkommen«, sagte Duran, indem er die Ladeluke schloß. »Wenn nicht, war dieser Run nämlich die totale Pleite, und wir können alle einen Haufen investiertes Kapital abschreiben. Ganz zu schweigen davon, daß Shiva umsonst gestorben ist.«

Skater stützte die Unterarme auf die gebeugten Knie und konzentrierte sich auf seine Atmung, dann darauf, sich in sich selbst und an einen Platz zurückzuziehen, wo ihn nichts berühren konnte. Es war der einzige Platz, an dem er sich je sicher gefühlt hatte, und auch derjenige, von dem er mit Sicherheit wußte, daß er von vorn bis hinten eine Illusion war.

Trotz des aktiven Netzes, das Lone Star und die Küstenwache gespannt hatten, gelang Wheeler eine ruhige Landung bei der Agentur für Touristenrundflüge, wo sich das Team eine Anlegestelle reserviert hatte. Der Rigger steuerte das Wasserflugzeug gekonnt in das U-förmige Dock und schaltete den Motor aus.

Skater schob die Laderaumtür auf und schaute auf das weiche Glitzern der Elliot Bay, in dem sich ein Kaleidoskop der Neonreklamen spiegelte, mit denen die nahegelegenen Gebäude zugepflastert waren.

Long John Hurley stand in den Schatten am Ende des Docks und rauchte eine Zigarre. Er war grau, groß und schlank und mit längst veralteter Cyberware verchromt.

»Was, zum Teufel, habt ihr euch dabei gedacht?« nörgelte Hurley. Er ging nervös auf dem Dock auf und ab, während er wie ein Automat an der Zigarre rauchte und sein Cyberbein ob der Belastung vor sich hin summte.

Duran zwängte sich aus dem Flugzeug und auf das Dock, wobei er Hurley völlig ignorierte.

»Ich meine, dieser Drek mit der *Sapphire Seahawk*, das ist euer Werk, stimmt's?« Hurley schrak vor Duran zurück, als der Ork sich zu ihm umdrehte.

Scheinbar ohne sich sonderlich schnell zu bewegen, packte Duran den Besitzer der Agentur an seinem Hemd, wobei der Stoff in seiner knorrigen Faust riß. Eine scharfe Klinge in seiner Hand glitzerte im Mondlicht. »Ich würde sagen, ich muß heute hier noch Überstunden machen«, sagte der Ork zu ihm. »Eine Kehle mehr oder weniger aufschlitzen, was macht das schon aus?« Er zog Hurley näher zu sich heran. »Allen anderen nichts, und mir noch weniger. Begriffen?«

»Ja.« Hurleys Rückgrat schien sich zu verflüssigen.

Er wandte den Blick ab. »Ich will bloß nicht, daß morgen früh die Blauen an meine Tür klopfen.«

»Wenn sie uns finden«, sagte Skater mit harter Stimme, »dann finden sie dich auch. Ganz einfache Rechnung.« Hurley war so fair und vertrauenswürdig, wie man erwarten konnte, aber das Team hatte sich auch noch nie so exponiert wie heute.

Der Ork ging in das kleine Büro und kehrte Augenblicke später mit einem Rollwagen zurück. Während sie die Waffen von Bord der Fiat-Fokker auf den Wagen luden, sah Skater sich um. Sie hatten den Platz ausgewählt, weil er zwischen den beiden größten einheimischen Frachtlinien lag, die nebenher ›Freihandel‹ betrieben und genug Geld hatten, um die meisten Schnüffler abzuhalten.

Als alle Kanonen verstaut waren, reichte Elvis Shivas Leiche heraus, die in einem der Schlafsäcke lag.

Skater übernahm das Paket mit einigen Schwierigkeiten und zwang sich, nicht daran zu denken, was sich darin befand. Der Tod war Teil des Lebens. Das hatte er im Council-Land von seinem Großvater gelernt, aber er war ihm trotz allem, was ihm der Sprawl an Gegenteiligem beigebracht hatte, nie gleichgültig geworden. Er legte den Schlafsack oben auf die Waffen und zog eine dunkle Plane über alles.

Erzengel kletterte aus eigener Kraft aus dem Wasserflugzeug. Sie hatte dunkle Ringe unter den Augen, und aus ihrem rechten Nasenloch sickerte ein dünner Blutfaden, den sie mit einem Taschentuch abwischte.

»Wie geht's dir?« fragte Skater.

»Ich lebe noch«, sagte sie. »Nach einem Run wie dem von heute würde ich sagen, daß das schon ziemlich gut ist.«

Skater schüttelte den Kopf und warf einen Seitenblick auf den Schlafsack, der alles enthielt, was noch von Shiva übrig war. »Ein Jammer, daß Shiva das nicht auch sagen kann.«

Erzengels Miene war so ausdruckslos wie immer, aber ihre Stimme bekam einen weicheren Unterton. »Nimm das nicht alles auf deine Kappe, Jack. Du hast uns gesagt, daß der Run heikel werden könnte. Shiva hat das ebenso gewußt wie wir anderen.«

Skater sah sie kurz an, sagte aber nichts mehr. Es gab zu ziel zu tun. »Ihr wißt, wie es weitergeht«, sagte er zu ihnen. »Ich verstaue Ausrüstung und Waffen und treffe euch dann in der Basis.«

»Ich komme mit dir.« Duran zupfte beiläufig an dem Schlafsack. »Heute hast du zusätzliches Gepäck. Ich will mich vergewissern, daß es anständig entsorgt wird.«

»Um die Wahrheit zu sagen«, bemerkte Hyde Tallow fast eine Stunde später, als er den Reißverschluß des Schlafsacks öffnete und das blutverkrustete Haar sah, das sich daraus ergoß, »das habe ich schon lange erwartet.«

»Erwartet? Was?« fragte Skater. Duran stand hinter ihm. Ihre Stimmen waren leise und wurden von den Kisten und Paketen gedämpft, mit denen das kleine Lagerhaus abseits der Clay Street gefüllt war, wo Tallow seine Geschäfte abwickelte. Am Tag wurden in dem Lagerhaus Soja- und künstliche Nahrungsmittel umgeschlagen, die aus den Vereinigten Kanadischen und Amerikanischen Staaten eingeführt wurden. Nachts fungierte Tallow als Organbeschaffer für Nightingale's Body Parts, wenn Ware benötigt und nicht so genau nach der Herkunft gefragt wurde. Solange die Ware gut war.

»Daß du eine Frauenleiche loswerden mußt.« Tallow streifte sich transparente Gummihandschuhe über. »Leuchte mal dorthin.«

Skater ließ den Strahl der Taschenlampe über Shivas Oberkörper wandern.

»Augenblick.« Tallow trat einen Schritt näher, nahm

Shivas Kopf in beide Hände und betrachtete ihn. Der Straßendoc praktizierte seit Jahren nicht mehr legal, handelte aber immer noch mit Organen und Körperteilen. Er war klein und stämmig, hatte jedoch lange weiße Finger an Händen, die aussahen wie bleiche Spinnen, welche über Shivas Leiche krabbelten. »Das ist nicht die Tänzerin aus dem SybreSpace.«

»Nein«, sagte Skater. »Ist sie nicht.«

»Ich dachte, ihr hättet Schluß gemacht, als ich sie mit anderen Kerlen sah. Obwohl ich sagen muß, daß die noch weniger ihr Stil waren als du.«

Skater bewahrte sich seine ausdruckslose Miene, aber er empfand einen plötzlichen Stich in der Brust, als er sich Larisa mit jemand anderem vorstellte. Er hatte sie zuletzt vor fünf Monaten gesehen, obwohl sie noch vor ein paar Tagen miteinander geredet hatten.

Duran trat neben Skater unbehaglich von einem Fuß auf den anderen. »Dieser Bursche kennt dich?«

Skater zuckte die Achseln. »Manchmal hängen wir an denselben Orten rum.« So hatte er Tallow kennengelernt, obwohl er den Mann noch nie zuvor benutzt hatte und es auch nie wieder tun würde.

Tallow drehte sich zu ihm um und lächelte. Seine Handschuhe waren bereits mit Shivas Blut verschmiert. »Ihr braucht euch meinetwegen keine Sorgen zu machen«, sagte der Straßendoc. »Ohne Burschen wie euch müßte ich die Gassen nach Leuten absuchen, die die Halloweeners oder sonst eine Straßengang auf Eis legen und den Ratten zum Fraß überlassen.« Er tätschelte Shivas tote Wange. »Auf diese Weise bekomme ich wenigstens gesunde Ware. Noch dazu so frisch, daß das Gewebe noch in Ordnung ist. Es würde mir nämlich verdammt wenig bringen, wenn ich versuchte, tote Organe zu verkaufen. Bringt sie hier rüber.«

Skater und Duran faßten jeweils an einer Seite des Schlafsacks an und folgten dem Straßendoc in ein kahles Büro im hinteren Teil des Lagerhauses. Ein Namensschild verkündete, daß das Büro einem D. Madden gehörte. Der Stoff des Schlafsacks war mit getrocknetem Blut verklebt. Sie legten die Leiche auf einen Schreibtisch, den Tallow abräumte. Mit sich selbst redend, öffnete der Straßendoc einen in der Wand verborgenen Tresor und holte ein Tablett mit medizinischen Instrumenten heraus, die alle glänzten und sehr scharf aussahen. Der Raum hatte keine Fenster, so daß kein Licht nach draußen fallen konnte, als er die superhelle Lampe über dem Schreibtisch einschaltete, nachdem er die Birnen ausgetauscht hatte.

Tallow schob Shivas Arm zu Skater. »Halt sie fest. Ich muß sie aus diesen Klamotten schneiden.« Ein Skalpell funkelte in seiner Hand und huschte dann förmlich durch die Kleidung. Sekunden später war die Leiche nackt.

Skater versuchte, nicht zu reagieren. Sein Großvater hatte immer darauf beharrt, daß ein neues Leben auf einen wartete, wenn das körperliche zu Ende war. Er hoffte, daß das stimmte, und er hoffte, daß Shiva gerade nicht zusah, wie er dabei half, ihre Überreste aufzuschneiden.

Tallow schaltete die Lasersäge ein und öffnete den Brustkorb der Leiche, dann benutzte er einen Brustspanner, der wie eine Riesenheuschrecke aussah, um ihn auseinanderzuziehen. Er redete mit sich selbst, listete die Organe auf, die in gutem Zustand zu sein schienen. Es floß wenig Blut, und dafür war Skater aufrichtig dankbar. Bis zum Morgen würde das, was einmal Shiva gewesen war, als Schwarzmarkt-Organe und -Knochen über die ganze Stadt verteilt sein.

»Wie kommt's, daß Romeo seine hübsche Julia verloren hat?« Tallow hob das unbeschädigte Herz aus der Brusthöhle. Er legte es in eine Kühlbox, die ebenfalls aus dem Tresor stammte.

Skaters Gesicht war von der Anstrengung, alle Gefühlsaufwallungen des Augenblicks und auch diejenigen aus der Erinnerung geborenen zu unterdrücken, verzerrt, als er antwortete: »Sie hatte Angst, ich könnte eines Nachts auf deinem Tisch landen.«

Duran beugte sich vor, ein wegen seiner Größe und der schwarzen Kunstlederkleidung bedrohlicher Anblick. »Mehr säbeln«, sagte er, »und weniger quatschen.«

»Ich weiß nicht genau, was ich an Land gezogen habe, aber es war gut gesichert«, sagte Erzengel zu ihnen, als sie ein paar Stunden später in dem gemieteten Raum tief im Orkuntergrund saßen. »Ich habe alles herabgeladen, was ich konnte, aber ich weiß immer noch nicht, was es ist.«

Skater stand hinter Wheeler Stahlnerv und neben Elvis und ließ den Monitor nicht aus den Augen, während Erzengel die Dateien durchforstete. Zahlen und Symbole in allen möglichen Farben huschten vertikal und horizontal über den Bildschirm.

»Der Drek ist verschlüsselt«, sagte Skater.

Erzengel nickte. »Wenn ich mehr Zeit hätte, könnte ich den Code vielleicht knacken.«

»Das eine, was wir nicht haben, ist Zeit«, murmelte Duran. Er stand brütend in einer Ecke, die Arme vor der breiten Brust verschränkt. »Die Yaks durchkämmen die Straßen nach dem Team, das heute nacht die *Sapphire Seahawk* überfallen hat.«

Elvis verzog die Lippen im Schatten seiner Hauer zu einem grausamen Lächeln. »Du meinst, wir haben den ganzen Lorbeer für uns?« Der Raum war klein und wurde von dem 225-Kilo-Troll fast allein ausgefüllt. An der Rückwand stapelten sich Holzfässer mit billigem Wein und Bier. Das ›Bloody Rosbud of Phelia‹, das nach der Orkkriegerin benannt war, die in der Nacht des Zorns bei der Verteidigung ihrer Schützlinge in einem Kinderkrankenhaus umgekommen war, hatte um ein Uhr nachts an einem Mittwochmorgen nicht sehr viele Kunden. Ein paar billige, mit dem Logo der Bar bedruckte Öllampen füllten ein paar handgemachte Holzregale an der Wand. Cullen Trey saß auf einem geradlehnigen Stuhl und blätterte in einem staubigen Buch mit sorgfältig ausgebessertem Einband herum.

Duran nickte ernst und fuhr sich mit der Hand durch seine dichte Orkmähne. »Genau das will ich damit sagen.«

»Was machen wir mit der Sore?« fragte Erzengel. »Wir haben keinen Käufer und wissen nicht einmal, was wir zu verkaufen haben.« Wie immer wirkte sie ganz kühl und gelassen, die Ruhe in Person.

»Kannst du die Dateien kopieren?« fragte Skater.

»Ich habe sie vom System des Frachters herunterkopiert, oder nicht?«

»Dann mach noch vier weitere Kopien«, sagte Skater. »Gib jedem von uns eine, nur mir nicht.«

»Warum allen anderen, nur dir nicht?« wollte Elvis wissen.

»Weil«, sagte Wheeler, »er uns mühelos aus dem Deal heraushalten könnte, wenn er bereits einen Käufer hätte. Jack versucht, fair mit uns zu spielen. Auf diese Weise hat er ohne uns nichts zu verkaufen.«

»Vielleicht«, sagte Duran mit unverändert eisiger Miene. »Und vielleicht sind Kopien dieser Dateien eine Methode, den Rest des Teams zu Zielscheiben zu machen.«

Wheelers Miene verfinsterte sich, aber bevor er antworten konnte, sagte Skater zu Erzengel. »Gib mir auch eine Kopie.« Er musterte Duran. »Du kannst mir trauen oder auch nicht.«

Erzengel gab die Chips mit den Kopien an sie weiter.

»Was würdest du glauben?« wollte der Ork wissen. »Vor ein paar Wochen tischst du uns aus heiterem

Himmel diesen Schwindel auf. Du weißt nicht genau, worum es eigentlich geht, aber es heißt, für die Runner, die das Zeug klauen und einen Käufer finden können, ist es ein paar Millionen Nuyen wert. Wir sind ganz gut zurechtgekommen. Wir hatten einen Haufen Johnsons mit Angeboten. Wir hätten das nicht nötig gehabt.«

»Nein«, stimmte Trey ihm zu. »Aber du hast nicht mit der Wimper gezuckt, als Jack uns den Vorschlag gemacht hat, oder?«

»Halt dich da raus«, fauchte Duran.

»Würde ich ja gerne« – der Magier lächelte leutselig –, »nur daß ich bis zum Hals mit drinstecke, Chummer. Mein Kopf liegt auf demselben Richtblock wie deiner. Deine eigene Gier hat dich in die Tinte geritten, nicht Jack.«

Skater ließ das Schweigen sich in dem Raum ausbreiten und unterdrückte den Impuls, etwas zu seiner Verteidigung vorzubringen.

»Wie lautet also der Plan?« fragte ihn Wheeler.

»Wir trennen uns und ziehen den Kopf ein, bis wir herausgefunden haben, was eigentlich Sache ist. Dann versuchen wir das Blatt zu unseren Gunsten zu wenden. Wenn wir können.«

»Was auch passiert«, sagte Trey, indem er sich von seinem Stuhl erhob und seinen Umhang glattstrich, »niemand kann sagen, die letzten drei Jahre wären nicht gut gelaufen.« Er hielt Skater die Hand hin. »Wenn ich dich nicht wiedersehe, Chummer, es war mir ein Vergnügen.« Sein Lächeln wirkte aufrichtig.

Wheeler und Elvis brachten auf ihre Weise dasselbe zum Ausdruck und gaben Skater ebenfalls die Hand.

Erzengel begegnete Skaters Blick, gab ihm jedoch nicht die Hand. Skater wußte, daß das ihre Art war. »Es ist noch nicht vorbei, Jack«, sagte sie leise. »Paß auf dich auf.«

Skater glaubte auch nicht, daß es vorbei war, aber er nickte nur.

»Es war kein Zufall, daß die Burschen von der Yakuza praktisch zur gleichen Zeit wie wir aufgekreuzt sind«, sagte Duran.

Skater wußte, daß das stimmte. Da unzählige Schiffe aus Seattle aus- und in Seattle einliefen, wäre die *Sapphire Seahawk* ohne Peilsender oder Kenntnis ihrer Route kaum zu finden gewesen.

»Das sagt mir, daß jemand entweder uns oder die Yakuza aufs Kreuz gelegt hat – oder auch beide.« Der Blick des Orks verhärtete sich. »Irgendeine Idee, wer dieser Jemand sein könnte?«

»Nein«, sagte Skater.

»Klar.« Der Sarkasmus war so scharf wie eine Monofilamentklinge. Ohne ein weiteres Wort wandte Duran sich ab und marschierte durch die Tür. Die anderen folgten ihm rasch.

Skater griff sich einen von den Stühlen und setzte sich, da er ganz sichergehen wollte, daß Duran und die anderen weit weg waren, bevor er selbst von hier verschwand. Er verdrängte alle Gedanken daran, wie er sich fühlte. Die Mitglieder eines Teams konnten nie Freunde genannt werden, aber als Runner waren sie alle Chummer, und es war keine Frage, daß auf einem Run jeder für den anderen sein Leben aufs Spiel setzen würde. In den vergangenen drei Jahren hatten sie das mehr als einmal getan.

Sein Großvater war gestorben, als Skater zwölf gewesen war, was der Grund dafür war, warum er das Council-Gebiet verlassen hatte, um bei seiner Mutter in Seattle zu leben. Sie war eine Schieberin gewesen, die am schmutzigen Rand der Schatten überlebt hatte, und Skater hatte früh gelernt, den Männern, die sie mitbrachte, nicht zu trauen. Sie waren grob und gefühllos und schlugen schnell zu, wenn er nicht rasch genug verschwand.

In den letzten drei Jahren hatte ihm das Team so etwas wie ein Gefühl der Zugehörigkeit gegeben. Das Team kam dem, was er eine Familie nennen würde, noch am nächsten, obwohl jedes Mitglied mit seinen Geheimnissen lebte.

Er konnte sich nicht daran erinnern, wann er das letztemal die Möglichkeit in Betracht gezogen hatte, daß ein Mitglied ihn oder alle anderen betrog.

Jetzt waren sie gegangen.

Und seine letzten Worte an sie waren gelogen gewesen, weil Skater eine sehr gute Vorstellung davon hatte, wer sie aufs Kreuz gelegt hatte, obwohl er den Grund dafür nicht einmal erahnen konnte. Von Rechts wegen hätte er ihnen reinen Wein einschenken und ihnen von seinem Verdacht erzählen müssen.

Das Problem war nur, Skater war immer noch in die Frau verliebt.

# 4

Auf der Flucht, was?« fragte ihn der Fahrer des Taxis vielleicht dreißig Minuten später.

Für einen Augenblick erstarrte Skater auf halbem Weg in das am Bordstein geparkte Fahrzeug. Die Huren, die nur ein paar Meter entfernt unter einer funktionierenden Straßenlaterne auf Kundschaft lauerten, werteten seine Unschlüssigkeit als mögliches Interesse. Mit einer bunten Vielfalt aus Straßenkunstleder und enthüllender Unterwäsche bekleidet, näherten sich ihm Angehörige beiderlei Geschlechts, manche bittend in ihren Zurufen, andere eher aufreizend.

»Steig ein, Chummer«, sagte Kestrel. »Ist kein großes Problem, daß ich ein paar Dinge weiß.«

Skater ließ sich auf die mit Vinyl bezogene Rückbank fallen und schloß die Tür einen Augenblick, bevor die aggressivsten Huren den Wagen erreichten.

Ein dünnes Mädchen mit stacheligem Blondhaar, das sein Wesen offenbar durch Kunstleder und Piercing ausdrückte, preßte ihre von Straßenschmutz starrenden Hände und das Gesicht gegen die Scheibe. Es beugte sich vor, wobei fleischige Brüste aus ihrem weißen Top quollen, und zog die Zunge über das Glas, die eine gewundene Spur glänzenden Speichels hinterließ, in dem sich ein farbiger Regenbogen von den Neonreklamen an den umliegenden Häusern spiegelte. Der Ohrring in ihrer Zungenspitze klickte hohl gegen das Glas.

»Sie ist nicht gerade schüchtern, oder?« sagte Kestrel.

»Nein.« Skaters Hand umkreiste den Kolben des Predator. »Ist sie nicht.« Er beobachtete das Rudel Huren und ignorierte die feuchten Küsse, die ihm die

Blonde entgegenhauchte. Andere trugen Neon-Körperfarbe und sahen wie leuchtende Pfuhle der Perversion aus, die sich in der Ferne bewegten.

»Halt dich fest«, warnte Kestrel. Der mächtige Motor röhrte unter der Haube, und er lenkte das Fahrzeug auf die Straße, wobei er einen mitternachtsblauen Chrysler-Nissan Jackrabbit schnitt. Hinter ihnen blökte eine Hupe, und die blonde Hure zeigte Skater den Finger und rief ihm einen endlosen Schwall von Obszönitäten nach.

Skater versuchte sich zu entspannen. Es hatte keinen Sinn. Die Rückbank des Taxis war nicht besonders gemütlich und stank nach Urin. Eingedrückte, mit uralten Fußabdrücken übersäte Fastfoodkartons zierten den Boden. Eine kugelsichere und bombenfeste Plastikscheibe trennte ihn von Kestrel.

Das Taxi schlängelte sich gekonnt durch den Verkehr. »Du hast meine Frage nicht beantwortet«, sagte Kestrel über Lautsprecher.

Skater grinste humorlos. »Ich bin auf der Flucht.«

»Du hast 'ne komische Art, das zu zeigen, Chummer.« Kestrel deutete auf den Sprawl ringsumher. »Du zeigst dich einfach so mir nichts dir nichts mitten in Seattle, wo ein Haufen Muskelmänner nichts anderes im Sinn hat, als dir das Wasser abzugraben. Für die Nuyen, die du mir zahlst, hätte ich dich auch aus der Hölle abgeholt.«

»Du weißt Bescheid?«

»Über den Elfenkahn?« Kestrel nickte. »Du hast nicht gewußt, daß die Yaks im Geschäft waren?«

»Nein.«

»Muß 'ne unangenehme Überraschung gewesen sein.«

»Ohne Drek.« Skater rutschte angespannt auf seinem Sitz hin und her. Kestrel war ein Straßenschieber, der so tief in das Netz aus Verbrechen und Verderbnis verwickelt war, daß ihn die meisten Leute gar nicht kannten – es sei denn, er wollte, daß ihn jemand kannte.

Kestrel war schlank und dunkel mit überschatteten Augen. Eine gezackte Narbe, die das Alter grauweiß gefärbt hatte, lag wie das Rangabzeichen eines Gefreiten auf dem Rücken seiner Hakennase und zog sich von dort bis auf beide Wangen. Sein Gesicht war länglich, nicht besonders einprägsam. Er trug eine Baseballkappe mit dem Logo der Combatbiker-Mannschaft der Seattle Timber Wolves und ein maronenfarbenes T-Shirt.

»Was hast du also vor?« fragte Kestrel.

»Fliehen«, sagte Skater. »Und mich nicht umdrehen.«

»Warum bist du dann noch hier, Chummer?«

Skater ignorierte die Frage. »Was hast du sonst noch über diesen Elfenfrachter gehört?«

Kestrel zuckte die Achseln. »Nicht viel, aber das wenige um so lauter. Leute suchen dich, *Omae*, und werfen dabei mit einem Haufen Nuyen um sich.«

»Und wer sind diese Leute?«

»Nach allem, was ich gehört habe, arbeiten sie für Masaru Doyukai.«

Skater drehte und wendete den Namen im Geiste. »Nie gehört.«

»Ist neu in der Stadt«, erwiderte Kestrel. »Direkt aus dem Herzen Japans. Darauf bedacht, schnell nach oben zu kommen. Einer von Shotozumis Göttersöhnen oder irgendso'n Dreck.« Der Name Hanzo Shotozumi war jedem Runner auf der Straße bekannt, und er wurde von allen gefürchtet. Er war die Nummer eins unter den Bossen des organisierten Verbrechens in Seattle, der Mann, der die Yakuza zur größten, mächtigsten und tödlichsten kriminellen Organisation im Sprawl gemacht hatte.

»Aber du weißt es nicht mit Sicherheit?«

»Ich hatte keinen Grund, mich zu vergewissern.

Wenn du willst, hör' ich mich um. Nach der heutigen Nacht und dem Zirkus, den er veranstaltet, kenne ich ihn morgen früh sowieso.«

»Bis dahin bin ich längst weg.«

Kestrel nickte. »Guter Plan, Junge. Ich hab' schon immer gesagt, du hast einen Kopf auf den Schultern. Schön zu hören, daß du ihn auch dort behalten willst.«

»Warum sollte Shotozumi Interesse an einem Elfenfrachter haben?« fragte Skater.

»Ich weiß von keiner Vendetta. Nach allem, was ich gehört habe, waren sie hinter irgendwas her, das an Bord war.« Kestrel warf einen Blick in den Spiegel. »Was wolltest du dort?«

Skater begegnete dem Blick des Mannes, sagte jedoch nichts.

Kopfschüttelnd griff Kestrel nach dem Päckchen auf der Ablage über dem Armaturenbrett und nahm sich eine Zigarette. Er klemmte sie zwischen die Lippen, den Blick starr auf die Straße vor sich gerichtet. »Junge, paß auf... So ungern ich es auch zugebe, ich bin dir was schuldig. An dem Tag, an dem die Disassembler in die Wohnung deiner Mutter eingebrochen sind und sie umgebracht haben, hätten sie mich beinahe auch umgelegt. Wenn du nicht gewesen wärst, hätten sie es wahrscheinlich getan. Hörst du, was ich sage?«

»Ja.«

»Als du dann hinter diesen Trogs her warst, um die Rechnung zu begleichen, wer hat dir da geholfen, als es dich beinahe erwischt hätte?«

»Du.« Der Schieber hatte außerdem finanzielle Übereinkünfte mit den Straßendocs getroffen, die Skater danach wieder zusammengeflickt hatten, diesmal zuzüglich einiger erstklassiger kybernetischer Verstärkungen. Die Rache war weder ein Kinderspiel noch kostenlos gewesen.

»Verdammt richtig.« Kestrel trat das Gaspedal durch. »Ich bin nicht dein Kindermädchen und auch kein Schutzengel, aber ich bin dir was schuldig. Ich werde ein wenig rumstöbern, hier und da etwas Wühlarbeit leisten, vielleicht finde ich was raus. Du kannst von Zeit zu Zeit einen meiner elektronischen Briefkästen anrufen, dann lass' ich dich wissen, womit du es hier zu tun hast.«

»Klar«, sagte Skater. »Das Problem ist nur, ich weiß nicht genau, hinter was wir her waren. Irgendwelche biologischen Forschungsergebnisse, die angeblich Millionen wert sein sollen.«

»Eine verdammte Katze im Sack?«

»Ich hatte einen Insider-Tip.«

»Und der Insider? Du vertraust ihm?«

Ihr, korrigierte Skater im stillen. »Ja.«

»Das kommt vor«, sagte Kestrel. »Man lebt das Leben, um herauszufinden, welchen Leuten man trauen kann. Wenn man Glück hat, überlebt man die Fälle, in denen man sich irrt.«

»Wenn du irgendwas rausfindest, bekommst du einen Finderlohn.«

Kestrel nickte.

»Wo ist mein Kredstab?« fragte Skater. Der Schieber unterhielt auch eine der besten Geldwäschereien der Branche.

»Unter deinem neuen Namen auf den Kaiman-Inseln. Einiges davon ist noch unterwegs, aber bis zum Morgen ist alles da, also lange, bevor du dort bist.« Kestrel legte einen kleinen Lederbeutel in die im Sitz angebrachte Durchreiche. Mit einem Zischen schoß der Kasten nach hinten zu Skater und öffnete sich mit einem elektronischen Klicken.

Skater nahm den ebenholzfarbenen Kredstab heraus und betrachtete ihn. Kestrel sagte, die SIN sei für den Namen Walter Dent.

Skater entriegelte die Tür und öffnete sie, als die Ampel grün würde, dann stieg er aus. »Danke, Kestrel.« Er schloß die Tür und ging weiter, bevor der

Schieber noch etwas sagen konnte. Er ließ sich von den Schatten verschlucken und wünschte, er hätte auch seine Erinnerungen verschlucken können, weil ihn diese Erinnerungen, die plötzlich schärfer und lebendiger denn je waren, einfach nicht loslassen wollten. Er konnte die Stadt nicht verlassen, ohne zu wissen, warum Larisa ihn verraten hatte. Es konnte nicht Liebe sein, was er für sie empfand, das wußte er. Es war das, was eine Motte für eine Kerzenflamme empfand. Und vielleicht eine Möglichkeit, die Rechnung zwischen ihnen zu begleichen. Sie hatte ihn grundlos verlassen und ihm das Gefühl gegeben, er sei einfach nicht gut genug für sie. Aber er hatte noch nie jemanden verkauft. So schlecht war er nun auch wieder nicht.

# 5

Einer der beiden Türsteher vor dem Haupteingang des SybreSpace nahm Skater unter die Lupe, als er seinen neuen Kredstab in den dafür vorgesehenen Schlitz steckte, um den Eintritt zu bezahlen.

»Amüsieren Sie sich, während Sie bei uns sind«, befahl der Türsteher mit knirschender Stimme, während er die Wilkerson-Nagelmesser wieder einfuhr. »Und seien Sie nett zu den Mädchen.«

Das CybreSpace mit seiner langen Geschichte als berüchtigter Treffpunkt für Decker und Möchtegerns war immer noch eine der schicksten Bars im Sprawl. Andere kamen der Musik wegen, die abrupt von Stilrichtung zu Stilrichtung sprang, je nachdem, welche Tänzerin gerade auf der Hauptbühne aktiv war.

Skater schob sich an den dichtgedrängten Leibern vorbei und durch den dichten Zigarettenqualm, der das Leuchten der verschiedenen matrixähnlichen Neon-Muster an Wänden, Decke und Fußboden nur teilweise dämpfte, bis er die Bar sehen konnte.

Die Augen abschirmend, machte Skater einen Barmann aus, den er kannte, und strebte der mit grellen Neonwürfeln und Polyedern geschmückten Bar zu. Die Polyeder drehten sich und explodierten dann in Regenbögen aus unzähligen Farben, um gleich darauf von anderen ersetzt zu werden. Nach kurzer Wartezeit hatte sich die Schlange vor ihm gelichtet, und er stand eingeklemmt zwischen zwei schwer schuftenden Kellnerinnen, die Getränkewünsche brüllten, direkt vor dem Tresen.

»Was darf's sein?« fragte der Barmann. Er war schlank und sah harmlos aus, aber Skater wußte definitiv, daß der linke Arm des Burschen eine Cyberpistole enthielt, eine Fichetti.

»Ein Bier«, sagte Skater. Er trank nicht, ein Erbe seines Aufwachsens im Council und die Folge seiner persönlichen Überzeugung, ein Shadowrunner müsse immer hellwach sein. Abgesehen von Shiva und Duran, die hin und wieder ein Glas zu schätzen wußten, aber niemals bei einem Job, und Trey, der sich gelegentlich ein Glas alten Portwein genehmigte, wenn er welchen bekam, trank auch kein anderes Teammitglied.

Der Barmann zapfte das Soybier in ein dickes Glas, bis die Schaumkrone den Rand erreichte.

Skater zahlte mit seinem Kredstab, wobei er zwanzig Prozent Trinkgeld gab. Schließlich war er hier nicht in den Barrens. »Noch etwas.«

Der Barmann erfüllte die Getränkewünsche der Kellnerinnen, ließ Skater dabei aber nicht aus den Augen, die sich leicht verengten, wenngleich er sein breites Grinsen beibehielt. »Und das wäre?«

»Arbeitet Aggie heute?«

»Ja.« Der Barmann stellte drei Drinks auf das Tablett einer der Kellnerinnen, die sich bei der anderen über den Troll an einem der hinteren Tische beschwerte, er kniffe ihr so hart in den Hintern, daß blaue Flecke zurückbleiben würden. »Aber das gilt auch für ein halbes Dutzend Rausschmeißer, *Omae*.«

»Kein Problem.« Skater nahm sein Bier und zog sich in die Schatten jenseits der vielfarbigen Lichter zurück, die sich von der Hauptbühne auf den Boden ergossen. Die Menge war bereits schweißgebadet und schrie und johlte der Stripperin Aufmunterungen zu, die sich mit neckischer Hingabe aus ihrem G-String wand. Sie benutzte die Spiegel hinter ihr und den grauen Nebel, der aus den Trockeneismaschinen der Bühne quoll, um die optische Frustration noch ein wenig zu verlängern.

Erinnerungen stiegen ungebeten in ihm auf und überschlugen sich in seinem Verstand. Er hatte Larisa zum erstenmal in der Bar gesehen, während er mit einem Burschen, den Erzengel kannte, einen möglichen Run besprochen hatte. Vom ersten Augenblick an hatte Larisa Hartsinger ihn mit ihrer Schönheit und ihrem Tanz gefesselt, später dann mit ihrer Persönlichkeit. Er verdrängte die Erinnerungen mit einiger Mühe und unterdrücktem Schmerz und konzentrierte sich auf das vor ihm Liegende.

Skater stieß sich von der Wand ab und betrat den kurzen Flur zu den Hinterzimmern. Die Beleuchtung war absichtlich gedämpft, so daß die Tänzerinnen sich nach Belieben unter die Menge mischen konnten, ohne gesehen zu werden.

Er blieb vor der zweiten Tür auf der linken Seite stehen und klopfte gegen das verstärkte Holz.

»Wer ist da?« wollte ein heiserer Kontraalt wissen.

Skater zögerte nicht lange. »Aggie, hier ist Jack. Ich muß mit dir reden.«

»Du verschwendest deine Zeit, Chummer. Sie ist nicht da.«

»Das habe ich mir schon gedacht. Ich muß wissen, wo sie ist.«

Eine Pause. Dann: »Warum kommst du zu mir?«

»Ich habe keinen anderen, den ich fragen kann, und ich muß sie finden.«

»Verdammt noch mal, Jack, Leute suchen nach dir. Die Art Leute, wo du schneller tot und Wurmfutter bist, als du blinzeln kannst.« Der altmodische Spion in der Tür verdunkelte sich kurz.

»Larisa hat vielleicht etwas damit zu tun. Ich muß es wissen.«

Die Tür öffnete sich, und Aggie ließ ihn ein. Sie war groß und schlank und hatte eine Figur, bei der jede üppige Kurve im roten Bereich lag. Ein türkisfarbenes Negligé war über schwarze Spitzenunterwäsche geworfen, die als Schatten unter dem hauchdünnen Material zu erkennen waren. Ihr dunkles Haar war schulterlang, dicht und betonte die amerindianischen Wangenknochen.

Trotz der dringenden Notwendigkeit, mit ihr zu reden, fand Skater es schwierig, ins Gespräch zu kommen. Bevor er sich mit Larisa einließ, hatte es Nächte mit Aggie gegeben. Sie hatten Spaß gehabt, und der Sex war gut gewesen, obwohl ihm die Magie gefehlt hatte, die er bei Larisa gefunden hatte.

Die Garderobe war klein und spartanisch eingerichtet. Abgesehen von dem Toilettentisch und dem Stuhl davor, gab es noch ein Sofa und einen Kleiderständer.

Aggie trug ihr Make-up mit geübten Strichen auf und hob damit ihre Vorzüge hervor. »Ich habe keine Zeit für eine lange Unterhaltung.« Sie machte einen Kußmund und trug einen feuerroten Lippenstift mit Neonglanz auf.

»Larisa«, nannte Skater das Stichwort. Die Geräusche aus der Bar waren mittlerweile leiser geworden.

»Wenn sie etwas mit dir zu tun haben wollte, hätte sie dich angerufen.«

»Aggie, diese Sache ist ernst.«

Sie ignorierte ihn und klebte sich rasch ein Paar stark gekrümmte künstliche Augenbrauen an. »Hast du versucht, sie anzurufen?«

»Ich muß sie sehen.«

»Ach?« Aggie hob eine ihrer neuen Brauen. »Du meinst, Larisa hat dir ihre neue Nummer nicht gegeben?« Sie schloß ihr Schminketui und verstaute es in der kleinen Handtasche, die auf dem Toilettentisch lag. »Welch eine Überraschung.«

»Du weißt, daß ich gesucht werde«, sagte Skater. »Larisa vielleicht auch.«

Aggies Augen begegneten Skaters im Spiegel des Toilettentisches. »Du meinst, von jemand anderem als von dir?«

Skater machte kein Hehl aus seiner Verärgerung. Nachdem er angefangen hatte, sich mit Larisa zu treffen, hatte es ein paar Animositäten zwischen ihnen gegeben, aber keine große Sache. »Ich habe keine Zeit für Spielchen«, knurrte er.

Mit vor Wut gerötetem Gesicht fuhr Aggie zu ihm herum und schnauzte: »Ach, nein? Für dich ist alles ein Spiel, Jack. Du spielst hart, und du bist einer der Besten, aber es ist alles nur ein Spiel. Larisa eingeschlossen. Finde dich damit ab, Chummer: sie will dich nicht sehen. Du hast nicht verloren. Nicht richtig. Sie will nur nicht mehr spielen.« Ihre Stimme wurde etwas weicher. »Ich kann's ihr nicht verdenken. Es hat keinen Sinn, sich an etwas zu hängen, das man nicht haben kann. Das hat sie gerade noch rechtzeitig begriffen.«

»Sie hat mich aufs Kreuz gelegt«, sagte Skater mit leiser Stimme.

Aggie warf ihm einen harten, zweifelnden Blick zu.

»Heute nacht«, fuhr er fort. »Ein Job hat sich als dreckig herausgestellt, und dabei ist einer meiner Leute getötet worden.« Deutlicher würde er niemals jemandem außerhalb seines Kreises eingestehen, daß er in irgendwelche Schattengeschäfte verwickelt war. Mit einer Ausnahme. »Larisa hat mir die Informationen zugespielt und wollte dafür einen Anteil. Ich war einverstanden, weil es machbar klang. Dabei ist die Yakuza aufs Kreuz gelegt worden, entweder von Larisa oder jemandem, den sie kennt. Ich will wissen, was Sache ist.«

»Und du glaubst, Larisa hat dich verkauft?«

Direkt mit dieser Frage konfrontiert, konnte Skater nicht sofort antworten. »Ich weiß es nicht. Ich muß es herausfinden. Wenn nicht, ist sie vermutlich in Gefahr.«

Aggies Lachen klang harsch und spröde. »Du glaubst an niemanden, nicht wahr?«

Skater antwortete nicht.

»Sag mal«, sagte die Tänzerin, »wenn du morgens aufstehst und in den Spiegel schaust, glaubst du dann dem Kerl, den du dort stehen siehst?«

»Manchmal«, antwortete Skater aufrichtig.

»Du kennst dich ja selbst nicht einmal. Wie, zum Teufel, kannst du da erwarten, jemand anderen zu kennen?«

Die Logik verwirrte Skater. »Ich muß mit Larisa reden.«

»Vielleicht will sie aber nicht mit dir reden.« Aggie wandte sich ab, schüttelte eine lange schwarze Zigarette mit Goldfilter aus einem Päckchen und zündete sie an. Rauch kräuselte sich um ihren Kopf. »Sie hat dich geliebt, Jack. Mehr als jeden anderen. Ich hätte nie gedacht, daß sie dich je verlassen würde, welches Leben du auch führen und wie sehr du dich auch von ihr abkapseln würdest. Was du ihr auch angetan hast, es muß ihr schrecklich weh getan haben.«

»Ich habe ihr nichts angetan«, sagte Skater. Er hatte sich monatelang gefragt, was es gewesen sein könnte, war jedes Gespräch, an das er sich erinnern konnte, immer wieder noch einmal im Geist durchgegangen. Nichts davon rechtfertigte, daß sie ihn verlassen hatte. »Was hat sie dir erzählt?«

»Nichts. Aber uns ist aufgefallen, daß du nicht mehr gekommen bist und Larisa nicht mehr so viel lachte. Einen Monat später konnte sie es nicht mehr verbergen, und wir dachten uns, du hättest sie wegen des Babys verlassen.«

Skater fühlte sich, als hätte er gerade eine doppelte Ladung von einem Super-Shock-Taser verpaßt bekommen. »Baby?«

»Ja, ein Baby.« Aggie streckte zornig die Hände aus, um die Größe anzuzeigen. »Du weißt schon, ungefähr so groß, rosig und rundlich. Schreit ziemlich viel.« Sie musterte ihn durchdringend.

Skater drehte und wendete die Möglichkeit in Gedanken, aber sie wollte nirgendwo haften bleiben, als sei die Innenseite seines Schädels mit Gel beschichtet.

»Drek«, sagte Aggie leise. »Du hast es *tatsächlich* nicht gewußt.«

»Nein.« Skater fühlte sich leer und zerschlagen. Die Wut, die ihn bisher aufgeputscht hatte, war plötzlich wie weggeblasen.

»Wir haben uns alle gedacht, du hättest herausgefunden, daß sie schwanger war, und beschlossen, dich aus dem Staub zu machen.«

»Das hätte ich nie getan.«

»Bist du sicher?«

Skater gab sich Mühe, ehrlich zu sein, mehr für sich selbst als für Aggie. Er brauchte jetzt Wahrheit. »Nein.«

»Ja. Das dachte ich mir. Vielleicht hat sich das Larisa auch gedacht.« Sie drückte ihre Zigarette in einem Aschenbecher aus, der sich in der Tonstatue einer Eidechse verbarg. »Man lernt sie mit der Zeit immer besser kennen. Männer sind im wesentlichen alle gleich, wenn man die dünne Firnis abkratzt. Wir haben versucht, ihr einen Straßendoc schmackhaft zu machen, um das Problem zu beseitigen. Aber sie hat sich geweigert. Sie hatte etwas auf die Kante gelegt und bekam noch mehr von neuen Kunden, nachdem du nicht mehr da warst.«

»Von neuen Kunden? Zum Beispiel?«

»Zum Beispiel von einem Burschen mit Verbindungen namens Synclair Tone.« Aggies Stimme und Miene imitierten Spott. »Er ist ein Mafioso, der aus den Barrens stammt. Die Gosse ist auch jetzt noch an ihm nicht zu übersehen, wenn man weiß, wohin man schauen muß. Er ist ein billiger Gauner in einem Vashon-Island-Anzug, aber er hat einen Haufen Kohle im Rücken, wenn er auf irgendwas scharf ist. Und auf Larisa war er ziemlich scharf.«

Das Wissen war wie ein Messer in seinen Eingeweiden. Aggies Miene konnte er entnehmen, daß sie es auch so beabsichtigt hatte. Er zwang sich darüber hinweg. »Mit wem ist Tone zusammen?«

Sie zuckte die Achseln. »Du weißt, wie diese Kerle sind, Jack. Sie glauben, sie brauchen sich nur etwas geheimnisvoll zu geben, dann wirft sich ihnen jedes Mädchen zu Füßen.«

Hatte Larisa das getan? Er sagte sich, daß er das gar nicht wissen wollte, aber das war eine Lüge. »Ist es möglich, daß Tone irgendwie bei den Yaks mit drinhängt?« Skater wußte, daß sich die Seattler Mafia und die Yakuza praktisch im Krieg miteinander befanden, aber er wußte auch, daß die Yaks bis über beide Ohren in diese Geschichte verwickelt waren. Wie unwahrscheinlich es auch sein mochte, dieser Tone war vielleicht dumm genug zu versuchen, beide Seiten gegeneinander auszuspielen.

»Nicht, daß ich wüßte.«

»Und Larisa?«

»Bestimmt nicht. Die Yakuza hat eine mittelalterliche Anschauung, was Frauen angeht. Das wußte sie. Sie hat sich von ihnen ferngehalten.«

Skater mühte sich, aus alledem schlau zu werden, aber es gelang ihm nicht. Er konnte nur eines tun. »Ich muß Larisa sehen.«

Jemand klopfte an die Tür. »Fünf Minuten, Aggie.«

»Ich komme«, rief sie zurück.

»Komm nicht zu spät, sonst zieh ich dir was vom Lohn ab. Chloris hat diese Idioten zum Sabbern gebracht, und sie werden nicht lange warten.« Schritte entfernten sich von der Tür.

»Ich muß Larisa sehen«, wiederholte Skater.

»Ich kann dir nicht helfen.« Aggie nahm ihre Handtasche, von der Skater wußte, daß sie sie noch nie mit auf die Bühne genommen hatte.

»Vielleicht ist sie in Schwierigkeiten.«

»Und vielleicht auch nicht. Hast du daran auch schon gedacht?« reizte ihn Aggie. »Vielleicht hat sie deinen verdammten Arsch für einen fetten Kredstab verkauft, um von dir loszukommen. Damit du ganz einfach nicht mehr da sein würdest.«

»Ich muß wissen, wie es war. Aus vielen Gründen. Wenn ich von dem Baby gewußt hätte, wären die Dinge vielleicht anders gelaufen. Aber ich habe nichts davon gewußt.«

»Ach, Drek, wer weiß, ob es überhaupt dein Baby ist, Jack? Da waren andere Burschen vor dir, vielleicht sogar gleichzeitig mit dir. In diesem Geschäft ist das eben so. Drek, die meiste verdammte Zeit ist das doch mehr als offensichtlich.«

»Es geht gar nicht um das Baby«, erwiderte Skater leise. »Nicht nur. Ich habe Larisa nicht verlassen, sondern sie mich. Ohne Warnung und ohne Grund. Sie hielt flüchtigen Kontakt mit mir und hat mich sogar auf den Job von heute nacht angesetzt. Ich will wissen, warum.«

»Und wenn sie dich verkauft hat?« wollte Aggie wissen. In dem matten Licht des Raums wirkte ihr spitzes Gesicht plötzlich strenger. »Wirst du ihr dann was antun?«

»Nein.« Skater wußte, daß das die Wahrheit war, sobald er das Wort laut ausgesprochen hatte. »Wenn ich Bescheid weiß, so oder so, verschwinde ich. Rache ist kein Geschäft, in das man sich einkaufen sollte, es sei denn, deine Gefühle fressen dich auf. Es geht mir nur um meinen Seelenfrieden.« Er zögerte einen Augenblick. »Wie ich schon sagte, Larisa könnte auch in Gefahr sein.«

Einen Moment lang rang Aggie mit sich. Dann zuckte sie die Achseln, da sie offenbar eine Entscheidung getroffen hatte. »Ich rufe sie an. Soll sie entscheiden.«

Das war nicht das, was Skater wollte, und er suchte nach weiteren Worten, mit denen er sie vielleicht überzeugen konnte.

Aggie verstand seine Unschlüssigkeit falsch. »Es sei

denn, du willst mich aufhalten.« Ihre Finger waren in ihre Handtasche geglitten.

»Nein«, sagte Skater, indem er beiseite trat. Wenn Larisa aus ihrer Wohnung floh oder ihn nicht sehen wollte, war das auch eine Antwort.

»Das Telekom ist draußen.«

Skater öffnete die Tür und folgte Aggie hinaus. Sie ging zum Ende des Flurs, wo sich einige Telekomzellen befanden.

Die Musik, die jetzt laut durch den Flur hallte, hatte sich verändert. Es dauerte ein paar Augenblicke, bis Skater erkannte, daß es sich um einen beliebten Combatbiker-Song handelte, den die Seattle Timber Wolves vor einem Spiel immer als Einmarschfanfare benutzten.

Aggie tippte ein paar Zahlen ein, dann standen die beiden da und warteten darauf, daß Larisa Hartsingers Gesicht auf dem Bildschirm erschien. »Das ist merkwürdig.« Aggie unterbrach die Verbindung. »Keine Antwort. Kein Anrufbeantworter. Nichts.«

Doch Skaters Aufmerksamkeit richtete sich bereits auf eine Bewegung, die er aus dem Augenwinkel mitbekommen hatte. Er hatte die beiden Männer gespürt, die sich ihm näherten, noch bevor er sie am anderen Ende des Flurs entdeckte. Einen Moment lang fragte er sich, ob sie ihn irgendwie erkannt hatten.

Irgend etwas sagte ihm, daß die beiden weder zur Yakuza noch zu Lone Star oder zu einer anderen Abteilung der Blauen gehörten. Doch seine Sinne konnten nicht die Härte übersehen, die sie wie eine Aura umgab.

»Freunde?« fragte Aggie.

»Nein«, antwortete Skater.

Sie verschränkte die Arme vor der Brust und hielt den Blick auf Skater gerichtet, aber er wußte, daß sie in Wirklichkeit die beiden Gestalten am Ende des Flurs musterte. Sie waren eindeutig als Elf und als Troll zu erkennen. »Zum Teufel mit dir, Jack Skater. Das hier war ein guter Arbeitsplatz.«

»Das könnte er auch bleiben.« Skater wollte ihr keine übertriebene Hoffnung machen. Er wußte immer noch nicht, wie tief das Loch war, in dem er steckte.

»Ich glaube, ich kenne einen der beiden«, sagte Aggie. »Dieser Elf ist mit Tone aus den Barrens gekommen. Wenn Larisa bei dieser Geschichte mit Tone zusammenarbeitet, könnte ihr die Sache längst über den Kopf gewachsen sein. Sie würde nie jemanden unterstützen, der dich umlegen will. Besonders nicht hier.«

Skater schob die rechte Hand in die Tasche seines Dusters und packte den Predator. Seine Nerven waren so straff gespannt wie Klaviersaiten und so dünn wie Monodraht, und er wußte, ein falscher Zug, und das Gewitter würde losbrechen und das Warten beenden. Das Spiegelbild in der Plexiglasscheibe über dem schwarzen Brett im hinteren Teil des Flurs ermöglichte ihm, die beiden Männer im Auge zu behalten, ohne sie direkt anzusehen. Keiner von ihnen schien im Moment daran interessiert zu sein, die Entfernung zu verkürzen.

»Finde sie«, sagte Aggie. »Und hol sie aus diesem Drek raus – wenn du kannst.« Sie gab ihm die Adresse.

Er wiederholte sie einmal, um ganz sicherzugehen, daß er sie richtig verstanden hatte. Die Adresse gehörte zu einem Haus im wohlhabenden Bellevue District. Wenn Larisa derzeit dort wohnte, war sie die Leiter in den letzten Monaten einige Stufen emporgefallen.

Aggie berührte sanft sein Gesicht. »Und verschwinde so schnell wie möglich, wenn du feststellen solltest, daß sie zu tief drinsteckt. Ich hatte immer gehofft, du seist anders als die anderen Kerle, mit denen ich zusammengewesen bin.«

Bevor sich Skater auch nur bei ihr bedanken konnte, war sie verschwunden und verwandelte sich auf dem Weg zur Bühne in einen hüftschwenkenden feuchten SimSinn-Traum. Das Publikum reagierte auf ihre Ankunft mit begeistertem Applaus und Gejohle.

Er nutzte die von der Musik und dem Krach der Menge erzeugte vorübergehende Konfusion, um rasch zum Hinterausgang des Clubs zu gehen. Er brauchte sich nicht umzudrehen, um zu wissen, daß die beiden Männer ihm folgten und dabei rasch aufschlossen.

# 6

Kaum befand er sich in der Gasse hinter dem SybreSpace, als er auch schon zu rennen anfing. Auf beiden Seiten der schmalen Gasse standen hohe Gebäude, eine Betonschlucht, die sich ohne Unterbrechung bis zur Cherry Street wand. Drei Cutters fuhren bei seiner Annäherung herum und zogen Waffen unter ihrer Lederkleidung hervor. Die gutgekleidete Frau bei den Bandenmitgliedern tauchte rasch im Schatten unter. Das Mondlicht tanzte auf ihren Ohrringen und Amuletten und Sigillen, die alle Schutzfunktionen hatten.

»Ein persönliches Problem«, rief Skater, der auf seiner Seite der Gasse blieb.

Die drei Gangmitglieder scharten sich um die Frau, um sie zu beschützen.

Er rannte keuchend an ihnen vorbei. Er wandte sich seitwärts, wo ein Müllcontainer vor ihm aufragte. Unter Aufbietung aller Kräfte und unter Zuhilfenahme seiner Reflexbooster sprang er zwei Meter hoch auf den Deckel des Metallcontainers, wo er das freie Gelände vor sich kurz begutachtete, bevor er auf der anderen Seite heruntersprang. Einen Sekundenbruchteil später fuhr ein blauweißer Laserstrahl an der Stelle durch die Luft, wo er soeben noch gestanden hatte.

Kaum gelandet, rannte er weiter auf das Gebäude zu seiner Rechten zu. Seine Schulter prallte schmerzhaft gegen die Ziegelmauer, was ihn ins Taumeln brachte. Bevor er um die Ecke biegen konnte, brannten zwei weitere Laserstrahlen Löcher durch den Container hinter ihm.

Einer der Strahlen verblaßte, kurz bevor er in das Spiegelglasfenster eines kleinen Restaurants auf der anderen Straßenseite fuhr, da seine Reichweite erschöpft war. Der andere fuhr durch den Hinterreifen eines grünen Volkswagen Elektro. Außer Kontrolle krachte das kleine Dreirad gegen einen Laternenpfahl, wodurch ein gelber elektrischer Funkenschauer herunterregnete. Aus einem Verkaufsautomat für Zeitungen, der zwischen dem Pfahl und dem Elektro eingeklemmt wurde, ergoß sich eine Ladung Chips, während die Diebstahlsicherung darauf mit einem schrillen Protestjaulen reagierte.

Skater ging davon aus, daß es sich bei den beiden Kerlen, die ihm folgten, um Wetworker handelte, Profikiller, deren einer und einziger Auftrag im Leben darin bestand, ihn für denjenigen umzulegen, der sie gekauft hatte. Er bog um die Ecke und rannte nach Westen durch die Cherry Street, wo die Markisen über dem Gehsteig die Schatten vertieften.

Der nächtliche Verkehr geriet um die Unfallstelle ins Stocken. Er wußte, daß einige der Fahrer den Unfall wahrscheinlich in diesem Augenblick meldeten und in kürzester Zeit die Blauen das Gebiet überschwemmen würden.

Als seine beiden Schatten aus der Gasse schossen, löste er sich aus dem Schatten der Häuser und Markisen und lief quer über die Straße. Ein Gaz-Willys Nomad versuchte die Schaulustigen und den Americar vor sich zu umfahren, aber der Fahrer bemerkte Skater erst, als er ihn schon fast überrollt hatte.

Skater streckte den Arm aus, ohne innezuhalten, und der Kühler des Nomad traf ihn am Unterarm. Der Fahrer trat auf die Bremse, und Reifen quietschten. Skater nahm dem Aufprall die Wucht, indem er so gut wie möglich mitging, dann rollte er sich über die breite Motorhaube des Nomad und fiel auf der anderen Seite auf die Straße. Er spürte die Hitze des Laserstrahls, der in die Fahrgastzelle des Nomad schlug.

Der Fahrer stieß einen Schwall Flüche aus, die über

dem Zischen schmelzenden Metalls und Glases gut zu verstehen waren.

Als Skater herumfuhr und seinen Predator hochriß, sah er den Fahrer aus dem Wrack seines mittlerweile brennenden Fahrzeugs springen. Seine beiden Verfolger arbeiteten sich durch das Gewirr stehender Fahrzeuge, wobei sie denjenigen auswichen, die noch fuhren.

Skater schaltete auf Lichtverstärker um und sah sich die beiden Gesichter ganz genau an. Sie brannten sich in sein Gedächtnis, und nach kurzer Zeit wußte er mit Sicherheit, daß er beide noch nie in seinem Leben gesehen hatte. Zu Skaters Rechten zog sich der Troll auf die Kabine eines Ares Roadmaster, um vom Dach des Wagens einen besseren Überblick zu haben.

Skater zielte auf die Brust des Mannes und drückte dreimal ab, wobei er den stinkenden grauen Qualm von dem brennenden Nomad ignorierte, der ihm in der Nase brannte. Die Pistole ruckte in seinen Händen.

Der Troll wurde mitten in die Brust getroffen und rückwärts von dem Roadmaster geschleudert. Als ihm klar wurde, daß er sich im Mittelpunkt einer ziemlich üblen Situation befand, legte der Fahrer des Roadmaster einen Gang ein und fuhr los, wobei er einen kleineren Wagen vor ihm einfach aus dem Weg schob. Nachdem der Lastwagen ein Stück vorgefahren war, konnte Skater den Troll wieder sehen, der sich aufgerappelt hatte und gerade einen weiteren Laserstrahl abfeuerte.

Der blauweiße Blitz fuhr in das Gebäude hinter Skater und setzte die festlich geschmückte Überdachung in Brand.

Skater gab seine Stellung auf und flüchtete in Richtung der Gasse hinter sich. Brennende Fetzen der Überdachung wirbelten ringsumher und fielen auf die Fahrbahn. Andere Fahrer, viele davon bewaffnet, flohen jetzt aus ihren Wagen. Skater wußte, daß sich ihre

Wut nicht nur gegen seine beiden Verfolger, sondern auch gegen ihn richten würde. Wenn sie sauer genug darüber waren, mit ihren Wagen festzusitzen, würden sie sich in den Kampf einmischen.

Eine dünne Schweißschicht bedeckte ihn, teils infolge der Hitze, teils infolge der Anstrengung. Er schlug sich brennende Fetzen von seinem Duster, dann bog er um die Ecke und sprintete in die Gasse. Larisa und er hatten eine ganze Reihe von Orten aufgesucht, die nur ein kurzes Stück vom Club entfernt waren. Er kannte die Gegend und ging davon aus, daß er seinen Verfolgern gegenüber in dieser Beziehung im Vorteil war.

Auf halbem Weg durch die Gasse, nicht mehr als drei Meter über dem Boden, war eine kreisförmige Werbefläche an einem geschlossenen Simtheater angebracht. Früher waren Ausschnitte aus den letzten Veröffentlichungen über die meterhohe Werbefläche geflimmert. Jetzt war sie schwarz und untätig, von Jahren ohne Pflege und durch Neongraffitikünstler verunstaltet, die pornografische Bilder in die spiegelnde Oberfläche gebrannt hatten.

Skater maß seine Schritte genau ab, schob den Predator in den Hosenbund und sprang zur Werbefläche hoch. Er bekam eine der Stützstreben zu fassen und zog sich hoch, bis er unbequem auf drei der Streben unsichtbar hinter der Werbefläche hockte.

Die Gasse mündete ein Stück weiter in die James Street. Gegenüber lag ein bewaldeter Park, der den Kobe Terrace Park auf der anderen Seite des Yesler Way nachahmte. Mit etwas Glück würden seine Verfolger denken, er sei in diese Richtung geflohen.

Die beiden näherten sich in perfekter Teamarbeit. Während der eine vorwärts und zu einer neuen Stellung lief, gab ihm der andere Deckung. Als sie sahen, daß die Gasse offenbar verlassen war, lief der Troll zum anderen Ende und sah über die James Street.

»Nie im Leben«, rief der Elf. »So verflucht schnell ist

er nicht. Der Wichser ist noch irgendwo hier in der Nähe.«

»Die Zeit wird knapp, Dion«, knurrte der Troll, indem er wieder zurückkam.

»Willst du das später dem großen Mann erzählen?« fragte Dion.

Offenbar wollte sein Begleiter das nicht, weil er sich entschloß, mit der Suche zu beginnen. Er war selbst für einen Troll groß und bullig und zweifellos bis zur Halskrause verchromt. Er trug die schwere Laserpistole ohne sichtbare Anstrengung.

»Da drüben ist eine Tür, Shayx.« Dion ging neben der Tür in Stellung, fast direkt unter Skater, die Laserpistole gehoben und schußbereit. Wie die meisten Elfen war er groß und extrem schlank. Seine Kleidung war modisch und teuer, ein krasser Gegensatz zur Straßenmontur seines Partners.

Shayx streckte die Hand aus und probierte die massive Holztür. »Verschlossen. Aber ich kann sie aufbrechen.«

Dion zögerte und sah sich noch einmal in der Gasse um. »Glaubst du, er hätte die verdammte Tür hinter sich verriegeln können?«

»Vielleicht.«

»Das gefällt mir nicht.«

Die Lippen des Trolls verzogen sich zu einem spöttischen Grinsen. »Willst du den großen Mann anrufen und ihm das sagen?«

»Nein.« Die Antwort war wohlüberlegt und ließ keine Reaktion auf den Spott erkennen. »Brech sie auf. Er hat sich verhalten, als hätte er ein Ziel. Vielleicht hatte er einen Schlüssel.«

Shayx holte aus und trat dann mit einem riesigen Fuß gegen die Tür, die mit einem metallischen Kreischen aus den Angeln gerissen wurde.

»Geh rein«, sagte Dion, indem er mit seiner Pistole nach drinnen deutete. »Ich geb' dir Feuerschutz.«

Mit vorgehaltener Waffe huschte Shayx geschmeidig in den Raum. »Nada, Chummer. Der Raum ist voller Staub. Eine Minute da drinnen, und ich huste einen Staubklumpen von der Größe eines Trailblazer-Lasters aus.«

Der Elf senkte seine Waffe, während seine Augen wiederum in der Gasse herumwanderten. Schließlich richtete er den Blick nach oben und auf die Stelle, wo Skater hockte. Seine Mandelaugen weiteten sich vor Überraschung, und er versuchte die Waffe hochzureißen.

Zu spät. Skater hatte die Stützstreben bereits losgelassen und fiel auf den Elf. Sein Gewicht riß sie beide zu Boden. Er stützte sich auf einen Ellbogen und zielte mit dem Predator auf den heranstürmenden Shayx, der ihn alarmiert anrief. Skater gab sechs Schüsse ab und machte aus dem Kopf des Trolls ein Gewirr aus Blut, Knochen und zerfetztem Fleisch. Er glaubte nicht, daß er den Angriff des Trolls anders hätte stoppen können.

Die Cyberware hielt die tote Messerklaue noch ein paar taumelnde Schritte auf den Beinen, während Skater den Lauf des Predator unter das Kinn des Elfs schob. Dion erstarrte bei der Berührung des erhitzten Metalls. Shayxs Leiche sank widerwillig auf die Knie und kippte dann nach vorn auf das, was von seinem Gesicht noch übrig war.

Wut flammte in den Augen des Elfs auf, dann huschte sein Blick kurz zum Kolben seiner Laserpistole, der nur Zentimeter außerhalb seiner Reichweite lag.

»Davon würde ich echt abraten«, sagte Skater. »Ich habe eine lange, harte Nacht hinter mir und würde keinen Augenblick zögern, dich zu erschießen. Dreh dich aufs Gesicht. Langsam.«

Dion tat, wie ihm befohlen.

Skater behielt die Gasseneinmündung zur Cherry

Street im Auge. Er rechnete damit, daß jeden Augenblick Lone Star auftauchen würde. Aber zuerst wollte er herausfinden, ob der Elf und der Samurai tatsächlich solo arbeiteten. Er drehte dem Elf einen Arm auf den Rücken, so daß es ihm nur dann möglich gewesen wäre, sich zu bewegen, wenn er zwei Armgelenke gehabt hätte. Diese Möglichkeit schloß Skater aus. Der Lauf des Predator preßte sich gegen den Schädel des Elfs.

»Für wen arbeitest du?« wollte Skater wissen.

»Frag meinen Freund«, schlug Dion vor.

»Dein Freund ist gerade etwas tot.«

»Tja, er hat schon immer das Reden übernommen.«

Skater drückte Dion die Mündung des Predator ein wenig fester gegen den Schädel. »Vielleicht ist es an der Zeit, daß du was dazulernst.«

»Und wenn nicht?«

»Hast du Gelegenheit, dich in der nächsten Welt wieder mit Shayx zusammenzutun.«

Der Elf lachte verhalten, wobei er sich nicht sehr viel bewegte. »Es kommt mir so vor, als wäre ich dir gegenüber im Vorteil. Ich weiß nämlich 'ne ganze Menge über dich. Ich weiß, daß du zu der Sorte gehörst, die lieber einen Handel abschließt als eine Kanone benutzt.«

»Ich hab' nicht unbedingt was dagegen, 'ne Kanone zu benutzen«, stellte Skater fest. »Frag doch mal deinen Freund.«

»Das stimmt. Aber wenn ich rede, bin ich auch tot. Und ich garantiere dir, daß das eine Tatsache ist. Ich glaube nicht, daß du einen Mann erschießen würdest, der dir so offensichtlich auf Gedeih und Verderb ausgeliefert ist.«

»Was ist, wenn du dich irrst?« Skater streichelte ihn wieder mit dem Pistolenlauf.

»Chummer«, sagte der Elf mit einem trockenen

Grinsen, während er den Kopf zu Skater umwandte, »dann wird mein Gesicht verdammt rot werden.«

Skater ließ den Predator, wo er war, und durchsuchte seinen Gefangenen mit der freien Hand.

»Kein Kredstab, fürchte ich. Habe ich nie bei mir, wenn ich einen Auftrag bearbeite. Du wirst nichts über mich erfahren.«

»Ich weiß über Synclair Tone Bescheid.«

»Ach, ja? Und was glaubst du zu wissen?«

»Genug, um nach ihm zu suchen«, versprach Skater.

»Sollte er mir über den Weg laufen, werde ich ihm das nicht vorenthalten.«

Skater ignorierte den Sarkasmus. Er fand den Entladungsknopf der Laserpistole des Elfs und entlud die Waffe. Die Batterien würden ein paar Minuten brauchen, um die Einheit wiederaufzuladen. Bis dahin würde er längst verschwunden sein. Er wiederholte den Vorgang mit der Waffe des toten Trolls.

»Tu dir einen Gefallen«, sagte Skater, »und halt dich von mir fern. Wenn sich unsere Wege noch mal kreuzen, werden wir die Angelegenheit wohl nur mit 'ner Kanone klären können.«

Der Elf nickte. »Ich begehe niemals denselben Fehler zweimal.«

»Bleib so.« Skater richtete sich auf und entfernte sich, wobei er den Predator weiterhin auf den Elf gerichtet hielt. »Bis du mich nicht mehr sehen kannst.« Er wich weiter zurück, wobei ihm die weißen Blinklichter eines Northrop PRC-44B Yellowjacket von Lone Star auffielen. Der Kopter landete auf der Cherry Street.

Er schob seine Waffe in das Halfter und entfernte sich raschen Schrittes. Als er schließlich ein Taxi anhielt, sah er sich noch einmal um. Niemand folgte ihm.

Larisas Adresse in Bellevue gehörte zu einem Hochhaus in Beaux Arts direkt am Ufer des Lake Washington gegenüber Council Island. Das Haus war vierzig Stockwerke hoch, gut in die Landschaft eingepaßt und wahrscheinlich ebenso gut von privater Sicherheit bewacht.

»Isses das hier?« fragte der Troll-Taxifahrer, der auf einem Zahnstocher von der Größe eines Kugelschreibers herumkaute. Er trug ein verblaßtes, fleckiges kariertes Barett mit einem rosafarbenen Button, der verkündete ICH BREMSE AUCH FÜR BLONDINEN.

»Ja.« Skater schob seinen Kredstab in den Zahlschlitz und fügte ein bescheidenes Trinkgeld hinzu. Der Wind, der vom See her wehte, war kühl und feucht, als er ausstieg und einen Moment lang stehenblieb, um das Haus zu betrachten. Skater holte tief Luft und versuchte die Mattigkeit abzuschütteln, die sich langsam in ihm ausbreitete.

»In dieser Gegend ist Vorsicht geboten«, riet ihm der Taxifahrer. »Knight Errant sorgt für die Sicherheit.«

»Danke für den Rat.« Skater machte sich gar nicht erst die Mühe, die Annahme des Taxifahrers zu korrigieren, er sei aus einem ungesetzlichen Grund hier.

Der Taxifahrer tippte an seine Kappe, fädelte sich in den dünnen Verkehr ein und war Augenblicke später im Strom roter Rücklichter verschwunden, die gegen Mondlicht und Schatten ankämpften.

Skater schlug den Kragen seines Dusters hoch, um sich vor dem Wind zu schützen, und ging dann über die Straße und zur Tür des, wie ein elegantes Schild verkündete, Montgomery Building. Das Foyer war hell erleuchtet, Glas auf rostfreiem Stahl, alles bis zur Perfektion gewienert. Die Doppeltür war durch ein Kartenschloß gesichert und so tief in die Mauer eingelassen, daß sich Skaters Ansicht nach ein Käfig um jemanden bilden würde, der das Schloß zu umgehen versuchte.

Jeder Nerv schrie ihm zu, er solle fliehen, als er die sieben flachen Stufen zur Tür erklomm. Doch er ignorierte die Warnungen. Er konnte Larisa nicht in Gefahr schweben lassen, was auch zwischen ihnen vorgefallen sein mochte.

Er traf gleichzeitig mit einem älteren Paar an der Tür ein und machte eine Schau daraus, seine nichtvorhandene Karte aus seiner Brieftasche zu ziehen. Sie hielten ihm die Tür auf, und er bedankte sich bei ihnen.

Zu seiner Rechten befand sich ein Empfangstresen, steif und ordentlich, aber vollkommen verlassen. Ein großer gerahmter Wasserfarbdruck von Adam Alone, der einen einsamen Troll-Gondoliere in Venedig zeigte, hing an der Rückwand zwischen zwei elektrischen Kerzenleuchtern. Der Tresen selbst wurde von einer Formation Topfpinien eingerahmt. Die Monitore für die Überwachungskameras in dem kleinen Büro hinter dem Tresen flackerten in verschiedenen Grautönen.

In seinem Kopf klingelte eine Alarmglocke, und Skater trennte sich von dem älteren Paar, das geradewegs zu den Fahrstühlen ging. Als er sich dem Tresen näherte, roch er den metallischen Gestank von Blut, noch bevor er es sah. Zwei Personen lagen reglos hinter dem großen Tresen und bluteten den sandfarbenen, plüschigen Teppich voll. Der Mann trug Berufskleidung und ein Namensschild mit dem Aufdruck NACHTPORTIER. Die Frau war zehn Jahre älter, weit über vierzig, und trug die hellblau-graue Uniform von Knight Errant Security. Man hatte ihr einen Laserstrahl in den Unterleib verpaßt, und ein Teil der stilisierten KE-Gürtelschnalle fehlte.

Hinter Skater schlurften Schritte über den Teppich.

Er fuhr herum, und seine Bewegungen wurden durch seine Reflexbooster und das Adrenalin beschleunigt, das sein Körper ausschüttete. Der Predator war auf einen dünnen Burschen Mitte fünfzig gerichtet, der einen Hausmantel trug.

»Nicht schießen!« sagte der Mann. Er hob rasch die

Hände. »Ich bin nur gekommen, um mich über den Lärm in der Wohnung über mir zu beschweren!«

Skater wußte, daß der Mann die Leichen auf der anderen Seite des Tresens gesehen hatte. »Welche Nummer hat Ihre Wohnung?«

»Vierzehn-elf«, antwortete der Mann.

Larisa wohnte in fünfzehn-elf. Skater ließ den Predator sinken. »Kennen Sie die LTG-Nummer von Knight Errant Security?«

Der Mann nickte, offenbar immer noch verunsichert.

»Rufen Sie an«, sagte Skater. »Sagen Sie ihnen, daß es hier jemanden von ihnen erwischt hat.« Er schob den Mann zur Telekomanlage auf dem Tresen und rannte dann zu den Fahrstühlen.

Mit einem leisen *ping*, das seine Ankunft ankündigte, glitt die Tür des Fahrstuhls zur Seite. Die Kabine war leer.

Skater betrat den Fahrstuhl. Nach einem Augenblick schloß sich die Kabine und fuhr mit einem Ruck an. Sekunden später befand er sich im fünfzehnten Stock.

Nichts bewegte sich vor ihm. Der schalldichte und mit Teppich ausgelegte Flur, dessen Wände mit teuren Kunstdrucken behängt waren, war leer. Glasfenster an beiden Enden blickten über die Häuser der Nachbarschaft hinweg auf schwarzen Himmel und diamantharte Sterne. Rote Neonlichter wiesen auf die Feuertreppen hin.

Er betrat den Flur und eilte zu Larisas Wohnung.

Die Wohnungstüren bestanden aus Bronze, in die Bilder aus Fabeln eingraviert waren, von denen seit dem Erwachen einige nicht mehr als Fabeln, sondern als mögliche Geschichte betrachtet wurden. Diejenige auf Larisas Tür handelte von dem Ashanti-Mythos der Erschaffung von Regenbögen.

Ohne Warnung wechselte die Farbe der erstarrten Wellen eines wogenden Wasserfalls von Hellbronze zu einem sich allmählich vertiefenden Schwarz. Skater preßte eine Hand gegen die Tür. Das Metall war bereits so heiß, daß er sich die Handfläche verbrannte. Als er seine Hand mit einem Ruck zurückzog, sah er, daß jetzt ein Teil der Schwärze an seiner Haut haftete. Der Ruß blätterte mühelos ab.

Die schwarze Stelle in der Tür vergrößerte sich und füllte rasch seinen Handabdruck aus, während er spürte, wie die Hitze nach draußen auf den Flur abgestrahlt wurde. In einer kleinen Nische in der Wand ein Stück weit den Flur entlang hing ein Feuerlöscher. Er lief hin und holte ihn, dann rannte er wieder zurück.

Skater war sicher, daß jemand an den Sicherheitssystemen des Gebäudes herumgepfuscht hatte, sonst hätte das Feuerwerk längst einen Alarm ausgelöst. Er schob den Predator in den Hosenbund, trat gegen die Tür und zerschmetterte das Schloß.

Als sich die Tür öffnete, leckte eine Flammenwand nach ihm. Der mit Kevlar gefütterte Duster schützte Skater größtenteils, aber er spürte das Feuer nach seiner entblößten Haut tasten. Er betätigte den Feuerlöscher. Eine weiße Wolke Löschschaum klatschte gegen den Flammenvorhang vor ihm. Er trat beiseite, den Feuerlöscher in der einen und den Löschschlauch in der anderen Hand.

Die Flammen erhellten den dunklen Raum. Das Mobiliar war verschnörkelt und teuer, ganz anders als der Kram, in dem sich Larisa normalerweise wohl fühlte. Das Feuer hatte den Raum auf eine Weise erfaßt, die ihm verriet, daß es sich nicht um einen unglücklichen Zufall handelte. An der Wand links von ihm brannte ein Kamin wie die Hölle, offensichtlich der Ausgangspunkt des Feuers.

»Larisa!« Skaters Stimme klang gepreßt. Der dichte Rauch setzte ihm bereits zu. Er legte einen Schaumteppich mit dem Feuerlöscher und überlegte verzweifelt, wie die Wohnung wohl angelegt sein mochte.

Niemand beantwortete seinen Ruf.

Skater wich dem brennenden Sofa aus und ging daran vorbei. Als er durch eine Tür ging, wechselte der Boden von Teppich zu Fliesen, was ihm verriet, daß er die Küche betreten hatte. Flammen spiegelten sich auf den blanken Metalloberflächen der Küchengeräte. Die Wirkung wurde jedoch durch den dichten Qualm gedämpft.

Er hustete und stellte den Feuerlöscher ab, um ein Halstuch aus der Tasche zu ziehen und es sich vor Mund und Nase zu binden. Es half, aber nur ein wenig. Er würde nicht lange bleiben können, wenn er nicht ein Opfer des Rauchs und des damit verbundenen Sauerstoffmangels werden wollte.

»Larisa!« Angst brandete in ihm auf und durchströmte ihn wie eine Ladung DMSO, die sein Nervensystem lahmlegte. Er machte eine Treppe zu seiner Rechten aus, als er die leere Küche wieder verließ. Bis jetzt hatte das Feuer noch nicht auf die Treppe übergegriffen.

Das Feuermeer am Fuß der Treppe war jedoch zu breit, um es überspringen zu können.

Er benutzte den Feuerlöscher, um einen soliden Schaumteppich vor sich zu legen. Widerwillig wichen die Flammen ein wenig zurück und hinterließen schwelende Funken in den Kratern, die sie in den Teppich gefressen hatten. Er warf den leeren Feuerlöscher weg und rannte die Treppe hinauf.

Glas klirrte zu seiner Linken, und er wandte sich instinktiv dem Geräusch zu. Scherben eines Spiegels an der Wand gegenüber der Vordertür fielen in die meterhohen Flammen. Die gezackten Splitter reflektierten Dutzende von unregelmäßigen Spiegelbildern.

Skater erkannte die auf ihn zuschießende Gestalt des Höllenhundes in dem Augenblick, als er die glühende Hitze des schmiedeeisernen Treppengeländers spürte, das er umklammerte. Das kohlschwarze Tier schnellte sich aus dem Feuer, offenbar gänzlich unberührt von den Flammen, und stellte sich auf die Hinterbeine. In dieser Haltung war es ebensogroß wie Skater, und seine Augen waren glühendrote Kohlen über einem Mund voller gewaltiger Reißzähne. Trotz der Hitze glänzte das Elfenbein.

Skater ließ das heiße Geländer los und warf sich zur Seite, wodurch er dem ersten Satz der Bestie knapp entging. Auf der anderen Seite des Raumes erfaßte das Feuer die Vorhänge mit einem *wusch*. Einen Augenblick später fraßen die Flammen bereits an der Decke, hielten dort einen kurzen Augenblick inne und flossen dann an ihr entlang wie eine anbrandende Flutwelle.

Am Fuß der Treppe stemmte der Höllenhund die Pfoten gegen den Boden und fuhr zu Skater herum, während der Teppich darunter wieder Feuer fing. Das Tier sprang ihn aus den Flammen heraus an und spie dabei eine Feuerwolke aus, die sich beständig ausbreitete, als es auf Skater losging.

# 7

Sich wegdrehend, um dem Angriff der Bestie auszuweichen, griff Skater nach seinem Predator. Als er die Pistole zog, traf ihn der Feueratem des Höllenhundes mit mehr Wucht an der Schulter, als er erwartet hatte. Seine ersten beiden Schüsse verfehlten das Tier, da er rückwärts die Stufen herunterstolperte.

Blaue und gelbe Flammen vom Feueratem der Bestie klebten an der Schulter seines Dusters. Hitze griff auf das Kevlar über, heiß genug, um ihn zu verbrennen. Bevor er einen dritten Schuß abgeben konnte, fiel das Tier über ihn her. Seine Augen glühten rot, und brennender Geifer troff von seinem stumpfen Maul, als es sich weit öffnete und nach seinem Gesicht schnappte. Seine Vorderpfoten lagen schwer auf Skaters Brust.

Skater stieß seine freie Hand zwischen die Vorderpfoten der Bestie, beugte den Arm am Hals des Tieres und stemmte es von seinem Gesicht weg. Die glitzernden Fänge bissen anstatt in sein Fleisch ein Stück aus dem Treppenläufer.

Skaters Muskeln strengten sich an, das Maul des Höllenhundes von seinem Gesicht fernzuhalten. Das Tier bellte wieder, und ein weiterer feuriger Atemstoß versengte die Wand neben der Treppe. Skater brachte den Lauf des Predators hinter das Ohr der Bestie und drückte ab. Die Schüsse hallten ohrenbetäubend durch die Wohnung und übertönten mühelos das Knistern und Krachen der Flammen.

Skater war mit Blut, Knochen und Fell bedeckt. Mit einem konvulsivischen Zucken brach der riesige schwarze Hund zusammen. Wegen des Gewichts der Bestie, des Rauchs und der Hitze unfähig, tief Luft zu holen, mühte sich Skater, das Tier wegzuschieben. Als er wieder auf die Beine kam, war sein Blickfeld verschwommen. Der Predator erhitzte sich in seiner Hand, aber er weigerte sich, ihn loszulassen. Er hatte Gerüchte gehört, daß einige Konzerne Höllenhunde als Wachhunde einsetzten, war jedoch bisher noch keinem begegnet. Der Abrichter des Hundes mußte irgendwo in der Nähe sein.

»Larisa!« Über das in der geräumigen Wohnung tobende Inferno konnte Skater kaum seine eigene Stimme hören. Er erreichte den Treppenabsatz und ließ den Blick über die beiden geschlossenen Türen vor sich schweifen. Der Schweiß lief ihm in Strömen und durchweichte seine Kleidung, da sein Körper die Hitze zu kompensieren versuchte, der er ausgesetzt war. Seine Brust brannte von der Anstrengung des Atmens, und er wurde immer häufiger von Hustenanfällen heimgesucht.

Er wählte die linke Tür. Der Türknopf schmolz bereits, und er benutzte eine Falte seines Dusters, um ihn anzufassen und zu drehen, dann zog er die Tür auf. Ein Spiegel an der gegenüberliegenden Wand reflektierte die Helligkeit der Flammen und erfüllte das Zimmer mit Licht.

Niemand hielt sich darin auf.

Doch einen Moment lang war Skater von der Tapete hypnotisiert, die mit exotischen, glücklich lächelnden Tieren bedeckt war. Direkt hinter der Tür und ein wenig rechts von ihm stand das Kinderbett. Ein kleines Kissen lag auf einem Ende eines Haufens von Bettwäsche, der hoch genug war, um einen kleinen Körper darunter verbergen zu können.

Skater ließ den Predator sinken, als er zum Bett ging. Er rief noch einmal Larisas Namen, während er sich fragte, wie lange ein Baby in dem schädlichen Rauch überleben konnte.

Am Kopfende des Kinderbetts war ein Mobile mit einem Dutzend bunter Seepferdchen befestigt. Der

Kopfkissenbezug war mit weiteren Seepferdchen bestickt, und Skater erkannte in der Stickerei trotz des Rauchs ein für Larisa typisches Werk. Die Farben waren hell und lebendig.

Skater fuhr mit der Hand durch die Bettwäsche. Dann stieß er einen Seufzer der Erleichterung aus, weil sich kein Baby darunter befand, nur ein Teddy mit violettem Fell.

Obwohl er den Lichtverstärker eingeschaltet hatte, waren die Einzelheiten in dem Raum nur schwer zu erkennen. Aber nach dem Mobiliar und den im Wäschekorb liegenden Kleidungsstücken zu urteilen, war das Baby ein Mädchen.

Bevor er darüber nachdenken konnte, was er tat, nahm Skater den Teddy und steckte ihn in eine Tasche seines Dusters. Dann rannte er aus dem Zimmer und eilte in dem Wissen zur anderen Tür, daß die Zeit knapp wurde.

Als er, wiederum unter Benutzung seines Dusters, den Türknopf probierte, stellte er fest, daß er ihn nicht drehen konnte. Er wich einen Schritt zurück, hob den Fuß und trat zu. Holz splitterte und brach. Die Tür flog auf.

»Larisa!« rief er, als er das Zimmer betrat.

Ein fetter Mann in einem teuren Nadelstreifenanzug und einem maronifarbenen Umhang kniete auf dem Boden und drehte sich zu Skater um. Er hatte Hängebacken und eine rote Nase, die aus einem Meer aus schwarzem und grauem Bart ragte. Mit seinen stechenden Augen und den Händen voller Gegenstände aus einem Wandtresor sah er wie ein diebischer Nikolaus aus.

Skater hob den Predator. Er glaubte nicht, daß der Mann ihn im Licht des Feuers, das hinter ihm durch die Tür fiel, deutlich sehen konnte – aber er würde die Waffe erkennen. »Wo ist Larisa Hartsinger?«

»Ich fürchte, Sie kommen viel zu spät«, sagte der

fette Mann und stieß dann ein paar Worte hervor, die Skater nicht verstand.

Irgend etwas sagte ihm, daß es sich um Magie handelte, doch bevor er den Predator abfeuern konnte, schoß eine wirbelnde Masse aus flimmernder heißer Luft aus einer Ecke des Raums auf Skater zu.

Die flammende Kreatur stieß seinen Arm beiseite, so daß die Kugel ihr Ziel verfehlte. Das Ding war über zwei Meter groß, annähernd humanoid, aber entschieden echsenähnlich, und hatte die Farbe und Konsistenz von orangefarbenem Lehm. Skater vermutete, daß er es mit einem Feuerelementar zu tun hatte, denn Feuer umgab es wie feine Spinnweben. Die Augen sahen aus, als seien sie ihm mit einem stumpfen Stab in den Kopf gebohrt worden, und der Mund war ein gekrümmter Schlitz.

Skater gelang es, den Angriff wenigstens teilweise abzuwehren, aber die schiere Kraftexplosion schleuderte ihn rückwärts. Er prallte gegen den Türrahmen, und ein stechender Schmerz schoß ihm durch Rückgrat und Nieren. Da er wußte, daß ihm der Predator nichts gegen den Elementar nützte, schob er die Waffe in das Halfter und wich weiter vor dem Ding zurück. Er versuchte der Karikatur die Tür ins Gesicht zu schlagen.

Der Elementar heulte auf, als er gegen die Tür drückte. Feurige, vierfingrige Handabdrücke wurden auf dem Holz sichtbar und brannten sich hindurch.

Skater riß eine Stange aus dem Geländer im ersten Stock und schwang sie gegen den Elementar. Man hatte ihm gesagt, daß Verrückte auf der physikalischen Ebene die besten Chancen gegen Elementare hatten, weil sie von ihrer Besessenheit gepackt wurden.

Die Stange schlug dem Elementar hart genug ins Gesicht, um ihm den Kopf abzureißen. Brennendes gelbes Blut lief den Mundspalt herunter.

Der Fette kam zur Tür, um den Blickkontakt zum Elementar aufrechtzuerhalten.

Der Elementar stieß ein holpriges Wutgeheul aus, dann füllte sich eine Hand mit einem wirbelnden Ball aus flammendem Plasma, den er nach Skater warf. Der Ball wuchs, während er durch die Luft flog.

Als er Skater erreichte, hatte der Feuerball die Größe eines Kürbisses. Er zog einen feurigen Schweif hinter sich her wie ein Komet. Skater packte den Saum seines Dusters und hob ihn schützend hoch. Das Kevlar hielt die Wirkung der kleinen Explosion zum größten Teil ab, aber ihre Gewalt reichte dennoch, ihn zurückzuschleudern.

Dann ging das verdammte Feuerding wieder auf ihn los.

Skater gab jetzt jeden Anschein auf, seine Stellung halten zu wollen, und rannte zum Geländer, von dem man die tiefergelegene Etage überblickte. Er setzte darüber hinweg, als ein weiterer Feuerball an ihm vorbeisauste. Einen Moment lang befand er sich im freien Fall, ein Gefühl, bei dem sich ihm der Magen umdrehte, dann war da nur noch die Erwartung, von den Flammen in der tiefergelegenen Etage verschlungen zu werden.

Das Feuer leckte nach ihm, sobald er gelandet war, wurde von ihm angezogen, als sei er eine Brennstoffquelle. Er lief sofort weiter, wobei seine Knie gegen die wiederholte Überbeanspruchung protestierten. Ein paar Teppichinseln verblieben noch, und er lenkte seine Schritte zur größten in der Nähe der Wohnungstür.

Das Brüllen des Elementars erfüllte den Raum.

Ein rascher Schulterblick zeigte Skater, daß sich der Elementar gerade vom Geländer der oberen Etage abstieß. Die Arme waren ausgestreckt, da er das Gleichgewicht hielt, und für einen Augenblick sah er wie ein in heiliges Feuer gehüllter Racheengel aus.

Dann landete er mit so viel Wucht, daß der Boden erbebte. Sein Schwanz peitschte herum und versprengte die Flammen. Er brüllte noch einmal auf und folgte Skater.

Skater rannte durch hüfthohe Flammenzungen, die sich in den Teppich fraßen, zur Tür. Der Rauch war mittlerweile eine Wolke aus schwärzlich grauem Nebel, die beinahe undurchdringlich war. Dennoch weckte ein metallisches Glänzen über der Tür seine Aufmerksamkeit. Als er mit brennenden Augen gegen den Türrahmen prallte und in dem Bewußtsein nach dem Öffner tastete, daß sich der Elementar jeden Augenblick auf ihn stürzen würde, machte er das Leuchten des manuellen Aktivierungsschalters für das KIDDE-Feuerlöschsystem der Wohnung aus.

Die Tür war verklemmt.

Skater fuhr herum, eine Hand über dem KIDDE-Schalter. Selbst wenn die computergesteuerten automatischen Systeme zum Absturz gebracht worden waren, sollte die manuelle Schaltung funktionieren. Hoffte er.

»Komm schon, du drekkiger Wichser!« schrie Skater den Elementar an.

Die Kreatur fegte die Überreste des brennenden Sofas beiseite und ging auf ihn los. Der Spalt von einem Mund hatte sich zu einem wilden Grinsen verzogen.

Skater wurde von einem Hustenanfall gepackt. Er mußte sich zwingen, seine aufrechte Stellung beizubehalten, um den KIDDE-Schalter umlegen zu können. Kaum hatte er das getan, als Strahlen komprimierten Schaums und Wassers aus den kleinen Düsen in der Decke sprühten.

Der Elementar war augenblicklich durchnäßt. Dampf stieg von ihm auf, und sein Knurren verwandelte sich in ein Heulen der Wut und eine Kakophonie bösartigen Zischens. Er wickelte seine mißgestalteten Arme um sich und machte sich so klein wie möglich. Dann verschwand er aus der physikalischen Ebene.

Dunkle Flecke tanzten vor Skaters Augen. In seinen Lungen war nicht mehr genug Sauerstoff. Er zog den Predator und schoß den Rest des Magazins in den Verschlußmechanismus der Tür, der zerschmettert wurde. Er riß noch einmal an der Tür, die sich daraufhin öffnete.

Die plötzliche Sauerstoffzufuhr schuf eine Stichflamme, die mit Skater in einem fließenden *wuuusch* in den Flur schoß. Er lehnte sich an die gegenüberliegende Flurwand und sog gierig die frische Luft ein.

Durch die offene Tür leckten bereits Flammen zur Flurdecke, und er sah, daß die schwelende Wohnung gänzlich ein Opfer der Flammen geworden war. Nichts konnte das überlebt haben.

Er dachte an Larisa und fühlte sich leer, als er sich fragte, ob er je die Wahrheit erfahren würde. Das plötzliche Jaulen von Alarmsirenen zwang ihn zum Handeln.

Ein Blick durch den Flur zeigte ihm, daß die Türen der meisten Wohnungen geöffnet waren. Vor beiden Feuertreppen hatte sich eine kleine Menschentraube gebildet, während der Rauch aus Larisas Wohnung auf den Flur zog. Mehrere Leute hatten Skater entdeckt und machten andere auf ihn aufmerksam.

An seinem Duster klebten immer noch Funken, die träge durch die Luft schwebten und erloschen, als er zum nächsten Fahrstuhl rannte und die Finger zwischen die Türen zwängte, um sie zu öffnen. Der Digitalanzeige konnte er entnehmen, daß alle Kabinen zum Erdgeschoß unterwegs waren.

»Weg von der verdammten Tür!«

Skater nahm den Sicherheitsmann von Knight Errant aus dem Augenwinkel wahr. Der Wächter trug eine gepanzerte Uniform und rannte jetzt von der Traube vor der Feuertreppe zu seiner Linken durch den Flur.

Skater zwängte die Fahrstuhltüren auseinander und

sah nach unten. Die Kabine war ein Dutzend Stockwerke unter ihm und auf der Fahrt nach unten. Die Haltekabel bewegten sich mit der Kabine.

»Letzte Chance, Spatzenhirn«, rief der Sicherheitsmann. Er stand jetzt breitbeinig da und hatte eine Narcoject-Pistole auf Skater gerichtet, die er mit beiden Händen hielt.

Ohne zu zögern, warf sich Skater in den Fahrstuhlschacht. Betäubungspfeile bohrten sich durch seinen Duster und klirrten dann gegen die Flurwände und Fahrstuhltüren. Die Pfeile konnten die meisten Panzerungen durchdringen und hätten sich in seinen Körper gebohrt, wäre nicht die Kevlarschicht direkt auf seiner Haut gewesen. Wenn er den Duster später auszog, mußte er sehr vorsichtig zu Werke gehen.

Sein Sprung beförderte ihn in den Fahrstuhlschacht. Er schlang Arme und Stiefel um das Haltekabel und ließ sich von ihm hinunterziehen.

Die Fahrstuhltüren über ihm schlossen sich mit einem Knall, und der Schacht war plötzlich von einer so undurchdringlichen Schwärze erfüllt, daß selbst Skaters Lichtverstärker keine Einzelheiten mehr erkennen konnte. Einen Augenblick später öffneten sich die Türen wieder, und ein längliches Rechteck aus grellem weißen Licht fiel in den Schacht. Mittlerweile war Skater drei Etagen tiefer und rutschte immer schneller an dem Kabel hinunter.

»Er hat gerade den fünfzehnten verlassen«, rief der Wachmann von Knight Errant, um das Jaulen der Sirenen im Flur zu übertönen. »Fahrstuhl drei-C.« Er zielte mit der Narcoject und gab ein halbes Dutzend Schüsse ab.

Skater fiel wie ein Stein. Wegen seiner hohen Geschwindigkeit und der Enge des Schachts hatte er den Eindruck, daß die Kabine zu ihm heraufkam.

»Nicht *in* der Kabine, verdammt«, sagte der Wächter. Er stand neun oder zehn Etagen über Skater in der offenen Fahrstuhltür und lud seine Narcoject nach. »Oben *auf* dem verdammten Ding.«

Als ihn noch zwei Etagen von der immer noch abwärtsfahrenden Kabine trennten, griff Skater wieder fester zu. Schmerzen schossen durch Arme, Brust, Füße und Knie. Er hielt sich so lange fest, wie er konnte, dann ließ er das Kabel weniger als zwei Meter über der Fahrstuhlkabine los. Einen Augenblick später prallte er auf das harte, unebene Metalldach der Kabine.

Bevor er wieder zu Atem gekommen war, fiel eine blasse Ellipse aus Halogenlicht auf ihn und verjagte einen Großteil der schützenden Schatten. Er zwang sich aufzustehen und stand schwankend da, während sich die Fahrt der Kabine verlangsamte. Zum erstenmal bemerkte er die meterhohen Zahlen, die in Rot auf die grauen Stahlwände des Schachts neben die Türen gemalt waren.

Die drei zog an ihm vorbei, und die Kabine mußte jeden Augenblick anhalten. Er ging einen Schritt nach vorn, beugte sich vor und erwischte den ein Stück in den Schacht hineinragenden Vorsprung des Fußbodens der zweiten Etage. Obwohl seine Reflexbooster zusätzliches Adrenalin ausschütteten und sein Nervensystem beschleunigten, war er mit den Kräften praktisch am Ende.

Er stemmte die Füße gegen die Wand und zog sich hoch. Dann zwängte er die Finger einer Hand in den Spalt zwischen den Türen, wobei er zu ignorieren versuchte, daß er mittlerweile doppelt und verschwommen sah. Einen Moment lang glaubte er, nicht mehr genug Kraft zu haben, um die Türen bis zu dem Punkt auseinanderzuzwängen, an dem sie sich von allein öffneten. Dann glitten die Türen mühelos beiseite.

Zwei Knight Errants standen mit gezogenen Narcojects in der Türöffnung.

Skater hielt sich an dem Vorsprung fest, weil er

keine Fluchtmöglichkeit mehr hatte. Die Kabine unter ihm versperrte ihm den Weg in eine tiefergelegene Etage, und er hatte nicht mehr die Kraft, das Kabel hinaufzuklettern, geschweige denn, Betäubungspfeilen auszuweichen.

Von oben hörte er ein stetes Rauschen. Er warf einen Blick über die Schulter und sah den Wächter aus dem fünfzehnten Stock in gemächlichem Tempo das Kabel herunterrutschen. Seine Narcoject war direkt auf Skater gerichtet.

Er war erledigt, was er auch tat.

»Sieht so aus, als hättest du verschissen«, sagte der grimmig dreinblickende Ork mit den Streifen eines Sergeants. Er zielte mit seiner Pistole genau auf Skaters Gesicht.

# 8

Nach wenig mehr als einer Stunde war Knight Errant von Lone Star abgelöst worden. Das war kein neuer Rekord, soweit Skater wußte, aber es war trotzdem verdammt schnell gegangen. Knight Errant war nur die private Sicherheitsfirma für die Gegend und mußte sich Lone Stars offiziellem Status als Polizei in und um Seattle beugen.

Im Morgengrauen saß er in einem Verhörzimmer im Lone-Star-Security-Gebäude an der Ecke First Avenue und Union Street und wartete auf die Ankunft zweier Bullen. Man hatte ihn in der Biotech-Abteilung entlaust, ihm Netzhaut- und Fingerabdrücke abgenommen, eine DNS-Probe entnommen und ihn auf Cyberware untersucht. Die Gespräche hatten sich auf einen ständigen Strom von Beleidigungen beschränkt. Man hatte ihn bereits als Runner eingestuft.

Er saß auf einem abgewetzten Metallstuhl im Verhörzimmer auf der anderen Seite eines Klapptisches, der eine umfangreiche Sammlung eingeritzter Graffiti und Brandflecke von Zigaretten aufzuweisen hatte. Eine der Leuchtröhren an der Ecke flackerte unaufhörlich, was die Lichtverhältnisse ständig änderte und die Phalanx der Insekten, die es in den Raum verschlagen hatte, vor Frustration wahnsinnig machte.

Bei seiner Entlausung hatten sie ihm die Kleidung abgenommen und ihm einen orangefarbenen Overall mit dem Aufdruck EIGENTUM VON LONE STAR auf dem Rücken verpaßt. Auf der Straße hieß es, einige Halloweener hätten Spaß daran, Beine und Arme abzutrennen und die Overalls als Gang-Farben zur Schau zu stellen, wenn sie ihn bei ihrer Flucht aus dem Gefängnis getragen hatten. Es gab nicht viele von ihnen. Lone Star bot rivalisierenden Gangs unter der Hand eine Belohnung für die Rückgabe jedes Overalls an – mit oder ohne den dazugehörigen Gefangenen, und eine dritte Partei fungierte bei diesen Transaktionen als Makler.

Skater rutschte auf dem Stuhl herum und versuchte vergeblich, eine bequeme Stellung zu finden. Seine Hände waren mit Puls-Handschellen hinter dem Rücken gefesselt, um ihn daran zu hindern, seine Cyberware zu benutzen, und zusätzlich an den Stuhl gekettet, und Fußketten sorgten dafür, daß seine Füße nicht mehr als einen halben Meter Bewegungsfreiheit hatten. Er war barfuß, und der Steinboden war eiskalt.

Der hellgrüne Anstrich von Wänden und Decke bot keine geistige Ablenkung, und das einzige Fenster in dem Raum war schon vor Jahren schwarz übermalt worden.

Anstatt über das zu grübeln, was er nicht wußte und was geschehen mochte, ging Skater auf die Art in sich, die ihn sein Großvater gelehrt hatte. Andrew Ghost-Step war ein harter Mann gewesen, dem man nur schwer nahe kam. Er hatte eine führende Position in seiner Gemeinde innegehabt, und so war man über die Exzesse seiner Tochter nicht leicht hinweggegangen. Skater hatte erst später erfahren, daß viele politische und persönliche Freundschaften seines Großvaters in die Brüche gegangen waren, als seine Mutter sich aus dem Staub gemacht und Skater bei ihren Eltern gelassen hatte.

Skater kannte sich mit einigen Methoden der Salish aus, obwohl er sie nicht praktizierte, und er kannte auch einen Teil der Überlieferungen. Aber Ghost-Steps Lehren in bezug auf Selbstdisziplin und Beherrschung hatten ihm damals geholfen, seine Probleme zu bewältigen, und noch oft danach. Früher hatte man sich aufgrund einiger latenter Fähigkeiten Hoffnungen gemacht, er könne ein Schamane sein, aber diese Hoffnungen waren begraben worden, als ihn bei seiner Medizinsuche kein Totemgeist für sich beansprucht hatte.

Damals war er zwölf gewesen, und durch das Scheitern der Suche hatte die Entfremdung zwischen ihm und seinem Großvater noch zugenommen.

Er entspannte sich in seinen Fesseln, wobei er sein Gewicht möglichst gleichmäßig auf alle Muskeln verteilte.

Die Tür öffnete sich quietschend, und Gesprächsfetzen, die Geräusche stetiger Schritte und der Gestank nach Zigarettenrauch und ungewaschenen Leibern wehten herein.

Skater öffnete die Augen zu schmalen Schlitzen und nahm das Paar Troll-Stiefel vor sich und das normalgroße Paar daneben zur Kenntnis. Er glaubte keinen Augenblick daran, daß er hier bei Lone Star völlig sicher war.

»Sind Sie wach?« fragte eine mürrische Stimme.

»Ja«, erwiderte Skater, indem er den Kopf hob.

»Gut. Einen Moment lang dachte ich schon, Sie wären tot und ich hätte meine Zeit verschwendet, als ich mir Fragen ausgedacht habe, die ich Ihnen stellen kann.« Der Sprecher war ein Mensch von durchschnittlicher Größe und breitschultrig. Er trug seinen Bart kurz und das dunkle Haar lang und im Nakken zu einem Pferdeschwanz zusammengebunden. Er hatte eine große Nase und dicke buschige Augenbrauen, die wie pelzige Raupen aussahen. Die blaugoldene Lone-Star-Jacke hing an einem Finger über der Schulter.

»Ich kann Ihnen nicht viel sagen«, bemerkte Skater.

Der Mann nickte und griff nach einem der drei weiteren Stühle am Tisch. »Das habe ich schon gehört.« Er stellte eine kleine Videokamera mit eingebautem Monitor auf den Tisch. »Aber wir gehen trotzdem noch mal alles durch. Ich bin Lance Paulson, betrachten Sie mich einfach als Ermittlungsbeamten.« Er deutete mit dem Daumen auf den Troll. »Und das ist Nina, betrachten Sie sie einfach als meinen Partner.«

Die Trollfrau war nur ein paar Zentimeter kleiner als Elvis. Ihre Hörner waren eingeölt, poliert und kohlschwarz, und ihr borstiges Haar war zu einer sechs Zentimeter hohen Irokesensichel geschnitten und bis auf die giftgrünen Spitzen platinblond gefärbt. Für eine Trollfrau wies sie beachtliche Kurven auf. Skater war der Ansicht, Elvis wäre beeindruckt gewesen, bis er herausgefunden hätte, daß sie ein Bulle war.

»So viele Betrachtungen könnten mich leicht verwirren«, sagte Skater.

»Hab' ich mir gedacht.« Paulson nickte leutselig. Er beugte sich über die Videokamera und schaltete sie ein. »Deswegen habe ich auch ein paar Bilder mitgebracht.«

»Sind Sie die höchste Instanz, mit der ich es bei Lone Star zu tun bekomme?« fragte Skater.

»Wenn Sie sich auf die Mauer des Schweigens beziehen, mit der Sie dem Knight-Errant-Team, das die Verhaftung vorgenommen hat, und den Beamten in Booking begegnet sind«, sagte Nina, »dann sind wir das. Von hier aus wandern Sie direkt zu einem Anwalt und vor Gericht, sobald Ihr Verfahren auf die Prozeßliste gesetzt wird. Wenn Sie uns in bezug auf Ihre mögliche Unschuld nicht helfen und sich weiterhin weigern, irgend etwas zu Ihren Gunsten vorzubringen, bezweifle ich, daß Sie gegen Kaution freigelassen werden. Und bei der derzeitigen Überlastung der Gerichte wird Ihre Verhandlung wohl drei oder vier Monate auf sich warten lassen. Das gibt Ihnen viel Zeit, mit den anderen milieugeschädigten Dreksäcken im Untersuchungsgefängnis zu spielen.«

»Eine düstere Aussicht«, sagte Paulson. Er machte es sich auf seinem Stuhl gemütlich und verschränkte die Hände hinter dem Kopf. Seine Lippen verzogen sich im Schatten seiner Hakennase zu einem Lächeln. »Andererseits können Sie natürlich auch mit uns reden.«

»Die Handschellen?« fragte Skater.

Paulson sah Nina an, die einen Palmtop aus ihrer Jackentasche zog und sich daran zu schaffen machte.

»Reflexbooster«, las sie vor. »Knochenverstärkungen in beiden Armen und einem Bein. Augen. Commlink IV. Keine implantierte Hardware, die schlitzt oder schneidet.«

»Das bedeutet, wahrscheinlich keine Magie«, sagte Paulson.

»Der Test ist negativ verlaufen.«

»Für einen Shadowrunner sind Sie aber ziemlich nackt, oder?« fragte Paulson.

»Ich bin keine Messerklaue«, erwiderte Skater. »Und ich bin auch kein Shadowrunner.«

»Sicher.« Paulson erhob sich von seinem Stuhl und fischte einen Schlüssel aus seiner Hosentasche. »Aber lassen Sie uns eines klarstellen, bevor ich Ihnen die Handschellen abnehme: Sie wollen garantiert keinen Versuch machen, mich zu übertölpeln, wenn Sie frei sind. Ich habe mich von meiner ursprünglichen Ausrüstung schon vor langer Zeit getrennt, aber um mit einem Burschen wie Ihnen fertigzuwerden, brauche ich keinen Chrom. Die Fußfesseln bleiben dran!«

Als seine Handgelenke frei waren, massierte Skater sie in dem Bemühen, den Blutkreislauf in Schwung zu bringen und die damit verbundenen Schmerzen so gering wie möglich zu halten.

»Ihre Netzhaut- und Fingerabdrücke wurden als diejenigen eines gewissen Otto Franks identifiziert«, sagte Nina. »Ist das Ihr Name?«

Skater nickte.

»Wir zeichnen dieses Gespräch auf, Mr. Franks. Könnten Sie verbal antworten?«

»Klar.«

»Ihr Name ist also Otto Franks?«

»Ja.« Der Name war eine Tarnung, die Erzengel in die SIN-Datenbank implantiert hatte. Wenn er freikam, konnte sie alle Spuren von ihm löschen und ihm eine andere Identität seiner Wahl zuordnen. Vor fast zwei Jahren war sie in das System gedeckt und hatte jeden Hinweis auf einen gewissen Jack Skater gelöscht.

»Und welchen Beruf üben Sie aus, Mr. Franks?« fragte Paulson.

»Ich bin Investmentberater«, erwiderte Skater.

»Mit Reflexboostern? Die Aktienkurse müssen sich dieser Tage wirklich verdammt schnell ändern, Mr. Franks.«

»Ich bin vor ein paar Jahren ausgeraubt worden.« Skater wußte, daß es dank Erzengel eine Akte über diesen angeblichen Raub gab. Sie war sehr tüchtig, wenn sie eines ihrer Netze wob. Der Raubüberfall erklärte auch die Knochenverstärkungen und die Operationen, die notwendig gewesen waren, um den Schaden zu beheben, den die Disassembler damals angerichtet hatten. »Nach meiner Entlassung aus dem Krankenhaus ließ ich mir die Reflexbooster einsetzen. Ich dachte, sie würden mir einen Vorteil verschaffen, sollte ich je wieder in so eine Situation geraten.«

Paulson lachte ungläubig. »Tja, Chummer, heute morgen sind Sie jedenfalls ganz tief in den Drek geraten, nicht wahr?«

»Wessen beschuldigt man mich?« fragte Skater.

»Zunächst einmal der Brandstiftung«, sagte Nina. »Abgesehen von der Strafanzeige müssen Sie noch mit einer Zivilklage der Besitzer des Montgomery Building rechnen.«

»Bei dem es sich zufällig um ein Gemeinschaftsunternehmen verschiedener Baufirmen handelt, die in der politischen und wirtschaftlichen Szene des Megaplex ganz weit oben mitmischen«, sagte Paulson. »Im Moment sind sie ziemlich ... aufgebracht.«

»Und des Mordes«, sagte die Trollfrau.

Skater zwang sich zu fragen: »Wer wurde getötet?«

Paulson zeigte auf ihn. »Vielleicht wollen Sie uns das sagen.«

»Das einzige, was ich umgelegt habe, ist ein Höllenhund.«

Nina sah Paulson an, der die Achseln zuckte. »Die Einheit, die am Tatort war, hat einen großen Hund gefunden. Die Gerichtsmedizin hat ihn sich noch nicht angesehen. Könnte sein.«

»Was ist mit dem Nachtportier und dem Knight Errant, die in der Eingangshalle gearbeitet haben?« fragte die Trollfrau.

»Sie waren schon tot, als ich dort ankam.«

»Wann sind Sie angekommen?«

»Kurz nach vier.«

»Wieviel genau nach vier?«

»Zehn, höchstens fünfzehn Minuten.«

»Kann das jemand bezeugen?« fragte Nina.

Skater dachte an den Taxifahrer, der ihn dort hingebracht hatte, verwarf diese Möglichkeit dann aber. Der Fahrer war ein Ork. »Ein älteres Paar hat mich eingelassen.«

»Tatsächlich?« Paulson erhob sich und fing an, auf und ab zu marschieren.

Skater wußte, daß die Beschäftigung nur dazu dienen sollte, ihn aus der Ruhe zu bringen. Seine Lügen würden alle ganz einfach sein, so daß er sich später leicht an sie erinnern konnte. Nichts, was zu abseitig war.

»Wieviel Geld haben Sie im letzten Jahr verdient, Mr. Franks?« fragte Paulson.

»Sehen Sie in meiner Steuererklärung nach. Ich bin sicher, mein Einkommen ist dort angegeben.« Um solche Einzelheiten kümmerte sich Erzengel ebenfalls.

»Das habe ich bereits getan.«

»Warum fragen Sie dann noch?«

»Um zu sehen, ob Sie es wissen. Das tun Sie nicht. Ich finde das höchst interessant.«

»Bei meinem Job«, sagte Skater, »jongliert man ständig mit Zahlen herum.«

»Wie wäre es dann mit einer Schätzung?«

Skater schwieg. Seine Tarnung hielt, was die beiden Beamten frustrierte.

»Ich habe mal ein wenig spekuliert«, fuhr Paulson fort. »Könnten Sie mir einen guten Tip geben, was ich kaufen soll, wenn nachher die Börse öffnet?«

»Vielleicht können Sie uns eine Liste Ihrer Klienten geben«, sagte Nina.

»Vielleicht könnte ich auch einen Anwalt bekommen«, sagte Skater, »bevor wir die Diskussion fortsetzen.«

»Was wollten Sie im Montgomery?« fragte Paulson.

»Ich wollte dort jemanden besuchen.«

»Wickeln Sie Ihre Geschäfte immer um vier Uhr morgens ab?«

»Viele meiner Klienten haben einen ungewöhnlichen Tagesablauf«, antwortete Skater. »Es macht mir nichts aus, mich nach ihren Bedürfnissen zu richten.«

»Larisa Hartsinger war eine Klientin?« fragte Nina.

»Nein.«

»Aber Sie gingen dorthin, um sie zu besuchen?«

»Ja.« Indem er ihnen teilweise die Wahrheit sagte, hoffte Skater, sie zu verunsichern und seine Lügen besser zu verkaufen.

»Warum?« wollte Paulson wissen.

»Aus persönlichen Gründen.«

Paulson setzte sich und verschränkte wieder die Hände im Nacken. »Welche Art von persönlichen Gründen?«

»Sie ist Tänzerin in einem Club.«

Paulson nickte. »Im SybreSpace. Wir haben bereits mit der Besitzerin Andrea Silvereyes und einigen Kolleginnen der Hartsinger geredet.«

»Warum waren Sie an ihr interessiert?« fragte die Trollfrau.

»Mir gefiel die Art, wie sie tanzte.«

»Hofften Sie, bei ihr zu landen?« fragte Paulson.

Skater zuckte die Achseln.

Nina rief eine neue Seite auf ihrem Palmtop auf. »Laut Ms. Silvereyes hat Larisa Hartsinger seit fast drei Monaten nicht mehr in ihrem Club gearbeitet. Warum wollten Sie sie ausgerechnet heute morgen besuchen?«

»Ich wollte es nicht mehr länger aufschieben«, sagte Skater. Auch das war die Wahrheit.

»Ich werde Ihnen jetzt eine Geschichte erzählen«, sagte Paulson. »Unterbrechen Sie mich, wenn Sie sie schon kennen. Aber mein Partner und ich finden sie ganz toll. Dieser Bursche geht also heute nacht um halb drei ins SybreSpace. Sein Name ist Jack.«

Da wußte Skater, daß sie mit Aggie geredet hatten und sie ihnen alles erzählt hatte, um ihre eigene Haut zu retten. Er konnte es ihr nicht verübeln. Sie hatte in dieser Geschichte selbst nichts zu gewinnen und alles zu verlieren.

»Wir haben mit einer der Tänzerinnen geredet, die sagt, zwei harte Burschen nehmen sich nun diesen Jack aufs Korn. Sie weiß nicht, wie sie heißen, aber sie weiß, einer ist ein Troll.« Paulson beugte sich vor und wurde ein wenig lebhafter. »Nur die Ruhe, Chummer, es wird noch lustiger. Draußen vor dem Club, eine Straße weiter, gibt es eine Schießerei, und eine der Messerklauen gibt den Löffel ab. Wie sich herausstellt, ist es ein Elektro-Bodyware-Freak namens Shayx, der in den Barrens bekannt dafür ist, kleinere Wetworks zu übernehmen. Niemand redet darüber, was er mitten in Seattle tut, aber es heißt, er hat jetzt Verbindungen. Ach ja, habe ich schon erwähnt, daß er ein Troll war?«

Skater schwieg und hörte Paulson zu, wie dieser einen Nagel nach dem anderen in seinen Sarg trieb.

»Wir können weder Jack noch den anderen Killer finden. Nachdem wir ein wenig graben, finden wir heraus, daß Larisa Hartsinger einen alten Freund namens Jack hatte – seinen Nachnamen haben wir nicht erfahren –, der möglicherweise aus Gründen des Spaßes und des Profits Shadowrunner ist. Dabei stoßen wir auch auf einen Spitzel, der für ein paar Yaks arbeitet und drei Leute sucht, von denen einer ziemliche Ähnlichkeit mit Ihnen hat.«

Paulson betätigte ein paar Tasten an der Videokamera. Für kurze Zeit flimmerten farbige Streifen über den Bildschirm, dann zeigte er ein körniges Schwarzweißbild von Skater. Die Aufnahme war irgendwo auf der Straße gemacht worden. Auf dem Bild hatte Skater den Arm um Larisa gelegt.

Er starrte die Aufnahme an und erinnerte sich plötzlich, wann sie gemacht worden war: ein, zwei Monate, bevor Larisa ihm gesagt hatte, sie wolle ihn nicht mehr sehen. Er betrachtete das Bild mit ihrer Schwangerschaft im Hinterkopf. Aber er konnte nicht sagen, ob sie schwanger war oder nicht. Auf dem Bild trug sie das Haar lang, aber die Schwarzweißaufnahme wurde ihrem kupferroten Haar und den smaragdgrünen Mandelaugen nicht gerecht. Sie war wunderschön, und ihre elfischen Züge sahen sauber und wie gemeißelt aus.

»Wollen Sie dazu etwas sagen?« fragte Nina.

»Der Bursche auf dem Bild könnte irgendwer sein«, antwortete Skater.

Paulson bediente wiederum ein paar Tasten an der Kamera, worauf sich ein weiteres Fenster öffnete. Dieses zeigte ein Bild von Skater in der Lobby von Larisas altem Wohnhaus, wie er gerade zur Tür hereinkam. Es war ebenfalls schwarzweiß. Die Ähnlichkeit war nicht zu übersehen. »Meinen Sie wirklich?«

»Was ich meine, scheint keine Rolle zu spielen«, sagte Skater.

»Da haben Sie verdammt recht, Jack. oder vielleicht sollte ich Sie Walter Dent nennen.« Paulson machte sich wiederum an den Kontrolltasten zu schaffen, und weitere Bilder folgten, diesmal welche, die in dem Haus aufgenommen worden waren. »Gehen Sie immer mit einer nicht registrierten Kanone spazieren?« Er hob die Hand und fuhr in sarkastischem Tonfall fort. »Richtig. Ich vergaß, daß Sie überfallen wurden und so weiter.«

»Was ist mit Larisa Hartsinger?« fragte Skater.

»Sagen Sie mir das«, stichelte Paulson. »Sie sind schließlich dorthin gegangen, um sie zu töten.«

»Nein.«

»Aber natürlich. Sie hat Sie fallenlassen.«

»Ja.«

Es gab eine kleine Pause. »Ja was?« fragte Paulson.

»Ja«, sagte Skater. »Sie hat mich fallenlassen.« Das war eine weitere Halbwahrheit, die er einzig und allein aus dem Grund erzählte, um sie zu verunsichern und es ihnen zu erschweren, Tatsachen von Erfindungen zu unterscheiden.

»Otto Franks oder Jack Soundso?«

»Wo ist sie?«

»Nennen Sie mir einen verdammten Namen, Jack.«

Skater kämpfte gegen den Drang an, aufzuspringen und zu versuchen, dem Lone-Star-Mann an die Gurgel zu gehen. Doch mit der Fußkette und so, wie er sich fühlte, war ihm klar, daß jeder derartige Versuch von vornherein zum Scheitern verurteilt war.

»Was wollten Sie dort?« fragte Nina mit leiserer Stimme.

Skater wußte, daß es die alte Guter-Bulle/böser-Bulle-Masche war, aber er wußte auch, daß er sie für seine eigenen Zwecke nutzen konnte. Er wandte sich an die Trollfrau. »Ich dachte mir, Larisa könne in Gefahr sein.«

Nina beugte sich vor und gab sich den Anschein, als

sei sie brennend interessiert. Nach allem, was Skater wußte, mochte ihr Interesse sogar echt sein. »Warum dachten Sie das?«

Er kam zu dem Schluß, eine kleine Lüge würde reichen. »Der Troll in der Gasse hat es mir verraten.«

»Shayx?«

»Ich habe seinen Namen nicht mitbekommen.«

»Warum war er eine Gefahr für Larisa Hartsinger?«

»Das hat er nicht gesagt. Nur, daß er sie töten würde, wenn er sie gefunden hätte.«

»Warum hat er Sie angegriffen?«

»Weil ich dorthin gegangen bin und mich nach ihr erkundigt habe.«

Paulson schlug ungläubig mit der flachen Hand auf den Tisch. »Und dann haben Sie ihn umgelegt, weil er irgendwann über ihre Adresse stolpern würde? Ich sage das, weil er die Adresse offensichtlich noch nicht hatte, sonst wäre er hingegangen.«

»Er hat mir keine große Wahl gelassen. Es war Notwehr.«

»Da sein Kopf durchlöchert ist wie ein Schweizer Käse«, sagte Paulson, »ist mir selbstverständlich klar, daß das die einzig mögliche Erklärung ist.«

Skater sagte nichts, sondern erwiderte nur den Blick des Mannes.

Paulson musterte Skater immer noch, als er eine Stelle an seinem Halsansatz berührte. Skater wußte, daß der Bursche einen Ruf über Commlink beantwortete. »Paulson.« Er lauschte einen Moment lang angestrengt, dann wandte er sich an Nina. »Das war der Leichenbeschauer. Er glaubt, er hat die dritte Leiche identifiziert.«

Nina sah ihn fragend an.

»Er sagt, es ist Larisa Hartsinger«, fuhr Paulson fort.

Skater bewahrte seine ausdruckslose Miene.

Der Lone-Star-Mann wandte sich an Skater. »Was

meinen Sie? Wollen Sie mitkommen und selbst einen Blick auf sie werfen? Ein schlauer Bursche wie Sie sieht vielleicht etwas, das uns entgeht.«

Skater antwortete mit flacher, neutraler Stimme. »Sicher.« Er mußte sich selbst überzeugen.

# 9

Die eisige Kälte des Todes breitete sich in Jack Skater aus, als der Fahrstuhl durch das Lone-Star-Security-Gebäude in eines der Kellergeschosse sank. Kaum hatten sich die Türen geöffnet, als ihn der Gestank nach Chemikalien und Blut umgab, und zwar trotz aller Versuche, ihn mit Pinien und Limonendüften zu überdecken.

»Folgen Sie der violetten Linie«, befahl Paulson, indem er ihm einen Stoß versetzte, um ihn zur Bewegung zu ermuntern.

Skater sah auf den Boden und fand einen dünnen Regenbogen farbiger Linien, die sich über das Linoleum zogen. Die violette Linie befand sich etwa in der Mitte des Bündels von etwa einem Dutzend Farben, und er folgte ihr. Der Bodenbelag war kalt unter seinen Füßen, und die Luft war schneidend kalt.

Männer und Frauen, Menschen und Metas, passierten ihn im Flur. Alle trugen weiße Laborkittel über ihrer Straßenkleidung. Nur ein paar gönnten ihm mehr als einen flüchtigen Blick. Durch den orangefarbenen Overall fiel er in dieser sterilen Umgebung besonders auf. Er bewegte die wieder mit Handschellen gefesselten Hände hinter seinem Rücken, um den Blutkreislauf in Gang zu halten.

Er bog zweimal links ab, dann einmal rechts, und schließlich stand er vor einer Tür so schwarz wie Obsidian. Die kleinen Buchstaben in der oberen rechten Ecke verkündeten: Richard Means, Ph.D., Gerichtsmedizin.

Nina zog ihre Karte durch das Magnetschloß, und die Tür öffnete sich.

»Gehen Sie«, sagte Paulson, indem er ihm wieder einen Stoß versetzte.

Skater störte sich nicht daran. Er ruhte ganz tief in sich selbst, wo ihn kein Gefühl erreichen konnte. Vielleicht hatte er sich mit Larisas Tod bereits abgefunden. Er war nicht ganz sicher. Vielleicht war auch einfach nur zuviel passiert. Die Taubheit fühlte sich dauerhaft an wie der Nerventod.

In einem kleinen Vorzimmer befand sich eine kleine Farbige, die ihnen kaum einen Blick zuwarf, als sie eintraten. Sie betrachtete Diagramme auf dem Bildschirm eines Decks. »Hallo, Lance, Nina. Doc wartet schon auf euch.«

Ein widerlicher Geruch schwängerte die Luft in dem kleinen Raum, und Skater mußte sich zwingen, sie einzuatmen.

Die einzige andere Tür befand sich zu seiner Linken. Ein stetes elektrisches Summen schien von ihr auszugehen. Skater ging darauf zu und sah sich um, da mehr und mehr der glänzenden Maschinen und Gerätschaften an den Wänden in Sicht kamen.

An der Decke hing eine verchromte Kugel, aus der fast zwei Dutzend Gelenkarme ragten. Jeder Arm endete in einem anderen Stück medizinische Hardware: Skalpelle, Zangen, Pinzetten, Nadeln, Knochensägen und ein Brustspreizer.

»Doc«, sagte Nina, die Abstand zu dem abgeschrägten Tisch hielt, auf dem eine verbrannte und geschwärzte Leiche in all ihrer unbekleideten Verletzlichkeit lag. »Man sagte uns, Sie hätten eine bestätigte Identifizierung.«

Dr. Means saß auf einem Stuhl in der Ecke des Raums und wandte sich ihnen zu. Er trug einen Helm auf dem Kopf, der mit den Computern hinter ihm verdrahtet war. Seine Finger spielten mit einer Reihe von Knöpfen, Schaltern und Joysticks auf den beiden Armlehnen. »Ich bin meiner Sache ziemlich sicher.«

Als Reaktion auf seine Bewegungen senkte sich die

Kugel, bis sie über der Leiche schwebte und zwei der Gelenkarme surrend zum Leben erwachten.

Skater spürte, wie sich Paulsons Hand schwer auf seine Schulter legte und ihn näher schob. Er blieb ein paar Schritte vor dem Tisch stehen und versuchte so flach wie möglich zu atmen. Der Gestank nach verbranntem Fleisch war allgegenwärtig.

Ein Blick auf das verkohlte Gesicht reichte, um zu wissen, daß diese Leiche tatsächlich einmal Larisa Hartsinger gewesen war. Irgendwie hatten die Flammen ihre Schönheit konserviert, indem sie ein hartes, chitinartiges Exoskelett ihres Gesichts erschaffen hatten. Die karamelisierte Hülle war glatt und von einer poliert wirkenden ebenholzfarbenen Schwärze mit einer dunkelroten Beimischung, die an den Rändern zu leuchten schien. Die Flammen hatten die Haare versengt und nur noch ein paar schwarze Stoppeln zurückgelassen.

Der lange, schlanke Körper war vom Feuer verwüstet und verunstaltet worden. Einschnitte waren gemacht worden, um verschiedenen medizinischen Geräten Zugang zu erlauben. Drei Arme der chirurgischen Kugel machten sich in der Leiche zu schaffen, wobei einer Sauggeräusche von sich gab.

»Wir haben natürlich das Gesicht«, sagte Means. »Die Spurensicherung hat eine vorläufige Identifizierung am Tatort vorgenommen, nachdem sie die Leiche geborgen hatten.«

Einer der Bildschirme an der Wand erwachte zum Leben. Die farbigen Pixel setzten sich zu einem Bild von Larisa zusammen.

»Das habe ich aus der Abteilung für Konzessionen, nachdem ich herausfand, daß die Sitte nichts über sie hatte«, sagte Means. »Weil sie als Tänzerin im Sybre-Space arbeitete, wußte ich, daß Hartsinger wahrscheinlich registriert sein würde. Manche von ihnen sind es nicht, aber Andrea Silvereyes führt ihren Laden ziemlich ordentlich.«

Skater betrachtete den Bildschirm und gab sich alle Mühe, die Erinnerungen nicht hochkommen zu lassen. Das entstellte Ding auf dem Labortisch war nicht Larisa. Larisa war nicht mehr da, hoffentlich an einem besseren Ort, aber er wußte nicht, ob er das tatsächlich glaubte.

Das Bild von Larisa schrumpfte und machte Platz für eine Großaufnahme ihres verbrannten Gesichts. Die Augen waren geöffnet und sahen wie Eiswürfel aus, die im Alter grau geworden und zu einem Blick in weite Ferne erstarrt waren.

»Ich habe ein paar Tests mit der DNS angestellt«, sagte Means. »Es ist mir gelungen, den Farbton ihrer Haut aus der Pigmentierung zu rekonstruieren. Dasselbe habe ich mit Haaren und Augen gemacht.«

Die karamelisierte Version von Larisas Gesicht wurde heller und nahm ein menschlicheres Aussehen an. Das Grau ihrer Augen verwandelte sich in ein strahlendes Grün.

»Sie hatte ihre Augen verändern lassen«, sagte der Leichenbeschauer. »Es ist mir gelungen, genug Spuren der kosmetischen Veränderungen zu finden, um die Farbe ermitteln zu können. Für einen Vergleich habe ich eine Probe ihres Haars, ebenfalls modifiziert, von der Innenseite ihres Schädels genommen.«

Auf dem Bildschirm wuchsen der verbrannten Version von Larisa plötzlich Haare von der kupferroten Farbe, die Skater kannte.

»So hat sie vor ihrem Tod ausgesehen«, informierte Mears sie. »Ich kann Ihnen auch zeigen, wie sie vor ein paar Jahren ausgesehen hat. Vor den kosmetischen Veränderungen.«

Auf dem Monitor erschien jetzt ein drittes Bild neben den anderen beiden. Das Mädchen auf diesem Bild war nicht so hübsch wie Larisa. Die Knochenstruktur war dieselbe und doch anders. Sie war eindeutig schlanker, vielleicht sogar anämisch. Ihre

Augen waren hirschbraun, die Haare hatten einen unscheinbar brünetten Farbton und waren dünn und lagen eng am Kopf an.

Skater hatte diese Larisa nie gesehen. Sie sah aus wie eine Fremde. Nur, daß er die andere Larisa sehen konnte, die darauf wartete, aus dieser hervorzugehen.

Plötzlich wurde ihm bewußt, daß es so viel gab, was er nicht von ihr wußte, was er sie nie von sich hatte wissen lassen. In der Zeit, als sie zusammengewesen waren, hatte er sich darüber keine Gedanken gemacht. Er hatte einfach gelebt.

Aber jetzt, wo er die drei Bilder von ihr auf dem Monitor der Gerichtsmedizin betrachtete, vor ihren sterblichen Überresten stand und wußte, daß sie keinen leichten Tod gehabt hatte, spürte Skater den Verlust. Es war ein Schmerz tief in ihm, kalt, hart und schneidend.

»Haben Sie sie überprüft?« fragte Paulson.

»Ja. Steht alles in meinem Bericht. Die SIN gehörte ihr von Geburt an. Sie hat eine Mutter, die immer noch im Sprawl lebt. Ich nehme an, Sie wollen mit ihr reden.«

Skater verbarg seine Überraschung. Larisa hatte niemals eine Mutter erwähnt. Doch sie waren beide nicht mehr mitteilsam gewesen, was ihre Geheimnisse betraf.

»Ja«, sagte Paulson. »Wir werden mit ihr reden. Aber ich glaube, wir haben den Täter bereits festgenommen.«

Means zog den Kopf unter dem Helm hervor. Obwohl der Leichenbeschauer saß, konnte Skater erkennen, daß er groß war. Er hatte blondes Haar, blaue Augen und eingefallene Wangen. Der Bursche hätte Nachrichtensprecher im Trid sein können. »Haben Sie ihn auf Magie überprüft?«

»Mit negativem Ergebnis«, sagte Nina.

Means nickte. »Dann haben Sie wahrscheinlich einen der Täter erwischt. Diese Frau ist zuerst erschossen und dann mit irgendeinem Feuerzauber gegrillt worden.«

»Dieser Bursche beschränkt sich auf das Schießen«, sagte Paulson. »Wir haben keinen Partner entdeckt.«

»Es war noch jemand beteiligt«, sagte Means. »Die Frau ist von einem Zauber erwischt worden, der sie so zugerichtet hat. Wer sie auch getötet hat, wollte, daß sie identifiziert wird, vielleicht als Warnung. Hatte sie Beziehungen zur Unterwelt?«

»Wir haben bisher nichts dergleichen herausgefunden«, sagte Nina. »Aber als Tänzerin im SybreSpace ist das natürlich nicht ausgeschlossen. Wir ermitteln noch.«

Skater ließ die Stille, die daraufhin einsetzte, eine Zeitlang wirken, dann fragte er: »Was ist mit dem Baby?«

»Mit welchem Baby?« wollte Paulson wissen. »Die Spurensicherung hat kein Baby erwähnt.«

»Fragen Sie ihn.« Skater deutete mit dem Kopf auf den Leichenbeschauer.

»Am Tatort ist kein Baby gefunden worden«, erwiderte Means. »Aber meine Untersuchungen haben ergeben, daß sie in den letzten drei Wochen ein Kind geboren hat.«

In Skater löste sich plötzlich ein Knoten, von dessen Anwesenheit er bisher nichts gewußt hatte. Er atmete ein wenig ruhiger. Vielleicht war ein Teil von Larisa noch am Leben.

»War in den Montgomery-Akten irgendwas über ein Baby?« fragte Paulson seinen Partner.

Die Trollfrau sah ihre Notizen durch. »Nein. Die Wohnung ist nur in Hartsingers Namen geleast worden. Die Miete wurde seit ihrem Einzug vor drei Monaten jeweils am ersten auf das Montgomery-Konto überwiesen.«

»Hat sie die Miete überwiesen?«

»Ja«, erwiderte Nina. »Von einem Konto bei der Garrison First.«

»Wie alt war das Konto?« fragte Paulson.

»Drei Monate.«

»Erstaunlich, nicht wahr?« fragte Paulson sarkastisch. »Können wir das Geld, das auf dieses Konto geflossen ist, zurückverfolgen?«

»Ich kümmere mich darum.«

Scheinbar ohne zuzuhören, merkte Skater sich jedes Wort. Man hatte ihn reingelegt. Man hatte das Team reingelegt. Jetzt sah es so aus, als habe man Larisa ebenfalls reingelegt. Er wußte immer noch nicht, ob sie gewußt hatte, daß sein Kopf auf den Richtblock gelegt wurde.

»Was halten Sie davon?« fragte Paulson, indem er sich an Skater wandte. »Glauben Sie, Ihre Freundin hätte die Miete für eine Bude wie die im Montgomery von ihrem Gehalt und ihren Trinkgeldern bezahlen können?«

»Sie war eine gute Tänzerin«, antwortete Skater. Aber er wußte, daß sich Larisa in dieser exklusiven Umgebung nicht wohl gefühlt haben würde. Sie war gern von Leuten umgeben, mit denen sie sich unterhalten konnte.

»Davon ist jetzt nichts mehr zu sehen.«

Mit einiger Mühe gelang es Skater, nicht auf die Bemerkung zu reagieren. Seine Selbstbeherrschung war brüchig, und er wußte, daß er sie jeden Augenblick verlieren konnte, wenn er nicht aufpaßte.

»Woher wissen Sie von dem Baby?« fragte Nina.

»Ich habe das Kinderbett gesehen«, sagte Skater.

»Niemand hat ein Kinderbett gesehen«, sagte Paulson, indem er Means ansah.

Der Leichenbeschauer schüttelte den Kopf. »Nach dem Feuer läßt sich das schwer feststellen.«

»Haben Sie daher den Teddybär, den Sie bei sich hatten?« fragte Nina.

»Ja.«

»Gibt es einen besonderen Grund, warum Sie ihn mitgenommen haben?«

»Ich dachte mir, wenn das Baby Angst hätte, würde sie der Teddy vielleicht beruhigen.«

»Sie?«

Skater nickte. »Das Baby ist ein Mädchen.«

»Sind Sie sicher?«

»Ich habe das Zimmer gesehen, bevor es verbrannte. Es war für ein kleines Mädchen hergerichtet. Die Anziehsachen waren alle für ein Mädchen gedacht.«

»Wo ist die Kleine dann?«

»Keine Ahnung.« Skater versuchte in neutralem Tonfall zu antworten, als spiele es keine Rolle. Er hielt es für möglich, daß Nina ihn durchschaute.

»Das Baby könnte bereits nicht mehr dagewesen sein«, sagte Means, indem er sich Soykaf aus einer Thermoskanne eingoß. »Larisa Hartsinger war seit mindestens einer Stunde tot, als sie das Feuer erfaßte.«

»Sind Sie sicher?« fragte Paulson.

Der Leichenbeschauer nickte.

»Wollen Sie mir jetzt davon erzählen?« sagte Paulson angewidert.

Skater sah ihn nur an. »Ich bin das Reden leid.«

# 10

Sie halten sich wirklich für einen harten Burschen, nicht wahr?« fragte Paulson. Er warf die Zellentür zu. Das Schloß klirrte und klackte und schnappte zu.

Skater setzte sich auf die in der Wand verankerte Pritsche, zweieinhalb Meter von den Gitterstäben entfernt, lehnte sich gegen die Wand und schwieg. Die Zelle war dunkel und spartanisch und von der feuchten Kälte der Eingeweide der Erde unter dem Sprawl erfüllt.

Ohne ein weiteres Wort marschierte Paulson davon. Nina stand da und betrachtete Skater mit ihren großen Trollaugen, die jetzt weicher blickten als zuvor. »Wenn wir etwas von dem vermißten Baby hören, sorge ich dafür, daß Sie es erfahren. Und, hier.« Sie entfaltete ihre großen Trollhände, und der violette Teddybär kam zum Vorschein.

»Danke.« Skater steckte das Spielzeug in seinen Overall und schaute dankbar zu ihr auf. »Ich bin Ihnen was schuldig.«

Sie nickte, aber der Blick, den sie ihm zuwarf, verriet ihm, daß sie nicht damit rechnete, ihn noch einmal außerhalb seiner Zelle zu sehen, außer bei seiner Verlegung ins Metroplex-Zuchthaus ein paar Straßen weiter. Sie ging, ohne noch etwas zu sagen.

Der unterschwellige Lärm der Gefängnisgespräche ringsumher schwoll an. Drohungen, Schmeicheleien, Versprechungen, Gejammer und die Hoffnungslosigkeit der Verlorenen umgaben ihn und mischten sich mit den Gerüchen nach Blut, Schweiß und ungewaschener Haut.

Skater machte es sich auf der Pritsche gemütlich und versuchte nicht daran zu denken, wie viele Lebewesen die Zelle mit ihm teilten, sowohl sechsbeinige als auch Pilzkulturen.

Eingesperrt zu sein machte ihm angst. Er hatte es schon immer gehaßt, eingesperrt zu sein. Als Junge war er im Stammesland oft stundenlang allein unterwegs gewesen. Als er älter war und der alte Mann anfing, ihm alles beizubringen, was er über das Überleben in der Wildnis wußte, hatten sie tagelange Ausflüge unternommen. Andrew Ghost-Step war ein Einzelgänger, der nicht viel redete und Skater sich selbst überließ. Diese Freiheit hatte der Junge genossen.

Er war erschöpft und versuchte zu schlafen, aber immer wieder schossen ihm Bilder von Larisa durch den Kopf wie blutige Drachen auf widerspenstigen Luftströmungen. Er erinnerte sich an ihr Gesicht, als sie zusammen gewesen waren, und daran, wie hart es für ihn gewesen war, als sie ihm gesagt hatte, daß sie ihn nicht mehr sehen wolle, und auch daran, wie es im Büro des Leichenbeschauers gewesen war.

Er gab es auf und schaltete das in die Wand eingebaute Trid ein. Ein kleiner Ohrhörer war an der Wand angebracht. Er hielt ihn einen Moment lang in der Hand und fragte sich, ob jemand durch das Trideogitter in das Sicherheitssystem decken konnte. Erzengel würde wahrscheinlich wissen, wie das zu machen war, er jedoch nicht. Und selbst wenn, er hatte kein Deck.

Er stöpselte den Ohrhörer ein und hörte sich den größten Teil eines Werbespots von DeGear's Electronics ein. Dann kamen die Nachrichten, und der Sprecher schaltete zu einer Reporterin namens Chelsea Sable. Sie war schlaksig und schwarz, und die Pupillen ihrer Augen hatten einen metallischen Goldton mit schwarzen Sprenkeln. Ihre Stimme war beruhigend und konnte ein Publikum leicht mit ihrer Heiserkeit fesseln.

»Bis jetzt«, sagte Sable dem Nachrichtensprecher und den Tridzuschauern, »hat es den Anschein, als sollten dem Versuch, eine Seattler Zweigstelle des Tir Tairngirer Konzerns NuGene zu eröffnen, keine Steine in den Weg gelegt werden, wie dies ursprünglich von hiesigen Gegnern des Vorhabens angedroht wurde. Es sieht im Gegenteil so aus, als gewinne die Unterstützung für NuGenes Geschäftsführer Tavis Silberstab an Schubkraft.«

Es folgte ein Schnitt zu einem Elf, der vor dem Charles Royer Building einer luxuriösen Limousine entstieg. Er war groß und eindrucksvoll und hatte langes blau-schwarzes Haar und einen Vollbart, der ihm einen Anflug von königlicher Würde verlieh. Er trug einen scharlachroten Anzug, in dem er sich von allen in seiner Umgebung abhob, und dazu einen weißen Umhang mit Goldsaum. Das Material war am Tag aufgenommen worden, und die in seinen goldenen Gehstock eingearbeiteten Juwelen funkelten in der Sonne. Er war ständig von seinen Leibwächtern umringt, die einen Schutzwall aus Fleisch und Knochen bildeten.

Silberstab wandte sich zum Wagen um und streckte den Arm aus, und eine Elfe ergriff ihn und stieg aus. Sie war einen ganzen Kopf kleiner als er und zierlich und schlank, wenn man von ihrer offensichtlichen Schwangerschaft absah. Ihr Kleid war konservativ, und der scharlachrote Farbton paßte gut zum Anzug des Mannes.

»KTXX hat heute aus zuverlässiger Quelle erfahren, daß die Unterstützung für NuGenes Expansion nach Seattle Teil einer Bemühung sei, die Elfennation von Tir Tairngire davon abzuhalten, Portland wieder zu einer bedeutenden Hafenstadt zu machen. Wie Ökonomen oft betonen, würde eine Öffnung Portlands Seattles Stellung als wichtigster Importhafen für Handelsgüter in dieser Region untergraben. NuGene wird auch von UCAS-Interessen unterstützt, weil sich durch ein gestärktes Portland das Steueraufkommen in Seattle drastisch verringern würde.«

Silberstab schüttelte auf dem Weg zum Gebäude unablässig Hände, ein aufrichtiges Lächeln auf den Lippen.

Skater schloß die Augen, verschränkte die Hände hinter dem Kopf und zwang sich zur Entspannung. Die Stimme der Frau war beruhigend, und er konzentrierte sich so darauf, wie er es immer bei seinem Großvater getan hatte.

Harsche Stimmen unterbrachen sein unerwartetes Dösen. Skater öffnete die Augen und starrte auf das Trid. Einen Moment lang glaubte er, er müsse die Nachrichten verschlafen haben und in einen Film geraten sein. Dann wurde ihm klar, daß der Grund für das Ruckeln des Bildmaterials nicht ein geringes Budget, sondern die Tatsache war, daß live mit einer Handkamera gedreht wurde.

Vier Lone-Star-Beamte befanden sich in einem Haus, das von Spinnweben verhangen war. Die Fenster waren mit Sperrholzplatten vernagelt. Die Blauen teilten sich in zwei Gruppen, beide mit hochintensiven Taschenlampen und automatischen Waffen bestückt, mit denen sie großzügig die baufälligen Wände und Decken bestrichen. Innerhalb der Hausmauern klangen die Schüsse wie ein beständiges Donnergrollen, das die Stereo-Kapazitäten des Trids mehr als auslastete.

Skater blinzelte, als ihm klar wurde, daß er Bilder von menschlichen Wesen betrachtete, die aussahen, als seien sie von Wildhunden zerrissen und verschlungen worden. Zwei von ihnen, deren Geschlecht nicht mehr auszumachen war, lagen im Wohnzimmer. Das Kamerateam folgte einer Gruppe Uniformen in ein staubiges Schlafzimmer und richtete das Objektiv auf einen jungen Mann, der offenbar in seinem Bett erstochen worden war. Gedärme quollen aus gewaltigen Rissen in seinem Rumpf. Ein weiterer Mann, der mutmaßliche Mörder, stolperte in dem Raum herum und schwang dabei anscheinend eines der Organe seines Opfers, wobei er hin und wieder zum Bett zurückkehrte und die grauenhaft zugerichtete Leiche hämisch musterte. Die Kleidung des Mannes war blutdurchtränkt, und sein Kopf schlingerte wie ein Gyroskop auf seinem Hals hin und her, da er unablässig lachte. Er schien wahnsinnig oder zurückgeblieben zu sein. Skater sah wie hypnotisiert zu.

Die Haut des Mannes war gelblich, beinahe so, als hätte er Gelbsucht, und sah lose und faltig aus, als sei er von innen hohl. Seine Augen waren eine Masse geplatzter Blutgefäße, gerundet und bis auf den kleinen schwarzen Punkt der Pupille rot, die Iris völlig ausgelöscht. Er glotzte stupide in das hochintensive Licht und stieß ein perlendes Gelächter aus.

Die Lone-Star-Uniformen befahlen ihm, von dem Toten zurückzutreten, aber statt dessen warf sich der Wahnsinnige plötzlich auf sie. Einen Augenblick später zerfetzte ihn ein Kugelhagel und schleuderte ihn zu Boden wie eine Strohpuppe.

Die übergelegte Stimme der Reporterin verkündete, dies sei in dieser Woche der vierte gemeldete Fall der Krankheit, die mittlerweile ›Der lachende Tod‹ genannt würde, und Lone Star habe einen der wahnsinnig gewordenen Mörder in Quarantäne gesteckt und den Labors übergeben, um Tests an ihm vorzunehmen. Der Zustand werde anscheinend von einem Virus hervorgerufen, das aber noch nicht identifiziert sei. Skater hörte zum erstenmal davon, aber es schien zu allem anderen zu passen, was seit Anbruch dieser Nacht geschehen war.

»Hast du'n Vertrag mit DocWagon?« fragte ein Mann in der Nachbarzelle.

Skater schrak bei dieser Frage zusammen. Wheeler Stahlnerv arbeitete in seinem legalen Beruf als Rigger für DocWagon, und Duran, Shiva und Elvis arbeiteten von Zeit zu Zeit als freie Mitarbeiter in den Sanitätsteams des Konzerns. Aber sich auf DocWagon zu berufen, während man auf einem Run war, wäre keine gute Geschäftspolitik gewesen.

»Nein«, sagte er nur.

»Dein Glück. Nach allem, was ich über diesen Drek weiß, waren diese Irren, die überall in der Stadt auftauchen, alle Kunden von DocWagon.«

»Was sagt DocWagon dazu?«

»Machst du Witze, Chummer? Zu diesem Zeitpunkt, nada. Ist doch auch nur 'n Konzern, oder? Vertuschung ist die Spezialität des Hauses, wenn du weißt, was ich meine.«

Skater hörte dem Gerede des Mannes eine Zeitlang zu, dann überwältigte ihn die Erschöpfung und zog ihn in ein Labyrinth aus düsteren Träumen, die keine Ruhe versprachen.

Flüsternde Stimmen weckten Skater, und er blieb still auf seiner Pritsche liegen, während er durch seine zu Schlitzen verengten Augen lugte und den Lichtverstärker einschaltete.

Eine Handvoll Schatten blieb vor seiner Zelle stehen. Er versuchte immer noch die Anzahl der Gestalten auszumachen, als das Schloß seiner Zellentür aufschnappte. Wahrscheinlich gab es keinen Ort im ganzen Sprawl, in den einzubrechen schwieriger war, doch genau das taten diese Leute. Da er sich nur in Untersuchungshaft befand, wo er auf seinen Gerichtstermin wartete, und nicht in einem der Hochsicherheitstrakte, mußte es ein wenig leichter gewesen sein. Aber nicht viel.

Und sie waren hinter ihm her.

»Ausbruch!« rief er, indem er sich erhob und eine geduckte Abwehrhaltung einnahm. Dann rief er erneut, um Aufmerksamkeit zu erregen, die Sicherheitssysteme zu alarmieren und seinen Adrenalinpegel zu erhöhen, während er zu einem Schwinger gegen den führenden Elf ansetzte.

Fleisch gab unter Skaters Faust nach, und ein Elf heulte im Rückwärtsfallen einen Fluch auf Sperethiel. Alle Elfen trugen weite schwarze Kleidung und bewegten sich wie eine Einheit. Ihre Reflexe waren militärisch, prägnant und eindrucksvoll.

Skater packte ein langes Bein, das auf sein Gesicht gezielt war. Er ließ den Fuß des Elfs über seine Schulter sausen, ging in die Hocke und hämmerte dem Mann seine andere Hand in den Schritt. Dann richtete er sich auf und schleuderte den Mann auf dessen Kumpane zurück, indem er das Bein als Hebel benutzte.

Der Zellentrakt war jetzt von verwirrtem Geschrei erfüllt, wütend und verängstigt, da andere Häftlinge erwachten.

Skater kämpfte verzweifelt. In der Zelle war nicht genug Platz, um seine Fähigkeiten richtig entfalten zu können. Er schlug und trat, kratzte und biß und konzentrierte all seine Energien darauf, die Zellentür zu erreichen. Er landete einen Sprungtritt, der einen Elf in die Arme eines anderen hinter ihm beförderte. Einen Moment lang war der Weg zur Tür frei, und er verschwendete keine Zeit. Er sprang über einen Elf hinweg, der zu Boden gegangen war, und packte einen Gitterstab, um sich um die Ecke zu ziehen.

Er sah den Elf, der auf ihn wartete, erst, als dieser fast über ihm war. Dieser war für einen Elf ungewöhnlich untersetzt und gedrungen, ein paar Zentimeter kleiner als Skater und mindestens ebensoviel breiter.

Der Elf rammte Skater die Schulter in den Magen und schleuderte ihn dann gegen die Gitterstäbe der Zelle. Skater bekam keine Luft mehr, und dann hörte er den dumpfen Krach, als sein Kopf gegen einen der Stäbe schlug. In seinem Schädel explodierte ein Feuerwerk, während sich seine Arme und Beine in Gummi verwandelten.

»Fesselt ihn«, sagte der Elf, der kaum außer Atem zu

sein schien, indem er sich von Skater zurückzog. »Und dann nichts wie raus hier. Der Alarm muß jetzt jeden Augenblick losgehen.«

Skater spürte, wie sich kalter Stahl um seine Hand- und Fußgelenke legte, hörte das Klicken, als sich die Handschellen schlossen, und verlor einen Augenblick später das Bewußtsein.

# 11

Kaltes Wasser ergoß sich über Skater und ließ ihn wieder zu sich kommen. Diesmal war er mit Handschellen an einen Stuhl gefesselt, die Arme schmerzhaft auf dem Rücken zusammengebunden, die Beine mit Klebestreifen an den Stuhlbeinen befestigt. An der Decke brannte eine einzelne Glühbirne in einer glockenförmigen Lampe und beleuchtete ihn, den Stuhl und den dreckverschmierten Betonboden, auf dem der Stuhl stand. Leute umringten ihn. Er sah ihre Schuhe gerade außerhalb des Lichtkreises.

Er versuchte gar nicht erst, Bewußtlosigkeit vorzutäuschen, da er der Art und Weise, wie sich die Gestalten ringsumher rührten, entnehmen konnte, daß sie wußten, daß er wieder wach war. Der Kopfschmerz zwischen seinen Schläfen fühlte sich an wie ein Fusionsreaktor, der gerade seine kritische Masse erreichte. Sein Mund war geschwollen, und er schmeckte Blut.

Angst erfüllte ihn, aber er hielt sie unter Kontrolle. Wer diese Elfen auch waren, sie wollten etwas von ihm, und sie wollten es so dringend, daß sie bei Lone Star eingebrochen waren, um ihn dort herauszuholen. Andernfalls hätten sie ihn längst umgebracht. Solange sie dieses Etwas von ihm wollten, würde er leben. Er klammerte sich an diesen Gedanken.

Der Geruch nach Öl und Brennstoff verriet ihm, daß er sich in einem Lagerhaus befand. Und der Geruch nach Elend – nach Staub und totem Fleisch –, der diesen Dünsten unterlag, verriet ihm, daß es sich um eines handelte, in dem schon lange kein legales Geschäft mehr abgewickelt worden war. Es gab viele Lagerhäuser im Sprawl, manche davon in Gebrauch, andere wiederum leerstehend. Eine Menge wechselte regelmäßig den Besitzer, und nur die wenigsten davon ließen sich durch den Wust von Scheinfirmen, der sie augenscheinlich besaß, zurückverfolgen.

Einer der Elfen trat vor und ins Licht. Seiner Statur nach zu urteilen, war es der Elf, der ihn vor der Zelle niedergeschlagen hatte.

»Sind Sie wieder da?« wollte der Elf wissen. »Oder soll ich noch einen Eimer Wasser holen lassen?«

»Ich bin da«, sagte Skater.

Abgesehen davon, daß er stämmig und untersetzt war, schien der Elf mittleren Alters zu sein. Seine kohlschwarzen, engstehenden Augen waren so klar wie ein Blick durch ein Zielfernrohr und wiesen ihn als Jäger aus. Seine sichtbare Haut, auch sein Gesicht, war von Narben gezeichnet, Feldkarten vergangener Schlachten, die er überlebt hatte. Sein dunkles Haar war kurz geschnitten, nicht lang genug, um sich darin festkrallen zu können, und mit Grau durchsetzt. Eine besonders graue Strähne folgte der gezackten Linie einer Messernarbe seitlich am Kopf zum rechten Ohr, von dem mindestens drei Zentimeter der Spitze fehlten.

Er trug einen grauen Nadelstreifenanzug, nicht zu protzig, aber auch nicht von der Stange. Er trug Hosenträger und ein Schulterhalfter mit einer Seco. Seine Hemdsärmel waren aufgekrempelt, aber Skater hatte nicht den Eindruck, daß dies um des Aussehens willen geschah. Dieser Elf war ein Mann, der es gewöhnt war zu arbeiten. Er schüttelte eine Zigarette aus dem Päckchen in der Brusttasche seines Hemds und riß ein Streichholz am Daumennagel an.

Skater hatte das Gefühl, ihn kennen zu müssen. Er war sicher, den Burschen kürzlich irgendwo gesehen zu haben. Aber die Aufschrift auf dem Zigarettenpäckchen war in Sperethiel, eindeutig eine elfische Marke. Skater war noch nie in Tir Tairngire gewesen, und er spürte, daß dieser Mann noch nichts anderes kennengelernt hatte.

»Sie haben etwas von diesem Frachter gestohlen«,

sagte der Elf. »Ich will es zurück, und ich will die Namen von allen, die Kopien davon haben.«

»Was ich auch sage«, antwortete Skater, »Sie werden mir nicht glauben. Sie werden sich selbst überzeugen müssen.«

Ein dünnes, freudloses Lächeln, das deplaziert wirkte, teilte die Lippen des Mannes. »Selbstverständlich.«

»Dann los«, sagte Skater. »Hier verschwenden wir nur Zeit.«

»Ihre Haltung ist bewundernswert, Mr. Skater«, sagte der Elf. »Es würde mir Spaß machen, zu einem anderen Zeitpunkt die Klingen mit Ihnen zu kreuzen, sowohl verbale als auch stählerne, und ich bin sicher, daß Ihnen beides nicht fremd ist. Aber ich stehe ebenfalls unter Zeitdruck. ›Arbeit bläht sich auf, um die zu ihrer Erledigung zur Verfügung stehende Zeit auszufüllen.‹ Parkinsons Gesetz. Wahrscheinlich haben Sie nie zuvor davon gehört.«

»Keine Ahnung, woher das stammt«, stimmte Skater zu. Er bewegte sich ein wenig, als wolle er den Blutkreislauf in seinen Beinen wieder in Gang bringen. Gleichzeitig testete er den Spielraum seiner rechten Hand. »Haben Sie Larisa Hartsinger umgebracht?«

»Nein.« Das Gesicht des Elfs war wie aus Stein gemeißelt und verriet nichts.

Wenn man davon absah, daß der Elf nicht gefragt hatte, wer Larisa Hartsinger war, erkannte Skater. »Wie sind Sie auf mich gekommen?«

»Wir hatten Ihr Bild vom Schiff. Ein paar Angebote finanzieller Entschädigung hier in Seattle, und wir hatten Ihren Namen.«

»Die Yakuza war auch da draußen. Die ist in die Schiffssysteme eingedrungen, nicht wir.«

»Die Yakuza jagt Sie.«

»Vielleicht will man Sie das glauben machen.«

Der Elf nahm die Zigarette aus dem Mund und blies

auf die Glut, bis sie hellorange leuchtete. »Wie es sich auch verhält, wir fangen mit Ihnen an und sehen, wohin uns das führt.« Er winkte einen anderen Mann vorwärts.

Der Neuankömmling war einen Kopf größer als der erste Elf und wie eine Bohnenstange gebaut. Seine dunkelrote Irokesensichel stand mindestens zwanzig Zentimeter hoch, und darauf glitzerte Diamantstaub. Er war jung, vielleicht erst neunzehn oder zwanzig, obwohl Skater wußte, daß man das bei Elfen nie genau sagen konnte. In seiner Kunstlederweste über einem offenstehenden schwarzen Hemd und in den dunklen Jeans und Motorradgang-Stiefeln sah er aus, als kenne er sich im Sprawl aus. Beide Ohren waren mit einer Reihe von abwechselnd silbernen und goldenen Ringen stetig zunehmender Größe bestückt. Dazu trug er fingerlose schwarze Handschuhe.

»Finde heraus, was er weiß«, sagte der erste Elf.

Der Elfenmagier lächelte unmerklich, dann berührte er das juwelenbesetzte Amulett an seinem Hals, um dann zu gestikulieren und ein paar Worte auf Sperethiel vor sich hin zu murmeln.

Skater spürte, wie der Zauber seine Wirkung entfaltete, als sich das leicht schimmernde Energienetz von den Fingern des Magiers löste und auf ihn übersprang. Es fühlte sich an, als sei ihm ein rotglühender Eispickel ins Hirn gerammt worden.

Erinnerungen an seine Kindheit im Stammesland rasten durch seine Synapsen. Er roch das Essen seiner Großmutter, spürte den Zug des ersten Fisches, den er je gefangen hatte, und lauschte dem Timbre seines Großvaters, als dieser seiner Mißbilligung Ausdruck verlieh. Er spürte eine Windbö vom Angriff auf die *Sapphire Seahawk* auf seinem Gesicht und die Vibration seines Schwerts, als es gegen das eines elfischen Matrosen klirrte. Er sog den Schmerz förmlich in sich auf, bis er ihn verzehrte und alles andere in den Hintergrund drängte.

Als Reaktion darauf spürte Skater, wie das geistige Messer, das seinen Verstand filetierte, den Ansatzpunkt wechselte. Die Erinnerungen wurden weniger, hielten dafür aber länger an.

Glitschiges Blut verschmierte Skaters Hand. Irgendwo dort draußen konnte er es spüren. Er hoffte, niemand seiner Häscher bemerkte, daß er sich langsam befreite. Oder vielleicht bildete er sich das auch nur ein. Er zwang die Krämpfe, die ihn schüttelten, für sich zu arbeiten, indem er an seinem Arm zog, bis er das Gefühl hatte, die Schulter müsse jeden Augenblick aus dem Gelenk gerissen werden.

»Ich habe den Troll, der bei ihm war«, sagte der Magier zuversichtlich. »Noch ein paar Minuten, dann habe ich auch die anderen.«

»Lone Star hat seine Kleidung und Habseligkeiten konfisziert«, sagte jemand.

»Was ist mit seiner Bude?« fragte der stämmige Elf.

»Wir haben nichts gefunden«, antwortete einer der anderen Elfen.

Skater konzentrierte sich auf den Anführer, versuchte seine Gedanken damit auszufüllen, wie er aussah. Shiva ging ihm wieder im Kopf herum, und er wußte, daß der Magier ihr Bild jetzt ebenfalls hatte.

»Jetzt habe ich zwei«, sagte der Magier. Schweißperlen glänzten auf seinem blassen Gesicht. »Insgesamt waren es sieben, aber einer könnte tot sein.«

Der Geruch drang Skater in die Nase, filterte sich aus den übrigen heraus. Er war intensiv und erstickend, nach frisch umgegrabener, nasser Erde, die lange Zeit geruht und vor sich hin geschimmelt hatte.

Schmerzen schossen durch seinen Handrücken, als seine Hand ein oder zwei Zentimeter weiter durch die Handfessel rutschte. Er spürte sie gegen den ersten Knöchel seines kleinen Fingers drücken. Blut quoll über den Stahl. Er wußte, daß er nicht mehr viel länger warten konnte. Die Handschelle quetschte sein Fleisch, das sehr bald anschwellen würde. In ein paar Sekunden würde er mit Sicherheit nicht mehr in der Lage sein, die Hand hindurchzuziehen.

Skater öffnete die Augen und konzentrierte sich auf den Magier. Er zitterte immer noch, als habe er Schüttelfrost. Fieberflecke brannten auf seinen Wangen, und der Schweiß lief ihm den Nacken herunter und durchtränkte seine Kleidung. Schatten lauerten hinter den Elfen. Zuerst dachte er, es sei nur seine Einbildung, die auf Hochtouren lief, um den sondierenden Verstand abzuwehren, der seinen eigenen vergewaltigte. Die Gestalten schlichen sich mit dem seltsam schwankenden Gang einer Schar Betrunkener an die Elfen an.

Die schwankenden Schatten kamen näher. Skater erkannte sie als das, was sie waren, Ghule, und konnte sich ein irres, gackerndes Lachen nicht verkneifen, das aus ihm herausperlte. Es war unglaublich. Der Gestank war überall, aber die Elfen nahmen ihn nicht wahr. Irgendwie hatte der Magier, der in seinem Verstand herumpfuschte, seine Geruchsnerven geschärft, vielleicht auch seinen Seh- und Hörsinn, weil er jetzt hier und da grau-weiße schuppige Haut sehen und das Schaben fast toten Fleisches auf dem Lagerhausboden hören konnte.

Das geistige Messer drehte sich wieder in Skaters Verstand, während er zusah, wie die Ghule näher schlichen. Das Licht der Glühbirne fiel auf ihre gelblichen Fänge und langen grauen Nägel. »Es ist ihnen gelungen, die Dateien vom Schiffssystem herabzuladen, bevor die Yakuza zugeschlagen hat«, sagte der Magier.

»Wo sind die Dateien?«

Der Magier zögerte, und Skater spürte, wie die Gedankensonde tiefer bohrte und gezielt suchte. »Es existiert mehr als eine Kopie.«

Skaters Hand glitt aus der Fessel. Die Handschellen baumelten an seinem anderen Gelenk und tippten gegen die Stuhllehne. Er blinzelte sich den Schweiß aus den Augen und machte sich bereit, weil er wußte, daß jetzt alles sehr schnell gehen würde.

»Ich habe das Gesicht der Deckerin«, sagte der Magier. »Eine Elfe. Sie ist uns vielleicht bekannt.«

»Nur noch ein wenig länger«, sagte der untersetzte Elf. »Dann erledigen wir ihn und kümmern uns darum.«

Die Ghule überbrückten die Entfernung, die sie noch von ihrer Beute trennte. Skater konnte nicht glauben, daß sie sieben Bewaffnete angreifen wollten, obwohl sie den Elfen zahlenmäßig zwei zu eins überlegen waren. Aber wer wußte schon, wie Ghule waren oder wie sie sich verhielten? Eines war offensichtlich: die Verlockung menschlichen und metamenschlichen Fleisches war für sie unwiderstehlich. Als Ghule existierten sie am Rande der Sprawls und erlegten die Schwachen, Kranken und Jungen oder labten sich an den gerade gestorbenen. Wahrscheinlich hatte sie irgendein Unfall, bei dem es zweifellos Tote gegeben hatte, in dieses Lagerhaus gelockt.

Der Anführer der Horde trug einen Mantel von Mortimer of London über einer Jeans und einem lavendelfarbenen, ärmellosen Shirt, welches die grauweiße Totenblässe der sichtbaren Haut betonte. Er gestikulierte, und zwei der anderen pirschten sich heran und griffen den nächsten Elf an, der Skater mit fasziniertem Interesse beobachtete.

Eine der schuppigen Kreaturen packte den Elf an der Schulter und riß ihn herum. Der Elf wollte etwas sagen, aber ein rascher Hieb mit den langen, harten Nägeln öffnete seine Kehle und erstickte jeden Laut, den er vielleicht hatte von sich geben wollen. Trotzdem verkrampften sich die Finger des Sterbenden um seine Sandler. Ein Feuerstoß löste sich aus der Waffe, und Kugeln prallten von dem Betonboden ab und erwischten den zweiten Ghul.

Der untersetzte Elf fuhr herum. Seine Hand verschwand unglaublich schnell unter seiner Jacke, um einen Sekundenbruchteil später wie durch Zauberei mit der Seco wiederaufzutauchen.

Skater spürte, wie die Gedankensonde seinen Verstand verließ, sobald die Aufmerksamkeit des Magiers abgelenkt war. Die Ghule stürzten vor und überwältigten die Elfen durch ihre bloße Anzahl.

Der untersetzte Elf tötete einen, bevor er ihn erreichte. Ein weiterer stand unmittelbar vor ihm, als er die Pistole hob und ihm eine Kugel durch eines seiner Augen jagte. Die Vorwärtsbewegung wurde dadurch nicht gestoppt, und der tote Ghul prallte gegen den untersetzten Elf und warf ihn zu Boden.

Der Elfenmagier gestikulierte, um die Kraft zu sammeln, die er für das Wirken eines Zaubers benötigte, doch bevor er damit fertig war, prallte ein Ghul gegen ihn. Er wurde davongeschleudert, und der schlaffen Art nach zu urteilen, wie er landete, war Skater ziemlich sicher, daß der Elf nicht wieder aufstehen würde.

Skater erhob sich in der Absicht, sich von dem Stuhl zu befreien. Ringsumher hämmerten Kanonen und erfüllten das Lagerhaus mit einem Gewitter aus Blitz und Donner. Die Schüsse wurden von Schreien und Flüchen auf Sperethiel begleitet.

Bevor Skater ein Bein befreien konnte, drängte sich ein Ghul durch zwei Elfen, die versuchten, ihre Waffen zu ziehen und sich gleichzeitig zu verteidigen. Skater richtete sich gerade noch rechtzeitig auf, um den anstürmenden Ghul mit einer Hand an der Stirn zu erwischen. Skaters andere Hand krallte sich in den Lumpen, der von dem fleckigen, zerrissenen T-Shirt des Ghuls noch übrig war. Der Ghul, der nicht mehr ausweichen konnte, warf ihn mit schierer Wildheit über den Haufen.

Der hölzerne Stuhl wurde zerschmettert, als Skater und der Ghul darauf landeten. Skaters Beine kamen frei, obwohl immer noch Fetzen von Klebeband und Holzsplitter daran hafteten. Er war in den üblen Gestank des riesigen Dings auf ihm gehüllt und hatte Mühe, seinen Brechreiz zu unterdrücken. Der Ghul atmete stinkend, schwer und feucht gegen die bloße Haut seines Halses.

Er ließ seine Hände, wo sie waren, und hielt so das Ding, dessen Fänge nach ihm schnappten, so auf Abstand. Der Ghul wollte ihm mit den Krallen einer Hand ins Gesicht fahren, doch Skater drehte sich weg, und die Krallen kratzten über den Betonboden. Der Ghul heulte vor Wut und Enttäuschung.

Ein Elf ging neben Skater zu Boden, und zwei Ghule fielen über ihn. Der Elf schoß einem in die Brust, als dieser versuchte, seinen Kopf zwischen den Händen zu zerschmettern. Doch als der tote Ghul zur Seite rollte, versenkte der verbliebene seine Fänge in den Unterleib des Elfs und schlug gleichzeitig die Kanone weg. Der Elf schrie und versuchte sich zu wehren, als das Ding den Kopf mit seinem rotverschmierten Maul hob. Ohne eine verschwendete Bewegung rammte der Ghul eine Hand tief in die Wunde, die er in den Bauch des Elfs gebissen hatte, und schob sie bis zum Ellbogen hinein. Der Elf erschauerte, wurde starr und starb zwischen zwei Herzschlägen.

Skater ließ das Shirt des Ghuls los, beugte den Arm und stieß ihm mit überraschender Leichtigkeit die gestreckte Hand mit den gehärteten Nägeln gegen die Schläfe. Augenblicklich war Blut im Auge der Kreatur zu erkennen, das sofort ein scharlachrotes Mosaik durch den aschgrauen Gelee zog.

Gnadenlos winkelte Skater die Finger an und landete einen kurzen Hieb mit dem Handballen auf der Bruchstelle im Schädel des Ghuls. Die gebrochenen Knochen rieben sich aneinander, verschwanden jedoch nach innen, um das Hirn zu zerquetschen. Das Licht des bewußten Denkens in den Augen der Kreatur erlosch, und ihre Muskeln entspannten sich.

Skater wälzte die Leiche von sich herunter und zwang sich aufzustehen. Der Teddybär, den er bei Larisa gefunden hatte, lag ein paar Schritte entfernt. Eines seiner Ohren war beinahe abgerissen. Er bückte sich, hob ihn auf und schob ihn in den locker sitzenden Gefängnisoverall. Dann hob er ein Stuhlbein auf.

Ein Ghul sprang ihn an, die Zähne gebleckt, an denen mit Blut verklebtes Muskelgewebe hing.

Skater wich einen Schritt zur Seite und schwang das Stuhlbein. Es war nicht schwer, also mußte er sich auf seine Schnelligkeit verlassen. Die improvisierte Keule landete mit einem befriedigenden Krachen auf dem Hinterkopf des Ghuls, als dieser vorbeistolperte. Der Ghul schwankte und stolperte, um sich dann in die Schatten zurückzuziehen.

»Keine Bewegung, du Haufen Rattendrek«, befahl ein Elf. Er löste sich aus dem Haufen Leiber, die rings um ihn kämpften. Seine Pistole war auf Skaters Brust gerichtet. Verirrte Kugeln aus mindestens zwei anderen Waffen prallten auf den Boden und schlugen Funken.

Skater spannte sich, bereit, sich hinter eine niedrige Mauer aus mit Planen bedeckten Kisten und Maschinen zu werfen. Der Gestank der Ghule war überwältigend. Elfen fluchten und schrien, während sie kämpften und starben.

Hinter Skater fiel plötzlich ein Schuß, und einen Moment lang glaubte er, sein Glück habe ihn endgültig verlassen. Dann registrierte er aus dem Augenwinkel einen langen Mündungsblitz, und der Elf vor ihm brach zusammen.

»Komm schon, Junge«, sagte eine schroffe Stimme über das Nachladegeräusch einer Schrotflinte hinweg.

Skater fuhr herum. Sechs Meter entfernt stand Quint Duran in der Deckung der abgedeckten Kisten. Ein Augenblick der Unschlüssigkeit verstrich, dann pfiffen Kugeln um Skater durch die Luft, und er machte, daß er wegkam.

# 12

Duran trat aus seiner Deckung und gab zwei Schüsse in die ungefähre Richtung der Elfen und Ghule ab, von denen einige getroffen wurden.

Skater tauchte hinter eine Reihe von Kisten und lief geduckt zu dem Ork. Kugeln zupften am Segeltuch der Plane und rissen längliche Splitter aus den Kisten. Der Kugelhagel trieb Duran in seine Deckung zurück.

Ein huschender Schatten warnte Skater vor einem unmittelbar bevorstehenden Angriff. Er fuhr herum und sah sich einem Elf gegenüber, der gerade über die abgedeckten Kisten sprang. Das Gewicht des Elfs und sein Schwung drängten Skater zurück, aber es gelang ihm, die Pistolenhand des Angreifers zu packen.

Er stürzte schwer gegen die Kisten hinter sich, von denen einige wegrutschten. Trotz der Dunkelheit sah er das Funkeln von Metall in der anderen Hand des Elfs. Das Messer stieß nach seinem Gesicht. Skater hob seinen freien Arm, parierte damit den Messerstich und rammte dem Elf dann die Stirn ins Gesicht. Das Knirschen abbrechender Zähne hallte in seinem Schädel und verdrängte für einen Augenblick den pochenden Kopfschmerz, den der Sondierungszauber des Magiers hinterlassen hatte.

Bevor sich der Elf erholen konnte, drehte Skater dessen Pistolenhand, so daß die Mündung auf seinen Angreifer zeigte, und drückte dreimal ab. Alle drei Kugeln trafen den Elf in der Brust. Während der Elf starb, entriß Skater ihm den Predator und zog ihm auch noch zwei Reservemagazine aus dem Gürtel.

Grauweiße Hände packten die Plane nur Zentimeter von seinem Gesicht entfernt. Die scharfen Krallen schlitzten das schwere Material mühelos auf.

Skater hob den Predator und gab einen Schuß ab, da

er Munition sparen wollte. Die Kugel zerschmetterte dem Ghul den Schädel und schleuderte ihn zurück, wobei ihm blutiger Schaum aus dem mißgestalteten Mund troff.

Skater sah sich nach Duran um. Der Ork ging gerade hinter einer Kiste in Deckung.

»Brauchst du 'ne Extraeinladung?« fragte Duran, während er den Remington Roomsweeper mit weiteren Patronen lud.

»Wo geht's lang?« fragte Skater. Ein Rundumblick zeigte ihm, daß sich die Elfen langsam gegen die Ghule durchsetzten. Mehrere Leichen lagen auf dem Boden im Lichtkreis der Glühbirne. Der Kopf des Elfenmagiers war mit einer Klinge vom Rumpf getrennt worden, und der Rest der Leiche lag neben dem zerschmetterten Stuhl.

Duran nickte in Richtung des freien Raums. »Zur Tür. Führt in eine Gasse. Ich hab' 'ne Karre draußen.«

Skater richtete sich auf, den Predator in beiden Händen. »Geh!« Er registrierte, wie Duran aus seiner Deckung hervorbrach, während die Elfen, die auf die Deckung des Orks geschossen hatten, ihre Bemühungen jetzt auf Skater konzentrierten. Die schwere Pistole zuckte in seinen Händen, als er in rascher Folge mehrere Schüsse abgab. Die erste Kugel zerschmetterte die Glühbirne, so daß die Lagerhalle in Dunkelheit getaucht wurde.

Er fuhr herum und warf sich zu Boden, während ein Hagel aus Kugeln und Splittern in Wand und Türrahmen schlug. Duran packte eine Handvoll des Gefängnisoveralls und zerrte Skater in dem kleinen Flur auf die Beine, dann versetzte er ihm einen Stoß in Richtung der Stahltür, deren Sicherheitssperre noch an Ort und Stelle war.

Skater warf das leere Magazin aus und rammte das letzte volle in den Predator. Er warf sich mit der Hüfte gegen die Sperre. Die Tür öffnete sich sofort, aber dadurch wurde die Alarmsirene ausgelöst. Das heisere Jaulen hallte durch die Gasse.

Der Nachmittag war angebrochen, und es hatte zu regnen angefangen. Wolken verdeckten die Sonne, und das Licht war trübe und ausgewaschen. Der Nieselregen schuf eine Dunstglocke über dem Metroplex und hinterließ hier und da Wasserpfützen auf dem unebenen Belag der Gasse.

Eine gelb-schwarze Harley Scorpion stand neben der Lagerhausmauer, teilweise von dem Unkraut verborgen, das aus Rissen im Asphalt wucherte. Auf der anderen Seite der Gasse befand sich die schiefe Ebene einer Verladerampe, die bis zu den Ladebuchten des Lagerhauses reichte.

»Lauf, Junge«, sagte Duran. Er zog ein langes Messer aus dem Stiefelschaft und rammte es durch Türklinke und Schließmechanismus am Türrahmen. »Das wird sie nicht lange aufhalten.«

Skater rannte zum Motorrad. Das Licht tat seinen Augen weh, und er blinzelte ein paarmal, um den Schmerz zu lindern. Es half nicht. »Sonst noch jemand da?«

Duran glitt auf den Sattel der Scorpion und schob die Schrotflinte in ein langes Gürtelhalfter. »Ich bin solo.« Er drückte auf die elektronische Zündung, und das Motorrad erwachte dröhnend zum Leben.

Skater sprang hinter dem Ork auf.

»Drek, Junge, in diesem Orange siehst du wie 'n verdammter Halloween-Kürbis aus.« Duran streifte seine Jacke ab und reichte sie nach hinten.

Skater nahm die Jacke und zog sie an. Jemand in dem Lagerhaus hämmerte wie verrückt gegen die Tür.

»Halt dich fest«, riet Duran Skater. Der Motor heulte auf, um sich dann zu beruhigen, als Duran die Kupplung kommen ließ. Der Hinterreifen drehte einen Moment lang durch, bevor er faßte.

Skater schlang seinen freien Arm um den Rumpf

des Orks und hielt sich fest. Er hatte das Gefühl, als könne der Ork die schwere Maschine kaum halten.

An der Einmündung der Gasse quietschten Reifen. Ein schwarzer Ford Americar stellte sich in Position und versperrte die Ausfahrt. Skater richtete den Predator auf den Wagen und machte Anstalten, das Magazin der Waffe auf den Wagen zu leeren, während er sich fragte, wo, zum Teufel, sie Deckung finden sollten.

»Warte.« Duran bremste und jagte die Scorpion die leichte Steigung der Verladerampe vor den Ladebuchten des Lagerhauses hinauf. »Festhalten.« Er beschleunigte und beugte sich vor.

Skater hatte beide Arme um die Hüfte des Orks geschlungen, als er plötzlich das Ende der Rampe sah. Irgendwann vor Jahren, als man das Lagerhaus noch benutzt hatte, war der ganze Verladebereich von Sicherheitsschienen aus Stahl umgeben gewesen. Jetzt war davon nicht mehr übrig als ein paar Zentimeter über dem Beton, die Schweißspuren aufwiesen, wo sie abgetrennt worden waren. Er hatte nicht einmal mehr die Zeit für einen anständigen Fluch, bevor sie abhoben.

Duran riß den Lenker hoch, und das Vorderrad der Scorpion hob sich. Das Motorrad schoß über die Kühlerhaube des Americars hinweg und landete mit hartem Ruck Meter von dem Wagen entfernt auf dem gesprungenen und mit Unkraut überwachsenen Asphalt des Bürgersteigs. Der Ork setzte seine Muskeln und sein Gewicht ein und unterwarf das massige Motorrad seinem Willen. Er schaltete herunter und beschleunigte wieder. Das Motorrad überwand den flachen Bordstein und schoß dicht hinter einem vorbeifahrenden Lieferwagen auf die Straße.

Der Americar wendete mit quietschenden Reifen und jagte ihnen hinterher, wobei er den Karren einer Blumenhändlerin über den Haufen fuhr. Ein Regen aus Blüten und Rosen ging auf den Asphalt nieder, während der rotweiße Sonnenschirm des Karrens in hohem Bogen davongewirbelt wurde. Die Blumenhändlerin, die dem herumschleudernden Americar mit Mühe und Not ausgewichen war, kam mit wesentlich gewandteren, jüngeren Bewegungen, als ihre weite Kleidung vermuten ließ, auf die Knie hoch und gab ein paar Schüsse auf den Americar ab. Eine der Kugeln traf den Elf auf dem Beifahrersitz im Hinterkopf, und im gleichen Augenblick färbte sich die Windschutzscheibe des Wagens rot vom Blut des Getroffenen.

Duran riß die Harley um die nächste Ecke, wobei er abbremsen mußte, um auf der Straße zu bleiben. Die Elfen in dem Americar hatten auf ihren vier Rädern einen besseren Halt. Der Fahrer übersteuerte jedoch, als er die Entfernung zur Scorpion verringern wollte, und verlor für einen Augenblick die Kontrolle über den Wagen. Das Heck des Americar brach aus und schleuderte gegen einen Bulldog-Lieferwagen. Metall kreischte, als sich der Americar losriß und wieder beschleunigte.

»Die Reifen!« schrie Duran über den Fahrtwind hinweg.

Skater antwortete nicht. Er hob bereits den Predator und zielte auf einen der Vorderreifen des Americar. Er gab zwei Schüsse ab, bevor der Fahrer begriff, was los war, und auswich. Drei Kugeln jaulten über den Asphalt, und zwei weitere durchlöcherten den Kühler, so daß die Motorhaube des Americar plötzlich in weißen Dampf gehüllt war.

»Festhalten!« rief Duran erneut, als er über den Bordstein und auf den Bürgersteig vor einer Ladenreihe fuhr. Fußgänger machten ihnen widerwillig Platz, um gleich darauf panisch beiseite zu springen, als ihnen die Limousine folgte.

Skater konnte nicht weiterschießen, ohne befürchten zu müssen, einen Passanten zu treffen. Er schaute nach vorn und sah einen an der Ecke geparkten Bus der Metro Transit. Ein Werbeband, das sich um den ganzen Bus herumzog, zeigte Szenen aus dem Seattler Aquarium, Seelöwen, Delphine und Mörderwale, die neben Meerjungfrauen, Merrows, Torpedohaien und Einhornfischen durch die hellblauen Wellen pflügten. »Der Bus«, sagte er zu Duran.

»Ich sehe ihn.« Der Ork schwenkte nach links.

Auf der anderen Straßenseite befand sich ein Möbelgeschäft, dessen Eckfenster sich über Erdgeschoß und erster Etage erstreckte. »Fahr hinter den Bus«, rief Skater, »und dann rechts. Dann fahr hinter dem Bus wieder zurück, so daß wir neben dem Wagen rauskommen, wenn sie uns verfolgen.«

»Nein«, sagte Duran, »dann wären wir erledigt.« Er stellte das rechte Bein aus und wendete die Scorpion in einem engen Kreis unter Zuhilfenahme der Vorderbremse. Dabei verfehlten sie einen gepanzerten Fedex-Transporter nur ganz knapp. Die kurzen Läufe, die aus den Gewehrschlitzen ragten, schwenkten bereits in ihre Richtung.

Hinter dem Transporter riß Duran das Motorrad nach links und wendete es mitten auf der Straße auf der entgegenkommenden Fahrbahn. Im Augenblick war die Fahrbahn frei, aber Skater konnte sehen, daß die Ampeln bereits von Gelb auf Rot wechselten. Er sprang von der Scorpion ab und zielte beidhändig.

Der Americar schleuderte um die Ecke. Der Elf, der jetzt auf dem Beifahrersitz saß, hatte sich weit aus dem Fenster gelehnt. Er schoß, sobald er Skater erblickte.

»Junge«, sagte Duran.

Doch Skater schoß bereits. Er hielt die Pistole in beiden Händen, wobei er die Handschelle, die an einem Handgelenk baumelte, ignorierte, und drückte methodisch ab. Die ersten beiden Kugeln hinterließen schwarze Streifen auf dem Asphalt und jaulten als Querschläger davon, als sie ihr Ziel nur um Zentimeter verfehlten. Skater spürte, wie zumindest eine Kugel des Elfs durch die Jacke pfiff, die Duran ihm gegeben hatte. Er ignorierte die Gefahr und gab seine nächsten Schüsse ab.

Mindestens zwei Kugeln der schweren Pistole trafen den Vorderreifen des Americar. Das Gummi wurde augenblicklich zerfetzt, als die Luft explosionsartig aus dem Reifen wich, und der Fahrer hatte keine Chance mehr, die Zentrifugalkraft auszugleichen, die in der scharfen Kurve an dem Wagen zerrte. Der Americar überschlug sich, prallte gegen den Fedex-Transporter und wurde von der Panzerung und der beträchtlich größeren Masse des Transporters zurückgeschleudert. In der Annahme, daß es sich um einen Angriff handelte, eröffneten die Waffen des Transporters das Feuer und verwandelten den Americar einen Augenblick, bevor er in die Glasscheibe des Möbelgeschäfts krachte, in einen Scheiterhaufen für die Insassen.

»Komm schon«, drängte Duran.

Skater zögerte nur eine Sekunde, in der er ein ungutes Gefühl wegen des Elfs hatte, den er aus dem brennenden Wrack stolpern sah. Er rannte zum Motorrad, und bevor er richtig aufgesprungen war, jagte Duran schon mit Vollgas durch den dichten Verkehr.

Um ein Uhr waren sie im Ork-Untergrund abgetaucht, und Skater nahm dankbar den Soykaf entgegen, den Duran ihm aus dem Kiosk neben dem Tätowiersalon besorgt hatte. Die Wärme drang durch den Plastikbecher, und er hielt ihn in beiden Händen und absorbierte so viel wie möglich davon.

»Hunger?« Das gedämpfte Licht funkelte auf den Eckzähnen des Orks, die aus seinem Unterkiefer sprossen.

»Nein.« Tatsächlich hatte Skater Hunger, aber er glaubte nicht, daß er Nahrung würde bei sich behalten können.

»Kannst du laufen?«

»Klar.« Skater trat neben den Ork. »Wohin gehen wir?«

»Zu einem Schlupfwinkel, den ich bei einem Burschen klargemacht habe.« Durans Lächeln war nicht sehr beruhigend. »Er arbeitet in der Innenstadt und wohnt in einer kleinen Bude.«

»Ich schätze, ich bin dir was schuldig.«

Duran zuckte die Achseln und bog in einen schmalen Weg ein, der von der Hauptpassage abbog. Er würde sie durch einen Tunnel und dann zu einer Tür in einem Keller führen, bei dem es sich um einen der vielen geheimen Zugänge zu dieser Untergrundstadt handelte.

»Wie hast du mich gefunden?« fragte Skater.

»Ich habe dich von Lone Star aus verfolgt«, antwortete Duran. »Ein Bursche, den ich kenne, hat mir gesteckt, daß die Blauen dich in Bellevue wegen Mordes verhaftet hätten. Ich hing also bei Lone Star in der Hoffnung rum, irgendwann die Lage zu blicken. Ich überlegte immer noch, wie ich jemanden reinbekommen sollte, um mit dir zu reden, als ich die Elfen durch das Häftlings-Rehazentrum reingehen sah.«

»Wer hat sie eingelassen?« fragte Skater.

Duran blieb vor einem kleinen, unpassend grau getünchten Gebäude stehen. An einigen Stellen sah die Farbe aus, als seien damit Brandflecken überstrichen worden. Die Tür war verbeult und zerkratzt, und an einigen Stellen schimmerte der Stahlkern durch.

»Ich war zu weit weg, um das zu erkennen«, sagte Duran, indem er eine Karte durch das Magnetschloß zog. »Aber es ist klar, daß viel Geld und hohe Tiere im Spiel sein müssen, wenn jemand bei Lone Star einbrechen und mit einem Gefangenen fliehen will. Ein Haufen Leute hat dabei kassiert.«

Skater wußte das, und das warf eine Menge Fragen auf.

»Null Problemo, einem Haufen Elfen zu folgen, und dann war es einfach Glück, daß ein paar verdammte Ghule aufgekreuzt sind, um sie abzulenken.« Die Tür öffnete sich, und Duran trat in die wartende Dunkelheit. Skater folgte mit einem Knoten in der Magengegend.

Die Leiche eines Zwergs lag mitten auf dem Boden des kleinen Wohnzimmers. Auf seinem kalkweißen Gesicht lag ein Ausdruck der Überraschung. Über der Nase klaffte ein schwarzes Loch.

»Ich war in Eile«, erklärte Duran. »Hatte keine Zeit mehr aufzuräumen.«

»Jemand, den ich kennen sollte?« fragte Skater gelassen. Seine Hand lag auf dem Predator in seiner Tasche, während er sorgfältig den Rest der Bude in Augenschein nahm.

Ein Trideo mit illegalen Anschlüssen, die durch das Dach verschwanden, füllte eine Ecke aus und wurde von den beiden Lautsprechern einer Sim-Anlage eingerahmt. Das Sofa und der Sessel waren beide mit kariertem, aber dennoch unterschiedlichem Stoff bezogen. Ein fadenscheiniger Läufer mit einem aufgestickten Schwarm bunter Vögel bedeckte den größten Teil des Bodens unter einem verkratzten Soykaf-Tisch.

»Ein Schmalspur-Hehler und Geldwäscher namens Archibald.« Duran streckte die Hand zur Gargyl-Basis einer Lampe aus und schaltete das Licht ein. Zwei Motten erhoben sich von irgendwoher und fingen an, die Glühbirne zu umkreisen. »Er hatte 'n Dauerjob, der darin bestand, daß er irgendeinen Konzernkittel mit Material für Experimente oder anderen Drek versorgt hat, den sie da ausbrüten. Mensch oder Meta, Mann oder Frau, spielte keine Rolle, Hauptsache sie waren jung. Vor 'ner Weile bin ich darüber gestolpert, als ich einen Job für Aztechnology erledigt habe. Ich wollte deswegen schon lange mal ein Wort mit Archibald wechseln, aber ich wußte nicht, wie gut seine Verbindungen waren.«

»Ich nehme an, es war ein kurzes Gespräch.«

Duran ließ sich auf den Sessel fallen und warf einen Blick auf den toten Zwerg. »Ich hatte das letzte Wort, könnte man sagen.«

Skater musterte kurz das Einschußloch zwischen den Augen des Zwergs. »Sieht ganz so aus.«

»Außerdem hab' ich den Namen von dem Konzernkittel erfahren, den er versorgt hat. Ist ziemlich weit oben auf der Leiter, aber ich habe ein paar Dinge über ihn gehört. Irgendwann wird bei Aztechnology ein Platz für einen neuen Exec frei. Weil der Schwachkopf ab und zu alleine auf Tour geht, ohne Wissen seiner Bosse. Außerdem geht er auch gerne ohne Wissen eines Sicherheitsteams. Eines Nachts werde ich ihn erwarten.«

Skater warf einen Blick auf den Ork mit seiner buschigen Haarpracht und wartete. Seine Hand ruhte immer noch auf dem Kolben des Predator. Zwischen ihm und Duran hatte immer Spannung geherrscht, deren Ursache letztlich die Frage der Führung des Teams war.

»In der Zwischenzeit«, sagte Duran, »hat der alte Archibald bestimmt nichts dagegen, wenn wir seine Bude als Treffpunkt benutzen.«

»Wie geht es also jetzt weiter?« fragte Skater. Er blieb stehen und machte keine Anstalten, zum Sofa zu gehen.

»Mit einem Gespräch«, erwiderte Duran. »Was gut ist.«

»In Ordnung.«

»Du traust mir nicht, oder?«

Skater erwiderte den gelassenen Blick und gab eine ehrliche Antwort. »Auf einem Run mit der Aussicht auf Profit, ja.«

»Aber jetzt?«

»Nein.«

»Gut. Dann sind wir quitt.«

Skater hob seinen leeren Becher. »Gibt es beim alten Archibald auch Soykaf?«

»Klar. Schließlich brauchte er was, um seinem Brandy Farbe zu geben.« Duran erhob sich aus dem Sessel und ging zu der kleinen Kochnische, wobei er Skater den Rücken zudrehte.

Trotz Durans scheinbarer Verwundbarkeit in diesem Augenblick ließ Skater in seiner Wachsamkeit nicht nach. Bei Duran konnte man sich keinen Fehler leisten. Und Skater wußte aus Erfahrung, daß sich der Ork nie freiwillig in eine Lage brachte, mit der er nicht fertigwerden konnte.

Es stellte sich heraus, daß der Zwerg seinen Soykaf im Kühlschrank neben einigen Literflaschen mit billigem Synthbrandy aufbewahrte. Das Gefrierfach enthielt ein halbes Dutzend Fertigmahlzeiten, die den Zahn der Zeit besser überstanden hatten als der schimmlige Käse und die schwarz verfärbte Plastiktüte mit welkem Salat im Gemüsefach.

»Nicht gerade ein kultivierter Gaumen, mit dem wir's hier zu tun haben«, sagte Duran, indem er die Tiefkühlmahlzeiten aus dem Gefrierfach nahm und anfing, das Eis von ihnen abzuhacken.

Skater kümmerte sich um den Soykaf, den er großzügig in die elektrische Kafmaschine häufte, so daß er stark sein würde. »Warum hast du mich gesucht?«

Duran riß die Verpackung der ersten beiden Mahlzeiten auf und stellte sie in die Mikrowelle. Er drückte ein paar Knöpfe, bevor er antwortete: »Wir sind auf der *Sapphire Seahawk* reingelegt worden. Man muß kein Genie sein, um sich das zusammenzureimen.« Die Mikrowelle summte eine Melodie zu seiner tiefen Stimme, begleitet von den Schlürfgeräuschen der Soykafmaschine. »Shiva hat es erwischt. Ich kann nicht sagen, daß ich sie gemocht habe, aber man konnte sich bei einem Run immer auf sie verlassen. Ich dachte mir, falls du derjenige wärst, der uns verkauft hat, würde ich ihrem Andenken eine Gratis-Rache widmen.«

Skater starrte den Ork nur an, da ihm im Moment die Worte fehlten.

Duran lächelte dünn. »Ich würde dasselbe für dich tun, Chummer.«

»Freut mich zu hören.«

»Ich dachte mir, daß dich das beruhigen würde.«

Skater öffnete die Schränke und fand zwei angeschlagene Tassen. Nach einem flüchtigen Blick hinein spülte er sie im Waschbecken aus, dann goß er in beide den dampfenden Kaf.

»Die Tänzerin hat dich aufs Kreuz gelegt, nicht wahr?« sagte Duran, indem er eine der Tassen nahm. »Diejenige, die der Straßendoc erwähnt hat, als er Shiva zerlegt hat, oder?«

Dünner Dampf erhob sich von der schwarzen Flüssigkeit. Skater blies darauf und bereitete sich innerlich auf den ersten Schluck vor. »Ich glaube nicht, daß sie gewußt hat, was sie tat.«

Duran deutete auf den schiefen Eßtisch, der von drei Stühlen umgeben war. An der Wand neben dem Tisch hing ein Poster von SlipShadow Sara, wie sie in einem kleinen Nachtclub sang, bevor sie zu dem Megastar wurde, der sie jetzt war. Sie schmetterte die hohen Töne heraus, das Gesicht von der Anstrengung verzerrt. »Komm, wir setzen uns. Dann erzählst du mir alles.«

»Und dann?«

Von der Mikrowelle kam ein helles *ping*. Duran streifte sich einen an vielen Stellen verbrannten Schutzhandschuh über und nahm die Mahlzeiten heraus. Der Duft nach Filetspitzen und Apfelsoße setzte sich vorübergehend gegen die Mixtur von Gerüchen in der Bude und vor allem gegen den Gestank durch, der von dem bereits länger toten Zwerg ausging. »Ein

Haufen Leute da draußen will unseren Tod. Wir müssen rausfinden, wer sie sind, wer uns reingelegt hat, und was so verdammt wichtig daran ist, daß sie einen Berg von Nuyen ausgeben, um uns umzulegen.«

Skater nahm die Gabel, die der Ork ihm reichte. »Und du glaubst, ich wüßte das alles?«

»Auf keinen Fall, Chummer.« Duran grinste freudlos, während er sich gegenüber von Skater an den Tisch setzte. »Wenn du Bescheid wüßtest, hätte jemand dafür gesorgt, daß du gegeekt wirst und nicht nett und ordentlich in einer Lone-Star-Zelle sitzt. Ich nehme an, daß die Elfen ziemlich schwere Geschütze aufgefahren haben – sowohl in bezug auf Nuyen als auch Einfluß – und dich in aller Stille von der Straße geschafft haben. Wenn mein Chummer nicht so gute Verbindungen hätte, würde ich auch nichts mitbekommen haben. Und dann hätte ich dir bestimmt nicht in dieses Lagerhaus folgen können.«

»Du hättest das alles auch ohne mich rausfinden können«, erwiderte Skater.

»Wir haben es versucht.«

Skater betrachtete ihn. »Wir?«

»Wir haben uns nicht getrennt, wie wir gesagt haben, nachdem wir dich verlassen haben.« Duran schob sich eine riesige Gabelvoll in den Mund und kaute. Soße troff von seinen Eckzähnen. »Chummer, wenn du dir Mühe gibst, gibt es keinen anderen Runner im Geschäft, der dir das Wasser reichen kann. Du bist gewitzt, du bist schlau, und du kannst Leute durchschauen, vor allem die verdrehten.«

Skater nippte von seinem Soykaf und dachte über die Worte des Orks nach.

»Uns anderen war aufgefallen, daß dir in letzter Zeit anscheinend ein Haufen Dinge im Kopf rumgingen. Wir dachten uns, Drek, soll er es sich doch selbst zusammenreimen. Aber jetzt hängt auch das Team mit drin. Worum es bei diesem Run auch gegangen sein mag, wer uns auch jagt – wenn du erledigt bist, sind wir's auch. Wenn wir überhaupt eine Möglichkeit haben, den Kopf aus dieser Schlinge zu ziehen, dann zusammen.«

»Es wird ziemlich kompliziert«, sagte Skater, »und ich kenne selbst nicht alle Aspekte. Und ich weiß ganz bestimmt nicht, wo ich anfangen soll.«

»Fang mit der Frau an.«

»Es gibt Lügen, und es gibt Wahrheiten. Ich werde selbst noch nicht schlau daraus.«

»Dafür hast du mich, Chummer. Im Moment geht dir zuviel im Kopf herum, aber wenn du mir sagst, was du weißt, werde ich sehen, ob mir irgendwas auffällt, das dir vielleicht entgangen ist.«

Skater fing an zu reden. Zuerst war es schwierig, weil er daran gewöhnt war, sehr vorsichtig bei allem zu sein, was er jemandem erzählte. Im Grunde wußte niemand irgend etwas von Bedeutung über ihn. Larisa war dem noch am nächsten gekommen. Aber jetzt war sie tot.

## 13

Skater lugte durch den Spion und stellte fest, daß er Elvis anstarrte.

Der Troll wirkte unbekümmert und stand geduldig vor der Tür, als befände er sich schon den ganzen Tag dort, und er schaute sich auch nicht ständig um, um festzustellen, ob ihn jemand beobachtete. Er trug eine grün-weiß gestreifte Einkaufstasche in einer seiner riesigen Hände.

Skater ließ den Predator sinken und öffnete die Tür. Er meldete die Ankunft des Trolls Duran, der sich die Nachrichten im Trid ansah und dabei eine Pistole auf der Armlehne seines Sessels liegen hatte.

»Geschenk für dich«, grolle Elvis, nachdem er eingetreten war. Er hielt Skater die Tasche hin. »Ich wußte, du würdest wahrscheinlich noch in diesen Lone-Star-Klamotten rumlaufen.«

Skater öffnete die Tasche. Darin befanden sich mehrere Kleidungsstücke, mit Kevlar gefütterte Jeans, ein weinrotes Arbeitshemd, ein türkisfarbenes Sweatshirt der Seattle Mariners, wenn er sich noch mehr herausputzen wollte, und ultradünne schwarze Autohandschuhe. Ganz unten in der Tasche war eine braune Bomber-Jacke und darunter ein Paar verstärkte Doc Martens, die bis zum Knie reichten.

»Kleider machen Leute«, sagte Elvis. »Ich dachte, in den richtigen Klamotten würdest du dich wohler fühlen.«

»Danke«, sagte Skater.

»Ist in dieser Bude immer 'n gegeekter Zwerg inbegriffen?« fragte Elvis angelegentlich, während er sich die Leiche in der Mitte des Wohnzimmers ansah.

»Ist 'ne kostenlose Dreingabe von Duran«, sagte Skater. Er ging in das kleine Schlafzimmer im hinteren Teil der Wohnung.

»Wenn das so ist«, sagte der Troll, »kann ich ihn ja genauso kostenlos rauswerfen.« Er packte die Leiche am Hemd und hob sie vom Boden auf. »Gibt's hier 'n Badezimmer?«

Duran zeigte es ihm.

»Ist wahrscheinlich 'n sicherer Ort, um ihn zu verstauen. Ich kann mir sowieso nicht vorstellen, daß jemand da rein will, nachdem er sich dieses Drekloch hier genauer angesehen hat.« Der Troll schleifte den Zwerg ins Badezimmer.

Im Schlafzimmer zog Skater den Lone-Star-Overall aus und ließ ihn auf den Boden fallen. Er wünschte, er hätte duschen und sich rasieren können, um sich etwas menschlicher zu fühlen. Aber dafür war keine Zeit.

Er zog die Jeans an, dann das Arbeitshemd. Er war überrascht, wie gut die Sachen paßten. »Hey, Elvis, das mit den Größen hast du echt gut hinbekommen«, rief Skater durch die Tür, während er sich in dem mannsgroßen Spiegel auf der Innenseite der Kleiderschranktür betrachtete. Der Troll hatte recht: er fühlte sich bereits besser.

»Er hatte Hilfe«, sagte eine kühle weibliche Stimme.

Skater drehte sich um und sah Erzengel in der Tür stehen.

Sie trug einen caramelfarbenen, engsitzenden Rock, der ihr bis zur Mitte der Oberschenkel reichte, eine weiße Bluse mit einer Kragenkette und eine kurze Jacke, die farblich zu dem Rock paßte. Ihre Augen waren unter einer bronzefarbenen Sonnenbrille verborgen, und ihr Haar war zu einem Pferdeschwanz zurückgebunden. »Jetzt siehst du wieder mehr wie du selbst aus.«

»Wie lange stehst du schon da?« fragte Skater.

Ein frostiges Lächeln umspielte ihre Lippen. »Lange genug, um den Unterschied gesehen zu haben.«

»Und die anderen? Wann kommen die?«

»Sie sind schon da.«

»Oh.« Skater schob den Predator in den Hosenbund und kehrte dann ins Wohnzimmer zurück.

Duran saß immer noch im Sessel. Elvis teilte sich das Sofa mit Cullen Trey, der mit viel Geschick zwei Eßstäbchen benutzte, um sich durch einen Karton mit chinesischem Essen aus dem Lee Chee Garden zu arbeiten. Der Magier, der so elegant gekleidet war wie eh und je, nickte grüßend. Er hatte seinen Umhang unter sich ausgebreitet, so daß seine Kleidung nicht mit dem Sofa in Berührung kam.

Wheeler Stahlnerv trug gerade zwei Stühle aus der Küche herein. Er stellte einen für Erzengel hin, dann sah er Skater fragend an. »Stuhl?«

Skater schüttelte den Kopf. Er ging gerne auf und ab, wenn er redete, und er hatte eine Menge zu sagen. Er fing mit Larisa an und erzählte ihnen dann auch den Rest.

»Sie hat dir den Tip mit der *Sapphire Seahawk* gegeben«, sagte Elvis, »und du dachtest, du könntest ihr trauen, aber wer hat *ihr* davon erzählt?«

»Das hat sie mir nicht gesagt. In dieser Beziehung ist sie sehr vage geblieben.«

»Warum hast du ihr dann vertraut?«

»Ich habe mich selbst umgehört, bevor ich damit zu Erzengel gegangen bin. Es sah gut aus.« Skater ließ den Blick über ihre Gesichter wandern. »Darüber waren wir uns alle einig.«

»Sie war eine Tänzerin«, sagte Trey. »Sie hätte es von jedem erfahren können.«

»Dieser Frachter kam aus Tir Tairngire«, sagte Duran. »Die Elfen sind ziemlich verschwiegen, was ihre Unternehmungen betrifft. Schwer zu glauben, daß jemand, der mit diesem Schiff zu tun hatte, im Sybre-Space war und sich bei einem Freudenmädchen verplappert hat.«

In Skater flammte Zorn auf, und er fuhr zu dem Ork herum.

»Jack«, unterbrach Erzengel leise. »Duran meint es nicht so. Er sagt nur, wie jemand anders die Sache sehen würde.«

Skater holte tief Luft, hielt sie einen Moment lang an, wobei er niemandes Blick begegnete, und atmete dann aus. »Die Information, die Larisa mir gegeben hat, war ungefähr so vollständig wie alles, was wir je von einem Mr. Johnson aus Konzernkreisen bekommen haben. Wenn man alle dreisten Lügen, die unzähligen Lagen Drek, mit denen sie uns eindecken, und die Falschinformationen weglassen, hatten wir über den Frachter genausoviel wie für jeden anderen Run, den wir bisher durchgezogen haben. Das Ladungsverzeichnis war nicht in Ordnung. Das hat Erzengel herausgefunden. Zugegeben, sonst nicht besonders viel.«

»Aber schon die Art, wie diese Dateien im System des Frachters geschützt waren, verriet uns, daß die Beute den Aufwand wert sein mußte«, sagte Erzengel.

»Okay«, sagte Duran, »wir waren uns einig, daß wir ein Ziel hatten. Was ist mit Larisas Informationen? Woher hatte sie die?«

»Sie war hinter Geld her, um aussteigen zu können«, sagte Skater mit einer Überzeugung, die er ganz plötzlich empfand. »Sie ist irgendwie an Informationen gekommen, von denen sie wußte, daß ich damit etwas anfangen konnte – sie wußte, was ich tat, auch wenn sie nicht wußte, mit wem ich es tat –, und sie dachte, sie könnte sich eine Scheibe vom Kuchen abschneiden.«

»Du hast es ihr gesagt?« fragte Trey.

Skater nickte. »Bis dahin hatte ich keinen Grund, ihr nicht zu trauen.«

»Aber sie hat dir was verheimlicht«, sagte Duran.

Skater drehte und wendete diese Möglichkeit in Gedanken hin und her. Es gefiel ihm nicht, aber Duran schien recht zu haben. Am Ende hatte Larisa sich gefürchtet. Er wußte das ebenso, wie er wußte, daß sein Herz noch schlug. »Sie hatte Angst«, sagte er leise. Dann wiederholte er die Vermutung mit mehr Überzeugung.

»Aber es ging ihr offensichtlich nicht schlecht«, sagte Elvis. »Diese Bude in Bellevue war nicht billig.«

Skater wandte sich an Erzengel. »Hast du ihre Vermögensverhältnisse überprüft?« Er war sicher, daß Duran Erzengel gebeten haben würde, alles über sie herauszufinden, als er das Team zusammengerufen hatte.

Erzengel nickte. »Die Vorarbeiten sind erledigt. Einigen Dingen muß ich noch nachgehen. Wenn man ihr Einkommen von vor vier Monaten bedenkt, hat sie ziemlich über ihre Verhältnisse gelebt.«

»Kannst du die Mietüberweisungen zurückverfolgen?«

»Ich kann es versuchen.«

»Tu das.« Skater stellte seine Tasse auf den niedrigen Tisch vor dem Sofa ab und ging in die Küche, um Päckchen mit Salz, Pfeffer und Zucker sowie eine Flasche Ketchup zu holen. Archibald war offenbar Stammkunde bei McHughs gewesen, weil all diese Dinge mit dem Logo des Fast-Food-Restaurants gekennzeichnet waren. »Hattest du Glück mit den Dateien von der *Sapphire Seahawk*?«

»Nein. Ich habe einige Ausgabe-Utilities mit einem Entschlüsselungscocktail darauf angesetzt, um eventuelle Zerhacker-ICs auszuschalten, dazu ein Einschätzungsprogramm als Nachtisch. Wenn ich eine dieser Dateien knacken kann, finde ich vielleicht etwas heraus, mit dem wir arbeiten können. Aber ich bin sicher, daß die Dateien nicht vollständig sind.«

Skater stellte das Päckchen mit Salz auf den niedrigen Tisch. »Da fragt man sich doch, ob sie das überhaupt je waren.«

Duran beugte sich vor. »Was willst du damit sagen?«

Skater zeigte auf das rotweiße Päckchen Salz. »Okay, nur um die Dinge zu vereinfachen. Sagen wir mal, wir sind das Salz.« Er plazierte das schwarzgraue Päckchen Pfeffer ein paar Zentimeter über das Salz. »Der Pfeffer sind die Elfen – Tir Tairngire – und ihr Interesse daran, die Dateien wiederzubekommen, die wir gestohlen haben.«

»Schadensbegrenzung?« fragte Elvis.

»Oberflächlich betrachtet, ja. Die Leute, die mich aus dem Lone-Star-Gebäude entführt haben, schienen ausschließlich daran interessiert zu sein, sich diese Dateien zurückzuholen.«

»Was bedeutet, daß sie für irgend jemanden einen ziemlichen Wert haben«, sagte Trey. »Was sich übrigens zu unserem Vorteil auswirken könnte.«

»Wenn wir lange genug leben, um zu kassieren«, warf Wheeler ein.

»Stimmt, Chummer, aber laß es uns optimistisch sehen.« Trey rutschte ein wenig hin und her, dann beugte er sich vor und tippte auf das Päckchen mit Pfeffer. »Wie wär's, wenn wir versuchten, den Elfen die Dateien zurückzuverkaufen? Und den Mittelsmann ausschalten?«

»Sollte es so weit kommen«, sagte Skater, »werden wir das vielleicht auch tun. Der Nachteil ist, daß sie verdammt schnell rausfinden werden, daß wir nicht alle Dateien haben. In diesem Fall werden sie denken, daß wir sie entweder aufs Kreuz legen wollen oder sie von Anfang an nicht hatten oder wir nur versuchen, sie uns vom Hals zu halten, um in aller Ruhe das Geschäft mit einem anderen abzuschließen.«

»So oder so«, sagte Elvis, »stehen die Chancen gut,

daß wir dabei durchs Klo gespült werden, damit sie die ganze Geschichte begraben können.«

»Außerdem hindert es uns daran, herauszufinden, wer uns überhaupt reingelegt hat.« Skater sah einen nach dem anderen an, während er die Ketchup-Flasche unter das Salz stellte. »Ich persönlich wüßte gern, wer es war. Sie haben Larisa getötet und indirekt auch Shiva. Jemand muß dafür büßen.«

»Ganz deiner Meinung«, stellte Duran fest. »Der Elf und der Troll, die versucht haben, Skater vor dem SybreSpace umzulegen, müssen für jemanden arbeiten. Wahrscheinlich für denjenigen, der bei deinem Mädchen an den Fäden gezogen hat.«

»Dion und Shayx«, sagte Skater. »Sie könnten für einen Kerl namens Synclair Tone arbeiten. Er und Dion sind gemeinsam aus den Barrens gekommen. Ein Chummer versucht im Moment, mehr für mich herauszufinden.« Wenn Kestrel seinen Anruf doch nur erwiderte.

»Ich kann ein paar diskrete Erkundigungen über Tone einholen«, sagte Trey. »Einige meiner Kontakte hätten nichts dagegen, Informationen gegen den einen oder anderen praktischen Schnickschnack einzutauschen, den ich für sie auftreiben könnte.«

»Tu das.« Skater stellte das Päckchen Zucker in gleicher Entfernung vom Pfeffer und vom Ketchup ab. »Das hier ist die Yakuza. Ich weiß noch nicht, wie sie ins Bild paßt, aber wir können sie nicht ignorieren.«

»Besonders dann nicht, wenn wir von ihr gejagt werden«, sagte Wheeler.

»Selbst wenn es uns gelänge, einen Handel mit den Elfen abzuschließen«, sagte Skater, »könnten die Yaks auf den Gedanken kommen, daß wir eine Kopie der Dateien als Faustpfand oder Handelsobjekt für eine spätere Gelegenheit behalten haben. Die Chancen stehen ziemlich gut, daß sie uns nicht in Ruhe lassen, wenn wir die Geschichte nicht zu einem eindeutigen Abschluß bringen.«

»Ich kümmere mich um den Yakuza-Aspekt«, sagte Elvis.

Skater nickte. »Abgesehen von diesen drei Gruppen haben wir es außerdem mit dem Besten zu tun, was Lone Star aufbieten kann. Hinzu kommt, daß jede Ratte auf der Straße darauf aus sein wird, uns ans Messer zu liefern, um sich ein paar Nuyen zu verdienen.« Er stand auf und ließ den Blick über die Gesichter der anderen schweifen. »Könnte sein, daß unsere beste Wette darin besteht, so schnell wie möglich abzuschwirren und zu vergessen, daß wir je von Seattle gehört haben.«

»Was mich betrifft«, sagte Duran, »bin ich noch nie gerne vor einem Kampf geflohen, und ich hasse es geradezu, reingelegt zu werden.«

»Ich habe mich in dieser Stadt an einen gewissen Lebensstil gewöhnt«, sagte Trey, »und dieser Lebensstil ist durch unsere verschiedenen Unternehmungen gestützt worden. Von hier zu fliehen hieße, das zu verlieren.«

Wheeler und Elvis gaben ähnliche Erklärungen mit ihren eigenen Begründungen ab.

Erzengel stellte lediglich fest: »Ich bin dabei.«

Skater nahm an, daß sich die Vergangenheit, die sie verbarg, nicht so einfach vergessen ließ, wenn sie ihre Zelte abbrechen und aus Seattle verschwinden mußte. »Erzengel wird also in der Matrix nach irgendeiner Karte suchen, die wir ausspielen können, während Trey Synclair Tone und Elvis die Yaks überprüft. Wir brauchen eine Operationsbasis und ein Schlupfloch, falls sich die Dinge ungünstig entwickeln sollten.«

»Diese Bude?« Wheeler behagte die Vorstellung ganz offensichtlich nicht.

»Im Augenblick«, sagte Duran, »ist sie nicht schlecht.«

»Ich werde sehen, was sich machen läßt«, sagte Wheeler. »Obwohl, wenn ihr mich fragt, ist das hier das Ende der Straße, auch für Verlierer.«

»Und wir brauchen Transportmittel«, sagte Skater.

»Welcher Art?«

»Boden und Luft. Sie müssen ständig einsatzbereit sein.« Skater wandte sich ab und ging in die Küche. Er nahm den Teddybär vom Tisch und gab ihn Trey. »Darüber muß ich mehr wissen.«

Der Magier nahm das Stofftier und wischte geistesabwesend über die Rußflecken. »Ist das dein Ernst?«

»Ja.« Obwohl sich seine Gedanken überschlugen, da er in Sekundenschnelle Pläne faßte und wieder verwarf, so daß eine Menge Adrenalin in seinen Adern kreiste, spürte Skater die kalte Angst, die die Berührung des Teddybären in ihm wachrief.

»Wem hat er gehört?« fragte Trey.

»Das gehört zu den Dingen, die ich wissen muß.« Skater erzählte ihm, daß er das Stofftier in Larisas Wohnung gefunden hatte.

»Du glaubst, es hat dem Kind gehört?« fragte Trey.

»Wenn es ein Kind gegeben hat«, sagte Skater. »Und wenn es ihres war.«

»War es deines?«

Die Frage hing in der Luft, nackt und unverblümt. »Ich weiß es nicht«, erwiderte Skater. »Aber ich glaube es nicht. Larisa hätte es mir gesagt.«

Trey stand auf und glättete die Falten in seinem Umhang. »Ich brauche ein paar Sachen. Papier. Etwas zu schreiben. Ich bin gleich wieder da.« Er legte den Stoffbär auf den Tisch und ging in die Küche.

Skater wandte sich an Erzengel. »Es könnte Krankenhausakten über die Geburt geben.«

»Ich überprüfe das.«

»Und wenn der Vater angegeben ist …«

»Lasse ich dich das wissen.« Sie verzog keine Miene.

»Was machst du währenddessen?« fragte Wheeler.

»Larisas Leben unter die Lupe nehmen. Ich will möglichst viel von den Dingen herausfinden, die sie mir nicht erzählt hat.« Skater wandte sich an den Ork. »Du wirst mir Rückendeckung geben, weil ich mir hinten keine Augen wachsen lassen kann. Wenn sie mich angelogen hat, werden ihre Freunde dasselbe versuchen. Ich kann sie nicht gleichzeitig im Auge behalten und aufpassen, daß sie mir nicht den Hintern aufreißen.«

Duran nickte.

Trey kehrte aus der Küche zurück, rollte den mit Vögeln bestickten Läufer auf und setzte sich dann mit verschränkten Beinen auf den Plastibetonboden. Er riß eine McHughs-Papiertüte auf, bis er ein glattes Stück hatte, das er auf dem Boden ausbreitete. Nachdem er das Stofftier in die Mitte gelegt hatte, benutzte er einen grünen Stift mit dem Werbespruch einer Bank darauf, um an sechs verschiedenen Stellen rings um den Bär Sigillen zu zeichnen.

»Du hast dieses Kind nie gesehen?« fragte Trey.

»Nein.« Skater schüttelte den Kopf.

»Ein Jammer. Das wäre eine Hilfe gewesen. Trotzdem werde ich sehen, was ich tun kann.« Der Magier schloß die Augen, während seine Arme entspannt auf den Oberschenkeln ruhten. Nach einigen Minuten öffnete er die Augen und sah Skater an. »Da war etwas. Vielleicht. Es hat sich so schnell bewegt, daß ich nicht sicher bin. Der Zauber würde besser wirken, wenn ich den Namen des Kindes wüßte. Gib mir etwas von dir.«

Skater überlegte einen Augenblick, dann gab er Trey den Predator.

Trey legte ihn in den Kreis und überschrieb drei der bereits existierenden Symbole mit einem neuen magischen Zeichen. Dann schloß er wieder die Augen. Minuten verstrichen. Auf Treys breiter Stirn erschienen Schweißperlen. Diesmal war sein Hemd völlig durchnäßt, und er sackte ein wenig zusammen, als er aus seiner Trance erwachte.

»Das Kind lebt«, sagte Trey mit müder Stimme. »Aber es ist entweder sehr weit entfernt oder wird von jemandem abgeschirmt. Wenn ich eine sicherere Verbindung hätte, wüßte ich es genau.« Er stand auf. »Ob das Mädchen deine Tochter ist, Jack, kann ich nicht sagen. Ich habe sie erreicht, aber ich weiß nicht, ob das auf deine Vaterschaft oder auf deine Bindung zu ihrer Mutter zurückzuführen ist.«

»Danke, daß du es versucht hast.«

Trey neigte den Kopf. »Keine Ursache.«

Skater kehrte ins Schlafzimmer zurück und holte sich die Bomber-Jacke aus Kunstleder. Auf dem Weg hinaus schlüpfte er hinein und verstaute den Predator, so daß er nicht zu sehen war. »Fertig?« fragte er Duran.

»Ja.« Der Ork stand auf, knackte mit den Knöcheln seiner knorrigen Hände und ging zur Tür.

Skater zog die Autohandschuhe an, die Elvis ihm mitgebracht hatte, und war nicht sonderlich überrascht, daß Finger und Handfläche mit Makroplastpanzerung gefüttert waren. Er ging hinaus, getrieben von einem Verlangen nach Rache, das einen gefallenen Engel beschämt hätte. Duran folgte ihm.

Es ging nicht mehr um Profit. Nicht nur.

# 14

Kestrel«, sprach Skater in das öffentliche Telekom, »hier ist Skater. Wenn du diese Nachricht bekommst, ruf mich zurück.« Er las die Nummer des Apparats ab, die er nur mühsam entziffern konnte, weil sie von Wind und Wetter gebleicht war. »Ich bleibe noch fünf Minuten hier, dann verdufte ich.« Er unterbrach die Verbindung, dann ging er die Straße entlang zu Duran, der um die Ecke an einer Hausmauer lehnte.

Der Ork wirkte völlig entspannt. In seinem unauffälligen Anzug und mit der Whitelaw-Rundumsonnenbrille hätte er fast für einen Konzernkittel durchgehen können, der nach der Arbeit auf seine Verabredung zum Abendessen wartete. Wegen des Schlafmangels waren sie beide hundemüde und verließen sich auf Stimulantia und bloße Willenskraft, um sich auf den Beinen zu halten.

Zwei Minuten später klingelte das Telekom, und Skater setzte sich sofort in Bewegung. Als er um die Ecke bog, sah er zwei Ganger im Grün und Gold der Cutters, die der Zelle entgegenstrebten. Sie waren ein Pfeffer-und-Salz-Team, eine weiße Frau mit stacheligem Blondhaar und einem glänzenden Cyberarm, und ein schwarzer Mann mit einem Spitzbart und einem offenen Hemd, das eine pornografische Tätowierung enthüllte, ein Troll, der ein Schaf mißbrauchte.

»Der Anruf ist für mich«, sagte Skater.

Die beiden Ganger wirbelten zu ihm herum. Der Schwarze schob die Hand in sein Hemd und ergriff etwas, machte aber keine Anstalten, dieses Etwas zu ziehen. Aus dem Cyberarm des Mädchens schossen Nagelmesser und ein langer Ellbogensporn.

Das Telekom klingelte noch einmal.

»Ich glaube, das siehst du falsch, Spatzenhirn«, sagte die Blonde. »Du stehst auf Cutter-Revier. Das Kom gehört uns. Du ziehst wohl besser Leine.«

Autos fuhren vorbei. Es wurde langsam dunkel. Selbst bei Tageslicht war die Innenstadt kein Ort, um dort anzuhalten, wenn man keinen verdammt guten Grund hatte oder schwer bewaffnet war.

»Ihr habt die Wahl«, sagte Skater leise, der ohne innezuhalten weiterging. Er öffnete die Bomber-Jacke und ließ sie den Ares Predator im Schulterhalfter unter der Jacke sehen. »Ich bin bereit, für diesen Anruf zu sterben. Wie steht's mit euch?«

Der Schwarze ließ seine Waffe los und wich einen Schritt zurück. »Bleib cool, Pebbles«, sagte er zu dem Mädchen. »Laß uns verschwinden. Er hat einen Wachhund im Rücken. Dieser Drek kann uns egal sein.« Er nahm ihren Arm aus Fleisch und Blut und zog sie sanft hinter sich her.

Ihr Gesicht verzog sich zu einer wütenden Grimasse, und plötzlich wirbelte sie herum und zog ihre Nagelmesser über das Fenster des Ladens neben der Telekomzelle. Die scharfen Spitzen hinterließen Kratzer auf dem Glas.

Skater ließ die Hand auf dem Kolben des Predator und nahm ab. »Ja«, sagte er.

»Ich fand heraus, daß du es warst, der angerufen hat«, sagte Kestrel, der sich anhörte, als rede er vom Grund eines Brunnens, »du hättest mich umpusten können, so baff war ich. Ich hörte, du wärst von Knight Errant geschnappt und dann an Lone Star übergeben worden. Und ich hörte, du seist geflohen.«

Skater hatte ebenfalls von der Flucht gehört. Das Trid hatte zwischen weiteren Reportagen über die Krankheit mit dem Namen ›Der lachende Tod‹ darüber berichtet. Eine Orkfrau, die in einem Fast-Food-Restaurant arbeitete, war Amok gelaufen und hatte ihr eigenes Bein mit einem Küchenmesser bearbeitet, um sich dann auf den Tresen zu setzen und die Kunden mit ihren Zehen und herausgeschnittenen Fleischbrocken zu bewerfen, während sie die ganze Zeit wie ein kleines Mädchen gekichert hatte. Außerdem hatte es neues Material über das Feuer im Montgomery Building in Bellevue und den terroristischen Bombenanschlag auf den Seattler Flughafen Sea-Tac International gegeben. Aber keinen Ton darüber, daß in einem Lagerhaus tote Elfen gefunden worden waren.

»Ich brauche Hilfe«, sagte Skater.

»Wenn du nach dem Drek, der abgegangen ist, immer noch in der Stadt bist«, sagte der Schieber, »solltest du dir deinen verdammten Schädel untersuchen lassen.«

»Was hast du über den Yak herausgefunden, der hinter mir her ist? Dokai irgendwas?«

»Masaru Doyukai«, sagte Kestrel. »Ich weiß nur, daß er immer noch sucht und jedem einen Haufen Geld bietet, der damit rausrückt, wo du zu finden bist.«

»Welches Interesse hat er an der Sache?«

»Das ist mir auch noch nicht klar, aber der Bursche muß ziemlich verzweifelt sein. Er hat ein paar Spitzeln in der Gegend die Daumenschrauben angelegt und zwei von ihnen getötet und einen weiteren ins Krankenhaus gebracht, um seinen Standpunkt klarzumachen. Das hat ihn dort nicht sonderlich beliebt gemacht.«

»Bleib dran, so gut es geht, ohne dich zu exponieren«, sagte Skater. »Ich bezahle dich für deine Zeit.«

»Hast du abgesehen von dem, was du in der Karibik deponiert hattest, noch Reserven?« fragte der Schieber.

»Warum?« Skater konnte nicht hundertprozentig sicher sein, daß der Anruf nicht abgehört und zurückverfolgt wurde.

»Die neue Identität, die ich dir verpaßt habe«, sagte Kestrel. »Lone Star hat sie. Ich habe versucht, in die Konten zu gelangen, als ich hörte, daß sie dich geschnappt haben. Ich wollte das Geld transferieren, damit du nicht auf dem Trockenen sitzen würdest, wenn und falls du wieder herauskämst. Ich habe einiges gerettet, aber nicht viel.«

»Der Rest?«

»Hat sich in Luft aufgelöst, Chummer, von Lone Star ganz legal beschlagnahmt. Gesperrt, bis du beweisen kannst, daß du dich keiner Gesetzesübertretung schuldig gemacht hast.«

Skater spürte eine kalte Leere in sich anschwellen, die ihn zu verschlingen drohte. Seit acht Jahren war er Shadowrunner – und so lange mußte man in diesem Geschäft erst einmal überleben – und wich bei jedem Job, den er bekommen konnte, Kugeln aus. Er hatte einen vagen Plan gehabt, einen amorphen Traum, den Sprawl zu verlassen und das Geschäft aufzugeben, aber mehr als alles andere hatte er sich die Sicherheit gekauft, die er nie gekannt hatte.

Jetzt war diese Sicherheit nicht mehr da, weggenommen worden.

»Ich hab was auf der Kante«, sagte Skater mit angespannter Stimme. »Was ich dir nicht sofort zahlen kann, mache ich anders gut.«

»Sicher«, sagte Kestrel, »sicher. Aber ich würde mich besser fühlen, wenn du sofort aus Seattle verschwinden würdest.«

»Ich kann nicht«, sagte Skater. »Jemand hat mir einen Stock in den Hintern gerammt und dann abgebrochen. Ich kann erst dann sicher sein, daß sie mich in Ruhe lassen, wenn ich sie mir vom Halse schaffe. Ich melde mich wieder.« Er unterbrach die Verbindung.

Duran sah ihn an. »Dieser Ausdruck auf deinem Gesicht kann nur schlechte Nachrichten bedeuten.«

»Ich habe mein Geld transferiert, um meinen Abgang aus der Stadt vorzubereiten«, sagte Skater. »Aber Lone Star hat meine Konten sperren lassen. Ich habe noch ein paar Notreserven an einigen anderen Orten, aber mir wird ziemlich bald die Puste ausgehen.«

»Dumm gelaufen.« Duran blieb neben ihm, wobei er den Blick über die Straße schweifen ließ. »Aber vergiß nicht, daß wir alle zusammen in dieser Geschichte stecken, Junge. Wenn wir unsere Mittel zusammenwerfen, kommen wir schon zurecht. Worauf du wetten kannst.«

»Das haben wir längst getan«, sagte Skater.

# 15

»Hi, hier spricht Brynna. Ich bin entweder nicht zu Hause oder in eine wahr gewordene Sexphantasie vertieft, von der du nur träumen kannst. Wenn du ein Chummer bist, hinterlasse eine Nachricht, und ich rufe dich zurück, wenn ich dazu wieder in der Lage bin. Wenn du mir was verkaufen willst, verpiß dich. Tschau.«

Ein Summton folgte.

Skater beschloß, keine Nachricht zu hinterlassen. Er stand in einer der Zellen in der Reihe der öffentlichen Telekoms vor dem Südeingang der Renton Mall auf dem breiten Gang zwischen 2Fast Arcades und Shiloh's, einem Laden, der besondere Kostüme führte.

»Ist sie zu Hause?« fragte Duran, der sich Skater mit zwei Burgern und zwei großen Bechern Limonade näherte.

»Nein.« Skater nahm einen der Becher und einen Burger. »Aber ihr Anrufbeantworter war an.«

»Dann ist sie wahrscheinlich noch im Lande.« Duran zeigte auf die Trideos, die im Fenster von Matt & Matt's Trideo Concepts ein Stück weiter den Gang entlang gestapelt waren. »Als ich für die Burger angestanden habe, hat KTXX angekündigt, daß sie bald mit 'ner brandheißen Nachricht auf Sendung gehen würden.«

Ein paar Schritte von ihrem Standort entfernt lief eine lokal produzierte Talkshow in einem Schaufenster. Eine Handvoll Personen hatte sich bereits davor versammelt und sah sich das Programm an, während sie sich leise miteinander unterhielten.

Auf den Bildschirmen unterhielt sich Perri Twyst, die Gastgeberin, mit ihren beiden Gästen. Die Trideo-Persönlichkeit hatte weit auseinanderstehende hellblaue Augen, ein kräftiges Kinn und einen limonengrünen Pagenschnitt, der ihre schlanke Kinnlinie und den Ohrring in ihrem linken Nasenflügel betonte, der über eine Kette mit dem Ohr auf derselben Seite verbunden war. Wie üblich trug sie ausgewaschene Jeans und ein kariertes, konservatives Oxford-Hemd, von dem die Ärmel abgerissen worden waren, um ihren Straßenhintergrund zu betonen.

»Wo Sie doch wußten, auf welchen Widerstand Sie bei dem Versuch stoßen würden, sich in Seattle zu etablieren«, sagte Twyst gerade, »warum waren Sie überhaupt bereit, sich dieser Herausforderung zu stellen?«

Ihre Gäste waren dieselben Elfen, die Skater im Trid in der Lone-Star-Zelle gesehen hatte. Er konnte sich nicht mehr an ihre Namen erinnern. Dann, als die Kamera zu einer Nahaufnahme heranzoomte, leuchteten unter dem Mann große Druckbuchstaben auf: Tavis Silberstab, Geschäftsführer von NuGene, einem biomedizinischen Konzern in Portland. Heute trug er einen violetten Anzug, der mit Goldbrokat abgesetzt war. Seine langen Finger lagen um den Knauf seines glitzernden Gehstocks, und sein pflaumenblauer Umhang fiel in einer Kaskade hinter ihm über die Lehne des Plüschsessels. Sein Lächeln war weiß und strahlend, voller Selbstvertrauen.

»Weil ich glaube, daß wir ein gutes Produkt anzubieten haben«, sagte Silberstab.

»Ein verdammter Elf«, sagte einer der beiden jungen Männer rechts neben Skater, »das ist er. Er ist überhaupt kein Mensch, der spitzohrige Müslifresser. Er könnte ein wenig Ordnung brauchen, die ihm auf die Sprünge hilft, dann würde er schon sehen.«

Der andere junge Mann lachte und schlug seinem Chummer auf den Rücken.

Skater entnahm der Bemerkung, daß die beiden Mitglieder der Ordnung waren, einem Policlub, der für die Überlegenheit und Vorherrschaft der weißhäutigen

Menschen eintrat. Er warf einen Blick auf Duran, doch der Ork ignorierte sie.

»Dieses Produkt müssen Sie erst noch vorstellen«, sagte Perri. »Aber unter Berücksichtigung von NuGenes bisheriger Arbeit auf dem Gebiet der Gewebetransplantation, Organtransplantation und Wiederherstellung durch biologische anstatt kybernetische Mittel würde ich annehmen, daß es sich um etwas auf dieser Linie handelt.«

»Ja«, sagte Silberstab. »Mein Vater war einer der ersten, die biomedizinische Dienste in Tir eingeführt haben. Den meisten Elfen mißfällt die Vorstellung operativer Eingriffe, es sei denn, es liegen lebensbedrohende Umstände vor. Aber mein Vater und seine Forschungsteams haben medizinische Prozeduren, Arzneimittel und Gewebebehandlungen entwickelt, die viele Leben gerettet und verlängert haben. Bei NuGene wollen wir diese Tradition fortsetzen.«

»Und Sie werden versuchen, diesen neuen Markt hier in Seattle zu entwickeln?«

»Seit Portland keine Hafenstadt mehr ist«, sagte Silberstab, »wissen wir, daß wir uns ausweiten müssen, um in der wirtschaftlichen Gemeinschaft wieder lebensfähig zu werden. Seattle ist das Zentrum der Aktivität. Hierher kommen Leute aus der ganzen Welt. Wir wollen in der Lage sein, unsere Produkte und Dienstleistungen all denjenigen anzubieten, die sie brauchen. Vielleicht ebnet das anderen elfischen Konzernen den Weg. Wir Elfen aus Tir Tairngire laufen Gefahr zu stagnieren, wenn wir uns von der Welt abschotten.«

»Sorg lieber dafür, daß die spitzohrigen kleinen Mißgeburten zu Hause bleiben, wenn du willst, daß sie weiterleben«, schlug das andere Policlub-Mitglied vor. Sein Freund klatschte seine erhobene Hand ab, und beide lachten.

»Und wo wir gerade von Kindern reden«, fuhr

Twyst glatt fort, »man sagte mir, Sie erwarten Nachwuchs.«

Die Kamera schwenkte auf Ariadne Silberstab, deren Name bequemerweise ebenfalls unter ihrem Bild eingeblendet wurde. Sie trug ein Kleid in einem konservativ pastelligen Pink, in dem einiges von dem Violett der Kleidung ihres Mannes mitschwang. Sie berührte ihren runden Bauch. »Der Arzt sagt, es muß jeden Tag so weit sein.«

Twyst lehnte sich zurück, schaute in die Kamera und ließ sich darüber aus, was für ein liebevolles Paar diese beiden doch waren.

Silberstab nahm die Hand seiner Frau und küßte sie. »Ja, aber es ist die Berührung der Hände dieser edlen Dame, die das Herz eines Schurken gewonnen hat.«

»Drek«, flüsterte Duran, »man schmeckt das Süßholz sogar von hier.«

Am unteren Rand des Trideoschirms erschien plötzlich eine Einblendung, die verkündete, daß es gleich live aus der Seattler Innenstadt weitergehen würde.

Die beiden Policlub-Mitglieder waren energischer in ihren Äußerungen und forderten das Personal des Trideogeschäfts lautstark auf, den Kanal zu wechseln.

»Was wollen Sie?« fragte Perri Twyst. »Einen Sohn oder eine Tochter?«

»Was es auch wird, Mädchen oder Junge, wir werden dieses Kind lieben. Unser Arzt wollte nicht, daß Ariadne in ihrem Zustand noch eine Reise unternimmt...«

»... aber ich wollte an der Seite meines Mannes bleiben«, fügte die Frau hinzu. »Sollte das Baby hier geboren werden...«

»... würden wir das als gutes Omen in bezug auf unsere jüngsten Bemühungen in Seattle betrachten«, sagte Silberstab.

»Das hört sich toll an«, sagte Twyst. »Und Sie müssen nach der Geburt noch einmal in die Show kommen, damit wir ihn – oder sie – der Welt vorstellen können. Bitte.«

Der Applaus aus der Konserve wurde durch eine Schaltung von der Studioaufzeichnung zu einer Live-Szene auf der Straße unterbrochen. Chelsea Sable, Berichterstatter von KTXX Action Eye, trug eine tief ausgeschnittene, schulterfreie weiße Bluse und enge violette Jeans, die kaum etwas der Phantasie überließen.

Sable überquerte die stark befahrene Straße mit ihrem Kameramann im Schlepptau. Autos waren stehengeblieben, und ein paar hupten in milder Verärgerung. Im Hintergrund war das Lagerhaus, in das die Elfen Skater am Morgen gebracht hatten, mit gelbem Band abgesperrt. In regelmäßigen Abständen waren Lone-Star-Beamte mit automatischen Waffen postiert.

Sable sprach in ihrem normalen Tonfall. Ein subdermales Mikrofon ließ ihre Stimme klar und volltönend klingen. »... Sie sind mit uns live am Schauplatz einer größeren Schießerei, die, wie man mir gesagt hat, heute gegen Mittag hier stattgefunden hat.« Die Reporterin näherte sich weiter dem Polizeikordon. Drei Lone-Star-Beamte verließen ihren Posten und versperrten ihr den Weg. »Doch die Untersuchungsbehörden haben es unterlassen, das in ihren Berichten früher am Nachmittag zu erwähnen.«

Der Kameramann setzte zu einem Schwenk über die Straße an, wo sich langsam eine Traube Schaulustiger versammelte. Der Übertragungswagen von KTXX parkte mit zwei Rädern auf dem Bürgersteig vor Esoteric's Lore Store & More auf der anderen Straßenseite. Auf den beiden Panzerglasfenstern prangten Transparente mit der Aufschrift, Wegen Geschäftsaufgabe Geschlossen.

»Komm«, sagte Skater, als er das Meer der Gesichter sah, über das die Kamera schwenkte. Er ging in den Trideoladen.

Der Verkäufer hinter dem Glastresen war dünn und

kantig. Sein Kopf war bis auf drei dünne Streifen kahl rasiert, die von der Stirn zum Nackenansatz verliefen und schwarz-weiß gefärbt waren.

»Kann ich was für Sie tun, Chummer?« fragte der Verkäufer.

»Können Sie das aufzeichnen?« fragte Skater, indem er auf das Trideo zeigte, in dem Sables Sendung lief.

»Ich kann Ihnen einen Recorder oder ein Trideo verkaufen«, sagte der Mann.

»Wenn Sie einen Recorder angeschlossen haben und eine Aufzeichnung starten können«, erwiderte Skater, »bin ich sicher, daß es sich für Sie lohnen wird.« Er zückte einen Kredstab aus einer seiner kleinen Seitentaschen. »Was halten Sie davon?«

Der Verkäufer drehte sich zu einem Regal hinter sich um und legte einen Chip in den dort stehenden Recorder ein. »KTXX, ja?«

»Genau.« Skater sah auf den Schirm und registrierte dabei die auf ihn gerichtete Überwachungskamera an der Decke. Er wußte, daß Duran sie ebenfalls bemerkt hatte, weil der Ork mit dem Rücken zur Kamera stand.

Sable gelang es nicht, den Polizeikordon zu durchbrechen. Aber am Ende redete sie noch mit einem Beamten in Zivil, bevor sie endgültig abgeschmettert wurde. Das Lagerhaus sei Schauplatz einer laufenden Untersuchung, schrie sie der Blaue an, und die Medien würden auf keinen Fall Zugang erhalten. Sable und ihr Produktionsteam zogen sich auf die andere Straßenseite zurück. Die ganze Zeit über war die Kamera aktiv gewesen und über die Menge geschwenkt, teils aus Interesse und teils, weil der Zugang zum Lagerhaus versperrt war.

Mitten in Sables Erklärung vor der Kamera, sie habe einen Tip wegen der Schießerei bekommen, die möglicherweise mit dem Ausbruch aus dem Lone-Star-Gebäude an diesem Morgen im Zusammenhang stehe, wurde die Übertragung unterbrochen. Der Sender schaltete auf eine beliebte Spielshow um, die bereits im Gange war.

»Das war's«, sagte Skater. »Ich nehme den Chip.«

Der Verkäufer nickte, knallte in hemmungsloser Hingabe mit seinem Kaugummi und entnahm dem Recorder den Chip. »War mir ein Vergnügen.«

Skater nickte, steckte den Chip ein und ging zur Tür. Draußen ging er sofort wieder zu den Telekoms. Er stellte die Verbindung zu dem illegalen Anschluß her, den Wheeler in Archibalds Wohnung eingerichtet hatte.

Wheeler antwortete nach dem ersten Klingeln. »Ja.«

»Ich muß mit Erzengel reden.«

»Augenblick.«

»Willst du mir nicht sagen, worum es eigentlich geht?« fragte der Ork leise.

»Um Gesichter«, erwiderte Skater.

»Um Gesichter?«

»Diese Nachrichtensendung ist live rausgegangen und dann abgebrochen worden«, sagte Skater. »Wenn die Geschichte wirklich unter Verschluß gehalten wird, wird es keine Wiederholung dieser Sendung geben.«

»Und?«

»Ich bin da«, sagte Erzengel mit weit entfernt klingender Stimme, als habe sie sich gerade aus der Matrix ausgestöpselt.

»Wir sind hier in der Renton Mall«, sagte Skater. »Eine Überwachungskamera in einem Laden namens Matt & Matt's Trideo Concepts hat gerade eine Großaufnahme von mir gemacht. Ich muß wissen, ob du dir Zugang verschaffen und den Speicher des Sicherheitssystems löschen kannst.«

»Eine simple Schleicher-Utility müßte reichen, um reinzukommen, danach kann ich die Dateien der Überwachungskameras mit einem Chaosprogramm zerhacken«, sagte Erzengel. »Muß ich subtil vorgehen?«

»Nein. Duran und ich sind weit weg. Und wenn der Sicherheitsspeicher gelöscht wird, gibt es nichts, was uns mit dem Laden in Verbindung bringen könnte.«

»Jack.« Die Deckerin schien zu zögern, dann stieß sie die Worte einfach aus. »Ich habe Larisas Krankenhausakten überprüft. Sie hat das Baby vor drei Wochen im Harborview Hospital bekommen. Es war eine Totgeburt. Tut mir leid.«

Skater spürte, wie ihm die Kälte eines unerklärlichen Verlusts in die Knochen fuhr. »Danke«, hörte er sich sagen. Er unterbrach die Verbindung.

»Was soll das jetzt mit den Gesichtern?« fragte Duran.

»Laß und verschwinden.« Skater strebte zum Südausgang. Helle Sonnenstrahlen fielen durch die Glastüren und lagen in geraden Linien auf dem Kachelboden. »Es besteht eine geringe Möglichkeit, daß einer der Elfen, mit denen wir es heute zu tun hatten, während der Untersuchung in der Nähe des Lagerhauses herumgeschnüffelt hat. Wenn wir einen für Erzengel identifizieren, kann sie vielleicht herausfinden, wer sie sind.«

»Wenn wir lange genug stillhalten, werden sie auf uns losgehen. Dann könnten wir sie auch identifizieren.«

»Wenn wir sicher sein könnten, daß wir lange genug leben«, sagte Skater. »Wenn die Zeit gekommen ist, gegen diese Leute anzutreten, will ich ein paar Asse im Ärmel haben. Ich bin gerne in Bewegung.«

Duran nickte. »Aber eines sollten wir nicht vergessen: Ein bewegliches Ziel hat nur die Illusion, in Sicherheit zu sein. Und die vergeht, wenn du jemanden rufen hörst, Achtung! Und dann fällt dir auf, daß du auch nur 'ne Tontaube bist.«

Brynna Rose wohnte in demselben dreistöckigen Wohnhaus mit Blick auf die Seattle University, das sie bewohnte, als Skater sie vor über einem Jahr kennengelernt hatte. Die Gegend war wegen der Studenten, die hier überall nach billigen Wohngelegenheiten Ausschau hielten, stellenweise ziemlich heruntergekommen.

Sie stellten den Wagen einen Block entfernt ab und durchwanderten ein Labyrinth aus Müllcontainern, zerbrochenen und ausrangierten Möbeln und improvisierten Wäscheleinen, auf denen Handtücher und Kleidungsstücke hingen. Von seinen beiden vorangegangenen Besuchen wußte Skater, daß die Kleidung nach Einbruch der Dunkelheit verschwunden sein würde.

»Sag mir, wen wir besuchen«, sagte Duran, während er ein Sofa mit Vinylbezug umrundete, dem ein Ende fehlte und auf dem ein Betrunkener seinen Rausch ausschlief. Ein ausgemergelter Beagle, der auf der Brust des Betrunkenen hockte, beobachtete sie mit unheilvollem Blick.

»Sie heißt Brynna Rose.« Skater blieb am Fuß der Außentreppe stehen und sah hinauf. Die Absätze waren alle ziemlich klein, abblätternde weiße Farbe auf malträtiertem Holz. »Sie war eine Freundin von Larisa.«

»Und auch von dir?«

»Wir hatten keine gemeinsamen Freunde. Ich war nur ein paarmal hier, als Larisa ein paar Sachen abgeholt hat. Sie haben eine Zeitlang zusammen gewohnt. Dann kam ein Mann ins Spiel.«

»Gibt's den noch?«

»Nein.« Skater blieb auf dem dritten Treppenabsatz stehen. Wütende Stimmen drangen gedämpft durch die Tür. Eine war männlich, die andere klang nach Brynna.

»Sie ist heute nacht nicht allein«, stellte Duran fest, indem er sich auf der anderen Seite der Tür aufbaute. Er hielt bereits seinen Roomsweeper in den Händen.

Skater lehnte sich gegen die Wand. Der Türknauf

war auf seiner Seite und in bequemer Reichweite. Er sah sich den Treppenabsatz an. Abgesehen von ein paar Topfpflanzen in zwei Ecken und einer Fußmatte, auf der in einem Blumenmuster WILLKOMMEN stand, gab es nichts weiter.

Als er versuchsweise den Türknauf drehte, stellte er fest, daß sie unverschlossen war. Skater warf einen Blick auf Duran und nickte. Der Ork tippte sich in einem stummen Gruß mit dem Flintenlauf an die Stirn.

Ein Klatschgeräusch, Fleisch auf Fleisch, drang durch die Tür. Eine Frau schrie vor Schmerz und Angst.

Skater zügelte seinen Drang, in die Wohnung zu stürzen. Zwar war längst die Dämmerung hereingebrochen, aber die Luftfeuchtigkeit war immer noch so hoch, daß er naßgeschwitzt war. Tropfen liefen sein Gesicht herunter. Langsam bewegte er sich, um durch das mit einem Sperrbalken gesicherte Fenster zu lugen. Unter dem Fenster enthielt ein Blumenkasten, der vor gelben Blüten überquoll, das wirbelnde Mobile eines Basilisken im vollen Flug auf einer schlanken Metallrute.

Zwei Männer waren mit Brynna Rose in dem Raum. Die Frau war klein und hatte kurz geschnittenes brünettes Haar und eine dunkle Hautfarbe, die ihre thailändische Abstammung verriet. Sie trug eine rote Kunstlederhose, die wie eine zweite Haut saß, und ein schwarzes Top, an dem ein Spaghettiträger gerissen war. Sie lag halb auf dem zitronengelben Sofa, eine Hand auf die Wange gepreßt, wo sich ihr Lippenstift mit dem Blut vermischte, das ihr aus dem Mundwinkel lief.

Zwei Männer waren mit ihr im Zimmer. Beide sahen wie Talente von der Straße aus, Yabos oder Geldeintreiber, die schnelle, direkte Aktion gewöhnt waren. Sie trugen Armanté-Anzüge und hatten einen teuren Haarschnitt, was ihnen in der Konzernszene Anonymität und Respekt sicherte, während sie die Spelunken abklapperten und dabei vielleicht sogar wie Blaue rüberkamen.

Einer von ihnen war dunkelhäutig wie Brynna, aber seine Züge waren eindeutig amerindianisch. Der andere Bursche war blond, dünn und so blaß, daß er fast farblos aussah. In der einen Hand hielt er einen schallgedämpften Manhunter, als sei er ein Teil von ihm, und seine Miene war vollkommen ausdruckslos.

Der Dunkelhäutige griff nach Brynna und riß sie am Arm herum. Auf ihrer Wange zeichnete sich ein knallroter Handabdruck ab. Skater hörte, wie sein Name fiel, konnte den Rest jedoch nicht verstehen. Brynna schrie, sie wisse nicht, wo er sei. Der Bursche hob die Hand, um sie noch einmal zu schlagen.

Skater wandte sich ab und drängte die Wut in den Hintergrund, bis sie etwas war, das er benutzen konnte. Er zog seinen Predator II und zeigte Duran zwei Finger, während ein neuerliches Klatschen ertönte. Als der Ork nickte, legte er die beiden Finger zusammen, um ihm zu signalisieren, daß sie nah waren.

»Mach schon«, drängte Duran.

Den Predator in Schulterhöhe haltend, drehte Skater den Türknauf und folgte der Tür in die Wohnung.

# 16

Der blasse Revolvermann wirbelte geschmeidig herum, als gleite er auf Kugellagern, kein Mensch aus Fleisch und Blut. Seine Augen waren kalt, gnadenlos grau über den schwarzen Gläsern seiner Sonnenbrille. Die Pistole in seiner Hand bewegte sich mit ihm.

Skater schoß dem Mann ruhig und überlegt in die linke Schulter. Die großkalibrige Kugel hatte genug Wucht, um den Revolvermann herumzuwirbeln und ihm die Sonnenbrille wegzureißen.

Dem Burschen gelang es, drei Schüsse abzugeben, deren Lärm vom Schalldämpfer auf die Lautstärke eines Hustens reduziert wurde, aber alle drei fuhren in die Decke, da er hintenüber kippte und über den Kaffeetisch fiel.

Skater sprang in dem Bewußtsein vorwärts, daß Duran den anderen Mann im Visier hatte, bevor dieser auch nur daran denken konnte, eine Waffe zu ziehen. Der Blaßhäutige versuchte seine Pistole herumzureißen und sich vom Boden abzustoßen. Skater landete einen harten Tritt, und die verstärkte Spitze seines Stiefels traf die Pistolenhand des Mannes und brach Knochen. Die Kanone fiel auf den Teppich.

»Du bist am Zug«, knirschte Skater, indem er den Predator auf das Gesicht des Mannes richtete. »Aber ich garantiere dir eine sofortige Lobotomie, wenn du den falschen machst.«

»Verpiß dich, Kumpel«, sagte der Mann. Doch anstatt nach der Kanone zu greifen, ließ er sich ruhig auf den Teppich zurücksinken und hielt sich mit der gesunden Hand das gebrochene Gelenk.

Skater näherte sich dem am Boden liegenden Mann, wobei er darauf achtete, Duran nicht in die Schußlinie zu geraten. Er trat die Pistole unter das Sofa. »Brynna, sind die beiden hier allein?«

»Ja. Drek, Jack, was, zum Teufel, wollen die? Ich sagte ihnen, ich wüßte nicht, wo du bist. Und daß ich nicht mal deinen verdammten Namen kenne. Nur Jack.«

»Ich weiß. Tut mir leid, daß du da mit reingezogen wirst.« Skater warf einen Blick auf die Schulter des Blaßhäutigen. Die Kugel hatte das Kevlar nicht durchschlagen, aber er wußte, daß sie einen verdammt großen Bluterguß hinterlassen hatte. »Dreh dich um, Spatzenhirn, sonst tue ich es.«

»Sicher.« Der Yabo legte beide Hände auf den Kopf und wälzte sich auf den Bauch, alles ganz professionell.

Skater durchsuchte ihn und fand noch eine Kanone und zwei Kredstäbe. Er warf die Kanone weg und behielt die Kredstäbe, dann ging er zu dem zweiten Burschen, der jetzt ebenfalls auf dem Boden lag.

»Weißt du, wer diese Wichser sind, Brynna?« fragte Skater, während er dem zweiten Mann ebenfalls zwei Kredstäbe abnahm.

»Sie sagten, sie wären Freunde von dir.« Brynna wischte sich die Tränen vom Gesicht und kam mühsam auf die Beine. Duran machte keine Anstalten, ihr zu helfen, sondern konzentrierte seine Aufmerksamkeit ganz auf die beiden Yabos. Er hatte das Gesicht zu einer finsteren Grimasse verzogen, die seine Eckzähne deutlicher hervortreten und bedrohlicher aussehen ließ. »Ich sagte ihnen, ich hätte dich seit Monaten nicht gesehen und daß Larisa schon vor einiger Zeit aufgehört hätte, sich mit dir zu treffen. Sie dachten, ich lüge.«

Skater ging zum Kleiderschrank und entnahm ihm vier unbenutzte Kleiderbügel aus Draht. Rasch band er den beiden Männern die Hände hinter den Rücken und dann noch die Füße zusammen. Er vergewisserte sich, daß der Draht fest saß. Sie würden sich befreien können, aber nicht so bald.

»Du kannst nicht hier bleiben«, sagte Skater. Er legte Brynna sanft die Hand auf die Wange und inspizierte den Schaden. Ein paar Tage lang würde sie blaue Flecken haben, aber die Verletzungen machten keinen dauerhaften Eindruck. Ihr linkes Auge war gerötet, da ein paar Blutgefäße geplatzt waren. »Pack ein paar Sachen zusammen. Schnell. Wir wollen nicht, daß noch mehr Dreksäcke kommen und dich belästigen.«

Die Frau nickte und verließ das Zimmer.

Skater ging zu dem dunkelhäutigen Mann, hockte sich neben ihn und öffnete den Beutel, den er gefunden hatte. »Schlagt ihr oft hilflose Frauen zusammen?«

Der Bursche lag auf dem Kinn, so daß sein Lächeln schief aussah. »Nicht alle sind hilflos.«

»Ich schätze, auf lange Sicht hält sich das die Waage.« Skater streute den Inhalt des Beutels auf den Boden. »Willst du mir sagen, wer du bist, und mir die Mühe ersparen nachzusehen?«

»Ich würd's lieber sehen, wie du von 'ner wütenden Troll-Lesbe mit 'nem Dildo von der Größe deines verdammten Arms fertiggemacht wirst.«

Der Beutel enthielt ein Streichholzbriefchen aus einer Flughafenbar, Pfefferminzpastillen, ein Klappmesser, ein Päckchen einheimische Zigaretten und drei Kondome.

Skater schob alles weg bis auf eins der Kondome. Er hielt das Päckchen hoch, so daß Duran es sehen konnte. »Australische. Das gilt auch für das Preisschild. Echter Schafsdarm. Wir haben es hier mit einem verdammten Barbar zu tun. Sieht außerdem nicht besonders neu aus.«

»Ich schätze, er trägt es schon 'ne ganze Weile mit sich rum«, sagte der Ork.

»Mir ist etwas an Burschen aufgefallen, die von Berufs wegen viel auf Reisen sind«, sagte Skater. »Sie rauchen jede Marke, die sie kriegen können. Dasselbe gilt für Halspastillen und Pfefferminzdrops. Aber bei Dingen, um die sie sich wirklich Sorgen machen – sagen wir zum Beispiel eine Geschlechtskrankheit –, verlassen sie sich doch lieber auf heimische Marken. Auf eine, der sie vertrauen. Für alle Fälle.« Er schnippte das Kondom auf den Rücken des gefesselten Mannes. »Ich weiß, wo ich dich suchen muß, falls das nötig sein sollte.«

»Deinem Gequatsche nach bist du 'n zäher Brokken«, sagte der Bursche, der vor Wut rot angelaufen war. »Aber ich glaube nicht, daß ich mir deinetwegen große Sorgen machen muß. Wenn mein Kumpel und ich dich nicht finden, reißen euch die Yaks oder die Elfen in Stücke.«

»Halt's Maul«, sagte der Blaßhäutige.

Skater zog wieder seine Pistole und beugte sich ein wenig vor. Sein Interesse war außerordentlich. »Ihr seid keine Bullen. Ihr gehört nicht zur Yakuza. Und ihr gehört auch nicht zu den Elfen. Für wen arbeitet ihr dann?«

»Für den verdammten Nikolaus, Kumpel.«

»Dann seid ihr wohl hier, um einen verfrühten Weihnachtswunsch zu erfüllen.« Skater berührte den Hinterkopf des Mannes mit dem Lauf des Predator. »Ich wette, wenn ich dir ein paar Kugeln durch den Kopf jage, denkt dein Freund, daß es vielleicht gar nicht so schlecht ist, sich mit mir über Larisa Hartsinger zu unterhalten. Was meinst du? Weil du mit Sicherheit nicht mehr bei uns sein wirst, um es herauszufinden.«

Der Bursche schluckte schwer und schloß die Augen, dann öffnete er sie wieder. »Über Larisa Hartsinger weiß ich nur, daß sie tot ist und du ihr Freund warst. Die Frau, die hier wohnt, war angeblich eine ihrer Freundinnen. Möglicherweise kannte sie ja deinen Aufenthaltsort.«

»Siehst du. Es ist gar nicht so schwer zu reden. Wer

hat euch angeworben?« Als Skater die Angst sah, die der Mann ausstrahlte, den flüssigen Glanz in seinen Augen, und ihm klar wurde, daß er dafür verantwortlich war, drehte sich ihm der Magen um. Er war nur an den Streß eines Runs gewöhnt, an die Gefahr, die ihm dann im Nacken saß und ihn dazu trieb, alles Nötige zu tun, um zu überleben. Aber dann dachte er an Larisa und an die Art, wie sie gestorben war, und er ließ sich die Schwäche, die er empfand, nicht anmerken.

»Ein Bursche namens Tone«, sagte der Yabo.

Skater nickte. »Wozu?«

»Um dich zu finden. Dir aufs Dach zu steigen. Und ihn anzurufen, wenn alles erledigt war.«

»Wie solltet ihr euch mit ihm in Verbindung setzen?«

»Er hat uns eine Nummer gegeben.« Der Yabo leierte sie unaufgefordert herunter.

Skater merkte sie sich mühelos. Er nahm seine Kanone vom Hinterkopf des Mannes. »Das hast du gut gemacht. Und jetzt gebe ich euch einen guten Rat. Nehmt das nächste Suborbital und seht zu, daß ihr so weit wie möglich von Seattle wegkommt.«

Keiner der beiden Yabos sagte etwas.

Brynna kehrte in das Wohnzimmer zurück. Ihr Make-up war wieder intakt, und eine frische Schicht Puder bedeckte zumindest teilweise ihre Schrammen.

»Du siehst gut aus«, sagte Skater in dem Wissen, daß dies weder den Schmerz noch die Angst lindern würde, aber vielleicht würde sie sich dadurch trotzdem etwas besser fühlen. Er nahm ihren Arm und führte sie aus der Wohnung in die Hitze des frühen Abends, wobei er sich so zu verhalten versuchte, als hätte er alles im Griff. Duran deckte sie auf dem ganzen Weg zum Wagen.

»Larisa hat dich nicht verlassen, Jack«, sagte Brynna Rose. Sie hob ihren Cognacschwenker und nahm einen ordentlichen Schluck. »Dieser Kerl hat sie dazu gezwungen.«

Skater saß auf seinem Stuhl und spürte, wie sich seine Brust verkrampfte. Er, Duran und Brynna saßen an einem runden Tisch hinten in ›Murphy's Law‹, einer Bar, die der Ork vorgeschlagen hatte. Skater hatte noch nie eine schäbigere gesehen, aber das Dunkel darin und der Schmutz, der sich mit den Jahren darin angesammelt hatte, garantierte ihnen Anonymität im Hinblick auf all diejenigen, die jetzt auf den Straßen nach ihm Ausschau hielten.

»Aber sie hat mich verlassen«, sagte Skater. »Vor fünf Monaten.«

Brynna tätschelte seine Hand. »Er hat sie dazu gezwungen, aber ich glaube, sie hat gehofft, du würdest sie nicht in Ruhe lassen.«

»Sie sagte, sie wolle mich nicht mehr sehen«, sagte Skater, der Larisas Worte noch einmal in Gedanken hörte.

»Natürlich hat sie das gesagt. Sie mußte überzeugend sein, sonst hätte er dich bei Lone Star verpfiffen.« Brynna nickte, als sei das alles völlig klar und verständlich.

Skater holte tief Luft und ließ sie dann langsam entweichen. Es war frustrierend, einigen der Antworten, die ihm fehlten, so nah und doch nicht in der Lage zu sein, schlau daraus zu werden. »Wer ist dieser ›er‹ den du dauernd erwähnst?«

»Ein Dreksack von der Straße namens Ridge Maddock. Er ist ein Schieber, eindeutig ein kleiner Fisch, aber man sollte nicht glauben, wie er auf Larisa abgefahren ist.«

»Wie hat er es geschafft, Larisa zu zwingen, mich zu verlassen?«

»Zuerst fand er heraus, daß du ein Runner bist, dann, daß du in irgendwas verwickelt warst, das jemand namens Scharnhorn zugestoßen ist.«

Skater warf einen flüchtigen Blick auf Duran. Der Ork begegnete seinem Blick, ließ sich jedoch nicht anmerken, daß er den Namen kannte. Der Scharnhorn-Deal war vor fast zwei Jahren über die Bühne gegangen, und dabei war das Team bisher einer ausgewachsenen Katastrophe am nächsten gekommen.

»Er drohte Larisa, dich bei den Leuten, die nach dir suchten, und vielleicht auch bei Lone Star zu verpfeifen, wenn sie nicht tat, was Maddock wollte«, sagte Brynna. »Hätte sie es dir gesagt, hätte sie dich damit zwar gerettet, aber auch verloren. Das wollte sie nicht.«

»Also ließ sie sich auf den Handel ein«, sagte Duran.

Brynna nickte. »Und sie mußte dich wenigstens noch etwas länger halten, wenigstens so lange, bis die Schwangerschaft sichtbar wurde. Ich nehme an, sie hoffte, daß dann irgendwas passieren würde.«

Skater wandte sich ab und starrte durch den Zigarettenrauch in die langen Schatten, die sich vor der Front von ›Murphy's Law‹ ausbreiteten und die leeren Stellen im Sprawl ausfüllten. Die leisen Gespräche an den anderen Tischen wurden vom Klicken der Billardkugeln auf dem Pooltisch untermalt, der weiter hinten unter langen fluoreszierenden Lampen stand. Ein halbes Dutzend Menschen und Metas saßen verteilt an der Bar zu seiner Rechten.

»Wie sah dieser Handel aus?« bohrte Duran.

»Er wollte sie als Leihmutter«, sagte Brynna.

»Das ist total abgedreht«, knurrte Skater wütend, indem er sich wieder zu der Frau umdrehte. »Larisa hat nicht einmal Talentsofts benutzt, um ihre Tanzkünste zu verbessern. Auf so etwas hätte sie sich nie eingelassen.«

»Aber sie hat es getan, Jack. Sie hat es für dich getan.«

Skaters Gedanken überschlugen sich. Mit einem Gefühl der Taubheit und Desorientierung sank er auf seinen Stuhl zurück.

»Sie müßte das Baby jetzt jeden Augenblick bekommen«, sagte Brynna, indem sie ihre Hand auf Skaters legte. »Vielleicht ist es noch nicht zu spät. Wenn du zu ihr gehst...«

»Es ist zu spät«, sagte Duran mit schroffer Stimme. »Larisa ist tot.«

»Das ist unmöglich«, sagte Brynna mit schwacher Stimme. »Ich habe doch noch vor ein paar Tagen mit ihr gesprochen.«

»Sie ist gestern umgebracht worden«, sagte der Ork.

Brynna hob ihr Glas mit zitternder Hand und trank es aus. Sie wischte sich den Mund mit dem Handrücken ab und biß sich auf die Lippe, während sie Durans Worte verarbeitete. Frische Tränen glitzerten in ihren Augen. Ihre Stimme war heiser, als sie antwortete. »Wer hat sie umgebracht? Diese Kerle, die in meiner Wohnung waren?«

»Wir wissen es nicht«, sagte Duran mit uncharakteristischer Sanftheit. »Vielleicht.« Er bedeutete der Kellnerin, noch eine Runde zu bringen, was sie auch tat.

Skater hörte sich das Gespräch in dem Wissen an, daß der Ork jetzt seine Funktion als Fragesteller übernahm, weil er selbst mit seinen Gedanken im Moment nicht ganz bei der Sache war. Der Ork griff auf, was Brynna gerade gesagt hatte. »Du hast vor ein paar Tagen mit Larisa gesprochen?«

Die Frau nickte.

»Und da hat sie das Baby nicht erwähnt?«

»Nein.«

»Sie hat es vor drei Wochen geboren«, sagte Skater.

Brynna schüttelte den Kopf. »Das hätte sie mir erzählt. In letzter Zeit hat sie nur noch von dem Baby geredet. Sie konnte es kaum noch erwarten. Sie sagte, Mutter zu sein wäre ihre erste Gelegenheit, etwas richtig zu machen.«

Skater mühte sich, Distanz zum Thema des Gesprächs zu wahren. Bilder von Larisa, die schlafend und weich und kuschlig wie ein Baby im frühmorgendlichen Licht neben ihm lag, drangen ungebeten in sein Bewußtsein.

»Sie wohnte in Bellevue, als sie starb«, sagte Duran.

»Ich weiß. Sie war längst nicht so glücklich, wie ich geglaubt hatte. Drek, wir haben immer darüber geredet, wie toll es wäre, in so einer Gegend zu leben, als wir noch zusammen gewohnt haben. Maddock hat die Bude bezahlt.«

»Weil sie das Baby bekam?«

»Genau.«

»Was sollte mit dem Kind passieren?« fragte Duran.

»Ich hab sie nicht danach gefragt«, erwiderte Brynna. »Larisa hat sich auf diese Sache aus den falschen Gründen eingelassen, aber an dem kleinen Burschen hat sie wirklich gehangen. Sie fand es ganz toll, daß sie ihn in sich spüren konnte. Sie hat mir erzählt, eines Tages wäre es so gewesen, als hätte er Purzelbäume geschlagen, und sie hätte keine Ahnung gehabt, wie sie das durchstehen sollte.«

»Der kleine Bursche?« wiederholte Skater.

Brynna nickte. »Larisa wußte es nicht mit Sicherheit, aber sie hoffte, daß es ein Junge sein würde.«

Skater dachte daran, wie das zweite Schlafzimmer eingerichtet gewesen war, und an die Mädchenbettwäsche in der Wiege. Er fragte sich, wo das Baby war. Und wie viele Babys es tatsächlich gab.

»Larisa hatte vor, das Baby zu behalten?« fragte Duran.

Skater verpaßte sich im Geiste einen Tritt dafür, daß er nicht alle Aspekte beachtete, die vor ihm ausgebreitet wurden. Er nahm einen Schluck von seinem Saft und hörte aufmerksamer zu.

»Ja. Sie hatte ein Geschäft in der Mache«, sagte Brynna. »Sie hat sich ausgerechnet, daß sie genug haben würde, um sich von Maddock zu trennen und das Baby mitzunehmen, wenn es klappte. Ich hatte den Eindruck, daß Jack ihr dabei helfen sollte.«

Skater sah Duran an, und der Ork erwiderte den Blick, um ihn wissen zu lassen, daß sie einer Meinung waren. »Hat sie irgendwelche Namen erwähnt?«

»Nein. Drek, Jack, am Ende ist sie fast durchgedreht, weil sie nicht wußte, was sie machen sollte. Die Situation war total verfahren für sie. Mehr kann ich dir nicht sagen, weil ich nicht mehr weiß.« Tränen rannen ihr über die Wangen, obwohl sie dagegen ankämpfte. Sie wischte sich mit einem Ärmel über das Gesicht und schniefte.

»Hat Larisa jemals einen Burschen namens Tone erwähnt?«

»Keine Ahnung... Ich glaube nicht, aber ich bin nicht sicher. Warum, ist das wichtig?«

»Vielleicht«, sagte Skater. »Vielleicht auch nicht.« Skater griff in seine Jackentasche und zückte einen beglaubigten Kredstab mit einigen Tausend Nuyen darauf.

»Das kann ich nicht annehmen«, protestierte Brynna.

Skater drückte ihr den Kredstab in die Hand und schloß ihre Finger darum. »Doch, das kannst du. Du kannst nicht in deine Bude zurück. Und du darfst ein paar Tage lang deinen eigenen Kredstab nicht benutzen. Von irgendwas wirst du leben müssen. Ich wünschte, ich könnte dir mehr geben, aber ich bin im Moment selbst ziemlich knapp bei Kasse.«

Ihre Augen weiteten sich, als ihr klar wurde, was er sagte. »Ich kann nicht einfach weggehen und alles zurücklassen, was ich besitze.«

»Du wirst es tun«, sagte Duran schroff, »wenn du weiteratmen willst.«

»Laß mir ein paar Tage Zeit«, sagte Skater. »Bis dahin müßte sich alles wieder abgekühlt haben.« Sein Tonfall drückte mehr Zuversicht aus, als er empfand.

»Wie erfahre ich das?«

»Ruf diese Nummer an und laß mich wissen, wo du absteigst.« Skater schrieb die Nummer eines telefonischen Briefkastens, dessen er sich unter einem anderen Namen bediente, auf eine Cocktailserviette und gab sie ihr. Der Briefkasten funktionierte wie derjenige, den er bei Kestrel benutzte, und lief über einen Auftragsdienst. Sobald ein Anruf einging und ein Paßwort eingegeben wurde, fiel die Botschaft durch eine Falltür im System, wo sie darauf wartete, mit einem weiteren Paßwort wieder hervorgeholt zu werden. Er selbst trat dabei überhaupt nicht in Erscheinung. Sogar die SIN, die er bei dem Auftragsdienst gespeichert hatte, war falsch. Da er anrufen und alle Nachrichten abhören konnte, die für ihn eingegangen waren, war eine zusätzliche Schutzschicht an Sicherheit eingebaut. »Wenn du nichts von mir hörst, solltest du noch etwas länger auf Tauchstation bleiben.«

Brynna nickte, wobei sie ängstlicher aussah denn je.

»Noch etwas«, sagte Skater. »Sag mir, wo ich Ridge Maddock finden kann.«

# 17

Ich bin's«, sagte Skater, als Erzengel in ihrem Unterschlupf ans Telekom ging. »Ich habe einen Namen, den du überprüfen sollst. Ridge Maddock. Schmalspur-Schieber. Er stand mit Larisa in Verbindung und vielleicht auch mit den Mietzahlungen für die Wohnung im Montgomery.«

»Vielleicht solltest du es für eine Weile etwas ruhiger angehen lassen«, sagte Erzengel. »Etwas Abstand gewinnen.«

Die Bemerkung verwirrte Skater. Vielleicht machte sie sich Sorgen, daß er ihre Tarnung auffliegen lassen und irgendwie die Leute, die ihnen auf den Fersen waren, zum Team führen konnte. Aber einen Moment lang klang es so, als mache sie sich auch Sorgen um ihn. »Es geht mir gut. Und Duran ist da, um dafür zu sorgen, daß ich keine allzu großen Böcke schieße.«

Sie sagte nichts.

»Hast du irgendwas über die diplomatischen Kennzeichen rausgefunden?« fragte er. Er rechnete zwar nicht damit, aber danach zu fragen war eine Möglichkeit, das angespannte Schweigen zu beenden. Skater waren die offiziellen Fahrzeuge aufgefallen, als er sich die Live-Übertragung vor dem Lagerhaus angesehen hatte, und eine Überprüfung mochte sich lohnen.

»Nein.« Ihre Stimme klang kühl und distanziert, als habe das alles nichts mit ihr zu tun. »Um diese Dateien schwirren eine Menge ICs herum, und bei einem Einbruch in irgendwas Politisches laufe ich Gefahr, mir das Hirn grillen zu lassen.«

»Sei vorsichtig.«

»Im Gegensatz zu dir weiß ich, wann ich aufhören muß, egal wie verantwortlich ich mich fühle.« Die Verbindung wurde unterbrochen.

Verwirrt und mehr als nur ein wenig gereizt ob der Unterhaltung, obwohl er nicht wußte, warum, hängte Skater ein und ging zu dem Eurowind zurück. »Sie fühlt Maddock auf den Zahn.«

Duran nickte, warf einen Blick in den Rückspiegel und fädelte sich mit quietschenden Reifen in den Verkehr ein. »Stimmt irgendwas nicht?«

»Nicht, daß ich wüßte«, erwiderte Skater, der die Straße beobachtete. Ein Streifenwagen von Lone Star fuhr in Gegenrichtung an ihnen vorbei, und zwar so schnell, daß Skater wußte, die Blauen hatten ein ganz bestimmtes Ziel. »Wir sitzen nicht tiefer im Drek als zuvor, aber Erzengel hörte sich irgendwie komisch an.«

Duran bog in die Vine Street und fuhr nach Norden. »Was hat sie gesagt?«

Skater erzählte es ihm.

»Es ist schwer für sie«, sagte Duran, als er geendet hatte.

»Was?«

»Bindungen.«

»Zwischen uns?«

»Zwischen ihr und allen anderen«, antwortete der Ork. »Ich weiß nicht viel über Erzengel, auch nicht ihren richtigen Namen, obwohl ich sie länger kenne als du. Aber was ich weiß, ist, daß ich sie noch nie mit einem Freund gesehen habe. Ich kann mich nicht mal erinnern, daß sie je einen erwähnt hat.«

Erzengel war es gewesen, die ihn mit Duran bekannt machte, nachdem sie drei oder vier Monate mit Skater zusammengearbeitet hatte. Elvis war bereits bei Skater gewesen, und er hatte Wheeler eingebracht. Skater hatte Cullen Trey aus einer ganzen Reihe von Anwärtern ausgewählt, als offensichtlich geworden war, daß sie einen Magier mit Gefechtstalenten brauchten. Duran hatte Shiva vorgeschlagen, um das Team mit verchromten Muskeln abzurunden.

»Was ihr auch auf dem Weg hierher zugestoßen ist«, fuhr Duran fort, »sie läßt niemanden an sich ran.«

»Das ist mir auch aufgefallen«, sagte Skater.

»Im Moment«, sagte der Ork, »hat sie Angst. Sie ist uns nähergekommen, als sie geplant hatte.« Er hielt inne. »Ich glaube, wir alle sind uns nähergekommen. Andernfalls hätten wir uns getrennt, als wir sagten, wir würden es tun. Auf den ersten Blick war es die beste Option.«

»Warum habt ihr es dann nicht getan?«

»Ich wußte noch nicht, woran ich mit dir war«, sagte Duran. »Wir diskutierten darüber. Elvis hatte bereits gesagt, er würde dich nicht im Stich lassen.«

»Das wußte ich nicht.«

»Wheeler hat in der letzten Nacht ebenfalls zu dir gehalten, als wir darüber redeten, wie wir die Kopien aufteilen. Und Trey gehört nicht zu der Sorte von Leuten, die einen Chummer im Drek sitzen lassen, wenn er ihm helfen kann. Und Erzengel, tja, die hatte eigene Gründe, warum sie geblieben ist.«

Skater ließ die Worte des Orks auf sich einwirken und versuchte sich mit ihnen vertraut zu machen. Er mußte daran denken, wie allein er sich in der vergangenen Nacht gefühlt hatte, als das Team ihn im Hinterzimmer des ›Bloody Rosebud of Phelia‹ allein gelassen hatte.

Duran blieb vor einer roten Ampel stehen. »Du hast ein gutes Team zusammengestellt«, sagte er, während er den Rückspiegel studierte. »Das ist schon für sich genommen eine Leistung. Wenn das hier ein Privatunternehmen wäre und du dir ganz allein die Finger verbrannt hättest, wollte vielleicht keiner von uns darin verwickelt werden. Aber es ist keines. Du hast dich in dieses Unternehmen gestürzt, weil du gedacht hast, wir würden alle mächtig dabei absahnen, und dann hast du was auf die Finger gekriegt.«

»Das haben wir alle«, stellte Skater fest.

»Ja, aber jetzt hat es den Anschein, als wäre einiges davon persönlich. Jemand hat dich benutzt und uns gleich mit.« Der Ork wechselte die Fahrbahn und begnügte sich mit gemächlichen zehn Kilometern Überschreitung der erlaubten Höchstgeschwindigkeit. Seine Hauer glänzten vor seinen vernarbten Wangen wie Elfenbein. »Da draußen hängt ein verdammt großer Hammer, der nur darauf wartet, auf jemanden niederzusausen. Selbst wenn wir davor wegliefen, würden wir wahrscheinlich verfolgt und einzeln gegeekt. Da wir das nicht wissen, liegt eine gewisse Sicherheit in der Menge. Könnte sein, daß man damit gerechnet hat, das Team würde sich trennen und dadurch leichter zu geeken sein. Die meisten hätten das getan.«

»Ich weiß.«

»Wir laufen gemeinsam durch die Schatten«, sagte Duran. »Das macht uns noch nicht zu Busenfreunden, aber wir haben eine Verantwortung füreinander. Ein Anführer setzt in dieser Beziehung die Maßstäbe, Jack, und du hast in den letzten drei Jahren sehr hohe gesetzt.«

Skater wollte widersprechen, da er sich unbehaglich fühlte, doch Duran fiel ihm ins Wort.

»Ohne Drek. Als Erzengel mich für diesen ersten Job mit dir verpflichtet hat, hab' ich einen jugendlichen Punk an einem Platz gesehen, den ein Mann hätte einnehmen sollen. Ich hatte schon mit Erzengel gearbeitet und konnte nicht glauben, daß sie sich mit jemandem wie dir abgab, geschweige denn dich als Anführer bei einem Run akzeptierte. Ich hatte nie die Absicht zu bleiben, aber am Ende hast du mich mit deinem Grips und deinen guten Nerven überzeugt.«

»Ich war überrascht, daß du geblieben bist«, sagte Skater, der sich noch gut an die Spannungen erinnerte, die es damals gegeben hatte.

»Ich auch. Aber der Run lief so ab, wie du es dir gedacht hattest. Und vier Runs später war es noch genauso. Als Trey dann bei dieser Geschichte mit dem SimPorno-Erpressungsschwindel von der Drone erwischt wurde und du umkehrtest, um ihn zu holen, wußte ich, daß du ein Bursche bist, der auch dann niemanden im Stich läßt, wenn es hart auf hart geht.«

»Ich konnte ihn unmöglich da liegen lassen.«

»Sicher konntest du.« Duran bog um die Ecke und kam gerade noch bei Gelb über die nächste Kreuzung. »Viele hätten es getan. Ich habe es selbst ein paarmal miterlebt. Ich respektiere, wie du das gehandhabt hast, und das gilt auch für die anderen.«

»Das war nicht die einzige Situation, in der es eng war«, stellte Skater fest. »Jeder in diesem Team hat schon einem anderen die Haut gerettet, wenn es kritisch wurde.«

Duran nickte. »Keiner von uns ist nur gut oder schlecht, aber nicht alle können geschäftlich miteinander umgehen, ohne sich aneinander wund zu reiben. Du hast verschiedentlich einige von uns davon abgehalten sich gegenseitig an die Kehle zu gehen, und aus dem Team eine funktionierende Einheit gemacht. Shiva und ich, wir waren uns nicht gerade grün, aber du hast dafür gesorgt, daß wir miteinander arbeiten konnten.«

Das war noch milde ausgedrückt, aber Skater verkniff sich eine Bemerkung.

»Ich konnte mir nicht vorstellen, daß wir je auf privater Ebene zusammenkommen würden«, sagte der Ork. »Aber die Arbeitsbeziehung war gut. Besser als die meisten, die ich bisher gehabt habe. Wir leben in den Schatten, und das Leben ist auch nur ein Lauf durch die Schatten. Manchmal ist es sehr leicht, das zu vergessen. Und wenn man durch diese Schatten läuft, ist es gut zu wissen, daß man jemanden hat, dem man zutraut, daß er einem den Rücken freihält.«

»Letzte Nacht hast du nicht so vertrauensvoll geklungen«, sagte Skater, indem er Duran ansah.

Der Ork lächelte, was ihm einen eindeutig raubtierhaften Ausdruck verlieh. »Du wirst nervig, Junge.«

»Ja.«

»Das meinte ich, als ich von einem guten Anführer sprach. Warum fragst du mich das?«

»Damit ich Bescheid weiß«, antwortete Skater.

»Und damit du weißt, wie ich denke?«

»Man muß wissen, wie du denkst«, sagte Skater.

»Genau. Bringt mich dazu, über mich nachzudenken. Rückt die Frage in den Hintergrund, ob ich dir trauen sollte, und das Entscheidende in den Vordergrund – ob ich mir selbst trauen sollte.«

»Etwas in der Art.«

»Wo hast du gelernt, so zu denken?«

»Nirgendwo. Ich mußte mir einen Haufen Drek selbst zusammenreimen. Die beste Möglichkeit, das zu erreichen, bestand für mich darin, mit Sicherheit zu wissen, was in mir vorging, wie ich über eine Person oder Situation dachte.«

Duran schüttelte den Kopf. »Du hättest einen höllisch guten First Sergeant abgegeben, Junge. Und um deine Frage zu beantworten: Letzte Nacht habe ich mehr deine Loyalität angezweifelt und nicht, daß ich dir trauen kann. Heute bin ich mir darüber klargeworden.«

Skater nickte. Das war fair.

»Noch etwas.«

»Was?«

»Diese Elfentänzerin, mit der du zusammen warst. Was empfindest du jetzt für sie?«

Skater schwieg einen Augenblick und versuchte sich darüber klar zu werden, was ihm jedoch nicht gelang. »Keine Ahnung. Ich habe zu viel herausgefunden, was ich noch nicht wußte, und zu viele Fragen in bezug auf Dinge, von denen ich dachte, ich wüßte sie.«

»Wie wär's, wenn ich dir ein bißchen was zum Nachdenken gebe?«

Skater zögerte. Er hatte immer gern für sich selbst gedacht, aber dann wurde ihm klar, daß dies wahrscheinlich genau das war, worauf Duran die ganze Zeit hinausgewollt hatte. Der Ork war auch nicht gerade auf den Kopf gefallen. »Okay.«

»Du hast dieser Frau vertraut, sie vielleicht sogar geliebt. Oberflächlich betrachtet, sieht es so aus, als hätte sie dich abgezogen, um ihre eigene Haut zu retten.«

Skater schwieg und distanzierte sich von den Gefühlen, die plötzlich in ihm aufwallten.

»Ich gehe die Sache für dich durch, und du kannst daraus machen, was du willst. Ich weiß nicht viel über deinen Umgang mit Frauen, aber ich habe dich mit Erzengel gesehen, und du überschreitest keine Grenzen. Ich sehe diese Frau vor mir, sie liebt dich so sehr, daß sie versucht, dich zu retten, als dieser Maddock aufkreuzt. Sie gerät immer tiefer hinein und wird eine Leihmutter, weil Maddock das von ihr verlangt. Also tut sie es und verliert alles: dich, ihren Job, ihre Unabhängigkeit. Deshalb wohnt sie in Bellevue. Richtig?«

Skater nickte. Er erinnerte sich an die brennende Wohnung im Montgomery. Er hatte dort nicht viel von der Larisa gesehen, die er gekannt hatte. Plötzlich wurde ihm klar, daß das nicht daran lag, daß sie sich verändert hatte, sondern daran, daß nicht *sie* dort gewohnt hatte. Eine Gefangene hatte dort gewohnt.

»Maddock hatte offenbar eine Menge in dieses Geschäft investiert, was es auch gewesen sein mag«, fuhr Duran fort. »Larisa sieht sich alles ganz genau an. Maddock hat sie in der Hand, und sie kann sich drehen und wenden, wie sie will, sie sitzt im Drek. Vielleicht ist sie in dieser Zeit sauer auf dich, aber nicht so sauer, daß sie dich einfach abziehen würde. Manche Schnallen würden. Aber du bist ein guter Menschenkenner, nicht wahr? Ist sie dir so vorgekommen?«

»Nein«, sagte Skater, der spürte, wie aus der Überzeugung Gewißheit wurde. Es hatte andere Frauen vor Larisa gegeben, und es hatte ihn nie überrascht, wenn sie ihn betrogen hatten.

»Sie sitzt in der Falle und weiß nicht, was sie tun soll. Mittlerweile hat sie sich gut umgesehen. Du hast nicht die Tür eingetreten, um sie in ihrer alten Wohnung zu besuchen, also weiß sie, daß du dein Wort hältst, dich von ihr fernzuhalten. Wahrscheinlich hat sie das sowieso gewußt. Nur wirkt sich das diesmal nachteilig für sie aus.«

Das Bild von Larisas karamelisiertem Gesicht zog an Skaters geistigem Auge vorbei, begleitet von einem tiefsitzenden, stechenden Schmerz.

»Sie sieht sich gut um«, sagte der Ork. »Sie sieht dich, einen Shadowrunner. Kann sie dich retten? Kann sie dich dazu bringen, daß du dich aus der Action raushältst?«

Skater erinnerte sich an die wenigen Streite, die er mit Larisa gehabt hatte. Sie hatte gewollt, daß er die Schatten verließ, sogar damit gedroht, ihn zu verlassen, wenn er es nicht tat. Aber dazu war sie nicht in der Lage gewesen. Jedenfalls nicht bis vor fünf Monaten. »Nein«, sagte er mit angespannter Stimme.

»Nein«, wiederholte Duran mit Nachdruck. »Weil du nicht die Finger davon lassen kannst. Du hängst zu sehr an den Nuyen, am Lebensstil und an dem Kick, den ein Run mit sich bringt.«

Als er an seine karibischen Konten dachte, die ihm gesperrt worden waren, wußte Skater, daß es nichts von alledem war. Er war dem Lockruf der Sicherheit gefolgt, der Vorstellung eines Tages genug zu haben, um einfach zu verschwinden. Larisa hatte immer gesagt, das würde nie geschehen, weil er nie wissen würde, wann er genug hatte.

»Könnte sein, daß sie das eine Weile ignoriert hat«, sagte Duran. »Dann kommt Maddock mit seiner Erpressung. Sie geht auf den Handel ein in der Hoffnung, Zeit zu gewinnen. Das hat uns Brynna erzählt. Nur ist Zeit alles, was sie gewinnt, und plötzlich wird ihr klar, daß auch die knapp wird. Aber in diesen letzten fünf Monaten kommt ihr der Gedanke, daß sie vielleicht doch jemanden retten kann.«

»Das Baby.«

Duran nickte. »Das glaube ich. Als ihr also die Information über die *Sapphire Seahawk* in die Hände fällt, setzt sie sich mit dir in Verbindung. Wenn alles gut läuft, hat sie einen Ausweg für ihr Baby, und möglicherweise sieht sie jetzt sogar für sich selbst einen.«

»Warum hat sie mich nicht einfach angerufen?« fragte Skater. »Ich hätte sie von dort wegholen können.«

»Warum hätte sie das Risiko eingehen sollen, alles zu verlieren?« Duran schüttelte den Kopf. »Sie hatte keinen Grund zu glauben, daß du dein Geschäft aufgeben würdest. Schließlich hatte sie dich schon zuvor darum gebeten, und du hattest immer nein gesagt. Ich glaube, sie hatte eigene Pläne und wartete nur auf die Finanzierung. Sie konnte verschwinden. Und wenn alles gut lief, hättest du immer noch die Möglichkeit gehabt, alles zu tun, was du wolltest, und sie hätte sich ihren eigenen Ausweg geschaffen.«

Skater klopfte das von Duran entworfene Szenario auf Fehler ab. Es paßte zu dem, was er über Larisa wußte. Sie hatte einen heftigen Drang nach Unabhängigkeit gehabt.

Duran schwieg eine Weile. »Ich glaube, du warst eine Zeitlang mit einem Traum von einer Frau zusammen, und daß sie dich ganz tief drinnen, da, wo es zählt, geliebt hat. Außerdem glaube ich, daß du das wußtest und dir das eine Heidenangst eingejagt hat. Wenn du dir also diese Geschichte durch den Kopf gehen läßt, schau unter die Oberfläche.«

»Das tue ich die ganze Zeit. Es ist mir nur noch nicht gelungen, dort noch etwas anderes zu finden.«

»Wir werden mit Maddock reden«, erwiderte der Ork, »und sehen, wohin uns das führt. Sobald wir diese Geschichte mit der *Sapphire Seahawk* geklärt haben, kannst du herausfinden, wer sie umgelegt hat und warum.« Duran sah ihn an. »Aus Achtung vor der Dame würde ich dir dabei gerne helfen.« Er hielt Skater eine Faust hin.

Nach einem kurzen Augenblick des Zögerns ballte Skater seinerseits die Faust und drückte sie auf die des Orks. Er wußte, daß dies kein leichtfertiges Angebot war. Er wußte außerdem, daß sowohl das Angebot als auch sein Eingehen darauf einen Preis hatte. Er überschritt bei weitem die Grenzen, die er sich hinsichtlich der Beziehungen zu den anderen Teammitgliedern gesetzt hatte, und das machte ihm eine Heidenangst. »Ich weiß das zu schätzen«, sagte er, weil es den Preis wert war.

»Ich hab' ihn«, sagte Duran.

Ohne sich zu schnell zu bewegen, wandte Skater sich von der langen Bar ab und musterte die wogende Menschenmenge, die eine der riesigen Tanzflächen aus Glas in ›Dante's Inferno‹ ausfüllte. Die pulsierenden Lichter und zuckenden Laser machten seinen Lichtverstärker unbrauchbar, und wegen des Hämmerns des Shag Metals, der aus Dutzenden von Lautsprechern dröhnte, verboten sich Subdermale von selbst. Das Thema der Band war das Nachleben, aber nur ein widerliches Nachleben, das durch arkane Mittel erreicht wurde. Als verwesende Leichen und sich windende Maden verkleidet, hielten sie die Bühne in der dritten Ebene besetzt.

Skater und Duran hatten die untersten drei der neun Tanzflächen – die Hölle nicht eingeschlossen – in Augenschein genommen. Sie hatten sechs Kellnerinnen, zwei auf jeder Ebene, bezahlt, um sie wissen zu lassen, wenn Ridge Maddock aufkreuzte. Sophie, die an der Cocktailbar in der zweiten Ebene arbeitete, kam zu ihnen. Sie war groß und wohlgeformt, und auf ihrer linken Wange prangte die Tätowierung eines flammenden Engels.

»Maddock ist da«, sagte sie. »Kommt mit, dann zeige ich ihn euch.«

Duran überwies ihr den Finderlohn auf ihren Kredstab, dann ging er mit ihr. Skater folgte ihnen in kurzem Abstand.

Auf der zweiten Ebene angekommen, trennten sich Skater und Duran, hielten jedoch Sichtkontakt miteinander, während sie sich im Kielwasser der Kellnerin durch die Trauben der Tänzer und Gäste drängten. ›Dante's Inferno‹ gehörte zu den beliebtesten Nachtclubs im Sprawl, und – wenn man überhaupt hineinkam – gewöhnlich gab es nur Stehplätze, sogar um neun Uhr abends.

Ridge Maddock hatte Anspruch auf einen kleinen Tisch ganz für sich allein in der Ecke eines L-förmigen Blumenkastens mit einem wild wuchernden Dschungel gentechnisch behandelter Blumen und Pflanzen. Neonglänzende Pseudojuwelen glitzerten inmitten der Gewächse.

Er war hochgewachsen, über zwei Meter groß. Seine breiten Schultern und der Schnitt seiner Jacke verbargen den größten Teil seines Schmerbauchs. Er trug das Haar zu einem strengen Pferdeschwanz im Nacken zusammengebunden, und in seine blasse Haut war ein schwarzroter Drache eintätowiert, der sich von unterhalb des linken Ohrs über die Wange zog. Kopf und Vorderbeine endeten über der Augenbraue. In beiden Ohrläppchen funkelten geschliffene grüne Edelsteine.

»Er ist bewaffnet«, sagte Skater, dem die Ausbuchtung unter Maddocks rechtem Arm auffiel. »Er ist Linkshänder.«

»Ich sehe es«, antwortete Duran. »Siehst du irgendeine Begleitung?«

Skater musterte die Menge. »Die Begleitung kommt gerade«, sagte er und machte Duran dann auf die Frau aufmerksam, die sich Maddock näherte.

Sie war eine Elfe, aber aus einer orientalischen Kaste. Ihre gerötete Haut war makellos, und eine Menge davon war sichtbar. Ihr flaschengrünes Kleid hatte zwar lange Ärmel, endete aber ein gutes Stück oberhalb der Mitte ihrer Oberschenkel.

»Vergnügen«, fragte Duran, »oder Geschäft?«

Ohne Vorrede setzte sich die Frau an Maddocks Tisch. Sie schlug die Beine übereinander, wobei sie dem Schieber eine bemerkenswerte Menge Oberschenkel zeigte. Er gab sich keine Mühe, Desinteresse an dem Anblick zu heucheln, der sich ihm bot. Sie schüttelte eine lange, dünne braune Zigarette aus einem Päckchen, und er zündete sie ihr an und unterhielt sie mit beiläufigem Geplauder, bis ihr Drink eintraf. Dann bedankte sie sich bei Maddock und trank ohne jede Zurückhaltung.

»Geschäft«, erwiderte Skater. »Schleimige Dreksäcke wie Maddock gehören nicht zu der Sorte, auf die eine Frau wie sie reinfallen würde.«

Durans Grinsen war ohne jeden Humor. »Junge, du weißt nicht, wie diese Schnalle ist.«

»Meine Objektivität ist ein wenig getrübt«, sagte Skater. »Ich mag diesen Kerl nicht.«

»Verständlich, aber nicht sehr professionell.« Duran blieb neben der Bar stehen, und zwar so dicht bei der Traube von Leuten, die dort warteten, um Drinks zu bestellen, daß es so aussah, als stünden sie ebenfalls an. »Die Frage ist jetzt, sollen wir einschreiten oder warten?«

Skater beobachtete den Schieber, der glattzüngig mit der Frau redete, als hielte er alle Asse in der Hand. Er fragte sich, ob Larisa Maddock hier vor einem Jahr genauso kennengelernt hatte und gezwungen gewesen war, sich den Handel anzuhören, den er ihr vorschlug.

Duran hatte eine kleine Ares Squirt bei sich, die mit einem Gamma-Skopolamin-Beruhigungsgel geladen war. Das Gel wirkte extrem schnell und würde Maddock im Zeitraum zwischen zwei Herzschlägen ausschalten. Sie hatten nicht vor, sich hier mit ihm zu unterhalten.

Skater ging voran, da er glaubte, falls Maddock ihn kannte, würde sein Anblick ihn ablenken, so daß Duran Zeit hatte, seinen Schuß abzugeben.

Statt dessen erhob sich die Frau und wartete darauf, daß Maddock ihren Arm nahm.

Skater änderte sofort die Richtung und zog sich aus dem dichtesten Gedränge zurück. Ein Blick zeigte ihm, daß Duran dicht hinter ihm war.

»Ärger«, knurrte der Ork.

Skater hatte die drei Japaner bereits gesehen, die von ihrem geraden Weg abgewichen waren und sich jetzt Maddock und der Frau näherten. Sie trugen schwarze Vashon-Island-Anzüge und trotz der Düsternis im Inferno dunkle Sonnenbrillen. Die Lippen des Anführers hatten sich zu einem dünnen Lächeln verzogen.

»Maddock«, rief der Anführer des Trios gutgelaunt. Seine rechte Hand war unter seiner Jacke verborgen.

Der Schieber fuhr herum, und das Lächeln, mit dem er die Frau bedacht hatte, wich rasch von seinem Gesicht. »Was wollen Sie?«

»Mein Oyabun wäre Ihnen dankbar, wenn Sie ein paar Augenblicke Ihrer Zeit für ihn erübrigen könnten.« Der führende Japaner blieb ein paar Meter vor Maddock stehen. Seine Hand war immer noch unter der Jacke und nicht zu sehen. Die anderen beiden Männer blieben ein wenig zurück und flankierten ihn.

Die Elfe neben Maddock bewegte sich mit der flüssigen Eleganz von jemandem, der entweder außergewöhnliche Reflexe besaß oder bis an die Zähne verdrahtet war. Sie trat hinter den Schieber und packte ihn am Kragen, während sich die Aufzugtüren mit einem *ping* öffneten.

»Drek«, sagte Duran leise, aber mit aufrichtiger Inbrunst.

Skater zog seinen Predator, ließ den Arm jedoch herunterhängen, so daß die Waffe nicht zu sehen war.

»Raus aus der verdammten Kabine«, befahl die Frau den Leuten in dem Magnetaufzug. Sie gestikulierte mit einer Kanone, und die Leute gehorchten mit bemerkenswertem Eifer. Maddock versuchte sich wegzudrehen, doch die Frau rammte ihm den Lauf ihrer Tiffani Self-Defender gegen die Schläfe. »Nicht so schnell, Spatzenhirn. Wir zwei verschwinden jetzt von hier.« Sie zerrte ihn in den Aufzug.

Die Menge in der näheren Umgebung des Aufzugs wich plötzlich zurück und drängte in Richtung Tanzfläche. Ein paar Schreie ertönten, als einige Frauen plötzlich erkannten, daß sie zur falschen Zeit am falschen Ort waren.

Skater, der spürte, daß es jeden Augenblick zu einem Ausbruch von Gewalttätigkeiten kommen würde, trat einen Schritt vor und sah, wie der Anführer der Yaks aktiv wurde.

Im Zeitraum eines Augenzwinkerns hatte der Yak eine Scorpion Maschinenpistole gezückt. Er bellte seinen beiden Begleitern Befehle zu, während er einen Feuerstoß in die Wand neben der Tür des Aufzugs jagte.

Skater richtete seine Waffe auf das Knie des Anführers. Ob das Knie verchromt oder durch eine Kevlargefütterte Hose geschützt war, die Kugel würde genug Aufprallwucht entwickeln, um den Mann von den Beinen zu holen. Er wollte Maddock lebendig, auch wenn die Yaks dies nicht wollten.

Offenbar empfand die Elfe genauso, weil sie alle

vier Schüsse aus der Self-Defender auf das Gesicht des Yaks abgab, während Skaters Kugel den Toten am Knie traf und aus dem Gleichgewicht warf.

Die verbliebenen zwei Yaks fuhren zu Skater und Duran herum, während sich die Aufzugtür schloß und ihnen die Sicherheitsteams des Inferno auf den Pelz rückten.

# 18

»Weg mit den verdammten Kanonen!« rief einer der Wachmänner des Inferno. Er dokumentierte die Alternative, indem er seine eigene Waffe hob.

Skater ignorierte den Befehl. Sich an dieser Stelle schnappen zu lassen stand nicht zur Debatte.

Die überlebenden Yaks mußten genauso empfinden, weil einer von ihnen seine Pistole auf Skater und Duran richtete, während der andere ein halbes Magazin auf das Sicherheitsteam des Nachtclubs abfeuerte.

Durch Adrenalin und Reflexbooster zusätzlich beschleunigt, warf Skater sich über die niedrige Begrenzungsmauer mit den Pflanzenkästen. Er hoffte, die Mauer würde die Kugeln abhalten. Hinter der Mauer ging er mit dem Rücken zu ihr in die Hocke und hielt die Pistole mit beiden Händen weit ausgestreckt vor sich.

»Junge«, rief Duran. »Bist du noch heil?«

Skater lugte um die Mauer und sah den Ork hinter einem umgestürzten Tisch hocken. »Ja.«

Die Schießerei nahm rasch an Heftigkeit zu. Die Sicherheitsteams waren vorübergehend im Vorteil, aber auf der Tanzfläche waren noch mehr Yaks, die aus jeder Deckung schossen, die sie finden konnten, und die Sicherheit zurückdrängten.

Skater war klar, daß Maddock sich mit jeder verstreichenden Sekunde weiter von ihnen entfernte. »Die Treppe?« rief er Duran zu.

Der Ork nickte. »Auf dein Kommando, Chummer.«

»Los!« Skater stürzte hinter seiner Deckung hervor und weg von dem Feuergefecht. Kugeln pfiffen vor und hinter ihm durch die Luft. Er zögerte keinen Augenblick. Eine Kugel erwischte ihn hoch an der linken Schulter, wurde jedoch von der Kevlar-gefütterten

Bomber-Jacke aufgehalten. Der Aufprall brachte ihn aus dem Gleichgewicht, aber es gelang ihm, durch die Tür zu stolpern, durch die einen Augenblick zuvor Duran gestürzt war.

Das gewundene Labyrinth der nach oben und unten führenden Treppen war nur matt beleuchtet. Ein Sicherheitsmann in Inferno-Farben kam die Treppe von der zweiten Ebene herauf. Bevor der Mann seine Pistole heben konnte, schoß Duran aus nächster Nähe mit der Squirt.

Die DMSO-Gel-Kugel traf den Mann ins Gesicht, breitete sich sichtbar aus und entfaltete augenblicklich ihre Wirkung.

Skater hielt sich am Geländer fest, als er an dem zu Boden gehenden Wachmann vorbei und die Treppe herunter raste. Duran prallte vor ihm gegen die Wand, stieß sich ab und lief weiter. Skater packte das Geländer und flankte darüber hinweg, obwohl er wußte, daß er einen gebrochenen oder verstauchten Knöchel riskierte, und landete auf halber Höhe der nächsten Treppe. Er folgte Duran, als dieser durch die Tür im untersten Stock platzte.

Der Flur war leer, doch zwanzig Meter weiter, wo der Haupteingang war, reckten sich Hälse. Niemand schien darauf erpicht zu sein, sie aufzuhalten.

Skater warf einen Blick auf die Leuchtanzeige über der Fahrstuhltür. »Der Fahrstuhl ist unten.«

»Es gibt nur einen Weg, das rauszufinden.« Mit einer blitzschnellen Bewegung zog Duran ein Gefechtsmesser mit breiter Klinge aus dem Ärmel. Das Metall blitzte auf, als er es bis zum Heft zwischen die Fahrstuhltüren rammte und dann als Hebel einsetzte.

Die Türen teilten sich ein paar Zentimeter, weit genug für Skater, um die Finger hineinzuzwängen und die beiden Türen auseinanderzuschieben.

Maddock hing an einem dünnen Draht, der ihm unter dem Kinn so tief ins Fleisch schnitt, daß dünne

Blutfäden seinen Hals hinunterliefen und sein Hemd befleckten. Seine Arme hingen schlaff herab, die Füße fünfzig Zentimeter über dem Boden. Der rostfreie Stahl im Innern des Aufzugs war rot bespritzt.

Skater betrat die Kabine und benutzte seine freie Hand, die Beine und beide Ellbogen, um Kopf und Schultern durch die Notausstiegsluke in der Decke der Kabine zu zwängen. Zwei Etagen über sich sah er die Elfe durch eine Doppeltür schweben, von ihrer oder jemand anderes Kraft in der Luft gehalten. Der Shadowrunner schaltete seinen Lichtverstärker ein und nahm drei weitere Gestalten wahr, die der Frau bei ihrer Flucht halfen. Eine der Gestalten war der Elf, der das Team angeführt hatte, das Skater aus dem Lone-Star-Gebäude entführt hatte.

Der Elf bemerkte Skater und bewegte sich so schnell, daß Skater kaum noch rechtzeitig reagieren konnte, indem er eine Schrotflinte anlegte und sofort schoß.

Skater ließ seinen Halt los und fiel durch die Luke in die Kabine zurück. Die Schrotkugeln prallten vom Dach der Kabine ab wie ein Hagelschauer, um dann etwas leiser gegen die Wände des Fahrstuhlschachts zu prasseln.

»Sie hat ein Team zur Rückendeckung dabei«, sagte Skater, als er sich erhob. »Unmöglich, sie jetzt noch zu schnappen.«

»Wir können uns gegen die Übermacht nicht halten«, stellte Duran fest. »Und ich bin noch zwei Schuß vom Ende der Fahnenstange entfernt. Aber trotz allem habe ich nicht vor, mich zu ergeben.«

Mit der Pistole in der einen Hand durchsuchte Skater mit der anderen Maddocks Kleidung. Er fand nichts. Offenbar hatte die Frau bekommen, was sie gesucht hatte.

Ein Blick zurück in den Flur zeigte, daß ihnen die Rückzugsmöglichkeiten von den Inferno-Sicherheitsteams abgeschnitten worden waren. Duran setzte mit der letzten Gel-Kugel aus der Squirt einen weiteren Mann außer Gefecht, dann zückte er seine schwere Remington-Pistole.

»In den Fahrstuhl«, sagte Skater zu dem Ork. Er gab drei Schüsse ab und durchlöcherte den Feuerlöscher neben einer Gruppe von Männern rechts von ihnen. Aus den Löchern im Feuerlöscher spritzten Wasserstrahlen und schufen einen regenbogenfarbenen Nebel im Flur, der den Sicherheitsteams die Sicht und die Annäherung an den Fahrstuhl erschwerte.

Einen Moment lang durchlöcherte das Feuer der Wachmänner die Wände neben den Fahrstuhltüren.

»Junge, ich kann nur hoffen, du hast einen Plan.« Duran bezog auf der Skater gegenüberliegenden Seite der Fahrstuhltür Stellung und gab ein paar Schüsse in den Flur ab. In der Enge der Metallkabine waren die Detonationen ohrenbetäubend. »Unsere Fluchtmöglichkeiten sind so beschränkt wie der Speiseplan eines inzestuösen Kannibalen.«

»Schlimmer«, sagte Skater. »Ein inzestuöser Kannibale weiß wenigstens, woher seine nächste Mahlzeit kommt.«

Duran bedachte ihn mit einem schiefen Blick.

»Gib mir Deckung«, sagte Skater.

»Noch so ein dämlicher Witz«, warnte Duran, »und ich geeke dich eigenhändig.«

Skater machte einen Schritt nach draußen und gab drei Schüsse auf die Etagenanzeige des Fahrstuhls ab. Das Plastiglaspaneel barst, dann stieg eine kleine Rauchwolke auf, und nach einem Funkenregen leckten winzige Flammen zur Decke. Er zog sich wieder in die Kabine zurück, einen Herzschlag vor dem Kugelhagel, der in die Türen schlug. Er drückte auf den Knopf für das unterste Kellergeschoß.

Die Türen schlossen sich mit metallischem Knirschen und protestierendem Kreischen. Weitere Kugeln prallten gegen den rostfreien Stahl und jaulten als Querschläger über seinen und Durans Kopf, bevor sich die Türen endgültig schlossen. Der Fahrstuhl setzte sich augenblicklich in Bewegung, und bei dem Gefühl der Schwerelosigkeit drehte sich Skater der Magen um.

»Abwärts?« knurrte Duran. »Abwärts heißt, wir tragen 'ne Zwangsjacke aus Plastibeton und haben das Gebäude auf den Schultern.«

Der Aufzug kam mit einem Ruck zum Stillstand, der das wirbelnde Gefühl in Skaters Magen Lügen strafte. Er ging voran, als sich die Türen öffneten, und folgte dem Predator auf den Flur. In beiden Richtungen war niemand zu sehen. Je näher man der Hölle kam, desto weniger Leute waren in der Nähe.

»Diese Etage ist mit einer Tiefgarage verbunden«, sagte Skater, der sich vergegenwärtigte, was er über das Gebäude erfahren hatte. Matte Sicherheitslampen zeichneten graue Streifen von Helligkeit auf den Boden. Während der Ork sich ans Telekom gehängt hatte, um ihnen eine Einladung in den Nachtclub zu verschaffen, hatte Skater den kleinen Computer des Eurowind benutzt, um ein paar von Erzengel zur Verfügung gestellte Pläne des Gebäudes herabzuladen, mit deren Hilfe er ein paar Fluchtwege für den Fall eines hastigen Rückzugs ausgeknobelt hatte. Er zählte Türen und öffnete dann eine.

»Sie werden die Tiefgarage abgeriegelt haben und überwachen lassen«, sagte Duran.

»Wir verschwinden nicht durch die Ausfahrt«, sagte Skater, als sie die Parkebene betraten.

»Mittlerweile wird uns die Sicherheit gefunden haben«, sagte Duran, indem er auf die Linse einer Videokamera in der Mauer zeigte. »Sie werden wissen, wo wir sind.«

»Hilf mir mal«, sagte Skater, wobei er die Finger um den Griff eines Schachtdeckels in einer Ecke schloß. »Das verdammte Ding ist ziemlich schwer.«

Duran bückte sich und packte den Griff ebenfalls. Trotz ihrer gemeinsamen Bemühungen ließ sich der Deckel nur schwer bewegen. »Sag mir, daß das nur ein Zugang zu den Wartungsschächten ist.«

Skater antwortete nicht. Der Gestank, der aus der Dunkelheit des Schachts entwich, nachdem sie den Deckel entfernt hatten, war Antwort genug.

»Drek, Junge«, knurrte der Ork, »wir haben einen neuen Tiefpunkt für Fluchtwege erreicht.«

Skater schwang sich auf die Leiter an der Schachtwand und kletterte hinab in die stinkende Finsternis. »Bete lieber um Niedrigwasser.«

Unter den heißen Strahlen der Dusche ließ Skater das Wasser die Erschöpfung und den Drek von ihrer Flucht durch den Abwasserkanal unter dem Inferno wegspülen. Wheeler hatte Archibalds Leiche entsorgt, indem er ihn in der Badewanne mit Säure und zersetzenden Bakterien behandelt hatte, so daß alles um ihn herum vor Sauberkeit glänzte. Der Vorgang hatte ein paar Stunden in Anspruch genommen, aber danach war ihr Gastgeber nur noch eine Erinnerung und ein paar DNS-Reste gewesen, die durch die Leitungen zur Kläranlage gespült wurden. Skater gefiel der Gedanke nicht, daß der Nachtclub an demselben Leitungssystem hing wie die Wohnung, ganz zu schweigen davon, daß der Nachtclub stromabwärts liegen mochte. Die Vorstellung, daß ein Teil von Archibald möglicherweise wieder mit ihm zurück in die Wohnung gelangt sein mochte, war zuviel.

Das kleine Badezimmer in der Wohnung funktionierte wie ein Schalltrichter und schien alle Geräusche von draußen zu verstärken. Wheeler, Elvis und Trey lachten trotz der derzeitigen angespannten Lage immer noch über Durans Beschreibung ihrer Flucht durch die Kanalisation.

»Ich meine, das Ding war *so* groß«, knurrte der Ork

gerade. »Hätte es Augen gehabt, hätte ich geschworen, ich werde von 'ner verdammten Klapperschlange angegriffen. Drek, ich hatte schon ein paar Schüsse in die Richtung abgegeben, als der Junge mir sagte, ich solle cool bleiben.«

»Du hast es für 'ne Schlange gehalten?« sagte Wheeler. »'ne Klapperschlange?« Der Zwerg erbebte unter einem neuerlichen Anfall bellenden Gelächters. »Drek, ich wünschte, ich wär' dabei gewesen.«

»Wenn du mich weiter nervst, du halbe Portion«, versprach Duran, »läßt sich das noch nachträglich arrangieren.«

Skater drehte das Wasser ab, trocknete sich ab und zog sich an. Eine Tasche auf dem Waschbeckenrand enthielt ein Deodorant, Rasiercreme und einen Rasierer. Er benutzte alles und ging dann hinaus zu den anderen. Er fühlte sich fast wieder wie ein Mensch.

Die Fenster waren mit Tüchern verhängt, und Wheeler hatte neue Sicherheitsvorkehrungen getroffen. In die Hauptkontrolle waren eine ganze Reihe von Kabel gestöpselt, und drei Videoverbindungen hielten mögliche Zugangswege zur Wohnung unter Beobachtung. Die Einheit stand mit blinkenden grünen Lämpchen auf dem Tisch. Alle Kameras waren verborgen und mit Bewegungs- und Infrarotdetektoren ausgerüstet.

Duran hatte sich umgezogen und saß auf dem Boden, wo er die Waffen reinigte, die sie im Inferno benutzt hatten. Er trug Handschuhe und benutzte zur Reinigung ein Hemd, für das Archibald keine Verwendung mehr hatte.

Elvis saß in nachdenklichem Schweigen auf dem Sofa, aber die Muskeln seiner Oberschenkel spannten und bewegten sich, was Skater sagte, daß sich der Troll mit Lockerungsübungen und Isometrie beschäftigte. Seine silbernen Hornspitzen glänzten, da er beide Hauer mit Wachs polierte. Wheeler beschäftigte sich mit dem Überwachungssystem, das er in der Wohnung eingerichtet hatte. Sein Werkzeuggürtel enthielt verschiedene Instrumente, und seine Weste war ebenfalls vollgestopft. Aus einer Tasche ragte das Drahtende einer Spule.

»Soykaf?« rief Trey aus der Küche.

»Je heißer, desto besser.« Die Flucht durch die Kanalisation hatte Skater innerlich ausgekühlt. Er blieb ein paar Schritte vor Erzengel stehen.

Sie lud Dateien herunter, und ihre elfischen Züge waren eine Studie in Eis, grau-grün durch den Schein des Monitors. Ihre Finger huschten behende über die Tastatur. Bilder rasten so schnell über den Schirm, daß Skater sie nicht erkennen konnte. Bits und Bytes von Informationen wanderten rasch von unten nach oben und verschwanden dann.

»Hast du deinen Freund angerufen?« fragte Erzengel.

»Ja.« Kestrel hatte eine Botschaft in Skaters Briefkasten hinterlassen. »Er hat bestätigt, daß Dion und Shayx für Synclair Tone gearbeitet haben.«

»Und du bist diesem Burschen noch nie begegnet?«

»Nein.«

Mit kalter und unpersönlicher Stimme sagte Erzengel: »Dann ist also Larisa Hartsinger der einzige gemeinsame Nenner, den wir haben.«

Skater bejahte.

»Ich habe seine LTG-Nummer und einige der Informationen benutzt, die Trey sammeln konnte, um mehr über ihn herauszufinden.« Erzengels Finger blieben in Bewegung, und das Klicken der Tasten, die sie betätigte, wurde zu einem konstanten Hintergrundgeräusch. »Es gibt eine Akte über ihn, die noch aus seiner Zeit in den Barrens stammt. Ich habe sie aus einem Piraten-Online-Dienst, zu dem ich Zugang habe. Der Dienst wird von vielen Privatdetektiven benutzt.«

Auf dem Bildschirm formte sich ein Gesicht. Der

Mann war jung, ein Elf mit blonden, struppigen Haaren. Quer über das linke Auge, bei dem es sich offensichtlich um Cyberware handelte, verlief eine Messernarbe, und an der rechten Seite seines Kinns wurde der stoppelige Bartwuchs durch drei Brandnarben unterbrochen.

»Wie lange ist Tone schon in Seattle aktiv?«

»Fünf Monate. Ungefähr seit der Zeit, als Larisa und du Schluß gemacht habt.«

Auch eine Art zu umschreiben, daß man fallengelassen worden war, dachte Skater. Dann fielen ihm Brynnas Versicherungen wieder ein, Larisa sei dazu gepreßt worden, ihn zu verlassen. Er verdrängte einstweilen seine persönlichen Gefühle. »Das bedeutet, daß er erst nach Maddock in Erscheinung getreten ist, aber Aggie hat gesagt, der Synclair Tone, den Larisa kannte, sei ein geschliffener Typ gewesen.«

Erzengel tippte ein paar Befehle ein, und das Bild auf dem Monitor veränderte sich. Das Gesicht, das die Aufnahme aus Lone Stars Verbrecherkartei ersetzte, war sauber und kosmetisch behandelt. Sogar das Cyberauge war durch ein organisches ersetzt worden, und die drei Brandnarben auf dem Kinn hatte man entfernt. Skater sah ein glattes, rasiertes Gesicht mit perfektem Haarschnitt. »Das ist aus ihm geworden.«

»Teuer«, bemerkte Trey. Skater war klar, daß der Magier wußte, wovon er sprach. Er war weder reich noch mit guten Manieren geboren worden, hatte sich aber einen kultivierten Lebensstil angeeignet. »Um die Messer- und Brandnarben vollständig zu beseitigen, war ein Bottichjob erforderlich.« Der Rest des Teams hatte sich zu ihnen gesellt und sah und hörte zu.

»Hatte er die Nuyen?« fragte Wheeler.

»Man hat nie viel bei ihm gefunden«, antwortete Erzengel. »Wenn er in die Kiste gewandert ist, dann immer für Bagatellverbrechen. Aber er stand in dem Ruf, ein harter Bursche zu sein, der niemals einen

Handel mit den Blauen abschließen würde, um seine Haut zu retten.«

»Ist er verhaftet worden, seit er hier ist?«

»Nein.«

Skater stellte diese Richtung ihrer Nachforschungen erst einmal zurück. »Wie weit bist du mit den Dateien aus dem System des Frachters gekommen?«

»Ich habe sie zum Teil geknackt«, erwiderte sie. »Aber sie werden uns nicht weiterbringen. Sie sind verstümmelt worden, und wer immer das getan hat, kannte sich aus. Ich glaube nicht, daß ich noch mehr retten kann.«

»Willst du damit sagen, daß sie absichtlich verstümmelt worden sind?« fragte Trey.

Sie nickte. »Aber ich bin weit genug gekommen, um bestätigen zu können, daß es sich um medizinische Forschungsberichte handelt. Wenn wir sie jemandem vorlegten, der sich mit der Materie auskennt, könnten wir vielleicht herausfinden, womit wir es zu tun haben.«

»Besteht die Möglichkeit, daß du die Dateien unwissentlich beschädigt hast, als du sie aus dem System der *Seahawk* kopiert hast?« fragte Trey.

Erzengel richtete ihren kalten Blick auf den Magier. »Gab es eine Möglichkeit, wie du den Schlafzauber hättest stärker machen können, den du gegen die Besatzung gewirkt hast?«

Trey faßte sich an die Stirn, als lüfte er einen imaginären Hut. »Entschuldige, daß ich deine beruflichen Fähigkeiten angezweifelt habe.«

»Die Frage war legitim«, räumte Erzengel ein. »Aber ich bin sicher, daß ich die Dateien nicht beschädigt habe. Sie waren bereits verstümmelt.«

»Im System des Frachters befanden sich also wertlose Dateien«, sagte Skater. »Dafür fällt mir nur eine Erklärung ein.«

Duran nickte. »Trojanische Pferde gibt es schon sehr lange. Es hätte funktionieren müssen, wenn es das war, was sie vorhatten. Erzengel und du habt den Frachter unter die Lupe genommen, und euch ist er wie eine fette Beute vorgekommen.«

»Und auch den Yaks«, stellte Wheeler fest.

Skater ging noch einen Schritt weiter. »Wir sind vor ihnen angekommen, und damit war der Frachter ein doppeltes Trojanisches Pferd. Wir krallen uns die Dateien und setzen uns damit ab, und die Yaks glauben, wir haben die Beute, und wissen nicht, daß das, was wir haben, nur einen Drek wert ist.«

»Der Besatzung und der Wachmannschaft hat auch niemand was gesagt«, warf Elvis ein. »Die Matrosen haben hart gekämpft. Wir haben niemanden getötet, aber die Yaks waren in dieser Beziehung nicht so rücksichtsvoll.«

»Du glaubst, die richtigen Dateien sind längst in Seattle«, sagte Duran.

»Wenn ja«, fragte Skater, »warum machen uns die Elfen dann so die Hölle heiß?«

»Sie werfen Rauchbomben«, erwiderte der Ork.

»Möglich. Aber warum haben sie Maddock umgelegt?«

Duran zuckte die Achseln. »Vielleicht aus demselben Grund.«

Skater schüttelte den Kopf. »Das sind mir zu viele ›Vielleichts‹. Raffinesse kommt am besten, wenn sie spärlich benutzt wird. Woher haben die Elfen von Maddock gewußt?«

»Brynna könnte dich an die Elfen verkauft haben, nachdem du sie verlassen hast.«

Skater erwog diese Möglichkeit kurz, verwarf sie dann jedoch. »Ich glaube, sie hat ehrlich gespielt. Es ist möglich, daß Tone und Maddock zusammenarbeiten, aber welchen Job könnte Tone bei einem elfischen Konzern angenommen haben?« Er wandte sich an Erzengel. »Was hast du über diese diplomatischen Kennzeichen herausgefunden?«

»Bis jetzt noch gar nichts«, sagte sie. »Ich habe ein Schmöker-Programm darauf angesetzt, und vielleicht fördert das irgendwas zu Tage. Aber nach allem, was ich bisher in den Dateien gesehen habe, wette ich, daß diese Kennzeichen zu Fahrzeugen gehören, die von Abgeordneten aus Tir benutzt werden. Wenn ich bei der Kennzeichen-Identifikation nicht weiterkomme, versuche ich es mit der Fahrzeuginstandhaltung. Wenigstens einer der Wagen war ernsthaft beschädigt, möglicherweise sogar ganz hinüber. Wenn die Instandhaltung eine Anforderung für einen Ersatzwagen oder einen Reparaturbefehl bekommt, erfahre ich es.«

»Gute Arbeit«, sagte Skater. »Hast du die Kopie der Nachrichtensendung, die ich heute aufgezeichnet habe?«

Erzengel nickte.

»Würdest du sie ablaufen lassen?«

Sie tippte auf ein paar Tasten.

Skater rief Duran. Sie sahen sich die Aufzeichnung fünfmal an. Am Ende des letzten Durchlaufs wußte Skater, daß sie nicht mehr Teilnehmer an dem Überfallkommando finden würden als die beiden, die er bereits identifiziert hatte.

»Überprüf die beiden bei der Einwanderungsbehörde«, sagte Skater zu Erzengel. »Bei den Besuchervisa und der Seattler Hafenbehörde. Sie sind garantiert nicht gerade erst illegal über die Grenze gekommen.«

Erzengel vergrößerte das erste Gesicht und speicherte die Daten in einer eigenen Datei ab. »Ich kann auch die übrigen Personen in diesem Film überprüfen lassen. Aber das wird seine Zeit dauern.«

Skater überließ sie ihrem Deck und ging zu der Sicherheitseinheit, die Wheeler installiert hatte. »Duran, du brauchst Schlaf. Ihr anderen auch. Elvis, du übernimmst die erste Wache. Es ist jetzt elf Uhr. Damit haben wir noch sieben Stunden bis zum Morgengrauen. Wenn bis dahin nichts passiert, können wir uns vielleicht alle ausschlafen. Elvis, die Wache wechselt nach eineinhalb Stunden.«

Wheeler meldete sich freiwillig für die nächste Wache mit dem Argument, er hätte schon etwas Schlaf bekommen, nachdem er die Leiche beseitigt und die Sicherheit eingerichtet habe.

Skater war verblüfft, wie schnell sich alles eingespielt hatte. Bei einem Shadowrun arbeiteten sie nur ein paar Stunden als Einheit, bevor jeder wieder sein eigenes Leben aufnahm. Er hätte sich nie träumen lassen, daß sie einmal längere Zeit zusammen verbringen würden. Sie waren zu verschieden, zu sehr auf die Wahrung ihrer Privatsphäre bedacht.

Aber er mußte seine Meinung in dieser Hinsicht revidieren. Vielleicht waren seine Eindrücke durch seine eigenen Präferenzen verfälscht. Ihm gefiel der Gedanke nicht, jemandem zu nahe zu kommen. Larisa war in dieser Beziehung die einzige gewesen. Sich an andere anzulehnen, war schwach. Seine Mutter hatte ihm das immer wieder eingehämmert, und die meisten Leute, die er im Stammesland kannte, hatten seine Gesellschaft gemieden.

Bei dem Gedanken an Larisa mußte er an das Baby denken. Es war allein irgendwo dort draußen – wenn es noch lebte –, und die Welt konnte sehr grausam sein. Einen Moment lang hatte er das Gefühl, wenn er das Kind fand und es berührte, würde es so sein, als könne er Larisa wieder berühren.

»Jack.«

Er sah Erzengel an und verdrängte die Gedanken, zwang sich, sich auf das Überleben zu konzentrieren. Er brauchte Schlaf. Die Aufputschmittel, die er genommen hatte, um sich auf den Beinen zu halten, zehrten an seinen Reserven. »Ja?«

»Ich habe vielleicht etwas.«

Skater ging mit ihr zum Deck. »Was?«

»Die *Sapphire Seahawk* ist in internationalen Gewässern gesunken«, sagte Erzengel, indem sie sich an der Tastatur zu schaffen machte. »Ich dachte mir, daß sie wahrscheinlich versichert war, also habe ich ein paar Schleicher auf den Frachter angesetzt und erfahren, daß er durch eine Versicherung hier in Seattle gedeckt war, sobald er die Grenze von Tir Tairngire passiert hatte. Die Verlustmeldung ist heute morgen bei der Versicherung eingegangen, so daß innerhalb der nächsten zehn Tage ein Kredstab über die Versicherungssumme ausgestellt wird. Es hat nicht lange gedauert, die Versicherung zu finden, weil nicht viele Gesellschaften bereit sind, mit ausländischen Klienten zusammenzuarbeiten, besonders nicht bei derart hohen Versicherungssummen.«

Ein Formblatt erschien auf dem Monitor. Skater beugte sich vor, um die winzige Schrift zu entziffern.

»In dieser Police sind die Verpflichtungen beider Seiten aufgelistet.«

»Die Versicherungsgesellschaft?« fragte Skater.

»Wilcoxin Controlled Risk Incorporated. Und die versicherte Partei ...« Erzengel hielt inne und zeigte auf den Schirm. »Eine Firma, die sich NuGene Incorporated nennt.«

Der Name kam Skater bekannt vor. »Erzähl mir mehr.«

»Ich habe sie gerade gefunden«, sagte Erzengel. »Allem Anschein nach hat dieser Konzern mit biomedizinischer Forschung und Entwicklung zu tun.«

»Ja«, sagte Skater, der sich an die Trideosendung erinnerte, die er gesehen hatte. »In Tir.«

»Portland.« Erzengel betätigte weitere Tasten, und auf dem Monitor nahm ein Stadtplan mit einem darübergelegten Koordinatengitter Gestalt an. »Die Adresse zeigt, daß sich der Firmensitz auf dem Southwest Terwilliger Boulevard gar nicht weit vom Tir Tairngire Medical Center entfernt befindet. Ich muß noch ein paar Daten überprüfen, aber nach allem, was ich bisher gesehen habe, hat die Entscheidung des Prinzenrats, Seattle als Importhafen zu benutzen, einige ernste Probleme für den Konzern aufgeworfen.«

»Davon waren einige Konzerne in Portland betroffen«, sagte Skater. »Grab weiter und sieh, was du sonst noch findest.«

Erzengel nickte und ging zum Telekom, das Wheeler mit zusätzlichen Schaltungen versehen hatte, die es sehr schwierig machten, einen Anruf in diese Wohnung zurückzuverfolgen. Trotz dieser Sicherheitsmaßnahmen hatte er nicht vor, riskante Nummern anzurufen.

Er gab die Nummer des Briefkastens ein, den er benutzte, um Kontakt mit Kestrel zu halten, und loggte sich ein. Er wurde darüber informiert, daß eine Nachricht auf ihn wartete. Er gab die vierstellige Zahl ein, die das Band zum Abspielen veranlaßte.

»Ich habe ein paar Neuigkeiten aufgeschnappt, die auf der Straße die Runde machen«, sagte Kestrels Stimme. »Irgendein Bursche will wegen des Runs mit dir reden. Er sagt, er hätte ein Geschäft vorzuschlagen. Er heißt Conrad McKenzie. Wahrscheinlich hast du schon von ihm gehört. Wenn nicht, ruf mich an, dann klär' ich dich auf. Er hat eine Nummer hinterlassen.«

Skater merkte sich die Nummer, dann unterbrach er die Verbindung. Er kannte den Namen, und er sandte ihm einen kalten Schauer böser Vorahnungen über den Rücken.

»Was ist los?« fragte Erzengel.

»Mein Chummer hat etwas weitergegeben, was gerade auf der Straße die Runde macht«, sagte Skater. »Conrad McKenzie will mit uns über die Sache mit dem Frachter reden.«

»Conrad McKenzie?« Wheeler kam mit einer Tasse frischen Soykaf in der Hand aus der Küche. »Der

Bursche ist einer der bedeutendsten Mafia-Bosse im Sprawl. Was will er?«

»Hat er nicht gesagt«, erwiderte Skater, indem er sich aus dem Stuhl erhob. »Aber er hat eine Nummer hinterlassen.«

# 19

Geben Sie mir Ihre Nummer, dann ruft Mr. McKenzie Sie zurück, wenn er es einrichten kann«, sagte die Frau. Ihre Stimme war ebenso affektiert wie ihr verkniffener Gesichtsausdruck auf dem Telekomschirm.

»Nein«, erwiderte Skater. »Ich rufe Sie zurück, so daß Sie mir eine Nummer nennen können, unter der ich ihn erreichen kann. Wenn ich länger als zehn Minuten warten muß, können Sie ihm sagen, daß ich es nicht mehr einrichten kann.« Er unterbrach die Verbindung und sah sich in der Gruppe um. Erzengel saß vor ihrem Deck und regelte die Umleitungs- und Täuschungsprogramme, die das Signal des Telekoms im regionalen Telekommunikationsgitter maskieren würden. Wheeler überwachte die eingehenden Daten und war bereit, jeden Augenblick zu unterbrechen, wenn sich irgend etwas Unangenehmes durch die Leitungen an sie heranschlich.

Als die zehn Minuten verstrichen waren, rief er die Nummer, die McKenzie hinterlassen hatte, noch einmal an.

»Haben Sie die Nummer?« fragte er ohne Vorrede.

»Ja.« Sie leierte sie herunter und sah dabei nicht so aus, als tue sie es gern. Sie hörte sich auch nicht so an.

»Verdammter arroganter Hurensohn«, sagte sie. Es klickte einmal, und die Leitung war tot.

Skater lauschte angestrengt, um irgendwelche Geräusche auszumachen, die darauf hindeuteten, daß noch irgendwer oder irgendwas in der Leitung war, aber da war nichts. Ein paar Sekunden später drang nur noch leeres Rauschen an sein Ohr. Er sah Wheeler an.

»Wir haben grün.«

Skater wählte die Nummer und wartete. Conrad McKenzie war kein Leichtgewicht in der kriminellen Szene Seattles. Ebenso brutal wie kaltblütig hatte er für seine Familie und sich ein grausiges Imperium errichtet. Duran hatte zu ihrem Wissen über den Mann beigetragen, indem er erzählt hatte, wie er einen Konkurrenten der Yakuza erledigt hatte, der versucht hatte, sich in ein Gebiet zu drängen, in dem McKenzie operiert hatte, als dieser noch jünger war. McKenzie hatte so viel wie möglich über den Mann herausgefunden und dessen Familie aufgespürt und abgeschlachtet. Dann hatte er den Yak selbst verkrüppelt, indem er Gelenke zerschmettert hatte, deren Heilung Monate dauerte, und ihn schließlich mit einer Lötlampe verbrannt, so daß er noch weitere Monate in Gewebebottichen verbringen mußte. Am Ende dieser Zeit, als der Yak sich so weit erholt hatte, daß er wieder aus eigener Kraft laufen konnte, hatte McKenzie ihn ermorden lassen. Die Botschaft war klar. Die Feindschaft zwischen der Mafia und den Yaks war sehr tief in Seattle, aber McKenzie wollte offenbar beweisen, daß mit ihm nicht zu spaßen war.

Elvis hatte ein paar Gerüchte auf der Straße gehört, daß McKenzie in letzter Zeit Anstalten machte, sich zur Ruhe zu setzen, und mittlerweile eine Art Vermittlerposition einnahm, in der er Auseinandersetzungen zwischen tieferrangigen Bandenbossen schlichtete. Wenn McKenzie bei der Frachtergeschichte die Hand im Spiel hatte, kletterten die Einsätze in den Himmel.

»Skater?« Die Stimme, die antwortete, war tief und heiser vom Whiskey, bar jeden Gefühls.

»Sagen Sie Ihren Spruch auf«, sagte Skater. »Die Zeit läuft, und ich bleibe nicht so lange in der Leitung, daß Sie den Anruf zurückverfolgen können.«

McKenzie lachte, ein harscher Laut. »Eine bestimmte Partei hat sich mit mir in Verbindung gesetzt, die gern die Ware zurückkaufen würde, die Sie sich angeeignet haben. Ich habe kein Interesse an der Sache. Ich fungiere nur als Vermittler.«

»Warum sollten sie ausgerechnet zu Ihnen kommen?« fragte Skater.

»Weil ich mir in dieser Stadt einen Ruf als Mann erworben habe, der hält, was er verspricht. Die Partei, von der ich rede, verfügt hier in Seattle nicht über viele Ressourcen. Für mich gilt das jedoch nicht.«

»Und Sie tun das aus reiner Herzensgüte.«

»Falsch.« McKenzie schien den Sarkasmus nicht zur Kenntnis zu nehmen. »Ich bekomme Prozente, und ich habe die Absicht, sowohl von Ihnen als auch von den Elfen zu kassieren.«

»Wenn Sie als Makler fungieren«, stellte Skater fest, »sollten Sie Ihre Prozente von der anderen Seite nehmen.«

»Das tue ich auch. Aber von Ihnen nehme ich weitere zehn Prozent, von denen die Elfen nichts wissen.«

»Nein.«

»Nein?« Das harsche Lachen ertönte wiederum. »Hören Sie zu, Sie Schwachkopf, Sie haben im Moment nicht die große Auswahl.«

»Ich muß den Elfen die Dateien nicht verkaufen.«

»Nein, wahrscheinlich nicht. Sie können sie behalten und fliehen, bis sie Sie fangen. Und das werden sie, das kann ich Ihnen versprechen, weil wir bereits einen Finderlohn ausgehandelt haben, falls wir ihnen beim Suchen helfen müssen. Begriffen?«

»Wir haben es bisher auch geschafft.«

»Sie haben bisher Glück gehabt, das ist alles. Und das Problem mit dem Glück ist, daß es irgendwann verbraucht ist. Hinter Ihnen sind die Elfen her, die Yakuza, Lone Star und nach allem, was ich gehört habe, noch ein paar kleinere Fische. Wollen Sie mich wirklich auch noch auf der Liste haben?«

»Vielleicht sind Sie schon darauf«, sagte Skater.

»Wenn ich es wäre«, versprach McKenzie, »würde ich längst auf Ihre Leiche pissen.«

»Wieviel bieten die Elfen?«

»Drei Millionen Nuyen.«

»Treiben Sie sie in die Höhe«, sagte Skater. »Sie sollen verdoppeln.«

»Gemacht.« McKenzie klang fröhlich. »Ich habe nichts dagegen, zwanzig Prozent von sechs Millionen zu kassieren anstatt von drei. Sie werden Ausflüchte machen, aber im Grunde haben sie keine Wahl. Mein Finderlohn käme sie teurer zu stehen. Vielleicht wären Sie tatsächlich gut genug, um sich meinen Leuten noch ein paar Tage zu entziehen, aber rechnen Sie nicht mit mehr.«

Skater widersprach nicht.

»Aber für Prozente von beiden Seiten«, sagte McKenzie, »und minimalem Aufwand bin ich bereit, mich als Mittelsmann zur Verfügung zu stellen.«

»Warum sollte ich glauben, daß Sie mir und meinem Team die Elfen vom Hals halten können, sobald der Handel über die Bühne gegangen ist?«

»Das sollten Sie nicht«, sagte McKenzie. »Kassieren Sie Ihre Nuyen im voraus und rennen Sie wie der Teufel.«

»Hört sich alles in allem nicht so umwerfend verlockend an.«

»Haben Sie irgendwelche Alternativen? Wenn ich Sie wäre, würde ich es so abwickeln. Machen Sie sich nichts vor, Sie stecken bis über beide Ohren im Drek. Und der Drek wird nur noch tiefer. Ich biete Ihnen einen Ausweg an.«

Skater ignorierte die Bemerkung und versuchte selbst wieder die Initiative in der Unterhaltung zu übernehmen. Die Zeit wurde knapp. »Woher wußten Sie, wie Sie mich erreichen können?«

»Lassen Sie sich das eine Lehre sein«, sagte McKenzie. »Ich weiß mehr über Sie, als Sie glauben. Sind wir uns also einig?«

»Ich rufe Sie an«, erwiderte Skater, »und lasse es Sie wissen.«

McKenzie kicherte trocken. »Sie haben Schneid, das muß ich Ihnen lassen. Und rufen Sie mich bald an, Skater, sonst können Sie sich die Mühe sparen.« Die Verbindung wurde unterbrochen, und Skater hörte nur noch ein stetes Rauschen.

»Hört sich nicht danach an, als ob er mit sich spaßen läßt«, bemerkte Wheeler.

»Nein, das tut es nicht.« Beim Gedanken an den Mann krampfte sich Skaters Magen zusammen. Er hatte das Gefühl, als sei er aufgefordert worden, den Kopf in ein Drachenmaul zu stecken.

»Ich kenne mich nicht genügend mit dem wissenschaftlichen Hintergrund aus, um sagen zu können, ob es sich um das Design für ein Virus handelt«, sagte Erzengel. »Ich bin mit einigen Entschlüsselungs-Utilities, die ich von einem Chummer bekommen habe, in die Dateien eingestiegen. Ich habe so etwas noch nie zuvor versucht, aber er hat gesagt, er benutzt sie, um verstümmelte Dateien aus beschädigten Chips zu rekonstruieren. Ein Täuschungsprogramm gibt mich als SAN aus und adressiert die Dateien, die sich dann so lange für meinen Schmöker identifizieren, daß er sich anhängen und einiges wieder zusammensetzen kann.«

Skater hockte neben ihr und starrte auf das Gewirr chemischer Zeichen und esoterischer Ausdrücke, das sich aus den Dateien herauskristallisierte, die sie sich auf dem Elfen-Frachter angeeignet hatten. Der Rest des Teams umringte sie. Nach der jüngsten Wendung der Ereignisse stand Schlaf nicht mehr zur Debatte.

»Was es sonst auch sein mag«, sagte Erzengel, »es ist auf jeden Fall ein Hybrid.«

Ein weiteres Bild nahm auf dem Monitor Gestalt an,

das ein elegantes, aber bescheidenes Gebäude tief im Herzen eines Stadtgebiets zeigte, das schon bessere Tage gesehen hatte.

»Portland«, sagte Elvis. »Ich war schon mal geschäftlich dort. Als die Stadt noch eine blühende Metropole war.«

»Das ist die Hauptniederlassung von NuGene«, sagte Erzengel. »Die Hauptinteressen dieser Firma liegen, wie wir bereits wissen, auf dem Gebiet der biomedizinischen Forschung und Entwicklung.«

»Welche Art Biotech?« fragte Wheeler.

»Sie haben mit biomedizinischen Anlagen angefangen«, sagte Erzengel über die Schulter hinweg, »aber ab 2052 haben sie sich ganz auf Forschung und Entwicklung konzentriert. Sie haben noch keine bedeutenden kommerziellen Produkte auf den Markt gebracht, aber im wesentlichen spezialisieren sie sich auf Transplantate, Gentherapie, Gewebetech und Regeneration. Auf die Reparatur von Zellschäden. Hauptsächlich Muskelgewebe und Sehnen. Im Endeffekt wollen sie erreichen, daß sich beschädigtes Gewebe auf organischem Weg erneuert.« Erzengel richtete ihre Aufmerksamkeit wieder auf den Schirm. »Aber niemand weiß, was sie bisher erreicht haben. Sie waren bisher nur in Tir aktiv.«

»Bis jetzt.« Skater reckte sich, um seinen Körper ein wenig zu entspannen, der in den letzten zwei Tagen arg strapaziert worden war.

»NuGene stand am Rande des finanziellen Zusammenbruchs, als der Prinzenrat 2052 auf Seattle als primären Hafen umgesattelt hat«, erklärte Erzengel. »Wie ich schon sagte, NuGene war in Tir Tairngire ein Pionier auf dem Gebiet biomedizinischer Anlagen. Bis zu dem Zeitpunkt, als Portland den Bach runterging, haben sie die Nuyen nur so gescheffelt.«

»Ich wette, die Anteilseigner waren ziemlich genervt«, sagte Trey.

Erzengel nickte. »Ich habe ein wenig in den öffentlichen Datenbanken von Portland herumgestöbert. Der Geschäftsführer beschloß damals, in seinen Konzern zu investieren, anstatt ihn den Bach runtergehen zu lassen. Als die Aktienkurse fielen, gab er ein Vermögen aus, um sie zurückzukaufen und eine Übernahme zu verhindern. Eine Zeitlang schien Saeder-Krupp die Aktien aufzukaufen, aber dieser Bursche hat es geschafft, sich nach und nach insgesamt siebenundfünfzig Prozent von NuGene anzueignen.«

»Mutig, mutig«, bemerkte Trey. »Aber siebenundfünfzig Prozent von nichts ist auch nicht mehr als ein Prozent von nichts. Und verdammt viel teurer.«

»Er hat es nicht so gesehen. Ich habe ein paar Kurzfassungen seiner Pläne und Marktstrategien gelesen. Wenn er nicht mit Seattle konkurrieren könne, würde er seine Verluste dadurch wettmachen, daß er ein Produkt auf den Markt brächte, das niemand anders liefern könne.«

»Hat er auch gesagt, was das sein soll?« fragte Wheeler.

»Nein. Aber er verspricht es seit Jahren.«

»Dann weiß also niemand, ob er bloß Wind macht.«

»Torin Silberstab steht nicht in diesem Ruf«, sagte Erzengel.

Der Name kam Skater bekannt vor. »Wer?«

Die Deckerin wiederholte den Namen.

»Hast du ein Bild?«

»Ja.« Erzengel gab ein paar Befehle ein, und auf dem Bild erschien ein weißhaariger Elf auf irgendeiner eleganten gesellschaftlichen Veranstaltung. »Dieses Bild wurde vor drei Jahren auf einem Ball zu Ehren Lugh Sichere Hand aufgenommen, ein Jahr, nachdem NuGene fast den Bach runtergegangen wäre. Torin Silberstab war dort nach allem, was ich gelesen habe, nur widerwillig zu Gast, aber er hat nie die Hoffnung aufgehoben, daß Portland wieder zum Haupthafen für Tir gemacht wird.«

Torin Silberstab kam Skater bekannt vor. Seine Züge waren klassisch elfisch und stolz. »Ist er mit Tavis Silberstab verwandt?« Er erinnerte sich plötzlich wieder an den Namen aus dem Interview mit Perri Twyst.

»Torin war sein Vater.«

»War?« fragte Skater.

»Torin wurde bei einem Überfall in Portland vor drei Jahren ermordet, kurz nachdem dieses Bild aufgenommen wurde. Der Mörder ist nie gefaßt worden.«

»Also ist sein Sohn der gesetzliche Erbe.«

»Ja. Es gab Gerüchte hinsichtlich gewisser Testamentsklauseln. Tavis Silberstab hat drei jüngere Schwestern, und seine Mutter lebt auch noch. Als Mehrheitsaktionär von NuGene muß Silberstab für alle sorgen, die Familien eingeschlossen.«

»Hat NuGene zu diesem Zeitpunkt Profit erwirtschaftet?« fragte Trey.

Erzengel schüttelte den Kopf. »Der Laden wurde immer noch von Silberstabs Privatvermögen finanziert. Er hat fest daran geglaubt, daß der Prinzenrat seinen Irrtum einsehen und wieder zu Portland als Haupthafen zurückkehren würde.«

»Der letzte Zahltag liegt lange zurück«, knurrte Duran.

»Der Konzern wäre vor neunzehn Monaten fast bankrott gegangen. Er hatte sich bei der Finanzierung neuer Forschungsprojekte übernommen.« Erzengel drückte auf ein paar Tasten und rief ein Bild von Tavis Silberstab in Geschäftskleidung auf, wie er gerade ein Dokument mit seinem Daumenabdruck besiegelte. »Dann hat Silberstab eine Reihe neuer Investoren gewonnen, darunter auch einige Unterstützung seitens des Prinzenrats, als er bekanntgab, er werde auf den Seattler Markt expandieren.«

Der Bildschirm leuchtete auf, als sich die Pixel zu

einem neuen Bild umgruppierten. Silberstab sah jetzt ein paar Jahre jünger und schneidiger aus. Sein Haar war zu einem langen Pferdeschwanz zurückgebunden, und er trug ein Trikothemd, Shorts und Handschuhe in einheitlichen Farben. Er hielt einen langen, am Ende gekrümmten Stock in den Händen.

»Silberstab war in der Mannschaft der Portland Marchers«, sagte Erzengel. »Gehörte der National Hurling Association an. In den drei Jahren, die er gespielt hat, ist er zweimal für die Auszeichnung zum besten Spieler nominiert wurden.«

»Was war im dritten Jahr?« fragte Wheeler.

»Ein absichtliches Foul eines Spielers der Bend Journeymen hat ihn ein Knie gekostet. Zwei Bottichjobs später war er immer noch nicht wieder der alte. Silberstab hat Cyberware abgelehnt, vielleicht deshalb, weil er von Natur aus so ein beachtlicher Athlet war.«

Der Bildschirm flackerte und zeigte einen weiteren Schnappschuß von Silberstab mit seinem Vater bei einer Konzernversammlung 2054, dem Jahr, in dem der ältere Silberstab gestorben war.

»Er ist dann in die Firma seines Vaters eingestiegen«, sagte Erzengel. »Silberstab ist in Tir wegen seiner Sportkarriere immer noch sehr populär. Aber sein Vater hat aus ihm auch einen Geschäftsmann gemacht. Er hat eine natürliche Begabung für alles, was mit Öffentlichkeitsarbeit zusammenhängt. Und, wie ihr dem jüngsten Trideomaterial von ihm entnehmen könnt, für Kungeleien aller Art.«

»Sein Deal mit dem Vereinigten Konzernrat beinhaltet auch, daß er die Beibehaltung von Seattle als Haupthafen für Tir unterstützt«, warf Elvis ein. »Für mich hört sich das nach einem Interessenkonflikt an.«

»Tavis Silberstab ist ganz anders als sein Vater. Torin war ein typischer Elf der ersten Generation, der die Rassentrennung befürwortete, für die Walter Bright Water eintrat, als er die NAN davon zu überzeugen versuchte, Land abzutreten, um Tir Tairngire zu gründen. Tavis glaubt, daß die Elfen von Tir Tairngire mehr Kontakt mit der menschlichen Kultur im allgemeinen und anderen Nationen im besonderen brauchen. Insbesondere in geschäftlicher Hinsicht. Eine Sache hat er jedoch mit seinem Vater gemeinsam: Er verspricht auch weiterhin, daß NuGene ein revolutionäres neues Produkt entwickelt.«

»Mit siebenundfünfzig Prozent Aktienanteil«, sagte Wheeler, »würde Silberstab verdammt gut dastehen, wenn NuGene plötzlich Profite abwerfen würde.«

Weiteres Material lief über den Bildschirm, darunter auch Ausschnitte aus den aktuellen Nachrichtensendungen, die Skater bereits kannte.

»Jetzt, wo Silberstab in Seattle ist, wer schmeißt da bei NuGene eigentlich den Laden?« fragte Skater.

»Regis Schwarzeiche.« Erzengel hielt den Zusammenschnitt an. Auf dem Schirm war das Bild eines Mannes mit gewaltigen Hängebacken zu sehen, der mindestens zwanzig Jahre älter als Silberstab war. »Er war für den älteren Silberstab in beratender Funktion tätig. Seine Politik hat sich so sehr geändert, daß sich Torin Silberstab wahrscheinlich im Grabe herumdreht.« Erzengel ließ den Zusammenschnitt weiterlaufen.

»Halt an.« Skater zeigte auf den Schirm, während Erzengel das Bild auf dem Monitor einfror, eine Szene von irgendeiner offiziellen Veranstaltung, wo Silberstab mit seiner Frau tanzte. Sie war schwanger, aber er wirbelte sie dennoch über das Parkett. »Silberstab benutzt seinen Gehstock nicht. Wo ist er? Im Trid habe ich ihn noch nie ohne seinen Gehstock gesehen.«

»Skater hat recht«, sagte Elvis. »Mit dem Bein dieses Elfs ist alles in Ordnung.«

»Sagtest du nicht, NuGene arbeitet an der Reparatur von Zellschäden?« fragte Wheeler. »Mal sehen, wie das zusammenpaßt – NuGene hat einen Weg gefunden, das zu tun, okay? Der Geschäftsführer ist der lebende Beweis, daß es funktioniert. Was macht man mit so einer Tech? Verkauft man sie DocWagon? Baut man ein eigenes DocWagon-Unternehmen auf? Oder führt man eine Situation herbei, in der man mit DocWagon konkurriert? Sagen wir mal, eine Krisensituation, von der man genau weiß, daß man als Sieger daraus hervorgehen wird.«

»Was, zum Beispiel, für eine Krise?« fragte Erzengel.

»Zum Beispiel eine, in der man die Leute mit einer degenerativen Krankheit infiziert, mit einem Virus, das Gewebe zerstört, wie das, was wir hier auf dem Chip haben. Dann verkauft man das Gegenmittel – teuer.«

»Das brächte kurzfristig einen Haufen Nuyen«, sagte Elvis. »Kann Silberstab so verzweifelt sein?«

»Auf keinen Fall«, sagte Erzengel. »Mit der Rückendeckung, die der Konzern vom Prinzenrat und anderen vermögenden Investoren erhält, ist NuGene mindestens noch drei Jahre lang zahlungskräftig. Außerdem ergibt das auch keinen Sinn. Wenn NuGene ein tolles neues Produkt hat, warum dann die Mühe? Sie würden es einfach auf den Markt werfen. Fälle mit Zellschäden sind nicht gerade selten. Und was ein zweites DocWagon betrifft, ich glaube nicht, daß die Yaks und die Mafia darüber begeistert wären.« Sie musterte den Bildschirm. »Außerdem können Bilder auch täuschen.«

Erzengel runzelte die Stirn, als sie auf eine weitere Taste drückte. »Ich habe außerdem ein paar Informationen von einer schwarzen Matrixadresse über Geschäftsangelegenheiten in Seattle herabgeladen. Daraus geht hervor, daß man Silberstab auffordern könnte, dem Vereinigten Konzernrat beizutreten.«

Skater sah sie an. »Das ist unmöglich. Bisher ist noch

nie jemand zum Beitritt aufgefordert worden, der nicht irgendwie mit Seattle verbunden ist.« Der Vereinigte Konzernrat war ein förmlicher Zusammenschluß der bedeutendsten Konzerne des Sprawls. Hinter den Kulissen manipulierte er mehr als nur die Aktienkurse und Aufkäufe kleinerer Unternehmen. Er hatte außerdem einen beträchtlichen Einfluß auf die lokale Politik und die Interessen der UCAS.

»Der Konzernrat muß der Ansicht sein, daß NuGene ein Hit wird«, sagte Skater.

»Was war also auf dem Frachter?« fragte Duran.

Die Montage der Trideoaufnahmen lief wieder über den Bildschirm.

»Es könnte sich um Grundlagendaten für den NuGene-Zweig gehandelt haben, den sie hier in Seattle errichten«, sagte Erzengel.

»Was werden sie verkaufen?«

»Forschung und Entwicklung, genau wie in Portland. Mehr kann ich dazu auch nicht sagen.«

Ein Bild flackerte über den Schirm, das Skaters Erinnerung ansprach. »Halt an.«

Erzengel drückte auf eine Taste, und das Bild fror ein.

»Geh ein paar Bilder zurück.«

Langsam lief das Material rückwärts.

»Da«, sagte Skater, als er die Gestalt sah, die seine Aufmerksamkeit erregt hatte. Das Gesicht auf dem Schirm hatte eine unverkennbare Ähnlichkeit mit demjenigen des Elfs, der ihn aus dem Lone-Star-Gebäude entführt hatte. »Wer ist das?«

Erzengel öffnete ein Fenster, dann las sie einen Namen ab. »Ellard Dragonfletcher. Er ist NuGenes oberster Sicherheitsmann.«

»Seit wann?« fragte Skater.

»Seit sieben Jahren. Er ist noch unter Torin Silberstab in diese Stellung aufgestiegen. Mehr habe ich nicht über ihn.«

»Finde mehr über ihn heraus«, sagte Skater. Dann erklärte er, warum. Er warf einen Blick auf die Uhr. »Es ist fast Mitternacht, Chummers. Ich will McKenzie nicht zu lange schmoren lassen. Gehen wir auf den Handel ein, oder lassen wir es?«

# 20

Es gibt mehrere Möglichkeiten, diese Geschichte anzugehen«, sagte Cullen Trey.

Skater drehte sich zu ihm um und hörte aufmerksam zu. Trey war einer der mächtigsten Magier, die ihm je begegnet waren. Wo den meisten mittlerweile ob der Überbeanspruchung ihrer Fähigkeiten die Puste ausgegangen wäre, konnte er immer noch zusätzliche Kräfte mobilisieren. Seine Ausbildung war herkömmlich, aber Skater hatte keine Ahnung, wo er sie erhalten hatte. Und Trey erzählte es nicht. Aber er war auch ein heller Kopf. »Dann mal raus damit.«

Trey drehte die Handflächen nach oben, und kleine Blitze flammten darin auf. Rauch erhob sich von seiner Haut und verdichtete sich zu einem kreisenden Falken von der Größe seines Daumens mit langen, schnittigen Flügeln. Mehr Rauch quoll auf und schuf den schattenhaften Eindruck einer Waldlandschaft. Inmitten der Pseudo-Bäume und -Büsche hoppelte ein Hase gemächlich dahin, der den Raubvogel offenbar noch nicht bemerkt hatte.

»Wir könnten McKenzies Angebot einfach ablehnen und NuGene in dem Glauben lassen, wir hätten ihre Biotech-Dateien«, sagte Trey. In dem Rauch, der von seiner Handfläche aufstieg, hörte der Falke auf, ziellos zu kreisen, und begann den Hasen zu verfolgen, während er gleichzeitig an Höhe verlor. »In diesem Fall könnte McKenzie seine Drohung wahr machen, für die Elfen zu arbeiten, und sich an unsere Fersen heften.«

»Das würde er sowieso tun«, sagte Duran mit Überzeugung. »Auch wenn es dabei finanziell nichts zu gewinnen gäbe. Schließlich hat er seinen Ruf aufs Spiel gesetzt.«

»Das glaube ich auch«, stimmte Trey zu. »Conrad

McKenzie ist kein Mann, der mit sich spaßen läßt, und er hat sich bisher große Mühe gegeben, das zu beweisen. Eine andere Möglichkeit wäre die, direkt zu den Elfen zu gehen, ihnen die Kopien der unvollständigen Dateien zu verkaufen und ihnen zu sagen, daß es uns nicht gelungen ist, das gesamte Material aus dem System des Frachters herabzuladen.«

Wheeler machte kein Hehl aus seinem Mißvergnügen. »Warum sollten sie uns für unvollständige Dateien bezahlen? Bestenfalls schaffen wir uns die Elfen vom Hals und berauben uns jeder Möglichkeit, an diesem Fiasko noch ein paar Nuyen zu verdienen. Außerdem, seit wann sind Elfen dafür bekannt, daß sie nicht nachtragend sind? Wenn wir zugeben, daß wir gar nicht haben, was sie wollen, hieße das, daß wir unsere letzte Verteidigung aufgeben. Das wäre so, als würden wir die Jagdzeit eröffnen – auf uns.«

»Nicht, wenn sie glauben, daß wir verbergen wollen, was wir tatsächlich haben«, sagte Trey. Der Falke kam dem Hasen immer näher und bereitete sich darauf vor, auf ihn herabzustoßen.

»NuGene könnte versuchen, uns zu geeken, um zu verhindern, daß andere die Dateien bekommen«, stellte Duran fest.

»Nicht, wenn sie glauben, daß wir Kopien vorbereitet haben, die im Falle unseres vorzeitigen Ablebens an interessierte Parteien verteilt werden«, sagte Trey. Als der Falke auf seine Beute niederstieß, fuhr der vermeintliche Hase herum und warf sich auf den Raubvogel, wobei er sich in eine Wildkatze verwandelte und sich als Gestaltwandler zu erkennen gab.

»Es könnte funktionieren«, sagte Erzengel. »An dieser Stelle gehen uns die Alternativen aus.«

»Ich stimme euch zu.« Skater stand auf und federte ein paarmal in den Knien, die ein wenig steif geworden waren, während Treys Rauchillusion verschwand. »Wenn wir weiter untergetaucht bleiben, können wir uns damit vielleicht noch ein paar Tage erkaufen, aber ich glaube, wir haben alles erfahren, was es aus der Ferne zu erfahren gibt. NuGene macht dunkle Geschäfte, und jemand hat sie verkauft. Wenn wir uns weiterhin bedeckt halten und uns in der Hoffnung tot stellen, daß sie schon weggehen, haben sie eine bessere Chance, alles wieder zu vertuschen. Wenn wir uns über McKenzie an NuGene wenden, halten wir das Wasser am Kochen. Wir können nur hoffen, daß sich in der sich daraus ergebenden Verwirrung etwas für uns ergibt. Ohne daß wir dabei gegeekt werden.«

»Hört sich für mich wie ein Plan an«, sagte Duran.

Skater zuckte die Achseln. »Als Eröffnung ist es ein Gambit. Wenn es stimmt, daß die *Sapphire Seahawk* ein Trojanisches Pferd war, wie wir vermuten, wissen die Elfen, daß wir nichts in der Hand haben. Wenn wir versuchen, ihnen die Dateien zurückzuverkaufen, müssen sie sie vielleicht kaufen, um den Schein zu wahren, obwohl sie wissen, daß unsere Dateien hoffnungslos verstümmelt sind.«

»Was gleichbedeutend mit Profit für uns wäre.« Wheeler rieb sich die Hände und grinste. »Das gefällt mir.«

»Eine der wesentlichen Fragen in dieser Situation ist noch nicht beantwortet«, sagte Skater. »Woher weiß NuGene, daß wir die Dateien nicht bereits an einen Mr. Johnson verkauft haben?«

»Sie haben Maddock umgelegt«, sagte Elvis. »Vielleicht haben sie von ihm erfahren, daß Larisa dir den Tip mit der *Seahawk* gegeben hat und wir den Run freischaffend durchgezogen haben.«

»Wie sind sie an Maddock geraten?« fragte Skater.

»Besser noch, wie ist Maddock an die Elfen geraten?« fügte Trey hinzu.

»Wenn NuGene das Leck in ihren Reihen gefunden hat«, sagte Erzengel, »haben sie vielleicht von Larisa und durch sie von Maddock erfahren.«

»Eine andere Möglichkeit«, sagte Elvis, »ist die, daß NuGenes hohe Tiere ihren Sicherheitsteams nichts von dem Trojanischen Pferd erzählt und die Informationen absichtlich weitergegeben haben. Wenn die Sicherheitsteams verkauft worden sind und das herausfinden, werden Anwälte in rauhen Mengen gefragt sein und vielleicht auch ein paar neue hohe Tiere.«

Skater nickte. »Das paßt.« Aber er wollte es immer noch genau wissen. Wenn die Elfen bereit waren, wegen gestohlener Dateien zu töten, von denen sie wußten – oder selbst wenn sie es nicht wußten –, daß sie verstümmelt waren, bedeutete das, daß ein Haufen Nuyen auf dem Spiel stand und NuGene irgendwo immer noch verwundbar war. »Wie auch immer, wir sind auf jeden Fall reingelegt worden. Ich will wissen, von wem, und ich will wissen, warum. Aber zuerst müssen wir uns um Conrad McKenzie kümmern, und da will ich folgendermaßen vorgehen.«

Skater schmierte genug Hände, bis er einen Tisch auf der untersten Ebene des ›Gray Line‹ bekam, einem von Seattles elegantesten Restaurants, das von sich behaupten konnte, sich direkt im Puget-Sund zu befinden, anstatt daneben. Bei Flut stieg das Wasser so hoch, daß es gegen die transparenten Wände der untersten Ebene schwappte.

Mit einem scharfen Fingerschnippen wies der Maître d' eine makellos gekleidete Kellnerin an, Skater und Duran an einen großen Tisch zu führen. Sie ging die mit rotem Teppich ausgelegte abwärts führende Treppe voran und durch ein Foyer, dessen Wände mit Bildern behangen waren, welche die Geschichte des Puget-Sund in den letzten vierhundert Jahren darstellten. Die Kunst konzentrierte sich ausschließlich auf Segelschiffe, von indianischen Kanus über amerikanische Handelsklipper und Fischerboote aus dem zwanzigsten Jahrhundert bis hin zur zeitgenössischen »klassischen« Motorjacht von Harland & Wolff und war vielfältig dargestellt.

Skater und Duran waren so gekleidet, daß sie in der feudalen Gesellschaft nicht auffielen. Beide trugen maßgeschneiderte Vashon-Island-Anzüge, die so gearbeitet waren, daß sie die Waffen verbargen, die sie bei sich hatten. Die Sicherheitsteams des Gray Line hatten nichts dagegen, daß die Gäste des Restaurants bewaffnet waren, sie sahen es nur nicht gern, wenn jemand versuchte, seine Waffe in dem Restaurant zu benutzen.

Die Kellnerin führte sie durch die Inseln der Tische. In mit Wasser gefüllten Schalen treibende Kerzen in Blumenform verbrannten dezentes Räucherwerk, das den Gaumen anregte, und die Glaswand auf der Puget-Sund-Seite reflektierte ihren warmen Schein. Unterwasserscheinwerfer zogen die Meeresbewohner an. Robben und Otter, deren biologische Uhren mehr auf die Fütterungszeiten und die Hell-Dunkel-Phasen des Restaurants eingestellt waren als auf alles, was die Natur beabsichtigt haben mochte, tollten im Blickfeld der Gäste herum. Die Scheinwerfer verliehen dem Wasser eine schimmernde grüne Farbe und verwandelten fluoreszierende Fische in leuchtende Obelisken.

»Möchten Sie die Speisekarte?« fragte die Kellnerin. »Bedauerlicherweise hat die Küche bereits geschlossen, aber die Sandwiches sind ausgezeichnet.«

»Danke, aber ich glaube, wir nehmen nur etwas zu trinken.« Skater gab die Speisekarten zurück und bestellte dann ein Bier und einen Schnaps für Duran und ein Mineralwasser für sich.

Duran ließ sich angelegentlich in die Plüschpolster der Dreiviertelbank sinken, die den Tisch umgab, als die Kellnerin ging. »Wir sind nicht allein.«

»Ich zähle fünf«, sagte Skater, der auf die Glaswand starrte, die den Sund abhielt.

»Dann hast du zwei übersehen«, sagte der Ork. »Hast du die Frauen bemerkt?«

Eine Cocktailkellnerin erschien mit den Getränken und stellte sie auf bedruckten Servietten ab. Im Wasser verfolgte eine Meeresschildkröte einen violetten Tintenfisch, von dem Skater annahm, daß das Management des Restaurants eine gentechnische Farbveränderung angeordnet hatte, damit er besser zu sehen war. Die Schildkröte pflügte durch das Wasser wie ein Untersee-Jagdflugzeug und holte zentimeterweise auf.

»Eine sehe ich«, antwortete Skater, als die Kellnerin gegangen war. »Die heiße Braut in Rosa, die mit dem Pinkel an der Eckbar flirtet.«

»Die andere hält Händchen mit dem Burschen, der den Eingang bewacht. Der Typ muß ein Schamane sein.«

Skater betrachtete das Spiegelbild in der Glaswand und entdeckte die beiden Personen. »Du hast recht. Ich habe beide übersehen.«

Auf der anderen Seite der Glaswand schlug die Meeresschildkröte ihre scharfen Krallen in zwei der Tentakel des violett leuchtenden Tintenfisches. Die genetisch veränderte Farbe war zwar interessant anzusehen, aber Skater war der Ansicht, daß sie auch das Schicksal des Tintenfisches besiegelte, da er keine Möglichkeit mehr hatte, sich zu verstecken. Er fragte sich, wie viele dieser Tiere die Restaurantbesitzer jede Woche importieren mußten, um ihren Gästen dieses Schauspiel zu liefern.

Er schaltete den Commlink IV ein. »Wheeler, wo, zum Teufel, steckst du?« formulierte er leise.

»Noch zwei Minuten, Chummer«, antwortete der Zwerg. »Dann ist alles an Ort und Stelle.« Der Rigger sollte in einem Boot warten, das an der oberhalb des Restaurants gelegenen Anlegestelle ankerte.

»Das reicht.« Skater sah zu, wie die Schildkröte den Tintenfisch näher zu sich heranzuziehen versuchte, doch plötzlich wickelten sich die anderen Fangarme um ihren Panzer. Aufgrund des Gewirrs von Tentakeln und der unvermuteten Kraft des Tintenfisches war die Schildkröte jetzt ebenfalls in Schwierigkeiten. Wenn der Tintenfisch sie lange genug festhalten konnte, würde er die Schildkröte ertränken.

»Mutiger kleiner Stinker«, sagte Duran anerkennend, dann warf er einen Blick auf den Eingang. »McKenzie kommt gerade.«

Skater betrachtete die sich nähernde Gruppe und erkannte McKenzie von den Bildern, die Erzengel für ihn auf den Monitor gezaubert hatte. Dann drehte er sich demonstrativ zu der Neon-Uhr um, die über der Bar hing. Es war zwei Uhr dreizehn.

Conrad McKenzie ging voran, ein stämmiger, untersetzter Mann, der mehrere Zentimeter größer als Skater und mindestens doppelt so viele Kilos schwerer war. Trotz der frühen Morgenstunde glänzte sein Gesicht, als habe er sich gerade erst rasiert. Sein graumeliertes Haar war lang und aus der hohen Stirn gekämmt. Sein Anzug war offensichtlich aus echter Seide, und er trug einen langen Regenmantel über dem Arm.

Ellard Dragonfletcher, der sich links neben McKenzie hielt, sah in seinem makellos sitzenden Anzug fast militärisch aus. An seiner Seite ging eine junge Elfe mit Rundumsonnenbrille und Zoé-Exec-Montur.

»Sie ist vercybert«, warnte Duran.

»Sie geht«, sagte Skater. Er stand auf, da er nicht wollte, daß seine sitzende Stellung als Zeichen von Schwäche oder übermäßigem Selbstvertrauen ausgelegt wurde, weil beides tödlich war.

»Mr. Trump«, sagte die Kellnerin, »Ihre Gäste sind eingetroffen.«

»Vielen Dank«, sagte Skater, indem er ihr ein Trinkgeld zusteckte. Er blieb stehen und versetzte sich innerlich in Kampfstimmung, als sich McKenzie und Dragonfletcher ihm auf wenige Schritte näherten. »Die Frau geht.« Er machte keine Anstalten, ihnen die

Hände zu schütteln, und tat auch sonst nichts, um die Spannung des Treffens zu mindern.

McKenzie stellte Augenkontakt mit ihm her, und Skater erwiderte das Starren.

»Mr. Dragonfletcher?« sagte McKenzie.

Skater wandte den Blick nicht von dem Mafia-Mann.

»Ich möchte zu bedenken geben«, sagte der Elf zu Skater, »daß Sie augenblicklich nicht in der Position sind, Forderungen zu stellen.«

»Sicher. Geben Sie ruhig zu bedenken. Aber Sie werden es in meiner Abwesenheit tun.«

McKenzies angedeutetes Lächeln war kalt und berechnend. »Sie gehen erst, wenn ich es sage.«

Skater tauchte tief in sich hinein und schaltete alle Gefühle ab, ließ das Adrenalin übernehmen. Er ging zu jenem Ort, wo Angst nicht existierte und Wut nicht einmal eine Erinnerung war. »Ich habe die Torpedos und Yabos bemerkt, die Sie hier in Stellung gebracht haben. Ich zähle sieben. Aber Sie sollten auch über Ihre eigene Stellung nachdenken. Wenn ich nicht glaube, daß ich hier herauskomme, warum sollte ich Sie dann am Leben lassen?«

McKenzie zögerte nur einen Augenblick, bevor er sagte: »Ellard, wollen Sie immer noch verhandeln?«

»Ich nenne es nicht verhandeln, wenn ich mir Bedingungen anhöre«, sagte der Elf schroff.

»Das Samuraimädchen setzt sich an einen anderen Tisch«, stellte Duran fest. »Ich dulde kein Messer an meiner Kehle, während ich hier sitze.«

»Aber Ihr Mann bleibt«, sagte Dragonfletcher.

»Er ist bei dieser Sache ein vollwertiger Partner«, sagte Skater. »Seine Stimme zählt. Und während Sie darüber nachdenken, habe ich hier noch etwas anderes, das Sie berücksichtigen sollten: Wenn wir dieses kleine Tête-à-tête nicht lebend überstehen sollten, wandern Kopien der Dateien direkt ins Shadowland-

Netz, so daß jeder sie herabladen und verkaufen kann.«

»Das können Sie nicht machen.« Dragonfletchers Stimme war hart.

»Sie haben die Wahl«, sagte Skater. »Aber ich würde mich rasch entscheiden. So, wie wir hier stehen, verlieren wir jegliche Anonymität, mit der wir begonnen haben.«

Dragonfletcher nickte der Samurai kurz zu, und sie ging. Er und McKenzie setzten sich zu Duran und Skater an den Tisch.

»Ich bin so weit, Jack.« Das war Wheelers Stimme auf Skaters Commlink.

Skater hob sein Glas, um etwas zu trinken, und antwortete, bevor das Wasser seine Lippen berührte. Das Glas verdeckte seine Antwort. »Abwarten.«

Die Leiche der Schildkröte trieb träge durch das grüne Wasser hinter McKenzie. Der Tintenfisch war ein hellvioletter Nebel, der rasch davontrieb, verwundet, aber am Leben.

»Es gibt nur Sie beide?« fragte McKenzie.

»Hier«, erwiderte Skater, »ja. Bei dem Unternehmen, nein.«

»Ich hörte, Sie hätten wenigstens einen Ihrer Leute verloren, vielleicht mehr.«

»Sie hören ziemlich gut für jemanden, der gerade neu in die Geschichte eingestiegen ist«, sagte Skater.

McKenzie lächelte. »Ich nehme ein interessantes Angebot immer gern genauer unter die Lupe, bevor ich mich entscheide, es anzunehmen.«

»Sie haben den Kredstab?« fragte Skater Dragonfletcher.

»Ja. Vorausgesetzt, Sie haben die Dateien.«

Vorsichtig, da er wußte, daß wenigstens acht Kanonen auf ihn gerichtet waren, griff Skater in seine Jacke und nahm den Chip heraus, den Erzengel vorbereitet hatte. Er legte das Chipetui vor sich auf den Tisch, ohne es einem der beiden Männer anzubieten.

Dragonfletcher griff ebenfalls langsam in seine Jacke und zog vorsichtig den Kredstab heraus, wobei er ganz allmählich seine Länge enthüllte. Er nahm ihn zwischen Daumen und Zeigefinger und reichte ihn dann McKenzie, damit dieser ihn weiterreichte, als sei es unter seiner Würde, Skater zu berühren.

Skater wußte, daß der Elf den Austausch des Kredstabs nicht bemerkte, als McKenzie seine zehn Prozent vom Honorar des Teams abzog. Der ursprüngliche Kredstab verschwand, und McKenzie hielt ihm den zweiten hin.

»Ich glaube, Sie werden dort alles finden«, sagte McKenzie.

»Werde ich das?« fragte Skater.

»Ja.«

Skater nahm den Kredstab, doch bevor sich seine Finger ganz darum schließen konnten, legte Dragonfletcher die Hand auf seine und hielt ihn zurück.

»Wir müssen zuerst noch ein paar Dinge klären«, sagte er.

»Ich bin ganz Ohr«, sagte Skater, indem er den Blick auf den Elf richtete. Er hob die andere Hand, um Duran zu beruhigen. Der Ork war aufgefahren und hatte die Hauer gebleckt.

»Die anderen Kopien der Dateien«, sagte Dragonfletcher. »Ich will, daß sie vernichtet werden.«

»Das werden sie«, sagte Skater. Er kämpfte nicht gegen den Schraubstockgriff des Elfs an.

»Ich würde Ihnen gern vertrauen.«

Skater nickte, aber es war McKenzie, der das Wort ergriff. »Ich habe ihm gesagt, daß man mit Ihnen Geschäfte machen kann«, sagte er, indem er ein goldenes Etui öffnete und eine französische Zigarette herausnahm. Ein eingebauter Anzünder setzte die Spitze in Brand, und er legte das Etui beiseite. Seine Augen verengten sich hinter dem Rauch, als er ausatmete. »Ich habe Sie überprüfen lassen.«

»Wann?« fragte Skater.

»Heute nachmittag.«

Skater ließ sich diese Information durch den Kopf gehen. Er traute McKenzie nicht im geringsten.

»Wie ich schon sagte«, wandte sich McKenzie an Dragonfletcher, »Sie werden feststellen, daß Mr. Skater für einen Shadowrunner einige Skrupel hat.«

Widerwillig zog der Elf seine Hand zurück.

»Da wir gerade dabei sind, ein paar Dinge zu klären«, sagte Skater, »hätte ich selbst noch ein paar Fragen.« Er drehte seine Hand, so daß die Spitze des Kredstabs die Tischplatte berührte. Er konzentrierte sich auf Dragonfletcher. »Ich weiß, daß Sie Maddock haben töten lassen. Ich will wissen, warum.«

»Er ist mitverantwortlich dafür, daß Sie und ich jetzt hier sind«, antwortete Dragonfletcher.

»Er hat Informationen über die NuGene-Dateien weitergegeben?« fragte Skater.

Dragonfletcher sah verwirrt aus, als er McKenzie einen Blick zuwarf, der die Achseln zuckte.

»Nach allem, was ich gehört habe«, sagte der Mafia-Boß, »hat Skater seine Geschäfte durch Maddock abgewickelt. Aber es könnte auch noch jemand zwischen ihnen gestanden haben. Außerdem habe ich gehört, daß er den Yaks den Tip gegeben hat.«

Dragonfletchers Blick verhärtete sich, als er Skater anstarrte. »Jetzt, wo Sie den Kredstab in der Hand halten, versuchen Sie da, noch ein paar Nuyen mehr aus uns herauszuquetschen, indem Sie Ihre Kontakte verraten? In diesem Fall würde ich es bedauern, mich überhaupt mit Ihnen an einen Tisch gesetzt zu haben.«

»Nein. Dieser Chip ist alles, was ich NuGene verkaufen werde.« Skater tippte auf das Etui, um sie daran zu erinnern, daß er es ihnen noch nicht über den

Tisch geschoben hatte. »Ich will den Namen der Person, die für Larisa Hartsingers Tod verantwortlich ist.«

»Ich kenne ihn nicht«, sagte Dragonfletcher.

Zorn regte sich in Skater, so rastlos wie eine Klapperschlange. »Ich glaube Ihnen nicht.«

»Sie kränken mich«, erwiderte der Elf.

»Ich will den Namen ihres Mörders«, sagte Skater, indem er sich vorbeugte und seiner Stimme einen rauhen Unterton verlieh. »Und ich will wissen, wo ihr Kind ist.« Er war sich der Bewegung ringsumher bewußt, die auch auf Duran übergriff, als dieser seine Stellung veränderte, um ein besseres Schußfeld zu haben.

»Ich sagte doch, ich kenne ihn nicht.« Dragonfletchers Stimme klang ruhig und leise.

Skater hielt es für möglich, daß der Elf lediglich ein paar Wetwork-Spezialisten für den Job angeheuert hatte, ohne ihren Namen zu kennen. »Sie können ihn herausbekommen.«

»Warum sollte ich?«

»Weil Sie ohne den Namen nur einen halben Deal haben«, sagte Skater. Er ließ den Kredstab fallen und schob ihn dem Elf mit dem Zeigefinger zu. Aus dem Augenwinkel sah er, daß McKenzies Reaktion darauf sehr subtil ausfiel, aber die Art, wie sich die Dinge entwickelten, gefiel dem Mafia-Boß ganz eindeutig nicht.

»Was haben Sie vor?« fragte Dragonfletcher.

»Ich gehe«, sagte Skater zu ihm. Er nahm das Chipetui und verstaute es wieder in seiner Jackentasche.

»Wenn Sie das tun, sind Sie ein toter Mann«, warnte McKenzie. »Niemand versucht, mich wie einen verdammten Schwachkopf aussehen zu lassen. Wir haben eine Abmachung.«

»Wenn ich ein toter Mann bin«, sagte Skater grimmig, »landen diese Dateien einen Augenblick später in der Matrix.«

Einen Moment lang hielt McKenzie seinem Blick stand, dann sagte er: »Ich glaube Ihnen nicht.«

»McKenzie«, unterbrach Dragonfletcher.

»Lassen Sie mich das regeln«, sagte McKenzie. »Schließlich bezahlen Sie mich dafür.« Er richtete seine Aufmerksamkeit wieder auf Skater. »Noch eine Bewegung, und ich nehme diesen Chip Ihrer Leiche ab.«

Skater sah zwar McKenzie an, richtete seine Worte aber an Dragonfletcher. »Wollen Sie das? Wollen Sie, daß die Dateien auf diesem Chip in der Matrix landen?«

»Nein. McKenzie, setzen Sie sich.« Der Elf sah sich um. Ihm schien durchaus bewußt zu sein, daß sie unerwünschte Aufmerksamkeit erregten.

McKenzies Gesichtsausdruck war kalt und berechnend. Wut brannte tief in seinen dunklen Augen. »Sie machen einen Fehler. Das sollten Sie wissen.«

»Kommt drauf an«, sagte Duran leise. »Könnte sein, daß Sie derjenige sind, der den Fehler macht.« Seine Haltung blieb gelassen, aber sein Tonfall ließ keinen Zweifel daran, daß er zum Handeln bereit war.

Abrupt setzte sich McKenzie wieder. »Es wäre unsinnig, einen guten Handel zu verpfuschen, wenn ich dafür nur hier sitzen muß. Richtig?« Er entnahm seinem Etui eine neue Zigarette und zündete sie an.

Skater setzte sich ebenfalls, hielt sich aber bereit, von einem Augenblick auf den anderen aktiv zu werden.

»Was ist, wenn ich den Namen des Mörders nicht herausfinde?« fragte Dragonfletcher.

»Ich lasse Ihnen bis morgen früh zehn Uhr Zeit«, erwiderte Skater. »Wenn Sie beweisen können, daß Sie Zeit und Mühe auf die Suche verwendet haben, gilt der Handel.«

»Zehn Uhr.« Dragonfletcher starrte ihn an.

»Acht Stunden können für das, worin Sie verwickelt sind, keine so große Bedeutung haben«, sagte Skater.

»Zehn Uhr ist akzeptabel«, sagte der Elf. »Wenn der

Handel dann nicht zustande kommt, werden wir Sie jagen, und Sie können versuchen, Ihre Drohung wahr zu machen.«

»Das ist keine Drohung«, sagte Skater. Er zog eine Karte aus der Tasche. »Hier ist eine Nummer, unter der Sie eine Nachricht für mich hinterlassen können. Sie wird morgen früh anwählbar sein, und zwar zwischen neun Uhr fünfundfünfzig und zehn Uhr fünf. Sie können sie nicht zurückverfolgen, und Sie können sie nicht finden. Die Nummer existiert nur in diesem Zeitraum, und danach verschwindet sie für immer.« Erzengel würde den Anruf umleiten.

Dragonfletcher steckte die Karte ein. »Warum das Interesse an dieser Frau?«

»Sie war ein Freund«, sagte Skater. »Davon habe ich nicht so viele.«

Der Elf nickte.

»Passen Sie gut darauf auf«, sagte Skater, indem er dem Elf den Kredstab zuschob. »Wir wollen ihn später wieder zurück.« Der Art, wie McKenzie auf seinem Stuhl herumrutschte, konnte er entnehmen, daß der Mafia-Boß den Kredstab gern selbst zurückgenommen hätte, um ihn wieder auszutauschen, aber er konnte natürlich nicht darum bitten. Dragonfletcher würde den Kredstab überprüfen, weil Skater ihn eine Weile in der Hand gehalten hatte. Wenn der Elf das tat, würde er feststellen, daß zehn Prozent fehlten. Da es keinen Sinn ergab, daß Skater zehn Prozent genommen und den Rest auf dem Stab gelassen hatte, würde Dragonfletcher zu dem Schluß gelangen, daß McKenzie versucht hatte, sich ein größeres Stück vom Kuchen abzuschneiden. Skater fragte sich, wie die Partnerschaft diese Enthüllung verkraften würde.

Dragonfletcher steckte den Kredstab ein, sagte jedoch nichts.

Skater stand auf und sah McKenzie an. »Vielleicht sehen wir uns wieder.«

»Verlassen Sie sich drauf«, sagte der Mafia-Boß.

Was sonst auch geschehen mochte, Skater wußte, daß er sich mit McKenzie einen gefährlichen Mann zum Feind gemacht hatte.

Kaum war ihm dieser Gedanke gekommen, als plötzlich eine Serie von Schüssen die Atmosphäre stiller Etikette im Restaurant störte. Skater duckte sich und zog den Predator II aus dem Gürtelhalfter.

»Komm schon!« brüllte Duran, indem er den Rükken von Skaters Jacke ergriff und ihn vom Eingang zu dem tiefergelegenen Speisesaal wegzog. Er hielt eine Ceska Black Scorpion in der Hand, die Donner und Blitz spie.

Zuerst dachte Skater, einer von McKenzies Leuten hätte das Feuer eröffnet. Dann sah er grimmige Gesichter in den Raum marschieren, bei denen es sich nur um Yakuza handeln konnte, die mit ihren Waffen den ganzen Raum abdeckten und alles niederschossen, was sich ihnen in den Weg stellte. Die Yaks waren in ihren schwarzen Anzügen und vercyberten Sonnenbrillen leicht auszumachen.

Die Mafia-Leute verteidigten sich, indem sie Tische umstürzten und aus dieser improvisierten Deckung das Feuer erwiderten. Kugeln durchlöcherten das Mobiliar, aber der Lärmpegel war niedrig, da die Waffen schallgedämpft waren.

»Wheeler«, rief Duran über Commlink, »halt dich bereit.«

»Ein Wort von euch reicht«, erwiderte der Zwerg, »und ich bin da.«

Skater hob seine Pistole, gab zwei Schüsse auf einen Yak ab, der in den Hauptbereich des Speisesaals lief und dabei gnadenlos die Tischgäste bestrich. Er zielte auf die Brust des Mannes, da er es nicht auf einen Kopfschuß ankommen lassen wollte.

Die Kugeln trafen und schleuderten den dunkel gekleideten Mann zurück. Skater wußte nicht, ob die Kugeln tatsächlich in den Körper des Mannes eingedrungen oder vom Kevlar aufgehalten worden waren. Duran ließ Skaters Jacke los. Der Ork war offenbar davon überzeugt, daß er Schritt hielt.

Sie erreichten die Ecke gegenüber vom Eingang in dem Augenblick, als jemand die Stromzufuhr zum Speisesaal unterbrach. Einen Augenblick später hatte die Dunkelheit die indirekte Beleuchtung verschluckt. Nur die Flutlichter außerhalb der Glaswand und die Mündungsblitze der Waffen sorgten für Helligkeit.

Skater schaltete auf Lichtverstärker um und begutachtete das Schlachtfeld. Offenbar waren die Yaks auf die Dunkelheit vorbereitet, da sie sich frei bewegten. Vermutlich trugen die meisten Nachtsichtbrillen. Doch ein Trupp Elfen war ebenfalls aufgetaucht, und binnen Sekunden waren die Yaks in der Unterzahl. McKenzie und Dragonfletcher mußten vor dem Restaurant eine ganze Armee bereitgehalten haben. Rasch wendete sich das Blatt in diesem blutigen kleinen Krieg.

»Skater hat uns an die Yakuza verkauft!« brüllte McKenzie. »Es ist eine Falle!«

Skater folgte der Stimme und sah McKenzie hinter einem Yak knien, der über einem umgestürzten Stuhl lag. Der Mafia-Boß hatte beide Hände um den Kolben eines Manhunter gelegt, der einen rubinroten Strahl durch die Dunkelheit schickte.

Eine Sekunde lang wurde Skater von Licht geblendet, dann war er sich des roten Punkts bewußt, der unter seinem linken Auge Gestalt annahm. Er bewegte sich, als ihn ein furchtbarer Schlag traf und seinen Kopf gegen die Wand schleuderte. Er rang mit der Bewußtlosigkeit, während sein Rücken langsam an der Wand herunterglitt und ihm warmes Blut über das Gesicht lief.

# 21

Stechender Schmerz erfüllte Skaters Kopf, und er mußte kämpfen, um Arme und Beine in Bewegung zu setzen. Er sah doppelt, dann verschwommen, und der Lichtverstärker brachte ihm seine Tiefenwahrnehmung durcheinander, indem er zu stark auf Licht und Schatten reagierte.

»Junge!« brüllte Duran von irgendwo in der Nähe.

Skater folgte der Stimme des Orks inmitten der Schüsse und Schreie. Der Gestank nach Schießpulver war überwältigend. Er drehte den Kopf und konzentrierte sich auf das Rechteck aus Licht, das von der Glaswand kam. Offenbar funktionierten die Flutlichter draußen im Sund unabhängig von der Beleuchtung im Gray Line. Gestalten glitten über die Glaswand und warfen Schatten in den Raum, aber er konnte nicht unterscheiden, um wen es sich bei den Gestalten handelte.

Ein Yakuza, dessen verchromte Augen im Dunkeln leuchteten, kam aus der Dunkelheit auf ihn zu. Er trug einen Taser, und der Pfeil am Ende sprühte Funken blauweißer Elektrizität.

Skater hob den Predator und schoß, bis der Mann zu Boden ging. Er nahm das leere Magazin aus der Waffe und schob ein neues hinein, dann aktivierte er den Commlink. »Trey.«

»Ich bin hier, Chummer.« Trey war außer Sicht postiert und benutzte ein externes Mikro.

Skater warf sich hinter einen umgestürzten Tisch und mußte die Leiche eines von McKenzies Leuten aus dem Weg schieben. Kugeln schlugen in die Tischplatte. Eine von ihnen wurde vom Kevlarfutter seiner Jacke abgelenkt. Die eine Gesichtshälfte war von einer warmen, blutigen Maske bedeckt. Er wußte nicht, wie schlimm es war, aber sein Sehvermögen kehrte langsam wieder zurück. »Zeit zu verschwinden.«

»Ich bin bereit. Auf dein Zeichen.«

Hinten in dem Raum stand McKenzies Schamane in dem unruhigen Licht, das durch die Glaswand fiel, und beschrieb komplizierte Gesten, während ihn seine vercyberte Freundin bewachte. Sie hatte der Einkaufstüte zu ihren Füßen einen durchsichtigen, kugelsicheren Schild entnommen und hielt ihn vor ihre Gesichter. Kugeln zogen feurige Linien über die Oberfläche.

»Der Schamane nimmt uns aufs Korn«, warnte Duran.

»Ich sehe ihn«, sagte Skater. Ein neuerlicher Kugelhagel riß ganze Stücke aus der Tischplatte, während sich ihm gleichzeitig zwei Yabos der Mafia näherten. Er hielt sich bereit, da er wußte, daß alles sehr schnell gehen würde. Blut trübte das Sehvermögen seines linken Auges und schmeckte wie Salz auf seinen Lippen.

Plötzlich flackerte ein Feuerball in der Hand des Schamanen auf, der einen Augenblick später durch den Raum flog, einen feurigen Schweif hinter sich her ziehend. Während Skater seine Stellung verließ, traf der Feuerball den Tisch und zerlegte ihn in brennende Splitter, die durch die Luft wirbelten.

Der Rauch, den die Explosion erzeugte, schnitt tief in seine Lungen, und in ihrer unmittelbaren Umgebung wurde der Sauerstoff knapp.

Skater verließ sich darauf, daß die beiden sich ihm nähernden Männer von der Explosion abgelenkt worden waren. Er sprang hoch in die Luft und traf den zweiten Mann mit einem Sprungtritt. Er landete, wobei er mühsam das Gleichgewicht hielt, während sich die Nachwirkungen der Explosion in einem grellen Aufflammen von Licht entluden. Bevor sich der erste Mann umdrehen konnte, rammte Skater ihm den Lauf des Predator gegen den Hinterkopf und drückte ab.

Die mehr oder weniger kopflose Leiche fiel wie ein Sack zu Boden.

McKenzie war vor ihm, wurde jedoch zum Teil von Yaks und einigen panikerfüllten Gästen des Restaurants verdeckt. Von einer berserkerhaften Wut erfüllt, schoß der Mafia-Boß wahllos in die schreiende Menge. Eine Mutter und ein kleines Kind wurden getroffen und wie Spielzeugpuppen beiseite geschleudert. Sie hatten nie eine Chance.

Der Anblick machte Skater krank, aber er konnte nicht auf McKenzie schießen, ohne seinerseits Gefahr zu laufen, Unschuldige zu treffen. »Wheeler!« rief er über Commlink. »Spreng das Glas!«

»Verstanden!« antwortete der Zwerg von seinem Boot, das an der Anlegestelle oberhalb des Restaurants wartete.

Skater betrachtete die Glaswand vor sich. Das Adrenalin in seinen Adern ermöglichte ihm einen Augenblick kristallener Klarheit. Er spürte eine Kugel hinten am Bein gegen das Kevlar schlagen. Die Wucht des Anpralls beugte sein Knie, und er wäre beinahe gestürzt, hielt sich jedoch mit einer gewaltigen Willensanstrengung auf den Beinen.

Die Glaswand war von der Schießerei bereits in Mitleidenschaft gezogen worden. Die verformten Bleiklumpen von Kugeln steckten in dem Glas, das von einem Netz von Sprüngen übersät war. Der Schaden verzerrte die Aussicht und änderte den Vergrößerungsfaktor.

Ohne Vorwarnung, aber im richtigen Augenblick zerbarst die Glaswand zu Tausenden von Splittern, und das Wasser flutete in den Raum. Alarmsirenen jaulten. Paneele an den Wänden schoben sich zurück und enthüllten Ablaufschächte. Pumpen erwachten zum Leben, und das Geräusch ihrer anlaufenden Motoren hallte durch die Schächte.

Alles lief, wie geplant. Skater wußte von den Pumpen, weil hier im ›Gray Line‹ vor ein paar Jahren ein Überfall stattgefunden hatte. Dabei war es zu einer Schießerei mit Lone Star gekommen, in deren Verlauf die ursprünglichen Glasscheiben in den Restaurantwänden zerstört worden waren. Zwölf Personen waren ertrunken und Juwelen im Wert von hunderttausend Nuyen in den Sund gespült worden. Die Umgebung des Restaurants wurde immer noch hin und wieder von Tauchern durchkämmt, aber der Schmuck war nie gefunden worden. Lawrence Bjelland, der Besitzer des ›Gray Line‹, hatte den Raum wiederaufbauen und für den Fall weiterer Unfälle und Zwischenfälle zusätzlich die Pumpstationen errichten lassen.

Das Wasser stürzte wie eine Flutwelle auf Skater ein, kalt und salzig und mit den regenbogenfarbenen Fischen angereichert, die im Dunkeln leuchteten. Er hielt sich mühsam auf den Beinen, den Predator fest umklammert. Salz brannte in seiner Kopfwunde. Binnen eines Augenblicks stieg die wogende Flut von seinen Knöcheln bis zu seinen Oberschenkeln, riß Tische und Stühle um und trieb alles vor sich her.

Er schob einen Stuhl aus dem Weg und sah sich nach Duran um. Der Ork stand abseits der hereinbrechenden Fluten in einer Ecke neben der zerschmetterten Glaswand. Das Haar klebte ihm am Kopf wie das eines Tiers. Er gab gezielte Schüsse in verschiedene Richtungen ab, wobei er sowohl Leute der Mafia als auch der Yakuza aufs Korn nahm.

»Duran!« rief Skater.

»Beweg dich!« antwortete der Ork, während er ein leeres Magazin aus der Scorpion auswarf und ein neues einlegte.

Wütende Stimmen gingen im Rauschen des eindringenden Wassers unter, aber Skater konnte McKenzie Befehle brüllen hören, Duran und ihn umzulegen. Er schaltete den Commlink in der Hoffnung ein, daß Trey ihn noch hören konnte. »Trey.«

»Ich bin noch da, Chummer.«

Skater kämpfte sich durch das Wasser, das ihm mittlerweile bis zur Brust reichte. Es würde nur noch Sekunden dauern, bis er der anbrandenden Flut nicht mehr standhalten konnte, und die Kraft des Wassers schien nicht im geringsten nachzulassen. Er warf einen Blick in Richtung Eingang und erblickte Trey seitlich neben der geöffneten Doppeltür, wo der Magier gewartet hatte. Skater nahm mit Erleichterung zur Kenntnis, daß sich die Gäste des Restaurants unter Führung des Gray-Line-Personals rasch durch die Doppeltür aus dem Speisesaal zurückzogen.

Trey gestikulierte, und eine schimmernde Welle senkte sich um Skater auf das Wasser. Ein kleiner Taifun nahm vor ihm Gestalt an und wirbelte dann vier Meter hoch über Skaters Kopf. Silberbesteck, Cocktailservietten, Gläser, Flaschen und Möbelstücke wurden von ihm mitgerissen.

Voll ausgebildet stand der trübe Gigant auf Beinen mitten im Wasser, die so dick wie Telefonmasten waren. Leuchtspurgeschosse glühten auf, als sie durch den flüssigen Körper fuhren, ohne Schaden anzurichten. Die Züge des Wasserelementars waren kaum ausgeformt, vermittelten aber außerordentliche Wut. Trey hatte ihn vor Stunden beschworen und dann in Bereitschaft gehalten, damit er den verlangten Dienst leisten konnte. Wogen türmten sich nach dem Willen seiner ausgestreckten Hände auf und schlugen über Yaks und Mafiosi zusammen, die es wagten, ihm zu trotzen.

»Verschwinde, Jack«, sagte Trey. »Wir treffen uns oben.« Ohne ein weiteres Wort verließ der Magier seinen Platz, spurtete durch den Raum und sprang kopfüber in das wogende Wasser.

»Ich decke dich«, sagte Duran, »dann komme ich nach.«

Skater tauchte ebenfalls und schwamm zur zersplitterten Glaswand. Anstatt gegen das einströmende

Wasser aus dem Sund ankämpfen zu müssen, trieb er in einer Strömung, die ihn in eine zu den hereinbrechenden Fluten entgegengesetzten Richtung zog. Er wußte, daß dies Treys Werk war, der sich die Kräfte des Wasserelementars zunutze machte.

Er drehte sich und schoß zwischen den gezackten Rändern der Glasscherben hindurch, die noch in ihren Schlitzen in der Wand hingen. Die Fische wurden ebenfalls von ihm weggeschwemmt. Dann verschwand die Kraft, die ihn bewegte, bis er gewichtslos in der Dunkelheit trieb. Ein Gefühl des Auftriebs kehrte zurück, und er folgte ihm hinauf an die Oberfläche, wobei die nasse Kleidung seinen Aufstieg verlangsamte.

Das Wasser über ihm wurde heller. Mondlicht drang in die Tiefe vor, nur eine ungefähr dreieckige Stelle links von ihm blieb dunkel. Er durchstieß die Oberfläche und drehte sich zu dem Schatten um, während die frische Atemluft in seinen Lungen brannte.

Wheeler Stahlnerv, der immer noch seine Taucherausrüstung trug, die er benutzt hatte, um die Sprengladungen an der Glaswand des Restaurants anzubringen, ging ungeduldig auf dem Deck des Aztech Nightrunner auf und ab, den er sich – gegen eine Gebühr – von einem anderen Rigger geliehen hatte. Als der Zwerg Skater erblickte, kniete er nieder und streckte ihm eine Hand entgegen. »Beeil dich. Wenn wir noch viel länger hier rumhängen, geben wir garantiert den Löffel ab.«

Skater ergriff die Hand und kämpfte gegen die Übelkeit an, die ihm seine Wunde verursachte. Der Zwerg war stark genug, um ihn aus dem Wasser zu hieven.

»Hast du dir eine eingefangen?« fragte Wheeler, indem er mit rauher Hand über Skaters Kopf fuhr. Er sah genauer hin.

»Fast.« Skater wischte die Hand gereizt beiseite. Er

drehte sich um und starrte in die schwarzen Tiefen, um dann den Commlink einzuschalten. »Duran.«

»Schon unterwegs, Junge«, antwortete Duran. Einen Augenblick später durchstieß er die Oberfläche, schüttelte sich das Wasser aus den Augen und orientierte sich dann. Trey tauchte kaum einen Meter entfernt auf. Sie schwammen zum Boot.

Skater wandte sich zum Dock um und lauschte den lauter werdenden Stimmen, die vom ›Gray Line‹ herübertrieben. Die Docks, die bei Sturm als Bollwerk dienten und die Sicht auf das Restaurant versperrten, überragten den niedrig konstruierten Nightrunner.

»Sie kommen«, sagte Wheeler, während er bereits ins Cockpit eilte.

Skater wußte, daß er sich nicht auf Duran und Trey bezog, die sich über die Bootswandung auf das Deck wälzten. Trotz der immer stärker werdenden Übelkeit konnte er hören, daß einige der Stimmen jenseits der Docks näher kamen. Er hob den Predator und machte sich bereit.

Das Cockpit des Nightrunner enthielt nur zwei Sitze. Wheeler nahm den einen in Beschlag und stöpselte sich in die Steuerung des Fahrzeugs ein. Der Motor erwachte zum Leben, leise, obwohl das Beben, welches das Boot durchlief wie das erwartungsfreudige Zittern eines BTL-Chipheads, kaum schwächer war als ein tief auf der Richterskala angesiedeltes Erdbeben.

Trey stolperte, als er auf dem glitschigen Deck des Nightrunner aufzustehen versuchte. Trotz der rutschfesten Matten auf den nichtmetallischen Bestandteilen des Rumpfs war es nicht leicht, über das Deck zu gehen.

Skater streckte die Hand aus, um ihm zu helfen, aber der Magier zog seinen Arm weg.

»Vorsichtig, Chummer«, sagte Trey mit erschöpfter Stimme. »Ich hätte dort unten besser aufpassen sollen.« Er hielt den Arm hoch. Über den Unterarm lief ein Schnitt, der vom Handgelenk bis zum Ellbogen reichte. Elfenbeinfarbener Knochen glänzte unter dem Blut, das auf das Deck tropfte und seine Kleidung befleckte. Sein Gesicht war kalkweiß. »Kevlar nützt nichts gegen Glasscherben. Aber ich kann das in Ordnung bringen.«

Die Stimme des Magiers senkte sich zu einem Flüstern, und Skater war nicht sicher, ob die letzte Bemerkung ihm gegolten hatte oder Trey sich damit selbst beruhigen wollte.

Skater schob Trey in Richtung Cockpit. »Geh da rein und halt den Kopf unten.«

Beinahe apathisch ließ sich der Magier auf den anderen Sitz fallen und umklammerte seinen verwundeten Arm. Plötzlich fiel sein Kopf nach hinten, und seine Augen wurden blicklos.

»Paß auf ihn auf«, sagte Skater zu Wheeler.

Der Zwerg nickte. »Ich habe ihn. Haltet euch da hinten gut fest, weil wir gleich losdüsen wie der Teufel.«

Duran kauerte bereits hinter dem Cockpit, eine Hand an einem Griff und den Lauf seiner Kanone auf die Reling gestützt. Er beharkte die Docks mit einer längeren Salve aus der Scorpion und jagte damit die Schatten auseinander, die sich plötzlich dort zusammenballten. Mündungsblitze zuckten durch die Nacht und beleuchteten die alten Holzwälle mit den moderneren Plastibeton-Einsätzen.

Skater hielt sich an dem anderen Griff hinten am Cockpit fest. »Los!« rief er Wheeler zu.

Kugeln schlugen gegen den Rumpf des Nightrunner und prallten funkensprühend von dem verstärkten Cockpit ab. Teile der rutschfesten Matten rissen sich los und wirbelten davon.

Die Marine-Turbine setzte mit Macht ein. Zuerst sank das Boot ein paar Zentimeter, als es der Schub vorwärtstrieb, dann hob es sich allmählich aus dem

Wasser, als Geschwindigkeit und der gekrümmte Bug stiegen.

Skater hielt sich krampfhaft fest und zwang das Fleisch, mit dem Griff zu einer Einheit zu verschmelzen. Die flackernden Mündungsblitze auf dem Dock wurden rasch kleiner, und das Funkensprühen hörte auf, da der Nightrunner nicht mehr getroffen wurde.

»Keine Verfolger«, rief Duran über das Brüllen der Turbine und das Klatschen der Wellen hinweg. »Wir schaffen es.«

Skater nickte. An dieser Stelle konnte ihnen nur noch ein Helikopter-Einsatzteam von Lone Star gefährlich werden. Er schaute zum stark bewölkten Himmel auf. Nichts dergleichen zeichnete sich ab.

Trey war noch stärker zusammengesunken, aber der Blutstrom aus der Wunde schien sich verlangsamt zu haben.

»Wie geht es ihm?« fragte Skater Wheeler.

Der Zwerg konzentrierte sich weiterhin auf seine Kontrollen. »Er hängt ziemlich durch. Aber er atmet noch. Das ist immer ein gutes Zeichen.«

Skater nickte und kauerte sich neben das Cockpit.

»Ich schätze, was McKenzie angeht, sind wohl alle Zweifel beseitigt«, sagte Duran. Das Gesicht des Orks war in dem kalten Fahrtwind angespannt, aber seine Augen brannten. »Der Dreksack hatte nicht das geringste Problem, auf uns loszugehen. Wahrscheinlich hätte er Dragonfletcher unsere Köpfe auf einer Stange präsentiert, wenn der Preis gestimmt hätte.«

Skater nickte.

»Er glaubte, du lügst, als du sagtest, du würdest die Dateien in die Matrix laden«, sagte der Ork.

»Vielleicht«, stimmte Skater zu. »Und vielleicht wußte er auch, daß die Dateien verstümmelt waren.«

»Weißt du das?« fragte Duran. »Oder glaubst du das nur?«

»Im Moment habe ich nur Fragen«, antwortete Skater aufrichtig. »Einen ganzen Haufen.« Er fluchte leise, da er sich Sorgen um Trey und um das Baby machte und stärker denn je unter Larisas Tod litt, während ihm klar wurde, daß er vor der Schießerei floh und eigentlich nichts hatte, wohin er fliehen konnte. Irgendwo in den Geschehnissen der letzten dreißig Stunden waren die Puzzleteile verborgen. Er konnte sie nur nicht finden.

# 22

Das war der zweite Lone-Star-Streifenwagen, den ich in den letzten fünf Minuten gesehen habe«, sagte Wheeler, der hinter dem Steuer des Leyland-Rover saß, während sie durch die Straßen der Seattler Innenstadt fuhren.

Skater, der hinten saß, so daß er über den schlafenden Cullen Trey wachen konnte, starrte durch die Insektenverkrustete Windschutzscheibe, da der Lieferwagen Archibalds Wohnung entgegenrollte. Er sah die roten Heckleuchten des Streifenwagens durch die schmalen Straßen gleiten und sich von ihnen entfernen.

»Sie durchkämmen die Bezirke«, bemerkte Duran. Er saß auf dem Beifahrerseitz, die Scorpion immer noch in einer Hand. »Es sind sogar Streifen zu Fuß mit Crawlern unterwegs.« Er zeigte schräg nach vorn.

Skater folgte seinem Finger, während der Lieferwagen über eine Kreuzung fuhr. Zwei Blocks weiter trat ein Trio Lone-Star-Uniformen in ihren auffallenden Farben eine Tür ein. Ein im Gold und Blau Lone Stars lackierter Aztechnology GCR-23C Crawler wartete zu ihren Füßen, nicht größer als ein Brotkasten. Der Crawler war eine Schnüffeldrone und hatte den Zweck, mit Videoscannern in Gebäude einzudringen, um so das Risiko für Fleisch und Blut auf ein Minimum zu senken.

»Ich kann mir nicht vorstellen, daß sie unterwegs sind, um eine Umfrage hier in der Gegend zu starten, wie sie ihren Dienst verbessern können«, sagte Skater. Er benutzte den Commlink, um die Nummer anzuwählen, die sie in der Wohnung eingerichtet hatten.

Eine blecherne Frauenstimme informierte ihn, daß er eine Nummer gewählt hatte, unter der es keinen

Anschluß gab. Er unterbrach die Verbindung und versuchte es mit Archibalds ursprünglicher Nummer. Es läutete fünfmal, doch der Anruf blieb unbeantwortet. Trey war immer noch bewußtlos, aber die Schnittwunde in seinem Arm schien bereits zu verheilen.

»Fahr rechts ran und halt an«, sagte Skater zu Wheeler, als sie noch drei Blocks von der Wohnung entfernt waren. »Laß Duran und mir fünf Minuten Zeit, um zur Wohnung zu gelangen und uns dort umzusehen. Wenn du bis dahin einen Anruf von mir erhältst, komm nach. Wenn nicht, verschwinde und rette deinen Arsch.«

Wheeler nickte und schaltete die Scheinwerfer des Wagens aus, als er neben dem Bordstein anhielt.

Skater streifte sich seine Krawatte über den Kopf. In ihren Anzügen waren sie in dieser Gegend eindeutig unpassend gekleidet. Auch wenn es ihnen gelang, nicht die Aufmerksamkeit Lone Stars zu erregen, würden in der Nacht bereits eine Menge Raubtiere der Straße unterwegs sein. Er ließ die Jacke auf und krempelte sich die Ärmel hoch. Grinsend sagte er zu Duran: »Wenn wir uns richtig herrichten, glauben die hiesigen Schläger vielleicht, wir sind heute nacht schon verrollt worden.«

Duran schob die Scorpion in das Schulterhalfter unter seiner Jacke. »Sie sollten nicht den Fehler machen, auf uns loszugehen. Ich bin nicht mehr in der Stimmung.«

Skater öffnete die rückwärtige Tür und stieg aus. Nachdem er draußen am Puget-Sund gewesen war, fand er die Stadtluft muffig und klitschig. Er schwitzte unter seiner nassen Kleidung, noch bevor sie den ersten Block hinter sich gelassen hatten. Duran ging einen halben Schritt hinter ihm und hielt sich weiter rechts. Skater sah beim Gehen in die Schaufenster und benutzte diejenigen, die nicht mit grauer Klebefolie und Plastiplatten bedeckt waren, um Ausschau nach

Leuten zu halten, die unerwünschtes Interesse für sie an den Tag legten. Die Spiegelbilder waren dunkel und geisterhaft.

Er dachte daran, wie Larisa immer mit ihm gestritten und ihn zu überreden versucht hatte, die Shadowruns aufzugeben und sich aus dem Geschäft zurückzuziehen. Er erinnerte sich nur allzu deutlich, wie einsam er sich fühlte, nachdem sie ihn verlassen hatte, und wie das den ganzen Ballast wachgerufen hatte, den er aus dem Stammesland ins Haus seiner Mutter und noch weiter geschleppt hatte. Als er über all das nachdachte, was am Abend geschehen war, während er Kugeln ausgewichen war, um sein Leben gekämpft hatte und schließlich geflohen war, wurde ihm klar, wie sehr er sich von der Welt abgekapselt hatte. Die Leute, auf die er sich jetzt verließ, hatte er absichtlich auf Armeslänge von sich gehalten und nicht an sich herangelassen. Plötzlich erkannte er, wie wenig er über sie wußte, wie wenig er über alle Leute wußte, die er kannte. Die Erkenntnis sickerte in sein Bewußtsein wie kaltes Quecksilber.

Er warf einen Blick auf Archibalds Tür, die nicht mehr weit voraus war. Die Sicherheitslampe über der Tür war immer noch dunkel, wie sie es auch sein sollte, nachdem Elvis die Birne entfernt hatte. Drei Minuten und elf Sekunden waren verstrichen.

»Duran«, sagte Skater.

»Ja, Junge.«

»Hast du ein Hobby?«

Drei Schritte wurden schweigend zurückgelegt. »Ein Hobby?«

»Ja.« Skater verließ den Bürgersteig, schaute nach links und rechts und ging dann über die Straße. Eine Windbö ließ Zeitungen, Einwickelpapier und Plastikbecher vor ihnen über den Asphalt tanzen. »Irgendwas, das du zwischen den Jobs tust. Du weißt schon.«

»Bist du sicher, daß dein Hirn da drinnen nichts abgekriegt hat?« fragte Duran in angelegentlichem Tonfall.

»Ich bin sicher.« Weniger als hundert Schritte trennten sie noch von der im Dunkeln liegenden Tür. Skater zog den Predator und hielt ihn neben dem Bein verborgen.

»Kannst du mir sagen, warum dich das jetzt interessiert?«

»Weil es vielleicht kein Später mehr gibt.« Skater versuchte erst gar nicht, das Durcheinander der Gefühle, die er empfand, in Worte zu kleiden. So viel ging in ihm vor, so viel war zu überlegen, und seine Zeit war vielleicht schon so gut wie abgelaufen.

»Pferde«, sagte Duran. »Ich gehe gern zu Pferderennen. Aber nur zu den richtigen, wo nur Herz und Muskeln zählen. Nicht die Tech.«

»Gewinnst du viel?« Skater musterte den Ork neben sich, überrascht ob seines Interesses, nun, da er verbotenes Gelände betreten hatte.

Duran schüttelte den Kopf. »Ich wette nie.«

»Warum gehst du dann hin?«

»Um sie rennen zu sehen«, sagte Duran. »Ich seh' sie einfach gerne rennen.«

Skater dachte darüber nach und kam dann zu dem Schluß, daß das wahrscheinlich ein ebensoguter Grund war wie jeder andere.

»Und ich liebe das Drumrum«, fuhr Duran fort, als sie auf der anderen Straßenseite angelangt waren. »Und ich seh' mir gern die Frauen an. Frauen drehen echt durch, wenn Geld den Besitzer wechselt und sie erst wissen, ob sie gewonnen haben, wenn die Pferde im Ziel sind. Und sie kleiden sich nett. Kunstlederhosen, die so eng sitzen, daß keine Monoklinge mehr zwischen Haut und Leder paßt.«

»Hast du jemand …« Skater suchte nach dem richtigen Wort, während sie unter einer mitgenommen aussehenden Markise mit Stahlrahmen durchgingen. »... jemand Besonderes?«

»Eine Frau, meinst du?«

»Ja.«

»Manchmal. Ich und die Frauen, das ist 'n netter Gedanke, aber irgendwie auch so, als würde man Essig und Öl mischen. Ich muß wirklich in Hochstimmung sein, wenn alles glatt laufen soll. Ich kann nicht so viel Zeit in diese Geschichten investieren, und ich habe noch keine gefunden, die mich so lange fasziniert hätte. Man hat mir gesagt, es wäre schwer, mich kennenzulernen.«

Skater nickte, als er sich an Gespräche mit Larisa erinnerte. »Und daß du zu beherrscht, zu zugeknöpft, zu paranoid bist.«

»Bingo.«

»Aber du versuchst es.«

»Nicht mehr so oft wie früher.«

Skater spürte, wie ihm der Schweiß über das Gesicht lief. Ein rötlicher Tropfen lief ihm in den Augenwinkel, wo er verharrte, bis er ihn wegblinzelte. Sein Griff um den Predator wurde fester, als er vor die Wohnungstür trat. Vier Minuten und siebenunddreißig Sekunden waren vergangen. »Ich hoffe, du siehst die Pferde wieder rennen, wenn das hier vorbei ist.«

»Ich auch, Junge.«

Bevor Skater an die Tür klopfen konnte, wurde sie geöffnet. Er wäre nicht einfach hineingegangen, da es schließlich in der Wohnung bereits von Blauen hätte wimmeln, ohne daß jemand ein Auge auf die Tür hatte. Einen laschen Wachposten zu überraschen hätte zu einer Schießerei führen können, auf die er entschieden keinen Wert legte.

Duran war bereits neben der Tür mit der Scorpion im Anschlag in Stellung gegangen.

»Wir verschwinden«, sagte Erzengel, als sie zur Tür kam. »Die Miete ist zu hoch für diese Bude.« Sie hatte ihr Deck bereits in seinem Koffer verstaut und war fertig angekleidet. »Alles, was wir nicht tragen konnten, haben wir zerstört. Wo steht der Wagen?«

Elvis stand hinter ihr, einen großen Koffer in jeder Hand. Er beäugte wachsam die Straße.

Skater rief Wheeler über Commlink. »Du kannst jetzt kommen.«

»Bin schon unterwegs«, erwiderte der Zwerg. Drei Blocks weiter leuchteten die Scheinwerfer des Lieferwagens auf und bohrten Tunnel in die Schatten. Der Wagen fuhr zügig an.

Erzengel fühlte sich in der Tür offenbar nicht wohl. Sie ging dem Wagen gemächlichen Schrittes entgegen.

Skater spürte ihre Anspannung, die sich in einer Steifheit in ihren Bewegungen auch sichtbar ausdrückte. Er ging neben ihr. »Probleme?«

»Du und Duran seid von irgendeinem Spitzel in dieser Gegend gesehen worden«, sagte Erzengel. »Sie haben es vor kurzem im Trid gesendet. Du wirst immer noch in Verbindung mit dem Mord an Larisa Hartsinger gesucht. Lone Star hat erst vor fünfundvierzig Minuten damit begonnen, alle Häuser einzeln zu durchkämmen. Ein Teil der Mannschaften ist abgezogen worden, als es in dem Restaurant rundging.« Der Wagen hielt neben ihnen, und sie setzte sich neben Trey, der wieder bei Bewußtsein war.

Die Haut am Arm des Magiers sah glänzend, rosig und neu aus, als hätte er einen leichten Sonnenbrand. Skater glaubte nicht, daß eine Narbe zurückbleiben würde.

»Ich nehme an, das Treffen ist nicht so gut gelaufen«, sagte Erzengel.

»Nein«, erwiderte Skater, indem er auf einen Sitz weiter hinten kletterte. »McKenzie ist im Moment nicht sehr zufrieden mit uns.« Er berichtete von den vertauschten Kredstäben. »Ich habe daran gedacht, ihn aus dem Geschäft zu drängen, so daß wir es nur noch mit den Elfen zu tun gehabt hätten. Ich bin sicher, daß sie hier in Seattle noch keine eigene Operationsbasis haben. Ich dachte, wir könnten vielleicht etwas freier atmen, wenn McKenzie aus dem Weg wäre. Aber es hat den Anschein, als hätte McKenzie den Elfen einen Haufen Lügen aufgetischt.«

Duran setzte sich wieder auf den Beifahrersitz, während Elvis das Gepäck hinten einlud und die Tür schloß. Es fiel ihm schwer, seine Körperfülle einigermaßen bequem auf dem Sitz neben Skater unterzubringen.

»Die Yakuza ist ebenfalls aufgetaucht«, sagte Trey. »Unangemeldet. Was bedeutet, jemand hat ihnen einen Tip gegeben. Schon wieder. Alles in allem war die ganze Party absolut faszinierend. Es ist nicht leicht, auf dem laufenden zu bleiben, wer zu irgendeinem Zeitpunkt mit wem falsches Spiel treiben könnte.«

»Doyukais Leute?« fragte Elvis.

»Wahrscheinlich«, meldete sich Duran zu Wort. »Aber bei dem ganzen Tohuwabohu hatten wir keine Zeit mehr, uns von der Rechtmäßigkeit ihrer Ansprüche zu überzeugen.«

»Also glaubt ihr, daß jemand aus Dragonfletchers Gruppe ihn an die Yaks verkauft hat?« fragte Elvis.

Wheeler fuhr den Wagen aus der Innenstadt heraus. »Wohin?« fragte er.

»Es könnte jemand von NuGene gewesen sein«, sagte Skater zu Elvis, dann wandte er sich an Wheeler. »Ich bin offen für Vorschläge.«

»Ich habe ein Lagerhaus mit der aufgetankten Fiat-Fokker darin anzubieten.«

»Sie ist bei dem Überfall auf den Frachter beschädigt worden.«

»Ja.« Der Rigger nickte. »Sie sieht vielleicht nicht mehr so hübsch aus, aber sie ist flugfähig.«

»Wie sicher ist dieses Lagerhaus?«

»Ich habe das Wasserflugzeug dort abgestellt«, sagte

Wheeler. »Wir haben in diesem Vogel einen Haufen Geld stecken.«

»Man kommt leicht rein und leicht wieder raus?« fragte Skater.

»Das Lagerhaus ist echt Sahne. Total cool. Ich habe schon eine ganze Weile Zugang, es aber nur noch nie benutzt. Es ist eines dieser Schlupflöcher, mit denen man umgeht wie mit einem As im Ärmel.«

»Dann nichts wie hin.«

»Es ist auch möglich, daß einer von McKenzies Männern das Treffen verraten hat«, sagte Erzengel.

Skater nickte. »So, wie das Treffen arrangiert war, kann die Informationen nur auf drei Wegen zur Yakuza gelangt sein. Durch McKenzie, durch NuGene oder durch uns.«

»Da wir in den letzten vierundzwanzig Stunden bei verschiedenen Gelegenheiten fast den kollektiven Löffel abgegeben hätten«, sagte Trey, »stimme ich dafür, daß wir ausgenommen sind.«

»Kein Problem«, sagte Skater. »Die einzige andere Möglichkeit ist die, daß Doyukai einen seiner Leute bei McKenzie oder NuGene eingeschleust hat.«

»Unwahrscheinlich«, sagte Duran. »Diese Burschen machen einen ziemlich zugeknöpften Eindruck und werden ihr Personal genauestens unter die Lupe nehmen.«

»Wie sind wir dann aber an den Tip hinsichtlich der Fracht der *Sapphire Seahawk* gekommen?« erwiderte Skater.

»Stimmt«, knurrte der Ork. »Was mich betrifft, läßt mich die Frage einfach nicht los, woher der Tip stammt. Ich würde das gern klären, bevor wir weitermachen.«

»McKenzie steckt in diesem Moment ziemlich tief in der Sache drin«, sagte Erzengel.

Skater hob fragend eine Augenbraue.

»Ich habe nichts Konkretes«, sagte sie, »aber ich

habe etwas herumgeschnüffelt. Nach allem, was ich gehört habe, versucht McKenzie mit aller Macht, sich zur Ruhe zu setzen.«

»Auf die Idee würde man nie kommen«, sagte Trey. »Der Bursche, den ich heute nacht in Aktion gesehen habe, war die pure Straßenbestie.«

»Was will er machen?« fragte Skater.

»Er hat Millionen auf Dutzenden von Konten«, sagte Erzengel. »Ich kann keine genauen Zahlen oder Banknamen oder falsche Identitäten nennen, die er für die Konten benutzt. Aber ich weiß genau, daß er sich nichts von dem versagen muß, was er sich im Moment gönnt. Vielleicht hat er von den Geschäften, die er für die Familie regelt, etwas für sich abgezweigt.«

»Glaubst du, er ist gerade dabei, mit der Hand in der Keksdose erwischt zu werden, und will aussteigen, bevor es ihn den Kopf kostet?« fragte Skater.

»Die Mafia rechnet immer mit Schwund«, sagte Elvis. »Das ist einkalkuliert. Ein Bursche, der gut darin ist, was er tut, kann es sich erlauben, gierig zu sein, weil er dafür sorgt, daß die Tresore der Familie immer gut gefüllt sind.«

»Und McKenzie ist so ein Bursche.«

»Ohne Frage«, stellte Erzengel fest. »Aber in letzter Zeit investiert er mehr in legalere Unternehmungen.«

»Waren das gute Investitionen, oder hat er sein letztes Hemd dabei verloren?« fragte Skater. »So, wie er sich heute in bezug auf das Geld benommen hat, sollte man meinen, daß er knapp bei Kasse ist.«

Erzengel schüttelte den Kopf. »Ich habe eher den Eindruck, daß er sich ein beträchtliches Vermögen erwirtschaftet hat.« Sie warf einen Blick auf ein paar Notizen, die sie sich gemacht hatte. »Er macht zwar keine Gewinne, aber er zieht Geld von verschiedenen Banken ab, um Firmenanteile und Aktien zu kaufen.«

»Er wäscht sein eigenes Geld«, sagte Skater.

Erzengel nickte. »Das glaube ich auch, aber es ließe sich nur schwer beweisen.«

»Dann muß er mit einem beachtlichen finanziellen Schwund fertigwerden, wenn er sein ganzes Vermögen wäscht«, sagte Wheeler. Die Lichter des Sprawl funkelten auf der Windschutzscheibe, ein Neondschungelkrieg der Reklamen. »Für jemanden, der derartige finanzielle Einbußen zu verkraften hat, könnte sich diese Geschichte mit NuGene ziemlich gut anhören.«

»Er ist aus der Gosse nach oben gekommen, Junge«, sagte Duran. »Heute abend hast du ihn mit Dreck beworfen. Welche gesellschaftliche Leiter er auch zu erklimmen versucht hat, er wird dir nicht einfach die andere Wange hinhalten.«

Trey lächelte schwach. »Ich habe den Eindruck, daß McKenzie es mehr mit dem anderen Testament hält.«

»Wie zugänglich sind die Informationen über McKenzie?« fragte Skater Erzengel.

»Für wen?«

»Für die Yabos, die für ihn arbeiten.«

Sie schien darüber nachzudenken, dann nickte sie. »Diejenigen mit guten Verbindungen könnten wahrscheinlich dahinterkommen.«

»Da stellt sich einem die Frage, ob einer von ihnen Ambitionen hat, den Laden zu übernehmen, den McKenzie zurücklassen würde«, sagte Skater. »Man sagt, die Natur verabscheut ein Vakuum. Einer von ihnen könnte einen Handel mit der Yakuza abgeschlossen und McKenzie verkauft haben.«

»Ich habe auch die Nuyen verfolgt, mit denen in den letzten Monaten Larisa Hartsingers Rechnungen bezahlt wurden«, sagte Erzengel. »Das war gar nicht leicht.«

Skater spürte, wie sich sein Magen zusammenzog. »Und?«

»Die Rechnungen wurden von einem Konto der

Exchange First abgebucht. Das ist eine kleinere Bank, die viele Geschäfte außerhalb des Sprawls abwickelt. Ich mußte schwerste Geschütze auffahren, um herauszubekommen, wer letzten Endes für die Zahlungen verantwortlich ist.«

»Wer ist es?«

»NuGene.«

»Dragonfletcher sagte, er habe Larisa nicht gekannt«, sagte Skater.

»Vielleicht stimmt das sogar.«

»Hast du einen Namen?«

»Arial Bärenwald«, sagte Erzengel. »Sie ist Finanzangestellte. Hat die Zahlungen wahrscheinlich an die Bank weitergeleitet, ohne zu wissen, wofür sie waren.«

»Aber irgend jemand weiß es«, sagte Skater. Er zählte die Punkte an den Fingern ab. »Larisa legt uns mit dem Überfall auf den Frachter rein. Wir krallen uns die Dateien, die verstümmelt und keinen müden Nuyen wert sind. Dabei sind wir der Yakuza einen Schritt voraus, die offenbar ebenfalls einen Tip in bezug auf die Dateien bekommen hat. Dragonfletcher, NuGenes Sicherheitschef, setzt Himmel und Hölle in Bewegung, um die Verantwortlichen zu schnappen. Jemand tötet Larisa nur ein paar Stunden, bevor ich zu ihr gehe, und nimmt ihr Baby mit – das sie aufgrund der Einmischung von Ridge Maddock bekommen hat. Zuvor hat sie mit jemandem namens Synclair Tone rumgehangen, der zufällig sehr daran interessiert zu sein scheint, mich loszuwerden. Jetzt finden wir heraus, daß ihre Rechnungen von NuGene bezahlt wurden. Und NuGene, ein Konzern, der kurz vor dem finanziellen Kollaps stand, steht plötzlich von den Toten auf, weil Tavis Silberstab eine neue Produktlinie einführen will. Und zufällig spaziert Conrad McKenzie in die Geschichte, Mr. Mafia, der von allen Prozente kassiert.« Er musterte sein Team. »Habe ich irgendwas ausgelassen?«

»Ist 'n ziemliches Paket«, bemerkte Duran.

»Ohne Drek«, erwiderte Skater. Er sah aus dem Fenster auf die dunklen Straßen des Sprawl, die an ihm vorbeihuschten. »Wir müssen mehr über NuGene herausfinden. Was in ihren Büchern steht. Woher die speziellen Interessengruppen kommen. Und was eigentlich in diesen verdammten Dateien steht.« Er musterte Erzengel. »Wie gut ist das Ice in ihrer Seattler Niederlassung?«

»Ich käme nur mit größter Mühe und massenhaft Zeit hinein – viel mehr Zeit, als wir zur Verfügung haben.«

»Dann bleibt nur die Muttergesellschaft.«

»NuGene in Tir Tairngire?« sagte Trey.

Skater nickte. »Wir haben zwei Möglichkeiten: Wir können uns auf den Rücken legen und uns tot stellen, oder wir können versuchen herauszufinden, wo die Trumpfkarten sind, und dabei vielleicht auch ein paar ergattern.« Er sah jedem einzelnen Teammitglied in die Augen. »Wie ihr euch auch entscheidet, ich mache auf jeden Fall weiter. Es gibt zu viele Fragen, auf die ich Antworten brauche.«

»Hör dir doch mal selbst zu«, sagte Erzengel in scharfem Tonfall. »Du redest davon, in das Elfenland einzudringen, als sei das nichts.«

»Kannst du von hier aus bei NuGene einsteigen?« fragte Skater.

Sie zögerte. »Nein«, gab sie zu. »Ich habe es bereits versucht. Die Forschungscomputer des Konzerns sind nicht mit der Matrix verbunden. Sie sind isoliert.«

»Wir reden hier nicht davon, in die elfischen Festungen einzudringen«, stellte Skater fest. »Wir wollen nur nach Portland. Die Sicherheit ist dort nicht so streng.«

»Es ist trotzdem ein selbstmörderischer Run.«

»Ein Fehltritt«, sagte Skater gelassen, »und jeder Run ist das.«

»Die Sicherheit in Portland ist kein Kinderspiel«, sagte Erzengel.

»Das habe ich auch nicht angenommen.« Skater sah sie an, da er spürte, daß er vor allem sie und weniger die anderen überzeugen mußte. In ihren Augen stand Furcht, etwas, das er noch nie zuvor gesehen hatte. »Die Leute, die uns reingelegt haben, ob das NuGene, die Yakuza oder jemand anders ist, werden nicht lockerlassen, bis wir tot sind. Selbst wenn wir uns absetzen, weiß ich nicht, ob wir es schaffen.«

»Ich bin verdammt gut im Verschwinden«, sagte Erzengel mit kalter Stimme. »Ich kann es wieder tun.«

Skater lehnte sich zurück, da er nicht wußte, was er sonst noch sagen sollte. »Ich muß gehen.«

Für die anderen gab es kaum ein Zögern. Wheeler und Elvis stimmten bereitwillig zu, Trey etwas zurückhaltender.

»Ich bin auch dabei«, knurrte Duran. »Ich will doch sehen, ob diese Müslifresser ebenso gut raufladen können, wie sie runterladen, wenn's drauf ankommt.«

Erzengel schüttelte den Kopf. »Ich kann nicht gehen. Nicht nach Tir Tairngire.« Sie sah weg. »Tut mir leid.«

»Okay«, sagte Skater leise. Ein Blick reichte, um sich davon zu überzeugen, daß man mit der kalten, zornigen Angst, die plötzlich in ihren Augen leuchtete, nicht argumentieren konnte.

# 23

Ist ziemlich riskant, so nach Tir zu düsen«, sagte Duran.

»Nicht ganz so schlimm, wie gegen präparierte Würfel zu setzen«, erwiderte Skater. Er sah in den Laderaum der Fiat-Fokker. Randvoll gepackte Koffer füllten fast jeden freien Quadratzentimeter. »Und die Chancen stehen viel besser, als wenn wir weiter in Seattle rumhingen.« Zufrieden schlug er die Ladeluke zu und verriegelte sie.

»Und den Kram zu überprüfen ist reine Zeitverschwendung«, stellte Duran fest. »Wir werden nichts davon benutzen.«

»Wer weiß? Je nachdem, wer zuerst aufläuft, landen vielleicht einige dieser Waffen in Rebellenhänden. Ich habe gehört, Kate Mustaffah läßt nichts aus, wenn es darum geht, Profit zu machen.« Mustaffah, Ex-Runner und mittlerweile Geschäftsfrau, focht eifrig für den brachliegenden wirtschaftlichen Sektor in Portland, aber Gerüchte besagten, daß sie immer noch mitmischte.

Skater steckte trotz der paar Stunden Schlaf, die er hatte einschieben können, nachdem sie Archibalds Wohnung in der vergangenen Nacht verlassen hatten, die Erschöpfung in den Knochen. Er hatte die Stunden nicht in einem Stück geschlafen und dabei Träume von der unmittelbaren Vergangenheit und Alpträume von der unmittelbaren Zukunft gehabt.

Er sah den Ork an. »Wir starten in sechsundzwanzig Minuten, Duran. Wenn du noch irgendwelche klugen Ideen hast, laß es mich wissen.«

Quint Duran legte Skater eine große Hand auf die Schulter und bedachte ihn mit einem dünnen Ork-Grinsen, das noch nie durch aufrichtige Freude verwässert worden war. »Ich nörgle nur rum, Junge. Drek, ich glaube, das wird einer der besten Runs, die je stattgefunden haben. Das einzige, was mir Kopfzerbrechen bereitet, ist der lange Rückweg.«

»Wer weiß? Vielleicht läßt sich was arrangieren. Hängt davon ab, was NuGene an verdeckten Karten hält.«

Zehn Meter von ihnen entfernt parkte Elvis den Leyland-Rover im Lagerhaus und rief Duran zu, er solle kommen und ihm helfen. Wheeler checkte gerade zum letztenmal das Flugzeug durch. Er trug einen ölverschmierten dunkelblauen Overall und eine rotgoldene Kappe der San Francisco Forty-Niners, die auch schon bessere Tage gesehen hatte.

Skater strich sich vorsichtig durch das Haar. Die Wunde, die er in der vergangenen Nacht erlitten hatte, war zwar versorgt worden, aber natürlich noch nicht verheilt. Er ging ins Büro zurück, das sich ein Stück weiter links von ihm befand.

Das Wasserflugzeug schaukelte auf dem Wasser eines Kanals, der mitten durch das Lagerhaus führte. Auf beiden Seiten des Kanals gab es reichlich Platz für die Lagerung schwerer Maschinen und das Abstellen von Fahrzeugen. Wheeler zufolge waren hier früher Wasserfahrzeuge aller Art ausgeschlachtet und verschrottet worden. Jetzt war die Firma, welche die Ausschlachtungen betrieben hatte, nur noch ein Aushängeschild, hinter dem sich eine Organisation verbarg, die Schwarzmarktgüter durch die UCAS transportierte. Der Zwerg hatte das Recht erhalten, das Lagerhaus zu benutzen, aber er erzählte keine Geschichten, wie und warum.

Das Gebäude roch nach Dieselsprit und Maschinenöl, und nur ganz selten kam der Meeresgeruch des Sunds durch. Die Fensterscheiben waren alle noch ganz, aber schwarz angestrichen worden, was dem Lagerhaus ein heruntergekommenes Aussehen verlieh, welches sein ausgedehntes Sicherheitssystem Lügen strafte.

Cullen Trey saß im Büro und beobachtete ein Quartett von Sicherheitskameras mit einander überlappenden Bildausschnitten. Er war lässig gekleidet, aber Skater wußte, daß er diese Lässigkeit nicht lässig aufbrachte. Der Magier sah vor dem drei Jahre alten Kalender mit Holobildern einer Trid-Actionserie über drei spärlich bekleidete Frauen, die mit großen Kanonen und tödlicher Magie gegen das Verbrechen kämpften, dennoch fehl am Platze aus. Die Serie hatte in gewissen Publikumskreisen Kultstatus erlangt und wurde trotz regelmäßiger vernichtender Kritiken weiterhin produziert. Das August-Bild zeigte eine barbusige Jolie, die in einer Sumpflandschaft mit einem Schlammteufel rang. Sie war von Booten voller Golfpiraten umgeben, die alle automatische Waffen trugen und ihren Kampf mit lüsternen Blicken beobachteten.

Ein Trid, das auf einen Vierundzwanzig-Stunden-Nachrichtensender eingestellt war, brachte einen Bericht über eine gräßliche Geschichte, die sich in der Renton Mall zugetragen hatte. Anscheinend hatte eine Mutter, die an dem mysteriösen ›Lachenden Tod‹ erkrankt war, den Verstand verloren und ihre eigenen Kinder angegriffen. Die Frau war krank gewesen und hatte alle Symptome aufgewiesen, die mit dieser Krankheit inzwischen in Verbindung gebracht wurden: gelbliche Verfärbung der Haut, Rötung der Augen, Verlust der motorischen Koordination und Dementia. Irgendwie war sie aus dem Bett gekommen und ihren Kindern auf die Promenade gefolgt, wo sie sie beide schwer verstümmelt hatte, bevor sie im Kugelhagel der Wachmänner gestorben war. Unbestätigten Berichten zufolge war sie kürzlich von DocWagon behandelt worden, und die Reporter gingen trotz des Fehlens eines eindeutigen Beweises bereits dazu über, die Erkrankten als »DocWackos« zu bezeichnen. Lone

Star hatte noch keine offizielle Stellungnahme in bezug auf die Ergebnisse der Nachforschungen hinsichtlich der Krankheitsursache veröffentlicht, sondern lediglich bekanntgegeben, daß es sich um ein Virus handele.

Skater hörte gebannt zu, während sich der Raum mit dem Duft frischen Soykafs füllte.

»Fertig?« fragte Trey. Der Magier hatte ein Sammelsurium von Amuletten, Armreifen und Ringen vor sich auf einem Stück Seide liegen, das mit, wie Skater annahm, arkanen Symbolen bestickt war. Er berührte sie, wobei er die Sicherheitsmonitore nicht aus den Augen ließ, und legte dann ein Teil nach dem anderen an.

»Fertig.« Skater wandte sich vom Trid ab und goß sich eine Tasse aus der Kafmaschine ein, die ordentlich in der Ecke unter drei Regalen mit technischen Handbüchern stand.

»Sie hat sich nicht mit dir in Verbindung gesetzt?« fragte Trey.

Skater schüttelte den Kopf. Es gab nur eine *Sie*, auf die sich der Magier beziehen konnte.

Trey beendete seine Vorbereitungen. »Ich dachte wirklich, sie würde noch kommen, um diese Sache bis zu Ende durchzuziehen.«

»Sie hat ihre Gründe, warum sie nicht mitkommen will.«

»Stimmt. Aber über unseren Köpfen schwebt das Damoklesschwert. Könnte es überhaupt noch schlimmer sein?«

Skater mußte an die Angst denken, die er in Erzengels Augen gesehen hatte. »Ja, ich glaube schon, daß es noch schlimmer sein könnte.« Er sah auf die Uhr. »Es ist fast acht. Laß uns hier abschließen.«

Kaum zehn Minuten später hatten er und Trey alle Vorrichtungen bis auf das automatische Sicherheitssystem abgestellt. Wheeler saß bereits im Cockpit und ließ den Motor warmlaufen. Elvis und Duran standen neben der Tür.

Sie stiegen wortlos in das Flugzeug. Seit die Entscheidung für den Run gegen NuGene gefallen war, waren sie alle äußerst angespannt, aber die verschiedenen Aufgaben, die jeder zur Vorbereitung des Unternehmens übernehmen mußte, hatten sie davon abgehalten, die Spannungen aneinander auszulassen. Ein paar Stunden Schlaf hatten ebenfalls geholfen.

Skater hatte in der Nacht und auch später noch den ganzen Tag von Kestrel gehört, daß sich alle, die nach ihnen suchten – McKenzie, die Elfen, die Yakuza –, förmlich in ein Fieber hineingesteigert hatten. Das Netz um Seattle zog sich immer dichter zusammen.

Skater löste das Haltetau und schwang sich auf den Sitz des Copiloten, wobei er sich den Schaukelbewegungen des Wasserflugzeugs auf dem Wasser anpaßte. »Bring uns hier raus«, sagte er zu Wheeler.

Der Zwerg nickte. Er schloß sich in dem Rigger-Kokon aus Plastik ein, um sich vollkommen auf die Steuerung des Flugzeugs zu konzentrieren. Von nun an konnten Gespräche mit Wheeler nur noch über Bordfunk erfolgen. Träge nahm das Flugzeug Geschwindigkeit auf und näherte sich dem Doppeltor. Ein Druck auf einen Knopf am Armaturenbrett sandte ein Infrarotsignal zu einem Elektromotor, der die Tore zur Seite gleiten ließ.

Der Wasserweg führte durch fünfzig Meter Plastibeton und dann direkt in den Puget-Sund. Die Nacht lag wie ein Umhang über dem Sprawl.

Als die Fiat-Fokker das Doppeltor passierte, sah Skater dort eine Gestalt stehen. »Halt an«, sagte er über Bordfunk zu Wheeler.

Der Zwerg stellte augenblicklich den Motor ab, aber das Flugzeug glitt noch ein paar Meter über die Wasseroberfläche.

Auch ohne Lichtverstärker erkannte Skater Erzengel in der Dunkelheit.

Sie trug schwarze Jeans aus synthetischer Baumwolle und einen schwarzen Rollkragenpullover unter einem grauen Trenchcoat. Sie hielt die Trageriemen eines schweren Rucksacks in einer Hand, deren Knöchel weiß hervortraten. Zorn verfinsterte ihre Züge.

Skater öffnete die Tür und stieß sie weit auf. Er stand auf, so daß sie ihn deutlich sehen konnte.

»Also wollt ihr die Sache wirklich durchziehen?« wollte sie wissen.

»Uns bleibt keine andere Wahl«, sagte Skater. Ihr Zögern dauerte nur einen Augenblick, aber er spürte dessen Last und wußte, daß das auch für sie galt.

»Zum Teufel mit dir, Jack, wenn es schiefgeht.« Ihre Stimme war hart und eindringlich, und er wußte, sie meinte jedes Wort ernst. Sie trat vor und streckte die Hand aus.

Skater ergriff sie und zog sie an Bord. Noch bevor sie sich gesetzt hatte, gab Wheeler Gas. Sekunden später glitt die Fiat-Fokker über den See, erhob sich dann rasch in den schwarzen Nachthimmel und durchstieß die dichte Wolkendecke.

»Wie lange noch bis zur Grenze?« fragte Erzengel.

Skater sah auf die Uhr. Sie flogen jetzt – schweigend – seit fast zwanzig Minuten, in denen sie ihre Flughöhe und Reisegeschwindigkeit erreicht hatten. »Ein paar Stunden plus minus zehn Minuten. Wir werden langsam einfliegen, und zwar vom Pazifik her. Wenn alles klappt, stoßen wir in eine sich nähernde Gewitterfront, in der wir uns einen Teil der Strecke verstecken können.«

»Und danach?« fragte sie.

Skater sah sie an. »Danach sind wir Waffenhändler auf einem Grenzrun. Wir stoßen auf Widerstand und stürzen ab.«

»Wir verlieren das Flugzeug?«

»Das müssen wir, wenn es echt aussehen soll. Wir gehen in der Nähe des Williamette River nördlich der Stadt und dicht hinter der Mauer runter, weit jenseits der Sperre im Fluß. Danach haben wir zwei Unterwasserschlitten und Taucherausrüstung. Bei dem Tohuwabohu, das wir sowohl zu Lande als auch zu Wasser anrichten, sollten wir weg sein, bevor die ersten Schocktruppen eintreffen. Von dort aus sind es nur noch fünf Kilometer bis nach Portland.«

»Sie werden nach Leichen suchen«, sagte Erzengel.

»Richtig«, sagte Duran. Er hielt zwei dicke Finger hoch. »Und sie werden auch welche finden. Elvis und ich haben ein wenig Rekrutierung betrieben, während die anderen die Waffenkoffer zusammengestellt haben. Eigentlich wollten wir uns einen Straßendoc suchen, der uns 'n paar Leichen verkauft, aber dann sind wir über zwei Halloweener gestolpert, beide bei irgendeinem Bandenkrieg gegeekt und gut erhalten.« Er bleckte die Hauer.

»Haben sie eine glaubhafte Vergangenheit, wenn die Grenzpolizei sie überprüft?« Erzengel griff in ihren Rucksack und holte ihr Deck und ein Mobiltelekom heraus. Sie reichte dem Ork das Datenkabel, damit er es in den Computer des Flugzeugs einstöpselte.

Skater beobachtete sie bei der Arbeit. Die Anspannung war immer noch da, und ihr Gesicht war blasser als üblich. Er empfand so etwas wie ein Schuldgefühl, weil sie fast wider ihre Natur gekommen war und sich jetzt alten Ängsten stellen mußte, die sie offenbar in Tir zurückgelassen hatte. Aber das Schuldgefühl war nicht professionell und würde niemandem auch nur das geringste nützen, also schob er es beiseite.

»Sie werden explodieren«, sagte Duran. »Wahrscheinlich bleibt nichts übrig, das groß genug wäre, um sie zu identifizieren.«

Erzengel schaltete ihr Deck ein, und kurz darauf

huschten ihre Finger über die Tasten. »Aber wenn doch, wird sich die Grenzpolizei fragen, warum zwei Mitglieder einer Thrillgang plötzlich ins Waffengeschäft gewechselt sind. FitzWallace ist kein Anfänger.«

Skater kannte den Namen von seinen Erkundigungen, die er über Portland eingeholt hatte. Colonel Jacob FitzWallace war der Befehlshaber der Grenzpolizei. Und Erzengel hatte recht. Der Bursche hatte Köpfchen.

»Habt ihr eine SIN von wenigstens einem der beiden?« fragte sie.

»Dafür hatten wir keine Zeit.«

Erzengel wühlte in ihrem Rucksack und holte einen Oberflächenscanner heraus. Sie hatte ihn bei sich, falls das Team einmal Fingerabdrücke überprüfen oder für einen späteren Zeitpunkt nehmen mußte. Sie gab das Gerät Trey. »Nimm ihre Fingerabdrücke.«

»Sie sind tot.« Trey sah nicht so aus, als sei er sonderlich erfreut über diesen Auftrag.

Erzengel musterte ihn durchdringend. »Chummer, wir sind mit den Vorbereitungen für diesen Run Stunden im Verzug. Einiges davon ist meine Schuld, aber wie soll ich die Zeit aufholen, wenn du die Beine hochlegst?«

»Du hast ja recht.« Auf dem Weg nach hinten zog der Magier ein Taschentuch aus einer Hemdtasche.

»Ich kann mich in das System der Hafenpolizei einklinken und für beide Burschen SINs und Akten anlegen. Das ist viel leichter, als in die Systeme Lone Stars einzudringen. Wenn FitzWallace wegen dieser Leichen eine Anfrage an Lone Star richtet, wird der Star sie an alle Polizeiagenturen weiterleiten. Die Dateien, die ich erstelle, werden dann von der Hafenpolizei an Lone Star weitergeleitet, und dort wird man sie ohne weiteres akzeptieren. Wir brauchen nur dafür zu sorgen, daß der Grenzpolizei die SINs der Halloweener in die Hände fallen.«

»Aber mußt du nicht in die Matrix, um all das zu bewerkstelligen?« fragte Skater.

»Wenn wir eine Satellitenverbindung hätten, wäre das kein Problem. Aber wir haben keine, also erstelle ich nur die Dateien, komprimiere sie und schicke sie einem Freund, der über ein schwarzes Online-System Zugang zu einer Satellitenverbindung hat. All das kann ich mit diesem Mobiltelekom regeln.« Erzengel sah auf. »Zeit für die Satellitenverbindung zu kaufen wird ziemlich teuer, aber das ist es wert.« Sie verband das Telekom mit dem Deck, während Skater zusah.

»Die Registrierung des Wasserflugzeugs könnte geändert werden«, sagte Skater.

»Auf wen ist es im Moment registriert?« fragte Erzengel.

»Auf einen Burschen namens Kennedy, der seit siebzehn Monaten tot ist«, erwiderte Wheeler. »Skater und ich haben ihn auf einem Run getroffen. Er hat Antiquitäten und elfische Talismane verscherbelt, die aus einer der besten kleinen Hinterhoffabriken stammten, die man je gesehen hat. Aber kein einziges Stück hat je das Alte Land gesehen, was er damit auch gemeint hat. Er war ein verdammter Künstler. Das mußte er auch sein bei der Glücksspielleidenschaft, die er hatte.

Als wir ihn zum letztenmal sahen, hatte ihn jemand vor uns besucht, ihm ein paar Kugeln in den Bauch gejagt und ihn dann an einem Tisch draußen vor dem ›Hole in the Wall‹ in Renton abgeladen. Niemand hatte irgendwas gesehen oder bemerkt, daß er tot war. Wir haben es auch erst bemerkt, als wir an seinem Tisch saßen. Man hatte uns schon gesehen, also tranken wir jeder etwas, schnappten uns Kennedy und machten, daß wir wegkamen. Wir ließen die Leiche verschwinden, und als die Zeit gekommen war, das Flugzeug registrieren zu lassen, benutzten wir seinen Namen.«

Erzengel nickte. »Ich kann es so einrichten, daß er

unseren beiden Halloweenern das Flugzeug gestern verkauft hat. Ich gebe ihre SINs ein, und wir sind aus dem Schneider. Wenigstens für eine Weile. Wenn jemand wirklich genau hinsieht, werden sich diese SINs in Wohlgefallen auflösen.«

Trey kehrte zurück und gab ihr den Scanner. Erzengel stöpselte ihn in ihr Deck ein und lud die Fingerabdrücke herab.

»Wie wollt ihr bei NuGene eindringen?« fragte sie, während sie arbeitete.

Skater rutschte auf seinem Sitz herum. »Das wird ziemlich schwierig. Das Gebäude steht im Moment unter maximaler Bewachung.« Kestrel hatte ihnen bemerkenswerte Informationen über die gegenwärtige Situation liefern können. »Wenigstens gilt das für die Außenanlagen. Knight Errant ist dafür verantwortlich. Aber man läßt sie nicht hinein. Um die innere Sicherheit kümmert sich NuGene selbst.«

»Also Ellard Dragonfletcher.«

»Ja. Wir haben nur die Möglichkeit, einen von NuGenes Forschern zu entführen und ihn zu benutzen, um durch den äußeren Verteidigungsring zu gelangen.«

»Das ist gefährlich.«

»Das hängt davon ab, wie sehr die Person, die wir uns schnappen, am Leben hängt«, sagte Duran. »Ich bin ziemlich gut darin, jemanden davon zu überzeugen, daß sein Leben auf dem Spiel steht.«

»Ich habe eine andere Idee. Als Torin Silberstab die Gesellschaft seinerzeit aufbaute, tat er das so preisgünstig wie möglich.« Erzengel drückte auf eine Taste und übertrug ein Bild auf den großen Videoschirm des Flugzeugs, so daß das Team es sehen konnte. Ein Bild des NuGene-Gebäudes formte sich, ausschließlich kantige Linien und Ecken. »Er hat vorher existierende Gebäude einreißen lassen, den Schutt aus dem Weg geräumt und dann darauf gebaut. Aber er mußte die vorhandenen Fundamente, Anschlüsse und Leitungen benutzen.«

Das Gebäudeabbild wurde durchsichtig, und unter ihm bildete sich eine schematische Darstellung des Fundaments mit Gittern aus roten und gelben Linien.

»Die roten Linien stellen die gegenwärtigen Bauten dar«, sagte Erzengel, »und die gelben den Verlauf der ehemaligen.«

Skater studierte das Schema. »Sie haben ein paar falsche Wände und Böden gezogen.«

Erzengel drückte weitere Tasten. »Die Bautrupps, die NuGene wiederaufgebaut haben, waren nicht in der Lage, die bereits existierenden Fundamente vollständig zu integrieren. Sie mußten ein paar neue Stützpfeiler einsetzen.«

»Aber es könnte einige Hohlräume im Fundament geben, die weder von Knight Errant noch von der inneren Sicherheit abgedeckt werden.« Skater betrachtete mit wachsender Erregung die mit einem Gitter überzogenen Abschnitte der beiden Fundamente des Gebäudes. Einen Forscher als Mittel zu benutzen, in das Gebäude zu gelangen, hatte ihm nicht behagt, war ihnen aber ausführbar erschienen. »Wenn wir in diese unteren Etagen gelangen können ...«

»Wir könnten vielleicht ihre Leitungen anzapfen, ohne daß sie jemals erfahren, daß wir da waren«, sagte Erzengel.

»Das wär echt der Hit«, sagte Duran.

»Sie könnten die Hohlräume gefüllt haben«, spielte Skater den Advocatus diaboli.

Erzengel schüttelte den Kopf. »Ich bin die Blaupausen durchgegangen, die ich aus dem Büro des Stadtcommissioners von Portland kopiert habe. So einen Haufen Beton in der Nähe des Flusses aus rein kosmetischen Gründen in den Boden zu schütten hätte eine Unmenge an Umweltsteuern gekostet.«

»Die Elfen waren damals schon mächtig auf dem

Zurück-zur-Natur-Trip«, bemerkte Trey. »Ich nehme an, sie befürchten, daß Konzerne noch ganz andere Dinge in einem derartigen Betongrab einlagern könnten als nur Beton.«

»Aus gutem Grund«, sagte Skater. »Die legale Beseitigung von Giftmüll ist eine ziemlich teure Angelegenheit.«

»Es gab Briefe von Silberstab, in denen er verlangte, daß das Büro des Commissioners die Steuer aussetzte«, sagte Erzengel, »aber der Antrag wurde abgelehnt. Silberstab hat das Kapital nicht investiert, weil das Zuschütten als solches ebenfalls ziemlich teuer gewesen wäre.«

»Gibt es eine Möglichkeit, in das Fundament zu gelangen?« fragte Skater.

»Die Stadt ist von einem Netz unterirdischer Entwässerungskanäle durchzogen, um einer Überflutung vorzubeugen.« Erzengel drückte weitere Tasten, und auf dem Schirm nahmen noch mehr Linien Gestalt an. »Ich habe zwei vielversprechende Kandidaten entdeckt. Beide kommen vom Fluß.«

Auf dem Schirm verkleinerte sich das NuGene-Gebäude, als der Rest der Stadt ringsumher sichtbar wurde. Einen Augenblick später rasten zwei grüne Linien von unterschiedlichen Ausgangspositionen die Krümmungen des Williamette River entlang, um sich fast vor NuGenes Türschwelle zu vereinigen.

»Von hier aus«, sagte Erzengel, »sollte es uns gelingen, einen dieser Entwässerungstunnel zu durchstoßen und in einen der Hohlräume unter dem Gebäude vorzudringen. Der andere Tunnel, den ich hier entdeckt habe« – auf dem Bildschirm nahm eine dicke gelbe Linie Gestalt an, die den grünen Verbindungspunkt beinahe berührte und bis unter das NuGene-Gebäude reichte –, »ist aufgegeben worden.«

»Du weißt nicht, ob er in Ordnung ist?«

»Nein.« Erzengel sah Skater an. »Das werden wir erst erfahren, wenn wir dort sind.«

»Wie groß sind die Tunnel?«

»Diejenigen, die vom Fluß hereinkommen, sind so groß, daß wir darin aufrecht stehen können. Sogar Elvis.«

Der Troll strich sich über seine versilberten Hauer. »Endlich mal gute Neuigkeiten.«

»Der Haken ist, daß sie ständig von Wartungsdronen durchkämmt werden, die die Sicherheit alarmieren könnten. Aber ich glaube, ich habe eine Utility, mit der wir an ihnen vorbeikommen.« Erzengel zeigte auf die gelbe Linie auf dem Schirm. »Aber dieser Tunnel durchmißt weniger als einen Meter.«

»Platz genug, um hindurchzukriechen«, sagte Skater.

Erzengel lehnte sich zurück. »Bestenfalls.«

»Dann werden wir genau das tun. Kannst du eine Kopie dieser schematischen Darstellung ausdrucken lassen? Ich will sie mit den Karten vergleichen, die ich habe.«

Sekunden später gab sie ihm die Folien. Ihre Hände berührten sich kurz, und sie begegnete seinem Blick. »Fang bloß nicht an, dich dafür verantwortlich zu fühlen, daß ich hier bin«, sagte sie so leise, daß die anderen sie nicht verstehen konnten. »Als ich am Lagerhaus zu euch gestoßen bin, war ich ziemlich abweisend. So habe ich mich eigentlich gar nicht gefühlt. Ich habe nur Angst. Ich habe nicht geschlafen, mich nur mit Kaf auf den Beinen gehalten und gehe auf dem Zahnfleisch. Ich bin nur für mich selbst gekommen. Das Leben im Sprawl ist vielleicht nicht der Hit, aber es gehört nur mir und sonst niemandem. Es bedeutet mir eine Menge, das sagen zu können.«

Bevor Skater darauf antworten konnte, wandte sie sich wieder ihrem Deck zu und vertiefte sich in die Arbeit daran. Er beobachtete sie einen Moment lang, in dem er den Pulsschlag an ihrem Hals überprüfte, dann richtete er seine Aufmerksamkeit wieder nach vorn.

Abrupt legte sich ein Regenvorhang vor die Nase des Wasserflugzeugs, der die Sichtweite erheblich reduzierte. Die tosenden Winde ließen das kleine Flugzeug erbeben. Skater studierte die Karten und den Ausdruck, während das Licht in der Kabine der Fiat-Fokker periodisch matter wurde. Ein paar Meter von der rechten Tragfläche entfernt ließ ein Blitz ein gezacktes Farbband aufleuchten, was Duran einen Fluch entlockte.

Wheeler korrigierte den Kurs des Wasserflugzeugs. »Kaum zu glauben«, durchbrach der Zwerg die Stille, die sich im Flugzeug ausgebreitet hatte, »daß das der leichte Teil sein soll.«

Trotz der Gewalt des Gewitters, in das sie eingetaucht waren, wußte Skater, daß dies tatsächlich so war.

»Es geht los, Chummers«, sagte Wheeler zwei Stunden später über Bordfunk. Er hörte sich an, als sei er weit entfernt. Eingestöpselt in die Steuerung der Fiat-Fokker, *war* er das Flugzeug. »Man hat uns geortet. Die Grenzpolizei von Portland hat angeklopft und will wissen, wer wir sind und ob wir wissen, daß wir in den Luftraum von Portland eingedrungen sind.«

Skater erhob sich und starrte aus dem Fenster. Ein Blick zeigte ihm, daß sie immer noch in wogende schwarze Wolken gehüllt waren.

Sie waren am Rande des Gewitters in das Gebiet geflogen und dabei heftig durchgeschüttelt worden. Alle hatten sich auf ihren Sitzen festgeschnallt, während sich die Ladung im Laderaum bewegte.

»Wie weit sind wir noch entfernt?« fragte Skater über Kopfset.

»Sieben Kilometer«, antwortete der Rigger.

»Wann sind wir da?«

»In ungefähr drei Minuten. Wenn uns dieses verdammte Gewitter nicht gerade anschiebt, saugt es uns mit seinen Luftströmungen zurück.«

»Beim nächsten Blitz in unserer Nähe«, sagte Skater, »verlier etwas an Höhe und laß es so aussehen, als hätten wir stärker mit dem Gewitter zu kämpfen, als es eigentlich der Fall ist.« Von den Sicherheitsgurten gehalten, beugte er sich auf seinem Sitz vor.

»Wenn er zu nah ist«, sagte Wheeler inbrünstig, »brauche ich gar nicht so zu tun.«

Das Signal von der Grenzpolizei Portland war verstümmelt. Ein Blick auf den Höhenmesser zeigte Skater, daß sie auf etwas über dreitausend Meter waren. Er richtete seine Aufmerksamkeit auf den kreisenden Arm auf dem Radarschirm. Zwei grüne Punkte tauchten auf, und der Navigationscomputer der Fiat-Fokker meldete ihre zunehmende Höhe in rasch wechselnden roten Zahlen.

»Sie haben zwei gestartet«, sagte Skater über Kopfset.

»Ich kann sie dort draußen fühlen. Sie werden nicht zögern.«

»Fiat-Fokker«, bellte eine harsche Stimme über Funk, »ich mache Sie darauf aufmerksam, daß Sie sich anschicken, in den Luftraum über Tir Tairngire einzudringen. Identifizieren Sie sich und den Zweck Ihres Flugs, sonst werden Sie abgeschossen.« Die Botschaft wurde auf Sperethiel wiederholt.

»Das sind EuroFighter«, sagte Wheeler. »Sie werden mit Raketen vollgepackt sein. Und wenn die uns nicht erwischen, gibt es immer noch die Luftabwehrraketen der Bodenstationen.«

Skater starrte in den mit Elektrizität aufgeladenen Regenvorhang, während die Warnung wiederholt wurde. Er konnte nichts sehen. Das Wasserflugzeug hing wie ein Spielzeugdrache am Himmel, der darauf wartete, von einer Schrotladung heruntergeholt zu werden. Sein Mund war trocken.

»Fiat-Fokker, das ist Ihre letzte ...«

Der Blitz erzeugte einen blendenden Lichtbogen in den sturmgepeitschten Wolken und unterbrach den Funkverkehr. Weniger als einen Herzschlag später toste der Donnerschlag über den Himmel.

Doch da hatte Wheeler bereits reagiert. Das Wasserflugzeug kippte auf sein Kommando seitlich weg. »Keine Zurückhaltung mehr. Wenn wir zögern, sind wir Suppenfleisch.«

»Mach schon«, sagte Skater zu ihm.

Der Motor des Wasserflugzeugs heulte auf. Unter anderen Umständen wäre der Lärm in der engen Kabine ohrenbetäubend gewesen, aber er ging im Tosen des Gewitters unter. Ein weiterer kalt-weißer Blitz zuckte durch die dunklen Wolken und ließ vorübergehend einen Trichter aus Licht entstehen.

Der Höhenmesser fiel auf zwölfhundert Meter. Nach allem, was Skater erfahren hatte, stand die Grenzpolizei unter dem ständigen Befehl, alles abzuschießen, was sich unterhalb der Tausendmeter-Marke bewegte. Er warf einen Blick auf den Kompaß, eine wirbelnde Kugel, die in einer Silikonmischung gelagert war. Die Längen- und Breitengrade, welche von einem GPS-Satelliten in den Computer eingespeist wurden, waren an der Seite der vibrierenden Kugel zu sehen. Die Zahlen wechselten in rascher Folge, da das Wasserflugzeug abwärts trudelte.

Skater lugte aus dem Fenster, konnte aber nichts erkennen. Wiederum leuchtete ein Blitz auf, aber diesmal antwortete ihm kein Donner, sondern der Beschuß aus einer 20mm-Kanone, der weniger als dreißig Meter entfernt weißglühende Löcher in die Wolkendecke schlug. Die Erschütterungen rüttelten das Flugzeug durch. Er rief den Infrarotschirm auf und benutzte den vorderen Sucher, den Wheeler in die Nase der Fiat-Fokker eingebaut hatte. Trotz des Infrarots und des ausgiebigen Studiums seiner Landkarten machte er die Mauer von Portland erst aus, als sie praktisch über ihr waren. Die Mauer umgab die Stadt und wurde von schwerbewaffneten und gut bewachten Kontrollstationen kontrolliert. Der Williamette River war ein schwarzes Band, das sich durch die grünliche Landschaft zu beiden Seiten der Mauer zog.

»Zielerfassung hat Kontakt.« Wheeler riß das Wasserflugzeug nach links und ging noch tiefer.

Die Mauer rauschte unter ihnen vorbei, und eine neuerliche Salve der 20mm-Kanone erhellte den Luftraum vor ihnen. Wheeler jagte durch die grauen Rauchfetzen, die vom Wind rasch verweht wurden. Die Fiat-Fokker protestierte kreischend gegen die Überbeanspruchung und das heulende Zerren des Sturms und erbebte.

»Such eine geeignete Stelle«, sagte Skater zu Wheeler. »Und dann nichts wie runter.« Er schaltete das Funkgerät ein und sendete eine Nachricht, die vermutlich von der Grenzpolizei aufgefangen würde. Wenn nicht, hatte das auch keinen Einfluß auf das Gelingen des Runs. »Bushwhacker, hier spricht Special Delivery. Wir haben Probleme. Wenn ihr uns helfen könnt, antwortet, verdammt.« Er wiederholte die Nachricht und brach dann mitten im Satz ab, als ein weiterer Blitz die Wolkendecke spaltete.

»Drek«, sagte Wheeler. »Die verdammten Jets haben gerade zwei Raketen abgeschossen.«

# 24

Wheeler verlor rasch an Höhe, passierte die Fünfhundert-Meter-Marke und ging noch tiefer. Die beiden hitzesuchenden Raketen, welche die EuroFighter abgeschossen hatten, explodierten in den hitzeerzeugenden Leuchtkugeln, die der Zwerg ausgeworfen hatte. Die Leuchtkugeln erledigten ihre Aufgabe, die Sprengköpfe vom Flugzeug fernzuhalten, aber dafür prasselten Splitter und Bruchstücke in einem tödlichen Hagel auf das Flugzeug ein.

Bei zweihundert Metern und so tief, daß Skater die Landschaft mit seinem Lichtverstärker erkennen konnte, traf die 20mm-Kanone die rechte Tragfläche und zerfetzte das letzte Drittel.

»Drek hoch zehn«, stöhnte der Zwerg auf. »Das wird jetzt ziemlich häßlich.« Er versuchte das Wasserflugzeug auszubalancieren, aber es nützte nichts mehr. Die Wipfel der höchsten Bäume in dem Wald streiften den Bauch der Fiat-Fokker, während die amputierte Tragfläche von weißen, phosphoreszierenden Flammen verzehrt wurde. Das Flugzeug kippte ab und drehte sich seitlich, während es durch ein Gehölz pflügte, dann rammte es die unbeschädigte Tragfläche lange genug in den Boden, um sie abzureißen, um schließlich wie ein Schlitten über den Boden zu rutschen und gegen einen felsigen Hang zu prallen.

Die Stille nach der Bruchlandung war unheimlich.

Obwohl sein Lichtverstärker funktionierte, konnte Skater nicht richtig sehen. Schlimmer noch, sein Sicherheitsgurt hatte sich verklemmt. Mit einem Messer, das er aus seiner Stiefelscheide zog, durchtrennte er die Gurte, und es gelang ihm, fast ein wenig elegant zu Boden zu fallen.

Wheeler legte seine Gurte ab und hielt sich daran

fest, bevor er von seinem Sitz sprang und auf den Füßen landete.

Erzengel kam ebenfalls allein zurecht. Kaum hatte sie sich befreit, als sie nach ihrem Deck sah. Auch Elvis' Gurte hatten sich verklemmt, und schließlich gab er es auf und riß sie mit Gewalt aus ihren Verankerungen. Cullen Trey zwängte sich als erster durch den verbeulten Einstieg, nachdem Duran ihn mit einem Tritt geöffnet hatte.

Skater ging mit Duran zum Laderaum. Er spähte in den Himmel, aber durch das dichte Laubwerk der Bäume war kaum etwas zu sehen. Er hoffte, das bedeutete, daß die EuroFighter sie auch nicht sichten konnten. »Wheeler, wie weit ist es bis zum Fluß?«

»Einen halben Kilometer«, antwortete der Zwerg. »Wir sind fast an der geplanten Stelle runtergekommen.«

Nachdem er mit einiger Mühe den Laderaum geöffnet hatte, zerrte Skater den ersten Unterwasserschlitten heraus und reichte ihn an Elvis weiter. »Sucht eure Ausrüstung zusammen«, befahl er. »Wir verschwinden so rasch wie möglich aus dieser Gegend.«

Duran baute sich neben ihm auf und fing an, Tauchausrüstung weiterzugeben. »Elvis, du übernimmst die Spitze. Erzengel, Wheeler und Cullen begleiten dich. Duran und ich kommen nach, sobald wir hier fertig sind.«

Abgesehen von Sauerstoffflasche und Schwimmflossen trug jedes Teammitglied seinen persönlichen Kram und einen Segeltuchsack mit Ausrüstung. Der Marsch durch den Wald würde mörderisch werden.

»Laß mich deine Sauerstoffflasche nehmen«, sagte Erzengel. sie hatten keine für sie mitgenommen, aber beide Unterwasserschlitten waren mit einer Reserveflasche und einem eingebauten Regulator ausgerüstet, und alle Geräte hatten einen geschlossenen Luftkreislauf, um keine verräterischen Luftblasen an die Oberfläche steigen zu lassen. »Dann mußt du nicht so viel tragen, wenn ihr den anderen Schlitten bringt.«

Skater widersprach nicht.

Trey hatte ein großspuriges Grinsen aufgesetzt. »Dann nehme ich an, daß wir uns alle am Fluß treffen, wie? Wie heidnisch.« Er marschierte los und schloß rasch zu den anderen auf.

Skater zerrte eine der Leichen aus dem Laderaum. Duran war inzwischen damit beschäftigt, die Abdeckung vom Motor zu reißen. Als ihm das gelungen war, kniete er sich mit einem breiten Messer in der Hand nieder. Der Geruch nach Benzin überlagerte rasch den Gestank des Todes im Laderaum.

Der Boden in der Umgebung der Absturzstelle war felsig und hart. Die Furchen der Bruchlandung hatten sich tief eingegraben und enthüllten zermahlenes weißes Gestein.

Skater schob die erste Leiche ins Cockpit und kurz darauf die zweite hinterher. Mittlerweile bildete das auslaufende Benzin Pfützen auf dem Boden.

»Fertig?« fragte Duran.

Skater nickte und warf sich den Unterwasserschlitten über die Schulter. Er bestand in der Hauptsache aus Kunststoff und Keramikmaterial und wog zweiunddreißigkommasieben Kilogramm. Bei einer Länge von eineinhalb Metern, einer Breite von zwei Metern und seiner dreieckigen Form war er nicht schwer zu tragen, aber ihn durch den dichten Wald zu schaffen, würde verdammt heikel werden. Er ging in Richtung Fluß, während Duran die Kappe von einer Magnesiumfackel abdrehte.

Die Fackel entzündete sich, und grelles, scharlachrotes Feuer vertrieb die Nacht. Er warf die Fackel in eine der Benzinpfützen.

Gelb-blaue Flammen loderten fast einen Meter hoch empor. Sie schienen einen Augenblick innezuhalten, dann rasten sie auf das Wrack des Wasserflugzeugs zu.

Flammen hüllten die Fiat-Fokker ein, während die Munition im Laderaum zusätzlichen Schaden anrichtete. Feurige Kometen schossen in alle Richtungen, und brennende Wrackteile hingen in den Bäumen und lagen auf dem Hügel.

Trotz des schwierigen Geländes und des Gewichts schafften Skater und Duran es in weniger als fünf Minuten zum Fluß. Die ersten Kopter der Grenzpolizei näherten sich bereits dem brennenden Wrack des Wasserflugzeugs weiter hügelaufwärts. Die Bodentruppen würden nicht weit zurück sein.

Die anderen Teammitglieder waren bereits im kalten Wasser. Wheeler hatte sich in den Schlitten gestöpselt, das Datenkabel zum eingebauten Computer des Schlittens steckte in seiner Schläfe. Die Segeltuchsäcke waren alle mit Auftriebsblasen versehen, um sie davon abzuhalten, auf den Grund zu sinken oder an die Oberfläche zu steigen, und Erzengel befestigte gerade die letzte am Unterwasserschlitten. Sie hatte bereits den schwarzen Thermoanzug übergestreift, den Skater für sie eingepackt hatte, falls sie doch noch ihre Meinung ändern sollte, was sie dann ja auch getan hatte.

»Es geht los«, sagte Skater, als er den Schlitten ins Wasser fallen ließ. Er drückte auf den Starter, und der Elektromotor erwachte augenblicklich zum Leben. Er gab ein paar Befehle ein und schob den Schlitten weiter in das kalte Wasser, wo er sank und gefügig auf der Stelle trieb, da sein Spatzenhirn automatisch gegen die Strömung steuerte.

Wheeler machte sich am ersten Schlitten fest, dann folgten Trey und Elvis jeweils mit einem längeren Stück Seil als sein Vorgänger. Der Zwerg steuerte den Schlitten weiter in die Flußmitte, bis das Wasser über ihren Köpfen zusammenschlug.

Nachdem er sich die thermogefütterte Kapuze übergestreift hatte, verschloß Skater sie und packte den Steuergriff des Schlittens. Die Brille, die er trug, hatte

Infrarot und Nachtsicht und damit alles, was seine Augen auch hatten, bot aber zusätzlich Schutz vor dem Wasser und eine optische Tiefenkorrektur. Er befestigte sie und schaltete auf Infrarot. Erzengel befestigte sich hinter ihm, gefolgt von Duran.

Das Dröhnen von Bodenfahrzeugen hallte in seinen Ohren, als er ins Wasser ging. Er schob sich den Regulator in den Mund, schaltete die Sauerstoffzufuhr ein und gab Erzengel dann den Regulator des Reservetanks.

Sie nahm ihn, doch Skater fand, daß sie distanzierter und in sich gekehrter aussah denn je. Mit der Angst in ihren Augen und der Unsicherheit bezüglich ihres Tuns war sie zu menschlich.

Jemand, für den man schnell Gefühle entwickeln konnte, wurde Skater klar. Die Distanz, die er auf einem Run immer gewahrt hatte, war längst nicht mehr da. Seine Chummer waren keine Schachfiguren mehr.

Die Erkenntnis traf ihn und beraubte ihn eines Teils seiner Zuversicht, während er ins Wasser watete. Die Strömung des Flusses zog an ihm, als das Wasser über ihm zusammenschlug. Glitschiger Schlick saugte sich an seinen Füßen fest. Er schlüpfte aus den Stiefeln und streifte sich die Schwimmflossen über. Nachdem er eine Kordel durch seine Stiefelschlaufen gezogen und das Paar an seinem Gürtel befestigt hatte, schaute er sich nach den anderen um.

»Fertig«, sagte Duran, und Erzengel schloß sich ihm an.

Skater beschleunigte den Schlitten sehr vorsichtig, bis sie alle in Bewegung waren. Als er sich zur Absturzstelle umdrehte, konnte er die Flammen des brennenden Wasserflugzeugs und die Scheinwerfer der Kopter und Bodenfahrzeuge durch den Meter Wasser sehen, der ihn von der Oberfläche trennte.

Er richtete seine Aufmerksamkeit wieder auf die

Kontrollen des Schlittens, erhöhte die Motorleistung und ging tiefer. Die Kälte des Wassers drang trotz des Thermoanzugs zu ihm durch. Der Gedanke, er könne es vielleicht nicht schaffen, die anderen aus dieser Zwangslage zu befreien, in die er sie hineingeritten hatte, vertiefte die Kälte noch.

Plötzlich erinnerte sich Skater an etwas, während das Wasser an ihm vorbeirauschte. An etwas, das sich bei einem der letzten Campingausflüge ereignet hatte, die er mit seinem Großvater unternommen hatte. Der alte Mann saß mit ihm am Lagerfeuer, während ein Hase auf einem Stock in den Flammen briet, den er Skater drehen ließ. Das Feuer beleuchtete das schroffe Gesicht des alten Mannes und ließ das Sternenlicht in den Hintergrund treten.

»Ich will, daß du über etwas nachdenkst«, hatte Daniel Ghost-Step gesagt. »Du wirst die Antwort weder gleich noch morgen früh noch vielleicht in den nächsten Jahren finden.« Er riß sich ein Stück vom Fleisch des Hasen ab, um nachzusehen, ob er schon durchgebraten war. »Dreh weiter und hör zu: Ein Mann ist dumm und doch stark im Herzen, weil er mit einem Fuß in der Vergangenheit und einem Fuß in der Zukunft lebt. Wenn er das nicht tut, ist er nur wie der Wind und wurzellos. Wenn die Zeit gekommen ist, und ich hoffe, sie wird kommen, wirst du dich entscheiden müssen, ob du ein Mann oder wie der Wind sein willst.«

Skater hatte ihn damals nicht verstanden. Viele Amerindianer versuchten in dieser Zeit ihre Geschichte zu rekonstruieren, setzten sie aus halb vergessenen Sagen und Erzählungen und aus Büchern zusammen. In gewisser Weise waren sie so schlimm wie die Elfen, die sich eine neue Vergangenheit zurechtzimmerten und sie die Alte Weise nannten.

Aber jetzt glaubte Skater, daß er seinen Großvater endlich verstand. Ein Mann lebte mit seinen Sünden, hegte seine Träume und schloß in der übrigen Zeit seinen Frieden mit dem Leben. Der Wind wehte nur, wohin es ihn auch trug, erinnerte sich nie und kümmerte sich um nichts, bis er sich legte.

In Tir Tairngire, wo er an seinem Unterwasserschlitten hing, als sei er Teil des Schwanzes eines Spielzeugdrachens, wußte Skater, daß er nicht mehr wie der Wind war.

Und er war nicht sicher, ob er je wieder so sein würde.

Siebenundvierzig Minuten später war Skater bis auf die Knochen durchgefroren, als er sich vom Schlitten löste und ihn im Wasser treiben ließ. Er schwamm nach oben und schloß sich Elvis und Trey an der Mündung des Entwässerungstunnels an, aus dem sich eine beeindruckende Wasserflut in den Fluß ergoß. Der Gewitterregen hatte nachgelassen, aber nicht völlig aufgehört. Hin und wieder donnerte es noch.

»Ist er das?« fragte Elvis, der bis zur Hüfte im Wasser stand.

Skater schwamm zu einer Stelle, an der er stehen konnte, dann nahm er den Regulator aus dem Mund und sah sich die Zeichen auf der Manschette an, die das Entwässerungsrohr aus Plastibeton umgab. »Ja.«

Der untere Rand des Entwässerungstunnels befand sich fast zwei Meter oberhalb des steilen Flußufers, und der Tunnel selbst durchmaß drei Meter. Er ragte mindestens noch einmal drei Meter über den Fluß.

Sie befanden sich mitten in einer Flußbiegung, da der Strom hier mehr nach Süden abknickte. Das gegenüberliegende Flußufer war mit Anlegestellen aus Holz, Beton und modernerem Plastibeton übersät, aber es gab viel mehr Anlegestellen als Boote. Scheinwerfer versuchten den Nebel über dem Fluß und den Niederungen der Ufer zu durchdringen, aber es waren nur halbherzige Versuche.

Erzengel tauchte hinter Skater auf, seinen Rucksack ebenso wie ihren im Schlepptau. Als nächstes kam Duran, gefolgt von Wheeler.

Donner und Motorenlärm hallte über den Fluß. Ein Patrouillenboot schälte sich aus dem Nebel, und ein Blitz beleuchtete die Friedenskorps-Abzeichen am Bug. Suchscheinwerfer bestrichen träge die Ufer.

Skater und die anderen ließen sich wieder ins Wasser sinken, bis das Boot vorbei war, das sich anscheinend auf einer Routinepatrouille und nicht etwa auf der Suche nach ihnen befand.

»Die Schlitten sind unten festgebunden«, sagte Wheeler. »Aber die Batterien sind praktisch hinüber. Für den Rückweg können wir sie vergessen.«

»Der Rückweg ist uns ohnehin versperrt«, erwiderte Skater. »Die Gegend wird stundenlang von Grenzpolizei wimmeln. Wir können unsere Zeit nicht mit Warten verschwenden.« Er sah Elvis an. »Hilf mir mal hinauf.«

Der Troll verschränkte die Finger und beugte sich ein wenig nach vorn.

Skater stellte einen Fuß auf Elvis' Hände und reckte sich zu dem Entwässerungstunnel hinauf. Der Troll half ihm, indem er ihn fast in den Tunnel schob. Sobald sich seine Finger um den Rand geschlossen hatten, zog er sich hinein. Seine Kleidung war vorn mit braunem und grünem Schlamm verschmiert.

Ratten so lang wie sein Unterarm saßen in Rudeln oberhalb der Wasserlinie auf beiden Seiten des Stroms, der sich durch das Rohr ergoß. Das Rauschen des Wassers hallte in dem Tunnel und klang zugleich nah und sehr weit entfernt. An den Seiten des Rohrs verliefen Schienen, und er nahm an, daß sie für die Wartungsdronen waren, von denen Erzengel ihnen erzählt hatte.

Minuten später standen alle in dem Tunnel und scheuchten Ratten vor sich her. Der Schlamm und das strömende Wasser erschwerten ihnen den Stand. Skater ging voran, dicht gefolgt von Erzengel.

Elvis fluchte und trat um sich. Ratten flogen gegen die Metallwand des Tunnels. »Die verdammten Biester versuchen an mir hochzuklettern.«

»Ich könnte ja etwas über verwandte Geister sagen«, erbot sich Trey.

Der Troll warf ihm einen gemeinen Blick zu.

»Aber ich werde es nicht tun«, versprach der Magier.

Nach weniger als hundert Metern blieb Skater stehen und betrachtete die Wand zu seiner Rechten. »Hier müßte es sein.« Er zog sein Messer und schlug den Knauf gegen das Metall. Das Echo klang hohl. »Den Plänen zufolge berühren sich die Rohre. Verteilt euch und sucht das andere.«

Sekunden später hallte das Pochen durch den Tunnel, bis Wheeler rief: »Ich glaube, ich hab's.«

Skater watete durch das Wasser und rutschte beinahe auf dem Schlamm aus. Er wandte sich an Elvis. »Schneide es auf, dann wissen wir es mit Sicherheit.«

Der Troll nickte und packte den Laser-Schneidbrenner aus, den er in seinem Ausrüstungssack hatte. Er ging zu der Wand und klopfte sie energisch ab.

»Duran«, rief Skater, »kannst du etwas vor das Gitter halten, damit der Laser nicht durchscheint?«

Duran zog seine Jacke aus und hielt sie vor das Gitter, wobei er genug Platz ließ, um das Wasser durch den Tunnel ablaufen zu lassen.

Elvis streifte eine Schutzbrille und dicke Handschuhe über, schaltete den Laser ein und trat vor. Skater hatte den Predator gezogen und beobachtete die Richtung, aus der sie gekommen waren. Er hörte ein Klirren, dann erlosch das Laserlicht. Als er sich umdrehte, war ein Loch in das Rohr geschnitten, das groß genug war, um hindurchzukriechen. Der Plastibeton am Rand des Lochs glühte ein paar Zentimeter tief leuchtend orange. Er steckte die Waffe ein, zückte seine Taschenlampe und gesellte sich zu Erzengel, die bereits vor dem Loch stand.

»Das Rohr ist da«, sagte Erzengel, »aber ich kann nicht erkennen, in welchem Zustand es ist.« Sie richtete den Strahl ihrer Taschenlampe auf das Loch.

Skater tat es ihr nach, aber das Licht reichte nur ein paar Meter weit. »Es ist gekrümmt. Die Pläne verzeichnen keine Krümmung.« Das Licht enthüllte, daß sich der Plastibeton etwa acht Meter weiter außer Sicht wand.

»Sie sind nicht so genau«, erwiderte Erzengel. »Das brauchen sie auch nicht zu sein. Vielleicht ist die Krümmung nicht sehr stark.«

Skater entnahm seinem Rucksack eine Rolle Klebeband und befestigte die Taschenlampe damit an seinem rechten Handgelenk. Er zog seine Straßenkleidung aus und tauchte sie in das vorbeirauschende Wasser, dann warf er sie über die erhitzten Ränder des geschweißten Lochs.

Das kalte Wasser und das durchtränkte Material zischten, als sie mit dem heißen Plastibeton in Kontakt gerieten. Das Orange trübte sich augenblicklich, und Dampf stieg auf, der träge mit dem Wasserstrom trieb.

Skater kroch durch das Loch und zog sich in das Rohr. Es war eng, kaum genug Platz für seine Schultern. Duran, Elvis und Wheeler hätten es nie geschafft.

Auf dem Bauch, den Predator und den Strahl der Taschenlampe nach vorn gerichtet, zog er sich vorwärts. Die Panik flüsterte ihm ins Ohr, daß er jeden Augenblick steckenbleiben würde, was ihn dazu veranlaßte, tiefer Luft zu holen, als eigentlich erforderlich war. Einmal blieben seine Schultern wegen des tiefen Einatmens stecken, und plötzlich stellte er fest, daß er sich nicht mehr bewegen konnte. Instinktiv wollte er noch tiefer Luft holen, konnte es aber nicht. Kurz davor, die Beherrschung zu verlieren, zwang er sich, ruhig zu bleiben, auszuatmen. Seine Schultern kamen wieder frei, und er kroch weiter.

In der Biegung war das Vorankommen noch schwieriger. Er mußte sich auf die Seite wälzen und sich förmlich herumwinden, wobei er nicht atmete, bis er durch war.

Seine Bewegungen hatten Staub aufgewirbelt, der das Licht seiner Taschenlampe verschluckte. Es bedurfte einer echten Anstrengung, das andere Ende des Rohrs zu sehen, das noch sieben Meter entfernt war. Das Ende war mit einem Stopfen aus Plastibeton versiegelt. Er fluchte lautlos, dann aktivierte er den Crypto-Schaltkreis seiner Funkverbindung. »Duran, ich brauche einen Toilettensauger. Wir haben hier unten eine Verstopfung.« Skater ließ den Strahl seiner Taschenlampe über die rauhe Oberfläche wandern und versuchte die Dicke des Stopfens zu schätzen.

»Was siehst du?«

»Eine Kappe aus Plastibeton. Keine Ahnung, wie dick.«

»Wahrscheinlich nur ein paar Zentimeter. Der Architekt hat sich wohl gedacht, daß sie eine Sicherung brauchen, um Nager und Insekten davon abzuhalten, das Rohr als Ausgang zu benutzen.«

»Die Blaupausen besagen«, meldete sich Erzengel, »daß die Wandung auf der anderen Seite zwanzig Zentimeter dick ist. Die muß auch weggesprengt werden.«

»Okay, Junge«, sagte Duran, »ich mach' dir ein Paket fertig. Kommst du zurück, um es dir zu holen?«

Skater schaute zurück auf die Krümmung und stellte sich vor, wieder durch das Rohr kriechen zu müssen. »Nein. Gib es Erzengel mit.«

Er drehte sich um, so daß er auf dem Rücken lag. Hals und Schultern brannten bereits von der Anstrengung, ständig den Kopf hochzuhalten. Der Gedanke daran, daß Erzengel mit ihm zusammen im Rohr war und den Rückweg versperrte, war beunruhigend.

»Elvis hat mir das mitgegeben«, sagte sie. »Er dachte, es könnte uns vor der Explosion schützen.«

Als Skater hinsah, erkannte er, daß es sich um die mit Kevlar gefütterte Kunstlederjacke des Trolls handelte. »Die Jacke wird uns tatsächlich schützen. Zieh dich in die Biegung zurück und bleib dort. Ich komme gleich zu dir.«

Während Erzengel sich zurückschlängelte, kroch Skater mit dem Sprengstoff in der Hand vorwärts. Seine Ellbogen waren wund vom Kriechen, und er spürte die Wärme des Blutes, das den linken Ärmel seines Taucheranzugs bereits durchnäßte.

Duran hatte die Ladung geformt und an einer Seite mit einer selbsthaftenden Oberfläche versehen. Vorsichtig drückte Skater die Ladung mitten auf den Stopfen aus Plastibeton. Rückwärts zu kriechen war mindestens so schwierig, wie er es sich vorgestellt hatte.

Er hielt kurz vor der Krümmung im Rohr inne, da er nicht darin feststecken wollte, falls irgendwas schiefging. Seine Nerven spielten verrückt, als Erzengel ihm die schwere Jacke reichte. Er faltete sie sorgfältig, da er so viele Lagen Kevlar wie möglich zwischen sich und die Explosion legen wollte.

Er meldete sich über Funk. »Okay, Duran. Laß die Ladung hochgehen.« Er preßte seinen Kopf in die Jacke, wobei er die starke Ausdünstung des Trolls roch.

Dann zersprang die Welt in der Röhre in tausend Stücke, als die Detonation seine Trommelfelle erschütterte.

# 25

»Junge.«

Durans Stimme klang, als käme sie aus weiter Ferne. Das Klingeln in seinen Ohren half auch nicht gerade. »Wir sind noch da«, antwortete er über die Verbindung. Dann wurde er von einem Hustenanfall erschüttert, als seine Lungen gegen die Staub- und Plastibeton-Partikel in der Luft protestierten. Als er mit der Taschenlampe durch das Rohr leuchtete, sah es so aus, als sei der Nebel, der über dem Fluß hing, in die Röhre eingedrungen.

Am anderen Ende des Rohrs war der Stopfen aus Plastibeton verschwunden.

»Wie sieht's aus?« fragte der Ork.

»Das Rohr steht weit offen. Du hast die Ladung gut bemessen.« Skater versuchte vorzukriechen, aber Plastibetonsplitter gruben sich in Knie und Brust. Vor Schmerz hustend und keuchend, kam er zu dem Schluß, daß es wohl am besten war, einfach Elvis' Jacke vor sich her zu schieben. Auf diese Weise wurden die meisten Splitter aus dem Weg geräumt.

Die Öffnung ins Fundament des Gebäudes war unregelmäßig. Spitze, zackige Überreste aus Plastibeton und Stein ragten in das Rund des Lochs. Risse überzogen die Wand fast einen Meter weit in alle Richtungen. Die Finsternis war so vollkommen, daß Skaters Lichtverstärker nicht funktionierte und er seine Taschenlampe benutzen mußte.

»Trey«, sagte Skater, als er durch die Öffnung kroch und fast zwei Meter tiefer auf den Boden dahinter fiel. Er drehte sich um und half Erzengel hinunter.

»Ich bin hier, Chummer«, sagte der Magier.

»Sieh dich um und stell fest, ob du die Stromversorgungskabel findest und ob wir aufgeflogen sind oder nicht.« Skater ließ den Strahl seiner Taschenlampe über die Wände des Raums wandern. Er war rechteckig und maß neun mal drei Meter und mindestens vier Meter vom Boden bis zur Decke. Die steinernen Oberflächen waren rissig und gezackt, und durch die Jahrzehnte alten Staubschichten waren frische Schäden zu sehen, die von der Explosion hervorgerufen worden waren.

»Bin gleich wieder da«, sagte Trey. Seine Stimme hörte sich bereits weit entfernt an, da er in den Astralraum wechselte.

Plastibetonsplitter knirschten unter Skaters Stiefeln. Er brauchte nicht sehr lange, um zu erkennen, daß keine Versorgungsleitungen durch den Raum führten.

»Den Blaupausen zufolge«, sagte Erzengel, »sollten sich die Leitungen auf dieser Seite der Wand befinden.« Sie ließ den Strahl ihrer Taschenlampe hoffnungsvoll über die Wand wandern, aber der Ausdruck der Frustration auf ihren elfischen Zügen mit den hohen Wangenknochen vertiefte sich noch. Grauer Staub bedeckte ihr Gesicht.

Nach ein paar Minuten fruchtloser Suche kletterte Cullen Trey durch die Öffnung und ließ sich in den Raum fallen. Er griff hinter sich, um seinen Rucksack nachzuholen. »Die Leitungen befinden sich auf der anderen Seite dieser Wand. Alle Versorgungsleitungen und auch die Computerverbindungen zur Matrix von Portland.«

»Was ist mit der Sicherheit?« fragte Skater.

Der Magier holte eine batteriebetriebene Bohrmaschine aus seinem Rucksack und setzte einen dicken Plastibetonbohrer ein. »Ist massiv, aber ich habe keine besondere Alarmstufe gespürt. Sie machen ihre üblichen Runden, reine Routine. Wahrscheinlich ist die Explosion in dem Gewitter untergegangen.« Er ging an der Wand entlang, schloß kurz die Augen, als versuche er sich an etwas zu erinnern, und setzte dann den Bohrer an. »Hier ist es. Laßt mir etwas Platz.«

Skater und Erzengel wichen zurück. Während Trey die Wand mit dem Bohrer anging, nahm Skater mit der anderen Hälfte des Teams, die im Entwässerungstunnel die Stellung hielt, Verbindung auf und unterrichtete sie über den Stand der Dinge.

Der Bohrer grub sich in die dünne Wand und sonderte eine Wolke aus grauem Staub ab, die durch die beiden Lichtstrahlen von Skaters und Erzengels Taschenlampen wanderte. Skater hatte seine auf breiteste Streuung gestellt und auf die Decke gerichtet, so daß sie den ganzen Raum erhellte. Erzengel hielt ihre auf die Stelle gerichtet, wo Trey bohrte.

Ohne Warnung wurde das Jaulen der Bohrmaschine schriller. Trey, der mit angespannten Muskeln hinter dem Werkzeug stand, stolperte plötzlich vorwärts, dann schaltete er das Gerät aus. Er schob seine Schutzbrille hoch und wischte sich Staub und Plastibetonsplitter vom Gesicht. Einen Schritt zurückweichend, zog er den Bohrer aus dem drei Zentimeter durchmessenden Loch. »Ich bin durch.«

Erzengel trat vor und lugte durch das Loch. Der Strahl der Taschenlampe war dicker als das Bohrloch, und das reflektierte Licht huschte über ihr Gesicht. »Ich sehe die Leitung.«

Als sie zu ihrer mitgebrachten Ausrüstung ging, leuchtete Skater durch das Bohrloch. Er konnte den dicken Kabelstrang ausmachen, der nur drei oder vier Zentimeter entfernt war. Nach allem, was er von dem Raum auf der anderen Seite der Wand erkennen konnte, handelte es sich um einen elektronischen Kontrollraum. Die Wände waren mit ganzen Reihen von Wartungscomputern gefüllt. Vor der dritten Wand standen ein Schreibtisch und ein Stuhl, der jedoch unbesetzt war.

Skater wandte sich an Trey. »Du hast nichts von einem Büro gesagt.«

»Das sind nur Reserve- und Relais-Stationen. Es gibt

keinen Grund, warum jemand hier herunterkommen sollte.« Erzengel hielt eine Sonde mit flexiblem Ende in der Hand. Ein Monitor am anderen Ende erwachte flackernd zum Leben, als sie ihn einschaltete. »Ein Arthroskop. Damit müßte ich die Leitung anzapfen können.« Sie streckte die Hand, und die lange Sonde bebte.

Skater lugte über ihre Schulter, als sie die Sonde in das Loch einführte. Der Schwarzweiß-Monitor zeigte den dicken Kabelstrang. Er schwoll an, bis er den ganzen Bildschirm ausfüllte.

Erzengel arbeitete an den Reglern, und ein leises Summen erfüllte den Raum. Auf dem kleinen Schirm wurde der Blickwinkel durch eine kleine Röhre eingeengt, die im Strang versank. Das Ende der Röhre war gezackt, schräg abgeschnitten und mit Sägezähnen versehen. Ein kurzes Summen, dann flog ein kreisrundes Stuck der Isolierung von der Größe eines Hemdknopfs beiseite.

Erzengel regulierte die Schärfe der Kamera und erfaßte die Drähte innerhalb des Kabelstrangs. Sie arbeitete rasch und sicher. Die Weiche sah wie ein ovales Insekt mit sechs Stummelbeinen aus. Einen Augenblick später wickelten sich die Beine um eine der Leitungen.

»Damit sollte ich in ihr System gelangen«, sagte Erzengel. Sie führte ein Datenkabel durch die Sonde und stellte die Verbindung her. Das andere Ende stöpselte sie in ihr Deck, dann stöpselte sie sich selbst in das Gerät ein.

Skater ging zum Deck und aktivierte die kleine Anzeige, die Wheeler installiert hatte, so daß er Erzengels Reise durch das NuGene-System verfolgen konnte. Falls die Dinge sehr schlecht für sie liefen, konnte er versuchen, sie manuell auszustöpseln. Ein Auswurfschock war gewiß besser als der Tod in Form von schwarzem oder grauem Killer-Ice.

Erzengel nahm auf der Anzeige Gestalt an, eine funkelnd grüne Version ihrer selbst mit gefiederten Schwingen, die fast einen Meter länger waren als sie selbst. Die Vorrichtung zeigte normalerweise nur das Blickfeld des Deckers, aber Erzengel hatte sie so modifiziert, daß auch das Persona-Icon zu sehen war, das sie benutzte, um sich in der Matrix zu bewegen, indem sie einen Schatten konstruiert hatte, der jede ihrer Bewegungen kopierte. Die Worte ICH BIN DA erschienen am unteren Rand der Anzeige, da sie die einseitige Verbindung herstellte.

Das Icon schlug mit den Flügeln, und ringsumher erwachte die Welt des Cyberspace zum Leben.

Erzengel flog durch bunte Datenkonstrukte im NuGene-System. Der SAN hielt sie als erstes auf. Ein grauer Gargyl von einem Ding mit amputierten ledrigen Schwingen und einem Gesicht voller Narben erhob sich von einem Asteroiden, der den Weg blockierte, den Erzengel nehmen wollte. Zerrissene Silberketten hingen von seinen dicken Handgelenken herab.

Sie hielt inne und rupfte sich eine Feder aus einem ihrer Flügel. Sie legte ihn auf ihre geöffnete Handfläche und blies sie dem faustschwingenden Gargyl entgegen. Als die grüne Feder den SAN berührte, platzte die Feder, und dann beruhigte sich der Gargyl und setzte sich wieder auf sein steinernes Gefängnis. Eine Falte öffnete sich in dem Felsbrocken, und Erzengel schoß darauf zu, die Flügel eng angelegt.

FALSCHER PASSCODE HAT FUNKTIONIERT, sendete Erzengel, während die Welt ringsumher schwarz wurde.

In einem Zustand extremer Anspannung zählte Skater die Sekunden, die sie verschwunden war. Dann tauchte die Matrix wieder auf und wurde zu einem schimmernden Wasserfall, der NuGenes zentrale Schaltstelle repräsentierte.

Erzengel schoß mit ausgebreiteten Flügeln durch die regenbogenfarbene Gischt. Es sah aus, als seien hundert verschiedene Tunnel auf die Wasseroberfläche des Flusses vor ihr gestapelt. WENN DIESES SCHMÖKERPROGRAMM FUNKTIONIERT, SOLLTE SICH EINER DIESER TUNNEL …

Einer der Tunnel verdunkelte sich. Erzengel flog darauf zu. ICH BIN DRIN. WENN JETZT NOCH DIE TÄUSCHUNGS- UND SCHLEICHER-UTILITIES FUNKTIONIEREN, MÜSSTE ICH IN WENIGEN AUGENBLICKEN IN DER CPU SEIN.

Skater wußte, daß Erzengel ihr Icon so getarnt hatte, daß es einem präventiven Wartungsprogramm ähnelte, welches in der Hauptsache in elfischen Computersystemen Verwendung fand. Ob sie das ins Herz der gesicherten CPU bringen würde, war eine andere Frage.

Plötzlich verbreiterte sich der Tunnel, in dem sie sich befand, und wurde zu einem Sechseck, um sich dann ebenso rasch in eine Museumswand zu verwandeln, deren Nischen mit kostbaren Artefakten gefüllt waren. ICH MUSS HERAUSFINDEN, WAS WIR BRAUCHEN.

Erzengel stand in der Mitte des Raumes. Sie war von einem Leuchten umgeben, golden und voll. Scharlachrote Fäden lösten sich von ihren Fingern und schlängelten sich zu den verschiedenen Artefakten.

Nach wenigen Augenblicken war eine aus einem springenden Delphin geformte Porzellantasse in ein weißglühendes Pulsieren gehüllt. Sie ging darauf zu. DAS IST ES!

Bevor sie die Tasse berühren konnte, wirbelte eine grüne Wolke in den Raum, und nur ein paar Meter entfernt nahm ein knorriger Elf Gestalt an. Er war spindeldürr und bucklig, und auf seiner Hakennase saß ein Kneifer. Er verlangte, daß Erzengel sich identifizierte.

DIE IC KAUFT MIR DIE WARTUNGS-UTILITY NICHT AB, sendete sie. ICH BOOTE EINE VERLEGUNGS-UTILITY. VIELLEICHT WEISS SIE NICHT, DASS WIR IM GEBÄUDE SIND.

Skater beobachtete in gespanntem Schweigen. Er hatte Erzengel noch nie zuvor bei der Arbeit zugesehen. Das Gefühl der Hilflosigkeit, das dies bei ihm hervorrief, gefiel ihm ganz und gar nicht.

ICH VERSUCHE, AN DIE DATEI HERANZUKOMMEN UND SIE HERABZULADEN. DA ICH NICHTS LÖSCHE ODER ZERSTÖRE, HÄLT DIE TARNUNG VIELLEICHT. Das geflügelte Wesen griff nach der Tasse, wobei ihre Finger die Oberfläche kaum berührten. Das Deck summte unter Skaters Hand, als die Informationen herabgeladen wurden.

Dann explodierte der bucklige Elf und wurde zu einer humanoiden Gestalt, die aussah, als bestehe sie aus Obsidian. Feuer schwelte unter seiner gläsernen Haut, als er sich Erzengel näherte.

Ihre Schwingen entfalteten sich, und sie entfernte sich von der Tasse, wobei sie eine defensive Haltung annahm. Sie zupfte sich eine weitere Feder aus dem Flügel und warf sie wie einen Pfeil auf den Obsidian-Elf. Die Feder traf und wurde absorbiert. Sofort verlangsamte sich die Vorwärtsbewegung der Killer-IC. ICH HABE IHR EINE BREMS-UTILITY ANGEHÄNGT UND SCHIEBE JETZT ANGRIFFS-UTILITIES HINTERHER.

Die Gestalt wankte unter dem Angriff. Dann warf sie einen komplexen, vielfarbigen Kubus nach Erzengel. Noch bevor der Kubus sie erreicht hatte, erhob sich eine spiegelnde Barriere rings um sie. Der Kubus schlug beim Auftreffen Funken, und die Farben blieben an der glänzenden Oberfläche haften, um wie verrückt darauf herumzuwirbeln. ERWISCHT. DIESE VIREN ZERSTÖREN MEINE ABWEHR-UTILITIES. JETZT GILT'S. Sie trat hinter der Schutzbarriere hervor und griff nach der Tasse, während sich die Obsidiangestalt auf sie warf, das narbige Gesicht wutverzerrt.

SOVIEL ZUR VERSTOHLENHEIT, sendete Erzengel. Sie zerschmetterte die Tasse auf dem Steinboden und atmete die zimtbraunen Dämpfe ein, die sich aus den

Scherben erhoben. Die Obsidiangestalt war fast über ihr, als sie sich in ihre Schwingen hüllte und verschwand. AUSGESTÖPSELT! Der Schirm wurde schwarz.

Alarmsirenen jaulten in dem Gebäude auf.

Skater aktivierte den Commlink. »Okay, wir sind aufgeflogen. Schnappt euch die Ausrüstung und bereitet euch darauf vor zu verschwinden.«

Duran knurrte eine Bestätigung.

»Da!« rief eine Stimme auf der anderen Seite der Wand. »Sie haben ein Loch durch die Wand gebohrt. Sieh dir die Schweinerei an!«

Erzengel richtete sich stöhnend auf, zog die Sonde zurück und zog sich das Kabel aus der Datenbuchse. Sie war blaß und hatte dunkle Ringe unter den Augen.

Eine schimmernde Welle verließ Cullen Treys Hand und schoß durch das Loch. Einen Augenblick später wandte er sich lächelnd an Skater. »Diese Wachen werden uns jetzt nicht mehr belästigen, aber es werden noch mehr kommen.«

Erzengel stand auf und packte mühsam ihre Sachen zusammen, während Skater die Hände verschränkte. Sie warf sich ihr Deck über die Schulter, trat auf die improvisierte Leiter und stieß sich dann ab. Fast kippte sie dabei hintenüber, aber es gelang ihr, sich am Rohransatz festzuhalten. »Was hast du bekommen?« fragte er.

»Mehr, als ich erwartet habe.« Erzengel zog sich in das Rohr, redete jedoch weiter. Ihre Stimme hallte in der metallenen Röhre. »Ich muß es erst entschlüsseln, wenn ich es genau wissen will.«

Auf der anderen Seite der Wand jaulten Alarmsirenen mit dem Charme eines mißhandelten Barghest los.

»NuGene hat ein neuartiges organisches Ersatzgewebe erfunden«, sagte sie, indem sie auf Commlink wechselte, da sie durch den Tunnel kroch.

Skater half Trey hinauf, sah den Magier in der Röhre verschwinden und griff dann selbst nach oben, um sich mit beträchtlicher Mühe seinerseits hochzuziehen. Als er sich in die Röhre zwängte, schürfte er sich die Haut an der Wange auf.

Skater wußte, daß es reine Einbildung war, aber das Rohr fühlte sich auf dem Rückweg zum Entwässerungstunnel enger an. Er verdrängte die klaustrophobischen Gedanken und versuchte sich zu überlegen, wie, zum Teufel, sie verschwinden sollten. Der Weg, auf dem sie gekommen waren, schied aus, also schien ihnen nur die Möglichkeit zu bleiben, tiefer in die Stadt einzudringen.

»Dragonfletcher war für die Sicherheit verantwortlich«, sagte Erzengel über Commlink. »Der Hammer ist, daß er mit jemandem in Seattle Verbindung aufgenommen hat, der ihm dabei helfen sollte, die Dinge an jenem Ende zu regeln.«

»Da bin ich aber gespannt«, sagte Wheeler. »Mit wem?«

»Conrad McKenzie.«

»Nicht Lone Star?« fragte Duran.

»Nein.«

Skater dachte darüber nach und bemerkte plötzlich, daß er einige ziemlich häßliche Mutmaßungen anstellte. »Wie lange läuft das schon?«

»Beim Herabladen habe ich den Eindruck gewonnen«, sagte Erzengel, »daß die früheste Erwähnung McKenzies ein paar Monate zurückreicht.«

Skater erreichte die Krümmung und gab sich alle Mühe, der zunehmenden Panik Herr zu werden, die ihn überflutete, sobald er spürte, daß sich seine Schultern verkeilten. Behutsam lockerte er sie und kroch weiter. »Weiß Silberstab von McKenzie?«

»Das läßt sich nicht mit Sicherheit sagen.«

Ein Knall hallte vom anderen Ende durch das Rohr. Skater spürte, wie ihn seine Hitze und Wucht erfaßten. Stimmen folgten, die laut und erregt klangen. Er schob sich schneller vorwärts, um möglichst rasch die Biegung zwischen sich und die Wachen zu legen. Wenn NuGenes Sicherheitsleute in das Rohr schossen, war er ein leichtes Ziel. Der rauhe Plastibeton brannte auf seinem Rücken und zerriß Stoff.

Das tiefe Kläffen jagender Hunde ertönte. Ein Trommelwirbel von Krallen, die hektisch über Metall kratzten, hallte durch das Rohr. Dann klang das Kläffen anders, und Skater wußte, daß die Hunde sich jetzt innerhalb des Rohrs befanden.

»Bewegt euch«, rief Duran über Commlink. »Diese verdammten Yabos haben ein paar häßliche Biester auf euch losgelassen.«

Am Ende des Rohrs zog sich Erzengel heraus und fiel. Trey sah ihr dabei zu und zögerte. Skater hörte das Trommeln der Krallen näherkommen. Er streckte die Hand aus und packte den Fuß des Magiers, dann stemmte er sich seitlich gegen die Wandung des Rohrs und drückte so fest gegen den Fuß, wie er konnte.

Mit einem Protestschrei schoß Trey aus dem Rohr heraus und fiel wild mit den Armen rudernd heraus. Wasser spritzte, und ein paar schmerzerfüllte Grunzlaute ertönten.

Als er in Reichweite war, packte Skater das Ende des Rohrs und zog sich heraus, als das erste Paar rotglühender Augen im Schatten hinter ihm aufleuchtete. Im Fallen drehte er sich und griff nach dem Predator, während gleichzeitig seine Reflexbooster einsetzten. Seine Hand schloß sich einen Sekundenbruchteil, bevor er auf den Boden des Entwässerungstunnels knallte, um den kalten Kolben.

Elvis stand mit entblößten Unterarmklingen vor der Mündung des Rohrs. Die Karbonspitzen glänzten dunkel. »Halt dich zurück, Chummer«, sagte er zu Skater.

Duran stand in Kampfhaltung auf der einen Seite und hielt zwei übergroße Cougar-Fine-Blade-Messer in den Händen, und Wheeler stand auf der anderen, seine Jacke um den linken Arm gewickelt, während er einen Betäubungsstab über dem Kopf herumwirbelte.

Erzengel hatte Trey am Arm gepackt und zog ihn aus dem Weg. Elvis' Jacke lag im Wasser, wo sie sie hingeworfen hatte.

Das erste Tier, das in der Rohrmündung erschien, war ein großer schwarzer Labrador mit kugelsicherer Panzerung über Kopf und Brust. Die rosafarbene Zunge hing für einen Augenblick hechelnd über den elfenbeinernen Fangzähnen, dann warf er sich auf den Troll. Die schnelle Reaktion und die Weite des Sprungs verrieten Skater, daß er vercybert war. Der Hund ging Elvis sofort an die Kehle, und zwar so schnell, daß der Troll fast nicht kontern konnte. Die Schnappklingen krachten mit so viel Wucht gegen den Schädel des Hundes, daß Funken sprühten, und der Hund versenkte seine Zähne in Elvis' Schulter, anstatt ihm die Kehle zu zerfleischen.

Dann mußte sich Skater selbst eines Angriffs erwehren. Ein weiterer Hund, groß und schwer, aber von der Rasse her nicht eindeutig identifizierbar, sprang aus dem Rohr und landete auf Skaters Brust. Sein Gewicht reichte aus, um ihm die Luft aus den Lungen zu pressen und ihn auf den Rücken und ins Wasser zu werfen.

Er wußte nicht, wie viele Hunde noch aus dem Rohr kommen würden, aber das Knurren der Tiere und das Keuchen der anderen Teammitglieder, die um ihr Leben kämpften, übertönte alle anderen Geräusche. Mit äußerster Mühe, die Zähne nur Zentimeter von seinen Augen entfernt und den fauligen Gestank des Hundeatems im Gesicht, gelang es Skater, einen Arm unter das Kinn des Hundes zu schieben und ihn so einstweilen in Schach zu halten.

Die Krallen rissen an ihm, doch das glatte Material des Taucheranzugs leistete den Bemühungen der Bestie Widerstand. Heißer Geifer troff auf Skaters Gesicht, während der Hund in seinem verzweifelten Bestreben, ihm an die Kehle zu gehen, winselte und knurrte. Skater hieb dem Hund den Kolben des Predator so fest aufs Maul, daß Blut spritzte und der Hund vor Schmerz aufjaulte.

Der Hund schüttelte den Kopf und wich zurück. Skater richtete sich auf die Knie auf, doch bevor er aufstehen konnte, warf sich das Tier erneut auf ihn, das Maul weit genug aufgerissen, um Skaters Kopf mit einem einzigen Biß zu verschlingen.

Mit Unterstützung seiner Reflexbooster rammte Skater dem Tier die rechte Hand einschließlich des Predator ins Maul. Bevor sich die Fänge schließen und seinen Arm zermalmen konnten, gab er drei Schüsse ab. Die Kugeln traten am Hinterkopf des Hundes aus und ließen ihn konvulsivisch zucken. Der Hund brach wie vom Blitz getroffen zusammen, erbebte noch einmal und lag dann still. Skater sprang auf und sah sich um.

Zu Elvis' Füßen lagen ein Hund ohne Kopf und ein anderer mit aufgeschlitztem Bauch. Seine Kleidung war mit Blutspritzern übersät. »Drek, ich hasse es, Hunde zu töten«, sagte der Troll. »Ich mag Hunde.«

»Das waren keine Hunde«, sagte Duran, während er eines seiner Messer aus dem Schädel einer weiteren Bestie zog. Der zerschmetterte Kopf fiel in das fließende Wasser des Tunnels. »Das waren nur programmierte Tötungsmaschinen. Daß sie aus Fleisch und Blut waren, ändert daran nichts.«

Stimmen hallten durch das Rohr, was Skater daran erinnerte, daß die Verfolgung mit dem Tod der Hunde nicht zu Ende war. »Schnappt eure Ausrüstung«, sagte er, indem er sich den ihm am nächsten stehenden Rucksack über die Schulter warf.

»Sie werden den Fluß längst abgeriegelt haben«, sagte Wheeler.

»Wir gehen nicht zum Fluß.« Skater übernahm die

Führung, wobei er um Treys und Erzengels willen, die beide keinen Lichtverstärker besaßen, seine Taschenlampe benutzte. Die Elfe sah in der Dunkelheit besser als ein Mensch, aber nicht gut genug, um sich mühelos orientieren zu können.

Duran forderte Elvis auf, ihm zu helfen, als er die Leiche des ersten Hundes in das Rohr schob, das zum Fundament führte.

»Was liegt an?« fragte der Troll. Aber er kam der Aufforderung sofort nach und schleppte in jeder Hand einen Hund zum Rohr.

»Wir werden für die Burschen von der Sicherheit eine kleine Überraschung zurücklassen.« Der Ork griff in einen Waffenbeutel, zog zwei Handgranaten ab und stopfte sie unter den Stapel toter Tiere. Er warf einen Blick auf Skater. »Bleib ruhig, Junge, ich weiß, du bist der Ansicht, daß diese Schwachköpfe nur ihre Arbeit tun, wenn sie diese verdrahteten Hunde auf uns hetzen. Das sind nur Gasgranaten. Den Burschen wird eine Zeitlang schlecht sein, und wenn sie weitere Tiere mitbringen, wird das Gas dafür sorgen, daß sie unsere Witterung verlieren.«

Den Rucksack über der Schulter, den Predator in der einen und die Taschenlampe in der anderen Hand, marschierte Skater los. Er schlug ein schnelles Tempo an, aber niemand beschwerte sich. Der Tod war ihnen auf den Fersen.

## 26

Sie waren fast drei Stunden in den Entwässerungstunnels herumgelaufen, aber schließlich fand Skater den Haupttunnel, nach dem er gesucht hatte. Er hatte bemerkt, daß einige der Abflußrohre bezeichnet waren und andere nicht. Derjenige, den er suchte, war es nicht. Er war hundemüde und spürte die Auswirkungen der vergangenen Tage am ganzen Leib. Auch Adrenalin wirkte nur eine gewisse Zeit, bevor man selbst damit nicht mehr weiterkam.

Der Strahl der schwächer werdenden Taschenlampe wurde schmutzig-grau, als er über den schmalen Abflußtunnel strich. Dieser war älter und bestand aus Mauerwerk anstatt Plastibeton. Er richtete die Lampe auf den Boden und benutzte seinen Lichtverstärker, um die Leiter zu begutachten, die zu dem fünf Meter höher gelegenen Einstiegdeckel führte. Es gab keinen Grund zu der Annahme, daß die Grenzpolizei sie am Ende des Schachts in Empfang nehmen würde.

Trotzdem holte er tief Luft, bevor er die Taschenlampe ausknipste, die erste Sprosse ergriff und sich auf den Weg nach oben machte. Oben angekommen, hob er den Schachtdeckel hoch, schob ihn ein Stück zur Seite und lugte hinaus. Wie er gehofft hatte, waren sie in einer Gasse neben einem Bürogebäude herausgekommen. Zufrieden, daß er nicht gesehen worden war, schob er den Deckel ganz zur Seite und kletterte hinaus.

Die Gasse war schmal und wurde von einem hohen Zaun und einem dreistöckigen Bürogebäude beherrscht. Das eine Ende war durch eine Plastibetonmauer versperrt, die irgendwann in der Vergangenheit schwer beschädigt worden war, das andere Ende führte auf eine zweispurige Straße. Der Boden war rissig, und in den Rissen wuchs Unkraut. Manches davon war kniehoch.

Dem Industriegebiet von Swan Island war die ökonomische Grundlage entzogen worden, als der Prinzenrat Seattle zum Haupthafen Tir Tairngires bestimmt hatte. Da Swan Island zu den Stadtteilen mit der höchsten Verbrechensrate gehörte, kam die Polizei nur hierher, wenn sie mußte – jedenfalls hatte Kestrel das Skater erzählt. Er war sicher, daß die Polizei in dieser Gegend nicht sehr beliebt war und die Anwohner als Alarmsystem fungieren würden, falls die Blauen die Straßen überrollten.

»Licht aus«, sagte er über Commlink zu den anderen, »und dann los. Elvis, du kommst als erster rauf. Das Schloß von diesem Haus muß so schnell wie möglich aufgebrochen werden.«

Der Troll jagte voller Vitalität die Sprossen herauf, obwohl sie stundenlang in der Kanalisation herumgelaufen waren und falsche Spuren gelegt hatten, bevor sie hier ankamen. »Welche Tür, Chummer?«

Skater zeigte auf diejenige in der Nähe eines überquellenden Müllcontainers. Die Erfahrung hatte ihn gelehrt, daß alle Hintertüren mit Zugang zu einem Müllcontainer verdrahtet waren, normalerweise jedoch mit einem Spatzenhirn von einem Sicherheitssystem und nichts Ausgefallenem. Da solche Türen gelegentlich von Angestellten benutzt wurden, waren sie im allgemeinen recht benutzerfreundlich angelegt und nicht allzu kompliziert.

Erzengel folgte dem Troll.

»Ich brauche einen funktionierenden Telekomanschluß, und zwar so schnell wie möglich«, sagte Skater zu ihr. »Ich muß jemanden in Seattle anrufen.«

»Ich kümmere mich darum. Ich habe eine Utility, mit der man Telekomweichen einrichten kann, damit sollte es gehen.«

»Das müßte reichen.« Skater hatte darauf gehofft.

Viele Decker taten es. Normalerweise waren diese Dinge Überbleibsel aus früheren Tagen, wenn sie in der Matrix surften und die Gebühren dafür auf andere Konten abwälzten.

Als Wheeler, Duran und Trey ebenfalls oben waren, schlossen die den Schacht wieder. Elvis hatte Schloß und Tür zu dem Bürogebäude geöffnet, und sie gingen hinein.

Das Büro gehörte The Chipped Pachyderm, einer kleinen Gesellschaft, die sich auf Datenwiederherstellungssoftware spezialisiert hatte. Es war in zwanzig kleine Nischen aufgeteilt, aber nur vierzehn waren mit Computern bestückt. Eine rasche Bestandsaufnahme in diesen Nischen ergab, daß nur in fünf persönliche Gegenstände an den Wänden hingen, was vermuten ließ, daß nur diese besetzt waren.

»Wheeler«, sagte Skater, indem er auf die beiden Überwachungskameras deutete, die in einander gegenüberliegenden Ecken in dem großen Raum hingen. Durch den Spatzenhirn-Alarm, den Elvis ausgeschaltet hatte, waren sie nicht aktiviert worden. »Sie haben sie drinnen, sie müssen sie auch draußen haben. Nimm sie für uns in Betrieb.«

Der Zwerg salutierte kurz und ging davon.

Skater sah sich das Büro an. Ihnen blieben noch ein paar Stunden, in denen es ausschließlich ihnen gehörte. Dann mußten sie sich ein anderes Versteck oder eine Möglichkeit suchen, aus der ummauerten Stadt zu verschwinden. Sie mußten die Zeit optimal nutzen. »Trey. Stell eine Inventarliste zusammen. Laß mich wissen, womit wir arbeiten können.«

»Wird gemacht.«

»Elvis, ist das ein Trideo da hinten in dem Büro?«

Der Troll sah genauer hin und nickte dann.

»Wirf einen Blick auf die Schlagzeilen und sieh nach, ob wir in der Hitparade vorn mit dabei sind. Gesichter, Namen, SINs.«

»Ist gebongt.« Elvis trollte sich.

»Duran, du bist für die Sicherheit verantwortlich, bis Wheeler das System umfunktioniert hat.«

»In Ordnung.« Der Ork schlüpfte in die Gasse und schloß die Tür hinter sich, ohne ein Geräusch zu verursachen.

»Gute Nachrichten«, meldete Trey vom anderen Ende des Büros. »Der Laden hat einen ziemlich geräumigen Waschraum. Keine Dusche, aber wir können uns waschen, wenn uns Zeit dafür bleibt.«

»Wir werden uns die Zeit nehmen«, erwiderte Skater. Ein Gefühl von Sauberkeit war gleichbedeutend mit einem Gefühl der Zuversicht und des Selbstvertrauens. Er würde diese leicht zu schmiedende Waffe in seinem Arsenal nicht übersehen. »Wir gehen schichtweise.« Er ging zu den vorderen Fenstern, wobei er es vermied, sich davor aufzubauen, so daß er von draußen nicht gesehen werden konnte.

Die Straße war so gut wie verlassen und dunkel. Keine der Straßenlaternen funktionierte, und es gab auch keine der wunderschönen Zinnen, für die die elfische Architektur berühmt geworden war. In zwei Durchfahrten, die er sehen konnte, standen große brennende Fässer, um die sich Obdachlose versammelt hatten. Es war dieselbe Szenerie, wie man sie in jeder dunkleren Ecke jedes Sprawl vorfand. Skater nahm an, daß diese Inseln der Menschheit der kleinste gemeinsame Nenner aller rassischen, politischen oder religiösen Anschauungen war. Das Problem war, daß dieser kleinste gemeinsame Nenner Hunger hatte und ihm jegliches Mitgefühl abhanden gekommen war.

Als sein Blick über die unbekannte Stadt schweifte und er einiges an Vertrautem wiedererkannte, mußte er sich selbst eingestehen, daß er noch nie in seinem Leben mehr Angst gehabt hatte. Er hatte das Team hergeführt und es in Gefahr gebracht. Und jetzt hatte er nicht die geringste Ahnung, wie er es wieder von hier wegführen sollte.

Erzengel hatte die meisten Dateien, die sie bei NuGene gestohlen hatte, weniger als zwei Stunden später entschlüsselt. Sie hatte einem Chummer in Seattle, der sich auf biomedizinische Datendiebstähle spezialisiert hatte, eine Dateiprobe geschickt, und er hatte ihr eine Utility zukommen lassen, die mit der Verschlüsselung und Archivierung fertigwurde. Außerdem waren die Dateien mit einem ihr unbekannten Verfahren komprimiert worden. Dieses Problem hatte sie allein gelöst.

Als alles geregelt war und ihnen die Dateien offenstanden, bereitete Skater der ausgedehnte Text einiges Kopfzerbrechen.

»Diese Dateien könnten Millionen wert sein«, sagte Erzengel, während sie die Informationen durchging. »Vorausgesetzt, die Aufzeichnungen stimmen.«

Die Dateien enthielten Berichte und Dokumentationen hinsichtlich neuer organischer Gewebeimplantate, die der Notwendigkeit für das Immunsystem unterdrückende Drogen ein Ende bereiten würden. Diese Drogen schufen nämlich genauso viele Probleme für Transplantationspatienten, wie sie lösten. Skater begriff nicht alles, aber es lief darauf hinaus, daß NuGene eine Möglichkeit entdeckt hatte, die DNS des Patienten und des in Bottichen gezüchteten Spendergewebes zu überschreiben, um eine Mischung zu schaffen, welche die Koexistenz beider Systeme ermöglichte.

Normalerweise lebte ein Transplantationspatient den Rest seines Lebens mit irgendeiner Droge wie Cyclosporin, die die Antikörper des Patienten davon abhielt, die neuen Organe oder das neue Gewebe anzugreifen und sich damit im wesentlichen selbst zu zerstören. Diese bewußt herbeigeführte Schwächung des Immunsystems führte jedoch oft zu Reaktionen, die auf lange Sicht ebenso lebensbedrohlich sein konnten.

NuGenes neues Gewebe war eigens so DNS-codiert, daß es vom Wirtskörper nicht abgestoßen wurde. Es war kein einfacher Vorgang, weil die natürliche Reaktion des Körpers, das neue Gewebe abzustoßen, nicht leicht zu unterdrücken war. Das neue organische Material wurde als feindlich eingestuft, und die Antikörper griffen es an und töteten es ab. Aber die neue Methode, die auch Bestrahlungen beinhaltete, um die DNS des Gewebes umzustrukturieren, ermöglichte es den T-Leukozyten, das neue Gewebe durch Phagozytose als annehmbar einzustufen, so daß es nicht zerstört, sondern integriert wurde.

»Okay«, sagte Skater, indem er das Material überflog. »Angenommen, ein Team von Shadowrunnern hat diese Biotech in den Händen. Warum hat es sie dann noch nicht verkauft?«

»Ich sehe keinen Grund, es nicht zu tun«, sagte Elvis. »Ich hätte es jedenfalls getan und mich dann so schnell wie möglich abgesetzt.«

»Ja, aber das war kein einfacher Run«, sagte Skater. »Die Sache ist von vornherein so eingerichtet worden, daß wir jetzt den schwarzen Peter haben. Das bedeutet, daß die Hintermänner schon vor dem Run ein bestimmtes Ziel verfolgt haben. Wenn NuGene dieses neue Gewebe tatsächlich produzieren kann, was bedeutet das für die Firma in bezug auf ihre Profite?«

»Sie werden in den Himmel schießen«, sagte Erzengel.

»Genau. Aber was wäre, wenn diese Runner die Tech einfach einem anderen Konzern verkaufen würden?«

»Das ist ganz einfach«, sagte Duran. »Die Gewinne würden gleichmäßig geteilt, wenn NuGene und dieser andere Konzern nicht versuchten, sich gegenseitig das Wasser abzugraben, indem sie einen Preiskrieg führen.«

Skater grinste, als er spürte, daß er jetzt nah daran war. »Genau. Wenn es sich um einen einfachen Run gehandelt hätte, würden die Runner die Dateien bereits verscherbelt und so viel wie möglich in die eigene Tasche gesteckt haben. Aber die Person, die hinter dieser Geschichte steckt, will mehr als nur einen einmaligen Treffer landen.«

»Inwiefern?« fragte Duran.

Erzengel wandte sich von ihrem Deck an und betrachtete ihn mit verwirrter Miene.

»Wir sind uns darüber einig, daß die Profite eines Konzerns sinken, wenn er keine Kontrolle über den Ausstoß seines Produkts hat, richtig?«

Erzengel und Duran nickten.

»Wie werden die Profite eines Konzerns ausgewiesen? Wohin wandern sie?«

»In die Gesellschaft«, antwortete Duran.

»In die Aktien«, sagte Erzengel.

Erzengels Miene verriet Skater, daß sie ihm folgen konnte. »Dividende, genau. Das ganz große Geld, wenn diese Ersatzgewebe-Tech wirklich so Sahne ist.«

»Aber warum sollte einer der Aktienbesitzer so etwas arrangieren?« sagte Erzengel. »Der Profit fällt ihm ohnehin zu.«

»Was wäre, wenn bekannt würde, daß NuGene soeben seine kleine Goldmine verloren hat?« fragte Skater. »Wie wär's mit folgendem Szenario: Jeder, der aus sentimentalen Gründen oder weil er gerne auf Außenseiter setzt, seine Aktien behalten hat, beschließt, sie auf den Markt zu werfen. Derjenige, der den Datendiebstahl arrangiert oder nur den Eindruck erweckt hat, sie seien gestohlen worden – was an sich schon eine interessante Wendung der Dinge ist –, kann anschließend hingehen und die Aktien zu Tiefstkursen kaufen, dann NuGene die Dateien zurückgeben und sehen, wie die Profite in den Himmel klettern.«

»Drek, Junge, weißt du, wie riskant das wäre?« fragte Duran.

»Glaubst du, bei dem Gewinnpotential, über das wir hier reden, würde jemand mit der Möglichkeit, so etwas abzuziehen, auch nur einen Augenblick zögern? Wir haben uns die *Sapphire Seahawk* in der Hoffnung vorgenommen, der Tip würde sich auszahlen. Wer immer hinter dieser Sache steckt, hatte natürlich den Daumen auf den vollständigen Dateien.«

»Aber es wäre doch immerhin möglich, daß wir lebend aus der Sache rauskommen«, sagte Duran. »Wenn dann jemand kräftig auf dem Aktienmarkt zugeschlagen hat, steht sein Name doch irgendwo Schwarz auf Weiß.«

»Zuerst muß man mal dahinterkommen, um nach ihm zu suchen. Wenn man um hohe Einsätze spielt, muß man bereit sein, sich aus dem Fenster zu lehnen. Und vergiß nicht, bis jetzt sind ausschließlich *wir* es, deren Haare im Wind flattern.«

Alle schwiegen, und Skater wußte, daß sie darüber nachdachten. Nun, wo er es laut ausgesprochen und gegen Widerspruch verteidigt hatte, war er seiner Sache sicherer denn je. Der Überfall auf die *Sapphire Seahawk* war kein einfacher Datendiebstahl gewesen, sondern ein gemeines, hinterhältiges Komplott, das von Anfang bis Ende gut ausgedacht und in Szene gesetzt worden war.

»Bisher«, sagte Skater, »deutet alles, was NuGene unternommen hat, darauf hin, daß sie glauben, wir hätten ihre Tech gestohlen. Mittlerweile werden sie denken, daß sie in dem Spiel zurückliegen und sie von jemandem verkauft worden sind. Sie könnten beschließen, ihre neue Entdeckung in aller Eile auf den Markt zu werfen. Um das zu tun, müssen sie Kapital aufbringen.«

»Neue Aktien«, sagte Erzengel.

»Vielleicht.« Skater unterbrach sein Auf-und-abgehen und sah sie an. »Wir müssen das nachprüfen.«

Sie nickte. »Das Telekom ist bereit, wenn du es bist.«

Er ging durch den Raum und benutzte es, indem er einen von Kestrels Briefkästen anwählte. Erzengel arbeitete bereits mit Feuereifer an ihrem Deck. Nachdem Skater eine Nachricht für Kestrel hinterlassen hatte, er solle ihn hier bei The Chipped Pachyderm zurückrufen, ging er mit Elvis ins Büro. Der Troll hatte ihm zugewinkt.

Die Einrichtung des Büros war alt. Dokumente und Holobilder hingen ebenso an den Wänden wie herabgeladene Zeitungsmeldungen in bezug auf Geschäftsabschlüsse, welche die Firma in der Vergangenheit getätigt hatte. Die meisten waren älter als fünf Jahre. Der Stuhl hinter dem Schreibtisch war abgewetzt und bequem, wenn auch zu klein für den Troll, der sich auf die Kante des Schreibtisches gehockt hatte.

»Gleich wiederholen sie die Schlagzeilen«, grollte Elvis. »Wir sind ganz groß dabei.«

Die Nachrichten wurden von einem Elf mit überkronten Zähnen und geplatzten Äderchen um die Nase, die das Ergebnis zu vieler durchzechter Nächte waren und vom Make-up nicht ganz kaschiert werden konnten, verlesen. Die Bruchlandung des Waffenhändler-Flugzeugs, das von der wachsamen Grenzpolizei abgeschossen worden war, rechtfertigte Trideomaterial, welches das brennende Wrack und die Schocktruppen beim Durchkämmen des Unterholzes zeigten. Dasselbe galt für die Nachricht, daß Ariadne und Tavis Silberstab in Seattle ein Mädchen geboren worden war. Archivmaterial über das Paar bei öffentlichen Veranstaltungen flimmerte ebenso über den Schirm wie ein rascher Durchlauf der Stationen seiner Sportlerkarriere. Der Reißer war die Meldung, daß der sogenannte ›Lachende Tod‹ zu verseuchten Bottichen des Unternehmens DocWagon zurückverfolgt worden sei. Die Krankheit werde durch ein neues Virus hervorgerufen, das gesundes Gewebe in gefährliches Gewebe verwandle, das sich dann auf den ganzen Körper ausweite und Muskelgewebe und schließlich das Hirn angreife. Die Nebenwirkungen eines Körpers, der sich gegen sich selbst wende, seien äußerst bestürzend. Seattles Gouverneur Marilyn Schultz versuche, alle Aktivitäten DocWagons in der Stadt einstweilen zu unterbinden.

Skater spürte, wie sich eine Woge der Übelkeit in seinen Gedärmen ausbreitete, und er versuchte das Gefühl zu bezähmen.

»Jack«, rief Erzengel, als das Telekom summte.

Skater schüttelte sich und ging hinüber. »Sieh nach, ob es noch mehr Informationen über diese Krankheit gibt, über den ›Lachenden Tod‹. Irgendwas stimmt da nicht.« Er nahm ab. »Ja?«

»Wo bist du?« fragte Kestrel im Nur-Audio-Modus.

»Ob du's glaubst oder nicht, in Portland.« Skater hatte keinen Grund, sich bedeckt zu halten. NuGene wußte bereits, daß sie hier waren. Noch mehr Leute konnten gar nicht nach ihnen suchen. »Ich brauche etwas.«

»Das dachte ich mir. Was?«

»NuGenes Zweigstelle in Seattle. Ist sie heute morgen aktiv geworden?«

»Auf einem bestimmten Gebiet oder ganz allgemein?«

»Aktien«, sagte Skater. »Ich glaube, sie könnten versuchen, Startkapital zusammenzuraffen.«

»Ich dachte, das hätten sie.« Im Hintergrund klickten Tasten.

»Für einen wirklich aggressiven Zug sind sie zu klamm. Ich gehe davon aus, daß der Zeitplan, den sie ursprünglich hatten, über den Haufen geworfen wurde.«

»Ich sehe mich um und melde mich dann wieder. Bist du in der nächsten Stunde oder so noch unter der Nummer zu erreichen?«

»Ja. Ich werde hier sein.«

»Warte«, sagte Erzengel, die auf den Monitor ihres Decks starrte. »Frag ihn nach einer Aktie namens ReGEN.« Sie buchstabierte den Namen.

Skater gab den Namen ebenso weiter wie die Schreibweise.

»Ein neuer Mitspieler, seit heute auf dem Markt. Kein OTC-Kram. Das Papier wird zu einem fairen Preis angeboten, aber die Beschreibung ist ziemlich vage. Neue Gesellschaft, hervorragendes Produkt, blah-blah-blah, etcetera-etcetera-drekcetera. Ich kann nichts Aufregendes daran erkennen.«

»Sag ihm, er soll der Aktie nachgehen«, sagte Erzengel.

Skater tat es.

Kestrel klang gelangweilt und auch ein wenig ungehalten darüber, so lange in der Leitung bleiben zu müssen. Es dauerte sieben Minuten, bis er den Konzern ausfindig gemacht hatte, der hinter den ausgegebenen Aktien stand, obwohl ihm Erzengel ständig Anweisungen übermittelte. Kestrel klang mehr als verblüfft. »Du verdammter Bastard. NuGene. Woher wußtest du das?«

»Schon gut. Die Erklärung würde zu lange dauern. Wie verkauft sich die Aktie?«

»Dafür, daß sie neu ist, sind eine Menge umgesetzt worden. Hinzu kommt, daß sie verdammt viele ausgegeben haben. Soll ich in die Aktie einsteigen? Ich hätte nichts gegen einen schnellen Gewinn einzuwenden, wenn er durch ein wenig Insider-Wissen garantiert wäre.«

»Wenn ich Bescheid weiß«, sagte Skater, »rufe ich dich an.«

»Tu das, Junge, weil du mir für diese Geschichte

mehr schulden wirst, als du mir je bezahlen kannst. Kann ich sonst noch was für dich tun?«

»Ich will einen Burschen von der Straße finden, einen Kerl namens Synclair Tone. Hartes Kaliber. Er ist über Puyallup nach Seattle gekommen. Ein paar von seinen Yabos haben mir einen schönen Gruß von ihm bestellt, und seitdem habe ich nichts mehr von ihm gehört.« Skaters Magen verkrampfte sich, wenn er an den Mann dachte. Aber er war die letzte Spur in bezug auf Larisas Tod, der er noch nicht nachgegangen war.

»Ich höre mich um«, versprach Kestrel. »Gib mir wegen ReGEN Bescheid.«

Skater sagte, er würde es ganz bestimmt tun, dann hängte er ein. Er sah Erzengel an. »Wo hast du die Aktie entdeckt?«

»Hier in Tir Tairngire. Sie ist heute morgen an die Börse gegangen. Anscheinend war die Ausgabe schon seit längerem geplant, nur nicht so bald.«

»Sie werden hektisch.« Skater sah sich die Aktienkurse der Börse von Tir Tairngire an.

»Wahrscheinlich. Die Aktie verkauft sich hier nicht so besonders.«

»Wenig Leute, die das Risiko eingehen wollen.«

»Oder können«, stimmte Erzengel zu. »Außerdem ist mir noch etwas anderes aufgefallen.« Sie drückte auf eine Taste und rief damit einen anderen Bildschirm mit Zahlenkolonnen auf. »Über das Virus, das den ›Lachenden Tod‹ verursacht, gibt es keine technischen Informationen, aber es scheint sich um einen bösartigen Zwilling des von NuGene entwickelten zu handeln. Außerdem hat DocWagon hier in Portland massiv NuGene-Aktien gekauft und damit das allgemeine Interesse angefacht. Wenn man bedenkt, wie tief DocWagon im Moment im Drek sitzt, muß man sich fragen, ob sie nicht Insider-Informationen haben. Aber es hat den Anschein, als würden eine Menge Besitzer von NuGene-Aktien dies als willkommene Gelegenheit betrachten, Aktien abzustoßen, die seit Jahren nichts mehr gebracht haben.«

»Glaubst du, DocWagon könnte auf eine Übernahme aus sein?«

»Ich sehe nicht, wie das möglich sein soll. Tavis Silberstab besitzt immer noch über fünfzig Prozent von NuGene.«

»Aber sie könnten so massiv einsteigen, daß sie mehr wären als ein stiller Teilhaber«, sagte Skater.

»Ja.«

»Aber sie kaufen keine ReGEN-Aktien.«

»Nein. Die Informationen, die ich ausgegraben habe, sind der Öffentlichkeit nicht zugänglich.« Erzengel deutete auf das Deck. »Man muß schon ziemlich tief graben und sehr genau hinsehen.«

»Worin unterscheidet sich die ReGEN-Aktie von der NuGene-Aktie?«

»NuGene ist die Muttergesellschaft. Die Niederlassung in Seattle wird anders genannt und arbeitet auch nach anderen Richtlinien.«

»Dann besitzt Silberstab also nicht fünfzig Prozent dieser Gesellschaft?«

»Das hängt davon ab, wie viele Aktien sie auf den Markt werfen«, sagte Erzengel. »Wenn sie decken müssen, was das Papier wert ist, und sie klamm sind, sind sie erledigt.«

Skater dachte darüber nach. »Also sind sie im Moment ziemlich verwundbar.«

»Sehr. Wenn jemand genau wüßte, daß sie etwas Lohnenswertes am Start haben. Wenn sie mit der Nachricht herausrücken, daß sie dieses neue Ersatzgewebe haben, und es so gut ist, wie sie behaupten, verwandelt sich die Aktie in Gold und sie können die meisten zurückkaufen. Oder wenigstens so viele neue ausgeben und selbst kaufen, daß sie die Mehrheit behalten.«

Als er sich die Liste der Namen ansah, stieß Skater

auf einen, der sein Interesse erregte. »Saeder-Krupp war mal daran interessiert, NuGene aufzukaufen.«

Erzengel nickte.

»Willst du herausfinden, ob sie immer noch interessiert sind?« fragte Skater.

»Was?« Ihr Unglaube war offensichtlich.

Als er den Namen des deutschen multinationalen Konzerns auf dem Schirm betrachtete, zwang Skater sich, daran zu glauben, daß es möglich war. Die Kunst, einen Handel abzuschließen, bestand darin, jemandem etwas verkaufen zu können, der glauben wollte, daß man etwas hatte, das er haben wollte. »Saeder-Krupp ist sehr aggressiv«, sagte er, »und besitzt ein paar hundert andere Konzerne. Wenn sie zuvor an NuGene interessiert waren, müßten sie jetzt total darauf abfahren, wenn sie die Sache mit dieser neuen Biotech herausfinden.«

Erzengel starrte ihn ungläubig an. »Bist du völlig irre?«

Skater sah sie an. »Zwischen uns und Seattle liegt eine Mauer, und wenn wir es tatsächlich wieder dorthin schaffen, erwartet uns ein Gewitter der besonderen Art. Ich finde, in diesen unruhigen Zeiten könnte ein Partner ein echter Gewinn sein.«

»Lofwyr?«

Skater nickte. »Er hat eine Menge Einfluß. Er ist der verdammte Charles Schwab des Erwachten Zeitalters.« Saeder-Krupp, der mächtigste Megakonzern der Welt, war Lofwyrs ganz persönliches Spielzeug.

»Er ist ein Drache.« Erzengel sah ihm in die Augen. »Er ist ein *Drache*, verdammt noch mal. Niemand kann je mit Sicherheit wissen, was Drachen tun. Wie sie die Welt sehen, was sie von ihr wollen. Du kannst nicht…«

»Er glaubt an Profit«, argumentierte Skater. »Ich bin bereit, ihn ihm zu verschaffen. Was könnte er mehr verlangen?«

»Deinen gebleichten Schädel als Bettpfanne.«

Skater sah sie an, dann senkte er die Stimme. »Es ist eine Chance. Vielleicht die einzige, die wir haben. Ich werde sie nicht auslassen.« Er versuchte, die Verzweiflung in seiner Stimme zu überhören. Glücklicherweise widersprach Erzengel nicht, sondern ging wieder an die Arbeit.

Jeder wußte, daß Lofwyr, ein Mitglied des Prinzenrats, der Tir Tairngire regierte, im Royal-Hill-Bezirk von Portland ein Anwesen unterhielt. Skater hatte keine Ahnung, ob sich Lofwyr im Moment tatsächlich dort aufhielt, und er hatte noch weniger Ahnung, ob es Glück oder Pech bedeuten würde, den Drachen zu Hause anzutreffen.

# 27

Zu seiner Überraschung kam Skater durch. Natürlich nicht zu Lofwyr, aber zu jemand anderen, der ebenfalls recht hoch in der Rangordnung stand. Sie stellte sich als Else vor. Trotz der Haare, die sie anscheinend von Kopf bis Fuß bedeckten – nach dem zu urteilen, was Skater auf dem Telekomschirm sah –, wußte Skater, daß sie weiblichen Geschlechts war. Das blau-schwarze Fell diente als Kleidung und bedeckte ihre Brüste, während es gleichzeitig Rundungen andeutete, die nur eine Berührung enthüllen würde. An ihrem Hals glänzte ein silbernes Amulett.

»Jack Skater«, sagte sie mit tiefer Stimme.

Skater hatte sich noch nie zuvor mit einem Sasquatch unterhalten, insbesondere nicht mit einem, der für Lofwyr arbeitete und seinen Namen kannte, bevor er ihn genannt hatte. »Ja«, bestätigte er.

»Meine Leute haben in Seattle nach Ihnen gesucht.« Die Sasquatch warf einen Blick auf etwas außerhalb der Bilderfassung der Telekomkamera. »Es hat jedoch den Anschein, als hielten Sie sich gar nicht in Seattle auf.«

Skater spannte sich. Erzengel war in ihr Deck eingestöpselt und überwachte das Gespräch. Ihre Aufgabe bestand darin, ihren wahren Aufenthaltsort bei The Chipped Pachyderm zu verschleiern. Doch wenn Else bereits sicher war, daß sie sich nicht in Seattle befanden, kam es offenbar auf jede Sekunde an. »Warum haben Sie nach mir gesucht?«

»Wegen der NuGene-Dateien, die Sie gestohlen haben«, sagte Else. Sie faltete die Hände unter dem Kinn. »Natürlich.« Ihre Augen funkelten wie die einer Katze.

»Ich hatte mir eher einen Handel vorgestellt«, erwiderte Skater.

»Sie wollen um mehr als Ihr Leben bitten – obwohl sie wissen, mit wem Sie es zu tun haben?« Sie wirkte belustigt.

»Sie suchen nach mir«, erwiderte Skater.

»Und Sie suchen Lofwyr. Touché, Mr. Skater.« Else lehnte sich auf ihrem Stuhl zurück. Das Büro hinter ihr war barock und mit Antiquitäten und Buntglas gefüllt. »Es hat den Anschein, als könnten wir einander vorübergehend brauchen.«

»Lofwyr weiß von dem Ersatzgewebe, das NuGene entwickelt hat?«

»Seit vielen Monaten. Natürlich werden die Gewinne aus diesem Geschäftszweig astronomisch sein. Aber das ist gar nicht unser Hauptinteresse. NuGene und Tavis Silberstab sind zu einem wichtigen Zahnrad in einem viel größeren Räderwerk geworden. Sie sind lediglich einer der Zähne.« Sie bleckte die Fänge, so daß er sie begutachten konnte.

Skater gab sich alle Mühe, äußerlich gelassen zu bleiben. Innerlich hatte sich sein Magen verkrampft und rebellierte. »Vielleicht dreht sich das Zahnrad ohne diesen speziellen Zahn nicht so gut«, stellte er fest.

»Vielleicht«, sagte Else. »Ihnen sollte klar sein, daß uns Ihr Wohlergehen nicht sonderlich am Herzen liegt. Aber man hat mich davon in Kenntnis gesetzt, daß Sie möglicherweise nützlich sein könnten, sollten Sie auftauchen. Lofwyr hat erwähnt, daß die Kontrolle über Ihre Anwesenheit in dieser Angelegenheit dem Erfolg seiner Pläne förderlich sein könnte. Wäre dies nicht der Fall, wären Sie nie so weit gekommen.« Sie stieß ein leises Lachen aus. »Was glauben Sie wohl, wie viele Leute mich einfach so am Telekom erreichen können?«

Skater gefiel die Richtung, die das Gespräch nahm,

ganz und gar nicht. Aber er hatte keine Wahl. Er hatte gehofft, aus einer Position der Stärke heraus verhandeln zu können, indem er dem Drachen eine beachtliche Beute im Austausch für das Leben des Teams anbot. Jetzt kam er sich wie ein Bettler vor, der um ein paar Brosamen bat. Aber wenn die Brosamen vom Tisch eines Drachen kamen, konnten sie durchaus Leben und kleine Vermögen darstellen.

»Ich habe Sie erreicht.«

»Ja.« Else rückte näher an den Schirm. Ihre Augen blickten so konzentriert wie Laserzielrohre. »Sie befinden sich in einer Position, in der Sie um einen Gefallen bitten können, und Lofwyr hat seine Gründe, Ihnen diesen Gefallen zu erweisen – wenn Sie nicht zuviel erbitten. Ich schicke Ihnen einen Wagen, der Sie nach Royal Hill fährt.«

Und mit diesem einen Satz ließ die Sasquatch Skater wissen, daß sie wußte, daß er sich in Portland aufhielt. Ein kalter Schauer lief über seinen Rücken.

»Ja. Wissen Sie, wir wußten bereits von Ihrem Run auf NuGene. Es konnte niemand anders sein.« Sie funkelte ihn an. »Wenn Sie zu fliehen versuchen, werden wir Sie jagen und aufspüren.«

»Ich bin im ›Ivanhoe‹«, sagte Skater. Das war ein schmieriges Hotel nicht weit von ihrem gegenwärtigen Aufenthaltsort in Swan Island. »In dreißig Minuten.«

Die Sasquatch unterbrach die Verbindung ohne ein weiteres Wort.

Der Rest des Teams versuchte Skater das Treffen auszureden. Aber es waren nur halbherzige Versuche. Letzten Endes hatten sie wirklich keine Wahl.

Lofwyr unterhielt ein kleines Anwesen in Royal Hill. Klein zumindest nach den Maßstäben, die seine Nachbarn setzten. Der schwarze Rolly Royce Phaeton lieferte Skater gut eineinhalb Stunden später vor den gewölbten Eingangstüren ab. Es war kurz vor Tagesanbruch.

Er stand auf und reckte sich, ließ sich Zeit, seine Umgebung zu begutachten. Er konnte unmöglich fliehen. Bei all der elektronischen und magischen Sicherheit im und um das Schloß hätte er bessere Chancen bei dem Versuch gehabt, einen Burggraben voller Alligatoren zu durchschwimmen.

Lofwyr hatte sich nicht auf elektronische Sicherheitsmaßnahmen und die niedrigen Mauern beschränkt, die das Anwesen umgaben. Innerhalb der Mauern tummelten sich ... Wesen, manche flogen mit großen ledrigen Schwingen, andere bewegten sich auf krallenbewehrten Füßen. Else empfing ihn an der Tür mit nicht mehr als dem Amulett bekleidet. Ihr Körperfell verbarg ihre Nacktheit und machte sie um so verführerischer.

»Sie haben eine Waffe.« Sie streckte die Hand aus.

Widerwillig reichte Skater ihr den Predator. Sie nahm ihn beiläufig entgegen und hielt ihn in der Hand, während sie ihn ins Haus führte.

Das erste, was Skater im Haus auffiel, waren die großen Türen und die breiten, gewundenen Flure. Er kam sich unglaublich klein vor. Es half auch nicht, daß ihn die neben ihm gehende Else um fast zwei Köpfe überragte.

Sie redete nicht mit ihm und verbreitete eine Aura, die besagte, daß sie auch nicht von ihm angesprochen werden wollte.

Skater sah sich gründlich um, während sie durch das Haus gingen. Der Boden bestand aus rauhem, dunklem Zement, und das Licht war matt. Saeder-Krupp investierte zwar massiv in den technologischen Fortschritt, aber in dieser Umgebung war nichts davon zu sehen. Die Türen waren in keiner Weise gekennzeichnet, und an der Decke hingen Überwachungskameras in durchsichtigen Blasen.

»Gehen Sie«, sagte Else, indem sie eine der beiden Türen am Ende des Flurs öffnete. »Er erwartet Sie.«

Skater betrat das Vorzimmer hinter den Türen. Seine Absätze klickten auf dem Betonboden und hallten hohl in dem riesigen Raum. Er war allein, und im ganzen Haus war kein anderer Laut zu hören.

An den Wänden hingen Gemälde, die sowohl unbezahlbar als auch emotional sehr aufwühlend waren. Skulpturen von gleicher Qualität standen auf Podesten und in Nischen in den Wänden unter den Gemälden.

*»Skater.«*

Die trockene, heisere Stimme bildete sich in seinem Geist und fühlte sich wie Sandpapier in seinem Verstand an. Er drehte sich um und starrte durch die Weite des Raumes.

Ein Mann stand plötzlich am anderen Ende neben einer Bankett-Tafel, die mindestens zwanzig Meter lang war. Das polierte Holz war mit Kerzen und Blumen geschmückt. Der Mann war fast zweieinhalb Meter groß, aber der dunkle Nadelstreifenanzug saß perfekt. Er hatte zwar die Größe eines Trolls, war aber perfekt proportioniert. Sein bronzefarbenes Haar war zu einem Pferdeschwanz zusammengebunden, der ihm weit in den Rücken fiel. Seine Züge wirkten wie gemeißelt, aber glatt und robust. Er trug eine schwarze Rundumsonnenbrille.

*»Ich bin Lofwyr«*, sagte er mit dieser furchteinflößenden lautlosen Stimme.

Skater fiel auf, daß sich seine Lippen beim Sprechen nicht bewegten.

*»Ich habe nicht viel Zeit. Es gibt andere Angelegenheiten, die meiner Aufmerksamkeit bedürfen. Ich habe diese Stunde für Sie freigemacht. Verschwenden Sie sie nicht.«*

Die Worte waren eine reine, unverhohlene Drohung. Skater mußte sich zwingen, die Knie durchzudrücken, als er sich dem Drachen näherte. Er hatte gehört, daß sie sowohl menschliche als auch andere Gestalt annehmen konnten, nur hätte er nie damit gerechnet, sich einmal selbst davon überzeugen zu können. Schnell und im Bewußtsein der Anspannung in seiner Stimme, die er nicht abschütteln konnte, schilderte er die Ereignisse der letzten Tage.

*»Es hat den Anschein, als seien Sie in diesem Spiel bisher die Schachfigur eines anderen gewesen«*, sagte Lofwyr, als er geendet hatte. *»Und jetzt wollen Sie also die meine sein.«*

Skater hätte fast widersprochen. Er war gekommen, um eine eigenständige Kraft zu werden und sich eine Aussicht auf Gewinn und Rache zu verschaffen. Doch beim Anblick der kühlen, menschlichen Fassade des Drachen wußte er, daß er zwar mit diesem Gedanken im Hinterkopf zu Lofwyr gekommen sein mochte, daß aber eine Schachfigur in dem Spiel zu werden, das der Drache spielte, aber das Beste war, worauf er hoffen konnte. Er antwortete mit kleinlauter Stimme. »Ja.«

*»Else«*, sagte Lofwyr, *»ruf die Aktienkurse auf.«*

Skater wußte, daß der Drache ihn seine Anweisung absichtlich mithören ließ. Ein Abschnitt der holzvertäfelten Wand zu seiner Linken teilte sich und enthüllte einen Computerschirm. Sekunden später flimmerten Aktienkurse darüber.

*»Interessant. Ich hätte nicht gedacht, daß Silberstab so schnell verwundbar würde.«*

»Ich glaube nicht, daß ihm bewußt ist, wie sehr er sich exponiert«, sagte Skater. Er mußte sich zum Reden zwingen. Die Anwesenheit des Drachen und die Aura schierer Macht, die ihn umgab, waren fast überwältigend.

*»Das gilt auch für mich.«* Lofwyr beäugte ihn abschätzend durch die dunkle Brille. *»Was wollen Sie hier erreichen, Mensch?«*

»Ich will mein Team und mich lebendig aus Portland schaffen«, sagte Skater, und als er es aussprach, klang es nach mehr, als der Drache jemals zu geben bereit sein würde. »Und ich will mich bei den Leuten revanchieren, die uns reingelegt und Larisa Hartsinger getötet haben.«

Die Lippen des Drachen zuckten belustigt. *»Warum«*, fragte er mit dieser unglaublich trockenen Stimme, *»sollte mich das kümmern?«*

»Vielleicht sollte es das nicht«, erwiderte Skater. »Aber ich bin vielleicht in der Lage, Ihnen NuGene auf einem goldenen Tablett zu servieren.«

*»Wie?«*

Skater plagte das Gefühl, sich auf einem Gelände zu bewegen, das der Drache in- und auswendig kannte. Die Konfrontation mit Lofwyr machte ihm angst. Drachen sahen das Leben anders als Menschen. »Wir können in Seattle Ihre Interessen in dieser Angelegenheit vertreten. Wenn alle Karten richtig ausgespielt werden, müßten Sie in den nächsten Tagen einen ziemlichen Profit erwirtschaften.«

*»Geld interessiert mich nicht«*, stellte Lofwyr fest. *»Es ist lediglich ein Maßstab, um den Ausgang der Spiele zu beurteilen, die ich mit anderen spiele.«*

»Wenn das stimmt«, sagte Skater, »dann habe ich mit meinem Besuch hier Ihre und auch meine Zeit verschwendet.«

Der Drache musterte ihn kalt. *»Das grenzt an Unverschämtheit.«*

Skater konnte das nicht abstreiten, teils, weil es stimmte, und teils, weil sein Mund plötzlich wie ausgetrocknet war.

*»Dennoch verleihen Sie und Ihr Team meinen Bemühungen einen zusätzlichen Anstrich der Harmlosigkeit und Undurchsichtigkeit, während ich meine eigenen Schritte unternehme.«* Lofwyr lächelte. *»Sie zeigen in dieser Angelegenheit vielversprechende Ansätze, das will ich gern zugeben. Und in meinem eigenen Spiel könnte Ihre Anwesenheit hier einige Schritte meinerseits überflüssig machen.«*

Skater wartete mit einem Gefühl der Beklemmung

in der Brust. Wenn der Drache ihn nicht hätte benutzen wollen, wäre er gar nicht erst hergebracht worden.

*»Abgesehen von der Überführung nach Seattle«,* fragte der Drache, *»was wollen Sie sonst noch von mir?«*

»Eine Kreditvollmacht für eine Ihrer Seattler Banken. Wir werden ein paar Scheinkonten einrichten, um so viele ReGEN-Aktien wie möglich zu kaufen. Durch diese Aktivitäten sollte der Kurs dieses Papiers binnen weniger Stunden steigen. Gleichzeitig werden wir die Nachricht an die Trideosender weitergeben, daß ReGENs Forschungsresultate gestohlen wurden. Wenn das bekannt wird, werden die Preise wieder fallen, und die Leute werden die Aktien, die sie gekauft haben, schleunigst wieder abstoßen, so daß wir noch mehr davon kaufen können.«

*»Zu welchem Zweck? Das hört sich an, als würden Sie nur Geld verschwenden. MEIN Geld.«*

»Weil ReGEN mit dieser Tech ein Vermögen verdienen wird«, sagte Skater. »Jemand hat sie reingelegt und es so aussehen lassen, als seien ihnen ihre Forschungsresultate von uns gestohlen worden. Aber das Zeug, das wir in die Hände bekamen, war völlig unbrauchbar. NuGene und Silberstab wissen das nicht. Im Moment leben sie unter dem Damoklesschwert, daß sie alles verlieren könnten, wofür sie gearbeitet haben. Um zu retten, was zu retten ist, gehen sie jetzt sofort in Produktion. Das ist der Grund, warum sie die Aktien verkaufen: um das Geld zu bekommen, das sie brauchen, um die Seattler Niederlassung sofort zu eröffnen.«

*»Woher wissen Sie, daß die Tech nicht von jemand anderem gestohlen wurde und längst eine andere Gesellschaft daran arbeitet, das Produkt auf den Markt zu bringen?«*

»In diesem Fall würde NuGene davon wissen. Etwas so Großes könnte nicht geheim bleiben. Stattdessen konzentrieren sie sich ausschließlich auf uns.«

*»Vielleicht hat der Käufer gute Gründe, die Sache nicht an die große Glocke zu hängen.«*

»NuGene hat sich das Verfahren noch nicht patentieren lassen«, sagte Skater. »Selbst wenn sie es jetzt tun, kann jeder, der im Besitz des ursprünglichen Verfahrens ist, genug daran ändern, um dieselben Ergebnisse zu bekommen und trotzdem behaupten zu können, sie hätten es durch unabhängige Forschung entdeckt. Jemand, der für diese Tech bezahlen kann, hat wahrscheinlich auch die Mittel, sofort in Produktion zu gehen. Wenn NuGene vor Gericht zöge, würde sich der daraus resultierende Rechtsstreit über Jahre hinziehen und beständig Dividende und Profite verringern. Niemand würde in die Firma investieren wollen, was weniger Nuyen bedeuten würde, um sich zu wehren. Ihre einzige Hoffnung liegt darin, die Leute zu finden, die die Tech gestohlen haben, oder sie von ihnen, falls irgend möglich, zurückzukaufen.«

Der Drache schwieg einen Augenblick. *»Ich stimme Ihnen zu.«*

»Es gibt noch einen weiteren Gesichtspunkt«, sagte Skater. »Es könnte sich herausstellen, daß derjenige, der die Tech tatsächlich gestohlen oder es wenigstens hat so aussehen lassen, als sei mein Team dafür verantwortlich, die Absicht hat, sie NuGene bald zurückzugeben. In der Zwischenzeit wird er ebenfalls Aktien aufkaufen. Ich habe das Gefühl, daß derjenige, der mich reingelegt hat, auch meine Freundin Larisa reingelegt hat, und dafür werde ich ihn fertigmachen.«

*»Für einen Menschen«*, sagte der Drache, *»sind Sie zu erfrischend ruchlosen Gedanken fähig. Sie bekommen Ihre Überführung nach Seattle und die Kreditvollmacht. Ist sonst noch etwas?«*

Skater schüttelte den Kopf, da er nicht zu sprechen wagte.

*»Sie haben Glück, Mensch«*, sagte Lofwyr. *»Es ist Ihnen*

*gelungen, den Fuß in eine Tür zu bekommen, die zu öffnen ich mir bereits vorgenommen hatte. Ich habe kurz erwogen, Sie töten zu lassen und NuGene die Tech über Dritte zurückzugeben. Tavis Silberstab muß für die Leute, hinter denen ich wirklich her bin, stark erscheinen, dann werde ich sie demütigen. Aber einstweilen finde ich Sie recht nützlich. Aber seien Sie vorsichtig bei Ihren Machenschaften.«*

Der Drache näherte sich langsam. Skater blieb mit einiger Mühe, wo er war. Seine Knie hatten das Bedürfnis zu zittern.

*»Ich dulde es nicht, betrogen zu werden.«* Das menschliche Gesicht des Drachen blieb ungerührt, makellos. Er streckte eine Hand aus, wobei er die Finger spreizte, und hielt Zentimeter vor Skaters Gesicht inne. *»Sie und Ihre Rasse haben ein Sprichwort – Laß dich nie mit einem Drachen ein. Ihre und meine Rasse haben eine gemeinsame Vergangenheit, von der Sie nichts wissen können. Ich würde das Sprichwort umformulieren: Laß dich nie darauf ein, eine Abmachung mit einem Drachen zu brechen. Die Konsequenzen können mehr als schrecklich sein.«*

Die Hand bewegte sich plötzlich, verwandelte sich in einem Sekundenbruchteil. Sie wurde zu einer krallenbewehrten Klaue, die dreimal so groß und mit Schuppen von der Farbe goldenen Kristalls bedeckt war. Die Klaue war groß genug, um Skaters Kopf zu umschließen. Die massiven Krallen klickten zusammen, als sie nur ein oder zwei Hautschichten vor Skaters Gesicht durch die Luft schnitten.

Skater glaubte, sich übergeben zu müssen. Es gab keinen Zweifel, daß die Krallen ihm so schnell das Gesicht vom Schädel hätten trennen können, daß nicht einmal Blut geflossen wäre, hätte der Drache das gewollt.

*»Willkommen in meinem Spiel, Jack Skater, und in Ihrer kleinen, fast bedeutungslosen Rolle darin. Spielen Sie sie gut, dann werden Sie feststellen, daß ich sehr großzügig sein kann. Andernfalls sollten Sie hoffen, daß Ihre Feinde*

*Sie töten. Sie werden gnädiger mit Ihnen verfahren als ich. Das ist ein Versprechen.«*

Die Klaue verwandelte sich wieder in eine Hand.

Skater fühlte sich dadurch keineswegs sicherer.

Lofwyr drehte sich um und ging davon, ein großer Mann, der durch sein Königreich schritt. *»Gehen Sie jetzt. Es wird bereits alles arrangiert. Erfüllen Sie Ihr Versprechen.«* Dann ging er durch eine massive Holztür und war verschwunden.

»Ach, Drek, Jack«, sagte Skater, der Mühe hatte, sich auf den Beinen zu halten. Das Treffen war schlimmer gewesen, als er es sich je hätte vorstellen können. Er atmete durch die Nase ein und durch den Mund aus, da er um seine Selbstbeherrschung rang. Nach Seattle zurückzukehren und sich dort allem zu stellen kam ihm fast unmöglich vor.

Aber er wußte, daß er soeben dem Tod ins Auge geblickt hatte.

# 28

Skater war in dem gepolsterten Luxus der Lear-Cessna Platinum I fast eingeschlafen, als das Mobiltelekom klingelte. Er richtete die Rückenlehne auf, schaltete es ein und sagte Hallo.

»Ich habe die Info über Synclair Tone«, sagte Kestrel, der Skaters Anruf erwiderte.

Erzengel war das einzige Teammitglied, das außer Skater noch wach war. Sie saß über ihr Deck gebeugt und hatte darüber Zugang zu den Bordcomputern und der Satellitenverbindung des Luxus-Jets. Saeder-Krupp hatte nicht nur den Jet zur Verfügung gestellt, sondern sogar einen extra großen Sitz für Elvis eingebaut. Der Troll lag mit ausgebreiteten Armen auf dem Rücken und schnarchte unstet. Lofwyr hatte außerdem ein Team von Sanitätern geschickt, das sich vor Besteigen des Jets um sie gekümmert hatte, und die Schulter des Trolls, wo ihn der Hund gebissen hatte, war verbunden.

»Laß hören.«

»Der Bursche hat Verbindungen zur Mafia, wie du vermutet hast. Er arbeitet für einen Stall von Killern, der von Tomasino Carbone geleitet wird.«

»Nie gehört.«

»Das hätte mich auch gewundert. Carbone regelt alle Arten von Wetwork. Er hat für jeden Job den richtigen Kerl. Er selbst hält sich im Hintergrund, keine Reklame, kein Profil. Lone Star versucht seit Jahren, ihn festzunageln.«

»Tone arbeitet für Carbone?« fragte Skater.

»Auf den ersten Blick. Weißt du, das Bild hat einen Schönheitsfehler.«

»Welchen?«

»Carbone steht in dem Ruf, nur Killer der allerersten

Kategorie zu beschäftigen. Top-Qualität. Experten für Magie, *Ki*-Adepten, Straßensamurai, die bis in die Haarspitzen verdrahtet sind. Die Leute, denen er seine Dienste zur Verfügung stellt, wollen manchmal, daß die Zielpersonen einfach verschwinden oder Selbstmord begehen, ohne daß das Auswirkungen auf sie hat. Tone paßt nicht in dieses Profil. Er ist eine verdammte Straßenratte. Subtilität wäre für ihn gleichbedeutend damit, sich zu vergewissern, daß er mit dem ganzen Magazin getroffen hat, nicht bloß, sich zu vergewissern, daß nur eine Kugel nötig war.«

»Was will Carbone dann mit Tone?«

»Genau diese Frage habe ich auch gestellt«, sagte Kestrel. »Ich habe keine definitive Antwort darauf erhalten. Aber man sagte mir, es sei ein Gefallen.«

»Für Tone?« fragte Skater.

»Auf keinen Fall. Für jemanden, der höher in der Nahrungskette steht.«

»Kannst du herausfinden, wer das ist?«

»Junge, du kennst dich in den Hintergassen aus, in denen ich mich rumtreiben muß, um diese Info zu bekommen. Diese Burschen reden nicht.«

»Wie steht es mit einem Kontakt zu Carbone? Ich frage ihn selbst.«

»Bist du irre?«

Larisas glasiertes Gesicht kam Skater in den Sinn und brachte die Erinnerung an eine leere Wiege mit sich. »Nein.«

»Auf deinen Kopf ist eine Prämie ausgesetzt, Junge, oder weißt du das nicht mehr?«

»Ich brauche diesen Burschen, Kestrel. Ganz egal, wie ich es anstellen muß.« Tone war die einzige Verbindung zu Larisa, die noch übrig war.

Der Schieber seufzte. »Okay, ich kümmere mich darum. Außerdem habe ich gehört, daß Tone sich an ein kleines Casino auf der Westside rangemacht hat. Er erpreßt Schutzgelder.«

»Carbones Werk?«

»Drek, nein. Carbone würde den Laden nicht anrühren. Er heißt Stinkefinger-Al. Der Besitzer war mal Proktologe, bevor er wegen Unregelmäßigkeiten, die sich für ein Mitglied seines Berufsstands nicht ziemen, aus der Ärzteschaft ausgeschlossen wurde. Da fragt man sich doch, welche Unregelmäßigkeiten sich denn ziemen. Die Kundschaft besteht ausschließlich aus kleinen Zockern und Gaunern, in der Hauptsache Hafen- und Fabrikarbeiter. Im Durchschnitt gibt es dort acht Fälle von Mord oder Totschlag pro Jahr und vielleicht zwei versuchte Raubüberfälle.«

»Tone hat sich ins Casino reingedrängt?«

»Genau. Und Stinkefinger-Al ist nicht besonders glücklich darüber, aber er kann nichts dagegen machen. Ganz egal, was sonst noch läuft, Stinkefinger wird nicht versuchen, Tone auszubooten, solange Carbone hinter ihm steht.«

»Hat Tone schon Wetwork für Carbone erledigt?«

»Das läßt sich nicht mit Sicherheit sagen, Chummer.«

»Könnte interessant sein, das zu fragen.«

»Könnte interessant sein zu sehen, ob du noch stehst, nachdem du die Frage gestellt hast.«

»Tu, was du kannst«, sagte Skater. »Ich melde mich wieder.« Er schaltete das Telekom aus, dann erhob er sich von seinem Sitz, wobei er sich fragte, wer wegen Tone auf Carbone Druck ausgeübt haben mochte. Der Lebenslauf dieses Burschen war nicht gerade dazu angetan, jemanden dazu zu bewegen, sich für ihn zu verwenden. Was bedeutete, daß er für jemanden etwas getan hatte oder noch tun würde, der sich für ihn verwenden konnte.

Der Sprawl drehte sich weiter, wenn ein Handel abgeschlossen wurde, und es wartete immer schon der nächste.

»Stinkefinger-Al?« sagte Duran.

»Du hast zugehört.«

»Es war schwer wegzuhören. Nichts für ungut.«

»Schon gut.«

Der Ork rekelte sich auf seinem Sitz. »Ich kenne den Laden. Willst du Begleitung, wenn du hingehst? Das ist eigentlich keine Kneipe, in die man ohne Begleitung geht.«

Skater sah ihn an. »Das würde mir gefallen.«

Duran nickte, dann schloß er die Augen und entspannte sich wieder. »Sag nur, wann.«

Abgesehen von der Beförderung nach Seattle und verschiedener Arten finanzieller Unterstützung hatte Lofwyr auch für eine Suite von Apartments in der Nähe des Aztechnology-Komplexes gesorgt, die ihren eigenen Privataufzug hatte, so daß sie kommen und gehen konnten, wie es ihnen gefiel. Außerdem standen ihnen vier Fahrzeuge zur Verfügung, die in der Tiefgarage auf sie warteten. Skater zweifelte nicht daran, daß der Einsatz in diesem Spiel sehr hoch war, wie die wirklichen Pläne des Drachen auch aussehen mochten. Er fragte sich, ob er je erfahren würde, was tatsächlich vorging, dann hoffte er, es nie zu erfahren. Zu viel Wissen konnte tödlich sein.

Das Team traf am frühen Nachmittag in Seattle ein. Skater ordnete an, daß sie sich die ersten eineinhalb Tage danach bedeckt hielten. Sie ließen sich das Essen anliefern und die Rechnungen auf dem Konzernkonto anschreiben, und sie schliefen schichtweise. Erzengel arbeitete nach ihrem eigenen Zeitplan und verwandte ihre ganze Kraft darauf, die Aktien über Scheinkonten zu kaufen, sowie auf den Versuch herauszufinden, wer die anderen Hauptkäufer waren. Bis zum Abend des ersten Tages hatte sie die Liste von sechs auf vier zusammengestrichen. Am Morgen des zweiten Tages nach einer lebhaften Börsenrunde strich sie eine weitere Person von der Liste. Aber sie konnte den Käufern immer noch keine Namen zuordnen.

Skater erwachte nach jeder Runde Schlaf, sei es nach einem Nickerchen zwischendurch oder seiner vollen Schicht, in Schweiß gebadet und mit den Bildern eines weiteren Alptraums von Larisa und manchmal von dem Baby vor Augen. Nachdem er im Stammesland aufgewachsen war, hatte es ihm noch nie gefallen, in einer Wohnung eingesperrt zu sein. Das Wissen, daß die Alpträume nur darauf warteten, daß er die Augen schloß, machte es nicht leichter.

Wenn er unter den Nachwirkungen irgendeines Alptraums zitternd aufstand und, egal ob Tag oder Nacht, durch die kugel- und bombensicheren Fenster sah, konnte er beinahe hören, wie die Straße ihn rief. Dort mußte er sein, auf dem Schlachtfeld, das er am besten kannte.

Während Erzengel nach den Namen der Aktienkäufer suchte, arrangierte Skater an jenem Nachmittag einen nicht zurückverfolgbaren Telekomanruf bei vier der größten Trideosendergruppen und redete mit ihren Enthüllungsreportern über NuGenes Unfähigkeit, für die Aktien einzustehen, die der Konzern ausgab.

Die Geschichte ging noch am Nachmittag über alle Sender und noch einmal in der Nacht. Sprecher von NuGene, Tavis Silberstab eingeschlossen, standen für einen Kommentar nicht zur Verfügung.

Am Ende der Elf-Uhr-Nachrichten zeigte der Gesellschaftsreporter von KOMA jedoch Material von Ariadne Silberstabs neugeborener Tochter.

Mutter und Kind sollten am folgenden Tag entlassen werden, nachdem sie zur Routinebeobachtung im Krankenhaus geblieben waren. Die Geburt war leicht gewesen, wurde Ariadne Silberstab zitiert. Der Filmausschnitt war kurz und prägnant und in dem Privatzimmer aufgenommen, in dem sich die beiden seit der

Geburt aufhielten. Außerdem wurde noch ein Ausschnitt aus einem Interview mit Dr. Liam Reed gezeigt, der sagte, das Paar erfreue sich bester Gesundheit.

Der Bericht endete mit einer Nahaufnahme von Mutter und Kind.

»Stimmt irgendwas nicht?« fragte Erzengel, als sie zufällig in sein Zimmer kam.

Skater war mitten im Raum stehengeblieben, wie elektrisiert von dem Anblick des rundgesichtigen Babys, das neugierig die umstehenden Leute beäugte. »Nein«, sagte er. Aber er log, weil ganz plötzlich etwas absolut nicht stimmte. Was er im Gesicht dieses Neugeborenen gesehen hatte, war Larisa.

Als die Börse am nächsten Morgen eröffnete, regnete es ReGEN-Aktien wie Konfetti. Der Kurs fiel zu Beginn um fünfunddreißig Prozent und sank bis Börsenschluß noch einmal um weitere zweiundzwanzig Prozent. Neu ausgegebene Aktien blieben absolut unverkäuflich. Aber Erzengel und die drei anderen Käufer vergrößerten ihren Anteil, indem sie von Leuten kauften, die Angst hatten, ihre gesamte Investition zu verlieren.

Um vier Uhr fand Skater eine Botschaft in einem seiner Briefkästen vor, und zwar von einer Frau, die behauptete, Larisa Hartsingers Mutter zu sein. Sie wollte sich mit ihm treffen, um ihm etwas zu geben, das Larisa für ihn hinterlassen hatte.

Die Wohnung war in Tukwila in der südlichen Innenstadt von Seattle. Das Haus hatte keinen Fahrstuhl, und die Wohnung lag auf der Rückseite im zweiten Stock, wo Plastikleinen zwischen den angrenzenden Häusern gespannt waren, auf denen Kleidung hing. Menschliche und metamenschliche Kinder spielten zusammen in dem Gras und Unkraut, das aus dem geborstenen Plastibeton wucherte, der einmal ein Hof gewesen war. Die vom sauren Regen angefressenen Wände waren mit Graffiti übersät, sowohl mit der alten Sprühdosen-Art als auch mit den neuen Neonfarben, die der letzte Schrei waren – Gewalt, Entartung und Stolz in leuchtende Farben gehüllt.

Skater ging gemütlichen Schrittes. Er trug Straßenkleidung und Stiefel, und der Predator steckte unter seiner Kevlarjacke im Gürtel auf dem Rücken. Sein Herz schlug bis zum Hals, als er vor der Tür von 205 stand, aber nicht von der Anstrengung des Treppensteigens. Die Klingel war defekt, und dort, wo sie einmal gewesen war, ragten lediglich zwei Drähte aus der Wand. Er klopfte an die zerkratzte Tür.

Erzengel hatte die Adresse für ihn überprüft und herausgefunden, daß sie zu einer gewissen Kalika Chilson gehörte, zu der es sowohl in Larisas Geburtsurkunde als auch in ihrem Totenschein Querverweise gab. Skater glaubte nicht, daß die Nachricht eine Falle war, aber Elvis und Duran waren als Rückendeckung mitgekommen und hielten die Stellung in einem wenige Blocks entfernt parkenden Lieferwagen.

Die Tür öffnete sich zögerlich. »Ja?« wollte eine rauhe Frauenstimme wissen.

»Ich bin Skater.«

»Sind Sie allein?«

»Ja.«

Die Frau öffnete die Tür weiter und streckte mißtrauisch den Kopf hinaus. Sie war klein, dünn und zerbrechlich und sah wie ein gebleichter Mop aus, den man umgestülpt, mit Armen und Beinen versehen und in eine abgenutzte Kunstledermontur gesteckt hatte. Unter der Jacke trug sie ein einstmals weißes T-Shirt, das schmutzig-grau aussah, und die hängenden Brüste verkündeten, daß sie keine Unterwäsche trug. Ohren und Gesichtszüge waren elfisch.

Sie bat Skater nicht herein, sondern steckte sich einen Zigarettenstummel an, der ihr einen Hustenanfall bescherte. Als sie sich wieder beruhigt hatte, blinzelte sie ihn an. »Larisa sagte, daß wahrscheinlich Geld für mich dabei rumkommen würde.«

»Das hängt davon ab, was Sie haben«, sagte Skater.

»Einen Chip mit einer Telekombotschaft, von der sie sagte, daß Sie sie haben wollten.«

»Sagte sie auch, worum es dabei geht?«

»Nein.« Unter ihrem linken Auge war ein schwarzer Kreis, ein Bluterguß, der schon fast wieder verheilt war.

»Warum sollte ich Sie dann so bereitwilig bezahlen?« fragte Skater.

»Sie sind gekommen, oder nicht?«

Darauf hatte Skater keine Antwort. »Wieviel?«

Sie zuckte die Achseln, da sie versuchte, ihn das erste Angebot machen zu lassen. Offensichtlich wußte sie nicht, was der Chip wert war. »Ich hab' mir 'n blaues Auge eingehandelt«, sagte sie. »Gestern sind zwei Burschen zu mir in die Wohnung gekommen. Sie wollten wissen, ob ich kurz vor Larisas Tod mit ihr Kontakt gehabt hätte. Ich hab' gelogen und ihnen gesagt, nein. Sie haben mich geschlagen, weil sie ganz sichergehen wollten, daß ich die Wahrheit sage. Aber ich bin schon öfter geschlagen worden. Ich kann Prügel einstecken, wenn ich muß. Jedenfalls dachte ich mir, als die beiden hier auftauchten, daß Larisa vielleicht doch nicht gelogen hat, als sie sagte, für mich würde was dabei rausspringen, wenn ich Sie anrufe. Zuerst hatte ich Angst, daß ich dadurch nur in Schwierigkeiten geraten würde. Da die Schwierigkeiten aber schon bei mir gewesen waren, dachte ich mir heute morgen, ich sollte Sie anrufen.«

Je länger Skater die Frau ansah und ihr zuhörte, desto mehr fragte sich Skater, wie es möglich war, daß Larisa mit ihr in einem Genpool, geschweige denn ihre Tochter war.

Offenbar dachte sie, daß er immer noch ihr Auge betrachtete. »Larisas Vater hatte einen harten Schlag, wenn er wollte.« Kalika Chilson zündete sich am Stummel der ersten eine zweite Zigarette an, dann hustete sie sich durch einen weiteren Anfall. Diesmal endete er damit, daß ein Klumpen gelb-grauer Auswurf über das Geländer segelte und vor einem Trio von Trolljungen auf den Boden klatschte, die augenblicklich anfingen, der Frau Flüche an den Kopf zu werfen.

»Wer waren die Männer, die hergekommen sind?« fragte Skater.

»Gossenpunks«, antwortete sie. »Einer der beiden trug einen schicken Anzug und ein neues Gesicht, aber das Mal der Straße war immer noch da. Verdammte Drekstücke, das waren sie.«

»Sagt Ihnen der Name Synclair Tone irgendwas?«

»Einer wurde Tone genannt. Der andere Bobby. Es war Tone, der mich geschlagen hat. Es gefiel ihm, das konnte man in seinen Augen sehen.«

»Was ist auf dem Chip?« fragte Skater.

Die dünnen Schultern hoben und senkten sich wieder. »Keine Ahnung. Er ist mit einem Paßwort gesichert.« Sie lächelte ihn an und zeigte mehrere Zahnlücken. »Ich gebe zu, daß ich keine Heilige bin.« Sie leckte sich die Lippen. »Meinen Sie, Sie wollen fünftausend Nuyen ausgeben, um herauszufinden, was darauf ist?«

Skater griff in die Tasche und zog einen der Kredstäbe heraus, die sich dort befanden. Ein kurzer Blick verriet ihm, daß es einer mit einem Guthaben von fünftausend Nuyen war. Lofwyrs Geldschränke waren ziemlich groß. »Es ist ein Blanko-Kredstab. Geben Sie ein Paßwort und Ihre SIN ein, und er gehört Ihnen.«

Sie nahm den Kredstab zögernd an. »Ich nehme nicht an, daß ich mehr verlangen kann?«

»Nein.«

Ihr Blick war trotzig. »Und wenn ich es trotzdem täte?«

»Würde ich ablehnen«, erwiderte Skater. »Vielleicht könnten Sie ja die beiden Burschen wiederfinden, die hier aufgekreuzt sind. Vielleicht würde ich sie sogar anrufen und ihnen sagen, daß Sie sie belogen haben. Es hört sich nicht so an, als könnten Sie mehr bekommen, als ich Ihnen biete.«

Ohne ein weiteres Wort griff Kalika Chilson in eine Innentasche ihrer Jacke und holte den Chip heraus. »Ich nehme nicht an, daß Sie sich die Sachen ansehen wollen, die sie hiergelassen hat.«

»Sie ist nicht kürzlich hier gewesen?«

»Nein.«

Skater schüttelte den Kopf. »Ich glaube nicht.« Er legte den Chip in das Mobiltelekom ein, das er mitgebracht hatte, und schaltete es ein. Sofort formte sich Larisas Bild auf dem Schirm.

»Jack«, begann die Botschaft, »wenn du das bekommen hast, bedeutet das wohl ...«

Skater schaltete es ab. Was Larisa ihm auch hinterlassen haben mochte, es war auf jeden Fall privat. Und so sollte es auch bleiben. »Sie haben doch gesagt, es sei mit einem Paßwort gesichert.«

»Ist es auch«, beharrte die Frau. »Wenn Sie es noch etwas länger laufen lassen, sagt Sie Ihnen das selbst.«

Skater nickte und bedankte sich. Als er die Treppe herunterging, fragte er sich, ob die Botschaft alle Geheimnisse auflösen würde. Einige, davon war er überzeugt, hatte er bereits erraten.

# 29

Jack, wenn du das bekommen hast, bedeutet das wohl, daß ich nicht mehr da bin und selbst reden kann.« Auf dem Telekomschirm sah Larisa erschöpft und müde aus. Sie trug eine schwarze Montur, die ihr gut stand, und hinter ihr erkannte er das Wohnzimmer der Wohnung in Bellevue. Ihre Figur hatte die Folgen der Schwangerschaft noch nicht ganz überwunden, aber Jack fand, daß sie besser aussah als zu jener Zeit, als er noch mit ihr zusammen gewesen war. Und sie hatte ihre Frisur verändert. Sie trug das Haar kürzer und kecker als zuvor. Die Leiche in Lone Stars Leichenschauhaus hatte davon nichts enthüllt.

Das Datum in der unteren rechten Ecke zeigte, daß die Botschaft nur drei Tage vor ihrem Tod aufgezeichnet worden war. »Zuerst will ich dir sagen, wie leid es mir tut, was mit uns passiert ist. Es gab so viele Dinge, die ich dir sagen wollte, wo ich nie dazu gekommen bin. Wir haben uns gestritten, und ich wünschte, ich hätte die Möglichkeit gehabt, das auch aus der Welt zu schaffen.«

Skater saß hinten im Lieferwagen, während Elvis in ihr Versteck zurückfuhr, und es versetzte ihm einen schmerzhaften Stich, ihr Gesicht zu sehen und ihre Stimme zu hören. Duran saß auf dem Beifahrersitz, die Scorpion auf den Knien.

»Ich liebe dich, Jack«, sagte Larisa. »Ich wünschte nur, ich hätte mehr Zeit, um dir alles zu erklären. Alles ist so verdammt schnell den Bach runtergegangen.« Tränen glänzten in ihren Augen.

Skaters Kehle war wie zugeschnürt, und das Wissen, daß Kalika Chilson diesen Teil der Aufzeichnung gesehen haben mußte, war ihm unangenehm. Er rieb sachte mit den Fingern über den Bildschirm.

»Das Reden fällt mir schwer«, fuhr sie fort. »Ich habe mir fest vorgenommen, nicht sentimental zu werden. Den Rest dieser Aufzeichnung werde ich mit einem Paßcode sichern. Ein Wort. Wenn du nichts darüber weißt, brauchst du es dir auch nicht anzusehen. Vergiß nur nicht, daß ich dich liebe.«

Das Bild verblaßte und ließ nur die Aufforderung zurück, ein Paßwort einzugeben. Ohne zu zögern, drückte Skater eine Taste und änderte die Eingabe von Zahlen auf Buchstaben um. Er gab vier Buchstaben ein. K-I-N-D.

Auf dem Bildschirm wurde das Paßwort als ungültig abgelehnt.

Er versuchte es noch einmal, wobei er diesmal dachte, daß Larisa ihn zurechtgewiesen hätte, weil er so unpersönlich war. Noch einmal vier Buchstaben. B-A-B-Y. Ein verheißungsvolleres, freudigeres Wort.

Das Paßwort wurde akzeptiert.

Als die Aufzeichnung fortgesetzt wurde, bildete sich wieder Larisas Gesicht auf dem Schirm, diesmal mit einem anderen Zimmer ihrer Wohnung im Hintergrund. »Sie heißt Emma, Jack. Das bedeutet ›eine, die heilt‹. Ich hoffe, der Name gefällt dir.« Dann nahm sie ein Baby auf den Arm.

Das runde Gesicht, das flaumige dunkle Haar und die spitzen Ohren erinnerten Skater an Larisa. Es war so, als hätte er das Baby schon gesehen, als wisse er ganz genau, wie es einmal aussehen würde. Zum Teil lag dies an der Ähnlichkeit zwischen Mutter und Tochter. Dann schien plötzlich das Herz in seiner Brust aufzuhören zu schlagen. Das winzige Gesicht, daß er in der vergangenen Nacht im Trid gesehen hatte, stand ihm deutlich vor Augen. Ariadne Silberstabs neugeborenes Baby. Er sah sich Emma ganz genau an und wußte plötzlich mit kalter Gewißheit, daß es sich um ein und dasselbe Baby handelte.

»Sie ist deine Tochter«, sagte Larisa, und Skater sah

abgesehen von dem Lächeln auch Tränen auf ihrem Gesicht. Sie küßte das Baby, dann legte sie es sanft in das Kinderbett. »Und wenn du das siehst, bedeutet das, sie haben mich umgebracht und Emma gestohlen.« Der Schirm wurde grau.

»Ach, Drek«, sagte Skater mit einem Gefühl, als habe er plötzlich ein großes Loch in der Brust.

»Alles hat vor etwa einem Jahr begonnen«, fuhr Larisa fort, als sie ihre Erzählung nach einer kurzen Pause wiederaufnahm. Sie hatte das Baby jetzt nicht mehr auf dem Arm.

Skater ging in der Apartment-Suite auf und ab, während sich die anderen die Aufzeichnung ansahen. Er hatte bereits alles im Lieferwagen gesehen, aber er wollte, daß sie es auch sahen.

»Ein Mann namens Ridge Maddock ist zu mir gekommen«, sagte Larisa. »Er sagte, er hätte Informationen über irgendeinen Schattenjob, den du erledigt hast. Er machte mir klar, daß er dich an die Leute verkaufen würde, die noch nach dir suchten, wenn ich nicht täte, was er sagte, und daß diese Leute dich sofort töten würden.« Ihre Stimme brach. »Das konnte ich nicht zulassen, Jack.«

Skater gab sich alle Mühe, eine emotionslose Miene zu bewahren. Er spürte sehr viel Wut in sich, aber auch Verwirrung. Er hatte eine Tochter. Daran mußte er sich erst einmal gewöhnen. Bis jetzt war er immer allein gewesen, nur für sich selbst verantwortlich. Das war eines seiner Gesetze gewesen. Keine starken Bande zu jemand anderem, um sich nicht verwundbarer zu machen. Larisa war fast schon so etwas wie eine Ausnahme gewesen.

»Er wollte, daß ich ein Kind bekomme«, sagte Larisa. »Sie wollten mich künstlich befruchten. Du weißt, was ich von solchen Dingen halte. Maschinen, die in meinem Körper herumstochern. Ich bin Tänzerin, und ich bin gut, auch ohne verdrahtet zu sein. Damit konnte ich mich nicht abfinden. Also ging ich zu einem Straßenmagier, den ich kenne, und der gab mir einen Hokuspokus, der die Befruchtung verhindern würde. Manchmal klappt die Prozedur ohnehin nicht und muß wiederholt werden. Vielleicht mehr als einmal.«

Skater konnte den leidvollen Blick ihrer Augen nicht mehr ertragen. Er wandte sich von dem Bildschirm ab und sah aus dem Fenster. Die Nacht brach über den Sprawl herein, und die Schleicher der Stadt erwachten zum Leben.

»Ich habe den Hokuspokus benutzt, aber sie waren einverstanden, noch einen Monat abzuwarten und dann zu sehen, ob ich schwanger geworden war«, sagte Larisa. »Ich wurde fast verrückt, als ich mir überlegte, was ich tun sollte – schließlich mußte ich ein Baby vorweisen. Maddock steht mit jemandem namens Synclair Tone in Verbindung. Die ganze Geschichte kam von ihm. Wenn er herausfand, was ich getan hatte, würde er mich mit Sicherheit umbringen lassen.«

Skater nippte an seinem Soykaf und hoffte, er würde den bitteren Geschmack im Mund wegspülen. Gegen das Schuldgefühl würde er jedoch nichts ausrichten können. Larisa hatte in der Falle gesessen, allein, und er hatte es nicht einmal bemerkt.

»Mir fiel nur eines ein«, sagte sie. »Mittlerweile fütterten sie mich praktisch mit Fruchtbarkeitsmitteln, und so ließ ich der Natur einfach ihren Lauf, wenn wir zusammen waren. Als ich einen Monat später zurückkam, war ich schwanger, und sie waren zufrieden. Sie fragten sich nie, ob ich durch die künstliche Befruchtung schwanger geworden war oder nicht. Ich dachte, wir würden dadurch etwas Zeit bekommen, um uns etwas zu überlegen. Nur warst du nie da, um dir etwas mit mir zu überlegen.« Sie hielt inne. »Das ist zum Teil meine Schuld, weil ich dir nichts davon erzählt habe. Ihr Geister, bei allem, was geschehen war, hätte ich gar nicht gewußt, womit ich hätte beginnen sollen.«

Skater ballte die Fäuste. Irgendwo dort draußen im Sprawl amüsierte sich Synclair Tone, vielleicht auf Kosten anderer. Skater war ein Shadowrunner. Er stahl, manchmal tötete er sogar, und er lebte in den Nischen der Gesellschaft, aber er schädigte nicht absichtlich Unschuldige. Meistens arbeitete er für einen Konzern gegen einen anderen, und ihm war noch kein unschuldiger Konzern begegnet.

Und eines wußte er genau, Larisa hatte zu den Unschuldigen gehört. Sie wäre nicht gestorben, wenn sie ihn nicht gekannt hätte. Er gab sich mindestens ebenso die Schuld wie jedem anderen.

»In den ersten Monaten war es kein Problem, dich zu sehen«, sagte Larisa. »Du warst ein Geist in dieser Zeit, also war es leicht für die anderen Mädchen, mich zu decken, wenn Maddock danach fragte. Manchmal wurde er aggressiv und schwierig, aber es war leicht, ihn zu belügen, weil ich ihn nicht mochte. Und um die Wahrheit zu sagen, ich glaube nicht, daß ihn interessierte, was ich tat, solange ich schwanger blieb.«

Während Skater zuhörte, zog er sich in den kalten Kern seiner selbst zurück, wo er zu leben gelernt hatte, wenn er mit seinem Großvater zusammen war.

»Aber vor fünf Monaten hat sich alles verändert. Man konnte mir meinen Zustand ansehen. Er sagte mir, ich dürfe mich nicht mehr mit dir treffen, und zwei Monate später quartierte er mich in dieser neuen Wohnung ein. Er sagte, ich hätte keine andere Wahl, wenn ich dich schützen wolle. Und selbst wenn nicht, würde ich mich damit jetzt selbst schützen, weil er in mich investiert habe.«

Skater warf einen Blick auf den Bildschirm und sah Larisa auf dem großen Sofa im Wohnzimmer sitzen.

Plötzlich ging ihm auf, daß er es nie in einem Stück gesehen hatte. Sie hatte die Hände zu Fäusten geballt und zwischen die Knie geklemmt. Diese Angewohnheit hatte sie, wenn sie gestreßt oder außer sich war.

»Damals wurde mir auch klar, daß ich noch mehr als das schützte. Während meiner Schwangerschaft spürte ich das Baby immer stärker.« Sie hielt inne, als suche sie nach den richtigen Worten. »Ich kann es nicht erklären, aber es war so, als trete und drehe es sich nur, um mich wissen zu lassen, daß es da war. Es war die einzige Möglichkeit, wie es meine Aufmerksamkeit erregen, mit mir kommunizieren konnte. Ich wußte, es war unser Baby. Meins. Aber ich wußte nicht, wie ich es behalten sollte. Das wurde mein einziger Lebenszweck. Und nun, wo ich nicht mehr da bin, Jack, kann ich dir mit absoluter Sicherheit sagen, daß ich Emma diesen Wichsern nicht gegeben habe. Ganz egal, was sie sagen.«

Larisa stand auf. Offenbar war sie zu erregt, um noch länger sitzen zu bleiben.

»Ich wollte dir vor fünf Monaten wirklich von ihr erzählen. Ich hatte bereits begonnen, dich mehr unter Druck zu setzen, und du weißt es. Das ist der Grund, warum du dich zurückgezogen hast. Im nachhinein wird mir klar, daß das zum Teil auch meine Schuld ist, weil ich dir Druck gemacht habe und du keine Ahnung hattest, warum.«

Plötzlich klingelte das reguläre Telekom der Suite, und Erzengel wollte aufstehen, um den Anruf entgegenzunehmen, doch Skater winkte ab. Er drückte eine Taste, während Larisas Stimme weiterhin ertönte, und erfuhr, daß eine Nachricht in einem seiner Briefkästen wartete. Sie stammte von Kestrel.

»Dann dachte ich mir, auch wenn ich es dir sagte«, fuhr Larisa fort, »würden wir vielleicht nicht fliehen können. Nicht ohne einen Haufen Geld. Ich wußte nicht, wieviel du auf die Seite gelegt hattest, aber ich hatte nada. Und diese Leute, Tone und Maddock, waren keine Idioten. Maddock ist ein Schleimer, und Tone tut gern anderen Leuten weh. Deshalb haben sie ihn auch genommen.«

Skater rief die Botschaft von Kestrel ab. Er sah kein Bild, sondern hörte nur die prägnante Stimme des Schiebers. »Carbone wird mit dir reden.« Eine LTG-Nummer folgte.

»Vor ein paar Wochen habe ich ein Gespräch zwischen Maddock und Tone belauscht«, sagte Larisa. »Tone hat geprahlt. Das gehört auch sonst zu seinen Lieblingsbeschäftigungen, aber an dem Tag protzte er noch mehr als sonst. Er erzählte Maddock von einem Frachter aus Tir namens *Sapphire Seahawk* und sagte, im Computersystem des Schiffes befänden sich Daten, die Millionen wert seien. Genau wie mein Baby.«

Skater tippte Carones LTG-Nummer ein und hörte es am anderen Ende klingeln. Er machte sich keine Sorgen, daß der Anruf zurückverfolgt werden konnte. Erzengel hatte alle möglichen Sicherungen eingebaut.

»Also habe ich dir davon erzählt«, fuhr Larisa fort. »Ich wußte, wenn die Dateien an Bord des Frachters einen Wert hatten, würdest du dafür sorgen, daß ich meinen Anteil bekam. Ich hoffte, er würde reichen, um mich mit Emma dem Zugriff von Maddock und Tone zu entziehen.«

Eine schroffe Stimme beantwortete den Anruf.

Skater nannte seinen Namen und sagte, er wolle Carbone sprechen. Er wurde aufgefordert, einen Moment zu warten.

»Da du diese Botschaft bekommen hast«, sagte Larisa, »muß ich annehmen, daß irgendwas schiefgegangen ist. Maddock war in den letzten Tagen ziemlich gereizt und nervös, also gehe ich davon aus, daß sie bald versuchen werden, mir Emma wegzunehmen. Ich weiß nicht in allen Einzelheiten, was hinter der Geschichte steckt, aber ich weiß, daß irgendwo ein Elfenpaar ein Elfenbaby kaufen will, und daß es Millionen dafür ausgeben kann. Die Ärzte haben mich untersucht, um sich zu vergewissern, daß Emma ein Elfenembryo war. Wenn sie keiner gewesen wäre, hätten sie uns vielleicht in Ruhe gelassen. Ich weiß es nicht.«

Die schroffe Stimme kam wieder an den Apparat und leierte eine Nummer herunter, eine Privatverbindung zu Mr. Carbones Büro.

Skater bedankte sich, aber die Leitung war bereits tot.

»Ich glaube nicht, daß Tone der Kopf des Unternehmens ist, aber er steht eindeutig über Maddock«, sagte Larisa. »Finde ihn, Jack, weil du Emmas einzige Hoffnung bist. Niemand anders wird sich darum kümmern. Wenn du diese Botschaft siehst, bedeutet das, du hast meine Mutter kennengelernt. Du weißt, daß es stimmt.« Ihre Stimme brach, aber sie zwang sich fortzufahren. »Du und ich, wir hätten es beinahe geschafft. Aber die Geheimnisse, die wir voreinander hatten, waren uns im Weg. Es ist schwer, diese Geheimnisse zu verraten, wenn man gelernt hat, soviel von seinem Leben vor anderen Leuten zu verschließen. Ich weiß, du wolltest keine Bindung und keine Verantwortung. Ich auch nicht. Aber Emma… sie hat niemanden. Und diese Leute, die sie genommen haben, ich will nicht, daß unsere Tochter eine Art Beute ist. Finde sie, Jack, und kümmere dich um sie, wenn du sie gefunden hast.«

Der Schirm von Skaters Telekom wurde grau. Niemand sagte ein Wort, aber die Gruppe löste sich nach und nach auf. Erzengel kehrte zu ihrem Deck zurück und stöpselte sich ein, während die anderen nachsahen, ob sich irgend etwas Eßbares zusammenstellen ließ. Auch mit Lofwyrs Hilfe war allen klar, daß sie sich nicht für immer verstecken konnten. Und da war immer noch die Abmachung, die sie mit dem Drachen getroffen hatten. Die Zeit wurde an allen Fronten knapp.

Skater hatte einen Anruf zu tätigen, und er tippte die Nummer ein, eine Zahl nach der anderen.

»Carbone«, meldete sich eine kultivierte Stimme nach einigen Augenblicken. Einen Moment später formte sich ein Bild auf dem Schirm. Der Mann hatte dünnes blondes Haar, das wie angeklatscht aussah. Seine Augenbrauen waren fast farblos, dünne Striche auf rosiger Haut, aber seine dunkelblauen Augen paßten zu dem Vashon-Island-Anzug, den er trug. Er inspizierte gerade einen Kompositbogen und zupfte mit den Fingern an der Sehne. Als er das tat, schoß ein Laserzielgerät einen rubinroten Punkt irgendwohin außerhalb des Aufnahmebereichs der Kamera.

Skater verdrängte das Gefühlschaos in seinem Verstand und konzentrierte sich auf das Gespräch mit Carbone. »Ich bin Jack Skater.«

Carbone nickte. »Ich habe Ihren Namen erfahren, als mir Ihr Anruf gemeldet wurde.« Er zupfte wiederum an der Bogensehne. »Ich weiß, wer Sie sind. Was ich wissen will, ist, warum ich Ihnen meine Zeit widmen sollte.«

»Weil«, sagte Skater, »ich Ihnen Synclair Tone vom Hals schaffen kann. Nach allem, was ich weiß, wäre das vergleichbar mit dem Verlust eines Gehirntumors.«

»Interessant.« Carbone legte den Bogen auf einen verzierten Schreibtisch, der aussah, als stamme er aus einer elfischen Tischlerwerkstatt. Dann setzte er sich dahinter. »Der Haken ist nur, daß Tone geschütztes Eigentum ist.«

»Und Sie sorgen für den Schutz«, stimmte Skater zu. »Obwohl nicht unbedingt mit Begeisterung.«

»Aber nicht ohne Professionalismus.« Carbone lehnte sich auf seinem Stuhl zurück.

»Zugegeben. Deswegen rufe ich Sie an. Wenn ich das, was ich vorhabe, erledigen könnte, ohne Ihnen dabei in die Quere zu kommen, würde ich es tun.«

»Und für den Fall, daß Sie Erfolg hätten, würde ich Sie aufspüren und geeken lassen.« Carbone faltete die Hände vor dem Kinn. »Nur, damit wir beide wissen, wo wir in dieser Sache stehen.«

Skater nickte. Im Geiste sagte ihm Larisa wieder, daß das Baby Emma hieß und sie seine Tochter sei. Er verdrängte den Gedanken mit einiger Mühe.

»Wenn Tone umgelegt wird, während er in meinen Diensten steht, könnte das etwas peinlich werden«, sagte Carbone.

»Wenn er am Leben bleibt, könnte das noch peinlicher werden«, erwiderte Skater.

Carbone zögerte nur kurz. »Ja.«

»Und es könnten Gerüchte in Umlauf gebracht werden, daß Sie selbst jemanden bezahlt haben, um Tone loszuwerden. Natürlich wären diese Gerüchte völlig haltlos. Aber Sie sind nicht im Schutzgeschäft, also sollte das keinen Einfluß auf Ihren Marktwert haben.«

»Nein, das bin ich tatsächlich nicht.« Carbone lachte, und der Laut klang kalt und spröde. »Ich nehme an, in gewisser Weise wäre das sogar poetisch, wo die Leute sagen, daß nicht einmal ich selbst vor mir sicher bin, wenn erst einmal ein Kontrakt abgeschlossen worden ist. Aber – woher weiß ich, daß Sie liefern können?«

»Auch wenn ich Tone nicht beseitigen könnte, würden Sie nicht mit der Sache in Verbindung gebracht.«

»Stimmt.«

»Dann sind Sie in einer Position, in der Sie nicht verlieren können, wie die Sache auch ausgeht.«

»Und was wollen Sie von mir?«

Skater gestattete sich kein Lächeln, als er mit dem eigentlichen Verhandeln begann. Er wußte, daß er Carbone nicht fragen konnte, zu wem Tone gehörte, aber er wußte, der Boß dieses Mannes *mußte* irgendwie mit Silberstab in Verbindung stehen. »Ich weiß von dem Casino, von dem Tone sich eine Scheibe abgeschnitten hat. Von Ihnen will ich nur ein wenig Laxheit.«

»Später wird man mich fragen, wie es möglich war, daß Tone vor meiner Nase umgelegt wurde.«

»Sind Sie Tones Hüter«, fragte Skater, »oder werden Sie nur als Deckmantel benutzt?«

»Sie wollen damit andeuten, daß meine Verantwortung für Tone irgendwo endet?«

»Sie haben ihn nicht dazu ermächtigt, sich in das Casino zu drängen.«

»Nein«, antwortete Carbone. »Obwohl allgemein bekannt ist, daß ich ein wachsames Auge auf meinen Stab habe.«

»Es ist außerdem allgemein bekannt, daß Tone nicht direkt Ihrem Stab angehört.«

Carbone nahm einen langen schlanken Zigarillo aus einem kunstvoll verzierten Metallkasten. »Ja.« Er schnitt ein Ende ein und setzte ihn dann mit einem geschnitzten Anzünder in Brand. »Welches Interesse haben Sie an Tone?«

»Ein persönliches.«

Zwei Rauchfäden drangen aus Carbones Nase, dann sagte er: »Sie würden eine Menge riskieren, um ihn zu bekommen.«

»Ich glaube, das habe ich schon getan«, sagte Skater. »Mit Ihnen darüber zu reden, ihn loszuwerden ist nicht das Klügste, was ich tun kann. Besonders dann nicht, wenn Sie mich an jede einer ganzen Handvoll interessierten Parteien verkaufen könnten. Ich wette, Tone loszuwerden, ist mehr wert als das. Lassen Sie mich wissen, wenn ich recht habe.«

Carbone blinzelte einmal, aber ansonsten hätte sein Gesicht aus Stein gemeißelt sein können. »Wie rasch könnten Sie aktiv werden?«

»Fünf Minuten nach Beendigung dieses Gesprächs.«

Carbone nickte. »Lassen Sie mir eine Stunde Zeit. Ich bin sicher, daß sich etwas arrangieren läßt. Aber vergessen Sie eines nicht.«

Skater war ganz Ohr.

»Sollte die Sache Staub aufwirbeln, sollte man mich bitten, den Fall zu untersuchen und in die Hand zu nehmen, werde ich das tun. Darauf können Sie sich verlassen.«

»Das tue ich«, erwiderte Skater. »Ich gehe davon aus, daß dem letztendlichen Besitzer Tones nicht viel an ihm liegt. Tone ist nur eine Figur in einem ziemlich tödlichen Schachspiel. Er hat keinen wirklichen Wert, nur als geplantes Opfer. Ich werde ihn nur frühzeitig aus dem Spiel nehmen und die Beziehung zwischen Ursache und Wirkung ändern.«

»Wir werden sehen, ob Sie recht haben.« Carbone beugte sich vor und unterbrach die Verbindung.

Skater atmete tief durch und drückte ebenfalls die Unterbrechertaste. Es war an der Zeit herauszufinden, wie recht er hatte.

# 30

Stinkefinger-Al belegte die unteren beiden Stockwerke eines ehemals viergeschossigen Hotels. Die neuen Sicherheitsriegel vor den Fenstern und die verstärkte Sicherheitstür, die ein gleichschenkliges Dreieck mit den Einmündungen der beiden Querstraßen bildete, standen im Gegensatz zu abblätternder Farbe und Graffiti.

Skater parkte den Ford Americar, den er und Duran gestohlen hatten, hinter einem Lastwagen, der ein kleines Troll-Restaurant auf der anderen Straßenseite belieferte. Ein handgeschriebenes Schild an der Eingangstür verkündete: RIPPCHEN. Der Geruch köchelnder Grillsoße lag in der Luft.

»Ich hörte, Stinkefinger hat das Hotel von einer Grundstücksfirma gekauft, der es niemals gelungen ist, die Bude aus den roten Zahlen zu bekommen«, sagte Duran, der auf dem Beifahrersitz saß. Er fuhr sich durch sein widerspenstiges borstiges Haar, dann schlang er sich den Gurt der Scorpion über die Schulter, wo sie unter seiner Kampfjacke verborgen sein würde. »Aber ich nehme an, daß die Zockerei hier Sahne ist.«

Skater mußte zustimmen. Klapptafeln auf Sägeböcken priesen Parkmöglichkeiten in drei verschiedenen Gegenden an. Eine örtliche Motorradgang, die sich die Leather Devils nannte, hatte sich offenbar selbst zu Parkplatzvermietern für das Casino ernannt.

Adrenalin schoß in Skaters Blutkreislauf, als er die Straße überquerte. Der Fokus seiner Aufmerksamkeit war da, aber noch nicht ganz in Reichweite. Gedanken an das Baby – an Larisas Tochter – kreisten ständig in seinem Kopf, ohne daß dies zu etwas führte. Es war schwer, sich nicht von Gefühlen leiten zu lassen, und sein stärkstes Gefühl war Verwirrung.

»Alles klar?« fragte Duran, als sie den Gehsteig vor dem Casino betraten.

»So langsam.« Skater bewegte sich in seinem Duster, um seine Haltung dem Sitz des Predator im Schulterhalfter unter seinem linken Arm anzupassen.

»Mach dir jetzt keine Sorgen darum, wie du mit allem klarkommst. Es ist alles viel zu schnell auf dich eingestürzt. Kümmer dich um die Sachen, um die du dich kümmern kannst, und erledige den Rest, wenn der richtige Zeitpunkt gekommen ist.« Der Ork stieß eine der Türen auf und wartete auf Skater. »Jetzt ist der richtige Zeitpunkt für Synclair Tone.«

Skater nickte. Daran mußte er auch arbeiten. Je näher er Tone kam, desto stärker wurde die Wut in ihm. Er wußte, daß Duran sich dessen bewußt war.

»Was darf's sein, die Herren?« Die Frau saß hinter der kugelsicheren Scheibe des Kartenschalters. Sie war jung und schwarz und trug ein durchsichtiges Top und enge Shorts.

Zwei Yabos in schwarzen Hosen und schwarzen T-Shirts mit dem Aufdruck SICHERHEIT in Rot auf der Brust standen beiderseits des Eingangs. Beide hielten ein automatisches Gewehr in den Händen, und an der Hüfte hing je ein Pistolenhalfter.

Einer von ihnen griff nach einem Stab, der in eine Außensteckdose gestöpselt war. »Wir müssen Sie abtasten, bevor Sie reingehen. Geschäftspolitik.« Seine Augen waren vercybert, stählerner Tod.

»Mr. Carbone war der Ansicht, daß es kein Problem sei, wenn wir reingehen«, sagte Skater.

Die Messerklaue musterte ihn durchdringend, sagte jedoch nichts.

»Sagt euch das sonst noch jemand, der hier rein will?«

Der Yabo hängte den Stab an die Wand. »Sie werden

erwartet«, sagte er, wobei er sich anhörte, als faßte er das als persönliche Beleidigung auf. »Gehen Sie rein.«

Duran folgte Skater durch die Tür.

Auf der anderen Seite der Tür traf Skater der Geruch des Casinos wie ein Schlag. Zigarettenqualm, Alkohol, Bier, billiges Parfüm und Schweiß vermischt mit dem sauren Gestank der Verzweiflung, all das vereinigte sich zu einem Geruchsnebel, der die klimatisierte Luft schwängerte.

Die Tische waren mit der Feierabendkundschaft besetzt. Mehrere Gäste trugen noch ihre Uniformen und unterhielten sich lautstark, da der Schnaps seine Wirkung tat. Der Teppich war abgewetzt, so straff am Boden wie die Bänder einer zwei Tage alten Leiche und mit wilden Mustern von Flecken zweifelhafter Herkunft übersät. An der Einrichtung fehlte es, aber die Beleuchtung war so düster, daß das den meisten Gästen auch dann nicht aufgefallen wäre, wenn sie sich die Mühe gemacht hätten, genauer hinzusehen.

Dafür ging es an den Tischen hoch her. Karten, Würfel und Chips flutschten über den neuen grünen Filz. Croupiers und Geber stachelten die Spieler gegeneinander an und zeigten sich mitfühlend, wo es notwendig war. An wenigstens drei Tischen fanden virtuelle Labyrinth-Verfolgungsjagden statt, wo die Zuschauer gegen die Bank auf den Ausgang setzten. Kleine Bildschirme über den Köpfen verzeichneten die Fortschritte des Herausforderers und des Bankhalters. An anderen Tischen wurde SimBoxen und SimJäger-Duell mit Flugzeugen gespielt, die von Kitty Hawks bis zu den jüngsten Aztlan-Entwicklungen reichten.

Eine langbeinige brünette Elfe, die ein Tablett mit Flaschen und Gläsern trug, blieb auf ihrem Rückweg zur Bar vor Skater und Duran stehen. »Was darf's denn sein, Chummers?«

»Ich suche Synclair Tone«, sagte Skater.

Das Lächeln wich nicht von ihrem Gesicht, aber es

wurde dünner und verlor alle Wärme. »Er ist hinten an seinem üblichen Tisch. Sie können ihn nicht verfehlen.«

Skater nickte und ging um einen Blackjack-Tisch herum, an dem der Geber eine Trollfrau war, die sich von Zeit zu Zeit vorbeugte, um das Interesse der Spieler auf die unglaubliche Menge verfügbaren Dekolletés zu richten. Er hielt sich so weit wie möglich von den Lichtinseln fern und machte um alle Leute einen großen Bogen.

Duran folgte ihm wie ein Schatten auf dem Fuß und hielt ihm den Rücken frei.

Synclair Tone saß hinten an einem Tisch auf einem Podest, das sich fast zwei Meter hoch erhob. Droben standen zwei weitere Tische, die jedoch nicht besetzt waren. Drei spärlich bekleidete Frauen umringten Tone. Eine von ihnen war eine schwarze Elfe, die anderen beiden waren Menschen. Die menschliche Frau zu Tones Rechter bewegte sich, als sei sie verchromt, was ihre Kurven gefährlich machte. Skater ordnete sie im Geiste ein, als er auf Tone zuging.

»Irgendeine bestimmte Vorstellung, wie du das handhaben willst, Junge?« fragte Duran.

Skater antwortete nicht, sondern konzentrierte sich ganz auf Tone und schaltete seine Reflexbooster zu. Adrenalin peitschte durch sein Nervensystem, glatt wie Quecksilber und stampfend wie ein aufgepeppter Salsa-Rhythmus. Als er die Hand um das Geländer der kurzen Treppe zu den Tischen schloß, mußte er sich zwingen, vernünftig zu atmen.

»Halt einfach den Kopf unten, wenn der Drek anfängt zu dampfen«, sagte Duran kurz und bündig. »Wenn der Bursche sich all der Mühe unterzogen hat, um hübscher zu werden, ist er wahrscheinlich auch ein wandelndes Lager von Arnie-Awesome-Hardware. Und es wird ihm nicht gefallen, daß du zu ruinieren versuchst, was die Docs geschafft haben.«

Der Predator lag in Skaters Hand, als er die letzte Stufe der Treppe erklomm und zu Tone herumfuhr.

Tone sah ihn sofort, rührte jedoch hinter seinem Tisch keinen Muskel. Er hielt beide Hände so, daß Skater sie sehen konnte. Hätte er das nicht getan, hätte Skater mit Sicherheit längst das Feuer eröffnet. Er blieb vier Meter vor dem Tisch stehen und tastete nach dem verschlungenen Kern seiner selbst. Gefühle und Gedanken stauten sich in ihm. Er zwang sich, tief durch den geöffneten Mund auszuatmen.

Das Licht von den anderen Tischen fiel über seine Schulter und auf Tone und seinen Tisch. Zwei der Frauen, die Elfe und die unverchromte Menschenfrau, wichen zurück, weg von Tone.

Tone grinste Skater an. »Hast du 'n Problem, Chummer?«

»Ich nicht«, sagte Skater mit beherrschter Stimme, »aber du.«

Tone strich sich über seine glattrasierten Wangen, als sei er völlig unbesorgt, und sagte: »Du kommst hier rein und trägst 'ne Bleispritze. Dein Freund auch. Da frage ich mich doch, wie ihr an der Sicherheit vorbeigekommen seid.«

»Du machst dir nicht gerade Freunde, wo du gehst und stehst«, sagte Skater.

»Ich finde, ich komme in letzter Zeit ganz gut zurecht.« Tone sah sich um, hielt nach den Sicherheitsteams Ausschau, die unten arbeiteten.

Skater tat es ihm nach, aber ohne dabei Tone und die verchromte Frau aus den Augen zu lassen. Offenbar hatten die Yabos, die am Eingang arbeiteten, die Nachricht weitergeleitet, weil die harten Burschen plötzlich anscheinend alle dringende Geschäfte zu erledigen hatten.

»Ein paar von diesen Burschen gehören zu mir«, sagte Tone. »Stinkefinger-Al hat euch also nicht gekauft und hergeschickt.«

»Nein. Ich habe ein persönliches Interesse an dir«, sagte Skater gedehnt. »Erinnerst du dich an eine Frau namens Larisa Hartsinger?« Der Name blieb in Skaters Gedanken haften und brachte Erinnerungen mit sich. Erinnerungen an Larisas Aussehen im Licht der Morgensonne, an den Klang ihres Lachens, an die Seide ihrer Haut unter seinen Fingerspitzen, an den Duft ihres bevorzugten Parfüms und an den Geschmack ihres Mundes, wenn die Leidenschaft zwischen ihnen hohe Wellen geschlagen hatte. Ein Bild von ihr, tränenüberströmt und doch lächelnd, während sie ihr Baby hielt, erstarrte in seinem Verstand. Und ein Schalter machte *klick* und verwandelte ihn in eine Monofilamentpeitsche, die darauf wartete, entrollt zu werden.

»Geschichte«, sagte Tone. »Seit Tagen tot und hat sich nicht mal sonderlich gewehrt.«

Skater spürte, wie die kalte Wut über ihm zusammenschlug, aber doch nicht so sehr, daß er das Fingersignal übersehen hätte, das Tone der Messerklaue gab. Ohne Warnung warf sie sich auf ihn wie eine Rakete mit Hitzespürer. Schnappklingen zuckten aus ihren Unterarmen und Sporne aus ihren Fersen, als sie durch die Luft sprang. Licht glitzerte auf dem wirbelnden Mix aus scharfkantigem spitzen Stahl.

Der Shadowrunner rührte sich nicht von der Stelle und hielt Augenkontakt mit Tone, der unter den Tisch griff. Duran hielt ihm den Rücken frei, das wußte Skater, und es gab keine bessere Rückendeckung als den Ork.

Der Feuerstoß aus Durans Scorpion peitschte an Skater vorbei, und ein paar Kugeln durchschlugen sogar die losen Falten seines Dusters, wo er nicht mit Kevlar gefüttert war. Er bewegte sich nicht.

Aber die Kugeln trafen die Messerklaue, als sie ihren Sprung beendete, die Klingen auf Skaters Gesicht und Hals gezielt. Zentimeter, bevor sie Kontakt mit ihrer Beute herstellte, schlugen die Kugeln in ihren Körper und schleuderten sie zurück, eine zerschmetterte Marionette mit durchtrennten Fäden.

Blauer Pulverdampf trieb über den Tisch, als Tone mit einer Pistole in der Hand aufsprang.

Skater machte zwei schnelle Schritte, seine Muskeln und Synapsen im Einklang mit seinen aufgepeppten Reflexen. Hinter sich konnte er die Schreie und Flüche der Casinogäste hören, die sich in Sicherheit brachten. Er warf sich auf Tone.

Der Aufprall war hart und heftig und verriet Skater augenblicklich, daß der andere eindeutig verchromt war. Sein Gewicht warf sie zu Boden, und unter ihnen gingen Stühle zu Bruch und flogen in alle Richtungen.

Skater holte mit dem Predator aus und zog den Lauf so hart über Tones Pistolenhand, daß die Haut aufriß. Der verstärkte Knochen brach nicht, aber die Pistole flog in die Schatten.

Sie landeten schwer. Der Schlag, der den Gegner entwaffnete, hatte Skater aus dem Gleichgewicht gebracht, und so konnte er dem Unterarmschlag nicht ausweichen, den Tone mit seinem anderen Arm landete. Harte Muskeln, Knochen und Cyberware krachten gegen sein Gesicht und schlugen seinen Kopf nach hinten.

Er hielt den Predator fest, als er sich zur Seite wälzte. Mit der freien Hand fing er sich und sprang auf. Er hob die Pistole und hielt nach Tone Ausschau.

Und fing sich einen Tritt gegen den Kopf, der seine Augenbraue aufplatzen ließ. Blut lief ihm ins linke Auge und blendete ihn. Er ließ sich von der Wucht des Tritts ein paar Meter zurücktreiben und versuchte Tones Bewegungen nicht nur mit den Augen, sondern auch mit den Ohren zu folgen.

Stoff spannte sich und riß.

Skater duckte sich, und der anschließende Tritt fegte über seinen Kopf hinweg. Er hieb den Lauf des Predator gegen Tones Standbein, und zwar so hart, daß jede normale Kniescheibe gebrochen wäre.

Tones Aufschrei verriet zwar, daß die Schmerzen da waren, aber seine flüssigen Bewegungen bewiesen, daß nichts gebrochen war.

Skater richtete sich wieder auf und den Predator auf Tones Kopf. »Das Spiel ist aus«, knurrte er. Die Wut in ihm war wie eine angekettete Bestie, die an ihren Ketten in ihm riß und zerrte, um sich zu befreien. Er sah den Mafioso doppelt, den einen normal, den anderen von seinem eigenen Blut rotumrandet.

Immer noch in Abwehrhaltung sah Tone sich in dem fast leeren Casino um. Er lächelte verächtlich. »Willst du es so haben, Arschgesicht? Du wedelst mir mit der Kanone vor dem Gesicht rum und zwingst mich damit, still zu halten?«

»Ist mir recht so«, antwortete Skater. Er machte keine Anstalten, sich das Blut abzuwischen, das ihm über die linke Wange lief. Der Predator zitterte nicht. »Natürlich mußt du es nicht dabei belassen. Du kannst versuchen, mich anzuspringen, und dann teste ich diese Drekhülle, die du Haut nennst. Laß mich wissen, wenn ich irgendwelche Schwachstellen finde. Aber ich wette, ich kann dir die Augen ausschießen, bevor du mich erreichst.«

»Und ich auch«, rief Duran mit tiefer Stimme. »Ich wiederhole so viel davon, wie du verpacken kannst.«

Tone spie auf Skaters Füße, traf jedoch nicht.

Skater rührte sich nicht.

»Du bist Skater, richtig?« sagte Tone. »Du bist wegen dieser Elfenschlampe hier.«

Skater schwieg.

Tone grinste boshaft. »Warst echt scharf auf sie, nicht? Das hat Maddock jedenfalls gesagt.«

Skater spürte, wie die Wut in ihm zuckte, größer wurde, ihn verschlang.

Tone entspannte sich sichtlich. »Weißt du, wer sie

umgelegt hat, Dumpfbacke? Hat dir das schon jemand geflüstert?«

»Laß dich nicht von ihm reizen, Junge«, riet Duran mit grollender Stimme.

»Halt's Maul, Hauer«, sagte Tone. »Das geht nur den Hübschen und mich was an.« Er lächelte wieder. »Ich werde das Geheimnis für dich lüften, Skater. Ich hab' deine Schlampe umgelegt. Hab' ihr 'ne Kugel in die Eingeweide gejagt. Und als ich mit ihr fertig war, hat sie darum gebettelt.«

Die Wut verschlang Skater völlig. Ohne zu zögern, legte er den Sicherungsflügel des Predator um und warf Duran die Waffe zu.

»Junge«, sagte der Ork, als er die Waffe fing, »versuch nicht, 'n verdammter Trideoheld zu sein.«

»Nein.« Skater trat vor. Er war kein Held. Wäre er einer gewesen, hätte er Larisa gerettet. Aber er würde Tone das arrogante Grinsen von seinem kosmetisch veränderten Gesicht fegen.

»Genau, Junge«, stichelte Tone, indem er den Namen in eine Beleidigung verwandelte, »komm und tritt mir ordentlich in den Arsch. Ich weiß, du willst es so sehr, daß du es auf der Zunge schmecken kannst.« Er nahm eine Abwehrhaltung an.

Skater ging weiter.

# 31

Sobald er sich Tone bis auf Angriffsdistanz genähert hatte, explodierte Skater förmlich, indem er mit der linken Hand einen Schlag gegen die Brust fintierte, um dann einen Tritt mit dem rechten Fuß anzusetzen.

Tone ignorierte die Finte und packte Skaters Fuß mit beiden Händen. Der größere Mann verdrehte ihn mit aller Gewalt. Schmerzen schossen vom Knöchel bis zur Hüfte durch Skaters Bein. Er verlor das Gleichgewicht.

Bevor Skater sich wieder fangen konnte, ließ Tone einen gewaltigen Hieb auf die Seite seines Knies sausen. Einen Sekundenbruchteil, bevor der Schlag traf, gelang es Skater, sich ein wenig zu drehen, und ihn abzulenken.

»Halt still, Spatzenhirn«, grunzte Tone, »dann versprech' ich dir, es so schmerzlos wie möglich zu machen.« Er riß Skater erneut aus dem Gleichgewicht und setzte zu einem weiteren Schlag an.

Skater nahm seine ganze Kraft zusammen, sprang hoch und pflanzte Tone seinen freien Fuß ins Gesicht. Er spürte, wie die Nase des Mannes brach und sich einen Augenblick später der Griff um seinen Knöchel löste.

Tone schrie vor Schmerzen und fluchte lauthals. Kaum hatte Skater sich, seinen verletzten Knöchel schonend, aufgerappelt, als Tone auf ihn losging.

Er prallte gegen Skater und schleuderte ihn gegen die Wand. Eine langfingrige Hand packte Skater unter dem Kinn und zwang dessen Kopf in den Nacken.

»Verdammter Dreksack.« Aus Tones gebrochener Nase tropften blutige Rotzfäden auf sein Gesicht. Für den Augenblick war das hübsche Aussehen, das er sich erkauft hatte, weggewischt. »Ich leg' dich um, erst dich und dann den Hauer.«

Skater sah Duran herankommen. »Nein«, krächzte er.

Widerwillig blieb der Ork stehen, aber er hielt die Scorpion bereit.

»Zu stolz, um Hilfe zu bitten, Bubi?« höhnte Tone. Sein Atem brandete Skater in übelkeiterregenden Wellen ins Gesicht. Er landete einen kurzen Haken, der Skaters Kopf erschütterte und gegen die Wand prallen ließ.

Durch den doppelten Aufprall sah Skater buchstäblich Sterne. Er konzentrierte sich auf den Schmerz, und langsam klärte sich sein Blick wieder.

»Du wirst mich noch anflehen, dich zu geeken«, prophezeite Tone. Er stieß Skater das Knie in die Seite, was diesem vorübergehend den Atem raubte.

Nach Luft schnappend, straffte sich Skater und wich einem weiteren Haken aus. Tones Knöchel krachten gegen die Wand.

»Du glaubst also, du kannst diese Elfenschlampe rächen«, sagte Tone. »Glaubst du, das bringt sie wieder zurück?« Er schlug wieder zu und traf Skaters Schläfe. »Wenn du das glaubst, bist du so dämlich wie 'n Sackvoll Hämmer.«

Der Schlag riß Skaters Kopf herum, und er spürte, wie ihm ein neuerlicher Blutstrom über das Gesicht lief und sein Haar verklebte. Den nächsten Hieb parierte er teilweise, aber er traf dennoch seinen Hinterkopf.

Tones Atem stank säuerlich nach Alkohol. Er wehte heiß in Skaters Gesicht, da Tone sich ins Zeug legte, ihn wiederum zu schlagen. »Ich komme von der Straße, du Penner. Ich bin härter als du, zäher als du, schneller als du. Verdammter Shadowrunner. Du hast es nie gelernt, wieder aufzustehen und zu kämpfen, oder?«

Skater parierte die nächsten Schläge und hielt sich mit Hilfe des Adrenalins seiner aufgepeppten Reflexe über Wasser. Tone würde ihn schlagen. Er konnte es spüren.

»Eines muß ich sagen«, stellte Tone fest. »Deine Schlampe hat echt mehr drauf gehabt als du.«

Die Wut raste in Skater, und er ließ sich von ihr mitreißen. »Nein!« rief er und schob den größeren Mann unter Einsatz schierer Kraft zurück. Er parierte Tones nächsten Hieb, doch dessen Wucht lähmte seinen Arm. Bilder von Larisas Leiche vermischten sich mit seinen anderen Erinnerungen. Er erinnerte sich, daß sie ihm gesagt hatte, er sei Emmas einzige Chance. Er erinnerte sich an die Worte seines Großvaters, wie der Wind zu sein. Ob er gewollt hatte oder nicht, Larisa hatte ihm Wurzeln verliehen. Die Shadowruns hatten ihm die Möglichkeit gegeben, wie der Wind zu sein, und ihr Ruf war verlockend. Keine Bindungen, keine Verantwortung.

Aber das stimmte nicht mehr.

Alle Möglichkeiten, die Larisa dargestellt hatte, waren von Tone vereitelt worden – und von demjenigen, der Tone die Befehle gab. Aber das Baby war noch da. Immer noch dort draußen, fast in Reichweite. Er war entschlossen, die Entfernung zu überbrücken.

Tone ging wieder auf ihn los, ein Wirbelwind aus cyberunterstützten Schlägen und Tritten, die durch die Luft peitschten.

Skater parierte sie mit zunehmender Leichtigkeit, schien den Dreh zu finden. Tone war eine Macht, zerstörerisch und stetig, aber nicht originell. Skater arbeitete damit, konterte, parierte, wich aus, suchte die Schwachstellen, ließ den anderen Mann sich verausgaben. Er lauschte, hörte seinen eigenen keuchenden Atem, aber Tone keuchte noch stärker, ein Blasebalg über einem heißen Schmelzofen.

Tone wirbelte herum und trat zu.

Skater duckte sich unter dem Bein hinweg und ließ es an seinem zur Abwehr erhobenen Arm vorbeigleiten, um den anderen Mann teilweise aus dem Gleichgewicht zu bringen, dann richtete er sich wieder auf und drehte sich in Tone hinein. Er winkelte den Angriffsarm zu einem V an, dann prallte sein Ellbogen gegen Tones ungeschützten Hals.

Ein erstickter Schrei erstarb in Tones Kehle. Er taumelte und versuchte sich zu fangen, aber seine Lungen bekamen keinen Sauerstoff.

Wenn er etwas härter zugestoßen hätte, wäre Tone jetzt tot gewesen, das wußte Skater. Er bezähmte seine Wut, ließ sie für sich arbeiten. Er ging einen Schritt vor und versetzte Tone zwei rasche Schläge ins Gesicht. Beide ließen den Kopf des Mannes zurückschnappen. Skater konzentrierte sich darauf, gleichmäßig zu atmen und locker zu bleiben.

»Du irrst dich«, sagte Skater, als er zu einem Sprungtritt ansetzte. »Ich habe mein Leben lang gekämpft.« Der Tritt traf Tones gebrochene Nase.

Der Mann schrie vor Schmerzen auf und stürzte hintenüber.

Skater wischte sich das Blut aus den Augen, um besser sehen zu können. Als Tone sich bemühte, wieder auf die Beine zu kommen, setzte Skater nach. Er trat ihm erneut ins Gesicht, dann wartete er, bis Tone sich ganz aufgerichtet hatte. »Für wen arbeitest du?«

»Fick dich selbst«, sagte Tone. Er wischte sich über das Gesicht, und als er die Hand zurückzog, war sie blutverschmiert.

»Rede«, sagte Skater, der wieder herankam. »Das ist die einzige Möglichkeit für dich, hier lebend rauszukommen.«

»Du hast 'ne ziemlich große Schnauze, Dreksack.« Tone warf sich auf Skater.

Der große Mann war langsamer, aber durch seine Cyberware war er immer noch ein tödlicher Gegner.

Skater wirbelte herum, war nicht mehr da, als der andere Mann ankam, und landete einen Moment später einen harten Rückhandschlag in Tones Gesicht.

Tone ging benommen in die Knie und mühte sich dann, wieder auf die Beine zu kommen.

Skaters Körper schmerzte, und seine Hände und Füße hatten unter den wiederholten heftigen Schlägen ebenfalls gelitten. Sie schwollen bereits an. »Ich weiß, daß du nichts mehr mit Silberstab und seiner Frau zu tun hast.«

Tone versuchte es mit einem Schwinger.

Skater tauchte mühelos darunter hinweg und landete einen kurzen Haken, der Tone ein paar Rippen brach. »Ich weiß, daß du Ridge Maddock angeworben hast, und ich weiß, daß du die Informationen über die *Sapphire Seahawk* an ihn weitergegeben hast.«

Tones Gesicht wurde weiß vor Schmerzen, und er mühte sich offensichtlich nach Kräften, sich zu konzentrieren.

»Außerdem weiß ich, daß du nicht clever genug bist, um irgendwas davon aus eigenem Antrieb abzuziehen. Ich will den Burschen, der hinter dir steht.« Skater wirbelte herum und verpaßte Tone einen Tritt in den Leib. Er gab sich alle Mühe, den großen Mann systematisch fertigzumachen, indem er Hände und Füße benutzte, um jede verwundbare Stelle zu treffen, die er finden konnte. Er ließ sich von der Brutalität nicht berühren, hielt seine Wut im Zaum und nutzte nur gerade genug davon, um gnadenlos sein zu können.

Sekunden später brach Tone auf dem Boden zusammen und blieb mit dem Gesicht nach unten liegen.

Skater trat vor und griff in den Haarschopf des Mannes. Unter Einsatz seiner Kraft und seines Gewichts zog er Tone auf die Knie.

Tone war groggy und schlug kraft- und wirkungslos um sich.

Skater stellte sich hinter Tone, legte ihm den Arm unter das Kinn und drückte ihm die Handfläche gegen das Ohr auf der anderen Seite des Kopfes. Seine andere Hand verkrallte sich dicht über dem anderen Ohr in seinem Haar.

Tone versuchte Skaters Griff zu brechen.

Skater hielt seinen Griff aufrecht und ließ Tone seine Kraft spüren. Er bückte sich und flüsterte rauh in Tones Ohr. »Wie sieht's aus? Glaubst du, ich kann dir den Kopf abschrauben?«

Tone zog an dem Arm, der ihm die Luft abschnürte, konnte ihn jedoch keinen Millimeter bewegen. Seine Augen waren glasig vor Angst.

»Vielleicht breche ich dir auch nur den Hals«, flüsterte Skater. »Und zwar so, daß kein Doc den Schaden flicken kann. Vielleicht kannst du dich dann nie wieder aus eigener Kraft bewegen. Das läßt sich leicht feststellen.« Er verstärkte den Druck.

»McKenzie«, krächzte Tone, mühsam nach Luft ringend.

»Sag das noch mal«, forderte Skater ihn auf.

»Conrad McKenzie«, erwiderte Tone. »Er hat mir versprochen, daß ich in seiner Familie aufsteigen würde, wenn alles vorbei und die Zeit gekommen wäre. Ich kriege keine Luft.«

»McKenzie arbeitet mit den Elfen zusammen.« Skater lockerte seinen Griff ein wenig.

»Er arbeitet nur für sich.« Tone holte röchelnd Luft.

»Er wußte von dem Frachter?«

»Ja. Und er hat den Handel mit Silberstab wegen des Babys arrangiert.«

»Warum wollte Silberstab das Baby?«

»Das weiß ich nicht. Ich schwöre.«

Skater glaubte ihm. Er ließ Tone los und trat zurück, wobei er sich konzentrieren mußte, um nicht zu stolpern. Als er nach unten schaute, sah er dort die Yabos des Casinos herumstehen. Keiner von ihnen war nah genug, um Tones Geständnis mitgehört haben zu können.

»Zeit zu verschwinden, Junge«, sagte Duran. »Die

Chancen stehen gut, daß die Kundschaft dieses Ladens nicht besonders erpicht darauf ist, Lone Star über die Ereignisse dieser Nacht zu informieren, aber es sollen schon merkwürdigere Dinge vorgekommen sein.« Er trat vor und legte Tone Puls-Handschellen an, die dessen Zugang zu seiner Cyberware blockierten, dazu noch einen Kopfverzerrer, um etwaige Funk- oder Kom-Verbindungen zu neutralisieren. Dann riß er Tone auf die Beine.

Skater nahm seinen Predator zurück und folgte Duran und ihrem Gefangenen aus dem Casino. Er überlegte bereits, wie er an McKenzie herankommen konnte. McKenzies Welt drehte sich um Geld, und mit seinen ReGEN-Aktien und dem Drachen als stillem Teilhaber glaubte Skater, den Hammer zu haben, mit dem er McKenzie erledigen konnte.

»Willst du ein paar interessante Fakten über Ariadne Silberstab hören?« fragte Erzengel.

Skater war aus der Dusche in der Suite getreten und wickelte sich ein Handtuch um die Hüften. Er hatte unter den heißen, nadeldünnen Strahlen gestanden, bis die meisten Schmerzen und alles Blut verschwunden waren, dann hatte er auf kalt gewechselt, bis er es nicht mehr ertragen konnte. Er fühlte sich wacher, aber er wußte, daß es sich um eine Täuschung handelte. Er hielt sich nur noch mit Hilfe des Adrenalins auf den Beinen, und davon war nicht mehr viel übrig.

»Erzähl's mir«, sagte er.

Erzengel schien sehr zufrieden mit sich zu sein, obwohl die dunklen Ringe unter ihren Augen ihre Erschöpfung widerspiegelten. »Ich habe sämtliche Datenbanken Tir Tairngires nach ihr abgesucht, aber Ariadne Silberstab née Steinwasser scheint es erst seit ein paar Jahren zu geben. Dafür gibt es einen Grund.«

Skater nickte. »Weil sie erst seit ein paar Jahren existiert.«

»Genau. Du hast es dir gedacht?«

»Ja. Ich habe es mir zusammengereimt. Tavis Silberstab steht seit seiner Kindheit in Tir in der Öffentlichkeit. Genau wie sein Vater vor ihm. Wenn er Leichen im Keller hätte, wären sie längst entdeckt worden.«

»So daß nur noch die Frau blieb«, sagte Erzengel. »Aber du hast dir das schon gedacht, bevor du zu Tone gingst.«

»Ja.« Skater komplimentierte Erzengel aus dem Badezimmer und schloß, während er sich anzog, die Tür bis auf einen Spalt, durch den sie sich unterhalten konnten. Der Spiegel war völlig beschlagen.

Synclair Tone wurde in einem anderen Raum gefangengehalten. Wheeler hatte sich mit einem Erste-Hilfe-Kasten um seine Verletzungen gekümmert, und Elvis hatte für seine Einkerkerung gesorgt. Der Mafioso würde bleiben, wo er war, und überleben, solange er das tat.

»Es mußte eine Form von Erpressung im Spiel sein, sonst hätten die Silberstabs sich wahrscheinlich eine weniger ruchlose Adoptionsagentur gesucht«, sagte Skater, während er eine Jeans und einen weichen grauen Pullover anzog. Er zuckte zusammen, als das Material über einige der Verletzungen scheuerte, die er sich in den letzten Tagen zugezogen hatte. »Was ist der Witz an der Sache?«

»Ariadne ist keine Elfe«, sagte Erzengel.

Skater öffnete die Tür, nahm Socken und Stiefel und ging barfuß ins Wohnzimmer. Er rief sich das Gesicht vor Augen, das er im Trid gesehen hatte. »Sie sieht wie eine Elfe aus.«

»Kosmetische Chirurgie«, sagte Erzengel. »Ich weiß noch nicht, wer es getan hat, aber ich weiß, daß es das sein muß. Ich weiß außerdem, wer sie war, bevor sie Ariadne Steinwasser wurde.«

Der Rest des Teams befand sich ebenfalls im Wohnzimmer. Elvis und Trey saßen auf dem langen Sofa,

Duran und Wheeler auf den Sesseln. Tabletts mit Obst und Sandwiches standen ebenso auf dem langen, niedrigen Kaffeetisch wie Kannen mit Soykaf und Tee.

Skater setzte sich auf das Sofa, als Elvis Platz machte. Er stellte seine Stiefel vor einem dampfenden Teller mit Nudeln ab. Als er sie probierte und köstlich fand, wurde ihm klar, daß er hungriger war, als er gedacht hatte. Er sah in Treys Richtung. Der Magier neigte den Kopf. »Meine kulinarischen Fähigkeiten steigen mit den Zutaten, mit denen ich arbeiten kann.«

»Ja«, sagte Skater. »Danke.«

Erzengel saß vor ihrem Deck und tippte darauf herum, während sie sprach. »Nachdem ich Tavis Silberstab selbst ausgeschlossen hatte, fragte ich mich, was die Frau wohl zu verbergen haben mochte.«

Ein Bild von Ariadne Silberstab erschien auf dem Sichtschirm.

»Das Fehlen einer Familie, einer Vergangenheit, störte mich ein wenig«, sagte die Deckerin, »aber nicht sehr. Es gibt immer noch Elfen, die sich durch die Ungeklärte Genetische Expression entwickeln, und als Tir nach dem Beginn der UGE entstand, nahm man es dort mit der Erfassung von Personen noch nicht so genau. Aber es war alles, womit ich arbeiten konnte.«

Skater schlürfte seinen Kaf, hörte Erzengel zu und suchte nach den Angriffsmöglichkeiten, die er in ihren Worten zu finden hoffte. Er entwickelte bereits die Ansätze eines Plans.

»Frauen können eine Menge mit ihrem Aussehen anfangen«, sagte Erzengel. »Dort habe ich angesetzt und einige der Erscheinungs-Utilities benutzt, die ich für die Ausfertigung falscher Dokumente mit Bildnachweis benötige. Ich änderte ihr Aussehen und ließ die Bilder durch ein Programm laufen, das Querverbindungen zu verschiedenen Seattler Datenbanken herstellte.«

Eine Vielzahl von Ariadne Silberstabs huschte über

den Schirm. Sie sahen älter, jünger, dicker, dünner, blond und grau aus und das alles in Dutzenden von verschiedenen Kombinationen. Dann blieb ein Bild auf dem Schirm, das ein blasses junges Mädchen zeigte, welches mit Sicherheit keine Elfe war.

»Ich fragte mich, welches Geheimnis für die Frau einer in Tir so prominenten Persönlichkeit wohl am verheerendsten sein könnte«, sagte Erzengel. »Also entfernte ich das Elfische in ihren Zügen. Und das ist dabei herausgekommen.«

Skater studierte das Gesicht und versuchte zu ergründen, welche Geschichte es erzählte.

»Ein Haufen Leute in Tir würden Tavis Silberstab wohl nicht für so einen blonden Engel halten, wenn sie wüßten, daß er mit einer Menschenfrau verheiratet ist«, sagte Duran.

»Bei den Vorurteilen, wie sie die meisten dieser Brüder in Tir haben«, sagte Wheeler, »würden sie ihn fallen lassen wie eine heiße Kartoffel.«

»Warum hat das noch niemand anders herausgefunden?« fragte Trey. Er legte die Zeigefinger unter dem Kinn zusammen und musterte das Bild auf dem Schirm.

»Warum sollte es jemand versuchen?« fragte Erzengel. »Tavis Silberstab und seine Familie sind wahrscheinlich die einzigen, die ein Interesse daran gehabt haben, ihre Vergangenheit zu überprüfen. Kosmetische Chirurgie dieser Art kann nicht mit magischen Mitteln sichtbar gemacht werden. Wenn sie es ihrem Mann gesagt hat, und das wird sie vermutlich getan haben, wird er ihr dabei geholfen haben, ihre elfische Identität hieb- und stichfest zu machen, weil er sie liebte. Und wo NuGene in einer derartigen finanziellen Klemme steckte, warum hätte sich jemand ausgerechnet Silberstab als Ziel für eine Erpressung aussuchen sollen?«

»Wer war sie?« fragte Skater, der sich von dem leeren Blick des Mädchens angezogen fühlte.

»Früher hieß sie Arlen Crenshaw«, sagte Erzengel, wobei sie offiziell aussehende Dokumente aufrief. »Sie wurde ein paarmal im Rotlichtbezirk am Hafen verhaftet.«

»Käuflicher Sex?« fragte Elvis.

Erzengel nickte. »Sie wurde zweimal verurteilt und hat einige Zeit gesessen. Alles in allem nicht ganz ein Jahr.«

»Aber es reicht für einen permamenten Eintrag ins Vorstrafenregister«, sagte Skater.

»Genau. Und irgendwann hatte sie die Nuyen zusammen, ließ die kosmetischen Veränderungen vornehmen, zog in einer der Umsiedlungsphasen unter dem Namen Ariadne Steinwasser nach Tir um, lernte dort den Star-Athleten und potentiellen Wirtschaftsmogul Tavis Silberstab kennen und heiratete ihn.«

»Dann erpreßt McKenzie Silberstab mit der Vergangenheit seiner Frau?« fragte Wheeler.

»McKenzie muß das nicht einmal wissen«, sagte Skater. »Er hat Larisas Baby, das über ihren Köpfen schwebt.« Er konnte sich immer noch nicht überwinden, »meine Tochter« zu sagen. »Mehr braucht McKenzie gar nicht.«

»So hat McKenzie also einen klaren Vorteil gehabt, wo wir betroffen waren«, sagte Elvis, indem er sich nachdenklich seinen versilberten Hauer rieb. Er bewegte sich. Als Reaktion darauf sorgte das gewaltige Gewicht des Trolls dafür, daß sich alles bewegte.

»Wie wir herausgefunden haben, gab sich McKenzie alle Mühe, dafür zu sorgen, daß NuGene seine Niederlassung in Seattle eröffnete«, stellte Trey fest. »Geschäft und Verbrechen gehen in diesem Sprawl oft Hand in Hand.«

»Im Grunde spielt das keine Rolle«, sagte Skater. »Eines hat zum anderen geführt, wie es sich auch abgespielt haben mag.«

»Sie ist ein Hebel, den wir benutzen können«, stellte Duran fest.

»Ich weiß«, sagte Skater. »Aber wenn wir sie bloßstellen, geht Silberstab den Bach runter. Ein Teil des Handels, den wir mit Lofwyr abgeschlossen haben, besteht darin, ihm Silberstab zu überreichen – intakt.« Er spielte die verschiedenen Szenarios im Kopf durch. »McKenzie offen anzugreifen kommt nicht in Frage. Und wir wissen nicht, wie tief NuGene in der Sache mit drinsteckt.«

»NuGene können wir ohnehin nicht fertigmachen«, sagte Erzengel. »Wenn es uns tatsächlich gelänge, den Namen mit Drek zu bewerfen, wären die Aktien des Drachen wertlos.«

»Er wäre bestimmt nicht erfreut darüber«, stimmte Elvis zu. »Ich persönlich lege keinen Wert darauf, Lofwyr die Sache ausbaden zu lassen – weil er es dann an uns auslassen wird.«

Skater nickte, während er das Gesicht auf dem Schirm betrachtete. »Das sehe ich auch so. Und ich will auf jeden Fall Ariadne Silberstab aus der Schußlinie halten. Und das Baby auch.«

»In der Elfenbotschaft wird sie verdammt gut bewacht«, knurrte Duran.

»Aber sie wird nicht den ganzen Tag dort sein«, sagte Erzengel. »Morgen früh um zehn Uhr hat sie bei KTXX ein Interview mit Perri Twyst.«

Skater sah auf die Uhr. Es war vier Uhr früh. »Das läßt uns nicht mehr viel Zeit, um uns vorzubereiten«, sagte er. »Erzengel, sieh zu, ob du Zugang zu einigen Gebäudeplänen bekommst. Duran, laß uns losfahren. Ich will mir den Laden persönlich ansehen, bevor wir den Run planen.« Als er aufstand, spürte er die Steifheit an sich kleben, aber er wußte, daß sie sich geben würde, wenn er in Bewegung blieb. Er wollte auf keinen Fall, daß Larisas Kind in das Kreuzfeuer geriet, das mit Sicherheit stattfinden würde.

# 32

Das Nickerchen, das er vor dem morgendlichen Unternehmen noch eingeschoben hatte, half Skater, das Warten zu ertragen. Andernfalls wäre er wahrscheinlich ein Nervenbündel gewesen, schlimmer als ein BTL-Junkie auf Entzug.

»Okay«, meldete Elvis über Commlink, »sie ist jetzt im Gebäude.«

»Verstanden«, sagte Skater. Er warf Duran einen Blick zu, als er den Motor des Lieferwagens startete.

Der Ork hielt den Daumen hoch und legte die Scorpion auf seinen Schoß. Dann zog er sich die kevlargefütterte Maske vor das Gesicht. Wegen seines wüsten Haars und seines stämmigen Körperbaus konnte kein Zweifel daran bestehen, daß Duran ein Ork war, aber ihre Zielpersonen würden hoffentlich erst dann wissen, welcher Art Ork, wenn sich der Staub gelegt hatte.

Skater fuhr in die Tiefgarage. Die Sicherheit bei der Trideoüberwachung war nicht lax, aber auch nicht so, wie man sie in einem Konzerngebäude oder einer Arcologie vorfand. Trideonachrichten drehten sich ebenso um Geheimnisse wie jedes andere Geschäft im Sprawl, nur konzentrierten sich die Trideogesellschaften darauf, diese Geheimnisse an die Öffentlichkeit weiterzugeben, und nicht darauf, sie für Erpressungen zu verwenden oder mit ihrer Hilfe die Bilanzen auszugleichen.

Zu beiden Seiten standen geparkte Wagen in Reihen, in regelmäßigen Abständen durch dicke Betonpfeiler unterbrochen, die halfen, das Gebäude darüber abzustützen. KTXX hatte Räumlichkeiten im fünften Stock eines Wohn- und Warenhaus-Gebäudes gemietet.

»Wenn das nicht hundertprozentig klappt«, warnte Wheeler, »könnte sich diese Geschichte als Mega-Flop erweisen. Ich sehe ihren Wagen.«

»Bleib dran«, sagte Skater, indem er das Steuer hart nach rechts einschlug und in die tieferen Ebenen der Tiefgarage fuhr. Er fuhr lediglich mit Standlicht, das sich in der Düsternis des Parkhauses kaum bemerkbar machte. Es war neun Uhr einunddreißig. KTXX hatte mit Ariadne vereinbart, sie und ihre Begleitung um neun Uhr fünfundvierzig im dritten Stock zu empfangen.

Die Dame traf früh ein.

Erzengel war noch vor sechs Uhr an diesem Morgen in die Systeme der Gebäudesicherheit eingedrungen und hatte ihnen die Lagepläne des Gebäudes beschafft. Es war leichter gewesen, in diese Systeme einzudringen, als in diejenigen der Trideogesellschaft, weil die Geschäfte, die sie unterstützten, weder von Konzernen noch finanziellen Institutionen geleitet wurden, und die Informationen waren im wesentlichen dieselben.

»Zwei Renault-Fiat Eurovans folgen dem Wagen«, sagte Elvis. »Damit kommen zu den vier Kanonen in dem Wagen meiner Schätzung nach nochmal zwölf dazu.«

Skater nickte. Es war alles eine Frage des Timings. »Bleibt alle ganz cool«, sagte er. »Es muß alles auf die Sekunde genau klappen.«

Duran prüfte den Verschluß des Sicherheitsgurts, dann entsicherte er die Scorpion. Alle ihre Waffen waren mit Gelgeschossen geladen, die nur außer Gefecht setzen und nicht töten sollten. Skater wollte null Blutvergießen. Sie hatten noch nicht herausgefunden, wer im Aktien-Wettrennen die Nase vorn hatte.

Als er sich mit der Hand über den Nacken strich, fühlte Skater zu seiner Überraschung dort einen dünnen Schweißfilm. Seine Handfläche war naß. Er richtete sich auf, da er den dunklen Mitsubishi Nightsky gemächlich den Tunnel zu den tieferen Geschossen herunterfahren sah. Die Begleitfahrzeuge waren kaum mehr als eine Wagenlänge dahinter.

»Trey«, sagte Skater über Commlink, indem er auf die Lücke in der Mauer zufuhr, die es Wagen auf dieser Ebene gestattete, schneller zur Ausfahrt zu gelangen.

»Ich bin bereit«, sagte der Magier über die externe Verbindung.

Skater warf einen flüchtigen Blick auf Duran, der mit einem Nicken bestätigte. Die Limousine fuhr an ihm vorbei. »Jetzt!« rief er und trat das Gaspedal des Lieferwagens durch. Der Lieferwagen erbebte, als der Motor ansprach. Die Vorderräder jaulten über den Plastibetonboden, als sie nach Haftung suchten.

Dann schoß der Lieferwagen vorwärts, streifte einen der riesigen Masten, die die Ausfahrt einrahmten, und verfehlte das Heck der Limousine nur knapp.

Skater mußte nur ein wenig am Lenkrad drehen, um dem ersten der beiden Begleitfahrzeuge sauber den Weg abzuschneiden. Gequältes Metall kreischte und verbog sich, erfüllte die Tiefgarage mit ohrenbetäubendem Lärm. Der Lieferwagen der Elfen bohrte die Stoßstange in die Seite von Skaters Fahrzeug, verkeilte sich darin und schob es vor sich her. Skater ließ den Fuß auf dem Gaspedal, bis der Lieferwagen gegen die Seitenwand der Auffahrt prallte.

Wie geplant, wurden durch den Aufprall die Airbags ausgelöst, um sie vor Schaden zu bewahren. Skaters Gesicht klebte förmlich in dem weichen Ballon, so daß er ein paar Sekunden geblendet war, bis er sich daraus befreit hatte. Eine Klinge blitzte auf, nur Zentimeter vor seinen Augen, und versank dann in dem Airbag, der mit lautem Zischen in sich zusammenfiel.

»Beweg dich«, knurrte Duran, indem er sein Messer wieder einsteckte und mit einem heftigen Tritt die Tür auf seiner Seite des Lieferwagens öffnete.

Skater hatte nur einen kurzen Blick für die Elfen

übrig, die auf seiner Seite des Lieferwagens aus den beiden verbeulten Eurovans strömten wie zornige Wespen. Zwei Kugeln zerschmetterten das Türfenster und schlugen dann faustgroße Löcher in die gesprungene Windschutzscheibe.

Der Lieferwagen hatte die Auffahrt blockiert und damit die Sicherheitsteams von Ariadne Silberstab abgeschnitten. Aber das würde sie nicht davon abhalten, über das Hindernis zu klettern.

Skater warf sich durch die Tür und folgte Duran, der den Lieferwagen bereits verlassen hatte. Weitere Kugeln schlugen dort in den Lieferwagen, wo er gerade noch gesessen hatte. Er zog den Predator und rannte Duran hinterher, der ihm kaum zwei Schritte voraus war. Weiter vorn, etwa fünfzig Meter entfernt, sah er die Bremslichter der Limousine rubinrot aufleuchten.

Der Fahrer der Limousine wich abrupt aus, als Trey in der Luft schwebend hinter einem der Stützpfeiler auftauchte. Der Magier sah mit seinem Kevlar-Umhang, den er mit einer Hand festhielt, beeindruckend unheimlich aus. In dem trüben Licht, das wie verrückt durch die Tiefgarage zuckte, schienen die Augen des Magiers von innen heraus zu leuchten. Als er mit der freien Hand auf die Limousine zeigte, hielt das schlanke, glänzende Fahrzeug plötzlich mit quietschenden Reifen an, bevor eine Explosion die Motorhaube wegfliegen ließ und orange-schwarze Flammen im Motorraum aufloderten. Der Magier schwebte weiterhin in der Luft, ein leichtes Ziel für die Sicherheit an Bord der Limousine.

Skater lief, so schnell er konnte, da er die Kampfzone erreichen wollte, bevor Trey überwältigt werden konnte. Mittlerweile würden längst Lone Star und die Botschaft Tirs verständigt worden und Hilfe unterwegs sein.

Der erste Elf, der aus dem Mitsubishi sprang, gab eine Reihe von Schüssen auf Trey ab, die den Umhang des Magiers trafen, während dessen freie Hand erneut eine Geste beschrieb. Der Schütze hörte abrupt zu schießen auf, als er von einer unsichtbaren Kraft getroffen und zu Boden gerissen wurde, wo er benommen liegen blieb.

Elvis sprang aus den Schatten hervor, als sich die Tür auf der anderen Seite der Limousine öffnete. Der Troll packte die Tür mit einer seiner gewaltigen Hände und riß sie mit einem Ruck aus den Angeln. Bevor der Elf, der aussteigen wollte, reagieren konnte, ließ Elvis die Tür auf ihn niederkrachen, und der Elf verlor das Bewußtsein.

Kugeln prallten von der Kevlarjacke des Trolls ab, als jemand von der Fahrerseite der Limousine das Feuer eröffnete, aber Duran griff bereits durch das offene Fenster und zog den Mann heraus. Der Fahrer mühte sich hektisch, seine Waffe herumzureißen, um einen Augenblick später zusammenzusacken, als der Kolben von Durans Scorpion seinen Schädel traf.

Skater war direkt hinter Duran und schaute in den Wagen.

Ariadne Silberstab saß auf dem Rücksitz und sah ängstlich aus. Vor ihr lag das Baby angeschnallt in einem Kindersitz. Sein Gesicht war rot angelaufen, und es schrie sich die Lunge aus dem Hals.

Emma. Skater dachte ihren Namen, als er nach ihr griff. Seine normalerweise geschickten Finger mühten sich unbeholfen mit dem Sicherheitsgurt ab. Die Wirkung von Treys Ramm-Zauber war exakt berechnet gewesen. Niemand in der Limousine war durch den erzwungenen Halt verletzt worden.

Das Baby schrie weiterhin aus vollem Hals.

Schließlich gab der Sicherheitsgurt nach. Skater hob das Baby aus dem Sitz und warf einen Blick auf Ariadne Silberstab.

»Bitte, tun Sie dem Baby und mir nichts«, flehte sie. Tränen glänzten in ihren Augen.

Skater wich zurück und nahm das Baby unter die Falten seines Dusters. Er mußte sich zusammenreißen, um es nicht gleich zu untersuchen. Andererseits hätte er, wenn Emma verletzt gewesen wäre, Blut sehen müssen. Er sah aber keines.

»Steigen Sie aus«, sagte er zu Ariadne.

Sie sah aus, als wolle sie sich weigern.

Skater zeigte ihr den Lauf seines Predators. »Sie haben die Wahl«, sagte er mit kalter Stimme. »Mein Zeitplan ist knapp kalkuliert.«

Ariadne stieg aus der Limousine und warf einen Blick auf ihre Bewacher, die reglos auf dem Boden lagen. »Was haben Sie vor?«

»Das ist hier kein Frage-und-Antwort-Spiel«, knurrte Duran, indem er ihr Handschellen anlegte. Er bückte sich, hob die Frau ohne viel Aufhebens hoch und warf sie sich über die Schulter. »Die Penner holen auf.«

Ein rascher Schulterblick zeigte Skater, daß weitere elfische Leibwächter über die ineinander verkeilten Fahrzeuge geklettert waren und in ihre Richtung rannten. Er lief um die brennende Limousine herum, während Trey gerade landete.

»Das ist gut gelaufen«, sagte der Magier, der sich die Hände rieb. Er sah blaß und erschöpft aus und hatte fiebrige Augen von der Anstrengung, die Zaubersprüche zu wirken. »Wenigstens dachte ich das.«

»Du hast gute Arbeit geleistet«, sagte Skater. Dann sagte er über Commlink: »Wheeler, wir haben nicht vor, die Tiefgarage per Anhalter zu verlassen.«

Er bekam keine Antwort, aber vor ihnen quietschten plötzlich Reifen. Der Zwerg stoppte ein weiteres Transportfahrzeug nur wenige Meter vor ihnen, so daß es teilweise Deckung durch die brennende Limousine erhielt, die die Ausfahrt versperrte.

Erzengel öffnete die Seitentür, und sie stiegen ein, als die ersten Kugeln in das Fahrzeug schlugen. »Ich nehme das Baby«, sagte sie.

Skater gab ihr Emma widerstrebender, als er es unter den gegebenen Umständen für möglich gehalten hätte. Sie war alles, was noch von Larisa und ihren gescheiterten Träumen übrig war. Mit einem raschen Blick auf Duran, der Ariadne Silberstab hinten unterbrachte, ging Skater nach vorn und setzte sich auf den Beifahrersitz.

»Bring uns hier raus«, sagte er zu Wheeler.

Wheeler fuhr den Wagen manuell. Lichter huschten über die Windschutzscheibe, weißglühend von den Taschenlampen der Elfen und neonfarben von den verschiedenen Informationsschildern, auf denen ebenso Reklame wie Richtungsanweisungen aufleuchteten.

Elvis zog die Schiebetür zu und sperrte damit einen Teil des Lärms aus. Das Baby schrie immer noch, aber Erzengel wiegte es beruhigend im Arm.

»Lone Star ist unterwegs«, sagte Wheeler, indem er die Tiefgarage begutachtete. »Ich habe ihren Funkverkehr auf den normalen Kanälen abgehört, aber als Silberstabs Name erwähnt wurde, haben sie sofort die Frequenzen gewechselt.«

»Hast du eine voraussichtliche Ankunftszeit?« fragte Skater.

»Eine, eineinhalb Minuten«, erwiderte Wheeler. »So früh am Morgen gibt es so nah am Lake Union normalerweise keinen Ärger.«

Skater schnallte sich an und sah zu, wie das Transportfahrzeug eine Rampe zu einer massiven Metalltür hinauffuhr, die sich bereits schloß. »Elvis.«

»Keine Sorge«, knurrte der Troll. »Ich habe mich um die Tür gekümmert. Sie liegt auf Wheelers Frequenz.«

»Ich hab' sie«, antwortete der Zwerg. »Festhalten, weil ich sie sprenge, und zwar – jetzt!«

Auf halbem Weg die Dreißig-Meter-Auffahrt hinauf, während sich ihnen von allen Seiten Männer und Frauen in den grauen Uniformen der Sicherheit näherten, wurde die massive Tür von einer Reihe gewaltiger

Explosionen erschüttert und aus den Halterungen gerissen. Elvis hatte exakt gearbeitet. Die Staubwolken und der Lärm, der von den Mauern der Tiefgarage zurückgeworfen und verstärkt wurde, waren gewaltig.

Die Tür fiel nur einen Augenblick nach außen auf die Straße, bevor Wheeler über sie hinwegfuhr. Der Ritt über die Tür war holprig und rauh, aber vorbei, kaum daß er begonnen hatte.

Auf der Mercer Street überfuhr Wheeler unerlaubterweise die Kreuzung Mercer und Westlake Avenue North, wobei er einen Lieferwagen abdrängte und sich zwischen den Fahrern hindurchschlängelte, die auf den Wechsel auf Grün warteten. Ein wütendes Hupkonzert folgte ihnen, aber die Autofahrer verschwendeten keine Zeit mit ihnen.

Skater sah, wie sich die Kreuzung füllte, während sie weiterbrausten, und wußte, daß etwaige Verfolger weitere Sekunden verlieren würden. Er holte tief Luft und atmete erleichtert aus. »Okay, laßt uns diese rollende Zielscheibe loswerden und auf ein anderes Transportmittel wechseln.«

# 33

Skater sah von Erzengels Monitor auf, als Duran Ariadne Silberstab ins Wohnzimmer ihrer Suite führte. Bevor sie in die Suite zurückgekehrt waren, hatte Erzengel sie untersucht und zwei Sender gefunden. Einen mußte die Frau beim Angriff aktiviert haben, und der andere aktivierte sich automatisch, wenn sie ihr Mobiltelekom ohne Frequenzmodulator benutzte. Beide waren entfernt worden.

Skater erhob sich und deutete auf einen Stuhl in dem Kreis, der sich um Erzengels Arbeitsbereich gebildet hatte. »Bitte. Nehmen Sie Platz.«

Ariadne gab sich distanziert. Sie hatte die Arme entschlossen vor der Brust verschränkt. Sie machte einen zögerlichen Eindruck, da sie nicht so leicht nachgeben wollte. Über zwei Stunden waren vergangen, seit sie sie erwischt hatten, und die Trideosender überschlugen sich mit der Nachricht ihrer Entführung. »Mein Mann«, sagte sie mit fester, spröder Stimme, »ich bin ganz sicher, daß er ein Lösegeld zahlen wird, wenn es sich in einem vernünftigen Rahmen bewegt.«

»Sie werden hier nicht eines Lösegelds wegen festgehalten«, sagte Skater. »Tatsächlich könnten wir Ihnen vielleicht sogar helfen. Mir will scheinen, als seien Sie und Ihr Mann in letzter Zeit genug erpreßt worden.«

Ihr Gesicht verlor ein wenig Farbe, aber sie wandte sich nicht ab. »Ich weiß nicht, wovon Sie reden.«

»Ich rede von dem Baby in dem anderen Zimmer.« Skater erwiderte ihren Blick.

»Von meiner Tochter? Das verstehe ich nicht.«

»Sie ist nicht Ihre Tochter«, sagte Skater fest. »Das ist der Witz an der Sache.« Er ließ das erst einmal wirken und sah dann, daß die Frau sich verschloß. Wut regte sich in ihm, als er sich fragte, wieviel Ariadne Silberstab über Larisas Tod wußte.

Er hatte das Baby kurz gehalten, als Erzengel Milch, Windeln und andere Sachen gekauft hatte. Überraschenderweise war es Elvis, der sie am besten beruhigen konnte – Elvis, der im Vergleich zu Emma so riesig war, daß sie fast auf einer seiner großen Hände liegen konnte.

»Ich kenne die ganze Geschichte. Ich weiß, daß McKenzie alles geregelt hat... alles«, sagte Skater. »Aber ich frage mich, wieviel Sie wissen, zum Beispiel, woher das Baby stammt?«

»McKenzie sagte uns, er hätte eine geeignete Leihmutter gefunden. Es war eine Geschäftsvereinbarung, die nichts mit Erpressung zu tun hatte.« Ariadne redete jetzt schneller, und die Erleichterung in ihren Worten war nicht zu überhören. »Bei dieser ganzen Geschichte waren wir einem solchen Druck ausgesetzt, es war so schwer, einfach nur zu wissen, was wir tun, wem wir trauen, wo wir überhaupt anfangen sollten.«

»Es hat keine Leihmutter gegeben«, sagte Skater. »McKenzie hat eine junge Frau mehr oder weniger gezwungen, ein Baby für Sie und Ihren Mann zu bekommen. Nach der Geburt des Babys war die Mutter ein überflüssiger Risikofaktor, also ließ er sie töten, wahrscheinlich um zu verhindern, daß sie irgendwem davon erzählte.«

Sie musterte ihn mit wissenden Augen. »Sie kannten sie.«

Skater nickte.

»Was werden Sie tun?«

»Das weiß ich noch nicht«, sagte er aufrichtig. »Ich hoffte, nach einem Gespräch mit Ihnen schlauer zu sein.«

»Mein Mann wußte auch nichts davon, daß die Mutter getötet wurde«, sagte Ariadne. »So etwas hätte er nie vor mir verheimlichen können.«

Skater beugte sich vor und stützte die Ellbogen auf die Knie, um alles ein wenig verschwörerischer wirken zu lassen. Ariadne Silberstab suchte nach einem Ausweg, und wenn sein Plan klappte, würde sie sich für denjenigen entscheiden, den er ihr anbot. »Ich glaube Ihnen, aber ich will, daß Conrad McKenzie für das büßt, was er getan hat«, stellte er fest.

»Er ist ein sehr mächtiger Mann«, sagte sie, »deshalb ist Tavis überhaupt erst zu ihm gegangen. Wir brauchten Hilfe beim Aufbau von NuGene hier in Seattle, und es sah so aus, als gehe in dieser Stadt nichts ohne die Hilfe von Leuten wie McKenzie. Wir wußten, daß McKenzies Einfluß helfen konnte, NuGenes Interessen zu schützen, nachdem wir uns einmal hier etabliert haben würden. Mein Mann hat vor ungefähr einem Jahr Verbindung mit ihm aufgenommen.«

Skater stieß ein kurzes, bitteres Lachen aus. »Konzerne und Kriminelle mögen ihre Bücher verschieden führen, aber es scheint so, als hätten sie sehr oft dieselben Interessen. Und immer mit einem Auge darauf, was unter dem Strich herauskommt.«

Ein Ausdruck der Verzweiflung trat in Ariadnes Augen. »NuGene steckt in ernsten Schwierigkeiten, seitdem Seattle Portland als Haupt-Ein- und Ausfuhrhafen für Tir abgelöst hat. Tavis' Vater hat so schwer gearbeitet, um NuGene aufzubauen, aber dann hat ihm der Prinzenrat alles zerstört. Er hatte einen Haufen Geld in ein neues Produkt investiert, und plötzlich wurde ihm der Markt unter den Füßen weggezogen. Und er war nicht der einzige. Hunderte gingen bankrott. In jenen Tagen war Portland eine blühende Stadt, aber das änderte sich praktisch über Nacht. NuGene gehörte zu jenen, die am stärksten betroffen waren. Es hat Jahre gedauert, aber es sah so aus, als hätten wir endlich einen Ausweg gefunden.«

Skater hörte die Anteilnahme hinter den Worten und spürte, daß sie die Wahrheit sagte.

»Als Torin starb, hatten bereits die Forschungen für ein vielversprechendes neues organisches Ersatzgewebe begonnen. Die Forschungen gingen nach seinem Tod weiter, obwohl die finanzielle Belastung gewaltig war. Letztes Jahr waren wir endlich bereit, in Produktion zu gehen, aber der Zugang zum Markt war buchstäblich blockiert. Tavis' einzige Chance, NuGene und seine Familie zu retten, bestand darin, so viel Rückhalt wie möglich in Portland zu bekommen, indem er versprach, eine Zweigstelle von NuGene in Seattle zu eröffnen. Tavis ließ sein verkrüppeltes Knie einer Transplantationsbehandlung mit unserem neuen Gewebe unterziehen. Es klappte einwandfrei, aber er wollte mit der Bekanntmachung bis nach der Festigung seiner Stellung hier in Seattle warten. Bis zu dem Überfall auf die *Sapphire Seahawk* lief alles ganz hervorragend. Danach blieb nichts anderes übrig, als die neuen Aktien auszugeben in der Hoffnung, genug Gewinn zu machen, um sie später zurückzukaufen oder wenigstens die Mehrheit zu behalten. Wir mußten sofort in Produktion gehen, bevor uns jemand zuvorkommen konnte. Aber die zusätzlichen Kosten sind gewaltig.«

»Die Gesellschaft ist verletzlich«, sagte Erzengel.

Angesichts der Aktienmenge, die in den verschiedenen Börsen aufgetaucht war, rechnete Skater damit, daß es zwei oder drei Jahre dauern würde, bis NuGene wieder in die schwarzen Zahlen kam. Vorausgesetzt, der Konzern überlebte.

»Ja«, gab Ariadne zu. »Als die Medien das Gerücht aufnahmen, jemand hätte das Geheimnis von NuGenes neuer Entdeckung gestohlen, stürzte der Aktienkurs ins Bodenlose. Wir mußten aufhören, die Aktien auszugeben, weil wir es uns nicht leisten konnten, die Papiere zu decken, falls die Leute in Panik geraten und verkaufen sollten. Wir wären nie in der Lage gewesen, alles zurückzukaufen.«

»Ihr Mann hat Ihnen erzählt, Kopien der Dateien seien gestohlen worden?« fragte Duran.

»Ja. Er erzählt mir alles. Deshalb bin ich so sicher, daß er nichts von dem Mord an der Mutter des Babys weiß.«

Skater erhob sich von seinem Stuhl, um auf und ab zu gehen, während er alles durchdachte. Synclair Tone befand sich in einem anderen Raum, betäubt und mit Handschellen gefesselt. Nun, da sie Ariadne ebenfalls hatten, gab es zwei Leute, die McKenzie mit dem Mord an Larisa in Verbindung bringen konnten.

»Weiß McKenzie, daß Sie ein Mensch sind, der sich als Elfe ausgibt?« fragte Skater.

Ariadne versteifte sich und fing an zu zittern. »Ja«, sagte sie stockend, während ihr Tränen in die Augen stiegen. »Wir sagten ihm, ich sei steril und daß wir deshalb eine Leihmutter suchten. Er sollte es nie erfahren, aber er ist schlau, schlauer, als wir dachten. Er hat es irgendwie herausgefunden.«

»Hat er Sie mit seinem Wissen bedroht?«

»Nein.« Tränen liefen Ariadne über das Gesicht. »Aber da ich ein Mensch bin, konnten wir das Risiko nicht eingehen, selbst ein Kind zu bekommen. Die Chancen hätten fünfzig zu fünfzig gestanden, daß es ein Mensch wird, und dann hätten alle gewußt, daß Tavis keine Elfe geheiratet hat.«

»Und das würde ihn in Tir vernichten«, sagte Erzengel.

Ariadne nickte. »Die Elfen sind nicht gerade die toleranteste Rasse.« Sie wischte sich über die Augen. »Nachdem ich mich den Schönheitsoperationen unterzogen hatte, wanderte ich nach Tir in der Hoffnung aus, dort ein besseres Leben zu finden. Ich stellte fest, daß es dort im Grunde nicht anders war. Es gab Schlösser und Prinzen, aber mir gehörte nichts davon. Aber ich fand auch Tavis, und wir lieben uns. Als er mich bat, ihn zu heiraten, sagte ich ihm die

Wahrheit, aber für ihn machte das keinen Unterschied.«

»Jetzt schon«, sagte Duran.

»Nicht für Tavis«, antwortete Ariadne. »Aber wir heirateten in dem Glauben, sein Vater würde NuGene durch die schweren Zeiten bringen. Nach seinem Tod fiel Tavis diese Verantwortung zu. Ich weiß nicht, wie lange wir dem Druck noch standhalten können.«

»Sie hatten keine Schwierigkeiten, das Baby anzunehmen.« Skater musterte sie durchdringend, um sich keine Nuance ihrer Antwort entgehen zu lassen.

»Uns wurde gesagt, die Mutter brauche das Geld und habe kein Interesse, das Kind zu behalten. Wir wußten, daß wir dem Baby viel Liebe und ein gutes Zuhause geben konnten.«

Skater ging zu Erzengel und ihrem Deck. »McKenzie mag ihren Mann vielleicht nicht direkt erpressen, aber er spielt ein schmutziges Spiel mit ihm, soviel ist sicher. Wir haben die Dateien von diesem Frachter gestohlen, aber sie waren bereits unbrauchbar.«

»Wie sind sie dann aber in Seattle aufgetaucht?« Ariadne runzelte die Stirn. »Das sind dieselben Dateien, die wir in unsere Mainframes bei ReGEN kopiert haben.«

»Ich vermute, daß McKenzie ein paar seiner Leute an Bord des Frachters gehabt hat«, sagte Skater. »Er ließ sie die verstümmelten Dateien in das System des Schiffes laden, während die richtigen Dateien mit einem anderen Schiff kamen. Mit einem, das McKenzie kontrollierte. Der Austausch wurde vorgenommen, bevor es zum Kopiervorgang kam.«

»Sie reden über eine Verschwörung innerhalb von NuGene.«

»Mindestens«, stimmte Skater zu. »Was Sie nicht wissen, ist, daß der Tip hinsichtlich des Frachters von der Mutter des Babys kam, bevor sie getötet wurde.

Sie hörte einen Mann namens Synclair Tone darüber reden – ein Mann, der sich auch auf McKenzies Lohnliste befindet –, aber es war ein abgekartetes Spiel. Sie wollten, daß sie mithört. Außerdem haben sie der Yakuza noch einen Tip gegeben, vermutlich über eine dritte Partei, so daß alles, was auf der *Sapphire Seahawk* geschah, noch verwirrender sein würde. So daß McKenzie gedeckt war.«

»Aber warum sollte er das tun?« fragte Ariadne.

Skater zeigte auf den Schirm, während Erzengel die Dateien lud, die sie bereithielt. »Das sind die Zahlen für die ReGEN-Aktien, als sie in den Verkauf gingen.« Er zeigte auf die Spalten. »Auf den ersten Blick sieht es so aus, als seien die Aktien von einer Vielzahl verschiedener Käufer erworben worden.«

Ariadne schaute auf die Zahlen, und ihre gespannte Aufmerksamkeit zeigte, daß sie sich mit NuGenes Finanzen so weit auskannte, daß sie begriff, was sie sah. »Die Aktien verkauften sich viel schneller, als wir uns vorgestellt hatten. Bis die Medien die Geschichte von dem Datendiebstahl brachten.«

»Jetzt schlüsseln wir die Käufer auf«, sagte Skater. »Wir selbst haben mit dem kontrollierten Aufkauf der Aktien begonnen, da wir wußten, daß der Kurs vermutlich in den Himmel schießen wird, sobald NuGene seine neue Tech auf den Markt bringt.«

Auf dem Schirm glitt ein Teil der Aktien in eine Richtung und gruppierte sich unter dem Namen Wayfarer neu, dem Sammelbecken für alle Aktien, die durch Lofwyrs Ocean Tiller Exports in Seattle gekauft worden waren. Der Konzern hatte sich auf exotische Trans-Pazifik-Frachten und überseeische Investitionen in Textilien- und Nahrungsmittel-Termingeschäfte spezialisiert.

»Letzten Endes gehören alle diese Aktien unter verschiedenen Namen und Deckgesellschaften uns«, sagte Skater.

Ariadne schüttelte zögernd den Kopf, während sie den Schirm beobachtete. »Wie ist das möglich?«

»Wir haben einen Finanzier ins Spiel gebracht«, sagte Skater. »Jemanden mit tiefen Taschen und einem bereits vorhandenen Interesse an NuGene.«

»Wen?« Ariadnes Stimme hatte einen abwehrenden und fordernden Tonfall.

»Es steht mir nicht frei, Ihnen das zu sagen.« Skater zeigte auf den Schirm. »Wie Sie sehen, halten wir gegenwärtig ungefähr neunzehn Prozent von ReGEN, obwohl die Ausgabe neuer Aktien gestoppt wurde. Unsere Bevollmächtigten sind immer noch mit dem Aufkauf der bereits ausgegebenen Aktien beschäftigt. Aber wir haben eindeutig Konkurrenz.«

Der Bildschirm flimmerte erneut. Der Name McKenzie bildete sich, dann wanderten Aktien in seine Richtung wie Lemminge, die über eine Klippe stürzten.

»McKenzie hat von Anfang an ReGEN-Aktien gekauft«, sagte Skater, während sich auf dem Schirm weiterhin die Aktien unter seinem Namen sammelten. »Im Augenblick kontrolliert er neununddreißig Prozent von ReGEN. Und die hat er billig bekommen.«

»Ich kenne einige Käufernamen«, sagte Ariadne. »Aber ich verstehe das nicht.«

Skater drehte sich zu ihr um. »NuGene mußte dieses Geschäft machen. Das Überleben des Konzerns hing davon ab. McKenzie hat sich eine Scheibe davon abgeschnitten, als er sich einverstanden erklärte, Ihnen zu helfen, aber er wurde gierig. Er inszenierte den Raub der Dateien, so daß Ihr Mann sofort in Produktion gehen mußte, um seine Forschungsergebnisse schützen zu können.«

»Er hätte sie jemandem anders verkaufen können, wenn er sie hatte«, sagte Ariadne.

»Dazu ist er zu gierig«, erwiderte Skater. »Er hat durchblicken lassen, daß er sich zurückziehen will. Aber in diesem Fall beraubt er sich eines beträchtlichen Teils seines Barvermögens. NuGene gab ihm die Gelegenheit, das zu ändern – falls er genügend Aktien kaufen und diese Aktion nutzen konnte, um andere kleine Geldvorräte zu waschen, die er angelegt hat. Hätte er die Dateien an eine andere Partei verkauft, hätte er nur eine einmalige Zahlung erhalten, und bei zwei Konzernen, die dasselbe Produkt verkaufen, wären die Erträge geringer gewesen. Konkurrenz ist Gift für die Gewinnspanne.«

»Also hat er die Geschichte an die Medien weitergegeben?« fragte Ariadne.

»Das waren wir«, sagte Skater. »Um der Konkurrenz den Wind aus den Segeln zu nehmen.«

Ariadne ließ sich auf ihren Stuhl zurücksinken. »Tavis weiß nichts davon.«

»Er säugt eine Schlange an seiner Brust«, sagte Trey. Er reichte ihr ein Glas Wasser.

»Was werden Sie tun?« fragte sie Skater, indem sie ihn ansah.

»Wir werden der Schlange die Zähne ziehen«, sagte Skater, »und ihr dann den Kopf abschlagen.«

# 34

Sind Sie sich über das Risiko klar, das Lofwyr damit eingehen würde?«

Skater betrachtete Elses dunkles Bild auf dem Telekomschirm. Die Sasquatch beugte sich vor, und ihre langen Eckzähne waren deutlich in ihren Mundwinkeln zu sehen. Plötzlich fiel ihm die krallenbewehrte Klaue des Drachens wieder ein, die sich dicht vor seinem Gesicht geschlossen hatte. »Ja, aber es gibt keine andere Möglichkeit, die Angelegenheit zu regeln.« Er war im Wohnzimmer der Suite und ging auf und ab, um seine nervöse Energie zu zerstreuen.

»Wenn ich zu entscheiden hätte«, sagte die Sasquatch, »wären Sie allein für das Wagnis, das von ihm zu verlangen, ein toter Mann.«

Skater sagte nichts, da er sie nicht noch weiter gegen sich aufbringen wollte.

»Aber er wird es tun, weil er einräumt, daß sich das Wagnis lohnen könnte. Aber wenn Sie sich irren, Mensch, kümmere ich mich persönlich um Sie. Und Sie werden keinen leichten Tod haben.« Elses Bild löste sich auf, als sie die Verbindung unterbrach.

»Tja«, sagte Trey von der anderen Seite des Raumes, »das ist offenbar gut gelaufen.«

Skater stieß einen tiefen Seufzer aus. Er konnte es kaum erwarten, zu jener Art von Leben zurückzukehren, wie er es vor dem Überfall auf die *Sapphire Seahawk* geführt hatte. Er schaltete das Trid ein, das auf NewsNets Finanznachrichtenkanal eingestellt war.

»Hat er angebissen?« fragte Wheeler, der von einem Steuerungs-Spatzenhirn aufsah, an dem er arbeitete.

»Ja.« Skater studierte die Aktienkurse, die unten über den Schirm liefen.

»Ich kann es auf ReGENs Kurs einfrieren«, erbot sich Erzengel.

Skater nickte.

Sie machte sich an der Fernbedienung zu schaffen, so daß permanent die Informationen über ReGEN eingeblendet wurden.

Der Preis hielt sich konstant bei 113 Nuyen pro Aktie bei sporadischen Umsätzen. McKenzies Käufer, diejenigen, die Erzengel identifiziert hatte, kauften jede Aktie auf, deren sie habhaft werden konnten. Es hatte einen Bericht gegeben, daß trotz des nachlassenden Interesses an der Aktie noch vor Börsenschluß neue Aktien ausgegeben werden könnten. Skater hatte die Absicht, dafür zu sorgen, daß sich dieser Bericht bewahrheiten würde.

Fünf Minuten vergingen schweigend, da sie abwarteten, was geschehen würde. Dann zehn. Nach zwölf Minuten kletterten Kurs und Anzahl der gehandelten Aktien. Vier Minuten später huschten die Zahlen über den Schirm, als hätten sie einen eingebauten Raketenantrieb, und der ReGEN-Kurs kletterte auf 729 Nuyen.

Der Finanznachrichtensender unterbrach für einen Sonderbericht direkt von der Wall Street. Eine aufgeregte Elfe in einem konservativen schwarzen Geschäftsanzug redete mit erhobener Stimme, um den dumpfen Hintergrundlärm zu übertönen. Hinter ihr standen und brüllten Trauben von Leuten vor einer großen Videowand, auf der die aktuellen Aktienkurse ebenso zu sehen waren, wie wechselnde Werbeeinblendungen eines ganzen Bataillons von Konzernen. »ReGEN, eine kaum bekannte Aktie, die NuGene von ihrer neuen Tochtergesellschaft ausgegeben hat, erreichte gestern ihren absoluten Tiefststand, nachdem der Kurs in den letzten Tagen leicht gestiegen war. Doch jetzt hat ihr verstärkte Aktivität neues Leben eingehaucht. Vor wenigen Minuten hat Saeder-Krupp sein Interesse daran verkündet, die Aktie über dem

Marktpreis zu kaufen. Es versteht sich von selbst, daß die Aktie jetzt heftig gehandelt wird.« Sie erging sich in einem kurzen Abriß von Lofwyrs wirtschaftlicher Tüchtigkeit und der Geschichte des Konzerns und schloß damit, daß die Aktivitäten des Drachen nur selten bekannt würden, bevor er seine Ziele verwirklicht hatte. Niemand wisse, woher der gegenwärtige Tip hinsichtlich Lofwyrs Interesse stamme, aber es sei offiziell bestätigt worden.

Als Skater das Trideo abschaltete, war ReGEN auf 1024 Nuyen pro Aktie gestiegen. Der Höhenflug würde nicht lange anhalten, jedoch ausreichen, um die zukünftigen Käufe der Aktie für McKenzie sehr kostspielig zu machen.

Er sah Ariadne an, die abseits von der Gruppe auf einem Sessel saß. »Es geht los«, sagte er zu ihr.

Sie nickte.

»Vergessen Sie nicht, lassen Sie mich reden. Keine Zeichen, keine Worte. Wenn Sie irgendwas tun, um Ihrem Mann einen Hinweis zu geben, denke ich mir einen neuen Weg aus, um McKenzie zu schnappen, und Sie beide können zum Teufel gehen.«

»Ich verstehe«, sagte die Frau.

»Fertig?« fragte Skater Erzengel.

Sie saß neben ihrem Deck, bereit, sich einzustöpseln. »Mach deinen Anruf. Ich passe auf.«

Skater wählte Tavis Silberstabs private LTG-Nummer und ging dann zum Fenster, um hinauszuschauen. Die Unruhe, die ihn in den letzten Stunden, während sie die Weichen stellten, erfaßt hatte, versuchte sich Luft zu verschaffen. Seattle lag unter ihm ausgebreitet, verlockend bei Tag, größtenteils funkelnd und glänzend. Nur die Schatten verrieten die Fäulnis und den Verfall, von dem die Stadt befallen war.

Der Schirm flackerte, und Tavis Silberstabs Gesicht erschien, da er den Anruf persönlich entgegennahm. Er sah müde und erschöpft aus.

Skater hatte die Videokamera auf seiner Seite absichtlich ausgeschaltet. »Ich habe Ihre Frau«, sagte er, da er keine Zeit verschwenden wollte.

»Ich will mit ihr reden.«

Skater warf einen Blick auf Erzengel, die vor ihrem Deck zusammengesunken war. Offenbar hatte sie viel zu tun. Duran stand mit verschränkten Armen neben Ariadne, eine große Pistole im Gürtel. Der Ork nickte.

Skater ging zum Telekom und schaltete die Videokamera ein, so daß Tavis Silberstab seine Frau sehen konnte. »Eine Frage«, sagte der Elf, »mehr nicht. Sonst breche ich das Gespräch ab.«

Silberstabs Stimme war heiser vor Sorge, aber er wollte in keine Falle laufen. »An welchem Tag hast du mein Heiratsangebot angenommen?«

Ariadne zögerte nicht, aber ihr traten neuerliche Tränen in die Augen. Ihre Stimme bebte, als sie antwortete. »Am zehnten Juni.«

Skater schaltete die Kamera wieder aus. »Überzeugt?«

»Ja. Was wollen Sie?«

»Zunächst einmal will ich, daß Sie weitere siebentausend Aktien von ReGEN an Saeder-Krupp verkaufen«, sagte Skater. »Sie werden feststellen, daß ein entsprechendes Angebot in Ihrem Büro eingegangen ist, wenn ich dieses Gespräch beende. Es ist ein fairer Preis. Man bietet Ihnen den Marktpreis vor dem gestrigen Kurssturz an.«

Silberstab antwortete praktisch sofort, obwohl er wissen mußte, daß der zusätzliche Verkauf einer derartigen Menge von Aktien seine Chancen, die Kontrolle über die Gesellschaft zu behalten, ernsthaft beeinträchtigte. »Abgemacht. Dann arbeiten Sie also für den Drachen?«

»Indirekt«, sagte Skater. »Ich habe einen Handel mit ihm abgeschlossen. Aber in erster Linie arbeite ich für mich selbst.«

»Was wollen Sie sonst noch?« fragte Silberstab.

»Ich werde Sie nicht auffordern, den Aktienverkauf perfekt zu machen, bevor ich Ihnen Ihre Frau zurückbringe.«

»Wann wird das sein?«

»Heute. Um Mitternacht.« Er starrte auf die Abgründe zwischen den Häusern und sah vier Stockwerke über der Erde den silbrigen Streifen der Monobahn dahinrasen.

»Wo?«

»Ich melde mich noch einmal und lasse es Sie wissen.« Skater legte auf und drehte sich zu Erzengel um.

Sie blieb noch ein paar Sekunden in der Matrix, bevor sie wieder in die wirkliche Welt zurückkehrte und sich das Datenkabel aus der Schläfe zog. »Der Anruf wurde abgehört«, sagte sie.

»Von McKenzie?« fragte Skater.

»Das kann ich nicht mit Sicherheit sagen. Ich hatte ziemlich zu tun, um der Auffangschaltung nachzugehen. Ich dachte mir, falls er eine Möglichkeit hat, alles zu verfolgen, was bei ReGEN vorgeht, muß er auch eine Ablagedatei eingerichtet haben. Ein paar Rauch- und Spiegel-Utilities brachten mich ins ReGEN-System, so daß ich die Datei finden konnte, aber dort angekommen, mußte meine Schleicher-Utility Schwerstarbeit leisten, um die Verbindung aufzuspüren. Die Nummer, unter der die Gespräche gesammelt werden, gehört einem bedeutenden Unternehmen namens Hidalgo Republic Trading Company.«

Skater nickte. »Haben sie das Gespräch zu uns zurückverfolgt?«

Sie schüttelte den Kopf. »Auf keinen Fall. Bei all den Verlagerungsprogrammen, mit denen ich deinen Anruf gesichert habe, hätte ein Decker Stunden gebraucht, um durchzukommen.«

»McKenzie oder jemand anders könnte meine Stimme erkennen, wenn eine Aufzeichnung von dem

Anruf angelegt worden ist«, sagte Skater. »Das würde uns sogar in die Hände spielen. Aber sie werden trotzdem nicht wissen, wo wir sind.« Er ging wieder zum Telekom und wählte die Nummer eines der zahlreichen Briefkästen Kestrels.

Der Schieber meldete sich weniger als zwei Minuten später.

»Hidalgo Republic Trading Company«, sagte Skater. »Ich muß wissen, wem der Laden gehört.«

»Ich rufe zurück«, versprach Kestrel und legte auf.

Rasch und effizient begann das Team mit seinen Vorbereitungen. Alle wußten, daß das Warten vorbei war und der Countdown begonnen hatte.

Drei Stunden später stand Skater in der Tür des Raumes, in dem Emma schlief, und beobachtete sie. Sie hatte so viel Ähnlichkeit mit Larisa, daß es weh tat. Ihre Haare waren schwarz wie seine und so fein, daß er hindurchsehen konnte, aber ihre Rehaugen hatte sie von Larisa. Sie schlief auf dem Rücken, eine Hand mit den rosigen Fingern vor den Mund gepreßt. Ihre spitzen Ohren sahen länger aus als die der meisten Elfen und lagen dicht am Kopf an. Elvis hatte sie vor ein paar Minuten gefüttert und gewickelt und ihr dann den gelben Strampler angezogen, den sie jetzt trug.

Sie sah so klein, so zerbrechlich und verletzlich in dem großen Bett aus.

Und Jack Skater hatte mehr Angst vor ihr als vor allem anderen, womit er je konfrontiert worden war.

»Schläft sie?«

Er sah über die Schulter zu Erzengel. »Ja.«

Die Deckerin schloß sich ihm in der Tür an. »Sie ist ein hübsches Kind, Jack.«

»Das finde ich auch, aber ich hielt mich für befangen.«

Erzengel lächelte. »Nein. Was hast du mit ihr vor?«

»Heute nacht?« fragte Skater. »Elvis hat sich mit ein paar Troll-Chummers von ihm in Verbindung gesetzt, die sich um sie kümmern werden. Sie bleiben hier. Noch weiß niemand über diese Bude Bescheid. Wenn wir die Begegnung mit Silberstab und McKenzie überstehen, müßte alles okay sein.«

»Das weiß ich«, sagte Erzengel. »Ich meinte, was hast du mit ihr vor, sobald das alles vorbei ist?«

»Du mußt ein sehr optimistisches Gefühl haben.«

»Du hast die Frage nicht beantwortet.«

Skater betrachtete das schlafende Baby. »Larisa hat mich gebeten, mich um sie zu kümmern. Mich hat noch nie jemand gebeten, mich um irgendwen zu kümmern. Und ich habe noch nie jemanden gebeten, sich um mich zu kümmern.«

Erzengel musterte ihn schweigend, und er spürte ihren Blick auf sich ruhen. Aber er wußte nicht, was sie dachte.

»Ich weiß nicht, ob ich es kann.«

»Willst du es denn?«

»Das weiß ich auch nicht.«

»Ein Schuldgefühl ist kein Grund, etwas zu übernehmen«, sagte Erzengel. »Verantwortungsgefühl ist ein stärkerer Grund, aber immer noch keiner, der einem durch die harten Zeiten hilft. Und es wird harte Zeiten geben.«

Er nickte. »Ich werde eine Weile brauchen, um meine Gedanken zu ordnen. All das hat mich völlig unvorbereitet getroffen.«

»Welche Entscheidung du auch treffen wirst«, sagte sie, »es wird die richtige sein.«

»Wenn heute nacht alles so läuft, wie wir uns das vorstellen«, sagte Skater, »müßten Ariadne und Tavis die Sache heil überstehen. Ich könnte sie bei ihnen lassen. Sie haben ihr mehr zu bieten als ich.«

»Haben sie das?« Erzengel streckte die Hand aus, legte ihre kühlen Finger auf seine Wange und drehte seinen Kopf herum, so daß sie einander ansahen. »Haben sie das wirklich?«

»Er ist der Leiter eines Konzerns. Sie sind ein Paar. Sie wollten ein Baby. Sie leben nicht in den Schatten, wo jeder Herzschlag davon abhängt, wie schnell man reagiert oder ob man eine Falle riecht. Vergißt du, daß ich der Idiot bin, der uns überhaupt erst in diese Klemme gebracht hat?«

»Nein, das vergesse ich nicht. Aber du konntest nicht wissen, wie sich die Sache entwickeln würde.«

Skater zuckte in einer Geste der Hoffnungslosigkeit die Achseln. »Ich versuche nur zu überleben.«

»Das ist das erste und größte Vorhaben, das jeder in die Tat umsetzen muß. Da liegt dein Vorteil, Jack. Irgendwas in dir will so unbedingt leben, daß du die Kraft dazu findest. Das ist nur eines der Dinge, die ich an dir bewundere. Nicht alle von uns haben diesen Vorteil.«

Skater wußte nicht, was er sagen sollte, als er in ihren Augen unvergossene Tränen schimmern sah.

»Du kannst etwas aufbauen«, sagte sie. »Dein Überlebensinstinkt ist nur ein Teil dessen. Was du auch brauchst, was Emma auch brauchen wird, du wirst einen Weg finden, es zu bekommen. Bis jetzt hast du dich in dieser Beziehung noch nicht ins Zeug gelegt, weil du es nicht mußtest. Aber das Kind dort in dem Bett, es hat die Kraft, das Beste in dir hervorzuholen.«

»Ja. Vielleicht hast du recht.«

»Ich habe recht.« Erzengel wandte sich ab und verschränkte die Arme vor der Brust, wieder ganz die eisige Kühle. Die Tränen, immer noch unvergossen, verschwanden aus ihren Augen. »Was die Silberstabs betrifft, so gehört ihnen NuGene nicht mehr. Im Moment sind sie ein Paar, aber die Geheimnisse, die sie mit sich herumtragen müssen, auch wenn wir heute nacht Erfolg haben, sind vielleicht mehr, als sie verkraften können, wie sehr sie sich auch lieben mögen. Und sie sagen zwar, sie wollten ein Baby, aber sie hatten nie den Mumm, selbst eines in die Welt zu setzen. Ein Kind wäre ein weiteres Geheimnis, das sie schützen müßten, und nicht einfach ein Baby. Und die Schatten? Die Schatten können länger werden und jederzeit jeden verschlingen. Das weißt du.«

Skater ließ sich ihre Worte durch den Kopf gehen, den Blick auf Emma gerichtet. Es gab so viel nachzudenken. Als er sich wieder Erzengel zuwandte, war sie bereits gegangen.

Sie hatten Ariadne gebeten, in ihr Zimmer zurückzukehren und dort zu warten, während sie sich auf den Run vorbereiteten. Sie hatte nicht einmal darum gebeten, das Baby sehen zu dürfen. Skater dachte daran, und es tat ihm weh. Er erinnerte sich an den kleinen Jungen, der im Stammesland zurückgelassen worden war und seiner eigenen Mutter zum Abschied nachgewunken hatte, als sie ihn der Obhut Fremder übergab. Die Erinnerung brachte eine überwältigende Beklemmung mit sich, aber er wußte plötzlich, daß er dieses Baby nicht der Obhut Fremder überlassen konnte. Er spürte die Bande, die es an ihn ketteten. Was er nicht wußte, war, ob es gut für Emma war, wenn er diesem Gefühl nachgab.

Er ging in das Zimmer und setzte sich vorsichtig, um sie nicht zu wecken, auf die Bettkante. Er strich ihr über den Arm und sah, wie ihre weiche Haut bei seiner Berührung Farbe bekam. Er hielt an ihrer Hand inne und staunte darüber, wie klein sie neben seinem Finger war.

»Was ist mit dir?« flüsterte er. »Glaubst du auch, ich könnte es schaffen?«

Einen Moment lang öffnete sich ihre Hand, um sich dann fest um seinen Finger zu legen, als er erstarrte, da er sich nicht zu bewegen versuchte, um sie nicht aufzuwecken. Sie klammerte sich an ihn.

Und er ließ sie.

Kestrels Anruf kam eine Stunde später, kurz vor acht. Er war kurz und bündig. »Die Hidalgo Republic Trading Company ist ein Deckunternehmen für die Seattler Mafia, um Konterbande zu verschieben. Aber Conrad McKenzie zieht die Fäden.«

Skater bedankte sich bei dem Schieber und legte auf. Elvis, Wheeler und Duran waren bereits seit Stunden unterwegs und kümmerten sich um die Vorbereitungen, die es am Übergabeort zu treffen galt. Nachdem er Erzengel und Trey mitgeteilt hatte, was er soeben erfahren hatte, rief er die anderen über Commlink, um sie wissen zu lassen, daß das Unternehmen grünes Licht hatte.

Um zehn Uhr war Erzengel mit ihrem Teil der Vorbereitungen fertig und gab Skater einen ebenholzfarbenen Kredstab.

»Er wird mit einem Zellscanner aktiviert, der deine DNS registriert«, sagte sie.

»Silberstab hat auch einen?«

»Zusammen mit deinem Paßcode.«

Skater nahm den schlanken Stab und schob ihn in eine Schutzhülle, die er in seine Hemdtasche schob.

»Er ist mit allem geladen, was mir eingefallen ist«, versprach Erzengel. »Ich habe Angriffs-Utilities in diesen Kredstab einprogrammiert, die die meisten tragbaren Decks in die Knie zwingen werden. Hinzu kommen Spiegel-Utilities und ein Schildprogramm, das mir die Zeit erkaufen müßte, die ich brauche. Außerdem stehen Schmöker- und Entschlüsselungs-Utilities zur Verfügung, die mich in die Dateien bringen und sie in sofort verwertbare Informationen umwandeln. Die Täuschungs- und Schleicher-Utilities gehören mit zum Besten, was ich je geschrieben habe. Sekunden nachdem dieser Kredstab in ein Lesegerät gesteckt wird, läßt die Programmierung ein Virus los, das einen Sklavenknoten für mein Deck einrichtet, der sich vorübergehend als System-CPU ausgibt. Dadurch erhalte ich für ein, zwei Minuten die Kontrolle über ihr Deck, bis die ICs reagieren und ich wieder ausgeworfen werde. Das sollte reichen, um uns alles zu beschaffen, was wir brauchen.«

»Wir werden es bald herausfinden«, sagte Skater.

Um elf Uhr dreißig meldete sich Wheeler über Commlink und ließ Skater wissen, daß alles vorbereitet sei. Die Troll-Chummers von Elvis trafen ein paar Minuten danach ein. Während Trey ihnen Anweisungen hinsichtlich Emma und Synclair Tone gab, rief Skater Tavis Silberstab an. Wiederum ließ er die Videokamera ausgeschaltet.

Erzengel stöpselte sich in ihr Deck ein.

»Haben Sie alles?« fragte Skater.

»Ja«, sagte Silberstab.

»Sind Sie mit dem Verlauf der Monobahn-Strecke hier in der Innenstadt vertraut?«

»Ja.«

»Steigen Sie um zwölf Uhr sieben am Bahnhof King Street ein. Wagen acht. Wenn Sie sich sofort auf den Weg machen, können Sie es schaffen.«

»Wie erkenne ich Sie?« fragte Silberstab.

»Ich erkenne Sie«, versprach Skater. »Und Sie werden Ihre Frau erkennen.« Er unterbrach die Verbindung und sah zu Erzengel, die sich gerade wieder ausstöpselte.

»Wieder die Hidalgo Republic Trading Company«, berichtete sie. »Sie waren von Anfang an dabei.«

Skater nickte, während Trey Ariadne ins Zimmer führte. Sie wirkte angespannt und nervös. Alle waren mit gestohlenen orangefarbenen Reparaturanzügen bekleidet, wie sie die Wartungsmannschaften der Monobahn trugen. Die Anzüge hatten sie von einem Schieber bekommen, den Trey kannte.

»Also los«, sagte Skater, indem er zu dem Privataufzug voranging.

# 35

Elf Minuten vor Mitternacht bestiegen Skater und sein Team die Monobahn am Bahnhof Belmont Avenue.

Die ursprüngliche Seattler Monobahn war im Jahre 2036 in der Nacht des Zorns zerstört und danach wieder aufgebaut worden. Wo die Strecke einst nur acht Meter über der Erde und geradlinig verlaufen war, umkreiste die neue, magnetgetriebene Monobahn die Innenstadt vier Stockwerke über Straßenniveau. Zwei Züge fuhren vierundzwanzig Stunden am Tag, einer gegen und einer im Uhrzeigersinn. Ganz vorne im Zug befanden sich die Steueraggregate, die für die Regulierung des Magnetfelds zuständig waren und so den Zug die in der Mitte der Gleise untergebrachte Schiene aus supraleitfähigem Metall entlangbeförderte. Die ursprüngliche Monobahn war für die Weltausstellung von 1962 gebaut worden und hatte einen Elektroantrieb gehabt. Mit dem neuen Magnetsystem konnten die Züge nicht dadurch sabotiert werden, daß jemand einfach den Strom abschaltete.

In dem Bahnhof ging es zu dieser späten Stunde rauh zu. Wenige Unschuldige waren unterwegs, weil die Thriller-Gangs die Nacht und die Straßen der Innenstadt regierten. In ihre Farben gekleidet, schubsten und schoben sie einander und lachten, wenn jemand ausrastete und richtig austeilte. Eine Messerklinge blitzte auf, als Trey Ariadne Silberstab in den Monobahnwagen half, und einer der Thriller ging mit einem Messer im Bauch zu Boden. Seine Kameraden bestiegen den Wagen neben dem der Shadowrunner und brüllten Obszönitäten, während sich der verwundete Thriller fortschleppte und eine Blutspur zurückließ.

Zu beiden Seiten des Mittelgangs befand sich eine Doppelreihe von Sitzen, während in der Mitte Kunstlederschlaufen für Passagiere von der Decke hingen, die stehen mußten. Morgens und nachmittags war die Monobahn überfüllt, da sie von vielen Pendlern benutzt wurde. Jetzt konnte die schwache Innenbeleuchtung das Wageninnere kaum erhellen.

Trey führte Ariadne zu einem Sitz und setzte sich dann neben sie. Er gab sich ruhig und gelassen, um sie zu beruhigen. Die Frau war weiß geworden, während sie auf den Zug warteten, und sah immer noch blaß aus.

Erzengel ging sofort in eine Ecke hinten im Wagen, entfernte eine Zugangsplatte, zapfte die Notrufanlage des Wagens an und bootete ihr Deck, das in einer verbeulten orangefarbenen Werkzeugkiste versteckt war.

»Bitte sichern Sie alle losen Gegenstände und behalten Sie während der Fahrt Hände und Füße im Wagen«, verkündete eine angenehme Männerstimme vom Band über Lautsprecher.

Mit einem Ruck und einem Zischen fuhr die Monobahn los.

Skater zuckte bei der plötzlichen Beschleunigung zusammen. Adrenalin pulsierte in seinen Adern und ließ ihn seine Umgebung ungewöhnlich scharf wahrnehmen. Die Reflexbooster konnten jeden Augenblick zugeschaltet werden.

Der Monobahnwagen war zwanzig Meter lang, drei Meter hoch, so daß die meisten Trolle sich kaum ducken mußten, und sieben Meter breit. Von außen sah er wie eine stumpfgraue Wurst mit dem blauen Kennzeichen der Linie Zwei aus. Wagen der Linie Eins trugen rote Kennzeichen. Die Farben waren immer mit Graffiti übersprüht, und die Stadt hatte es längst aufgegeben, die Wagen sauberzuhalten. An den beiden Enden befanden sich Verbindungstüren zu den nächsten Wagen, die jedoch ohne Befugnis nicht geöffnet werden durften. Diese Vorschrift wurde nachts gewöhnlich nicht eingehalten.

In dem Wagen saßen vier weitere Passagiere, Spätschicht-Heimkehrer, die einfach nur versuchten, die Heimfahrt zu überleben. Keiner von ihnen sah aus, als gehöre er zu McKenzies Leuten. Andererseits vermutete Skater, daß keiner von ihnen so aussehen würde.

»Stimmt was nicht mit diesem Wagen?« fragte eine schlanke junge Frau. Sie trug zerrissene Kleidung und Ohrringe über beiden Augenbrauen und in einem Mundwinkel und dazu einen leuchtend grünen Wuschelkopf. Ihre Augen waren hinter der rechteckigen Sonnenbrille nicht zu erkennen.

»Nein«, erwiderte Skater. »Ganz normale monatliche Wartung.«

»Und dazu braucht ihr vier Leute?«

Skater sah sie an. »Ist nicht gerade ungefährlich.«

»Ja.« Das Mädchen grinste blutrünstig. »Ohne Drek.« Sie lehnte den Kopf zurück und schloß die Augen.

Skater schaute aus dem verschmierten, streifigen Fenster und sah den Sprawl vier Stockwerke unter sich vorbeiziehen. Er fuhr nur selten mit der Monobahn. Larisa hatte es gemocht, aber er kam sich dort immer nackt und verwundbar vor. Der Zug wand sich zwischen einigen Häusern hindurch und rauschte über andere hinweg.

Am Tag dauerte es fast fünfundvierzig Minuten, um die Stadt einmal zu umrunden, obwohl die Haltezeiten genormt waren und die Türen sich automatisch öffneten und schlossen. Aber in der Nacht halbierte sich diese Zeit fast.

Skater schaltete seinen Commlink ein, um sich zu vergewissern, daß er nicht gestört wurde, als sie sich dem Bahnhof King Street näherten.

»Wir sind fertig«, meldete Duran.

Der Ork, Wheeler und Elvis waren weiter hinten im Zug und spielten Rückendeckung.

Skater warf Erzengel einen Blick zu, und die Deckerin nickte. Ihr Aufenthaltsort war einigermaßen geschützt und einstweilen nicht leicht einzusehen.

Die Monobahn hielt an. Die Automatenstimme nannte den Namen des Bahnhofs und öffnete die Türen.

Drei der Passagiere stiegen aus, so daß lediglich die junge Frau zurückblieb.

Skater entrollte ein Spruchband mit der Aufschrift WEGEN WARTUNGSARBEITEN VORÜBERGEHEND GESCHLOSSEN und Saugnäpfen an den vier Ecken und befestigte es am Fenster. Er ging zur Tür und verwehrte einem halben Dutzend einsteigwilliger Leute mit dem Hinweis auf das Spruchband den Zutritt. Sie murrten, gingen aber weiter. Skater blieb in der Tür stehen, wandte sich an die junge Frau und sagte: »Ich fürchte, Sie werden sich für den Rest der Fahrt einen anderen Wagen suchen müssen.«

»Mir gefällt's hier ganz gut.«

Skater musterte sie durchdringend. »Woanders wird's Ihnen noch besser gefallen, sonst können Sie warten, bis der Zug das nächstemal hier vorbeikommt.«

»Verdammte schwachköpfige Sprawl-Wartungsdrone«, murmelte die Frau, indem sie ihre Tasche nahm und aufstand. Sie ignorierte die reguläre Tür und benutzte die Verbindungstür, um in den nächsten Wagen zu steigen.

»Da ist er«, sagte Ariadne. Sie schaute durch das Fenster.

Skater warf einen Blick in die Düsternis des Bahnhofs King Street und sah Tavis Silberstab eilig auf den Monobahnwagen zulaufen.

Der Elf trug Freizeitkleidung, die bereits ein Rudel Cutters angezogen hatte, deren goldene und grüne

Farben selbst in der Dunkelheit kaum zu übersehen waren. Silberstab ignorierte sie und sprang rasch in den Wagen.

»Bleiben Sie stehen«, sagte Skater, indem er den Reißverschluß seines Overalls öffnete, um den Predator aus dem Schulterhalfter zu ziehen. Er trug Kevlar unter dem Overall und schwitzte bereits sehr stark.

Silberstab erstarrte in der Mitte des Wagens, den Blick nur auf seine Frau gerichtet.

Trey bewegte sich unmerklich und ließ dabei die Pistole sehen, die er hielt.

Die Cutters versuchten Silberstab in den Wagen zu folgen, doch Skater versperrte ihnen den Weg. »Der Wagen ist geschlossen«, sagte er, indem er auf das Spruchband im Fenster deutete.

Der führende Cutter war ein Mann mit mehreren Zahnlücken und sandfarbenem Haar, das so aussah, als sei es von einem Blinden mit einer Heckenschere geschnitten worden. »Glaubst du, du könntest uns alle draußen halten?« höhnte er.

Skater hob den Predator und schob dem Cutter den Lauf zwischen die Augen. »Das wirst du wohl nicht mehr erfahren.«

Zornige Stimmen meldeten sich von hinten und spornten den Anführer an. Doch der rührte sich selbst dann noch nicht, als die Automatenstimme das Schließen der Türen ankündigte. Als der Zug den Bahnhof verließ, steckte Skater die Pistole wieder ein und wandte sich an Silberstab.

»Haben Sie den Kredstab?« fragte er.

»Ja.« Silberstab griff in seine Jacke und zückte den ebenholzfarbenen Stab. »Ich habe die Bezahlung bereits bekommen. Der Kredstab enthält die Aktien. Ihre DNS ist mit dem Zugangscode gekoppelt.«

Skater nahm den Kredstab entgegen. Er hatte bereits die Schatten gespürt, die sich auf der anderen Seite der

Verbindungstür sammelten, als er Elvis' Warnung über Commlink hörte.

»Es geht los«, sagte der Troll-Samurai. »McKenzies Leute rücken euch von beiden Seiten auf den Pelz.«

Wheeler hatte die Spatzenhirn-Fernsteuerung der Monobahn durch diejenige ersetzt, die er in der Suite zusammengebaut hatte. Durch das neue Spatzenhirn-Interface – das auch Masken-Utilities von Erzengel enthielt, damit der Austausch von der Haupt-CPU der Monobahn in der Innenstadt nicht entdeckt wurde – hatte der Zwerg nicht nur Zugang zu den Kontrollen der Monobahn, sondern auch zu den Überwachungskameras. Die anderen Teammitglieder konnten alles sehen, was sich in den anderen Wagen abspielte.

»Wir sind schon unterwegs«, versprach Duran.

Über Silberstabs Schulter hinweg sah Skater, wie die vordere Verbindungstür aufgerissen wurde. Er zog wieder den Predator und richtete ihn auf Silberstab. Außerdem nutzte er die entstandene Verwirrung aus, um den Kredstab mit demjenigen auszutauschen, den Erzengel vorbereitet hatte.

»Ich sagte Ihnen, Sie sollten allein kommen«, sagte Skater zu Silberstab.

Zehn Yabos strömten in den Wagen und zogen Waffen. Sie waren offensichtlich McKenzies Leute.

»Skater«, rief Trey, der seine Rolle in dem Szenario spielte. Er hatte sich erhoben und seine Pistole auf die hintere Verbindungstür gerichtet, wobei er Ariadne als Schild benutzte.

»Ich sehe sie.«

»Wir sind gleich da, Chummer«, sagte Elvis über Commlink. Windgeräusche übertönten einige seiner Worte.

Skater wußte, daß Elvis, Wheeler und Duran über das Dach des Zuges kamen. Er konnte sie nicht aufhalten, weil er wußte, daß der Zug bald in einen neuen Bahnhof einfahren würde, wo sie die ein- und aussteigenden Fahrgäste verraten würden. Sie waren nur zwei Wagen entfernt. Alles mußte jetzt sehr schnell gehen.

Skater packte Silberstab und hielt ihm die Pistole an den Kopf. »Zurückbleiben«, warnte er, »sonst sorge ich für eine direkte Belüftung seiner Denkfabrik.«

Ein vernarbter Mann mit großen Händen lächelte nur und sagte: »Ist uns doch egal, Matschbirne. Du bist der Bursche, den wir haben wollen.«

»Tun Sie meiner Frau nichts«, sagte Silberstab zu Skater. »Bitte. Ich weiß nichts von alledem.«

Skater schaute sich rasch in dem Wagen um und sah, daß sie die Aufmerksamkeit anderer Leute in den angrenzenden Wagen erregt hatten. Einige dieser Fahrgäste entfernten sich bereits von den Yabos, die sich alle zu Skaters Wagen hin orientierten. Die Monobahn ratterte weiter. Erzengel hatte sich in ihr Deck eingestöpselt und lag außer Sicht zwischen den Sitzen. Trey hatte sich umgedreht und war wie Skater zur Mitte des Wagens zurückgewichen, wobei er die Yabos am Ende mit seiner Pistole bedrohte.

»Er hat nichts von alldem hier gewußt«, sagte jemand.

Dann teilten sich die Reihen der Yabos vor Skater und ließen Conrad McKenzie durch. Wie zuvor war seine äußere Erscheinung elegant, vermittelte jedoch auch einen unterschwelligen Eindruck von Gefahr wie eine gut geölte Pistole in einem Präsentkarton.

Skater hob den Predator und zielte auf McKenzie. Einen Sekundenbruchteil später war jede feindliche Kanone in dem Wagen auf ihn gerichtet.

»Wenn Sie schlau sind«, sagte der Mafioso, »nehmen Sie Ihre Erbsenpistole weg, bevor Sie unnötigerweise verletzt werden.«

»Sie sind hier reinspaziert«, stellte Skater fest. »Vielleicht können wir dieses eine Mal zusammen dämlich sein und die Unterhaltung in der Hölle weiterführen.«

McKenzie setzte seinen Filzhut ab. »Hören Sie, Sie Punk, Sie können mir nichts tun, und ich brauche Ihnen nichts tun.« Er zuckte die Achseln. »Natürlich *könnte* ich Ihnen was tun.«

Skater nahm die Kanone nicht weg und hielt Silberstab als Schild vor sich. Er wollte seine Rolle so lange wie möglich spielen. Er wußte, daß McKenzie dem Elf keinen Schaden zufügen wollte, wenn es sich irgendwie vermeiden ließ.

»Silberstab wußte nicht, daß ich komme«, sagte McKenzie. »Ich habe mich selbst eingeladen.« Er setzte sich auf eine Bank nahe der vorderen Verbindungstür und machte es sich trotz der auf ihn gerichteten Pistole gemütlich.

»Was tun Sie hier?« wollte Silberstab wissen.

»Er hat Ihre Leitung angezapft«, sagte Skater. »Wenn Sie ihn nicht eingeladen haben, wie soll er wohl sonst hergekommen sein?«

»Sie sind schlau, Skater«, sagte McKenzie ungerührt. »Das gefällt mir. Ich schätze, ich muß Ihnen danken, daß Sie die Medien darauf hingewiesen haben, daß ReGEN auf nicht ganz so soliden Füßen steht, wie offensichtlich jeder glauben wollte. Natürlich haben Sie das mit der anderen Geschichte heute wieder ausgeglichen.«

Skater antwortete nicht.

»Wir sind da, Junge«, flüsterte Duran in seinem Kopf.

Skater bewegte sich hinter Silberstab. »Wartet«, formulierte er unterdrückt.

»Auf diese Weise konnte ich viel mehr Aktien kaufen«, fuhr McKenzie fort. »Und als dann der Kurs heute in den Himmel schoß, konnte ich einen Haufen Geld waschen, indem ich die Aktien an andere Scheinfirmen von mir verkaufte. Wenn meine Buchhalter damit fertig sind, die Gewinne zu zählen, die ich gemacht habe, bin ich fein raus.«

»Was soll das alles?« fragte Silberstab.

»Er hat ReGEN-Aktien gekauft«, sagte Skater.

McKenzie applaudierte lautlos wie ein Lehrer, der einen begriffsstutzigen Schüler belohnt. »Nachdem der Kurs gesunken war, habe ich mich gefragt, wieviel Sie sich zusammengereimt haben. Als er heute wieder stieg und Sie Silberstab sagten, Sie hätten einen Handel mit Lofwyr abgeschlossen, dachte ich mir schon, daß Sie das meiste wissen müßten.«

»Mein Team und ich haben die *Seahawk* überfallen, weil McKenzie die Information über einen Burschen namens Tone durchsickern ließ«, sagte Skater zu Silberstab. »Aber die Dateien, die wir aus dem System des Frachters kopierten, waren verstümmelt und enthielten nichts Brauchbares.«

»Das ist unmöglich«, sagte Silberstab. »Wir haben diese Dateien auf den Mainframe von ReGEN kopiert.«

»Nicht dieselben Dateien«, sagte Skater. »Er hat uns reingelegt und uns sogar die Yakuza auf den Hals gehetzt, indem er ihr dieselben Informationen zuspielte.«

»Das tat ich natürlich ein wenig später«, sagte McKenzie. »Ich wußte, die Yaks würden die Dateien ziemlich schnell knacken und dahinterkommen, daß sie an der Nase rumgeführt worden waren. Von Ihnen hatte ich dagegen gedacht, daß Sie der Entwicklung ziemlich hilflos gegenüberstehen würden. Auch nachdem Sie entdeckt hatten, daß die Dateien einen Drek wert waren, hätte ich nie für möglich gehalten, daß es Ihnen gelingen würde, diese Information zu nutzen. Nicht einmal dazu, um Ihre eigene Haut zu retten. Anscheinend habe ich mich geirrt.«

»Was wahrhaftig nicht Ihr Verdienst ist«, sagte Skater.

»Sie ließen mich glauben, die Dateien seien verraten worden«, sagte Silberstab zu McKenzie. »Warum?«

»Weil er wußte, daß Sie verwundbar waren«, sagte

Skater. »Wenn Sie mit dem Gewebeersatz nicht schnell in Produktion gingen, würden Sie alles verlieren. Und um ein Ad-hoc-Programm aus dem Boden zu stampfen, mußten Sie Aktien verkaufen. Wenn Sie verzweifelt genug waren und genug Aktien verkauften, konnte er sich leicht ausrechnen, daß er ein Vermögen daran verdienen würde.«

McKenzie bedachte Silberstab mit einem breiten Grinsen. »Ich fürchte, das stimmt. Sie und ich, wir werden lange Zeit Partner sein. Mit den siebentausend Aktien auf jenem Kredstab gehören mir dreiundfünfzig Prozent von ReGEN.« Er richtete den Blick auf Skater. »Geben Sie ihn mir.«

Skater schwieg einen Augenblick, bevor er sagte: »Wenn ich das tue, hält Sie nichts mehr davon ab, mich umzulegen.«

»Mich hält nichts davon ab, Sie jetzt umzulegen«, sagte McKenzie. »Dann brauche ich den Kredstab nur noch Ihrer Leiche abzunehmen.«

Skater ließ Silberstab los und hielt den Kredstab mit der freien Hand hoch. Die Wut regte sich jetzt in ihm, aber er hatte sie unter Kontrolle. »Nicht, wenn ich ihn zerstöre. Ich glaube nicht, daß Silberstab so schnell einen neuen prägen läßt.«

»Natürlich wird er das. Ich habe seine Frau. Ich habe Sie. Wenn er tut, was ich ihm sage, kann er weiterleben.« McKenzie hielt inne. »Ebenso wie Sie. Den Kredstab heute nacht zu bekommen ist praktisch, mehr nicht.«

»Sind Sie deswegen hier«, sagte Skater, »weil es praktisch ist?«

»Ich bin hier, weil es an der Zeit ist, daß Sie beide erfahren, mit wem Sie es zu tun haben.« McKenzie lachte. »Wir waren bisher ganz gute Partner, Skater. Ich will Sie nicht töten müssen.«

Skater wußte, daß das eine Lüge war. Er und der Rest des Teams waren lose Enden. Er legte Silberstab seinen freien Arm um den Hals, dann hielt er dem Elf wieder die Mündung an die Schläfe. »Ich gebe Ihnen den Kredstab, aber ich behalte Silberstab. Bis wir den Zug verlassen haben. Wenn Silberstab stirbt, werden die Dinge bei ReGEN ziemlich lange drunter und drüber gehen, egal wie viele Aktien Sie zu besitzen glauben.«

McKenzie nickte. »Abgemacht.«

Skater warf ihm den Kredstab zu, der durch die Luft flog, bis ihn eine von McKenzies großen Händen auffing.

# 36

Skater ließ McKenzie nicht aus den Augen, da er wußte, daß jetzt alles sehr schnell gehen würde.

McKenzie hielt den Kredstab hoch. »Gaberyl.«

Ein schlanker junger Mann trat vor, ein Deck in einer Schutzhülle unter dem Arm. Er war ganz in Schwarz gekleidet und trug trotz der späten Stunde eine Sonnenbrille. Sein Haar war so kurz geschoren, daß man die S/M-Tätowierung auf seinem Kopf sehen konnte. Lange silberne Ohrringe hingen ihm fast bis auf die Schultern. Er nahm den Kredstab aus McKenzies Hand und stöpselte sein Deck in die Notrufleitung ein. Dann schob er den Kredstab ein. Sekunden später hatte er sich eingestöpselt.

»Wir nähern uns dem Bahnhof Broad Street«, warnte Duran über Commlink.

»Null Problemo«, sagte Wheeler. »Einer von McKenzies Leuten hat gerade das Spatzenhirn der Monobahn mit einem neuen Programm gefüttert. Der Zug hält an diesem Bahnhof nicht an. Das kommt sowieso manchmal vor. Aber das spielt keine Rolle, weil das Spatzenhirn weiß, wer der Boß ist, wenn ich mich einschalte.«

McKenzies Decker schlug die Augen auf und sah seinen Boß an. »Es ist alles da, aber ich brauche eine DNS-Probe, um reinzukommen.«

Skater wußte, daß der Decker die falschen Programme gelesen hatte, die Erzengel auf den Kredstab kopiert hatte, um ihn einzulullen. Sie waren nur Makulatur. Sie und ihre anderen unangenehmen Überraschungen lagen im Cyberspace auf der Lauer.

Draußen vor den Fenstern der Monobahn wurde es plötzlich hell, als der Zug durch den Bahnhof raste. Fahrgäste, die hatten einsteigen wollen, wichen überrascht von der Bahnsteigkante zurück. Skater wußte, daß die Passagiere des Zuges jetzt gewiß nervös wurden, und einige mochten die Dinge komplizieren, indem sie selbst gewalttätig wurden. Er zückte ein Taschenmesser, öffnete es und zog die Klinge über seinen Arm, so daß ein paar Hautzellen haften blieben, dann gab er das Messer dem Decker. Trey stand mit dem Rücken zu ihm, gespannt und bereit.

Gaberyl legte die Hautprobe unter den in sein Deck eingebauten Zellscanner. »Es geht los«, sagte er, als er sich wieder einstöpselte.

Für den Decker entwickelten sich die Dinge augenblicklich ungünstig. Zuerst fing er an zu zittern, als hätte er plötzlich einen Anfall von Schüttelfrost, dann sank er auf die Knie, und sein Deck fiel auf den Boden, obwohl er immer noch eingestöpselt war. Blut lief ihm aus den Ohren.

McKenzie richtete seinen haßerfüllten Blick auf Skater. »Tötet diese Wichser!« rief er seinen Männern zu. »Legt sie um!«

»Runter!« rief Skater, indem er Silberstab mit der freien Hand nach unten drückte, während er mit der anderen das Feuer eröffnete. Zwei Kugeln trafen McKenzie in die Brust, wurden aber von dem in seinen Anzug eingearbeiteten Kevlar aufgehalten. Danach verschwand er hinter einem Wall von Yabos, und Skater bekam ihn nicht mehr ins Visier.

Trey hatte Ariadne ebenfalls nach unten gedrückt und schützte sie mit seinem Kevlarumhang.

»Skater!« rief Elvis.

»Es geht los!« sagte Skater. Er schoß den Predator leer, obwohl er Kugeln gegen das Kevlar unter seinem Overall prallen spürte. Die Schläge der aus weniger als zehn Metern abgefeuerten Kugeln waren hart. Silberstab kroch zu seiner Frau und zog sie hinter einen der Sitze. Der Elf blutete aus einer Nackenwunde.

Ein paar Sekunden lang reagierten McKenzies Leute zu langsam, da sie auf zu engem Raum standen und sich zu schnell zu bewegen versuchten, so daß sie einander in die Quere kamen. Das würde sich jedoch in wenigen Augenblicken ändern, da sich die Fixen von den Toten trennten.

Skater wußte, daß er mindestens drei der Yabos tödlich getroffen hatte. Sieben von ihnen bewegten sich noch. Zwei von diesen sieben öffneten die Verbindungstür und zogen sich mit McKenzie durch sie zurück. Skater wollte den Mafiaboß verfolgen, aber er wußte, daß das einem Selbstmord gleichkam.

»Bleib unten, Junge«, sagte Duran gelassen über Commlink. »Die Kavallerie ist da.«

Skater wälzte sich hinter einen Sitz gegenüber von Silberstab und Ariadne. Sie hatten die Arme umeinander gelegt und versuchten sich gegenseitig zu schützen. Die Kugeln aus den Waffen der Mafiosi bohrten sich in die Polsterung und ließen den dünnen Schaumstoff in Flocken durch die Luft segeln.

Dann splitterten die Scheiben auf beiden Seiten des Monobahnwagens, und ein Kugelhagel folgte. Elvis und Duran hingen an Netzen zu beiden Seiten des Wagens und hatten ihre Schrotflinten auf die Traube der Mafiosi vor der Verbindungstür gerichtet, durch die McKenzie gerade verschwunden war. Sie schossen so schnell, wie die Halbautomatik nachlud, und leerten das Magazin. Die Mündungsblitze erhellten das Innere des Wagens, während die Schrotkugeln Schrammen und Löcher in den Wänden hinterließen. Der Lärm war ohrenbetäubend.

Skater nahm das leere Magazin aus seinem Predator und lud ein volles nach, dann richtete er seine Aufmerksamkeit auf Treys Ende des Wagens. Kein menschliches Wesen würde den Feuersturm überleben, den Duran und Elvis am vorderen Ende entfesselten.

Ein Mafia-Yabo verließ seine Deckung und versuchte die Verbindungstür zu öffnen.

Während ihm noch die Ohren vom Lärm der Schrotflinten klingelten, zielte Skater sorgfältig, schoß dem Mann durch den Kopf und sah zu, wie die Leiche wie vom Blitz getroffen zu Boden ging.

Trey deutete auf einen anderen. Eine Sekunde später wurde der Mann von einer unsichtbaren Kraft von den Beinen geholt und gegen die Wand geschmettert. Als er am Boden lag, rührte er sich nicht mehr.

Trey drehte sich um, die Hände leer und bereit, weitere Magie zu wirken. »Wir leben noch«, sagte er mit einem schiefen Grinsen. »Damit hatte ich eigentlich nicht gerechnet.«

»Die auch nicht«, sagte Skater, indem er in Richtung der toten und bewußtlosen Männer nickte, die ein Opfer der Zauber des Magiers geworden waren. Er warf einen Blick auf Silberstab und dessen Frau. »Es wird Zeit, Sie von hier fortzuschaffen.«

Silberstab schien sich nicht sonderlich darüber zu freuen, daß sein Wohlergehen von den Runnern abhing, aber er half seiner Frau auf, und beide setzten sich in Bewegung.

Skater beobachtete durch die gesplitterten Scheiben des Wagens, wie Elvis und Duran wieder auf das Dach zu klettern versuchten. Der Fahrtwind heulte über das Dach, und der Wagen schaukelte auf dem Gleis hin und her. Der Ork und der Troll hatten beide Mühe, wieder hinaufzukommen. Sie hingen an den Seiten des Wagens wie reife Früchte, die darauf warteten, gepflückt zu werden.

In dem Wagen hinter sich sah Skater weitere Mafiosi zur Verbindungstür eilen. Er breitete die Arme aus und drängte die Silberstabs gegen die Wand, als auch schon ein Kugelhagel durch den Wagen fegte.

»Wheeler«, rief Skater über Commlink. »Können wir den Wagen hinter uns abhängen?«

»Ich versuch's.«

Die Verbindungstür zum Wagen vor ihnen öffnete

sich plötzlich, und ein Mann mit einer Maschinenpistole hechtete hindurch. Er wälzte sich auf den Bauch und riß die Waffe in einem Halbkreis herum, der eine neue Reihe von Löchern in die Decke des Wagens stanzte.

Skater schoß aus nächster Nähe und jagte dem Mann zwei Kugeln ins Gesicht, als dieser versuchte, sein Ziel zu korrigieren. Er sah durch das zerschmetterte Fenster der Verbindungstür zum Wagen hinter ihnen und gab dann drei weitere Schüsse ab, die einen weiteren Mafioso im kurzen Verbindungsstück zwischen den beiden Wagen tötete.

Der Mafioso schrie irgend etwas, als er getroffen wurde, dann fiel er von der Verbindung hinab und schrie noch lauter, als der lange, vier Stockwerke tiefe Fall auf die Straße begann.

»Es ist nicht der Fall, der einen umbringt«, rief Trey durch den Wagen. »Es ist dieser jähe Halt am Ende.«

Skater hielt Wache, wobei er sich fragte, wie lange es noch dauern würde, bis jemandem klar wurde, daß eine einzige Granate, wenn sie in ihren Wagen geworfen wurde, den Fall ein für allemal klären würde. Er schaltete den Commlink ein. »Wheeler.«

»Ich bin fertig«, erwiderte der Zwerg. »Bleib dran. Ich mußte die Notschaltungen außer Kraft setzen. Es wird nicht besonders hübsch werden, aber es müßte funktionieren.«

»Verdammter Drek«, sagte Trey. »Jemand hat einen Raketenwerfer als Party-Überraschung mitgebracht.«

»So ein Dreksack«, sagte Duran mit Nachdruck über Commlink.

Skater lugte kurz um den Rand des Fensterrahmens und sah, daß es stimmte. Die Mafiosi hatten sich tiefer in den nächsten Wagen zurückgezogen, so daß derjenige mit dem zerlegbaren M79B1 LAW Raketenwerfer auf der Schulter Platz zum Schießen hatte.

Der LAW war eine ausgefahrene Röhre, die plötzlichen Tod verhieß, und sein weit geöffnetes Maul schnappte nach ihnen. Er war eigentlich nicht für die Benutzung in engen Räumlichkeiten konzipiert, aber der Sprengkopf wußte das nicht.

Skater schob die Mündung des Predator durch das Fenster und verschoß den gesamten Rest des Magazins auf die Kupplung zwischen den beiden Wagen. Freigelegtes Messing blitzte im Mondlicht und wurde dann vom Wind mitgerissen.

Das Geräusch kreischenden Metalls ertönte kurz vor dem Wusch des Raketenwerfers, und Skater hoffte, daß die zerstörte Kupplung den Mafioso mit dem Raketenwerfer aus dem Gleichgewicht gebracht hatte, während er die Rakete abschoß.

Sein Wunsch ging in Erfüllung. Anstatt gegen die hintere Wand des Wagens zu krachen oder durch die Tür ins Innere zu pflügen, explodierte der Sprengkopf unter dem Wagen. Rauch und Feuer quollen unter dem Wagen hervor, und die Schockwellen der Detonation ließen das ganze Abteil erbeben.

Skater raffte sich vom Boden auf, wo er gestürzt war. Er starrte auf den gewaltigen Riß, der sich nur Zentimeter neben der Stelle öffnete, wo er gelegen hatte. Sein Blick folgte dem Riß ein paar Meter weit, bis er etwa in der Mitte des Wagens endete.

Durch den halbmeterbreiten Riß, den die Explosion geöffnet hatte, konnte er die Schiene sehen, auf denen der Wagen fuhr. Das Klingeln in seinen Ohren ließ nicht nach, und der Rauch wurde nur noch dichter. Als er die Phosphorflammen unter dem Wagen sah, verstand er auch, warum. Die Hitze nahm an Intensität zu und wurde zu einem lebendigen Wesen, das durch das Wageninnere peitschte.

Beiderseits der Schiene sah Skater das Leuchten von Neonreklamen, die den Sprawl unter ihnen erhellten. Die Monobahn erbebte, und der Riß im Wagenboden wurde noch breiter. Kugeln schlugen in die Rückwand des Wagens.

»Drek, Wheeler«, sagte Skater, während er in die Hocke zu gehen und den Magazinauswurf am Predator zu betätigen versuchte. Beim zweiten Versuch gelang es ihm, und das metallene Rechteck klirrte zu Boden, glitt auf seine Füße zu, um dann abrupt die Richtung zu ändern und durch das breiter werdende Loch in der Seite des Wagens zu fallen. »Ich dachte, du hängst den Wagen ab.«

»Hab' ich auch«, sagte der Zwerg. »Durch die verdammte Explosion muß sich die Kupplung verklemmt haben.«

Skater riskierte einen Blick durch das Verbindungsfenster, und eine Gewehrkugel riß ihm beinahe den Kopf ab. Dennoch verriet ihm der kurze Blick, daß die Kupplung kaum noch zusammenhielt. Er schob den Lauf des Predator durch das Fenster und gab einen Schuß nach dem anderen ab, um Trey Deckung zu geben. Er meldete sich über Commlink. »Elvis, Duran, seid ihr noch bei uns?«

»Wir sind auf dem Dach des Wagens«, ertönte die Stimme des Orks, »aber diese Wichser haben uns festgenagelt. Außerdem haben wir Gesellschaft von den Burschen im Wagen vor uns bekommen.«

Skater wußte, daß er bereits über die Hälfte des Magazins verschossen hatte, obwohl er nicht wußte, wie viele Schüsse er genau abgegeben hatte. Bis jetzt schien noch keiner großen Schaden angerichtet zu haben.

Tavis Silberstab wich seiner Frau gerade lange genug von der Seite, um die Maschinenpistole von dem toten Mafioso zu holen, deren blutverschmierten Gurt er sich über die Schulter warf.

»Ich hoffe, Sie haben eine klare Vorstellung davon, wer hier der Feind ist«, sagte Skater. »Weil ich Sie nämlich erschieße, wenn ich muß.« Er richtete den Predator auf den Elf.

»Sie und McKenzie können kämpfen, soviel Sie wollen«, sagte der Elf. »Ich schaffe meine Frau hier raus.«

Skater nickte. Eine schimmernde Kraftwelle verließ Treys Hand in dem Augenblick, als das Magazin des Predator leergeschossen war. Sein Atem verbrannte ihm die Lungen, als er den Rauch und die sengende Hitze einatmete.

Mit einem lauten *wamm* sprangen Flammen durch das Loch im Wagen und fingen an, sich auszubreiten. Gleichzeitig krachte die schimmernde Kraft in den Wagen hinter ihnen und trennte die Kupplung. Der Wagen fiel augenblicklich zurück.

Aber die Neuverteilung des Gewichts bewirkte, daß sich das Ende des Wagens, in dem sich Skater und die anderen befanden, hob und von der Schiene löste. Er schwankte bedenklich und hüpfte auf und ab und hin und her, während die Maschine der Monobahn unbeeindruckt weiterzog.

Skater sah durch das Loch. Die Flammen schossen abwechselnd zur Decke des Wagens und wurden dann zurück nach draußen gesogen. Er sah die Straße vier Stockwerke tief unter sich, dann waren sie über einem niedrigen Gebäude, dann über einer Gasse, wo sich ein Abschleppwagen mit roten und blauen Blinklichtern eines Autowracks annahm, das jemand in das Glanzstück seiner Graffitikünste verwandelt hatte.

»Hier können wir nicht bleiben«, sagte Trey.

Der Wagen schwang wild hin und her wie ein Kirmeskarussel.

Skater schaute zu Erzengel. Sie lag zusammengesunken zwischen den Sitzen, immer noch eingestöpselt. Er sah das regelmäßige Heben und Senken ihrer Brüste.

»Sie ist noch eingestöpselt«, sagte Skater. »Und das muß sie auch sein. Ich bleibe bei ihr, während ihr anderen zuseht, daß ihr hier rauskommt.«

Trey schien widersprechen zu wollen, nickte dann aber lediglich.

Die Monobahn schien jetzt schneller zu werden, da sie die letzten vier Wagen abgehängt hatten. Der Schienenstrang beschrieb eine Kurve, und der brennende Wagen neigte sich nach rechts und blieb so, in einem Winkel von dreißig Grad oder noch mehr zur Seite geneigt. Durch das Loch im Boden sah er Funken sprühen und wußte, daß der Wagen selbst auf der Schiene auflag.

»Duran«, rief Skater.

»Wir sind noch da, Junge, aber nur noch so eben.«

Ein Blick zur Vorderseite des Wagens zeigte ihm, daß das einzig Gute an ihrer plötzlichen Schräglage die Tatsache war, daß die Mafiosi in dem Wagen vor ihnen kein klares Schußfeld mehr hatten. »Wir reichen Ariadne durchs Fenster, dann ihren Mann.«

»Welche Seite?«

Skater betrachtete das Fenster, das jetzt in den Himmel gerichtet war. »Backbord.«

»Okay.«

Skater richtete seine Aufmerksamkeit auf Silberstab. »Wir können Sie hier rausschaffen.«

Silberstab zögerte. Dann fuhr der Zug über eine Unebenheit, und der Wagen legte sich noch stärker auf die Seite. Die Mafiosi im Wagen vor ihnen stellten ihr Feuer gänzlich ein. »Es hat den Anschein, als sei das das Klügste.« Er hielt Ariadne fest und wuchtete sie entgegen der Schwerkraft und der Neigung des Wagens auf die andere Seite.

»Verdammt noch mal, Jack«, rief Wheeler plötzlich, »dieser verdammte Wagen wird die anderen von den Schienen reißen.«

Skater lugte durch das zerschmetterte Fenster hinter und unter sich. Die Straßen ringsumher drehten sich schwindelerregend. »Kannst du den Wagen abhängen?«

»Das bezweifle ich, Chummer. Diese Kupplung hat sich wahrscheinlich so verklemmt, daß sie nur gesprengt werden kann.«

»Hast du Plastiksprengstoff dabei?«

»Ja, aber ich glaube nicht, daß diese Wichser ihre Schießübungen unterbrechen, wenn ich mich an die Arbeit mache.«

»Dann müssen wir dir etwas Zeit erkaufen.« Mit dem Kolben seines Predator schlug Skater die restlichen Glasscherben aus dem Fenster. Dann zog er einem der Mafiosi, die Trey erledigt hatte, dessen Kevlarjacke aus und legte sie über den Rand des Fensters. Ariadne würde leicht hindurchpassen, aber für die Männer würde es eng werden.

»Ihr werdet was zum Festbinden brauchen«, riet Duran.

Skater sah sich um, dann zückte er sein Taschenmesser und griff nach einer der Halteschlaufen. »Schneide sie ab«, sagte er zu Trey. »Wir können sie zusammenbinden.«

Trey zog ein Messer aus seiner Stiefelscheide und machte sich an die Arbeit. Silberstab fand eines bei einem der Toten und half ihnen. Sekunden später hatten sie eine ganze Reihe abgeschnitten.

Skater band in aller Eile jeweils drei von den Schlaufen zu einer Art Sicherheitsgurt zusammen. Dann legte er den ersten um Ariadnes Schultern und sagte zu Silberstab, er solle sie durch das Fenster schieben.

Silberstab umarmte sie flüchtig, dann schob er seine Frau vorwärts, während sie aus dem Fenster kletterte. Duran packte eine ihrer Hände und zog sie rasch hoch.

»Okay«, meldete sich der Ork. »Der nächste.«

Silberstab legte seinen eigenen Gurt an und kletterte hinaus, die geliehene Maschinenpistole um den Hals.

»McKenzie oder seine Leute versuchen den Zug im Bahnhof Fairview anzuhalten«, sagte Wheeler über Commlink. »Das kann ich nicht zulassen. Wenn wir langsamer werden, wirkt sich die Schwerkraft stärker aus und zieht den Wagen nach unten. Wahrscheinlich würden die anderen gleich mitgerissen.«

»Sorg dafür, daß sie das lassen«, sagte Skater.

»Tue ich ja«, erwiderte der Zwerg. »Fürs erste. Aber sie werden nicht lange brauchen, um die Stromschalter zu finden. Dann sind wir erledigt.«

Der Wagen fuhr wieder über eine Unebenheit in der Streckenführung und ruckte unerwartet. Skater ging zu Boden, rutschte die Schräge herab und prallte gegen die Sitze auf der anderen Seite. Sein Mund füllte sich mit Blut von einem Schnitt an der Innenseite seiner Lippe. Er spie es aus und rappelte sich wieder auf. Die Flammen in der Mitte des Wagens blieben konstant, aber er wußte, daß der Phosphor mittlerweile längst verbrannt war. Das Feuer mußte andere Nahrung gefunden haben. Er wandte sich wieder an Trey.

»Ich komme so zurecht«, sagte der Magier, indem er einen Levitationszauber wirkte, so daß er einen Meter über der Schräge hing.

Skater fand, daß Trey komisch aussah, wie er in perfekter Balance in der Luft hing, anstatt sich gegen die Schräge zu stemmen. »Dann verschwinde«, sagte Skater. »Erzengel und ich folgen, sobald wir können.«

Ein gequälter Ausdruck huschte über Treys Züge.

»Verdammt noch mal, Trey«, sagte Skater. »Da oben kannst du uns mehr nützen. Unsere Leute können nicht dort oben bleiben. Wenn der Wagen abgeht, gehen sie mit ab.«

»Du könntest uns da oben auch mehr nützen, Chummer.«

Skater schüttelte den Kopf. »Duran und Elvis sind im Nahkampf besser als ich. Ich kann keine Magie wirken. Und ich kann Erzengel nicht hier zurücklassen.«

»Ich weiß. Paß auf sie auf.« Trey erhob sich wie ein Gespenst und glitt mühelos durch das Fenster, den

Umhang eng um die kompakten Linien seines Körpers geschlungen.

Skater richtete seine Aufmerksamkeit wieder auf Erzengel. Sie war durch die Schleuderbewegungen des Monobahnwagens unter einen der Sitze gerutscht. Er ging zu ihr und zog sie vorsichtig darunter hervor. Sie zuckte in seinen Armen, da ihre Muskeln gegen irgend etwas in der Matrix ankämpften. Ein dünner Blutfaden rann aus ihrem rechten Nasenloch. Er wischte ihn weg und nahm sie in die Arme, hielt sie ganz fest, so daß ihr die Schleuderbewegungen des Wagens nichts anhaben konnten und sie vor der Hitze der prasselnden Flammen hinter ihm geschützt war.

Plötzlich öffnete sie die Augen und sah ihn an. »Jack.«

»Ich bin hier.«

Dann wurde die vordere Verbindungstür durch eine Explosion aufgerissen, die den Wagen der Länge nach erbeben ließ. Seine Neigung betrug jetzt mindestens fünfundvierzig Grad, und das Heck des Wagens tanzte noch heftiger auf der Schiene.

Zwei Mafiosi sprangen durch die Tür. Ihre Landung war unbeholfen, aber die Waffen lagen ganz ruhig in ihren Händen.

# 37

Skater riß den Predator in einer geschmeidigen Bewegung hoch und jagte dem führenden Mafioso zwei Kugeln ins Gesicht. Die Leiche wurde nach hinten gegen den anderen Mafioso geworfen.

Der schob seinen toten Partner aus dem Weg und rannte dorthin, wo der Mafia-Decker zu Boden gegangen war.

»Du mußt ihn aufhalten«, sagte Erzengel mit schwacher Stimme. »Wenn sie das Deck bekommen, kann McKenzie die Paßwörter ändern, bevor ich mir den Rest der Dateien, die wir brauchen, holen kann. Ich könnte nicht alles kopieren. Und sie hätten deine Hautzellen, Jack. Ein Magier könnte damit eine Menge Spaß haben.«

Skater rappelte sich auf und rannte so schnell neben dem Spalt her, wie er konnte. Die Flammen, die von der durch sein Vorbeilaufen verdrängten Luft angezogen wurden, griffen nach ihm.

Der Mafioso fuhr herum und schoß auf Skater. Zwei Kugeln trafen ihn in der Brust, direkt über dem Herzen, und wurden vom Kevlar aufgehalten.

Schmerzen zuckten durch Skaters Brust, obwohl die Kugeln nicht durchgedrungen waren. Wegen der Hitze, die sich in dem Wagen aufgestaut hatte, und der immer noch starken Rauchentwicklung war es schwer zu atmen und ebenso schwer, klar zu sehen. Der Mafioso war höchstens zehn Meter entfernt, aber nicht mehr als eine Silhouette im flackernden Feuerschein.

Der Mann machte sich wieder auf den Rückweg zur Verbindungstür, diesmal mit der Schwerkraft auf seiner Seite. Er hielt das Deck des Toten in der Hand, und das Datenkabel baumelte lose hin und her.

Skater versuchte zu zielen, aber ein Geschoßhagel

der Mafiosi, die sich noch in dem vorderen Wagen aufhielten, peitschten durch Tür und Fenster und zwangen ihn in Deckung. Er sah den Mafioso mit dem Deck noch einmal, als dieser durch die Verbindungstür verschwand.

Die Monobahn fuhr über eine weitere Unebenheit, und die Neigung des Wagens wurde noch stärker.

Skater kehrte zu Erzengel zurück und sagte: »Wir werden den Wagen verlieren. Wir müssen hier raus.«

Sie verstaute ihre Ausrüstung. Ihr blasses Gesicht war mit Ruß verschmiert, und ein weiterer dünner Blutfaden war an ihrer Lippe vorbei bis zum Kinn gelaufen. »Hast du das Deck?« Sie krümmte sich unter einem heftigen Hustenanfall.

»Nein«, erwiderte Skater.

»Verdammt noch mal, Jack«, fauchte sie. »Mir fehlt nicht mehr viel. McKenzies Dateien, Zugang zu Informationen, wo er seine Aktien, seine Konten, die Tech von NuGene hat. McKenzie ist dafür bezahlt worden, DocWagons Bottiche mit diesem Subvirus zu verseuchen. Er ist für den ›Lachenden Tod‹ verantwortlich, Jack. Das Virus ist auch bei NuGene entwickelt worden.« Erzengel musterte Skater eindringlich. »Hörst du mir zu? Es sollte eine neue Methode der Behandlung von Geisteskranken sein, aber es war ein totaler Fehlschlag. Einer der Entwickler hat den Handel mit McKenzie abgeschlossen – und es hat ihm nichts ausgemacht –, wahrscheinlich hat er gedacht, seine Profite würden nur noch größer, sobald das neue Gewebe auf den Markt käme. Es gibt ein Gegenmittel, aber ich hatte nicht genug Zeit, um es mir zu holen.« Sie wollte zur Verbindungstür gehen, aber Skater hielt sie zurück.

»Wir verschwinden.« Skater legte ihr einen Arm um die Hüfte und führte sie von der Tür weg und zum Fenster. »Duran«, sagte er über Commlink. »Erzengel kommt.«

»Ich warte.« Der Ork klang angespannt.

»Hast du mich verstanden?« wollte Erzengel am Fenster wissen, das jetzt fast über ihr war. »McKenzie ist ein verdammtes Monster. Er hat DocWagons Bottiche verseucht. Er ist verantwortlich für den Tod Dutzender Unschuldiger.«

»Ich habe es gehört.« Skater hob sie hoch. Erzengels Reflexe erwachten langsam wieder zum Leben, aber das Husten behinderte sie doch sehr stark. »Aber wenn wir hier nicht lebend rauskommen, wird es niemandem auch nur das geringste nützen, wenn wir uns das Gegenmittel holen.«

Duran zog sie mit Leichtigkeit durch das Fenster.

Ein weiteres Beben durchlief den Wagen.

Skater schob den Predator ins Halfter und packte die Fensterumrandung. Er zog sich mit einiger Mühe hoch. Die kühle Nachtluft fühlte sich sofort besser an und löste auch bei ihm einen Hustenanfall aus. Er hing auf der bebenden Oberfläche des Monobahnwagens und blinzelte durch tränende Augen, während der innere Kern des Sprawls in einem Wirbel aus Schatten und Neonlichtern an ihm vorbeiwirbelte.

»Du kannst später kotzen«, sagte Duran mit harter Stimme. Der Ork packte Skaters Overall und zog ihn grob hoch. »Für uns gibt es hier immer noch den einen oder anderen Kredstab zu verdienen.«

Skater nickte und holte noch einmal tief Luft. Er hielt sich mit beiden Händen an den Metallsprossen der Leiter fest, die normalerweise von den Wartungsmannschaften benutzt wurde. Sein Team hatte sich in die Schlaufen eingehakt, die sie von der Wagendecke abgetrennt hatten. Silberstab hielt seine Frau schützend im Arm.

Eine Windbö ließ den Wagen heftig erbeben. Skater hatte keinen Zweifel, daß sich der Wagen völlig aus der Schiene gelöst hatte und nur noch von der Kupplung des Wagens vor ihnen gehalten wurde.

»Wir können nicht hier bleiben«, rief er über den Wind.

»Das hatte ich auch nicht vor«, sagte Duran. »Wir haben nur auf euch gewartet.«

»Die gegenwärtige Situation hat ein Gutes«, bemerkte Trey. Er lag weit vorne auf dem Wagen und spähte nach unten. »Dieser Teil des Zuges scheint von allen verlassen worden zu sein.«

Skater schob sich vorsichtig, Hand über Hand, vorwärts. Mittlerweile mußten die ersten Berichte über die Amokfahrt der Linie Zwei und die Schießerei an Bord bei Lone Star eingetrudelt sein. Ihre Zeit lief ebenso ab wie die des Wagens unter ihnen.

Am vorderen Ende angekommen, beobachtete Skater den nächsten Wagen. Nichts rührte sich darin. »Wheeler.«

»Zu Diensten.«

»Du bist dran.«

»Ich komme.« Der Zwerg glitt über die Kante und ließ sich auf die Plattform vor der Kupplung fallen. Er wühlte in seinem Rucksack herum und machte sich sofort an die Arbeit.

»Trey, Elvis, Wheeler braucht Rückendeckung.« Skater maß die Entfernung zwischen sich und dem nächsten Wagen. Durch die Neigung des letzten Wagens wurde der hintere Teil des Wagens vor ihnen ein wenig angehoben, aber er war immer noch tiefer, als Skaters gegenwärtiger Standort. Das einzige Problem waren die drei Meter Entfernung und die Tatsache, daß sie gegen den Wind anspringen mußten.

»Nimm einen von den beiden mit«, sagte Erzengel. »Ich kann eine Kanone halten. Wir müssen uns das Deck wiederholen.«

Skater sah sie an. Erzengel hatte wieder etwas Farbe im Gesicht, und die Entschlossenheit in ihrem Blick war nicht zu übersehen. Er nickte. »Elvis, du kommst mit Duran und mir.«

»Ich bin bereit«, sagte der Troll.

Mit der Anfangszeile eines Gebets auf den Lippen, die rasch in eine Obszönität überging, warf Skater sich vorwärts. Die Landung war härter, als er erwartet hatte. Taubheit breitete sich in seinen Beinen aus, und er fiel, unfähig, das Gleichgewicht zu halten. Einen Augenblick glaubte er abzustürzen, dann hielt er sich an der Wartungsleiter fest und zog sich wieder auf die Füße.

Duran und Elvis gelang der Sprung besser. Hinter ihnen kletterte Erzengel auf die Kupplungsplattform herab, während Trey damit beschäftigt war, Ariadne zu Silberstab hinunterzureichen.

Skater bewegte sich so schnell vorwärts, wie er es wagte. Der Wind zerrte an ihm und raubte ihm fast den Atem, und er mußte die Augen zu schmalen Schlitzen zusammenkneifen. Zwischen ihnen und der Maschine lagen noch drei Wagen. Der Halt für die Füße war trotz der griffigen Polster zu beiden Seiten der Wartungsleiter äußerst trügerisch, weil das Wagendach vibrierte und glatt war.

»Haltet euch irgendwo fest«, riet Wheeler. »Die Kupplung fliegt auseinander bei drei, zwo, eins – Kontakt!«

Skater, Elvis und Duran preßten sich gegen das Dach des nächsten Wagens, nachdem sie den Sprung geschafft hatten. Obwohl zwischen ihnen und der Explosion ein ganzer Wagen lag, war die Erschütterung durch den Verlust des mitgeschleiften Wagens gewaltig.

Der Wagen riß sich sofort los und überschlug sich in der Luft, als er die vier Stockwerke herunterfiel, wobei die Flammen über ihm zusammenschlugen wie Flutwellen. Wheeler hatte den Zeitpunkt der Sprengung offenbar gut gewählt, weil der Wagen auf einen der zahlreichen oberirdischen Parkplätze des Seattle Center fiel und bei der Landung in unzählige brennende

Trümmerstücke zerplatzte. Der Sachschaden würde beträchtlich sein, aber Menschenleben hatte der Absturz vermutlich nicht gekostet.

Die Monobahn folgte der engen Kurve durch den Bahnhof Seattle Center. Jemand mußte die Leute mit Lautsprecherdurchsagen gewarnt haben, weil die Bahnsteige leer und nur Lone-Star-Uniformen zu sehen waren. Keiner von den Blauen hatte jedoch Gelegenheit, auf den fahrenden Zug zu springen.

Skater erhob sich wieder und strebte der Maschine entgegen. Er wußte immer noch nicht, wo McKenzie war. Er rief Wheeler über Commlink. »Hast du noch Kontakt mit den Überwachungskameras in den Wagen?«

»Ja.«

»Such McKenzie.«

»Ich hab' ihn schon gefunden, Chummer. Er ist zur Maschine unterwegs.«

Skater sprang auf den nächsten Wagen. Er kam jetzt besser mit den Verhältnissen zurecht, da er sich langsam an sie gewöhnte. Außerdem fuhr der Zug nun, da er den letzten Wagen nicht mehr mitschleifte, wieder wesentlich ruhiger. Er war sich der Passagiere in dem Wagen unter sich bewußt. Schreie übertönten den peitschenden Wind, und zweimal schoß jemand auf ihn, bei dem es sich nicht um einen von McKenzies Mafiosi handelte.

»Jack«, sagte Erzengel, »er hat gerade den Wagen vor der Maschine betreten.«

»Und hat einen Haufen seiner Leute im Schlepptau«, warf Trey ein.

»Du mußt dir das Deck holen«, sagte Erzengel. »Wenn McKenzie es hat, kann er den Kredstab benutzen, all meine Paßcodes ändern und mir den Zugang zu Konten und Dateien versperren. Ich versuche herunterzuladen, was ich an diesem Ende habe, aber ich muß mir irgendwo Festplattenspeicher borgen. Ich brauche ein paar Minuten, um das zu arrangieren.«

Skater zwang sich zu einem schnelleren Tempo. Ihrer aller Zukunft stand auf dem Spiel. Die Abmachung, die sie mit dem Drachen getroffen hatten. ReGEN und NuGene. Ariadne und Tavis Silberstab. Mit Sorgfalt und etwas Zeit konnte all das gerettet werden. Er war sich dessen sicher. Er sprang auf den letzten Wagen vor der Maschine, schaltete die Reflexbooster zu und spürte, wie sich das Adrenalin in seinen Adern ausbreitete. Er bekam die zweite Luft und spürte, wie seine Sinne schärfer wurden und sich sein Körper trotz der Erschöpfung, die an ihm zehrte, wieder koordinierter bewegte.

Larisa hatte ihr Leben für die Information gegeben, zu der sich Erzengel Zugang verschafft hatte, und die Zukunft ihrer Tochter darauf gesetzt. Er selbst hatte ebenfalls alles riskiert und im Augenblick noch alles verloren. Wenn Emma noch eine Chance haben sollte, durfte er nicht scheitern.

Er erreichte das Ende des Wagens in dem Augenblick, als der Mafioso mit dem Deck durch die Verbindungstür in die Maschine stürmte. Skater stützte sich mit der freien Hand ab und sprang auf die Plattform vor der Maschine. Seine Hüfte prallte schmerzhaft gegen das Schutzgeländer, und er hielt sich daran fest. Als er die Tür öffnen wollte, stellte er fest, daß sie verschlossen war.

Er trat zurück und rammte einen Fuß gegen die Tür. Das Schloß wurde zerschmettert und öffnete sich, während gleichzeitig Licht aus der Maschine nach draußen fiel. Er ging mit dem Predator in der Hand vor, die andere Hand um den Kolben gelegt, während er die Waffe dicht vor sein Gesicht hielt.

# 38

Das Innere der Maschine war T-förmig angelegt. Ein kurzer Gang zwischen den Elektromagneten führte zur querliegenden Steuerkonsole. Skater hörte Stimmen über das Summen der Umformer. Er erkannte sofort McKenzies darunter.

Hinter ihm ertönten plötzlich Schüsse, die abwechselnd lauter und leiser wurden, da die Tür hin und her schwang. Wer sich mit McKenzie in der Maschine befand, mußte gedacht haben, das durch das Zerschmettern des Schlosses verursachte Geräusch sei ein Bestandteil des allgemeinen Tohuwabohus in der Monobahn.

»Junge«, sagte Duran über Commlink, »sie haben uns festgenagelt. Du bist solo.«

»Verstanden«, antwortete Skater. Er ging weiter, während die Schießerei hinter ihm heftiger wurde.

»Paß auf«, rief Wheeler. »Wir laufen auf einen Wartungszug auf.«

Skater lugte um die Ecke und sah McKenzie mit drei anderen Männern vor dem Steuerpult. Er hielt das Deck in beiden Händen und sah zerknautscht, aber unverletzt aus. Auf der anderen Seite der Windschutzscheibe schälten sich die skelettartigen Konturen des Wartungszuges, der für Arbeiten an einer Monobahn konzipiert war, vor ihnen aus der Dunkelheit.

»Er paßt sich unserer Geschwindigkeit an«, sagte Wheeler. »Wir sind schon zu dir unterwegs. Warte einfach ab.«

Doch Skater wußte, daß McKenzie nicht warten würde. Offensichtlich hatte er es geschafft, ein weiteres Team zu rufen. Der Wartungszug mußte sein Werk sein.

Der Kontrollraum war, wenn man von Sicherheitsinspektionen absah, im allgemeinen nicht besetzt, das wußte Skater. Also konnten sich keine Unschuldigen in der Maschine befinden. Er meldete sich über Commlink. »Wheeler.«

»Ja?«

»Hast du immer noch Zugang zum Spatzenhirn der Maschine?«

»Ja.«

»Dann bremse den Zug auf mein Zeichen ab. Haben das alle verstanden?«

Die übrigen Teammitglieder bestätigten rasch.

Die Monobahn schloß rasch und stetig zum Wartungszug auf, der jetzt nur noch ein paar Meter vor ihnen war und seine Geschwindigkeit der ihren anpaßte.

Skater spürte die Anwesenheit einer anderen Person hinter sich und fuhr herum.

Duran stand schwer atmend vor ihm. Sein Oberkörper war mit Blut verschmiert. »Ich halte dir den Rücken frei, Junge.«

»Wo ist Elvis?«

»Er ist ziemlich übel zusammengeschossen worden, aber diese Trolle sind nicht kleinzukriegen. Er hält uns den Rest von McKenzies Leuten vom Hals, bis die anderen eintreffen.«

Als Skater sich wieder umdrehte, sah er, daß McKenzie das Deck beiseite legte und die Stufen zur Seitentür hinunterging. Der Wartungszug war jetzt bereits so nah, daß er die gesamte Frontscheibe ausfüllte.

»Wheeler«, rief Skater, »los jetzt! Zieh die Bremse!« Er klammerte sich an ein Rohr.

Einen Augenblick später kreischten die Bremsen der Maschine, als sie faßten. Maschine und Wagen waren mit einem Antiblockiersystem ausgerüstet, um ein Entgleisen zu verhindern und plötzliche Gewichtsverlagerungen auszugleichen, aber alle, die nicht angeschnallt waren oder sich irgendwo festhielten, wurden dennoch nachdrücklich an die physikalischen Gesetze der Trägheit und des Impulses erinnert. Schreie und Flüche der Fahrgäste, die um ihr Leben fürchteten, übertönten das schrille Kreischen der Bremsen.

Skater hatte das Gefühl, als werde ihm der Arm aus der Schulter gerissen, aber er hielt sich krampfhaft fest. Durch die Windschutzscheibe sah er den Wartungszug rasch davonschießen, bevor seine Bremsen in das schrille Kreischen von Metall auf Metall einfielen.

Die drei Mafiosi lagen vor dem Steuerpult, doch der in der Tür stehende McKenzie hielt sich auf den Beinen, was Skater verriet, daß der Mann vercybert war. Ohne Cyberware hätte er sich bei der Vollbremsung nicht auf den Beinen halten können.

Noch bevor der Zug zum Stillstand gekommen war, wurde McKenzie aktiv. Jenseits der Seitentür ging es vier Stockwerke abwärts, aber das hielt ihn nicht davon ab, Handgriffe an der Stromliniennase der Maschine zu finden und sich nach vorne in Richtung Wartungszug zu hangeln.

Die drei Mafiosi rappelten sich auf und begegneten Skaters und Durans Blick.

»Hinterher, Junge!« knurrte Duran. »Ich regle die Dinge hier.«

Skater stürzte sofort aus seiner Deckung, ausschließlich auf die fliehende Gestalt konzentriert, die über die Nase der Maschine rutschte. Eine Kugel traf ihn in die Seite, rutschte irgendwie zwischen den Kevlarplatten durch und bohrte sich in seinen Körper. Der Anprall brachte ihn aus dem Gleichgewicht, aber er wußte nicht, wie schwer er verletzt war. Taumelnd schaffte er es mit Mühe bis zur Tür, wo er den Predator ins Halfter schob.

Warmes Blut lief ihm die Seite hinab, als er sich über den Abgrund schwang und nach dem ersten Halt griff. Er verfehlte ihn und schwang hektisch zurück. Beide

Füße lösten sich von der letzten Sprosse in der Tür. Einen Moment lang hing er über der Stadt, kurz davor, hinabgeworfen zu werden wie ein Leckerbissen ins Maul eines Höllenhunds. Der Sprawl würde sich nicht einmal an ihn erinnern, sobald er ihn verschlungen hatte.

Dann fanden seine Füße Halt, und er schob sich vorwärts. Er fand die Handgriffe, die er brauchte, und kroch über das heiße Metall der Maschine. Kugeln pfiffen und jaulten ihm um die Ohren, als ihn die Mafiosi in dem Wartungszug unter Beschuß nahmen.

Skater war sich der Blutspur bewußt, die er zurückließ, als er von der Maschine auf die Schiene der Monobahn sprang. Die einzelne Metallschiene war kaum schmaler als zwei Meter und aufgrund der jahrelangen Benutzung spiegelglatt geschliffen.

McKenzie folgte der Schiene rasch, jedoch ohne zu laufen. Die Entfernung zwischen ihm und dem Wartungszug betrug weniger als sechzig Meter und verringerte sich ständig.

Beide Monobahnen fuhren nur mit Fahrscheinwerfern, deren Licht nicht ausreichte, um die Dunkelheit in der Umgebung der Schiene zu durchdringen.

Skater war sich der Schüsse bewußt, deren Mündungsblitze das Innere der Maschine erhellten, die er gerade verlassen hatte, und er spürte auch die betäubende Kälte, die sich in seiner Seite ausbreitete. Er rannte hinter McKenzie her, wobei er sich im Schatten hielt und den Predator im Halfter ließ, weil dessen Mündungsblitze den Mafiosi des Wartungszuges ein besseres Ziel bieten würden. Die Schiene war glatt, und seine Reflexbooster hatten alle Mühe, ihn auf der Schiene zu halten.

Kugeln peitschten an seinem Gesicht vorbei, doch je näher er McKenzie kam, desto kleiner wurde das Ziel, das er den feindlichen Schützen bot. Ob McKenzie wollte oder nicht, er schützte ihn.

»Legt den Wichser um!« schrie McKenzie, der sein Tempo zu beschleunigen versuchte.

Skater konzentrierte sich auf sein Ziel und verließ sich ganz auf seine Reflexe. Er kam bis auf zehn Meter an McKenzie heran. Der Wartungszug stand jetzt fast. Von seinen Bremsen sprühten Funken, die wie Sternschnuppen zur vier Stockwerke tiefer gelegenen Erde fielen und lange erloschen, bevor sie den Boden erreichten. Hinter dem Wartungszug waren die Reklametafeln des Warwick Hotels zu sehen. Skater konnte sich erinnern, ein Wochenende mit Larisa dort verbracht zu haben. Sie hatten irgend etwas gefeiert, und es machte ihn traurig, daß er nicht mehr wußte, was.

Und jetzt würde er sie auch nicht mehr danach fragen können.

Die Entfernung zwischen ihm und McKenzie schrumpfte auf fünf Meter. Der Wartungszug kam vierzig Meter vor ihnen endgültig zum Stillstand. Keine der Kugeln kam jetzt noch in seine Nähe. McKenzie war zu groß und zu breit und stand den Mafiosi in der Schußlinie.

Bei drei Metern Entfernung hechtete Skater vorwärts. Er prallte gegen McKenzies Rücken und brachte den großen Mann ins Wanken.

Trotz seines Lichtverstärkers verlor Skater im Dunkeln die Orientierung. Er versuchte seine Rutschpartie über die spiegelglatte Oberfläche der Schiene zu kontrollieren, konnte es jedoch nicht. Als er sich bedrohlich dem Rand näherte, tastete er mit dem Arm wie mit einem Enterhaken zur anderen Seite und hielt sich fest. Die Vorderseite seines Overalls war mit Schmiere und Maschinenöl bedeckt, als er sich aufrichtete.

McKenzie, der größer und schwerer als er war, ragte vor ihm auf. »Du dämlicher Hurensohn«, sagte er. »Ich habe auf meinem Weg nach oben zu viele Penner wie dich in der Gosse liegen lassen. Du bist hier auf diese Schiene gekommen, um zu sterben.«

Skater stand auf und nahm eine Abwehrhaltung an. Der Wartungszug stand zwanzig Meter hinter McKenzie. Bewaffnete Männer krochen bereits auf die Nase. »Wenn ich sterbe, nehme ich dich mit.« Er zog den Predator, doch McKenzie schlug ihn ihm aus der Hand, bevor er zielen konnte. Die Wucht des Schlages lähmte seinen Arm.

Ein paar Kugeln von den Männern auf der Maschine ließen Funken auf der Schiene sprühen. Eine prallte gegen die Kevlarplatte über Skaters rechtem Oberschenkel und warf ihn aus dem Gleichgewicht. Er fing sich rasch, dann landete er eine rechte Gerade in McKenzies Gesicht, als der große Mann auf ihn losging.

McKenzie schüttelte den Kopf und wich zurück. Er schnaubte, und blutiger Schleim lief über seine untere Gesichtshälfte. Dann ging er wieder auf Skater los, vorsichtiger diesmal, wobei er seine größere Kraft und Reichweite benutzte, um Skater langsam, aber sicher zurückzudrängen.

Skater traf mit einer weiteren rechten Geraden, aber McKenzie gelang es, dem Schlag zumindest teilweise auszuweichen. Er konterte mit einem Rückhandschlag, der Skater beinahe aus den Stiefeln hob.

»Du bist für den Drachen hier draußen?« grunzte McKenzie, als er neuerlich auf Skater losging. Er hatte die Hände oben und schützte sein Gesicht. »Glaubst du wirklich, du kümmerst den Wurm auch nur einen Drek?« Seine Hand schoß vor und riß Skaters Wange auf.

Skater schüttelte den Kopf in dem Versuch, ihn zu klären. McKenzie konnte boxen, und auf dem glatten Untergrund war das eine bessere Kampfmethode als die Kunst der Selbstverteidigung, die Skater beherrschte. Er hob die Hände und versuchte sich zu schützen.

McKenzie schlug auf ihn ein. Der große Mann bewegte sich jetzt leichtfüßig, da seine natürliche Begabung Hand in Hand mit seiner Cyberware arbeitete. »Ich habe vier Jahre lang die goldenen Handschuhe errungen, du Punk. Niemand schlägt mich zusammen. Und du hast die Ehre, aus nächster Nähe mitzuerleben, warum nicht.«

Skater versuchte den harten Schlägen auszuweichen, aber sie prasselten gnadenlos auf ihn nieder. Auf sein Gesicht und seinen Körper, und zweimal versuchte es McKenzie mit Tiefschlägen. Er spürte, wie sein Gesicht anschwoll und seine Lippen aufplatzten. Die Treffer, die er landete, schien der große Mann einfach abzuschütteln.

Plötzlich ertönten Schüsse von der Maschine hinter Skater.

»Wir sind da, Junge«, sagte Duran über Commlink. »Halt dich zurück.«

Über McKenzies Schulter sah Skater, daß den Mafiosi plötzlich ihre prekäre Situation klar wurde. Sie sprangen wie Tauben auseinander, und drei von ihnen stürzten vom Wartungszug ab, als sie von den Kugeln Durans und der anderen getroffen wurden.

Skater wich nicht zurück, obwohl sich die Beine unter ihm wie Gummi anfühlten. McKenzie schaute einen Moment lang weg, möglicherweise durch die Schüsse abgelenkt. Skater mobilisierte seine letzten Reserven und ging auf ihn los.

McKenzie schaute sich wieder um und sah ihn kommen. Er drehte sich um, die Hände zu Fäusten geballt. »Warum hast du nicht Schluß gemacht, als du noch konntest, du Schwachkopf?« Er schoß eine rechte Gerade ab. »Jetzt wirst du sterben.«

Skater parierte den Schlag und konterte mit einem rechten Haken in McKenzies Magen, der dem großen Mann einen Schmerzensschrei entlockte. Bevor McKenzie zurückweichen konnte, trat Skater auf seine Füße, um ihn festzunageln, und landete zwei weitere harte Körpertreffer.

McKenzie versuchte es mit einem Schwinger, aber Skater wehrte auch den ab. Die Wut arbeitete jetzt in ihm und verband sich mit den Reflexboostern und dem zusätzlichen Adrenalin, um seine Schmerzen abzutöten.

»Erinnerst du dich noch an ihren Namen?« wollte Skater wissen, indem er dem Mafioso eine Linke ins Gesicht knallte.

McKenzie, dem die Puste ausging, wurde langsamer. Seine Deckung war noch da, aber lockerer, längst nicht mehr undurchdringlich. Er sah aus, als wisse er nicht, wovon Skater redete.

»Kanntest du ihren Namen überhaupt?« fragte Skater. »Den Namen der Frau, die Synclair Tone für dich ermordet hat?«

»Geh zum Teufel«, fauchte McKenzie. »Sie war auch nur ein Verlierer. Genau wie du.«

»Nein«, sagte Skater, der die rechte Hand wieder zur Faust ballte. »Sie ist der Grund für deinen Untergang.« Seine Faust landete krachend am Kinn des großen Mannes. »Ich wollte, daß du das weißt. Für mich ging es hier nicht um Geld.« Bevor Skater noch einmal zuschlagen konnte, klatschte irgend etwas gegen die rechte Seite seines Gesichts. Heißer, greller Schmerz explodierte wie eine Nova in seinem rechten Auge, und die klebrige Wärme von Blut lief ihm in Strömen über die Wange und hatte einen Augenblick später den Stoff des Overalls an der Schulter durchtränkt. Übelkeit regte sich in ihm und wand sich wie eine geköpfte Schlange. Er mühte sich, auf den Beinen zu bleiben.

McKenzie lachte. »Jetzt werden wir sehen, wer heute nacht untergeht.«

Halb blind und vor Schmerzen so außer sich, daß er fast nur noch rein instinktiv handelte, packte Skater eine der großen Hände, die ihn schoben. Er spürte, wie er von der Schiene der Monobahn fiel, spürte den gähnenden Abgrund unter sich und riß an McKenzie.

Dann machte sich die Schwerkraft bemerkbar und zog ihn nach unten. Neben ihm schrie McKenzie irgend etwas. Blut spritzte über Skaters Gesicht, als er sich in der Luft herumwarf und im Fallen blind nach der Kante der Schiene griff. Seine linke Hand bekam sie zu fassen, aber die rechte konnte er nicht richtig darum schließen. Sie fühlte sich gebrochen an.

McKenzies Schrei entfernte sich von ihm und hielt eine lange Zeit an, bevor er abrupt endete.

Skater blickte nach unten und sah den vier Stockwerke tiefen Fall, der ihn erwartete. Er versuchte sich hochzuziehen, aber er hatte nicht mehr die Kraft, um sich zu retten. Seine Finger rutschten bereits ab. Noch einen Moment, und sie würden sich völlig lösen.

Er war nicht überrascht, als es geschah. Plötzlich befand sich nichts mehr unter seiner Hand, dann unter seinen verkrampften Fingerspitzen. Ein Gedanke schoß ihm durch den Kopf, wie leid es ihm tat, daß er sich nicht mehr um Emma würde kümmern können, wie Larisa ihn gebeten hatte, weil es das einzige Mal war, daß sie ihn je um irgend etwas gebeten hatte.

Die Schwerkraft erfaßte ihn.

Dann schloß sich ein stählerner Griff um sein Handgelenk und verhinderte den tödlichen Fall.

Fast bewußtlos schaute Skater auf und sah Duran flach auf der Schiene liegen und ihn angrinsen, eine vernarbte Hand zu einem Griff wie ein Schraubstock geschlossen. »Was ist los, Junge? Bist du's leid, nur so rumzuhängen?«

Skater versuchte zu antworten – irgend etwas –, aber die wartenden Schatten umarmten ihn und gewährten ihm Schutz vor dem Schmerz und der Verwirrung.

# Glossar

**Arcologie** – Abkürzung für ›**Arc**hitectural Ec**ology**‹. In Seattle ist sie der Turm des Renraku-Konzerns, ein Bauwerk von gigantischen Ausmaßen. Mit ihren Privatwohnungen, Geschäften, Büros, Parks, Promenaden und einem eigenen Vergnügungsviertel gleicht sie im Prinzip einer selbständigen, kompletten Stadt.

**Aztechnology-Pyramide** – Niederlassung des multinationalen Konzerns Aztechnology, die den Pyramiden der Azteken des alten Mexiko nachempfunden ist. Obwohl sie sich in ihren Ausmaßen nicht mit der Renraku-Arcologie messen kann, bietet die Pyramide mit ihrer grellen Neonbeleuchtung einen atemberaubenden Anblick.

**BTL-Chips** – Abkürzung für ›**B**etter **T**han **L**ife‹ – besser als die Wirklichkeit. Spezielle Form der SimSinn-Chips, die dem User (Benutzer) einen extrem hohen Grad an Erlebnisdichte und Realität direkt ins Gehirn vermitteln. BTL-Chips sind hochgradig suchterzeugend und haben chemische Drogen weitgehend verdrängt.

**Chiphead, Chippie, Chipper** – Umgangssprachliche Bezeichnung für einen BTL-Chip-Süchtigen.

**chippen** – umgangssprachlich für: einen (BTL-)Chip reinschieben, auf BTL-Trip sein usw.

**Chummer** – Umgangssprachlich für Kumpel, Partner, Alter usw.

**Cyberdeck** – Tragbares Computerterminal, das wenig größer ist als eine Tastatur, aber in Rechengeschwindigkeit und Datenverarbeitung jeder Ansammlung von Großrechnern des 20. Jahrhunderts überlegen ist. Ein Cyberdeck hat darüber hinaus ein SimSinn-Interface, das dem User das Erlebnis der Matrix in voller sinnlicher Pracht ermöglicht. Das derzeitige Spitzenmodell, das *Fairlight Excalibur*, kostet 990 000 Nuyen, während das Billigmodell *Radio Shack PCD-100* schon für 6200 Nuyen zu haben ist. Die Leistungsunterschiede entsprechen durchaus dem Preisunterschied.

**Cyberware** – Im Jahr 2050 kann man einen Menschen im Prinzip komplett neu bauen, und da die kybernetischen Ersatzteile die ›Leistung‹ eines Menschen zum Teil beträchtlich erhöhen, machen sehr viele Menschen, insbesondere die Straßensamurai, Gebrauch davon. Andererseits hat die Cyberware ihren Preis, und das nicht nur in Nuyen: Der künstliche Bio-Ersatz zehrt an der Essenz des Menschlichen. Zuviel Cyberware kann zu Verzweiflung, Melancholie, Depression und Tod führen.

Grundsätzlich gibt es zwei verschiedene Arten von Cyberware, die **Headware** und die **Bodyware.**

Beispiele für Headware sind **Chipbuchsen,** die eine unerläßliche Voraussetzung für die Nutzung von **Talentsofts** (und auch BTL-Chips) sind. **Talentsofts** sind Chips, die dem User die Nutzung der auf den Chips enthaltenen Programme ermöglicht, als wären die Fähigkeiten seine eigenen. Ein Beispiel für ein gebräuchliches Talentsoft ist ein Sprachchip, der dem User die Fähigkeit verleiht, eine Fremdsprache so zu benutzen, als sei sie seine Muttersprache.

Eine **Datenbuchse** ist eine universellere Form der Chipbuchse und ermöglicht nicht nur Input, sondern auch Output. Ohne implantierte Datenbuchse ist der Zugang zur Matrix unmöglich.

Zur gebräuchlichsten Headware zählen die **Cyberaugen.** Die äußere Erscheinung der Implantate kann so ausgelegt werden, daß sie rein optisch nicht von biologischen Augen zu unterscheiden sind. Möglich sind aber auch absonderliche Effekte durch Gold- oder Neon-Iris. Cyberaugen können mit allen möglichen Extras wie Kamera, Lichtverstärker und Infrarotsicht ausgestattet werden.

**Bodyware** ist der Sammelbegriff für alle körperlichen Verbesserungen. Ein Beispiel für Bodyware ist die **Dermalpanzerung,** Panzerplatten aus Hartplastik und Metallfasern, die chemisch mit der Haut verbunden werden. Die **Smartgunverbindung** ist eine Feedback-Schaltschleife, die nötig ist, um vollen Nutzen aus einer Smartgun zu ziehen. Die zur Zielerfassung gehörenden Informationen werden auf die Netzhaut des Trägers oder in ein Cyberauge eingeblendet. Im Blickfeldzentrum erscheint ein blitzendes Fadenkreuz, das stabil wird, sobald das System die Hand des Trägers so ausgerichtet hat, daß die Waffe auf diesen Punkt zielt. Ein typisches System dieser Art verwendet ein subdermales **Induktionspolster** in der Handfläche des Trägers, um die Verbindung mit der Smartgun herzustellen.

Jeder Straßensamurai, der etwas auf sich hält, ist mit **Nagelmessern** und/oder **Spornen** ausgerüstet, Klingen, die im Hand- oder Fingerknochen verankert werden und in der Regel einziehbar sind.

Die sogenannten Reflexbooster sind Nervenverstärker und Adrenalin-Stimulatoren, die die Reaktion ihres Trägers beträchtlich beschleunigen.

**decken** – Das Eindringen in die Matrix vermittels eines Cyberdecks.

**Decker** – Im Grunde jeder User eines Cyberdecks.

**DocWagon** – Das DocWagon-Unternehmen ist eine private Lebensrettungsgesellschaft, eine Art Kombination von Krankenversicherung und ärztlichem Notfalldienst, die nach Anruf in kürzester Zeit ein Rettungsteam am Tat- oder Unfallort hat und den Anrufer behandelt. Will man die Dienste des Unternehmens in Anspruch nehmen, benötigt man eine Mitgliedskarte, die es in drei Ausführungen gibt: Normal, Gold und Platin. Je besser die Karte, desto umfangreicher die Leistungen (von ärztlicher Notversorgung bis zu vollständigem Organersatz). Das DocWagon-Unternehmen hat sich den Slogan eines im 20. Jahrhundert relativ bekannten Kreditkartenunternehmens zu eigen gemacht, an dem, wie jeder Shadowrunner weiß, tatsächlich etwas dran ist: Never leave home without it.

**Drek, Drekhead** – Gebräuchlicher Fluch; abfällige Bezeichnung, jemand der nur Dreck im Kopf hat.

**ECM** – Abkürzung für ›**E**lectronic **C**ounter**m**easures‹; elektronische Abwehrsysteme in Flugzeugen, Panzern usw.

**einstöpseln** – Bezeichnet ähnlich wie **einklinken** den Vorgang, wenn über Datenbuchse ein Interface hergestellt wird, eine direkte Verbindung zwischen menschlichem Gehirn und elektronischem System. Das Einstöpseln ist die notwendige Voraussetzung für das Decken.

**Exec** – Hochrangiger Konzernmanager mit weitreichenden Kompetenzen.

**Fee** – Abwertende, beleidigende Bezeichnung für einen Elf. (Die Beleidigung besteht darin, daß amer. mit ›Fee‹ auch Homosexuelle, insbesondere Transvestiten bezeichnet werden.)

**geeken** – Umgangssprachlich für ›töten‹, ›umbringen‹.

**Goblinisierung** – Gebräuchlicher Ausdruck für die sogenannte Ungeklärte Genetische Expression (UGE). UGE ist eine Bezeichnung für das zu Beginn des 21. Jahrhunderts erstmals aufgetretene Phänomen der Verwandlung ›normaler‹ Menschen in **Metamenschen.**

**Hauer** – Abwertende Bezeichnung für Trolle und Orks, die auf ihre vergrößerten Eckzähne anspielt.

**ICE** – Abkürzung für ›**I**ntrusion **C**ountermeasure **E**quipment‹, im Deckerslang auch Ice (Eis) genannt. Grundsätzlich sind ICE Schutzmaßnahmen gegen unbefugtes Decken. Man unterscheidet drei Klassen von Eis: **Weißes Eis** leistet lediglich passiven Widerstand mit dem Ziel, einem Decker das Eindringen so schwer wie möglich zu machen. **Graues Eis** greift Eindringlinge aktiv an oder spürt ihren Eintrittspunkt in die Matrix auf. **Schwarzes Eis** (auch Killer-Eis genannt) versucht, den eingedrungenen Decker zu töten, indem es ihm das Gehirn ausbrennt.

**Jackhead** – Umgangssprachliche Bezeichnung für alle Personen mit Buchsenimplantaten. Darunter fallen zum Beispiel Decker und Rigger.

**Knoten** – Konstruktionselemente der Matrix, die aus Milliarden von Knoten besteht, die untereinander durch Datenleitungen verbunden sind. Sämtliche Vorgänge in der Matrix finden in den Knoten statt. Knoten sind zum Beispiel: I/O-Ports, Datenspeicher, Subprozessoren und **Sklaven-**

**knoten,** die irgendeinen physikalischen Vorgang oder ein entsprechendes Gerät kontrollieren.

**Lone Star Security Services** – Die Polizeieinheit Seattles. Im Jahre 2050 sind sämtliche Datenleistungsunternehmen, auch die sogenannten ›öffentlichen‹, privatisiert. Die Stadt schließt Verträge mit unabhängigen Gesellschaften, die dann die wesentlichen öffentlichen Aufgaben wahrnehmen. Renraku Computer Systems ist zum Beispiel für die öffentliche Datenbank zuständig.

**Matrix** – Die Matrix – auch Gitter genannt – ist ein Netz aus Computersystemen, die durch das globale Telekommunikationsnetz miteinander verbunden sind. Sobald ein Computer mit irgendeinem Teil des Gitters verbunden ist, kann man von jedem anderen Teil des Gitters aus dorthin gelangen.

In der Welt des Jahres 2050 ist der direkte physische Zugang zur Matrix möglich, und zwar vermittels eines ›Matrix-Metaphorischen Cybernetischen Interface‹, kurz Cyberdeck genannt. Die sogenannte **Matrix-Metaphorik** ist das optische Erscheinungsbild der Matrix, wie sie sich dem Betrachter (User) von innen darbietet. Diese Matrix-Metaphorik ist erstaunlicherweise für alle Matrixbesucher gleich, ein Phänomen, das mit dem Begriff **Konsensuelle Halluzination** bezeichnet wird.

Die Matrix ist, kurz gesagt, eine informations-elektronische Analogwelt.

**Messerklaue** – Umgangssprachliche Bezeichnung für einen Straßensamurai.

**Metamenschen** – Sammelbezeichnung für alle ›Opfer‹ der UGE. Die Gruppe der Metamenschen zerfällt in vier Untergruppen:

a) **Elfen:** Bei einer Durchschnittsgröße von 190 cm und einem durchschnittlichen Gewicht von 68 kg wirken Elfen extrem schlank. Die Hautfarbe ist blaßrosa bis weiß oder ebenholzfarben. Die Augen sind mandelförmig, und die Ohren enden in einer deutlichen Spitze. Elfen sind Nachtwesen, die nicht nur im Dunkeln wesentlich besser sehen können als normale Menschen. Ihre Lebenserwartung ist unbekannt.

b) **Orks:** Orks sind im Mittel 190 cm groß, 73 kg schwer und äußerst robust gebaut. Die Hautfarbe variiert zwischen rosa und schwarz. Die Körperbehaarung ist in der Regel stark entwickelt. Die Ohren weisen deutliche Spitzen auf, die unteren Eckzähne sind stark vergrößert. Das Sehvermögen der Orks ist auch bei schwachem Licht sehr gut. Die durchschnittliche Lebenserwartung liegt zwischen 35 und 40 Jahren.

c) **Trolle:** Typische Trolle sind 280 cm groß und wiegen 120 kg. Die Hautfarbe variiert zwischen rötlichweiß und mahagonibraun. Die Arme sind proportional länger als beim normalen Menschen. Trolle haben einen massigen Körperbau und zeigen gelegentlich eine dermale Knochenbildung, die sich in Stacheln und rauher Oberflächenbeschaffenheit äußert. Die Ohren weisen deutliche Spitzen auf. Der schräg gebaute Schädel hat 34 Zähne mit vergrößerten unteren Eckzähnen. Trollaugen sind für den Infrarotbereich empfindlich und können daher nachts unbeschränkt aktiv sein. Ihre durchschnittliche Lebenserwartung beträgt etwa 50 Jahre.

d) **Zwerge:** Der durchschnittliche Zwerg ist 120 cm groß und wiegt 72 kg. Seine Hautfarbe ist normalerweise rötlich weiß oder hellbraun, seltener dunkelbraun. Zwerge haben unproportional kurze Beine. Der Rumpf ist gedrungen und breitschultrig. Die Behaarung ist ausgeprägt, bei männlichen Zwergen ist auch die Gesichtsbehaarung üppig. Die Augen sind für infrarotes Licht empfindlich. Zwerge zeigen eine erhöhte Resistenz gegenüber Krankheitserregern. Ihre Lebensspanne ist nicht bekannt, aber Vorhersagen belaufen sich auf über 100 Jahre.

Darüber hinaus sind auch Verwandlungen von Menschen oder Metamenschen in Paraspezies wie **Sasquatchs** bekannt.

**Metroplex** – Ein Großstadtkomplex.

**Mr. Johnson** – Die übliche Bezeichnung für einen beliebigen anonymen Auftraggeber oder Konzernagenten.

**Norm** – Umgangssprachliche, insbesondere bei Metamenschen gebräuchliche Bezeichnung für ›normale‹ Menschen.

**Nuyen** – Weltstandardwährung (New Yen, Neue Yen).

**Paraspezies** – Paraspezies sind ›erwachte‹ Wesen mit angeborenen magischen Fähigkeiten, und es gibt eine Vielzahl verschiedener Varianten, darunter auch folgende:

a) **Barghest:** Die hundeähnliche Kreatur hat eine Schulterhöhe von knapp einem Meter bei einem Gewicht von etwa 80 kg. Ihr Heulen ruft beim Menschen und bei vielen anderen Tieren eine Angstreaktion hervor, die das Opfer lähmt.

b) **Sasquatch:** Der Sasquatch erreicht eine Größe von knapp drei Metern und wiegt etwa 110 kg. Er geht aufrecht und kann praktisch alle Laute imitieren. Man vermutet, daß Sasquatche aktive Magier sind. Der Sasquatch wurde 2041 trotz des Fehlens einer materiellen Kultur und der Unfähigkeit der Wissenschaftler, seine Sprache zu entschlüsseln, von den Vereinten Nationen als intelligentes Lebewesen anerkannt.

c) **Schreckhahn:** Er ist eine vogelähnliche Kreatur von vorwiegend gelber Farbe. Kopf und Rumpf des Schreckhahns messen zusammen 2 Meter. Der Schwanz ist 120 cm lang. Der Kopf hat einen hellroten Kamm und einen scharfen Schnabel. Der ausgewachsene Schreckhahn verfügt über die Fähigkeit, Opfer mit einer Schwanzberührung zu lähmen.

d) **Dracoformen:** Im wesentlichen wird zwischen drei Spezies unterschieden, die alle magisch aktiv sind: Gefiederte Schlange, Östlicher Drache und Westlicher Drache. Zusätzlich gibt es noch die Großen Drachen, die einfach extrem große Vertreter ihres Typs (oft bis zu 50 % größer) sind.

Die Gefiederten Schlangen sind von Kopf bis Schwanz in der Regel 20 m lang, haben eine Flügelspannweite von 15 m und wiegen etwa 6 Tonnen. Das Gebiß weist 60 Zähne auf.

Kopf und Rumpf des Östlichen Drachen messen 15 m, wozu weitere 15 m Schwanz kommen. Die Schulterhöhe beträgt 2 m, das Gewicht 7,5 Tonnen. Der Östliche Drache hat keine Flügel. Sein Gebiß weist 40 Zähne auf.

Kopf und Rumpf des Westlichen Drachen sind 20 m lang,

wozu 17 m Schwanz kommen. Die Schulterhöhe beträgt 3 m, die Flügelspannweite 30 m und das Gewicht etwa 20 Tonnen. Sein Gebiß weist 40 Zähne auf.

Zu den bekannten Großen Drachen zählt auch der Westliche Drache *Lofwyr,* der mit Gold aus seinem Hort einen maßgeblichen Anteil an Saeder-Krupp Heavy Industries erwarb. Das war aber nur der Auftakt einer ganzen Reihe von Anteilskäufen, so daß seine diversen Aktienpakete inzwischen eine beträchtliche Wirtschaftsmacht verkörpern. Der volle Umfang seines Finanzimperiums ist jedoch unbekannt!

**Persona-Icon** – Das Persona-Icon ist die Matrix-Metaphorik für das Persona-Programm, ohne das der Zugang zur Matrix nicht möglich ist.

**Pinkel** – Umgangssprachliche Bezeichnung für einen Normalbürger.

**Rigger** – Person, die Riggerkontrollen bedienen kann. Riggerkontrollen ermöglichen ein Interface von Mensch und Maschine, wobei es sich bei den Maschinen um Fahr- oder Flugzeuge handelt. Der Rigger steuert das Gefährt nicht mehr manuell, sondern gedanklich durch eine direkte Verbindung seines Gehirns mit dem Bordcomputer.

**Sararimann** – Japanische Verballhornung des englischen ›Salaryman‹ (Lohnsklave). Ein Konzernangestellter.

**SimSinn** – Abkürzung für **Sim**ulierte **Sinn**esempfindungen, d. h. über Chipbuchsen direkt ins Gehirn gespielte Sendungen. Elektronische Halluzinogene. Eine Sonderform des SimSinns sind die BTL-Chips.

**SIN** – Abkürzung für **S**ystem**i**dentifikations**n**ummer, die jedem Angehörigen der Gesellschaft zugewiesen wird.

**So ka** – Japanisch für: Ich verstehe, aha, interessant, alles klar.

**Soykaf** – Kaffeesurrogat aus Sojabohnen.

**STOL** – Senkrecht startendes und landendes Flugzeug.

**Straßensamurai** – So bezeichnen sich die Muskelhelden der Straßen selbst gerne.

**Trid(eo)** – Dreidimensionaler Video-Nachfolger.

**Trog, Troggy** – Beleidigende Bezeichnung für einen Ork oder Troll.

**Verchippt, verdrahtet** – Mit Cyberware ausgestattet, durch Cyberware verstärkt, hochgerüstet.

**UCAS** – Abkürzung für ›**U**nited **C**anadian & **A**merican **S**tates‹; die Reste der ehemaligen USA und Kanada.

**Wetwork** – Mord auf Bestellung.

**Yakuza** – Japanische Mafia.